RAVELLI

DE VLIEGENVANGER

Ravelli

# De Vliegenvanger

Roman

TVF
INTERNATIONAL

Uitgeverij TVF International Books
Ravelli Publishers

De namen in deze roman zijn gefingeerd met uitzondering van enkele historische figuren, die als zichzelf worden opgevoerd. Daarnaast is het karakter van de hoofdpersoon geïnspireerd op de dagboeken van monnik en kluizenaar Linders. Elke verdere overeenkomst met bestaande personen en namen berust op louter toeval.

De uitgever.

De naam van de auteur(s) is onderdeel van het verhaal en maakt deel uit van het mysterie rond De Vliegenvanger. De betrokkenen zullen derhalve anoniem blijven.



Eerste druk, september 2011
Tweede druk, september 2011

Omslagontwerp: Studio Jan de Boer
Ontwerp binnenwerk: CO2 Premedia, Amersfoort
Drukwerkbegeleiding: Ingeborg Moens
Drukwerk: A&I Grafische Producties, Lommel
Redactie: Marjolein Westerterp
Cees Baan
Productie: Agneet Dirkmaat
Marketing & sales: Erik Felderhof

ISBN 978-90-814012-1-0
NUR 301

www.tvfelderhof.nl
www.devliegenvanger.nl

Mijn naam is M. Ravelli. Ik ben bedrogen.
Twee mannen hebben mijn naam gestolen.
Ik hield van de één, dit is het verhaal van de ander.

www.devliegenvanger.nl
www.facebook.com/vliegenvanger
www.twitter.com/devliegenvanger

# Inhoudsopgave

DEEL III

# Deel I

## *'Houd God voor ogen en je gulp gesloten'*

Maike Wanders

# Proloog

'Houd God voor ogen en je gulp gesloten.'

Met die waarschuwing had Maike afscheid genomen van haar zoon die naar het seminarie ging om te studeren voor priester. Hij hoorde nog de straffe woorden van zijn moeder in zijn achterhoofd terwijl hij zijn gulp open knoopte en vervolgens zijn buurmeisje Loes met een zachte beenworp vloerde in het hoge gras.

Haar wangen gloeiden van opwinding. Loes sloeg haar lange rok omhoog. Hij stroopte haar witte onderbroekje naar beneden, boog zich voorover en daalde teder kussend af tussen haar dijen.

'Gaat het?' vroeg ze met een zacht stemmetje.

Hij gromde en maakte een beweging met zijn arm dat alles volgens plan verliep.

Het was een warme zomerdag in augustus. 1933. Je kon de insecten horen gonzen in de bloemen. In de verte ratelde een boerenkar over de keien. Verder was het stil. Ze waren helemaal alleen. De toekomstige priester en zijn buurmeisje. Ze trok nu ook haar bloes en hemdje uit. Peter wist niet hoe gauw hij de kleren van zijn lijf moest rukken, zo opgewonden was hij. Hun lichamen vroegen om meer. Helemaal naakt omarmden Peter en Loes elkaar, verscholen tussen een paar bosjes achter de paardenschuur. Niemand kon hen zien.

Hij penetreerde haar voorzichtig, kuste haar harde, roze

tepels en snoof de zoete geur van haar meisjeslichaam op.

Haar onderlichaam ging wild tekeer en ook zijn bewegingen werden sneller. Tegelijkertijd bereikten ze hun hoogtepunt en waanden zich samen even in het paradijs waar God zag dat het goed was. Peter probeerde in gedachten zijn gedrag te rechtvaardigen.

'Geloof, hoop en liefde, daar gaat het om,' hijgde hij voldaan, 'waarvan liefde de belangrijkste van deze drie is.'

Ze lagen na te genieten in het gras en keken naar de witte wolken die voorbijdreven in de blauwe lucht.

'Het staat in de Bijbel,' stelde Peter zijn vriendin gerust en wist zich gesteund door zeker niet het geringste boek uit de geschiedenis.

'Nou, dan is het goed,' zei Loes.

Peter drukte een kus op een van haar stevige borstjes.

Ze waren vijftien en het was zomer. Hand in hand liepen ze terug naar het huis waar Peter Wanders was geboren.

# 1

Broeder Petrus Wanders viert vandaag zijn vijfentachtigste verjaardag niet. Hij is te oud om iets te vieren, vindt hij, bovendien regent het. Dat staat hem tegen. Op zijn verjaardag scheen altijd de zon, dus geen flauwekul graag.

Hij zit aan de tafel bij het venster, gebogen over zijn dagboeken. Zo frivool mogelijk heeft hij zijn turbulente leven in kaart gebracht, zijn misstappen gearchiveerd, zijn gelukkige jaren uitvergroot en het verdriet wat afgezwakt. Peter eigent zich het recht toe zijn eigen geschiedenis te schrijven.

'Alles is waar en niet waar,' geeft hij als antwoord wanneer iemand informeert naar een verdachte episode uit zijn leven. Hiermee bepaalt hij zijn eigen speelruimte en kan hij de werkelijkheid naar zijn hand zetten. Hij is zeker niet in zijn eerste leugen gestikt. Integendeel; liegen gaf hem lucht. En het voorrecht van de ouderdom is om met terugwerkende kracht het leven een nieuwe kleur te geven.

'Lees toch eens hoe gelukkig ik was.'

Het staat op papier, dus is het waar. Nou ja, het verzacht in ieder geval de pijn. Weemoed is een balsem voor het hart.

Er cirkelt een vlieg boven de tafel. Met een razendsnelle beweging van zijn linkerhand vangt de bejaarde man het insect. De vliegenvanger verstaat de kunst nog steeds. Kalm opent hij het venster en laat de vlieg vrij in de weelderige tuin vol wilde bloemen en ongeordende struiken. De natuur heeft hem onttrokken aan het oog van de wereld.

Peter Wanders leeft als een tevreden kluizenaar die reikhalzend uitkijkt naar het einde van zijn dagen. Hij heeft zijn pad gelopen, de levensmars voltooid. Hoe kronkelig en glibberig de route ook is geweest.

Hij schuifelt naar de kast in de hoek van de sober gemeubileerde kamer, haalt er een fles uit en keert terug naar zijn stoel. Met een diepe zucht gaat hij zitten.

Hoe zou zijn leven verlopen zijn als hij op zijn zeventiende niet was weggestuurd van het seminarie waar hij werd opgeleid tot priester, is een vraag die hem nog steeds bezighoudt. Hij schenkt een ruim glas jenever in en neemt zijn grote bril ter hand om met een punt van zijn zakdoek die hij voortdurend in de borrel doopt, omzichtig de glazen schoon te wrijven.

Het afgelopen jaar heeft het de goede God wederom niet behaagd hem tot zich te roepen.

'Onbegrijpelijk,' oordeelt zijn oude dienaar. Hij zou bijna willen spreken van een verzuim. 'Helaas verkeer ik niet in de positie om wijzigingen aan te brengen in het gastenboek van het hiernamaals,' moppert hij regelmatig.

De eenzame monnik vindt dat het genoeg is geweest. Hij bidt elke dag tot God: 'Neem deze zondaar tot U, Vader. Er is vast nog wel een tochtige zolder in de hemel waar hoerenlopers, oplichters en moordenaars kunnen schuilen. Drie categorieën waarin ik thuishoor. Waarin ik zelfs mocht uitblinken, kan ik in alle oprechtheid zeggen.'

Voortdurend vraagt hij de Almachtige om een acute hartstilstand of een fatale beroerte, maar zijn zwakke longen en gehavende hart blijven hem treiteren met een overdreven vitaliteit. Er is zelfs sprake van vooruitgang. Zijn geheugen wordt met de dag scherper. Hij weet het zeker. Dit is een straf van God. Dat hij zijn zondige leven nog eens moet herleven om te beseffen dat hij de hemel niet verdient.

'Dan maar een kom erwtensoep,' besluit de oude man en schept een royale lepel uit het steelpannetje dat pruttelt op de potkachel. De dikke groene brij vol plakjes verse rookworst roept herinneringen op aan zijn jeugd. Erwtensoep, de smaak en geur van vroeger.

'En nog steeds heerlijk,' grinnikt hij. 'Gefeliciteerd met je verjaardag, kardinaal Ravelli.'

*

Uit het vertrouwde archief van zijn herinnering doemt een mooie vrouw op. Hij heeft haar goed gekend, haar volle borsten omvat en haar robuuste schoot bezocht. Haar naam was Maike. Ze hield van hem, dat had ze meerdere malen gezegd en hij geloofde haar onvoorwaardelijk. Ze was immers zijn moeder.

Maike had in haar leven meer schorten dan jurken gedragen. Haar handen waren onberingd. De koperen ring die ze van haar man Joes had gekregen was een half jaar na hun trouwdag in de waterput gevallen.

Ze was op een regenachtige maandagochtend getrouwd in de witte zomerjurk van een tante. Ze had hem zelf op maat gemaakt. Het was een sobere bijeenkomst. Om twaalf uur was iedereen weer aan het werk gegaan. En 's avonds om tien voor zeven beviel Maike van haar eerste kind. Haar man stond in de kroeg hun bruiloft te vieren en hij had geen enkel vermoeden dat hij vader was geworden.

Toen Joes met zware koppijn de volgende dag op het gemeentehuis zijn zoon kwam aangeven, twijfelde hij geen moment over de naam die de jongen de rest van zijn leven zou dragen: Hertog Jan, vernoemd naar de bierpomp in het plaatselijk café waar hij zijn trouwdag vierde op het moment dat zijn zoon werd geboren.

Hertog was het eerste en Peter het laatste van de tien kinderen in het gezin Wanders. *Vele eersten zullen de laatsten zijn en omgekeerd,* stond er geschreven in de Bijbel en beide gelovige broers zagen geen reden om daarvan af te wijken. Peter werd beroemd en Hertog Jan was in zijn leven nooit verder gekomen dan de bierpomp waaraan hij zijn naam te danken had.

1926. Rond het eenvoudige huis aan het Geitenpad liepen Joes en Maike net als hun kinderen altijd op klompen, het schoeisel van landarbeiders en boerenvolk. Alleen op zondag wanneer ze met z'n allen naar de kerk gingen, maakten ze een uitzondering. Op de dag des Heren trokken ze hun zwarte schoenen aan. Altijd goed gepoetst.

'Schoenen moeten glimmen,' zei Maike, 'daar let God op. Hij ziet alles, ook of je veters goed gestrikt zijn.'

De achtjarige Peter verbaasde zich over het idee dat God daar de tijd voor nam, maar was desondanks wel trots dat de Almachtige zich bezighield met het schoeisel van het plattelandsvolk in Limburg en met name met de schoenen van zijn moeder.

Op een mooie zondag in mei liep zijn moeder voor het eerst op schoenen die door Peter waren gepoetst. Met een flinke klodder spuug had hij ze extra lang nagewreven. Het resultaat van zijn inspanning was niet onopgemerkt gebleven.

'Goed gedaan, jong,' had ze gezegd. 'Ze glanzen als spiegels. Zo kan niemand zien hoe oud ze zijn.'

Dezelfde schoenen had Maike gedragen op haar trouwdag, eenentwintig jaar geleden. En daarna elke zondag naar de kerk en natuurlijk ook bij bruiloften en begrafenissen.

'Als het allemaal gaat, zoals het gaat,' had ze gezegd, 'word ik ook in deze schoenen begraven. Ik hoop dat jij ze dan zal poetsen, Peetje, want op die dag moeten ze extra glimmen. Ik wil dat de mensen uit het dorp zullen zeggen: "Wat ligt Maike Wanders er prachtig bij. Wat een knappe jurk heeft ze aan. En kijk eens naar haar schoenen, die lijken wel nieuw!" Zo krijgen ze een indruk van je die hun verwachtingen overstijgt. En meneer pastoor zal tevreden zijn. Je moet netjes in de kist liggen, daar gaat het om in het leven. Eind goed, al goed.'

Peter wilde helemaal niet dat zijn moeder met gepoetste schoenen dood in haar kist zou liggen. Alleen al de gedachte daaraan maakte hem verdrietig. Wie zou dan de aardappels zo lekker stampen? Wie zou zijn sokken stoppen? En de was buiten aan de lijn hangen? Wat moest hij zonder haar beginnen?

Kleine Peter was best blij met zijn moeder, ook al moest hij haar met negen andere kinderen delen. En dan was vader er nog. Die had ook aandacht nodig. Zo liep Maike de hele dag te redderen.

'Het is een goed mens,' zei vader, 'en ze is proper. Dat is belangrijk. Een propere en godsvruchtige vrouw is een weldaad voor het gezin.'

'Godsvruchtig?' dacht Peter, 'dat klinkt als dure jam. Zou God een boomgaard hebben waar Hij de vruchten laat plukken door engelen en er jam van laat maken? God is slim genoeg, die heeft het boven echt wel voor elkaar. God heeft zijn schaapjes al lang op het droge.'

Daar had zijn vader het wel eens over wanneer hij bij de kachel zat en zijn gedachten liet gaan over van alles en nog wat. Over het land, de veestapel en de aardappeloogst, maar ook over de boeren uit de omgeving.

'Boer Eurlings heeft zijn schaapjes op het droge,' wist hij te vertellen. 'Dat kun je van ons niet zeggen.' Hij lachte schamper. 'En dat gaat ook nooit lukken. Dat is voor de grote boeren en de rijkelui in de stad.'

Maike vond dat haar man niet zo moest mopperen.

'God heeft ons in een arm nest gelegd,' zei ze, 'daar heeft God heus over nagedacht. Wij zijn goed in arm zijn. Dat kunnen wij aan. Anderen kunnen dat niet bolwerken. Die kunnen de touwtjes niet aan elkaar knopen. Wij wel. En daarvoor zullen we beloond worden. Onthoud dat goed.'

'Wat een vreemde God,' vond Peter. 'Waarom moeten er zoveel mensen arm zijn en geen eten hebben?'

Op school vertelde juffrouw Blom wel eens over Afrika waar mensen doodgaan van de honger. Het wil daar maar niet regenen. De oogst mislukt, de mensen sterven.

'Waarom laat God het daar niet regenen? Bij ons valt er te veel en daar te weinig. Daar kan best iets voor geregeld worden. Bijvoorbeeld dat het elke donderdag in Afrika regent en niet bij ons in Limburg. Dat moet voor God echt een peulenschil zijn.' Hij legde de kwestie voor aan de juf.

'Wat ben je toch een slim mannetje,' reageerde juffrouw Blom, 'wat gaat er allemaal om in dat hoofd van jou?' Maar ze had geen antwoord op zijn vraag.

'Dan zal ik het God zelf vragen,' had hij geantwoord. Maar dat vond juf niet zo'n goed idee.

'Je moet God niet lastig vallen met vragen. Die heeft het veel te druk. Richt je gebedje maar tot Moeder Maria en als die geen gehoor geeft, kun je altijd nog naar meneer pastoor.'

De rooms-katholieke kerk had bij Peter al op jonge leeftijd grote indruk gemaakt. De kolossale kerk met zijn beierende klokken, de gebrandschilderde ramen met taferelen uit de Bijbel, de heiligenbeelden die scherp in de gaten hielden of je wel luisterde en rechtop zat. Het orgel dat ergens bovenin de kerk bespeeld werd door meester Jansma, het hoofd van de lagere school. De liederen van het kerkkoor vond hij eveneens prachtig, ook al verstond hij niet wat er werd gezongen. En dan natuurlijk de priesters in hun lange gewaden. Zij waren de dienaren van God. Zo hoog kun je dus stijgen, dat je wordt opgenomen in de hofhouding van de Almachtige. Dat zou Peter ook wel willen, maar hij vermoedde dat God zijn keuze niet direct zou laten vallen op een arm jongetje met een gat in zijn sok. Misschien dat meneer pastoor een goed woordje voor hem kon doen. Tijdens het biechtuurtje van volgende week zou hij het hem vragen.

Pastoor Verlaan was een lange man van middelbare leeftijd met grijze ogen en een kaarsrechte scheiding in zijn plat geplakte haar. Door zijn voorkomen in combinatie met zijn kerkelijke functie dwong hij veel respect af, maar vriendelijk was hij niet.

'Dat kun je ook niet verwachten van iemand die rechtstreeks onder het strenge toezicht van de Heer valt,' had zijn moeder gezegd. 'Zo iemand heeft wel wat anders te doen dan grapjes te maken met simpele dorpelingen.'

'En heb je iets te biechten?' De stem van meneer pastoor bereikte hem via de gaatjes van het tussenschot in de biechtstoel. Ze konden elkaar niet zien. Meneer pastoor zat aan de ene kant op een bankje met een zacht kussen erop. Aan de andere kant knielden de gelovigen op een harde plank.

Peter schraapte zijn keel.

'Is het mogelijk om een vraag aan God te stellen?' Hij had de woorden plechtig uitgesproken. Vol spanning wachtte hij op het antwoord. Meneer pastoor kuchte langdurig.

'Een slecht hoestje,' meende Peter. 'Eén nachtvorstje en het is gedaan met meneer pastoor.' Hij schaamde zich voor zijn gedachten, waarom gingen ze altijd met hem op de loop? Zijn hoofd zat vol met warrige ideeën die er zomaar uitfloepten. Zijn moeder noemde hem een bijzonder kind, met een bijzonder hoofd op zijn romp, met daarin bijzondere hersens die er bijzondere denkbeelden op nahielden.

'Dat is lastig, jongen,' waarschuwde ze hem, 'je kunt beter een beetje simpel zijn. Een simpel mens heeft minder trammelant aan zijn hoofd dan een professor of een dokter.'

'Zo, zo jongetje,' sprak meneer pastoor, 'jij wilt een vraag stellen aan de Almachtige. Dat is nogal wat. Het is niet de bedoeling dat wij ons rechtstreeks richten tot God. Dat weet je toch? Maar ik waardeer je moed. Het geeft blijk dat je betrokken bent bij de kerk. En welke vraag zou je God willen voorleggen?'

Peter haalde diep adem. 'Ik zou Hem willen vragen waarom er zoveel mensen arm zijn en geen eten hebben. Waarom er zoveel regen valt bij ons in Limburg en zo weinig in Afrika, waar mensen doodgaan van de honger. Het moet toch mogelijk zijn dat de Almachtige God dat probleem oplost.'

'Hoe oud ben je?'

'Acht jaar, meneer pastoor.'

'Kom morgen na schooltijd maar even naar de kerk. Dan wil ik met je praten. Je bent een bijzonder jongetje.'

'Dat zegt mijn moeder ook.'

'Wat is je naam?'

'Peetje of eigenlijk Peter. Petrus Johannes Wanders van het Geitenpad. Geitenpad nummer 4. Daar woont de hele familie Wanders en ik ben het tiende kind.' Peter kon bijna niet stoppen met praten, zo opgetogen was hij dat de pastoor hem wilde ontvangen. Peetje Wanders op bezoek bij pastoor Verlaan.

'Misschien komt het wel in de krant,' dacht Peter. 'Tot morgen, meneer pastoor. Dank u wel.'

Hij huppelde naar huis en rende de keuken in.

'Mama, mama, ik heb morgen een afspraak met meneer pastoor. Hij wil met me spreken. Alleen met mij.'

'God zal me lief hebben,' riep Maike Wanders. 'Mijn kind is uitverkoren.' Ze klampte zich hijgend vast aan de keukentafel. 'Mijn kind is uitverkoren.'

De volgende dag mocht Peter de schoenen lenen van zijn broer en zijn moeder trok een rechte scheiding in z'n haar, bijna net zo recht als die van meneer pastoor. Ze overlaadde hem met goede raad.

'Niet in je neus peuteren en geen boertjes laten. Dat kan echt niet. Om maar niet te spreken van die vreselijke scheten die hier in huis worden gelaten. Het lijkt wel een zwijnenstal.'

Maike Wanders liep een stukje op met haar zoontje en liet hem bij de kruising met de Akkerweg alleen verder gaan.

Het was een mooie voorjaarsdag. De kikkers kwaakten in het riet en de vogels waren druk met nesten bouwen. De zandweg liep met een flauwe bocht naar het dorp. Zo af en toe passeerde er een boerenkar. Het paard trok de wagen door het landschap, meestal in draf. Het leren tuig sloeg in hetzelfde ritme tegen het bezwete lijf van het dier. Peter hield van de geur van leer, vermengd met de warme damp van het paard. Zelfs de walmende drollen die achterbleven op het pad vond hij lekker ruiken.

De kerktoren troonde boven het dorp uit. Van verre kon

je zien hoe laat het was. Peter was op tijd. Om precies half twee zat hij rechtop in de klas. Ze begonnen met rekenen, daarna taal en tot slot las de juf een verhaal voor. Die dag duurde het heel lang voordat de schoolbel voor de laatste maal luidde.

Hij rende naar de kerk, waar hij bijna tegen koster Geubels aanbotste.

'Wat een haast, Peetje. Wat is er aan de hand?'

'Ik heb een afspraak met meneer pastoor. Pastoor Verlaan.'

'Zo, dat is een belangrijke gebeurtenis. Ik zal kijken of de pastoor je kan ontvangen.'

Geubels liep de kerk in, langs het altaar naar de sacristie. Peter bleef alleen achter in de grote holle kerk. Hij kon zich niet bedwingen en zong luid 'Halleluja'. Hij genoot van de galm die dat veroorzaakte. Nog een keer: 'Halleluja'. Heerlijk klonk het. In het staartje van de echo kwam koster Geubels de kerk weer binnen.

'Prachtig jong, dat klinkt goed. Ge zou in het koor moeten komen zingen. Zo'n stem kunnen we wel gebruiken. Loop maar even mee.'

De pastoor zat achter een kopje thee en rookte een dikke sigaar. Hij had zijn doordeweekse zwarte pak aan met het witte boordje om zijn hals. Peter bleef bij de deur staan.

'Kom hier maar zitten,' zei meneer pastoor, 'maar het gesprek zal niet lang duren. Ik heb besloten de komende tijd wat extra aandacht aan je te besteden. Je bent een slimme jongen. Ik heb navraag gedaan bij bovenmeester Jansma. Je doet het heel goed op school, al heb je moeite om bij de les te blijven. Maar dat kan de leeftijd zijn. Vanaf volgende week mag je misdienaar worden. Ik zal je samen met andere jongens onderricht geven in kerkelijke zaken. Misschien – ik zeg heel duidelijk misschien – is er een plaatsje voor jou in de kerk weggelegd. Denk daar maar eens over na. Of je je leven zou willen wijden aan een belangrijke taak. Of je God en de kerk wilt dienen.'

'God zal me lief hebben,' hoorde Peter zijn moeder in gedachten uitroepen. 'Mijn zoon is uitverkoren.'

'Blieft de jongeheer een kopje thee?' De oude huishoudster was binnengekomen.

'Nee dank u,' zei meneer pastoor, voordat Peter 'ja graag' had kunnen zeggen. 'De jongeman vertrekt zo.'

'Neem dan maar een koekje.'

Dat mocht wel van meneer pastoor. Het was een zelfgebakken zandkoekje. Een beetje droog, maar zo vaak kreeg Peter geen koekje.

'Dank u wel, juffrouw.'

De pastoor blies hem met een grote rookwolk de kamer uit. 'Ik zie je volgende week.'

En zo werd Peter Wanders van het Geitenpad benoemd tot misdienaar in de rooms-katholieke kerk.

Van blijdschap maakte hij op weg naar huis een vrolijk huppeltje. In de verte zag hij de voddenkar van buurman Bram. Als hij snel was, kon hij nog meerijden.

Bram was veel meer dan een buurman. Hij was de vader van Loesje, zijn vriendinnetje. En Bram was wijs. Hij wist bijna alles, bovendien speelde hij mooi viool.

De vader van Loesje was erg gesteld op het buurjongetje; dat grappige mannetje met die ernstige, maar ook ondeugende blik in zijn ogen. Een slim ventje dat al vanaf zijn derde jaar door het gat in de heg kroop en bij hem over het erf scharrelde. Altijd op zoek naar de kleine Loes. Die twee waren onafscheidelijk. Nog voordat ze konden praten hadden ze al een band met elkaar. Peetje op de arm van zijn moeder en Loesje op de arm van haar vader. Ze wilden altijd elkaars handje vasthouden. Maike Wanders moest er om lachen.

'Die twee zijn er al vroeg bij,' zei ze tegen Bram, 'nog in de luiers, maar kijk eens, nu al op het vrijerspad. Peetje is een echt mannetje, hoor. En hij heeft smaak. Buurman, wat is het toch een mooi meisje, die Loesje.'

Vrouw Wanders is een goed mens, vond Bram, hij had veel steun aan haar gehad. Na de dood van zijn vrouw bij de geboorte van zijn dochtertje stond Bram er alleen voor. Wat wist hij nou van luiers verschonen en flesjes geven. De eerste weken werd hij bijgestaan door de kraamzuster uit het dorp. Maar die kwam maar een paar uurtjes per dag. Vanaf het begin had buurvrouw Wanders de zorg voor de baby overgenomen.

'Het is niks Bram, ik heb er zelf één in de luiers en zo'n murmel kan ik er makkelijk bij hebben.'

De buurman had zijn voddenhandel tijdelijk stil gelegd. Hij moest thuis blijven voor zijn kind. Maar al na twee maanden was Loesje vaker bij de familie Wanders dan in het huis van haar vader.

'Ga jij maar weer aan het werk,' had vrouw Wanders gezegd. 'Loesje kan bij ons blijven.'

En zo geschiedde het dat het meisje de eerste twee jaar van haar leven de wieg mocht delen met Peetje. Altijd samen – nooit alleen. In de wieg werd hun verbond gesloten, onbewust maar onvoorwaardelijk.

# 2

Op een lome zomermiddag in juli kwam Rebecca over het tuinpad aanlopen. Ze was een mooie jonge vrouw met een trotse uitstraling en een warme blik in haar ogen.

'Dag vrouw Wanders, ik ben de zus van de moeder van Loesje, ik kom eens kijken hoe het de baby vergaat.'

Moeder Maike voelde een steek in haar hart.

'Ze komt Loesje ophalen,' dacht ze meteen. Ze was zo gehecht aan dat kleine meisje dat ze de gedachte niet kon verdragen dat ze afscheid zou moeten nemen van het kind. Haar kind. Zij had immers de moederrol vervuld en nog steeds.

'Dag mevrouw,' had ze gezegd, 'bent u al bij de buurman geweest?'

'Ja hoor, maar Bram stuurde me meteen hierheen. Ik wil

heel graag het dochtertje van mijn overleden zus in mijn armen nemen.'

'Flink zijn,' dacht Maike, 'gewoon flink zijn. Die vrouw heeft geen kwaad in de zin. Ze wil gewoon belangstelling tonen. Komt u maar mee.' Ze leidde Rebecca naar de zijtuin waar de appelbomen stonden. Ze wees naar een geïmproviseerde box van aardappelkisten. Daar overheen had Maike een oud vitragegordijn gespannen als bescherming tegen vliegen en bijen. Loesje en Peetje kropen tevreden achter elkaar aan.

'Ach gut, wat schattig,' reageerde Rebecca.

'Loesje, kijk eens. Hier is tante Rebecca.' Maike schoof de vitrage opzij en tilde Loesje uit de box. Peetje liet als protest een boertje.

Ze overhandigde de baby aan Rebecca die met tranen in haar ogen Loesje in haar armen nam.

'Het kind van mijn zus,' mompelde ze, 'de baby van Sarah.'

Vol liefde wiegde ze het kind in haar armen. Loesje voelde zich kennelijk veilig, ze lachte zelfs naar Rebecca. Maike begreep op dat moment dat ze haar zou moeten afstaan. Ze tilde Peetje uit de box en drukte hem extra stevig tegen zich aan.

Een week later kwam Rebecca terug met een grote koffer en nam haar intrek bij Bram Groen, haar zwager die binnenkort haar echtgenoot zou worden en de vader van de twee zoontjes die ze samen zouden krijgen. Ze had een moeilijke tijd achter de rug. Ze was langdurig ziek geweest en had ruim een jaar gekuurd in een sanatorium in het Gooi. Tuberculose. Gelukkig was ze genezen. Rebecca was een schat van een vrouw.

Ze begreep heel goed dat Loesje niet zomaar weggehaald kon worden. Eerst werd er een kinderkamer ingericht in het huis van Bram, daarna kwamen Loesje en Peetje elke dag een paar uur spelen. Twee weken later bleven ze ook om de dag slapen. Zo wenden niet alleen de kinderen, maar ook de ouders geleidelijk aan de nieuwe situatie. Maar zo simpel was het niet.

De eerste nacht dat Loesje alleen thuis sliep, ging het mis. Ze lag de hele nacht te huilen. Ze was ontroostbaar. Bij de buren was het niet anders. Peetje jankte uren achter elkaar als een jonge hond. Het was hartverscheurend. Hij miste zijn vriendinnetje. En Loesje haar vriendje. De geur van elkaar, elkaars ademhaling, elkaars lichaam, de taal die ze met elkaar spraken. Met handen en voeten, met kirrende geluidjes. Het was voldoende om elkaar te begrijpen, om elkaar lief te hebben. Ja, lief te hebben.

Ze werden uit elkaar gerukt, zo voelde het. Peter werd voor het eerst van zijn leven verlaten. Een imprint die hem altijd zou blijven achtervolgen.

Voor Loes was het minstens zo traumatisch. Zij werd voor de tweede keer verlaten. De eerste keer door haar moeder die gestorven was en nu door haar vriendje. Ook zij kon die angst om verlaten te worden nooit meer van zich afschudden.

Peter en Loes groeiden op als gezworen vriendjes, ze waren onafscheidelijk. Vaak gingen ze mee achter op de voddenkar van Bram. Vooral met veel vodden achterin, lag je daar lekker zacht. Achterovergeleund in de oude kleren voerden ze hele gesprekken met elkaar.

Op een woensdagmiddag zaten ze weer achter op de kar. Peter was een beetje stil.

'Is er iets?' vroeg Loes.

'Ik heb mijn moeder erg laten schrikken. Ze kwam met de wasmand onder haar arm het schuurtje binnen en ze had niet in de gaten dat ik daar ook was. Ik lag onder een paardendeken, want we speelden verstoppertje. En toen riep ik met een zware stem: Vrouw, wat doet u hier. Dit is de schuur van God. En daar spreekt u mee.'

'En wat zei je moeder?'

'Rot op, Peetje. Ik kom de was ophangen.'

'Was je moeder boos?' vroeg ze.

'Ja, nogal. Weet je wat ze nog meer zei?'

'Nou?'

'Hoe haal je het in je hoofd om in de schoenen van God te gaan staan. Dat is spotten. Pas maar op dat de duvel je niet komt halen. Met God mag je geen spelletjes spelen. God is heilig. En dan zal die kwajongen van mij wel even de stem van God nabootsen. Hoe durf je. Je maakt onze familie te schande.'

Loes trok een gezicht.

'Ja,' zei ze met een boze stem, 'jij mag niet in de schoenen van God gaan staan. Daar moet jij van afblijven, Peetje, van die schoenen.'

Peter moest lachen.

'Wat voor schoenen zou God dragen?' vroeg hij. 'Hoge schoenen of lage schoenen?'

'Volgens mij sandalen, net als zijn zoon Jezus,' antwoordde Loes.

'We zijn nu weer aan het spotten,' zei hij. 'Als mijn moeder dit hoort, krijg ik echt straf, hoor.'

'Nou, dat valt wel mee. Het is toch geen spotten om over God te praten. Hoe Hij er uit zou kunnen zien en wat voor kleren Hij zou dragen? Iedereen heeft toch een idee over God. Hoe kunnen mensen nou bidden zonder te weten tot wie ze bidden. Dat is toch vreemd?'

Daar was Peter het helemaal mee eens. 'Zullen we het je vader vragen?'

De buurman had zich omgedraaid en zich verbaasd over de gesprekken die de kinderen op die leeftijd al met elkaar voerden.

'Hoe halen jullie het in je hoofd om over dit soort zaken te praten? Ik heb me nog nooit…'

'Wij vroegen ons af,' onderbrak Peter hem, 'wat voor schoenen God zou dragen.'

'God draagt kaplaarzen,' wist buurman Bram. Hij beweerde het zonder een spoor van twijfel.

'Kaplaarzen?' reageerden de kinderen verbaasd.

'Ja, kaplaarzen. God moet de hele dag door de drek lopen. Vieze drek die de mensen in hun leven achterlaten. Daarvoor heeft hij kaplaarzen nodig. Dat is de schuld van ons allemaal. We laten allemaal hier en daar drek achter. Geen mens is zonder drek en zonder zonde.'

De kinderen zwegen tussen de oude lompen. Peter ving zo nu en dan een vlieg. Daar was hij heel handig in. Bram had zich weer omgedraaid en zette het paard aan tot een kleine draf. Ze hadden genoeg stof tot nadenken.

*

Wanneer Peter alleen was mocht hij op de bok zitten, naast Bram die altijd wel iets te vertellen had.

'Ik zal je leren hoe je een paard moet mennen,' zei hij op een ochtend in september. 'Je moet duidelijk zijn. Het is net als met vrouwen. Ze willen alle kanten uit, maar uiteindelijk wachten ze tot een ander hen de weg wijst. Ik leer je het paard te mennen, zodat je later weet hoe je met vrouwen om moet gaan. Ze kunnen lastig zijn.' En Bram sloeg met de zweep op de kont van het paard.

'Waarom bent u vroeger eigenlijk getrouwd?' vroeg Peetje.

'Tja, daar vraag je me wat. Ik was verliefd en dan doe je rare dingen,' glimlachte hij, 'maar ik heb nergens spijt van. Ze was een heel goede vrouw. En lief – heel lief. We waren gelukkig samen. Het heeft me intens veel verdriet gedaan toen ze onverwachts stierf. Ik wist niet dat je zoveel van iemand kunt houden. Ik mis haar nog elke dag – elk uur – elke minuut.'

Buurman Bram keek voor zich uit, over het paard heen, langs het zandpad en nog verder alsof hij zijn vrouw zocht aan de horizon.

'Zo wil ik ook van iemand houden,' zei Peter. 'Ik ga het in ieder geval proberen.'

'Goed zo. Hier, houd de leidsels maar vast, dan kun je je concentreren op het paard.'

Bram duwde hem de leren teugels in zijn handen en zei: 'Als je de goeie vrouw tegenkomt, gaat alles vanzelf.'

'Maar hoe weet je dat,' vroeg Peter, 'dat je het goeie meisje kiest?'

'Dat voelt je hart.'

'Je hart praat tegen je?'

'Ja, zo kun je het noemen. Je voelt het aan je hart. De rest van je lichaam maakt vaak andere keuzes. Maar nu wordt het te ingewikkeld,' zei Bram met een geheimzinnig lachje. 'Je voelt het vanzelf, jongen, als je van een meisje gaat houden.'

'Ik houd al van een meisje.'

'Oh, dat is bijzonder op jouw leeftijd. Je bent er vroeg bij.'

'Ik ben bijna tien,' antwoordde Peter serieus.

'Ja, dat is andere koek,' lachte buurman Bram. 'Nu kunnen we als mannen praten.'

Peter dacht bij zichzelf: zal ik het zeggen of toch maar niet of toch maar wel. Hij haalde diep adem en de zin floepte er zomaar uit: 'Ik houd van Loesje.'

'Mijn Loesje?'

'Nee, mijn Loesje.'

'Goed, onze Loes, laten we het daarop houden. Is het al serieus?' Bram keek hem vragend aan. Niet boos of grappig, gewoon met zijn normale gezicht, alsof hij een vraag stelde aan de bakker of de dominee. Hij wachtte op antwoord, en dat antwoord kwam.

'We hebben besloten om met elkaar te trouwen.'

'Dat klinkt inderdaad serieus.'

'Ik kom over een tijdje haar hand vragen.' Peter dacht: laat ik het er meteen maar uitgooien, dan ben ik er vanaf. Vroeg of laat komen ze er toch achter.

'Je komt bij mij om haar hand vragen?'

Peter vatte moed. Buurman Bram leek zijn overweging serieus te nemen.

'Ja, dat hoort toch zo,' vervolgde hij zijn verhaal. 'Dat hebben mijn ouders mij eens verteld. Je moet je correct gedragen. Dat kan je ver brengen in het leven.'

'Ja, ja,' mompelde Bram, 'met de hoed in de hand kom je door het ganse land.' Als voddenboer wist hij maar al te goed hoe het voelde om in de ogen van anderen onderaan de maatschappelijke ladder te bungelen. Hij nam altijd netjes zijn hoed af wanneer hij aanbelde of een erf opliep om te informeren of er alstublieft misschien nog wat oude lompen beschikbaar waren. De meesten reageerden vriendelijk en maakten een praatje. Maar er waren helaas ook onbeschofte mensen – meestal waren dat de rijken – die joegen hem het erf af en scholden hem uit: 'Voddenjood, rot op.'

Maar in de verre omtrek stond Bram goed bekend en klonk zijn stemgeluid vertrouwd. 'Vodden, ouwe vodden,' schalde het luidkeels door de straten. Hij deed zaken tot in Roermond. Ja, hij voelde zich een zakenman. Entrepreneur in textiel. Zo omschreef hij zichzelf.

'Gun uw kleding een tweede leven,' was een leus die hij graag gebruikte. Met een overdreven nette stem deed de buurman het wel eens voor. Hij nam dan zijn hoed af en zei met een lichte buiging: 'Aangenaam. Bram Groen, taxateur van stoffen en garens.'

Peter en Loes moesten dan altijd lachen. Loes had er best een beetje moeite mee dat haar vader maar voddenboer was. Daar werd ze ook wel mee geplaagd. Ze werd zelfs uitgescholden voor 'dochter van de voddenjood', maar dat vertelde ze thuis nooit. Ze hield veel te veel van haar vader om hem verdriet te doen. Maar ze zat er wel mee.

'Als ze ooit aan je vragen wat voor werk je vader doet,' had hij haar gezegd, 'dan antwoord je maar: mijn vader handelt in 'textiel met ervaring'.'

Nou, dat klonk wel goed, vonden ze beide.

'En hoe ben jij van plan later de kost te verdienen?' Bram keek Peter van opzij aan.

'Iets in de kerk lijkt me wel wat. Missionaris of onderwijzer. Ver weg in de tropen.'

De juf had daar over verteld. Over de missiewerken in verre landen. Ze had zelfs een paar plaatjes laten zien, waarop paters in witte habijten thee dronken op een veranda met op de achtergrond twee donkere meisjes met een dienblad. Er was ook een afbeelding van twee paters in een huifkar die werd voortgetrokken door lachende jongens met ontbloot bovenlijf. De juf vertelde dat deze dienaren van de kerk de bevolking leerden lezen en schrijven. Het leek allemaal heel mooi. En spannend natuurlijk. Zo ver van huis. Loes zou mee kunnen gaan als verpleegster of als juf van de lagere school.

Bram knikte. 'Je bent een best jong, Peetje.'

'Dus u vindt het goed van Loes en mij?'

'We moeten nog wel even overleg hebben. Tante Rebecca wil er vast bij betrokken worden. En je ouders moeten ook op de hoogte worden gebracht. En wat dacht je van Loes? Zij moet ook toestemming geven, lijkt me.'

'Dat is al twee jaar geleden gebeurd,' reageerde Peter snel, bang dat het nu mis zou gaan. 'Loes zei onmiddellijk JA toen ik vroeg of ze met me wilde trouwen.'

'Zei ze onmiddellijk JA?' vroeg de buurman ongelovig.

'Nou,' zei Peter trots, 'om u eerlijk de waarheid te zeggen, zei Loes: "Hèhè, eindelijk. Ik dacht dat je het nooit zou vragen. Het werd tijd."'

Ze schoten in de lach.

'Vorrut, vorrut,' riep buurman Bram en het paard ging over in draf. Peter hield de leidsels stevig vast, maar veel te mennen was er niet, het pad was recht en lang. Zo nu en dan liet het paard een tevreden scheet, een oerwalm die Bram handig weg wapperde met zijn pet. Uit beleefdheid begon Peter een deuntje te fluiten. En zo reed hij op die mooie ochtend samen met zijn aanstaande schoonvader door het Limburgse land.

*

De tiende verjaardag van Peter was niet onopgemerkt voorbij gegaan. Behalve de jaarlijkse vaste cadeautjes, zoals een paar gebreide sokken, een verstelde tweedehands broek, een priktol en zakje snoep had hij dit jaar een cadeau gekregen waarvan hij slechts had kunnen dromen.

's Middags na de verjaardagscake kwam Loes aangerend en vroeg of hij mee wilde komen naar hun huis. Hand in hand holden ze naar het achterhuis en stormden de keuken binnen.

'Rustig, rustig,' riep tante Rebecca vermanend, 'het lijkt wel een orkaan die binnen komt waaien. Van harte gefeliciteerd, Peter.' Ze gaf hem twee klapzoenen. 'Oom Bram komt zo met het cadeau.'

Even later kwam de buurman binnen met een flink pak achter zijn rug.

'Welaan Peetje, ge zijt vandaag jarig en dat zult ge weten ook,' sprak hij serieus. 'Wij hebben goed nagedacht over jouw cadeau. Uiteindelijk heeft Loes het juiste geschenk gekozen. Zij kent je het best en weet als geen ander waarmee we jou een plezier kunnen doen. Kijk maar eens.'

Hij haalde het pak vanachter zijn rug tevoorschijn. 'Loes zal het je overhandigen.'

Peter was opgewonden dat ze aan hem hadden gedacht en nog wel met zo'n groot cadeau. Hij had geen idee wat het zou kunnen zijn. Het zat stevig ingepakt en de buitenkant hield de inhoud verborgen. Loes droeg het geschenk in haar handen.

'Alsjeblieft,' zei ze, 'dit is voor jou.' Ze keek hem aan met die mooie blik in haar ogen. Hij bofte toch maar met zo'n verloofde.

Hij nam het cadeau over en pakte het voorzichtig uit. Het was behoorlijk zwaar. En toen zag hij het; het was de vorm die hem de adem benam, maar hij durfde nog niets te zeggen. Stel dat het niet waar was en dat ze alleen het kistje hadden gebruikt om er iets anders in te stoppen. Zijn vingers trilden. Heel voorzichtig duwde hij de twee ijzeren knipjes waarmee de kist was gesloten omhoog. En daar lag hij, op groen fluweel. Een viool, een echte viool. De tranen sprongen in zijn ogen.

'Dank u wel, dank u wel,' stotterde hij.

'Je mag hem eruit tillen, hoor,' zei Bram die stond te glunderen naast de keukentafel. 'Ik hoop dat hij je gelukkig zal maken.'

Peter pakte de viool en legde hem op zijn linkerschouder. Met de strijkstok streek hij voorzichtig over de snaren. Het klonk meteen al heel aardig, vond hij.

'Bravo bravo,' riep tante Rebecca terwijl ze in haar handen klapte.

'Kom, kom,' reageerde Bram lachend, 'krijgt meneer meteen al applaus? Hij moet eerst studeren en ik zal je erbij helpen.'

Peter keek zijn buurman dankbaar aan. Bram speelde prachtig viool. Van jongs af aan had Peter dat mogen meemaken. Als het mooi weer was, musiceerde hij in de tuin. Loes en Peter waren zijn vaste publiek. Ook voor het slapengaan had hij een paar mooie melodietjes in voorraad.

En nu mocht hij vanaf vandaag zomaar meespelen met Bram. Hij zou les krijgen van de meester zelf. Wat een feest!

Loes maakte een vreugdedansje.

'Ik wist wel dat Peter heel blij zou zijn met zijn cadeau.' Ze vloog hem om de hals en gaf hem meer kussen dan hij als violist aan kon.

'Ik heb mijn handen vol, wacht even,' lachte hij haar toe. Hij legde de viool en de strijkstok op de keukentafel en nam vervolgens zijn vriendin in een tedere omhelzing die door Bram en Rebecca met grote ogen werd gadegeslagen.

'Dat hebben die kinderen vaker gedaan,' hoorde Peter ze bijna hardop denken.

Ze maakten zich snel los uit hun omstrengeling die kennelijk veel professioneler overkwam dan hun bedoeling was. Rebecca begon nerveus aan haar schort te friemelen.

'Ik ga de jongens uit school halen,' riep ze net iets te luid en ze verdween uit de keuken. Bram haalde zijn viool tevoorschijn en begon met gesloten ogen te spelen. Peter en Loes glipten naar buiten, de tuin in en renden lachend naar hun schuilplaats in de schuur.

Ze hadden drie van die geheime plekken. Eén in een houten aanbouw waar het hakhout lag opgeslagen, één in de berm tussen het struikgewas en die in de grote schuur, waar vroeger de stal was. Peter had net op tijd zijn viool kunnen mee grissen en legde het instrument in het hooi.

'Wat zullen we gaan doen?' vroeg hij.

'Jij mag het zeggen,' zei Loes, 'jij bent jarig.'

'Zullen we ons toneelstukje doen?'

'Dat is goed, dan ga ik mijn pop halen.'

Loes sprong op en rende terug naar het huis. Voor hun toneelstuk was de pop onmisbaar. Ze speelden namelijk Jozef en Maria, net aangekomen in de stal van Bethlehem waar de geboorte van hun kindje zou plaatsvinden.

Hun toneelstuk had in de loop der jaren enkele veranderingen ondergaan. Loes wilde liever bevallen van een meisje, dat vond ze interessanter. En zo werd Jezus omgedoopt tot Jessica. Jessica de dochter van God. En van Maria natuurlijk. Peter had niet echt geprotesteerd tegen deze drastische verandering. Bovendien had dat weinig zin, want als Loes iets in haar hoofd had, gebeurde het zoals zij dat wilde. Peter was mede zo snel akkoord gegaan omdat de hoogste post – die van God – aan hem bleef toebedeeld.

Loes kwam terug met haar pop die ze snel verstopte onder wat doeken. Daarna pakte ze een paar truitjes uit een baal vodden en propte die onder haar jurk zodat ze in een oogwenk hoogzwanger was.

Jozef, die zijn Bijbelse kleren, een oude jas en muts, al had aangetrokken, repte zich naar zijn zwangere vrouw die zich puffend liet zakken in het stro.

'Oh Jozef, ons kindje is op komst. Ga de kribbe gereed maken.'

Jozef maakte zich uit de voeten en kwam terug met een appelkistje waarin hij wat doeken legde.

'Kom maar Maria, je gaat nu bevallen.'

'Dat maak ik zelf wel uit,' schoot Maria uit haar slof. 'Maar ik geloof dat je gelijk hebt. Het kindje komt eraan. Ik moet eerst nog even flink persen want zo eenvoudig is het niet, een bevalling. Daar hebben jullie mannen geen kaas van gegeten. Denk daar niet te makkelijk over.'

Maria begon te puffen en te zuchten.

'Haal even wat water, Jozef.'

'Voor de baby?'

'Nee, voor mij. Ik heb dorst.'

Jozef liep naar achteren en kwam terug met een beker water.

'Oh Jozef, je bent net te laat. Het kindje is geboren.' Maria lag wijdbeens met de pop tussen haar benen.

'Het is een meisje,' riep Jozef enthousiast, alsof dat een verrassing was. Daarna liep hij snel naar de ladder en klom naar de hooizolder om de rol van God te vervullen.

'Heden is geboren,' riep hij met donkere stem, 'mijn dochter Jessica. Gezegend zal zij zijn en haar komst zal de wereld veranderen.' God pakte haastig zijn viool en liet van zich horen met een paar forse streken. 'Engelenzang,' verklaarde hij aan moeder Maria beneden in het stro.

'Oh, klinkt dat zo?' riep de verse moeder terug. Ze begon te lachen.

'Vrouw, gij zult niet spotten met deze hemelse klanken,' klonk het verontwaardigd van boven.

Er werd aan de deur geklopt.

'Ach, daar zul je de herders hebben,' riep Maria enthousiast.

Peter deed zijn uiterste best om snel van rol te wisselen. Hij struikelde naar buiten om even later als herder terug te keren.

'Wat doet u hier?' vroeg Maria.

'Wij lagen bij nacht in het veld,' zei de herder, 'en hadden de schaapjes geteld. En toen hoorden we engelen zingen. Liederen vloeiend en klaar. Vandaar dat we naar Bethlehem gingen. Het liep tegen het nieuwe jaar.'

'Ja, dat zal best,' zei Maria, 'maar daar heb ik nu geen boodschap aan. Maak het u gemakkelijk, maar kom niet te dicht bij de kribbe. Zo'n kindje is vatbaar voor van alles en nog wat. Heeft u uw voeten geveegd?'

'Jazeker en mijn staf heb ik buiten gelaten.'

'Dan is het goed. Ga zitten, vriendelijke herder en let niet op de rommel. Jozef zal u en uw vrienden voorzien van brood en wijn.'

Jozef dribbelde heen en weer en verdween door de achterdeur naar buiten.

Er werd opnieuw op de staldeur gebonsd.

'Wie is daar?' riep Maria uit het stro terwijl ze snel haar zwangere buik verwijderde.

'Wij zijn het,' riep Peter met pontificale stem, 'de drie koningen.'

'Oh ja, dat is waar ook, ik had eigenlijk al niet meer op uw komst gerekend. Zo laat nog volk aan de deur.'

Een van de koningen stapte naar binnen. 'Goedenavond gezegende vrouw onder de vrouwen, ik heb vernomen dat hier een koning is geboren.'

Maria schudde haar hoofd. 'Een koningin! Er is een koningin geboren. Jessica is haar naam.'

'Oh, dan hebben we een verkeerde boodschap ontvangen,' zei de koning, 'maar een koningin is ook heel fijn.'

'Hoe heeft u ons gevonden?'

'Wij zijn de wijzen uit het Oosten en hebben verstand van sterren. We hebben de ster gevolgd.'

'Welke ster?' vroeg Maria belangstellend.

'DE ster, de meest heldere ster aan de hemel. Die heeft ons de weg gewezen.'

'Ach,' zuchtte Maria, 'dat zal dan wel. Waar zijn de andere twee koningen?'

'Die staan buiten op hun beurt te wachten.'

'Laat ze maar binnenkomen.' Maria maakte een gastvrij gebaar. De koning liep naar buiten en kwam met twee jassen onder zijn armen weer naar binnen.

'Hier zijn ze, Moeder Maria.'

'Welkom in onze stal,' sprak Maria vriendelijk. 'U kunt zich warmen tussen de koe en de ezel.'

Maria wendde zich weer tot koning 1. 'Uw vrienden zijn nogal klein van stuk, die lusten zeker wel een snee brood.'

De jassen knikten heftig en werden door koning 1 in het hooi gegooid.

'Zo, die kunnen even uitrusten van de lange reis,' bromde de koning. 'Mijn naam is Melchior en we komen wat geschenken aanbieden: mirre, wierook en goud.'

'Toe maar, alsof het niks kost,' reageerde Maria vermanend. 'Legt u het maar bij de kribbe.'

Koning Melchior deed wat hem werd gevraagd. 'Zo, ik moet er maar weer eens vandoor, we hebben nog een paar duizend kilometer voor de boeg voordat we weer thuis zijn.'

De drie koningen verdwenen in de duisternis en keerden huiswaarts via het Geitenpad.

Jozef kwam binnen en informeerde hoe de kraamvrouw zich voelde.

'Een beetje moe,' zuchtte Maria. 'Als jij de boel nou even aan kant maakt, dan kan ik ons kind de borst geven.'

'Dat wil ik ook wel,' reageerde Jozef blij.

'Foei Jozef, we hebben geen tijd voor zulke spelletjes. Ruim jij maar de mirre en het goud op. De rest komt morgen wel.'

Heel voorzichtig tilde Jozef Jessica uit de kribbe en bracht haar naar Moeder Maria die de baby met een hemelse glimlach overnam. Jozef scharrelde nog wat rond in de stal en deed daarna de knip op de deur. Even later lag hij naast Maria in het stro met tussen hen in het kindje Jessica. Maria knipte het licht uit.

'Welterusten Jozef.'

'Welterusten Maria.'

'Welterusten Jessica.'

Einde toneelstuk.

# 3

Twee jaar later. Aan het einde van een lommerrijke laan met aan weerszijden grote eikenbomen lag het klooster, waarin ook het seminarie, de opleiding voor priesters was gevestigd. Daar zou Peter de komende jaren zijn leven doorbrengen. Achter gesloten deuren, afgezonderd van de wereld. De boze wereld, zoals meneer pastoor alles buiten de kerk noemde. De wereld was slecht en de kerk was er om de zielen te redden van de zondaars. Zij die nog net wijs genoeg waren om boete te doen en zich op zondag te laten zien in de kerk. De pastoor hield ze allemaal in de gaten. Hij telde niet alleen zijn schaapjes; hij brandmerkte ze ook. Van meerdere dorpelingen wist hij nu al dat ze via het vagevuur naar de hel zouden gaan.

'Sommige mensen zijn niet meer te redden,' preekte hij elke week, 'wees op uw hoede. Het kwaad schuilt in ons allen.'

Het kwaad zat ook in Peter, wist meneer pastoor. Dat had hij hem goed ingepeperd, als kleine jongen al toen hij misdienaar was.

'Houd je ziel rein, doe geen verkeerde dingen. God ziet alles en anders meneer pastoor wel.'

'Als het kwaad in ieder mens schuilt, zit het ook in u, meneer pastoor?' had Peter opgemerkt. Dat had hij beter niet kunnen zeggen. Hij werd gestraft met honderd Weesgegroetjes en twee zondagen mocht hij geen misdienaar zijn. Peter vond dat niet zo erg, zijn moeder wel.

'Je moet niet alles zeggen wat je denkt,' had ze gezegd. 'Dat is een les waar je nog veel baat bij kunt hebben.'

Nu stond hij voor de poort van het klooster. Hierbinnen zou zijn ziel worden gereinigd. Zo was het hem voorgehouden. Achter het hoge hek kreeg de duivel geen poot aan de grond.

Het zou echter anders uitpakken dan Peter zich had voorgesteld.

De laatste dagen die Peter thuis doorbracht voordat hij vertrok naar het seminarie, stonden in het teken van afscheid nemen. Vrijdags had hij zijn opwachting gemaakt bij juffrouw Blom, zijn lievelingsjuf van de lagere school met haar mooie groene jurk.

Het was na schooltijd en ze zat alleen in haar eigen lokaal. De ruimte waar Peetje drie jaar had les gehad van dezelfde juf, was hem dierbaar. De grote zwarte potkachel die met kolen werd gevuld. Het houten rek waarop in de winter hun wanten werden opgehangen om te drogen. De mooie platen aan de muur. Een weiland met een sloot en een molen in de verte. Een boerderij met op de achtergrond hooiende mensen en een paard en wagen. Een dorpsgezicht met een bruggetje, een bakkerswinkel en een melkkar die werd voortgetrokken door een bok. Het was allemaal zo vertrouwd.

En dan die heerlijke stem van de juffrouw die verhaaltjes kon vertellen en sommen kon uitleggen als geen ander. Dezelfde stem sprak hem nu toe: 'Doe je best, Peter. Nu ben je geen Peetje meer, maar Peter. Zo'n kans krijg je maar één keer,' zei ze met een lieve glimlach Ze had een pakje voor hem klaargemaakt met daarin twee schriften, een kroontjespen, een potje inkt, twee potloden en een puntenslijper.

'Dank u, juf.' Peter had haar graag een zoen willen geven, maar dat leek hem niet gepast. Je geeft juf niet zomaar een kus. 'Ik zal voor u bidden, juf.'

'Dat is fijn jongen, daar ben ik heel blij mee.' Peter knikte.

'U begrijpt dat ik niet voor iedereen kan bidden. Dat zou geen doen zijn. Maar u was altijd mijn lievelingsjuf, vandaar.'

'Wie staan er nog meer op je bidlijstje? Of is dat geheim?'

'Nee hoor. Ik zal bidden voor m'n vader en moeder, m'n broertjes en zusjes – maar niet voor allemaal apart – gewoon bij elkaar in een regeltje. Verder voor Bram de buurman en zijn vrouw Rebecca, hun tweeling Sem en Levi en voor Loes. Voor haar doe ik een apart couplet in mijn gebed.'

'Is ze zo belangrijk voor je?' Juf keek hem vragend aan.

'Ze is mijn vriendin met wie ik later ga trouwen.'

'Oh,' zei juf, 'weet zij dat al?'

'Natuurlijk juf, al een paar jaar.'

'Nou, dat zal me wat worden, een huwelijk tussen een roomse priester en een boerenmeisje.' Juf lachte met een krulletje rond haar mond.

'Een groot feest zal het worden,' glunderde Peter, 'de bruiloft zal vast de krant halen.'

'Dat weet ik wel zeker,' zei juf vriendelijk en sloeg een arm om hem heen. 'Het ga je goed, Peter. Ik hoop dat je nog eens langskomt als je weer in het dorp bent.'

Ze had hem uitgezwaaid tot aan het grote schoolhek aan de overkant van het speelplein.

Daarna had hij de gang naar de pastoor gemaakt. Het grote witte huis zag er zoals altijd, levenloos uit. De lange grijze vitragegordijnen achter de vensters verborgen het saaie interieur voor eenieder die het huis al dicht genaderd was.

Van het tuinhek naar de voordeur telde het grindpad minstens dertig meter. Naast de entree bevond zich een koperen trekbel die voor Peter een jaar geleden nog iets te hoog was om zonder sprong te kunnen bereiken. Deze keer trok hij met een ferme ruk aan de knop. Niet lang daarna zwaaide de zware deur open en keek hij in het ronde gezicht van de huishoudster.

'Kijk eens aan, de jongeheer Peter. Meneer pastoor verwacht je al, ga maar mee.' Juffrouw Sjaan draaide zich om en sjokte met haar lange zwarte jurk door de hoge gang. Haar degelijke schoenen met brede hakken maakten een klikkend geluid op de stenen vloer. Hij volgde haar gelaten naar de voorname kamer, waar de eerwaarde zijn gasten ontving.

'Dag meneer pastoor.' Peter maakte een keurig knikje met zijn hoofd.

'Zo jongeman, je ziet er fris uit. Heb je die scheiding in je haar zelf aangebracht? Zo kaarsrecht als die getrokken is...'

Het verbaasde Peter dat de pastoor zich druk maakte over zoiets onnozels als zijn scheiding.

'Nee, meneer pastoor, het is het werk van mijn moeder. Slechts een enkele haal met de gezinskam en hij zit erin.' Tegelijkertijd voelde hij weer de harde punt van de kam over zijn hoofdhuid glijden.

'Op het seminarie zul je het zelf moeten doen,' zei de pastoor, 'vanaf dat moment ben je groot en moet je in staat zijn je eigen scheiding te trekken.'

Ze dronken een kopje thee met een koekje erbij. De pastoor drukte hem nogmaals op het hart dat iedereen van hem verwachtte dat hij goed zijn best zou doen. Hij moest zich goed realiseren dat hij bevoorrecht was dat hij als enige jongen uit het dorp naar het Klein Seminarie mocht. Peter knikte beleefd.

'Ik reken op je,' voegde de pastoor eraan toe, 'stel me niet teleur.' Daarna vroeg hij of Peter zijn koffer al had gepakt.

'Ik heb geen koffer.'

'Oh, hoe moet dat dan?'

'Ik heb een jutezak van de buurman gekregen. Daar doe ik mijn spullen in.'

'Nou,' zei de pastoor, 'ik heb een beter idee. Op zolder heb ik nog wel een mooi koffertje staan.' Hij pakte het zilveren belletje van de tafel en verwittigde de huishoudster.

'Juffrouw Sjaan, wilt u voor mij het koffertje van mijn broer van zolder halen?'

Ze was naar boven gelopen, naar de zolder en kwam terug met een mooi bruin leren koffertje.

'Wees er voorzichtig mee,' droeg meneer pastoor hem op, 'deze koffer is in Afrika geweest. Mijn broer was missionaris in Oost-Afrika. Hij is helaas overleden. Nu mag jij dit koffertje lenen, Peter. Het is een valies met een geschiedenis.'

Trots liep hij met het koffertje naar huis, waar op dat moment zijn moeder in de moestuin aan het schoffelen was. Maike Wanders keek verbaasd op.

'Wie bent u? Zo'n nette man met leren koffer komt nooit in deze buurt. Zoekt u iemand?'

Peter legde lachend uit dat hij de koffer van meneer pastoor mocht lenen.

'Wat een eer, een gezegende koffer onder de koffers. Draag hem alsof je de Lieve-Heer zelf bent.'

'Jezus droeg geen koffer,' protesteerde Peter.

'Je moeder is niet gek. Dat weet ik heus wel. Maar het is ook maar bij wijze van spreken. Ik bedoel ermee te zeggen: draag hem waardig.'

Vervolgens pakte ze de schoffel weer stevig vast en trok hem door de grond.

'Neem maar een appel uit het mandje op het aanrecht,' riep ze Peter na. 'En straks kom ik je helpen met het inpakken.'

Eerst ging Peter nog naar Loes toe. Hij sprong over het hek en liep meteen naar de achterdeur die toegang gaf tot het washok en de keuken. Tante Rebecca stond bij het fornuis.

'Morgen is de grote dag, hè?'

'Ja,' zei Peter, 'morgen ga ik op reis. Naar het seminarie.'

'Jij boft maar dat je mag doorleren. En dan ook nog op het seminarie. Dat is eigenlijk alleen weggelegd voor knappe jongens.'

Loes was de keuken binnen komen lopen. 'Mijn vriend is ook heel knap,' zei ze trots, 'van buiten en van binnen in zijn hoofd.'

Ze had een vrolijke zomerjurk aan en droeg haar haar in een paardenstaart. Ze werd met de dag mooier, vond Peter. En haar lichaam werd met het uur spannender.

Er was de laatste tijd iets veranderd in hun vriendschap, er was een ander gevoel bijgekomen, een onbestemd verlangen om intiem met elkaar te zijn. Ze hadden al heel vaak met elkaar gevreeën, maar nooit helemaal naakt. Het was gebleven bij tasten en voelen, maar wel steeds verder, tot aan de intiemste plekjes.

Nu voelden ze allebei dat er iets heel bijzonders zou gaan gebeuren. Als ze elkaar aankeken, moesten ze beide blozen. Ze dachten aan hetzelfde. En morgen zou Peter vertrekken en de komende zes weken niet thuiskomen. Dat was wel erg lang voor twee verliefde tieners.

'Kom,' zei Loes, 'we gaan naar buiten.'

'Goed zo, wegwezen jullie,' lachte tante Rebecca, 'dan ga ik de keuken schoonmaken en kunnen jullie rustig afscheid nemen.'

Even later lagen Peter en Loes op hun geheime plekje achter in de schuur.

'Ik wil kijken hoe je piemel stijf wordt,' zei Loes terwijl ze achteloos haar paardenstaart losmaakte. Ze schudde met haar donkere krullen en keek Peter aan met een veelbelovende blik.

Ze hadden al vaak genoeg met hun kleren aan liggen vrijen, maar nu vond Loes het kennelijk tijd voor het serieuzere werk. Meestal was het Peter die aandrong op intiemere handelingen, maar dit keer was het Loes die de leiding nam.

Ze kleedden zich snel uit, maar hielden hun onderbroek aan. Bij de aanblik van haar naakte meisjeslichaam moest Peter naar adem happen. Wat was ze mooi. Haar zachte huid, de harde borstjes, de roze tepeltjes... Loes draaide zich bevallig van hem af en liet langzaam haar broekje zakken waardoor haar billen zichtbaar werden. Ze bewoog haar heupen waardoor haar billen meedeinden met de bewegingen die ze maakte. Peters hart bonkte in zijn keel, hij voelde dat hij steeds meer opgewonden raakte.

Loes keerde zich naar hem toe. Ze deed een stap naar voren zodat ze vlak voor Peter stond. Ze hield haar hand voor haar schoot. Met haar andere hand trok ze aan het elastiek van zijn onderbroek en keek naar beneden. Langzaam gleed haar hand in zijn broek. Peter kreunde. Ze maakte een paar strelende bewegingen.

'Doe je broek maar uit,' zei ze zacht.

Terwijl Peter zijn broek uittrok, keek hij naar het plekje met haartjes waarin haar gleufje verborgen zat. Hij had al eens mogen voelen, maar hij had het nog nooit zo bloot gezien.

'Wat heb jij een mooie stijve piemel,' zei Loes. 'Mijn lichaam kan jouw lichaam veranderen,' fluisterde ze trots.

'En jouw lichaam kan mijn lichaam veranderen.'

'Voel maar, mijn tepeltjes worden hard en van onderen gebeurt er ook iets.' Ze stonden allebei te hijgen.

Hij wist niet waar hij moest beginnen en pakte haar blote billen vast. Dat voelde heerlijk, meteen daarna gleden zijn handen naar haar borsten. Loes zou zich zomaar eens kunnen bedenken en daarom wilde hij zoveel mogelijk tegelijk vasthouden. Maar dat was niet gemakkelijk. Dan maar met één hand haar billen strelen en met de andere haar borstjes betasten.

'Je mag ze nu kussen, Peter.'

Hij deed maar al te graag wat Loes van hem vroeg.

'Laten we gaan liggen,' hijgde hij.

Ze zakten door hun knieën en lieten zich vallen in de zachte doeken van hun geheime schuilplaats in de voddenschuur. Hij proefde haar borsten en sloot zijn ogen om volledig op te gaan in zijn droom die werkelijkheid was geworden. Loes kreunde zachtjes.

'Van onderen gebeurt er ook iets,' fluisterde Loes. 'Voel maar... maar doe voorzichtig.'

Peter gleed met zijn handen tussen haar dijen.

'Oh lekker,' steunde ze.

Zijn hart sloeg op hol. Hij wilde meer, veel meer.

'Je bent nat,' hijgde hij.

'Ja, dat is om jou naar binnen te helpen.'

'Zullen we het doen?'

Ze fluisterde zachtjes dat het goed was. 'Je mag in me komen. Maar doe het voorzichtig, heel langzaam. Ik zal je helpen.'

Peter hield zijn adem in en gleed langzaam naar binnen.

'Au au,' riep Loes, maar meteen daarna: 'ga door ga door!'

Ze hielden elkaar stevig vast en zochten naar het ritme waarop ze het meest prettig hun liefde konden uitleven. Het was de eerste keer, ze moesten alles nog uitvinden. Het ging een beetje onhandig, maar dat maakte het niet minder opwindend.

Peter voelde zich samensmelten met zijn Loes en werd licht in zijn hoofd. Nog even en hij zou met zijn vriendin opstijgen en eeuwig als een wolk langs de hemel glijden.

'Ik houd van je,' fluisterde hij in haar oor, 'ik houd heel veel van jou.'

'Ik ook van jou,' kreunde ze terug, 'nog veel meer dan veel.'

Op dat moment voelde hij zijn hoogtepunt naderen, alsof hij tot ontploffing zou komen, en dat gebeurde ook. Hij kermde van genot. Loes begon zachtjes te huilen en streelde hem door zijn haar.

'Je maakt me gelukkig,' snikte ze, 'ik zal altijd bij je zijn, altijd. Laat me niet in de steek, Peter! Alsjeblieft.'

'Nooit, echt nooit,' beloofde hij plechtig en overlaadde haar met duizend kussen.

# 4

Augustus 1930. Bij aankomst in het seminarie werden de eerstejaars bijeen geroepen op de binnenplaats waar vader abt, de baas van het klooster en het seminarie, hen welkom zou heten. Er waren ongeveer twintig jongens die zich, volgens aanwijzingen van een ouderejaars, moesten opstellen in twee rijen. De lange jongens op de achterste rij en de jongens die klein van stuk waren vooraan. Peter stond in de voorste rij.

Er werd om stilte verzocht.

De abt was een rijzige figuur met staalblauwe ogen achter ronde brillenglazen. In zijn habijt maakte hij een oppermachtige indruk, zelfs zonder te spreken wist hij de gesel van zijn regime te laten neerdalen op de jongens die zo onberispelijk in de rij stonden.

'Dit gaat een moeilijke periode worden,' voelde Peter meteen de eerste minuut al. Met deze man viel niet te spotten.

'Seminaristen van het eerste jaar, ik heet u welkom in onze gemeenschap,' bazuinde zijn stem over de cour. 'Het zal een zware tijd voor u worden, waarin wij veel van u gaan eisen. Heel veel.'

Peter vond het interessant klinken. Nog nooit had iemand hem met u aangesproken. Het klonk goed.

'Slechts de sterksten van geest en vooral zij die een oprecht geloof tonen zullen de opleiding tot priester kunnen voltooien.'

De abt gleed met zijn ogen langs de rijen waarin de jongens hun uiterste best deden om met een zo recht mogelijke rug een kordate indruk te maken.

'U bent vanaf nu ondergeschikt aan onze strenge doch rechtvaardige regels. Wie de euvele moed bezit deze te overtreden, zal worden gestraft tot aan de isoleercel toe. U bent vanaf nu een instrument van de rooms-katholieke kerk. U dient zich nederig te gedragen. Wij verlangen van u absolute gehoorzaamheid en groot respect voor uw meerderen. Wij zullen u scherp in de gaten houden, en anders God wel. Het oog van de Almachtige zal niets ontgaan. Ik wens u een zegenrijke en succesvolle studie toe.' De abt had niet één keer geglimlacht of een vriendelijke blik naar de jongens geworpen.

Hij draaide zich om en schreed plechtig over de binnenplaats naar de poort die toegang gaf tot het heilige der heiligen, de kloostervleugel waar de leiding zetelde.

Diezelfde ochtend kregen de jongens hun verplichte kleding uitgedeeld. Twee zwarte overhemden, twee lange broeken, een zwart habijt, vier onderbroeken, vier hemden, twee paar sokken, een zakdoek en een paar degelijke zwarte schoenen. Ze werden ingedeeld in groepen van tien, die met elkaar een slaapzaal moesten delen. Vijf ijzeren bedden aan elke lange kant van de zaal.

Daarna moesten de jongens zich verplicht douchen alvorens zich te verkleden. Het douchen geschiedde onder toezicht van broeder Alphonse, de groepsmentor, die hiervoor speciaal een grote wollen zwembroek had aangetrokken. Hij inspecteerde de lichamen van de jongens en wees ze erop dat ook het onderlijf goed gewassen diende te worden. Bij sommigen deed hij voor hoe dat moest.

Om kwart over twaalf klonk de bel, het teken dat het middagmaal werd opgediend. Iedereen spoedde zich naar de refter, waar lange tafels met houten banken stonden opgesteld. Monniken en leerlingen snelden heen en weer met pannen soep en schalen brood. Met korte aanwijzingen van een ouderejaars werd hen een plaats toegewezen.

De eerstejaars zaten helemaal achterin, vlakbij de keuken. Eerst moesten ze staande wachten tot een van de broeders een gebed had uitgesproken. Pas na het kruisteken mochten ze aanschuiven.

De jongen naast Peter fluisterde hem vriendelijk toe: 'Welkom in de hel.'

*

Na een paar maanden was Peter zo gewend aan het seminarieleven dat hij zich prettig begon te voelen. In het begin had hij veel moeite met de discipline binnen de orde en ook de strenge regels die hen werden opgelegd vergden de nodige aanpassing van zijn vrije geest.

De soberheid die zou leiden tot de gelofte van armoede ging hem goed af. De eenvoudige slaapvertrekken waren ruim vergeleken bij de kamertjes thuis. Voor het eerst had hij een eigen kast en een eigen stoel. Ze sliepen met tien jongens op één kamer. Maar dat was hij al gewend.

'Het is hier net een konijnenhok,' had zijn vader wel eens gezegd.

'Daar heb je dan zelf voor gezorgd,' was steevast het antwoord van zijn moeder. Even werd er dan een samenzweerderige blik gewisseld en daarna pakten zijn ouders de draad weer op.

Met de voorbereiding op de gelofte van gehoorzaamheid had Peter meer moeite. Discipline was niet zijn sterkste kant. Het blindelings aanvaarden van opdrachten viel hem zwaar. Het leek hem prettiger om zelf zijn beslissingen te nemen in plaats van het lot in andermans handen te leggen.

Op dit onderwerp moest hij nog even goed studeren, maar het stond niet in verhouding met het gevecht dat hij voerde op het gebied van de algehele kuisheid. Zijn fantasieën kon hij niet beteugelen, ook zijn verlangens werden steeds sterker. Hij moest voortdurend aan Loes denken. Aan de spannende seksspelletjes die ze met elkaar speelden.

Maar de laatste tijd gingen zijn gedachten ook uit naar Andreas, een kamergenoot. Een zachtaardige jongen met een mooie zangstem. In het koor stond hij vooraan en geregeld mocht hij als solist zelfs een stap voorwaarts zetten. Dan galmde zijn stem nog zuiverder door de kerk.

Op die momenten, wanneer Andreas glashelder zijn hoge tonen zong, werd Peter overmand door een diepe ontroering. Zo'n mooie jongen, met zo'n bijzondere stem. Deze gevoelens waren echter wel verwarrend. Hoe kon hij nou zo onder de indruk zijn van een andere jongen? Want als hij heel eerlijk was, moest hij bekennen dat er meer speelde dan alleen vriendschap. Het zat dieper, het voelde anders. Hij zou Andreas willen omarmen en tegen zich aan drukken. Zijn gedachten gingen soms verder en dat maakte hem angstig. Hij wist dat het een doodszonde was. Zeker voor een aankomend priester.

Zijn hoofd zat vol met vragen.

'Hoe kon God deze gevoelens in hem toelaten? Of was het de duivel die bezit van hem nam?' Hij durfde er met niemand over te praten. Hij moest zijn gedachten toch meer op Loes met haar stevige appelborstjes richten. Dat was pas fijn om aan te denken. Maar ook dat was een zonde in de ogen van de kerk. De gelofte van algehele kuisheid was er niet voor niets. Je was als dienaar van de kerk verplicht seksloos door het leven gaan. Je moest alle seksuele verleidingen weerstaan. Het verlangen uitbannen. Dat kon de kerk wel opleggen, maar als je lichaam niet wilde luisteren, was dat heel lastig. Peter worstelde met dat dilemma. Een groot probleem dat elke dag in omvang toenam.

Peter en Andreas voerden lange gesprekken over de meest diverse onderwerpen. Er viel veel uit te wisselen over de leerstof waarin ze onderricht kregen. Naast Latijn, Frans en Engels waren er ook lessen over de Bijbel en de geschiedenis van de rooms-katholieke kerk. Maar ook kunstgeschiedenis en musicologie – met name koormuziek – waren belangrijke vakken in het strenge rooster. Naast het bijwonen van de lessen en de vaste studie-uren werd er meerdere malen per dag gebeden en op gezette tijden geschoffeld in de moestuin. En natuurlijk was het verplicht aanwezig te zijn bij de talrijke missen. Daarnaast gold er een strak corvee. Je was ingedeeld in de keukendienst – aardappels schillen, groenten wassen en na de maaltijd de vaat doen – of je had een week dienst in de schoonmaakploeg – gangen dweilen, wc's schoonmaken en ramen lappen. En er was een werkploeg die in en om het klooster karweitjes opknapte, zoals schilderwerk of dakpannen verwisselen.

Peter had voorkeur voor de buitenploeg die werkzaam was in de moestuin of in het aangrenzende bos, waar ze brandhout moesten verzamelen en dode takken verwijderen. Als geen ander wist hij het snoeimes te hanteren. Van jongs af aan had hij geleerd met bijlen en messen om te gaan. Thuis speelden ze vaak landjepik met een mes dat Peter uit de keukenla had geleend. Veel sneller en behendiger dan zijn oudere broers veroverde hij stukken land. Op de centimeter nauwkeurig gooide hij het wapen in de grond.

'Wat is die jongen handig met dat mes,' had zijn vader geroepen. 'Dat kan nog wel eens van pas komen.' Joes Wanders was een verdienstelijk stroper. Een scherp zakmes was in die branche een onmisbaar attribuut.

Peter hield van het buitenleven, dat was hij gewend. Gelukkig had Andreas dezelfde interesse voor de natuur. Alleen zijn achtergrond was anders. Zijn vader was onderwijzer op een muloschool. Een keurige man, zo omschreef Andreas hem. Recht in de leer, een beetje saai, dat wel.

'Mijn moeder is veel vrolijker,' vertrouwde hij Peter toe, 'ze zingt graag en ze heeft altijd tijd voor ons.'

Peter dacht aan zijn eigen familie. Er werd bij hem thuis vooral gewerkt. Zijn moeder was altijd druk. Vader was vooral moe na een lange dag hard werken op het land.

De jaren na de Eerste Wereldoorlog waren zwaar geweest. Later kregen ze het iets breder, toen vader smokkelaar werd. 's Nachts trok hij er vaak op uit om in Duitsland, net over de grens, boter en sterke drank in te slaan. Dat verkocht hij aan de boeren en aan de kroegen in de omgeving. Iedereen was op de hoogte en profiteerde mee van de 'handel' zoals zijn vader het omschreef. Hij stond bekend als een bekwame en betrouwbare smokkelaar.

Toen Peter oud genoeg was mocht hij met zijn vader mee op smokkelpad. Vaak op zaterdagavond. Dat was een goede avond, omdat er bijna geen grensbewaking was, de mannen van de douane zaten meestal in het café. Ze hadden hun loon gekregen en dat moest elke week gevierd worden.

Ze woonden nog geen kilometer van de grens en kenden het bos als hun broekzak. Met een lege plunjezak over zijn schouder volgde hij zijn vader in het donker. Bij grenspaal veertien staken ze de grens over. Vlakbij was een Duitse kroeg waar arbeiders en zwervers uit de buurt hun borrel kwamen drinken. Bij de achterdeur wachtten ze rustig af tot Mutti Schwein naar buiten kwam. Zo stond ze bekend in het dorp.

'Ze heeft een varkensreet van hier tot Karlsruhe,' oordeelde zijn vader. Hij had bij hun eerste tocht zijn zoon in vertrouwen genomen, als mannen onder elkaar. Mutti Schwein kwam met de boter en de flessen naar buiten, ze was de bazin van de herberg. Je moest met haar geen ruzie krijgen.

'Wer ist der Junge,' vroeg ze.

'Das ist der Peter, mein Sohn.'

'Ach der Peter, so jung und schon Schmuggler?'

'Assistenzschmuggler,' legde Herr Wanders uit.

'Ach so, der Assistent.' Mutti Schwein lachte haar gebit bloot. Echte zwijnentanden had ze. Angstaanjagend zichtbaar in het vale licht van de lantaarn aan de muur. Ze overhandigde een zestal flessen en vier kilo boter en vader betaalde.

'Ein Würstchen für die Männer?' vroeg Mutti vriendelijk. Ze liep naar binnen en kwam even later terug met twee vette braadworsten.

Toen Peter een paar jaar ouder was, ging hij ook wel eens alleen op pad. Vanaf zijn tiende lukte dat al behoorlijk goed. Meerdere malen per maand maakte hij een lucratieve wandeling naar Duitsland. Het was maar een half uurtje. Zelfs overdag waagde hij de oversteek. De grenswachters kenden hem wel. Dat jong met zijn hond. Peerke liep altijd met hem mee, een hond van een onbestemd merk. Het resultaat van een mix aan straatinvloeden.

Die twee maakten geen verdachte indruk. Ze renden wat door het bos. Peter gooide de stok elke keer een stuk verder en Peerke bracht hem terug. Al spelend gooide hij de stok over de grens en liep fluitend naar het café van Mutti Schwein.

'Ach, das Hundchen,' kirde Mutti altijd opgetogen. Peerke reed met alle plezier tegen haar been op. Vooral als ze met een Würstchen stond te zwaaien.

'Möchtest du auch einen kleinen Pimmel?'

Nou dat wilde Peerke wel.

'Und der Peter auch? Oder will der Peter einen grossen Pimmel?' lachte ze dubbelzinnig.

Andreas moest lachen. Vooral om de manier waarop Peter de stem van Mutti Schwein nabootste. Tijdens het werken in de grote tuin praatten ze heel wat af. De vriendschap werd steeds hechter. Hun beider voorkeur voor boeken en muziek gaf aanleiding tot lange gesprekken.

Andreas liet Peter kennismaken met de werken van grote filosofen zoals Kierkegaard, Goethe en Socrates. 'We moeten kennis verzamelen, zodat we wijs worden.'

'Kennis is geen ballast,' merkte Peter op, fanatiek schoffelend tussen de slaplanten.

Zo leerden ze elkaar beter kennen. Niet alleen met woorden, ze voetbalden samen en er werd zo af en toe gestoeid, maar dat werd door de leiding afgeraden. Lichamelijk contact kon leiden tot gevaarlijke gedachten. 'Breng uzelf en de ander niet in verleiding,' luidde een van de regels. Het was raadzamer om samen naar muziek te luisteren. Dat was niet tegen dovemansoren gezegd. Beide jongens genoten van muziek, zowel klassiek als religieus. Ze luisterden aandachtig naar de radio in de conversatiekamer. Daar maakten ze kennis met de grote componisten. Ze konden ademloos luisteren naar hun favoriete operafragmenten zoals het 'Duettino Sull'Aria' uit 'De Bruiloft van Figaro' van Mozart.

'Die twee zuivere vrouwenstemmen zijn zo breekbaar mooi,' had Andreas opgemerkt. 'Alsof ze elkaar in de lucht omarmen en gezamenlijk wegzweven. Voor altijd samen.'

Ze hadden elkaar aangekeken.

'Ja,' zei Peter, 'voor altijd samen.'

*

Tijdens de maaltijden in het klooster werd er niet gesproken. Men luisterde naar teksten uit de Bijbel die bij toerbeurt werden voorgelezen door een van de broeders. Tussen het getik van de lepels in de soepborden wandelde Jezus over het water of klom Nicodemus in een vijgenboom. Sommige broeders hadden duidelijke stemmen, maar anderen prevelden maar wat. Dan was luisteren wel heel veel gevraagd. 's Middags was er gelegenheid om gezamenlijk thee te drinken en daarbij mocht men summier van gedachten wisselen of informatie overdragen. Ook 's avonds tussen zeven en acht kon men een uurtje converseren of luisteren naar klassieke muziek.

Om tien uur diende overal het licht gedoofd te zijn. 's Morgens om vier uur werden immers de metten gebeden.

Zo gleden de seizoenen voorbij. Biddend en studerend. Peter laafde zich aan de leerstof. Hij bleek een zeer goede leerling en haalde hoge cijfers.

'Ge zult het nog ver schoppen,' had een van de hoofdpaters tegen hem gezegd. 'Met die hersens van jou kun je zo naar de jezuïeten. Daar gaan alleen de allerknapsten naar toe.'

Broeder Vergilius wist waarover hij sprak; hij had zelf gestudeerd bij de jezuïeten. Hij was een van de uitverkorenen en stond op de nominatie om vader abt te worden van een grote kloostergemeenschap. Daarna wellicht bisschop of kardinaal.

'Die weg ligt ook voor jou open, jongen,' had hij vriendelijk gezegd. 'Als God het wil.'

'En paus, behoort dat ook tot de mogelijkheden?'

'Dat is meteen wel erg hoog gegrepen voor een boerenknaap,' vond broeder Vergilius.

'Ik dacht niet aan mezelf. Ik dacht aan u, eerwaarde!'

'Laten we nederig blijven,' sprak hij met rustige stem, 'dat past ons beter dan hoogmoed. Nederland heeft overigens al eens een paus voortgebracht.'

Peter knikte.

'Paus Adrianus VI,' zei hij. 'Maar dat is heel lang geleden. In 1522.'

Vergilius keek hem welwillend aan.

'Na Christus,' voegde hij er voor de volledigheid aan toe.

'Zo, je bent goed op de hoogte. Ik had ook niet anders van je verwacht.'

'Maar eerwaarde, dan is het toch de hoogste tijd voor een nieuwe Hollandse paus, vindt u niet?'

'Daarover hebben wij niets te zeggen, zoals je weet. Er zijn hogere machten die daarover beslissen. Ga heen, jongen en ga schoffelen in de moestuin van Onze-Lieve-Heer. Het is mooi weer.'

Peter stond op, maakte een lichte buiging voor de eerwaarde en verliet het vertrek met een trotse glimlach.

'Heilige Vader – il Pope – Paus Petrus Johannes de eerste! Het hoogste ambt in de rooms-katholieke kerk. Dat wordt mijn ambitie,' besloot Peter. 'Ik wil paus worden.'

Dan maar even niet aan Loes of Andreas denken. Die mochten geen obstakels zijn op de weg die hij moest gaan. De Via Appia naar het Vaticaan. Rome. Het voelde meteen anders. Hij had het idee dat hij merkbaar rechterop liep en de schoffel in zijn hand voelde aan als een staf. Nauwelijks kon hij wachten om dit grote geheim met Andreas te delen. Om twee uur hadden ze afgesproken achter de groene haag die de moestuin scheidde van de rest van de tuin. Een rustige plek waar bijna niemand kwam.

Slechts een paar bescheiden witte wolken gleden langzaam door de blauwe lucht. Er zaten een paar lijsters in de haag, ze floten en fladderden wat en lieten zich niet afleiden door de twee jongens die over het pad kwamen aanlopen.

'Ik weet nu wat ik met mijn leven van plan ben,' zei Peter.

Andreas keek zijn vriend afwachtend aan.

'Het is een grote beslissing die ik vanmiddag heb genomen. Het is een cruciale wending in mijn bestaan.' Peter wilde dat zijn mededeling in al zijn importantie zo helder mogelijk overkwam en sprak met een zweem van voornaamheid in zijn stem.

'Ik word paus.' (stilte). 'Dat is mijn roeping.'

Andreas slaakte een kreet van verrassing en sloeg onmiddellijk een kruis.

'Peter!' riep hij enthousiast, 'dat is geweldig. Je bent er slim genoeg voor. Maar wat is je motief? Je moet iets voor ogen hebben, want de weg is lang en zwaar.'

Peter haalde zijn schouders op.

'Het enige waaraan ik kan denken, is het motto dat mijn moeder me heeft meegegeven: *Houd God voor ogen en je gulp gesloten*.'

'Dat lijkt me een goed begin,' zei Andreas bemoedigend. Ze omarmden elkaar lachend. En ze bleven elkaar vasthouden. Een overweldigend geluksgevoel maakte zich van hen meester. Zelfs de lijsters hielden hun adem in. En toen gaf Andreas Peter onverwachts een kus op zijn mond. Een kus die veel langer duurde dan de bedoeling was. Alsof hun omhelzing in brons werd gegoten. Geen van beiden maakte een beweging. Hun ogen waren gesloten. Met een bonzend hart voelde de toekomstige paus de erectie van zijn vriend in diens zwarte kloosterbroek groeien. In de verte klonk het 'Ave Maria'. Het koor oefende in een van de lokalen van het seminarie. Flarden van het gezongen gebed werden meegevoerd door de warme middagbries.

'Moeder van God, bid voor ons, nu en in het uur van onze dood.'

Achter de haag verscheen een oudere monnik. Hij bleef roerloos staan en observeerde het drama – want dat was het. Twee kussende aspirant-priesters verstrengeld in een intieme omhelzing. Broeder Vergilius draaide zich behoedzaam om en liep langzaam terug naar het klooster.

Het was dinsdagmiddag 14 augustus 1934.

Het had weinig gescheeld of Peter was niet geboren. Zijn moeder vond het huis al vol genoeg.

'Niet nog een mond om te voeden, dat kan ik er echt niet

bij hebben,' had ze tegen de buurvrouw gezegd. Zijn vader had geen mening over dit onderwerp. Het baren van kinderen had niet zijn interesse. En of er nu negen of tien rondlopen. Wat maakt het uit?

Op de dag dat Peter verwekt zou worden, steeg het kwik voor het eerst die zomer boven de vijfentwintig graden. De warme lucht trilde boven het Limburgse land. Er werd gehooid op de weilanden, stoere mannen met ontblote bovenlichamen staken het hooi omhoog, vrouwen en meisjes met geknoopte rode sjaaltjes om het hoofd verdeelden de vracht over de wagens. Vader en moeder Wanders hadden op hun eigen veldje de aardappels gerooid. Ze lagen nu uit te rusten in de schaduw van een boom. Vader begon moeder een beetje te plagen. Dat werd al gauw stoeien. En van het één kwam het ander. 'Toe Maike,' fluisterde hij, 'laten we Onze-Lieve-Heer een nieuw kindje vragen.'

Verschrikt weerde moeder hem af. 'Maar Joes toch... We hebben er al negen. En je hebt zolang we getrouwd zijn al bijna iedere week je katholieke plicht gedaan. En daarbij zoveel pijn geleden.'

'Pijn, hoe bedoel je dat?' reageerde Joes verbaasd.

'Nou,' zei ze, 'de pastoor heeft me tijdens de huwelijksvoorlichting verteld dat de vrouw onderdanig moet zijn en de man niets mag weigeren. God heeft het zo ingericht dat de geslachtsdaad bij de man met helse pijnen gepaard gaat. Net als een tand trekken, zo pijnlijk is het.' Dat had de pastoor haar gezegd. Moeder wist wat dat betekende, ze bezat zelf nog maar een klein rijtje tanden, de rest had de dokter in de loop van de huwelijksjaren onder veel gekerm verwijderd.

'Ach, het doet wel pijn,' had Joes gezegd, 'maar zo erg als een tand trekken is het bij mij nou ook weer niet. En ik ben er aan gewend.'

Zo pratend en zuchtend had de geslachtsdaad zich voltrokken en daarmee was de kiem gelegd voor een nieuw leven.

Peter werd geboren op een mooie zondag in de lente. Het was 22 april 1918.

# 5

De dagen die volgden op het incident in de kloostertuin werden gekenmerkt door spanning. Peter wist met zijn gevoel geen raad. Andreas kennelijk ook niet. Ze keken elkaar amper aan.

'We moeten praten,' had Andreas gezegd.

Dat vond Peter ook. En die gelegenheid deed zich voor toen ze samen onkruid aan het wieden waren. Knielend tussen de slaplantjes deden ze zwijgend hun werk. Andreas was op een gegeven moment de eerste die sprak.

'Het spijt me vreselijk wat er is gebeurd. Ik hoop dat je het me wilt vergeven, Peter. Ik ben een zondaar en heb jou meegetrokken in het duister.'

'Nee, nee,' protesteerde Peter, 'als er iemand een zondaar is, ben ik het. Al heel lang heb ik bepaalde gevoelens voor jou. Warme gevoelens. Ja, dat durf ik best te zeggen. Ik houd van jou, mijn vriend.'

Andreas begon gesmoord te huilen.

'Ik ook van jou,' bekende hij door zijn tranen heen. 'Maar het mag niet, hoe kunnen wij ooit de gelofte van kuisheid afleggen als we dit soort verkeerde dingen doen?'

'Die gelofte is nog niet van kracht,' reageerde Peter resoluut. 'We hebben de eed nog niet afgelegd.'

Andreas haalde wanhopig zijn schouders op. 'Mijn verstand zegt dat het niet zuiver is wat we hebben gedaan, maar mijn hart en mijn lichaam geven heel andere signalen af.' Hij stampte woedend op de grond. 'Het is tegennatuurlijk,' zei hij gedecideerd. 'We moeten ermee stoppen.'

'Nee,' zei Peter, 'als God liefde is, begrijpt Hij onze gevoelens. God heeft ons geschapen zoals we zijn. Hij weet heus wel waar Abraham de mosterd haalt.'

Andreas glimlachte door zijn tranen heen. Peter sloeg een arm om de schouders van zijn vriend.

'Nee, niet doen,' reageerde Andreas geschrokken.

*

Andreas Gevaers groeide op in een gezin met vijf kinderen, net één te weinig om serieus genomen te worden door de rooms-katholieke kerk. Zijn vader Casper was een keurige onderwijzer. Hij wist hoe het hoorde en had dat overgedragen op zijn kinderen. Zijn echtgenote Carien was vooral moeder. Moeder de vrouw, zoals dat in Brabant werd genoemd. Daarnaast maakte ze zich nuttig voor de rooms-katholieke vrouwenvereniging. Op de dinsdagmiddagen waren de dames druk met borduren, breien en haken voor de zieken en de armen uit de omgeving.

'Zo maak je je nuttig in het leven, Andreas,' had ze vaak tegen haar zoon gezegd. 'Laat je handen maar wapperen. Zo verdien je een plaatsje in het hiernamaals, daar gaat het tenslotte om.'

'Ons mam breit zich een touwladder naar de hemel toe,' maakte vader vaak hetzelfde grapje. Het tikken van de breipennen was een vertrouwd geluid in huis, evenals de heldere stem van Carien. Altijd zingend en breiend, dat is het beeld van zijn moeder dat Andreas bij zich droeg. In zingen oversteeg hij haar, maar met breien bleef hij ver achter. Waar hij wel eens een steek liet vallen, haakte zij af bij de hoge C.

Al op jonge leeftijd viel zijn glasheldere stem op en kon de kleine Andreas als geen ander wijs houden. Elke noot was raak. Al snel kreeg hij een vaste plek in het jongenskoor van de kerk en op zevenjarige leeftijd zong hij zijn eerste solo: 'Gloria in Excelsis Deo'.

Doodstil was het tijdens zijn optreden geweest. De Latijnse woorden uit zijn jongenskeel galmden door de basiliek en stegen rechtstreeks op naar de hemel. Menig kerkganger moest een zakdoek tevoorschijn halen. Ook Casper en Carien konden hun ontroering niet bedwingen.

'Da's ons jong,' fluisterde Carien na afloop met trillende stem, 'ons manneke.' Casper had geknikt en was daarna meteen op zijn knieën gezakt om God te bedanken voor dit geschenk, dit kind met zijn engelenstem.

'Ik zal mijn zoon aan de kerk schenken, Almachtige Vader,' beloofde Casper aan God, 'zodat hij U altijd zal loven.'

Op een middag zaten ze met het gezin rond de kachel. Vader las een boek over Franciscus van Assisi, een heiligverklaarde man die na een veldslag gevangen werd genomen, met melaatsen werkte, een oogkwaal opliep waardoor hij bijna blind werd; kortom zijn leven was moeilijk. En toch bleef deze Franciscus een geduldig, tevreden en gelukkig mens.

'Een voorbeeld voor ons allen,' hield Casper het gezin voor.

Carien en de drie oudste kinderen, waaronder Andreas, waren ijverig aan het breien. Sokken en sjaals voor de winter. Andreas maakte een sjaal, dat ging 'm best aardig af. Aan sokken was hij nog niet toe. Met bewondering keek hij naar de snelheid waarmee zijn moeder vier pennen tegelijk hanteerde.

'Gaan jullie maar even buiten spelen,' zei vader. Hij wilde moeder onder vier ogen spreken. De kinderen verlieten de kamer.

'Ik heb erover nagedacht,' zei Casper zonder verdere inleiding, 'ik denk dat ons Andreas maar priester moet worden.'

'En Antoine dan?' vroeg Carien. 'Hij is de oudste, hij heeft voorrang.'

'Misschien moeten ze alle twee priester worden,' stelde Casper voor.

'Nee, dat is teveel van het goede,' reageerde Carien. 'Ik wil de kerk best een zoon schenken, maar twee is overdreven.'

'Nou, dan wordt het Andreas. Dat is dus afgesproken.'

'Oh ja? Met wie dan wel?'

Casper keek haar serieus aan. 'Ik heb het God beloofd,' zei hij plechtig. 'Vanmorgen in de kerk.'

'Daar wil ik dan niet tussenkomen,' antwoordde Carien terwijl ze berustend haar breiwerk in haar schoot liet zakken, 'wil je nog een kopje thee?'

'Graag.'

En daarmee was de kous af.

*

Peter en Andreas zaten op een bankje aan de bosrand. Het was een late nazomermiddag. 'Heb je altijd al priester willen worden?' vroeg Peter. Andreas knikte.

'Eigenlijk wilde ik bakker worden, maar voordat ik die wens kon uitspreken was ik al aan de kerk geschonken. Mijn vader was nogal voortvarend. Maar ik zag er uiteindelijk wel het voordeel van. De kerk bood me de mogelijkheid om te zingen. Dat is mijn passie. En ik moet zeggen, vooralsnog bevalt het me heel goed. Al de kennis die we mogen vergaren, het is niet niks. We zijn bevoorrecht. De kerk betaalt onze opleiding en als het meezit zijn we voor de rest van ons leven onder dak.'

'Maar de prijs is wel hoog.' Peter keek naar de punten van zijn schoenen.

'Bedoel je te hoog?'

'Misschien wel. We mogen geen seks hebben, mogen niet trouwen, zullen nooit kinderen krijgen. Dat is nogal wat.'

'Inderdaad is het een opgave,' gaf Andreas toe, 'maar de voldoening kan groot zijn. Een leven in dienst van de kerk, in dienst van God.'

Peter zuchtte. 'Maar daarvoor hoef je toch niet ongetrouwd te blijven? Je zou elkaar toch kunnen liefhebben? Als man en vrouw. Ik bedoel ook seksueel. Dat zit toch in onze natuur. Zo zijn we geschapen. We kunnen toch niet net doen of dat gevoel er niet is.'

Hij verzweeg nog maar even zijn intieme verhouding met Loes. Het leek hem beter daarover op dit moment niet in details te treden. Andreas legde een hand op zijn schouder en keek hem ernstig aan.

'Dat is de beproeving die we moeten doorstaan. Anders zijn we het niet waard om dienaar van God te worden.'

'Dat vraag ik me af,' zei Peter, 'God is liefde en diezelfde God zou ons, zijn aanstaande priesters, de liefde onthouden? Dat klopt niet. Het is bedacht door de kerk, niet door God. De kerk heeft van seksualiteit op deze manier een zonde gemaakt. Althans voor alle geestelijken.'

'Nog niet zolang geleden kwam je enthousiast naar me toegerend met de onthutsende boodschap dat je paus wilde worden. Ben je van idee veranderd?'

'Nou ja, het is natuurlijk een ambitieus plan, een nogal hoogmoedige gedachte. Ik zag mezelf in dat prachtige gewaad op het balkon van het Vaticaan, licht wuivend naar de menigte op het Sint Pietersplein. Ik houd van theater en het Vaticaan is het mekka voor religieuze acteurs. Binnen de heilige muren speelt zich een uitzonderlijk kostuumdrama af met alle rituelen en intriges die daarbij horen. Dat spreekt me enorm aan.'

'Behalve de kuisheid,' zei Andreas.

'Kuisheid frustreert alleen maar. En frustratie leidt tot ongenoegen. Al die mooie jonge nonnen met hun dartelende hormonen die zich niet kunnen ontladen in een goddelijk orgasme. Dan kun je nog zoveel mutsen breien of kaarsen rollen, het verlangen naar lichamelijk contact zal niet afnemen.'

'Denk je dat ze aan zelfbevrediging doen?' vroeg Andreas schuchter.

'Ik denk het wel.'

'Maar dat is toch ook zondig?'

'Oh ja? Je doet er toch niemand kwaad mee? Integendeel, het is een 'ticket to heaven'. Even in de zevende hemel. Dat moet een geestelijke toch aanspreken?'

'Mij in ieder geval wel,' beaamde Andreas.

'En al die paters, monniken, pastoors, priesters, bisschoppen, kardinalen en pausen die van de kerk hun geslacht slechts mogen beroeren om te richten tijdens het plassen. Het druist in tegen de natuur. Zodra ik paus ben, zal ik een einde aan deze dwaling maken.'

'Dat is dan afgesproken.' Andreas betuigde Peter zijn steun met een stevige handdruk.

'Ik zal een sjaal voor je breien, voor in het Vaticaan,' beloofde hij. 'Als je die draagt, zul je aan mij denken.'

'Zo is het, als je niet mag naaien moet je maar gaan breien.'

*

Het leven in het seminarie volgde zijn eigen rustieke ritme. De kerkgang, de colleges, het schoffelen in de perken, de wandelingen in de grote tuin, het Bijbellezen, het luisteren naar muziek, boekbesprekingen en conversaties bij een kopje thee. Een grote voldoening haalde Peter uit de vioollessen die hij mocht volgen. Zoals Andreas naar de koorrepetities ging, kreeg hij les van een aardige broeder die hem liet kennismaken met de meest uiteenlopende componisten. Iedereen kreeg de gelegenheid zijn talent te ontwikkelen.

De vorderingen die Peter en Andreas maakten, gaven alle aanleiding tot lof. Men was zeer tevreden over de twee jonge studenten die ver boven het gemiddelde presteerden. Voor hen was een gouden toekomst weggelegd. Hoewel men zich binnen de muren wel zorgen maakte over de hechte band die de jongens hadden opgebouwd. Broeder Vergilius had Peter onlangs op het matje geroepen in de statige kamer aan het einde van de lange gang en zijn bezorgdheid uitgesproken.

'Pas op dat je niet te intiem wordt, jongen,' had hij tegen Peter gezegd, zonder het incident bij de heg te noemen. 'Je begrijpt wel wat ik bedoel. De geest is misschien sterk, maar het vlees is zwak. Wij tobben allemaal wel eens met dat probleem. Je vriendschap met Andreas is niet onopgemerkt gebleven. Ik geef je een vaderlijke raad. Beheers je. Houd je aan de regels die hier gelden. Dat zal je een hoop ellende besparen. Ik hoop dat ik je kan vertrouwen. Denk er maar eens goed over na.'

Door de hoge glas-in-loodramen scheen een vaal licht dat een zwakke schaduw wierp op de houten lambrisering naast de grote klok. Het was vijf over vier. Mocht hij nu vertrekken of moest hij wachten op een teken van broeder Vergilius? Hij twijfelde even en sprak toen een bescheiden dankwoord.

'Dank u voor uw wijze raad.' Peter staarde naar de grond, niet in staat de prelaat in de ogen te kijken. Hij voelde zich betrapt en schuldig. Hij had de regels al meerdere malen overtreden. Het was niet bij die ene kus gebleven. Zodra ze alleen waren zochten ze intimiteit bij elkaar. Intimiteit die steeds verder ging. De hartstocht won het van de huisregels.

'Ga nu maar,' zei broeder Vergilius vriendelijk. Bij het openen van de deur keek Peter schichtig om.

Broeder Vergilius glimlachte. 'We zijn trots op je. Je doet het heel goed op het seminarie. Vergeet dat niet.'

Een paar maanden later zou de bom barsten.

*

Peter had een slechte nacht. Hij woelde onrustig in zijn bed en werd achtervolgd door gedachten die niet zomaar uitgebannen konden worden. Hij voelde zich schuldig, diep schuldig. Hij had Loes verraden. Hij had zijn vriendin bedrogen. En nog wel met een jongen. Hoe zou hij haar dat kunnen uitleggen? Dat ging gewoon niet. Hij was ontrouw geweest en had daar ook nog een excuus voor.

'Het is gewoon gebeurd. Het kan iedereen overkomen. Verliefdheid is niet tegen te houden,' herhaalde hij in zijn hoofd.

'Nee, nee,' sprak hij zichzelf tegen, 'het is echt fout. Je belazert niet alleen Loes, maar ook jezelf. Hoe dom kun je zijn? Je maakt iets heel moois kapot. Voordat je het weet ben je Loes kwijt. Je moet stoppen met Andreas.'

Hij draaide zich twee keer om en kantelde zijn hoofdkussen zodat hij een koude plek vond om zijn warrige hoofd te blussen.

'Ik wil Loes niet verliezen,' zei hij in zichzelf en draaide zich voor de zoveelste keer om. Zijn hoofd was een doolhof van sombere gedachten. Hij pijnigde zich met vragen waarop hij geen antwoord had.

'En wat dacht je van de gelofte van kuisheid?' vroeg hij zich voor de zoveelste keer af.

Als hij priester werd of bisschop, zou hij toch definitief afscheid moeten nemen van zijn verloofde. Dat was de onbarmhartige keuze waarvoor hij werd gesteld. Er was geen uitweg.

Hij kneep met beide vuisten in de lakens.

Een priester mag niet trouwen en hij had potdomme Loes al ten huwelijk gevraagd. Hij trapte uit wanhoop de dekens van zich af. Zo'n belofte breek je niet zomaar. Het zweet liep over zijn rug.

'Dan maar geen priester,' besloot hij, om daar een minuut later weer op terug te komen.

'Maar ik kan mijn roeping ook niet zomaar opzij schuiven,' dacht hij radeloos. Om zich even later de vraag te stellen: 'Is het wel een roeping? Heb ik wel een roeping?'

Dergelijke vragen brachten hem in verwarring.

'God, help me toch,' bad hij wanhopig. 'Wijs me de weg, het pad dat ik moet volgen. Zo ingewikkeld is dat toch niet voor U? Ik vraag Uw hulp. Geeft U mij alstublieft antwoord. Deze nacht zou ik graag Uw zegen willen vragen. Niet alleen voor mezelf, ook voor Loes en voor Andreas. Amen.'

Tegen de ochtend viel Peter in een onrustige slaap, terwijl buiten het ochtendlicht geleidelijk de nacht verdreef.

*

Het had een saaie dinsdagmiddag moeten worden met extra studie-uren en weinig of geen contact met andere leerlingen. Totdat Peter werd verzocht om langs te gaan bij broeder Alphonse, de groepsmentor van zijn afdeling. Broeder Alphonse was een beetje een vreemde man. Hij kon grapjes maken en dan volkomen onverwacht in woede uitbarsten om vervolgens weer vriendelijk thee in te schenken. Verder maakte hij een ijverige indruk en wilde hij heel graag in de smaak vallen bij de jongens. En daar ging hij ver in.

In de sober ingerichte spreekkamer zat broeder Alphonse op een hoge stoel naast een vierkante tafel. Hij wees op de stoel tegenover zich.

'Ga daar maar zitten, Peter.'

Peter nam plaats en wachtte af wat de geestelijke te zeggen had. Hij begon met een vraag.

'Doe je wel eens aan masturbatie?' vroeg de broeder belangstellend.

Peter keek naar het behang aan de overkant van de kamer. Het was een beetje verkleurd in de loop der jaren.

Het maandelijkse spreekuur was bedoeld om met elkaar de stand van zaken door te nemen. Broeder Alphonse was er immers om te waken over het welzijn van zijn jongens. Vandaar wellicht ook de vraag: 'Doe je wel eens aan masturbatie?'

'We doen aan volleybal en hardlopen,' antwoordde Peter onbewogen.

'Probeer er niet omheen te draaien. Doen jullie aan zelfbevlekking, je weet vast wel wat ik bedoel. Zelfbevrediging met je mannelijk lid?'

'Ja, waar anders mee?' dacht Peter, maar hij achtte het niet wenselijk de pater hierop te wijzen, terwijl hij wel de behoefte voelde zich recalcitrant te gedragen.

'Waarom vroeg de broeder zoiets?' Daar had hij toch niets mee te maken? Dat is uiterst privé.' Hij voelde zich aangetast in zijn eer. En hoe moest hij hierop reageren? Veel tijd om na te denken had hij niet, dus koos hij voor een vertrouwd recept. Hij wapende zich met cynisme.

'Oh eerwaarde, u bedoelt rukken? U wilt weten of ik ruk?'

'Hm, zulke antwoorden zijn niet gepast, jongeman. Het gaat om een serieuze zaak.'

Peter wist heel goed waarover de pater het wilde hebben. Als huisbroeder was deze geestelijke verantwoordelijk voor het leefpatroon van de seminaristen. Een nogal breed terrein met meerdere disciplines: de houding van de jongens ten opzichte van elkaar, hun eetgedrag, hun slaapgedrag en de persoonlijke hygiëne. Tijdens het douchen kwam hij regelmatig controleren of je wel elk plekje goed inzeepte en hij vond het heel normaal om de jongens – vooral de eerstejaars – om de beurt bij zich te roepen in een belendend kamertje. Hij schroomde daarbij niet het wasdoekje zelf ter hand te nemen en de piemels van de twaalf- en dertienjarige studenten aan een nauwkeurig onderzoek te onderwerpen. Hij deed voor hoe je de voorhuid langzaam moest terugtrekken. Hij herhaalde deze beweging net zolang tot het lid zich begon op te richten.

'Kijk eens aan,' riep hij dan, 'wat is de natuur toch krachtig.'

De jongens maakten er heimelijk grappen over en hadden de pater de bijnaam 'broeder Masturbatius' gegeven. Regelmatig wist een van de jongens tijdens het schoffelen in de moestuin de anderen te attenderen op een forse rabarberstengel met de woorden: 'Kijk eens aan, wat is de natuur toch krachtig.'

Iedereen wist dan waar hij op doelde, maar er werd slechts besmuikt gelachen. Ze vreesden de strenge blikken van hun begeleiders, maar nog groter was hun vrees voor de straffe Gods die hen in het vooruitzicht was gesteld wanneer de celibataire gedachte zou wijken voor lichamelijke verlangens en duistere geneugten. Alleen al de gedachte eraan maakte menig seminarist nieuwsgierig. Hoe fijn zouden die geneugten wel niet zijn?

'Toe, zeg het maar, masturbeer je wel eens?' herhaalde broeder Alphonse zijn vraag.

'Alleen als het absoluut noodzakelijk is.' Peter keek hem onbevangen aan.

Broeder Alphonse leek te balanceren tussen woede en nieuwsgierigheid. 'En waaraan denk je dan tijdens de handeling?' De zalvende stem kon de valsheid in zijn ogen niet verhullen.

'Aan lieve nonnetjes met gebreide witte onderbroekjes, eerwaarde.' Peter sprak op een toon alsof hij ervan overtuigd was dat hij het goede antwoord had gegeven. Hoe kuis en vredig is het niet om je te bevredigen bij de gedachte aan strenggelovige meisjes in witte onderbroekjes.

Broeder Alphonse perste een geforceerd lachje tussen zijn dunne lippen door. 'Wat bijzonder. Ik kan me er iets bij voorstellen.'

De broeder werd een beetje kortademig. 'En hoe gaat het verder? Gaan de broekjes ook uit?'

'Natuurlijk, wat dacht u dan? Dan zie ik hun mooie ronde billen en natuurlijk ook de voorkant... het Maria-gleufje.' Hij schonk broeder Alphonse de triomfantelijke blik van een kind dat zijn bordje heeft leeg gegeten.

'Wil je dat laatste nog eens herhalen?'

'U bedoelt het Maria-gleufje, eerwaarde? Dat mooie gleufje aan de voorkant. Het poortje naar de hemel?'

'Hoe weet jij dat allemaal?' Het gezicht van de broeder liep rood aan. Peter verwachtte een woedeaanval, maar dat gebeurde niet. Weer dat glibberige lachje en die trage stem. 'Wie heeft jou dat verteld?'

'Loes.'

'Loes?'

'Mijn vriendin, eigenlijk m'n verloofde. Ze draagt mijn ring.'

Broeder Alphonse knikte meelevend. 'Doe de rok van je habijt eens omhoog, jongen en laat mij beoordelen of jouw stoute lans nog op andere gedachten gebracht kan worden. Want je zult begrijpen dat elke begeerte en het daar bijhorende vocht afgevoerd dienen te worden. Wij moeten daar zuiver mee omgaan. Aan mij de vertrouwelijke taak om daar zorg voor te dragen. Het is een geheim verbond waarover niet gesproken mag worden. Onthoud dat goed. Je bent een verstandige jongen, ik reken op je. Kom, trek je rok eens omhoog en laat je broek zakken.'

'Nee, dat doe ik niet. Daar begin ik niet aan,' zei Peter fel.

'Wat een vuilak,' dacht hij, 'die schoft heeft niets te zoeken in mijn broek. Hij probeert misbruik te maken van zijn positie. Maar dat gaat vandaag niet lukken.'

'Hoor je dat gekraak?' vroeg broeder Alphonse.

'Nee, ik hoor niets.'

'Dat is de deur van de hel die openzwaait. Voor jou.'

Hij boog zich voorover en haalde uit met zijn rechterhand. De draai om Peters oren kwam hard aan. De linkerkant van zijn gezicht begon te gloeien.

Hij vermande zich en zei uiterst kalm: 'Kijk eens aan, wat is de natuur toch krachtig.'

'Ga uit mijn ogen.' Broeder Alphonse wees naar de deur. 'Ik vertrouw erop dat dit gesprek onder ons blijft.'

'Jazeker eerwaarde, daar kunt u van verzekerd zijn. Dank u voor het onvergetelijke onderhoud.'

Hij verliet de kamer en trok de deur net iets harder achter zich dicht dan beleefd was.

Peter spoedde zich naar de tuin waar hij Andreas hoopte te treffen. Het was een mooie herfstachtige dag, de bladeren kleurden al rood, overal lagen kastanjes op de grond. Hij moest denken aan de poppetjes die ze er vroeger van maakten. Met stokjes die als armen en benen in de kastanje werden geprikt en met half doorgesneden eikels als voeten en een hele eikel als hoofd. Moeder Maike veinsde altijd dat ze blij verrast was met de troep die hij meenam uit de tuin.

'Wat een verrassing, weer een poppetje.'

Op een dag leerde ze hem dat je van een kastanje ook een spinnenweb kon maken. Hij kreeg een paar stokjes en een bolletje wol om het uit te proberen. Binnen een uur hingen er veertien spinnenwebben in haar keuken.

Peter moest glimlachen bij de herinnering en schopte baldadig een kastanje voor zich uit. Even later trof hij Andreas in de moestuin tussen de bedden met aangeplante boerenkoolstruiken.

'Leg de hark maar neer,' zei hij, 'ik heb iets belangrijks met je te bespreken. Laten we een stukje lopen.'

Ze namen het brede pad dat naar de bosrand leidde en onderweg vertelde Peter wat hem was overkomen.

'Wat ben jij dom bezig,' reageerde Andreas. Hij wond zich zichtbaar op. De rustige Andreas die altijd zo weloverwogen, bijna filosofisch elke situatie van commentaar voorzag, was verontwaardigd.

'Hoe kun je die man zo treiteren, zo op zijn tenen trappen? Dat is niet verstandig, Peter.'

'Wie wordt hier getreiterd en op zijn tenen getrapt? Dat ben ik. De beledigingen komen van zijn kant, hij doet ranzige voorstellen. En dan word ik veroordeeld en naar de hel verwezen, terwijl hij zelf zo geil is als een herdershond en vieze spelletjes speelt met de jongens.'

'Je hebt gelijk, dat weten we allemaal. Maar dat geeft je niet het recht hem te schofferen. Jij verkeert geenszins in een positie om een meerdere terecht te wijzen. Je hebt te gehoorzamen, dat is een van de grondregels van de kerk. De gelofte van gehoorzaamheid.'

'Daar heb ik behoorlijk veel moeite mee. Met alle geloften eigenlijk. Wat dacht je van die belachelijke gelofte van kuisheid. Die wordt ook niet echt nageleefd in dit seminarie. Alleen de gelofte van armoede wordt dagelijks in de praktijk gebracht, zeven dagen per week hutspot.'

'Waarom blijf je hier dan nog?' vroeg Andreas, 'als je het allemaal maar niks vindt.'

'Omdat ik graag wil studeren en dit is de enige mogelijkheid voor jongens uit mijn milieu. En de gedachte om priester of bisschop te worden staat me ook wel aan. Maar fanatiek kerkelijk kun je mij niet noemen. Dat geef ik toe. Maar dat ontslaat me niet van de plicht om kritisch te kijken naar wat er in mijn omgeving gebeurt. En op dit moment gebeurt hier iets dat mij helemaal niet aanstaat en dat naar mijn idee ook niet kan. De broeders maken misbruik van hun macht en positie.'

'Je hebt er goed over nagedacht en ik moet je gelijk geven.' Andreas keek hem ernstig aan. 'Maar ik wil je ten strengste afraden hierover te spreken. Je zult altijd het onderspit delven, straks word je nog van het seminarie verwijderd met een of andere smoes. Mond houden is mijn devies. Mond houden en studeren. Overleven, mijn vriend, er zit niets anders op.'

'Heb jij ook slechte ervaringen met broeder Masturbatius?'

Ze begonnen beide te lachen bij het uitspreken van die naam. Wat een bokkenlul.

Andreas knikte. 'Ik schaam me om erover te spreken, maar hij betast mij ook regelmatig. Hij spreekt over het witte gif dat in ons lichaam huist en afgevoerd dient te worden. De broeder zal je daarbij assisteren. Het witte gif komt uit je piemel, weet Masturbatius te vertellen en hij kan je daar vanaf helpen. Nou, dan kun je wel raden wat er gebeurt...'

'Kijk eens aan, wat kan de natuur toch krachtig zijn,' braakte Peter de woorden uit. 'Die man moet met zijn poten afblijven van jou, van iedereen, het is geen gezelschapsspel.'

'Nou,' zei Andreas, 'als zijn pet goed staat, doet hij zelf ook graag mee. Sorry, ik maak er maar een grap van, dat maakt de situatie nog enigszins dragelijk. Til er niet te zwaar aan, Peter. Dat geeft alleen maar onrust.'

'Jij denkt er wel heel makkelijk over. Ik weet niet of dat wel juist is, maar zolang jij ermee kunt leven, zal ik mijn mond houden.'

'Wij zijn ook niet zuiver,' verweerde Andreas zich. 'Wel met onze vinger wijzen naar een ander, maar zelf ook zondigen. Wij doen ook foute dingen. En daar schaam ik me voor. Zodra we de drie geloften hebben afgelegd, moeten we afstand nemen. We hebben nog ruim een jaar samen. Dan is het voorbij.'

'Maar tussen ons is het vrijwillig. Bij Masturbatius gebeurt het onder dwang.'

'Daar weet jij niets van,' reageerde Andreas fel, 'dat is een aanname, misschien doen sommige jongens vrijwillig mee aan zijn spelletjes.'

'Dat maakt het niet minder erg,' zei Peter kwaad en schopte een dennenappel het bos in. 'Hij is in overtreding en maakt misbruik van het vertrouwen dat hem geschonken is. Door de leiding, door de ouders, en niet in de laatste plaats door de jongens. Hij zou gestraft moeten worden. In ieder geval blijft hij met zijn gore handen van mij af,' besloot hij zijn betoog.

Ze liepen terug naar het hoofdgebouw waar ze naar klassieke muziek zouden luisteren om daarna de vespers bij te wonen in de kapel. Onderweg stuitten ze op een groepje medeleerlingen die hen een beetje lacherig aankeken.

'Zo, komen jullie samen uit de bosjes?' vroeg Boudewijn, de langste en gemeenste van het stel. Een knul met een vossengezicht en een gluiperige lach.

'Vieze spelletjes spelen zeker,' treiterde hij door.

Dat had hij op dit moment nou even niet moeten zeggen na wat er die dag was voorgevallen. Een volkomen verkeerde opmerking op het volkomen verkeerde moment. Peter voelde een onbeteugelde vlaag van woede naar boven komen.

'Niet doen,' siste Andreas in zijn oor, 'doorlopen!' Maar het was al te laat.

De opgekropte woede van die dag ontlaadde zich in een aanval op het vossengezicht. Zijn vuist raakte hem vol op z'n oog. Daarna een helse klap op zijn kin en vervolgens, om het karwei af te ronden, een kopstoot in zijn maag. Boudewijn viel in de modder. De anderen keken verbijsterd toe.

'Nog meer liefhebbers?' vroeg Peter en keek uitdagend om zich heen. Niemand durfde een stap te verzetten. Peter draaide zich om en trok Andreas met zich mee.

'Nu heb ik behoefte aan een kop thee en het klarinetconcert van Mozart.'

De vechtpartij leverde hem drie dagen eenzame opsluiting op. De straf werd opgelegd door broeder Vergilius en broeder Alphonse.

'Er wordt hier niet gevochten, is dat duidelijk?' Broeder Vergilius keek de kring rond van seminaristen, die bijeen waren geroepen in de aula. 'Laat dit een les zijn voor jullie allen. Jullie worden geacht priesters te worden, geen straatvechters.'

Peter moest vervolgens twee stappen voorwaarts doen, zodat hij geïsoleerd van de groep stond. Boudewijn met zijn blauwe oog en gebroken kaak mocht blijven zitten op een aangeschoven stoel. Hij droeg een soort constructie rond zijn kin, waardoor hij er behoorlijk toegetakeld uitzag.

'Waarover ging de ruzie?' vroeg broeder Vergilius.

Omdat Boudewijn moeilijk kon praten, nam Peter het woord.

'Het was jennen, een beetje treiteren, niet opzij willen gaan... dat was het zo ongeveer.'

'En jij vond het nodig daar zo heftig op te reageren?' Broeder Vergilius keek hem aan met een strenge blik. 'Je reactie is buitenproportioneel, jongeman,' ging hij vermanend verder. 'We moeten een voorbeeld stellen voor de groep. Er zal een pittige straf volgen, want je zult begrijpen dat we dit gedrag niet tolereren. Waar komt die onbeheerste woede vandaan?'

Peter haalde zijn schouders op. 'De natuur is krachtig,' verontschuldigde hij zich.

Er werd onderdrukt gegniffeld in de groep. Broeder Masturbatius vertrok geen spier, althans niet zichtbaar.

'Ingerukt,' riep broeder Vergilius. 'En jou spreek ik later nog,' voegde hij eraan toe, terwijl zijn wijsvinger naar Peter wees.

*

De drie dagen eenzame opsluiting bevielen hem uitstekend. Peter had alle tijd om te studeren, alle rust om de maaltijden te nuttigen en alle gelegenheid om eens goed na te denken over het leven in het algemeen en over dat van hem in het bijzonder. Hij had zijn viool mogen meenemen en dat leverde mooie muziek op in het keldercomplex waar hij zat opgesloten. Het was een echte cel waarin hij zich bevond. Met dikke muren en een forse deur met daarin een luikje waardoor het eten werd aangegeven door broeder Antonius, een van de oudste kloosterlingen die behalve een hoop ervaring ook een bochel met zich meedroeg. Een vriendelijke man met een wijze, berustende houding. Hij zei niet veel.

'Er zijn al voldoende woorden gezegd.'

Elke keer als hij langskwam om iets aan te reiken of aan te pakken, wisselden ze via het luikje een vriendelijke blik en soms maakte hij een wijze opmerking, zoals: 'De stilte maakt al genoeg lawaai.'

Peter vroeg zich af welke voldoening deze gebochelde geestelijke kon halen uit zijn dagelijkse arbeid. Hij vroeg het bij de volgende ronde.

'Ik leef,' was het antwoord.

'Is dat alles?' vroeg Peter.

De broeder knikte: 'Ik adem – ik eet – ik lees – ik bid. Dat is al heel veel voor een mens.'

Daarna was het weer zes uur stil in de kelder. Toen Peter viool begon te spelen, werd het luikje aan de buitenkant heel voorzichtig opengeklapt zodat de muziek de gang in kon waaien.

Broeder Antonius was stilletjes teruggelopen naar zijn alkoof en genoot van dit onverwachte concert. Hij zat gebogen op een rechte stoel, zijn hoofd rustend in zijn gerimpelde handen, de ellenbogen steunend op een houten tafel. De oude monnik luisterde aandachtig naar de klanken van Locatelli. De gewelven vulden zich met een serene schoonheid die hem hemels voorkwam. Het klonk als een ode aan God, gevoelig gespeeld door een van de meest recalcitrante jongens van het seminarie.

Bij de volgende ronde sprak de broeder door het luikje: 'God zal je dankbaar zijn voor je muzikale eerbetoon.'

'Denkt u dat God een liefhebber is van Locatelli?' vroeg Peter belangstellend.

'God IS muziek. In al Zijn kracht en puurheid.'

'Daar ga ik even over nadenken.'

'Je hebt alle tijd.'

Het luikje bleef die dag open.

'Ik denk dat God eenzaam is,' zei Peter bij de volgende ronde tegen broeder Antonius.

'Maar niet alleen,' antwoordde de cipier en vervolgde met een licht slepende tred zijn ronde. En zo had Peter weer een antwoord om over na te denken. Hij begon schik te krijgen in de conversatie, ook al bestond die slechts uit een summiere uitwisseling van woorden. Peter besloot bij elke ronde een vraag te stellen aan de oude broeder.

'Wat is God nog meer dan muziek?' was zijn volgende vraag.

'God is liefde,' antwoordde broeder Antonius.

'Hij heeft u een hoge rug gegeven. Is dat liefde?'

'Daar kan ik God niet de schuld van geven. Dat zou te

gemakkelijk zijn. God wordt soms ook verrast door wat er misgaat op deze aarde. Dat kun je niet in de schoenen van de Heer schuiven.'

'Kaplaarzen,' verbeterde Peter, 'God draagt kaplaarzen. Dat beweerde onze buurman Bram. God draagt kaplaarzen omdat hij door de drek van de wereld moet stappen.'

'Je buurman is een wijs man.'

'Ja, hij is voddenman.'

De nachten in de cel waren donker, er sijpelde slechts een vage gloed door de kieren van de deur. De uitstraling van het ene lichtje in de gang, een kaal peertje aan het plafond. Het was er bovendien behoorlijk kil, ondanks een verwarmingsbuis die langs het plafond op weg was naar elders.

De laatste ronde was om tien uur, dan serveerde de gebochelde Antonius een beker warme melk. Daarna kon Peter vanaf zijn brits in alle rust luisteren naar de geluiden van de nacht. Een blaffende hond in de verte, een bosuil en als de wind uit het oosten kwam, een late trein uit Venlo.

'Heeft uw leven zin gehad, eerwaarde?' vroeg hij 's ochtends om zes uur terwijl hij een hap gortepap nam.

'Alleen God kan daarover oordelen.'

'Ook als God niet bestaat?'

'Daar ga ik niet van uit.'

'Maar God misschien wel.' Peter richtte zich tot het luikje en sprak met overtuiging: 'Het kan zo zijn dat God heeft gekozen om juist NIET te bestaan. Volkomen diffuus te zijn – geheel onzichtbaar.'

'God is overal,' antwoordde de broeder. 'Dat is Zijn geheim en Zijn kracht. Als eenvoudige schepsels kunnen wij Zijn geest niet doorgronden. Dat is ook niet de bedoeling van het geloof. Het mysterie mag niet ontrafeld worden.'

'Maar als God een verzinsel blijkt te zijn van mensen uit een ver verleden, is uw leven dan nog steeds zinvol geweest?'

Broeder Antonius schonk hem een droeve glimlach en sloot daarna het luikje. Er zat voor Peter niets anders op dan in stille overpeinzing zijn bord gortepap leeg te lepelen.

Een paar minuten later klonken opnieuw de voetstappen van de broedercipier, zoals Peter met enige ironie broeder Antonius ook wel aansprak. Het luikje werd weer opengeklapt en de stem van de broeder klonk krachtiger dan daarvoor: 'Als God niet zou bestaan, zou alles zinloos zijn. Ook mijn leven. Maar het jouwe ook. Het leven van ons allemaal. Zonder God is elk leven zinloos, zelfs van het kleinste schepseltje.'

'Ook dat van de hoofdluis?'

Broeder Antonius ging er niet op in, maar kon een lichte glimlach niet onderdrukken.

'Speel nog maar eens op je viool,' zei hij, 'daar wordt iedereen blij van, ook Degene die zich niet laat zien.'

De ochtend van de vierde dag kreeg Peter bezoek van broeder Vergilius, die hem hartelijk begroette alsof hij zojuist was teruggekeerd van een schoolreisje.

'En hoe heb je je straf ervaren?'

'Als buitengewoon aangenaam, eerwaarde. Het was een voorrecht om even verlost te zijn van het dagelijks leven in een gemeenschap waar niet alles is wat het lijkt.'

'Dat klinkt nogal cryptisch en maakt me nieuwsgierig,' reageerde broeder Vergilius. 'Je straf zit erop, je kunt teruggaan naar de groep. Ik verwacht je nog wel aan het eind van de middag op mijn kamer. Is dat afgesproken?'

Peter beloofde dat hij zich zou melden.

Broeder Vergilius was de meest sympathieke broeder van het seminarie en het aanverwante klooster. Hij had gevoel voor humor, was oprecht geïnteresseerd en kon heel goed lesgeven. Hij was een prettig mens in wie Peter vertrouwen had.

's Middags om klokslag vijf uur klopte hij op de bruine deur, die vrijwel onmiddellijk open ging. Broeder Vergilius ging er kennelijk vanuit dat zijn leerling stipt op tijd zou zijn. De kamer van de hoge geestelijke straalde rust uit. Op de grond lag een dik rood vloerkleed, twee wanden waren vanwege de talloze boeken zo goed als onzichtbaar. De religieuze werken die op alfabetische volgorde waren gerangschikt reikten tot aan het plafond. Met behulp van een houten trapje waren ook de meest hooggeplaatste boeken bereikbaar. Op de schoorsteen stond een klok die hoorbaar de tijd wegtikte.

'Wat was de werkelijke reden van jullie vechtpartij?' Broeder Vergilius keek hem vriendelijk aan. 'Ik verwacht namelijk niet van jou dat je iemand zo ernstig toetakelt alleen vanwege het feit dat hij jullie de weg versperde of een flauwe opmerking maakte.'

Peter zat in een gemakkelijke stoel tegenover de broeder, vlak naast de zwarte kolenkachel die een aangename warmte verspreidde.

'Zeg het maar.' Broeder Vergilius naam een flinke haal van zijn sigaar. 'Wat is er precies gebeurd?'

'Boudewijn schold ons uit voor flikkers en suggereerde dat we in het bos vieze spelletjes hadden gespeeld,' antwoordde Peter oprecht.

'En dat was niet zo?'

'Nee eerwaarde, dat was niet zo.'

Peter legde rustig uit hoe het was gegaan. 'De opmerking van Boudewijn kwam op het verkeerde moment. Andreas en ik hadden zojuist een gesprek gevoerd over wat er zoal aan de hand is op het internaat. Daarover waren we nogal ontdaan en die woede ontlaadde zich in een vechtpartij. Het was me gewoon even teveel.'

'Vertel me eens. Wat is er dan aan de hand binnen de muren van ons internaat?'

'Daar kan ik niet veel over zeggen, eerwaarde, dat is een taboe. Ik heb aan onze mentor beloofd er niet over te spreken.'

'Ik begrijp het, maar mij kun je toch wel in vertrouwen nemen? Ik ben immers ook een meerdere.'

Peter twijfelde of het wel verstandig was om zulke kwetsbare informatie te verstrekken. Aan de andere kant werd hem wel de gelegenheid geboden om de praktijken van broeder Alphonse een halt toe te roepen. Hij koos voor het laatste.

'Eerwaarde, er gebeuren dingen die niet door de beugel kunnen, zoals mijn moeder dat altijd omschreef. De hoofdrol in dit drama wordt vervuld door onze huisvader, broeder Alphonse. En ik kan u verzekeren dat er geen waardering bestaat voor zijn rol. Integendeel, hij wordt door ons allen veracht vanwege zijn onstuitbare geilheid. Laat ik het zo zeggen, de broeder is nogal handtastelijk met veel jongens. En u kunt van mij aannemen dat deze omschrijving nog uiterst vriendelijk is. Er vloeit nogal wat zaad door zijn handen, om het Bijbels uit te drukken.'

Broeder Vergilius verschoof in zijn stoel en schraapte uitvoerig zijn keel. Daarna nam hij een flinke haal van zijn sigaar, alvorens te reageren.

'Het is dapper, Peter, dat je dit hebt willen zeggen. Ik ga me beraden. Mijn dringende oproep aan jou is om er met niemand over te spreken, ook niet met Andreas. Laat het rusten. Het zou ons en ook jou veel schade kunnen berokkenen als dit naar buiten komt. Kan ik op je discretie rekenen?'

Peter dacht even na en knikte toen voluit. 'Ik ben blij dat ik het u heb verteld, er valt een last van me af.'

'Dat begrijp ik heel goed. Wij hebben nu een geheim, stop het diep weg en probeer er niet meer aan te denken.'

Broeder Vergilius keek hem aan met een onderzoekende blik. 'Je bent een goede, intelligente kerel,' zei hij met zijn rustige stem. 'Je zult het nog ver schoppen.'

Peter maakte aanstalten om op te staan, het gesprek leek afgerond, maar kennelijk was dat niet het geval.

'En hoe gaat het verder met jou?' ging de broeder opgewekt door, alsof er niets ernstigs was besproken. Hij verlegde handig het accent naar een luchtiger conversatie.

'Heel goed, eerwaarde. Met mijn studie lig ik ver voor en ik haal hoge cijfers voor de proefwerken.'

'Daarvan ben ik op de hoogte. Je staat op de nominatie om 'beste leerling van het jaar' te worden. Wist je dat al?'

'Nee eerwaarde, wat een eer.'

'Ja, wij belonen onze jongens als ze uitblinken en het verdiend hebben. En hoe is het thuis met de familie?'

'Ook alles prima, met de hele familie en de familie van Loes gelukkig ook.'

'Wie is Loes?'

'Loes is mijn vriendin. Ik houd van haar. Eigenlijk houd ik ook van Andreas, maar Loes is wel heel bijzonder.'

Alsof er een vulkaan ontplofte, zoveel rook blies broeder Vergilius in één keer naar buiten. Zijn gezicht werd huiveringwekkend rood.

'Gaat het, eerwaarde?'

Broeder Vergilius gleed weg in een hoestbui waaruit hij nauwelijks weer tevoorschijn kwam.

'Jongen, wat laat je me schrikken. Wil je hier nooit meer over praten, anders moet ik er een zaak van maken. En dat wil ik niet. Nooit meer zeggen dat je van iemand houdt. Dat is gevaarlijk in onze positie.'

'Maar... maar...' stotterde Peter, 'ik houd van allebei, zoals ik ook van u zou kunnen houden.'

De broeder schoof nu nog ongemakkelijker in zijn stoel.

'Nou, dat lijkt me geen goed plan. Richt je liefde maar op God. Dat is veilig. We moeten jou voorbereiden op het celibaat. Als priester dien je je te onthouden van seksuele contacten. Ook met jezelf. Denk je dat je dat kunt opbrengen?'

'Daar kan ik nu geen antwoord op geven. Ik weet niet hoe ik me morgen of volgend jaar zal voelen. Voorlopig komt het me heel ongezond over.'

'Luister, jij gaat voor mij je gedachten hierover op papier zetten, zodat we er samen over kunnen praten. Is dat afgesproken?' De broeder stond op en Peter volgde zijn voorbeeld.

'Ga nu maar, jongen. Het is wel genoeg geweest voor vandaag. Deze broeder heeft behoefte aan een borrel.'

Peter had het gevoel dat het gesprek goed verlopen was. Broeder Vergilius had daar een andere mening over.

Diezelfde middag nog bezocht Peter de kapel waar het koor aan het repeteren was. Hij schoof in een van de banken, knikte naar Andreas en haalde uit zijn tas een blocnote tevoorschijn. Hij had besloten om meteen maar het stuk te schrijven over het celibaat. Nu waren zijn gedachten nog vers, hoewel hij ervan overtuigd was dat hij er volgende week precies hetzelfde over zou denken. Met begeleidende koorzang begon hij aan zijn brief.

*Zeer geleerde eminentie, broeder Vergilius,*

*In alle eerlijkheid deel ik u mee dat ik ontzettend veel houd van Loes, mijn buurmeisje. Met lichaam en ziel verlang ik naar haar. Ik zie Loes als een geschenk van God. De rooms-katholieke kerk wil mij als aankomend priester dat geschenk ontnemen. Vindt u dat geen belediging naar de Schepper, tevens schenker van dit cadeau?*

*Seks is een natuurlijk gegeven en welk mens of welk instituut mag daar zomaar op ingrijpen? Zeker niet onze kerk die de schepping zo hoog en heilig in haar vaandel draagt.*

*Als jongeman verlang ik naar een meisje – zo is het immers bedoeld. Dat is ook de wens van God, om man en vrouw samen te brengen. Indien seksuele verlangens onderdrukt worden, kan dat leiden tot ernstige frustraties met alle gevolgen van dien. Kijkt u maar eens in uw eigen seminarie en klooster. En als de kerk anders beweert, is dat een leugen. U weet dat, ik weet dat, de paus weet dat, de hele wereld weet dat, maar we doen net of we het niet weten. En daarmee houden we de leugen in stand.*

*Ik hoop dat u tevreden zult zijn met mijn visie op dit delicate onderwerp.*

*Uw dienaar,*
*Petrus Johannes Wanders*

Peter hoorde de eerste weken helemaal niets van broeder Vergilius, totdat hij hem tegenkwam tijdens een wandeling in de tuin.

'Goedemorgen, eerwaarde.'

'Dag Peter.' De ogen stonden minder vriendelijk dan voorheen.

'Mag ik u vragen wat u van mijn brief vond. Was het een beetje zoals u had verwacht?'

'Ik heb je brief verbrand.'

'Oh?'

'Als die in andere handen was gekomen, had je hier niet meer gestaan. Het was een belediging van de kerk en daarmee ook van ons seminarie, een grove onderschatting van hetgeen we hier proberen te verwezenlijken. Je hebt een belangrijk onderdeel van het priesterambt belachelijk gemaakt. Bovendien heb je de paus onteerd. Ik ben diep gekwetst. Daarom heb ik alle sporen uitgewist. En ik raad je aan dit soort uitspraken nooit meer te doen. Dit is echt heel gevaarlijk. Je bent een talentvolle jongen, maar je loopt langs de afgrond. Ga heen en zondig niet meer.'

# 6

De jaren daarna vergleden in een aangename saaiheid en rust. Peter studeerde als geen ander en haalde uitzonderlijk hoge cijfers. Er werd niet meer gesproken over zijn dwalingen en het leven binnen het internaat voltrok zich op dezelfde gedisciplineerde wijze als voorheen, met één uitzondering. Broeder Alphonse Masturbatius was benoemd tot hoofd bejaardenzorg bij een aanverwant klooster in Turnhout in België, waar hij zijn dagen sleet tussen voorthobbelende rolstoelen in een door klimop overwoekerde kloostertuin.

'Kijk eens aan, wat kan de natuur toch krachtig zijn.'

Het was een gure donderdagmiddag in maart. Na de verplichte theepauze hadden ze elkaars gezelschap opgezocht. Ze waren onafhankelijk van elkaar naar het souterrain afgedaald, waar naast de kolenkelder een kamertje was met een bed en een matras. Vroeger sliep hier de kolenknecht, maar die woonde nu vlakbij het seminarie in een arbeidershuisje. De man was de hele dag aanwezig om de kachels bij te vullen en daar had hij zijn handen aan vol. Na half vijf was die taak weggelegd voor de seminaristen die bij toerbeurt de kolen in zwarte kitten naar boven moesten sjouwen.

Peter en Andreas hadden zich neergevlijd op de klamme matras. Ze wisten dat het gevaarlijk was, zeer gevaarlijk. Peter had Andreas in vertrouwen genomen en hem verteld van het onderhoud met broeder Vergilius. Ze bleven elkaar ontmoeten, met al hun twijfels en angsten.

'We hebben een bijzondere vriendschap. Het is een geheim tussen jou en mij.'

'Alleen God weet het.'

Maar dat zou niet lang meer duren.

In de koude kolenkelder waar slechts een paar zonnestralen door de getraliede ramen naar binnendrongen, pleegden ze hun zonde. Ze zaten gevangen. Gevangen in hun verboden vriendschap.

Boudewijn, de seminarist die door Peter op zijn gezicht was geslagen, had die middag kolendienst. Hij was nog steeds een onaangename jongen met een geniepig lachje. Hij was het die ervoor zorgde dat Peter en Andreas op het seminarie in een kwaad daglicht bleven staan. Inmiddels waren ze er wel aan gewend dat de andere seminaristen zich afzijdig hielden. Jaloers op Peter en Andreas vanwege hun extreem goede prestaties, jaloers vanwege hun hechte vriendschap.

'Jaloezie is een eigenschap van bekrompen zielen,' had Andreas gezegd tijdens een herfstwandeling. 'Daar kun je behoorlijk ziek van worden. Het woekert maar door. Er is geen medicijn tegen jaloezie.'

'Zo, je hebt er goed over nagedacht,' zei Peter, 'ben jij jaloers?'

'Ik hoop het niet,' antwoordde Andreas, 'maar als jij er vandoor gaat met een ander, zou ik dat niet prettig vinden. Je bent toch min of meer van mij.'

'Maar je bent toch niet elkaars bezit?' protesteerde Peter verontwaardigd.

'Nee, maar je bent wel een deel van mij geworden. En als dat zomaar wordt afgenomen, ben je gekwetst en word je boos. Heel boos. Niet alleen op je partner, maar ook op de man of vrouw die jouw geliefde heeft afgepakt.'

'Vroeger werd zo'n geschil uitgevochten in een duel. Daar ben ik wel een voorstander van,' zei Peter. 'Een goedgerichte floretsteek en het probleem is opgelost. Een crime passionnel, daar houdt de rechtbank, zeker in Frankrijk, serieus rekening mee. In bepaalde omstandigheden is het toegestaan je geliefde te wreken.'

'Dus jij zou in staat zijn om te doden voor de liefde?' Andreas keek Peter aan met een blik vol ongeloof.

'Ja, voor jou en voor Loes zou ik mijn leven willen geven. Voor jullie zou ik kunnen doden.'

Daarna viel er een stilte die werd afgesloten met een diepe zucht van Andreas. 'Ik wist niet dat je zoveel van mij hield en van Loes natuurlijk, je vriendin. Gek hè? Op haar ben ik niet jaloers. Zij hoort gewoon bij jou. Ik zou haar graag eens willen ontmoeten.'

'Oh, je zult haar heel leuk vinden, het is een meisje om van te houden. Om over haar verrukkelijke lichaam nog maar te zwijgen.'

'Je bent een bijzonder mens, Peter Wanders. Ik had niet kunnen denken dat jij bereid zou zijn voor mij te sterven. Dat is nogal wat.'

'En jij voor mij? Zou jij je leven voor mij willen geven?' Dat had Peter willen vragen op de bank aan de bosrand, maar hij vroeg het niet. Bang voor het antwoord.

Zwijgend waren ze teruggelopen naar het seminarie, slofend door de goudgekleurde bladeren.

Boudewijn, geassisteerd door een eerstejaars, daalde de trap af naar de kolenkelder om het nederige werk waarvoor hij vandaag op de corveelijst stond ingeroosterd met grote tegenzin uit te voeren: kolen scheppen. Het was beneden zijn waardigheid, vond hij. De kitten werden gevuld en nors terzijde geplaatst. Op het moment dat hij ze wilde optillen en ermee weglopen, klonken er vreemde geluiden uit het kamertje aan de overzijde. Gesteun en gezucht leek het wel.

'Wat is dit?' Hij wenkte de andere jongen.

'Ssst,' fluisterde hij, 'niets zeggen.'

Hij zette de kolenkitten op de vloer, greep een ijzeren kolenschop en gebaarde de jongen hem te volgen. Behoedzaam liepen ze naar de kamer. Met een klap sloeg hij de deur open. Verbijsterd namen ze de situatie in zich op. Twee jongens lagen in elkaars armen op een matras.

Het vossengezicht van Boudewijn vertoonde een bloeddorstige grijns. Hierover kon geen misverstand bestaan. Twee mannen betrapt in een kelder. Het vonnis zou worden geveld. Daar zou hij wel voor zorgen. Wat een verrukkelijk moment in zijn leven. De prooi zat gevangen.

'Vuile gore flikkers,' schreeuwde Boudewijn.

De beide jongens keken dodelijk verschrikt in de gemene kop van Boudewijn de Coligny. De grootste schoft van het seminarie. Ze wisten meteen dat dit het einde betekende. Peter overwoog nog om Boudewijn te vermoorden, maar zag daar toch van af. Mede vanwege de aanwezigheid van de onnozele eerstejaarsstudent die van de zenuwen begon te huilen.

*

De grote aula van het klooster was tot de laatste plaats bezet, zelfs de gaanderijen, links en rechts, puilden uit. Vader abt had opdracht gegeven alle studenten te verwittigen om aanwezig te zijn bij de plenaire vergadering. Per direct waren er telegrammen gestuurd naar alle congregaties in de provincie. 'Want,' had vader abt bevolen, 'we moeten een duidelijk signaal afgeven met betrekking tot deze duivelse kwestie. De goede naam en eer van ons seminarie staan op het spel.'

De tekst van het telegram loog er niet om.

*Satan heeft in ons seminarie twee jongelingen verleid de vleselijke liefde te bedrijven. Wij nodigen u dringend uit aanwezig te zijn bij een buitengewone vergadering der gelovigen. Tijdens deze bijeenkomst zal door hoofdelijke stemming de strafmaat worden bepaald. Uw oordeel is derhalve nadrukkelijk gewenst.*

Alsof er een concilie plaatsvond, zo pontificaal was de rooms-katholieke kerk vertegenwoordigd. Tientallen geestelijken met gefronste wenkbrauwen dromden samen op de binnenplaats van het klooster. Hoofdschuddende nonnen schuifelden nerveus tussen koffie en cake. Om precies half elf begon de organist, broeder Jacobus, oud-gregoriaanse melodieën te spelen. Het koor van de studenten, gehuld in prachtige paarse gewaden, kwam door het gangpad naar voren en zong ingetogen 'Panis Angelicus', het brood der engelen. Van de kroonluchters en de kandelaren straalde het zachte schijnsel van ontelbare kaarsen.

Plotseling was het stil. Vader abt, in vol ornaat en omringd door zijn hofhouding, schreed als een afgezant van de Heilige Vader de aula binnen. Zijn dunne lippen trilden en zijn ijskoude ogen gleden over de aanwezigen. Maar de aandacht van de kerkgangers ging naar het podium, naar de twee in het zwart geklede jongens. Ze zaten geknield met diep gebogen hoofd en bewogen nauwelijks.

Vader abt besteeg met gevouwen handen het spreekgestoelte en begon na een kort gebed zijn betoog.

'Beminde gelovigen. De duivel is onder ons.'

Er ging een huivering door de aula.

'Ja, de duivel is in ons midden. Maar wij hebben satan ontmaskerd. Zie de zondaars, deze jongemannen die zich aan elkaar verlustigd hebben, die elkaars lichaam, de tempel van God, hebben bezoedeld. Ze zijn verloren, voor eeuwig verloren. De kerk laat ons in deze geen enkele keuze. Het spijt ons dat we deze veelbelovende jongens uit ons midden moeten verbannen. Deze zonen van Sodom en Gomorra hebben ons blazoen bevlekt.'

Peter wierp een blik opzij naar zijn vriend. Andreas huilde. Zijn smalle schouders maakten schokkende bewegingen.

'Kon ik hem maar even vasthouden,' dacht Peter. 'Hem beschermen tegen deze gifbeker die door vader abt over ons uitgegoten wordt. Hoezo zonen van Sodom en Gomorra? We zijn kinderen van God. Durven ze wel, de hufters met hun schijnheilige smoelen.'

Peter zou nu de kracht van Simson willen hebben, opspringen, de pilaren onder het dak wegtrekken zodat de aula zou instorten en de driehonderd aanwezigen onder het puin zouden worden bedolven.

'Wat Adam niet is gelukt in het paradijs,' galmde de stem van de abt, 'lukt ons vandaag wel. We zullen deze rotte appels verwijderen. Aan u gelovigen, de keuze.

Vrijspraak of tucht.

Straf of absolutie.

Degene die voor vergeving is, steke nu zijn of haar hand op. Wie van u durft deze zondaars nog absolutie te schenken?'

Hij zei het op zo'n dreigende toon dat er geen misverstand over kon bestaan. De jongens moesten en zouden getuchtigd worden.

De abt keek vorsend rond en herhaalde zijn vraag in de overtuiging dat geen van de aanwezigen een hand zou durven opsteken.

'Wie van u is voor vergeving?'

Het was doodstil in de kerk. Er gingen vijf handen omhoog. Vijf nonnen die de moed hadden om de gesel van de abt te trotseren en in de geest van het geloof genade voor recht te laten gelden.

'Vijf,' gromde de abt knarsetandend. 'Er zijn slechts vijf

aanwezigen die deze zondaars ongestraft hun gang zouden willen laten gaan.'

Plotseling ontstond er rumoer in de aula. De abt keek om zich heen en zag tot zijn afgrijzen dat Peter ook zijn hand omhoog stak.

'Kijk daar eens,' zei de abt cynisch, 'we hebben een zesde voorstemmer. De zondaar denkt zichzelf vergiffenis te kunnen schenken. Tevergeefs,' schreeuwde hij, 'tevergeefs.'

Daarop stak Peter zijn middelvinger omhoog. Fuck you! Er rolde een golf van hevige verontwaardiging door de aula.

*

Vader abt was onverbiddelijk geweest. De stemming had uitgewezen dat er geen plaats was voor dit soort zondaars. Peter en Andreas moesten bij hun vertrek op hun knieën naar de poort kruipen, tussen een haag van laffe paters, schijnheilige seminaristen en stoïcijnse nonnen die een vloek hadden uitgesproken over deze twee talentvolle, maar zondige jongens.

Peter keek tijdens hun vernederende kruisgang naar boven. Er vlogen zwaluwen hoog in de blauwe lucht. Morgen mooi weer, had zijn vader hem geleerd. 'Kijk naar de zwaluwen en je weet of er zon of regen komt.' Hij hield van de natuur. Gelukkig was zijn vader geen getuige van zijn bittere afgang. Even had hij nog oogcontact gehad met broeder Vergilius, die met gebogen hoofd langs de kruisweg stond. Zijn ogen keken diep bedroefd.

Hij had nog een poging ondernomen om deze beschamende vertoning te voorkomen, maar dat was niet gelukt. De broeder had hem nog wel Gods zegen kunnen meegeven. Tijdens een korte ontmoeting had hij zijn beide handen op het hoofd van Peter gelegd.

'God is met je, mijn zoon. Ik mag dit niet zeggen, maar het is wel zo. Vertrouw op Hem.'

Naast elkaar kropen Peter en Andreas, de twee geliefden, over de harde kasseien van het plein. Tot aan de poort. En nog twee meter daarbuiten. Toen mochten ze gaan staan.

Met een zware klap viel de ijzeren deur achter de jongens in het slot. Ze waren pas zeventien jaar.

Dit was het breekpunt in Peters leven. Zijn droom was verpulverd. Andreas werd ondergebracht bij familie, ergens over de grens. Peter durfde niet terug naar huis te gaan en besloot avonturier te worden, hij week definitief af van het rechte pad. Verdoemd was hij immers toch al. Vanaf dat moment veranderde zijn leven in een achtbaan.

# Deel II

*'Heer, laat mij kuis zijn, maar nu nog niet'*
Broeder Augustinus

# 7

Nog één keer ging de poort open en werden hun koffers naar buiten gegooid.

'Oh gelukkig,' haalde Peter opgelucht adem, 'mijn viool is er ook bij.'

Ze hadden de spullen opgepakt en waren samen naar het stationnetje gelopen. Daar hadden ze afscheid van elkaar genomen. Met een handdruk. Ze voelden zich te veel bezoedeld om elkaar een kus te geven. Zeker niet in het openbaar. Veel hadden ze niet meer gezegd. Maar wel elkaar diep in de ogen gekeken.

'Ik houd van je, Andreas.'

'Ik houd van jou, Peter, voor altijd.'

'Ja, voor altijd. Maar het is beter dat we even geen contact hebben.'

Andreas had geknikt. Ze wisten beide dat 'even' wel eens heel lang zou kunnen duren. Andreas had een kaartje gekocht en was even later met het boemeltreintje vertrokken. Peter had hem uitgezwaaid en bleef alleen achter op het verlaten perron.

Hij was daarna liftend naar het zuiden getrokken. Terug naar huis durfde hij niet. Hij kon de pastoor niet onder ogen komen. Maar ook zijn ouders niet en Loesje niet. Ze zou zich verraden voelen. En zijn ouders zouden zich schamen. Vooral zijn moeder die haar hoop had gevestigd op haar zoon die priester zou worden. Wat moest hij zeggen? Dat hij was weggestuurd vanwege een doodzonde? Dat hij onkuis was geweest? Dat hij ontucht had gepleegd met een jongen? Niet eens met een meisje, dat zou ze nog kunnen begrijpen, maar met een jongen... Afschuwelijk. Hoe had Peter Wanders zo diep kunnen zakken. Hij zag maar één oplossing: hij moest afscheid nemen van zijn familie, Loes vergeten, zijn verleden achter zich laten. Vanaf dat moment was hij alleen.

Met het geleende koffertje van de pastoor – dat nu een gestolen koffertje was – met daarin een paar kleren en de gebreide sjaal van Andreas, trok hij de wereld in.

Er waren vriendelijke automobilisten geweest die hem hadden opgepikt en een lift gegeven. Eerst naar de grens met België. Daarna naar Frankrijk.

Onderweg sliep hij langs de kant van de weg, soms in een hooiberg of in een oude schuur. Een vrachtwagenchauffeur vertelde hem dat er geld te verdienen was met druiven plukken. De boeren hebben altijd seizoenkrachten nodig in deze tijd van het jaar. Een dag later sloeg hij het portier van een oude Citroën achter zich dicht en keek uit over de druivenvelden van St. Ramilion.

'Bonjour Monsieur le patron.' Peter stapte met uitgestoken hand en een blije glimlach af op Henri Hervé, wijnboer en restaurateur. 'Je suis Peter ou Pierre, comme vous voulez, de Hollande.' Zo, dat klonk best goed.

Peter voelde zich op een of andere manier opgelucht. Als je een andere taal spreekt, ben je eigenlijk al niet meer jezelf. Je mag een ander zijn, kunt gewoon opnieuw beginnen.

De robuuste boer had hem met een fris gezicht en een loensend oog aangekeken en teruggelachen. 'Ah, vous cherchez du travail?'

Hij riep een oude man die onder een van de appelbomen lag te dommelen.

'Kijk eens wat we hier hebben; een boerenzoon uit Holland.'

De man knikte zonder zich verder te verroeren.

'Doe je mond eens open,' zei de wijnboer gebiedend. Peter

deed wat er van hem gevraagd werd. Henri Hervé pakte hem bij de kin en inspecteerde zijn gebit zoals een veehandelaar dat doet bij een paard.

'Hij heeft al zijn tanden nog,' constateerde hij tevreden.

En zo werd Peter opgenomen in de menagerie van de familie Hervé. Hij begon als druivenplukker. Ook al was het werk zwaar, hij genoot van het landleven. Heerlijk, de hele dag buiten, 's avonds een goed glas wijn, een open vuur en vioolmuziek. Er waren druivenplukkers uit alle streken. Ze sliepen in een grote houten schuur op matrassen van stro. Het eten was prima, Henri Hervé zorgde goed voor zijn plukkers. Op zaterdagavond kregen ze hun loon en dan trokken ze zingend naar de stad. St. Ramilion had veel te bieden. Gezellige wijnkelders, rommelige cafés en broeierige lokaliteiten waar het licht gedimd was. Daar dansten meisjes met zwierige rokjes die ze op de maat van de muziek omhoog trokken. Witte dijbenen in een rokerige atmosfeer. Er werd verhit geklapt en luid geroepen.

'Plus haut, plus haut.'

De rokjes moesten hoger, vonden de aanwezige bezoekers, merendeels mannen van onbestemde leeftijd met bolle wangen. Gezichten rood van wijn uit eigen wijngaard en van opwinding door de aanblik van een zacht, veelbelovend dijbeen.

Peter genoot van de uitbundige sfeer in Le Ballon Rouge, waar de broeierige gezelligheid met het uur toenam en zelfs op straat een verlokking was voor late voorbijgangers; slenterende mannen die zich graag lieten verleiden door de vrolijke muziek en het goudgele licht dat een ondeugende glans gaf aan het schaars verlichte pleintje. De drie cancandanseresjes stapten soms van het podium af en mengden zich tussen het publiek. De meest brutale bezoekers trokken ze op hun schoot. Er werd geapplaudisseerd en gejoeld. Met ondeugend getuite lipjes vleiden de meisjes zich op de ribfluwelen bolling in het kruis van de gelukkige die een bankbiljet tussen de kousen mocht schuiven. De gulle gevers zorgden er wel voor dat ze even het zachte vlees van de dijbenen konden beroeren. En daarna werd er nog veel meer wijn gedronken. De temperatuur bleef stijgen.

Er verschenen enkele schaars geklede dames met rode lippen en hoge hakken.

'Maintenant c'est le temps pour plaisir,' kondigde de herbergier aan.

Wie waren de gelukkigen vanavond? Aan de bar werd druk onderhandeld over de prijs. Er waren altijd voldoende gegadigden. De herbergier en zijn vrouw hielden een boekje bij. Op afroep 'nummer drie' verdween er een wijnboer achter een vaalrood gordijn. Daar was een slecht verlicht gangetje met aan weerszijden een paar kamertjes, waar de lusten in enkele minuten werden geblust. Trots lachend kwamen de mannen daarna weer tevoorschijn, hun broeken opsjorrend als teken van voltooide arbeid. Hun echtgenotes zaten thuis achter het spinnewiel of bij de warme potkachel fraaie kleedjes te borduren voor de kerk. Zo was het leven in St. Ramilion. Men was gelovig, diende de kerk en werkte op Gods akkers.

Maar op zaterdagavond was de duivel aan zet. Dat spel werd oogluikend toegelaten door de pastoor en de burgemeester, die zelf ook niet geheel vrij van blaam door het leven gingen.

Het was algemeen bekend dat de burgemeester, monsieur Dumont, een verhouding had met madame Elise van de boulangerie. Haar echtgenoot was een verwoed hengelaar en hield meer van kunstvliegjes dan van de tepels van zijn vrouw. Dat had le patron lachend aan Peter toevertrouwd. En Henri had hem ook verteld dat het klokkenspel van de pastoor met grote zorg werd bijgehouden door de huishoudster.

Er werd veel gelachen op het château van Henri Hervé. Tijdens de gezamenlijke maaltijden op de binnenplaats werden er stoere verhalen uitgewisseld. Peter had op een avond verteld dat hij van het seminarie was geschopt omdat hij in de berm van een landweg met een meisje was betrapt in een houding die niet veel te raden overliet. Applaus was zijn deel. Hij werd door zijn collega-druivenplukkers enthousiast op zijn schouders geslagen en hij kreeg bovendien een ferme knipoog van het loensende oog van le patron. Ja, hij was die avond het haantje. Le coq.

Peter viel in de smaak bij Henri Hervé. Hij werkte hard, was opgewekt en deed niet moeilijk als er extra klusjes gedaan moesten worden. Na de druivenoogst kon hij aan de slag als klusjesman en in de winter had hij allerlei reparaties in de schuren en de wijnopslag verricht. Ook had hij gewerkt in de houtzagerij waar de wijnvaten werden gemaakt. Het was een heerlijke periode, waarin hij zijn evenwicht had hervonden. Hij dacht niet meer zoveel aan thuis en aan het Klein Seminarie. Zelfs de gedachten aan Andreas en Loes werden minder onstuimig. Langzaam accepteerde hij zijn lot. Voorlopig zou hij in Frankrijk blijven en zich niet al te veel zorgen maken over de toekomst.

In het vroege voorjaar van 1936, nieuwe bladeren kwamen al aan de bomen, werd hij ontboden bij le patron.

'Allez Peter, asseyez-vous.'

Peter ging zitten op het wiebelige bankje onder de oude perenboom voor het landhuis. Le patron stak een dikke sigaar op.

'We zijn tevreden over de werkzaamheden die je verricht. Maar pas op, trek daar geen conclusies uit. Ik ga je niet meer betalen. We leven nog steeds in een crisis en we hebben moeite om de eindjes aan elkaar te knopen. Dus een verhoging van het loon zit er niet in. Hoogstens een paar honderd francs. Maar de vraag is: zou je willen blijven?' Henri Hervé blies een blauwe walm sigarenrook de perenboom in. Nog voordat Peter antwoord had kunnen geven, stond hij op.

'Zo, dat is dan geregeld. Bonsoir.'

Peter zou te werk worden gesteld in de auberge van de familie, een klein restaurant dat bekend stond om zijn coq au vin en de heerlijke quiche Lorraines die door madame Hervé persoonlijk werden bereid.

De dag voordat hij zou beginnen zaten ze samen in de keuken en dronken een glas wijn. Henri nodigde Peter uit om mee te gaan naar St. Ramilion.

'Ik moet inkopen doen, dan zie je meteen welke leveranciers aan ons mogen leveren. En we moeten vieren dat jij een nieuwe functie hebt.'

'Oh ja?'

'Jazeker. Mijn vrouw en ik denken aan de bediening, want je voorkomen is acceptabel, zeker in deze regio, en je Frans is toereikend. Waar heb je dat zo snel geleerd?'

'Hier op het land tijdens het werk en daarvoor op school. We kregen elke dag een uur Franse taal- en letterkunde op het Klein Seminarie. Ik had aanleg voor talen. Latijn beheers ik ook redelijk. Alle diensten in de kerk waren in het Latijn. De taal van de rooms-katholieke kerk.' Le patron knikte en nam en slokje landwijn.

'Ave Maria, dat versta je?'

'Ja, u ook?' Peter keek le patron onbewogen aan.

Henri Hervé zette zijn glas op tafel en ging er eens goed voor zitten.

'Babette? Viens!' Hij riep zijn vrouw die met een mandje appels buiten langs het venster liep. Ze keerde om en kwam dribbelend de keuken binnen.

'Eh quoi?' vroeg ze.

'Écoute, luister. Onze Peterre...' – hij sprak zoals altijd de naam Peter op z'n Frans uit – 'onze Peterre,' lachte hij tegen z'n vrouw, 'vroeg of ik weet wat Ave Maria betekent.'

'En weet je dat?' vroeg Babette.

'Nom de Dieu,' vloekte Henri, 'je denkt toch niet dat ik stupide ben?'

'In ieder geval stom genoeg om met een boog om de kerk te lopen. Hoe lang is het geleden dat je me vergezeld hebt naar de hoogmis? Denk eens goed na, Henri Hervé. Hoe lang is het geleden dat je een kruisje hebt geslagen?'

Ze zette het mandje met appels met een klap op tafel.

'Hoe lang is het geleden dat je ter biecht bent gegaan?'

Le patron keek naar het plafond, alsof de dikke hammen

hem het verlossende antwoord zouden kunnen bieden. Hij schonk zichzelf nog maar eens een glas in. Zijn vrouw veegde met een zakdoek de zweetdruppels van haar gezicht. Het was drukkend warm.

Er vlogen nogal wat vliegen rond en Peter plukte ze gewoontegetrouw met zijn handen uit de lucht. Daarin was hij uitermate bedreven. In de houten schuur waar de landarbeiders hun vrije tijd doorbrachten, stond hij bekend als 'de vliegenvanger'. Soms maakte hij er zelfs een voorstelling van. Ving razendsnel met zijn rechterhand, en dan met zijn linkerhand, talloze vliegen uit de lucht.

'Bravo Peterre. Vous êtes un pêcheur de mouches.'

'Wat doe je toch met die vliegen? Eet je ze op?' Le patron keek hem vragend aan, bijna geïrriteerd. 'Houd er toch eens mee op. Dat leidt alleen maar af.'

'Vliegen zijn hinderlijk en onhygiënisch, zeker in een keuken. Ze poepen op de gerechten. Maar het zijn schepsels van Onze-Lieve-Heer, dus ik laat ze weer vrij.'

'Nom de Dieu, ik heb hier echt met een gestoorde te maken,' riep Henri Hervé uit. 'Wie houdt zich nou in godsnaam bezig met vliegen? Schepsels van God? Haha! Die poepvliegen? Wie zit daar in hemelsnaam op te wachten? Nou ik niet, hahaha.'

'Hervé, ferme ta gueule, houd je bek.' Babette sloeg met haar vlakke hand op tafel. 'Hoe durf je de schepping belachelijk te maken. Je hebt God de rug toegekeerd. Je denkt dat je het zonder Hem kan rooien.' Madame Hervé kwam goed op stoom. 'Onze-Lieve-Heer hangt al jaren aan het houten kruis boven ons bed. Maar denk je wel eens aan Hem? Bedank je Hem nog voor de voorspoed die ons ten deel is gevallen?'

'Het is anders wel crisis,' antwoordde Hervé met een verontschuldigende toon in zijn stem.

'Rot op met je crisis, we hebben het goed. We zijn gezond, we hebben vers voedsel. We hebben personeel, kippen en geiten die allemaal royaal te eten hebben. Hoezo crisis? Wees toch eens tevreden.'

Peter achtte het raadzaam om de keuken te verlaten en maakte aanstalten om op te staan.

'Nee, je blijft nog even zitten,' zei madame Hervé, 'het is goed dat je dit hoort. Het is niet alleen maar pais en vree in dit huis. Mijn man kiest graag voor het brede pad, het gemakkelijke pad met wijn en dans. Met dronkenschap en wartaal. Echt, ik heb heel wat te verduren, Peterre!'

'Oui madame.' Peter voelde zich buitengewoon ongemakkelijk in deze situatie. Hij richtte zijn blik op het venster met uitzicht op niks eigenlijk. Een verlepte geranium in de vensterbank en daarachter een waas van bladeren met daaronder twee ijzeren stoeltjes en een tafeltje.

'Ave Maria, hoe durf je!' De boerin keek le patron bestraffend aan. Het was wel duidelijk wie de broek aan had in huize Hervé.

'Peterre?' klonk het kordaat. Ze keek hem vragend aan. 'Hoe gaat het verder? Met het Ave Maria? Bij jullie in de kerk? Is dat anders dan bij ons hier in Frankrijk?'

'We bidden in het Latijn, madame.'

'Ahum,' Henri Hervé kuchte even om aandacht te krijgen, 'onze Peterre heeft een opleiding gevolgd tot priester,' zei hij met een plechtige vibratie in zijn stem. 'Hij weet van de hoed en de rand.'

'Oh mon Dieu.' Madame Babette Hervé sloeg een eerbiedig kruisje. 'Peterre, zou u met ons het Ave Maria willen bidden?' vroeg ze zacht. 'Vooral voor Henri, mijn echtgenoot?'

Peter slikte even, maar vouwde toch zijn handen. Deze gelegenheid zou wellicht zijn positie in deze welvarende gemeenschap veilig kunnen stellen. Tja, hij moest toch ook aan zichzelf denken.

'Laten we samen in gebed gaan.' Zijn stem klonk zowaar oprecht.

Henri Hervé en zijn echtgenote madame Babette vouwden hun boerenhanden op het verweerde tafelblad in de keuken van de auberge.

*'Ave Maria, gratia plena, Dominus tecum. Benedicta tu in mulieribus, et benedictus fructus ventris tui, Iesus. Sancta*

*Maria, Mater Dei, ora pro nobis peccatoribus, nunc et in hora mortis nostrae. Amen.* Wees gegroet Maria, vol van genade. De Heer is met U. Gij zijt de gezegende onder de vrouwen. En gezegend is Jezus, de Vrucht van Uw schoot. Heilige Maria, Moeder van God, bid voor ons, zondaars, nu en in het uur van onze dood. Amen.'

Aan het slot van het gebed klonk er een dankbaar snikje boven het appelmandje van Babette.

'Merci, père Peterre.' Ze pakte de mand en verliet de keuken.

'Zo, dat hebben we ook weer gehad.' Henri schonk zich nog een glas rode huiswijn in. 'Père Peterre. Père Peterre!' Hij spuugde de woorden bijna uit. 'Belachelijk, vader Peter! Je moet geen vreemde ideeën in je kop halen, als je dat maar begrijpt. Je zit hier in de druivenpluk en in de bediening. Ik wil geen pastoor in huis. Is dat duidelijk?'

'Oui, Monsieur le patron.'

'Voilà!' Als uitroepteken liet Henri Hervé een forse boer en stond driftig op van tafel waardoor zijn stoel achterover viel en de rest van de dag als een stil protest op de grond bleef liggen.

*

De dag daarna zaten ze weer samen aan de houten tafel in de robuuste keuken van de auberge. Aan het plafond hingen ijzeren haken waaraan niet alleen grote hammen, maar ook verschillende worsten bungelden. Peter was onder de indruk van het enorme fornuis waarop minstens acht pannen tegelijk geplaatst konden worden.

De auberge was gelegen op het terrein van de wijnboerderij, honderd meter verwijderd van het hoofdhuis. 'Bon Appétit' stond bekend als een goede eetgelegenheid waar je voor een redelijke prijs een flinke maaltijd kon gebruiken. Boeren, burgers en buitenlui kwamen uit de verre omgeving om te genieten van de kookkunst van madame Hervé en haar keukenbrigade – die overigens weinig voorstelde. Twee dames uit het nabijgelegen dorpje assisteerden haar bij het koken. Op vrijdag- en zaterdagavond was er een jongen die de afwas voor zijn rekening nam. Dochter Bastiënne stond samen met Angelique, een dik boerenmeisje, in de bediening. En nu kwam Peter erbij. Hij zou overal inzetbaar zijn waar op dat moment hulp geboden was. Niet alleen in de bediening – dat was zijn hoofdtaak – maar ook in de keuken.

Diezelfde middag gingen Henri en Peter naar het dorp om inkopen te doen. Ze zaten op de achterbank van de houten kar die bestuurd werd door koetsier Albert en werd getrokken door Auguste, een uitermate sloom paard. Ze sukkelden de landweg af die leidde naar het pleintje met de diverse winkeltjes, een bakker, een slager, een postkantoortje en twee cafés. Het was een sympathiek plein, waar het goed toeven was. De volwassen amandelbomen boden voldoende schaduw om een lekkere pastis te nuttigen op het terras met de ijzeren stoeltjes en de wankele tafels.

Henri Hervé was in een vertrouwelijke bui.

'Hoelang werk je nu al bij ons?' vroeg hij.

'Meer dan vijf maanden,' antwoordde Peter.

'Kijk,' zei le patron, 'ik heb geen zoon. Dat betekent dat niemand de wijngaarden kan overnemen wanneer ik er niet meer ben. Dat doet weleens pijn. Eigenlijk werk ik alleen voor mezelf en niet voor de toekomst. Wanneer mijn kist wordt dichtgetimmerd, is het afgelopen. Mijn vrouw denkt daar anders over. Zij is opgewekt en gelooft in het hiernamaals.' Met zijn loensende oog keek hij Peter bedroefd aan.

'Een man wil toch graag een zoon. Wat moet je met een wijnboerderij als je geen opvolger hebt. Mijn vrouw heeft mij geen zoon gebaard.'

Peter knikte terughoudend.

'U heeft op uw beurt uw vrouw ook geen zoon gegeven. Heeft u het zo weleens bekeken? Het is toch niet haar schuld. Overigens kunnen we niet praten van schuld. Dat woord is ongepast in deze context. Het leven komt zoals het komt. God heeft misschien andere plannen met uw gezin. U heeft het goed samen met uw vrouw. Ze is een warme persoonlijkheid. Iedereen is op haar gesteld en ze maakt heerlijke quiche Lorraines. Wat wilt u nog meer?'

'Je hebt helemaal gelijk.' Henri Hervé rechtte zijn rug en bestelde nog twee glaasjes pastis. 'Je had echt priester moeten worden, jongen. In een paar zinnen laat je mij over mijn hele leven nadenken. Je bent een bijzonder persoon.'

'Bovendien heeft u een prachtige dochter,' sprak Peter hem bemoedigend toe.

'Ja, en een leuke dalmatiër en twintig konijnen,' gromde Henri.

'Zut.' Peter werd een beetje overmoedig en sloeg met zijn vuist op het tafelblad. De glaasjes vielen om, de pastis vloeide langzaam over de rand van het tafeltje en druppelde op de witte steentjes van het plein.

'Wat is dit? Waarom word je zo boos?' Le patron keek Peter verbaasd aan.

'Ik vind het geen gepaste opmerking,' antwoordde Peter, 'zo praat je niet over je dochter. Door haar in één adem te noemen met een hond en twintig konijnen beledigt u haar. Dit had ik echt niet van u verwacht. U bent weliswaar mijn baas, maar ik moet u toch echt even corrigeren.'

Henri trok aan zijn pet.

'En nu ga ik plassen.' Hij verhief zich uit zijn ijzeren stoel en liep zo recht als op dat moment mogelijk was naar het café met de roodbont geruite gordijntjes voor de vensters. Een minuut later kwam hij terug.

'Nom de Dieu.' Vloekend nam hij weer plaats. 'Jij kunt mij niet zomaar de les lezen. Wat denk je wel. Ik ben je patron.'

'U heeft gelijk, monsieur Hervé, ik bied u mijn excuses aan. Het was niet de bedoeling om u de les te lezen, maar om u te laten beseffen dat u een bevoorrecht persoon bent.'

'Heeft u nog twee pastis?' Henri wenkte de serveerster die op haar iets te hoge hakken moeite had om in balans te blijven. Ze liep het café in om even later terug te keren met twee wiebelende glaasjes op een rond dienblad. De slordig gelegde stenen van het pleintje veroorzaakten dagelijks lichte en zwaardere malheurs. Het echtpaar van de pharmacie aan de overkant was altijd bereid om tegen een kleine vergoeding een bloedende knie te verzorgen. Men hielp elkaar. Zo werd de gemeenschap gekoesterd en in stand gehouden. Men struikelde op het plein, men baarde kinderen, men viel van een barkruk, men kreeg een fatale hartaanval, men trouwde de verkeerde partner of men stapte onverwachts in een vers gedolven graf. Maar elk jaar werd het weer zomer in St. Ramilion.

'Waarom begin je over mijn dochter? Wat heb je met Bastiënne?'

'Ik acht haar hoog, monsieur Hervé.'

'Wat een merde de cheval, zo lullen alle mannen als ze iets te verbergen hebben. *Ik acht haar hoog. Ik acht haar hoog,*' praatte hij Peter na met dubbele tong. 'Houd me niet voor de gek.'

Peter realiseerde zich dat hij zich op glad ijs bevond.

'Mademoiselle, heeft u nog twee glaasjes pastis?'

Hervé keek hem met een waterige blik aan. 'Heb je een oogje op mijn dochter?' loenste hij.

'Niet dat ik weet,' reageerde Peter laconiek. Hij probeerde de stemming enigszins gedempt te houden. 'Ik ken uw dochter amper, heb haar een paar keer gezien tijdens de gezellige maaltijden op de binnenplaats. Meer niet. Ik heb amper een woord met haar gewisseld.'

'Dan is het goed. Blijf met je poten van haar af.'

'Dat zal ik zeker doen, patron.'

'Nou, zo letterlijk moet je het nu ook weer niet nemen. Ik wil haar graag aan de man hebben. Ze is al negentien. Een flink pak slaag zal haar goed doen. Hahaha.' Hij zwaaide naar de serveerster. 'Mademoiselle? Graag nog twee pastis. Ik houd van een zekere eerlijkheid.'

Le patron boog zich over het tafeltje, zodat hij gevaarlijk dicht in de buurt van Peter kwam.

'Luister, ik kan soms dronken worden, maar ik ben een eerlijke boer die goed zorgt voor zijn gezin en zijn personeel.' Hij was bijna niet meer te verstaan. 'Je suis un vigneron très correct. Een fatsoenlijke wijnboer, als je dat maar in je oren knoopt. Vive Henri Hervé!' Hij hief het glas en proostte op zichzelf.

Peter moest beamen dat hij le patron nog nooit op een misstap had kunnen betrappen. Henri Hervé ging wel naar het café en dronk een goed glas wijn en een dozijntje pastis, maar hij had hem nooit zien wegglippen achter het vaalrode gordijn in Le Ballon Rouge.

Die middag werd er vervolgens nog twee uur lang met pastis gemorst. De bestellingen volgden elkaar in een rap tempo op. Henri Hervé werd volledig dronken en was die avond met veel moeite door Peter en de mademoiselle van het café op de laadbak van de boerenkar gekieperd. Peter klom op de bok naast de koetsier die slechts enkele glaasjes had gedronken. Maar dat was geen probleem. Ook met een dommelende koetsier kwam je thuis. En bovendien kende Auguste de weg terug naar de stal. Peter was nog redelijk helder. De meeste pastis had hij onder het tafeltje op het plaveisel gegoten. Een zwerfhond had dankbaar de anijsdrank van de grond gelikt en was kwispelend van drankzucht zigzaggend het plein overgestoken.

*

Het leven in de auberge was een nieuwe ervaring voor Peter. Hij maakte kennis met beschimmelde kazen, die na de maaltijd als een lekkernij werden opgediend. De zachte kaas kroop het bord af. Maar tot zijn verbazing werden ook de stevige korsten vol groene, witte en blauwe schimmel vrolijk opgegeten. Die Fransen hadden rare fratsen, maar ze genoten er wel van.

Peter had een mooie sloof gekregen en een wit overhemd voor in de bediening. Hij zag er keurig uit. Het serveren van gasten ging hem goed af. Hij gedroeg zich als een echte gastheer. Schoof stoeltjes aan voor dames, richtte het woord niet alleen tot de mannen maar ook tot de vrouwen. Dat was nieuw in St. Ramilion.

'Madame, vanavond heb ik een heerlijke fazantenborst. Zo sappig, zo mooi. Daar zult u van smullen.' Zo'n opmerking was bijna ongehoord. Maar de dames giechelden van plezier en de mannen konden het wel waarderen. De jongeman was nog zo jong en onbespoten. De scheiding in zijn haar liep nog zo keurig recht. Een teken van onbevangenheid. Hij had, veronderstelde men, nog geen stap gezet op het heimelijke pad dat leidde naar het vaalrode gordijn in Le Ballon Rouge. Hij was een frisse kerel met heldere ogen. Daarover was men het eens. De dames vonden het heel prettig om door de galante verschijning bediend te worden. Als er per ongeluk een sjaal viel, drapeerde Peter die weer met een glimlach over de leuning van de stoel. Vrouwen voelden zich extra vrouwelijk bij deze jonge ober.

'Nom de Dieu, wat bezielt je?' had le patron gevraagd toen hij Peter ontbood in de keuken om hem even de oren te wassen. 'Je gedraagt je als een Parijse jonker. Een mietje. Je bent veel te aardig voor de gasten, bijna onderdanig. Dit is een auberge, een boerentent, en daar hoort boers gedrag bij.'

'Wat wilt u dan? Dat ik een scheet laat aan hun tafel? Dat ik boer in het gezicht van de vrouw van de burgemeester? U zegt het maar!'

Le patron had zijn hoofd geschud. Hij kon geen hoogte van Peter krijgen. Iedere week waren er meer reserveringen. De zaak was altijd vol. Men vroeg zelfs bij de reservering: 'Is le jeune homme Peterre vanavond ook in de bediening?'

Bastiënne, de dochter van Henri en Babette, was een aardig meisje met een paardenstaart. Peter kon goed met haar overweg. Ze zei niet zoveel, maar dat vond hij wel prettig. In de bediening was ze heel correct. Ze werkte hard en zeurde niet. Wanneer ze vrij was, zag hij haar bijna nooit. Het leek wel of ze zich voor hem verstopte.

Op een mooie zomermiddag kwam daar verandering in. Het was warm, de luiken waren gesloten, de meeste mensen waren binnen waar het nog enigszins koel was. Peter liep met een grote strooien hoed op door het veld. Hij was op weg naar de beek om verkoeling te zoeken. Plotseling hoorde hij een vogel fluiten die hij niet kende. Het klonk als een melodie. Heel muzikaal. Hij liep langzaam op het geluid af. Het kwam uit de buurt van een grote amandelboom. Toen hij vlakbij was, zag hij Bastiënne. Ze zat met haar rug tegen de stam, met haar handen als een kommetje tegen haar mond gedrukt. Daar kwam het geluid vandaan. Hij stond vlak achter haar en luisterde aandachtig. Ze had niets in de gaten. Ze blies in de kleine opening tussen haar duimen. De vingers van haar rechterhand gingen afwisselend op en neer om de lucht te laten ontsnappen, alsof ze trompet speelde. Zo creëerde ze haar eigen lied. Het was prachtig. Toen ze was uitgefloten, klapte Peter bewonderend in zijn handen. Verschrikt keek ze om.

'Ah, c'est toi. Hoe lang sta je daar al?'

'Een paar minuten. Ik wilde je niet storen.'

'Dat is niet zo netjes, Peter, om meisjes te begluren.' Ze zei het op een toon die niet onaardig bedoeld was. Eerder een beetje ondeugend.

Peter antwoordde haar met een vleugje ironie in zijn stem: 'Ik werd gelokt door het geluid van een zangvogel die ik niet kende. Inmiddels ken ik haar naam. Bastiënne Hervé, een exotische vogel.' Ze keek hem verrast aan.

'Mag ik even naast je komen zitten,' vroeg hij.

Ze knikte.

'Zou je mij dat willen leren? Dat fluiten op je handen?'

'Daar moet ik over nadenken,' zei Bastiënne. 'Het is iets van mij. Ik ken niemand die het kan nadoen. Ik weet niet of ik zomaar mijn geheim wil delen met een vreemde.'

'Zo vreemd ben ik toch niet?' Peter keek haar vragend aan. 'Bastiënne, ik werk met je in de bediening. We zijn collega's. Ik werk al meer dan een jaar in het bedrijf van je ouders.'

'Toch ken ik je niet. En jij mij niet. Je hebt nooit moeite gedaan om een gesprek met me aan te knopen. Dat is niet aardig, Peter. Al die aandacht die je geeft aan de gasten, had je ook aan mij kunnen geven.'

Het gesprek kreeg een onrustbarende wending, vond Peter.

Dit had hij niet verwacht. Het stille meisje dat hem meestal negeerde, had zijn aandacht gemist. Wie had dat kunnen denken? Ze keurde hem nooit een blik waardig. Oh ja, ze gedroeg zich correct, collegiaal en beleefd. Maar ze sprak nooit een woord teveel. De summiere lachjes waren voor de gasten. Haar glimlach bleef buiten zijn bereik. En nu zaten ze samen onder de grote amandelboom en kreeg hij onverwachts op zijn donder omdat hij niet aardig genoeg voor haar was geweest.

'Het spijt me,' zei hij zo neutraal mogelijk, 'ik dacht dat het wel goed zat tussen ons.'

'Dat is fijn om te horen.' Voor het eerst glimlachte ze tegen hem. Het was een halfronde glimlach. Haar beide mondhoeken veerden tegelijk omhoog, constateerde Peter, die graag gezichten bestudeerde. Soms leidde dat af van het gesprek en hoorde hij even niet wat er gezegd werd omdat hij naar de beweging van een wenkbrauw had gekeken of geobsedeerd was geraakt door een trillende neusvleugel, een scheve mond. En nu door een halfronde glimlach.

'Waar was je eigenlijk naar op weg?' vroeg Bastiënne.

'Naar de beek. Ik wilde gaan zwemmen.'

'Laten we samen gaan.' Zonder zijn antwoord af te wachten, stond ze op en liep voor hem uit. Ze keek niet om en deed geen moeite een gesprek te beginnen.

Peter liet het maar zo. Het was zijn bedoeling deze middag zonder kleerscheuren door te komen. Hij wilde absoluut niet betrokken raken in situaties die hem zouden kunnen beklemmen. Hij kreeg het al benauwd bij de gedachte dat iemand toenadering zou zoeken zonder dat hij daar een passend antwoord op had. De intimiteit, indien gewenst, zou van zijn kant moeten komen. Daar voelde hij zich veiliger bij. En toch was dat hem nog niet overkomen. Zowel Loes als Andreas waren degenen geweest die de toenadering hadden gezocht, de eerste verliefde blik hadden geworpen, de eerste kus hadden gegeven. Zij hadden het initiatief genomen. Hem was het overkomen. Of leek dat maar zo? Kennelijk straalde hij iets uit, was zijn houding zo overtuigend, dat de ander zonder gevoel van gêne het initiatief nam. Misschien was zijn gedrag wel meer geslepen dan hij wilde toegeven. Had hij toch zelf de regie over de gebeurtenissen – bewust of onbewust – daar moest hij achter zien te komen.

Maar vandaag was de regisseur in hem volkomen afwezig. Deze situatie had hij echt niet bedacht. Nu liep hij zomaar achter een aardig meisje van negentien door een weiland naar een beekje, waar ze zouden gaan zwemmen.

'Je kijkt naar mijn billen. Ik voel het.' Bastiënne keek achterom en lachte.

Peter wist niet goed hoe te reageren. Hij begon te blozen. Wat is dit nu weer? Hij had helemaal niet naar haar billen gekeken. Nou, misschien even, in een flits. Een momentopname. Maar niet met een bepaalde bedoeling. Je ziet iemand lopen, dat neem je in je op. Maar hij was niet gefocust op haar billen. Echt niet.

'Ze zijn ook zeer de moeite waard om naar te kijken,' hoorde hij zichzelf zeggen. 'Mooie billen.'

'Je bent een ondeugende jongen,' lachte Bastiënne. 'Vanaf de eerste dag dat je bij ons op het erf kwam, wist ik dat jij iets te verbergen had. Nu weet ik wat dat is. Je bent mysterieus en geil. Dat is het.'

Peter haalde nonchalant zijn schouders op. Eh bien voilà, laat het dan maar zo zijn. Hij begon er plezier in te krijgen.

Bij de beek aangekomen, liep Bastiënne naar een grote rots.

'Kijk,' zei ze, 'jij blijft aan deze kant en ik kleed me uit aan de andere kant. Daarna gaan we het water in. Maar je mag niet naar me kijken, want ik ben helemaal naakt. Ik houd niets aan. Wil je me dat beloven?'

'Maar natuurlijk, wat valt er nou te kijken?'

'Zut, jij bent echt niet normaal. Elke jongen zou hier een moord voor plegen. En jij staat een beetje stom je schouders op te halen. Maar ik heb je wel door, hoor!' Ze verdween achter de rots.

Peter kleedde zich uit. Naakt stapte hij de beek in, die in het midden behoorlijk diep was. Tot zijn hals verdween hij onder water en wachtte tot Bastiënne naar het riviertje afdaalde. Hij draaide zich keurig om zodat ze gepast en ongezien het water in kon stappen. Hij hoorde aan het gespetter dat ze haar entree in de beek had gemaakt. Ze giechelde.

'Oh, wat is het koud.'

Toen ze eenmaal in het midden van de stroom was, met slechts haar hoofd boven water, riep ze: 'Je mag nu kijken!'

Peter draaide zich om. 'Bonjour, mademoiselle.'

'Ben je helemaal naakt?' vroeg ze.

'Ja natuurlijk. Jij ook?'

'Ja natuurlijk.'

'Nou dan!'

Ze zwommen een stukje, gooiden handkommetjes water naar elkaar, waarbij het voor Bastiënne lastig was om haar borsten onder de waterspiegel te houden. Zo nu en dan wipte er één naar boven. Prachtig, vond Peter dat. Hij werd er opgewonden van. Hij zou dat borstje wel willen vasthouden, willen kussen.

'Je kijkt naar me met een zwoele blik in je ogen.' Bastiënne zakte tot haar kin in het water en keek hem strak aan. 'Laten we eruit gaan. Maar je mag niet kijken.'

Ze liep traag naar de oever, elke stap nam ze weloverwogen. Ze keek niet of Peter zich had afgewend. Ze hoopte van niet, want haar lichaam was de moeite waard. Nog nooit had ze zich naakt getoond aan een jongen. Ze was angstig nieuwsgierig.

Peter zag het naakte meisje de oever op lopen. Ademloos keek hij naar dat prachtige lichaam. De strakke ronde billen, de zachte heupen, de kordate kleine borsten, haar lange nek. Daar liep een gedicht. Een sonate van Mozart. Ja, dat was het. Mozart. Hij voelde dezelfde gelukservaring als bij de klanken van Mozart. Een tintelende melodie vol van verlangen. 'Het naakte meisje. La jeune fille nue,' verzon hij ter plekke. Eerst zacht gedragen door een hobo, om vervolgens bij de hand te worden genomen door een klarinet. Even verheven boven het landschap. Er gleed een glimlach over zijn gezicht. Hij ging zitten in het frisse gras. Plotseling voelde hij twee handen die teder zijn ogen bedekten.

'Nog niet kijken.' Ze had een heldere, oprechte klank in haar lach. 'Ik ben nog naakt.'

'Laten we gaan liggen en ons door de zon laten verwarmen,' opperde Peter.

'Dat is goed.' Ze haalde haar handen van zijn ogen en stond nu in al haar schoonheid voor hem. 'Vind je me mooi?'

'Ja, heel mooi.'

'Heb je gekeken toen ik de beek uit stapte?'

'Ja, ik heb gekeken.'

'Dat is maar goed ook, want zoiets doe ik niet zomaar een tweede keer. Ben je opgewonden?'

'Ja, kijk maar!'

'Oh ja. Mag ik naast je komen liggen?'

'Tuurlijk.'

'Mag ik je vastpakken?'

'Als ik jou ook mag vastpakken.'

'Alleen mijn borstjes, maar niet beneden. Dat is voor later.'

Ze draaiden zich naar elkaar toe. Hij raakte met trillende handen haar borsten aan en zij omsloot met zachte hand zijn stijve lid. Ze zuchtten allebei diep. Hij streelde haar roze tepels, gleed met de palm van zijn hand over haar stevige borsten. Ademde haar geur in. De geur van haar jonge lichaam. Hij verborg zijn gezicht in haar krullen.

In de verte klonk het geluid van een kerkklok. Het was vijf uur. Ze bleven stil in elkaars armen liggen. Het geritsel van de blaadjes, het kabbelen van de beek, alles was op elkaar afgestemd. Alsof de natuur een bijdrage wilde leveren aan dit mooie moment. Hij liet zijn hand over de binnenkant van haar dijbeen glijden tot waar de schemering begon. Ze zochten elkaars mond. Een fluwelen kus bracht hen in vervoering. Toen hun lippen langzaam weken, vroeg ze bijna buiten adem: 'Wil je in me komen? Alsjeblieft, kom in me.'

Ze draaide zich op haar rug en hij boog zich over haar heen. Heel voorzichtig gleed hij bij haar binnen. Een overweldigend gevoel maakte zich van hem meester. Hij voelde de zachte binnenkant van haar schede. Hij gleed steeds dieper naar binnen. Ritmisch begonnen ze te vrijen. Beide genoten, ieder in hun eigen beleving. Bastiënne uitte lichte kreetjes die zich vermengden met de muziek van Mozart die in zijn hoofd de melodie bepaalde.

'Geniet nou van dit moment en haal Mozart er niet bij,' dacht hij geïrriteerd, 'wat is dit heerlijk.' Hij voelde een siddering door zijn lichaam trekken. Bastiënne gilde van genot. Uitgeput en volkomen bevredigd liet hij zijn hoofd zakken in het gras, naast de natte krullen van Bastiënne. Hij was volledig bedwelmd door deze zinderende ervaring. Ook Mozart was uitgeteld. Bastiënne schokte nog een beetje na.

Ze waren zo opgegaan in hun liefdesspel dat ze niet hadden gemerkt dat Angelique, het dikke serveerstertje, over het nabijgelegen bruggetje liep. Ze was op weg naar de auberge waar ze die avond samen met Peter en Bastiënne in de bediening zou werken.

Ze had met grote ogen gekeken naar wat er zich op de oever afspeelde. Ze vond het vreselijk en spannend tegelijk. Zo zag het er dus uit, wanneer een jongen en een meisje het samen doen. Ze kon haar ogen er niet van afhouden. Alles wilde ze in zich opnemen. Maar ze wilde ook niet betrapt worden. Met jaloerse, vinnige stapjes vervolgde ze haar weg.

*

Madame Babette Hervé was zeer tevreden. 'Het gaat heel goed, Peterre. Ik ben zo blij dat je bij ons werkt. Je bent echt een aanwinst. Ook heb ik begrepen dat je het met Bastiënne goed kan vinden.' Ze gaf hem een knipoog en repte verder nergens over.

Madame Babette was een heerlijk mens, ze deed hem aan zijn moeder denken. Altijd in de weer. Nooit stilzitten. Bereid om anderen die het minder goed getroffen hadden, een helpende hand te reiken. Het was een slimme, warme boerin en een voortreffelijk herbergierster.

Binnen een paar weken had Peter met madame Babette de

auberge naar een hoger niveau getild. Maar Henri Hervé had er zo zijn bedenkingen bij.

'Wat gebeurt hier allemaal? Zo'n snotneus, die ik heb aangenomen voor in de bediening, gaat zich nu bemoeien met de menukaart en de inkoop? Wat denkt die Peterre wel niet?'

Peter had de menukaart bekeken en in overleg met madame Babette de helft geschrapt. Hooguit twee of drie voorgerechten, waarvan er twee al koud geprepareerd konden worden. En als hoofdgerecht slechts twee keuzes: vlees of vis.

'Dat is geen menu,' had le patron briesend geprotesteerd. 'Minstens zes hoofdgerechten. Anders heb je geen kaart.'

Nou, dat viel verkeerd.

'Écoute, Monsieur le patron.' Madame blies zichzelf op en corrigeerde haar echtgenoot. 'Moi, Babette Hervé de St. Ramilion, is hoofd van de keuken, en niet alleen chef de cuisine, maar ook la patronne van de auberge. Zo hebben wij de taken verdeeld. Is dat duidelijk, Monsieur mon mari?' Ze keek haar echtgenoot indringend aan. 'En Peterre is mijn adviseur. En hij heeft gelijk. Een kleinere, maar aantrekkelijke kaart vergt minder inkoop. We kunnen ons concentreren op de kwaliteit. En je hoeft minder weg te gooien. Het is een heel goed idee.'

'Bien voilà,' had Henri Hervé cynisch gereageerd, 'hij is nu al adviseur van de auberge. Adviseur! Over wie hebben we het? Hij draagt pas sinds kort een lange broek. En dit manneke gaat jou vertellen hoe je een auberge moet runnen? Laat me niet lachen.'

'Ja, ik laat je wel lachen,' reageerde Babette, 'want je zult zien dat ons bedrijf dankzij Peterre succesvol kan worden. Niet alleen het restaurant, ook het wijnhuis. En daar kun jij ook de vruchten van plukken. Dit is de nieuwe tijd, we moeten meegaan met de vooruitgang. Peterre leest alle kranten. Deed jij dat ook maar. Er gebeurt van alles in de wereld. Ook op het gebied van wijnbouw. Je kunt dat niet blijven negeren. Wees blij dat we zo'n jonge, ondernemende kracht in ons midden hebben.'

Henri Hervé keek spottend naar zijn vrouw en vouwde na

twintig jaar zijn handen om een gebed uit te spreken. Met bulderende stem begon hij te bidden.

'Ave Maria, Heilige Moeder, namens mijn vrouw Babette de St. Ramilion, wil ik U danken voor het manneke Peterre die als aankomend priester Uw kerk bedrogen heeft met onkuisheid in de berm van een provinciale weg, die zijn ondeugende oog heeft laten vallen op onze dochter Bastiënne. Wij willen U, vooral namens mijn vrouw Babette de St. Ramilion onze dank betuigen dat de Almachtige die ons leven bestiert, deze Peterre de vliegenvanger per abuis heeft laten vallen in de eenvoudige kribbe van ons wijnhuis in St. Ramilion. Amen.'

Op advies van Peter werd het terras uitgebreid met zeven tafeltjes. Er werden tafellakens en servetten gekocht in de stad. Auberge Bon Appétit werd een groot succes. Het restaurant was altijd druk bezet en in de weekenden vol. Monsieur Hervé mopperde nog een paar weken, maar nam daarna gas terug. Na zes maanden werd er zoveel geld in de auberge verdiend dat Henri Hervé met goedkeuring van Babette, zich op afbetaling een Citroën kon veroorloven. Een echte automobile.

Peter werkte niet alleen in de bediening. Hij deed ook de inkoop en wanneer nodig assisteerde hij in de keuken. Assisteren was niet het goede woord, hij nam de leiding over. Hij beschikte over een gave om op een vriendelijke manier de juiste aanwijzingen te geven. Madame Babette, zo intelligent als ze was, liet dat toe. Vaak was ze op zondagavond zo moe dat ze zowel de organisatie van keuken als de aansturing van de bediening aan Peter overliet. Hij was zo druk met zijn nieuwe taak, dat hij zich bijna gelukkig begon te voelen.

Twee keer in de week sliep hij met Bastiënne. Meestal op zijn kamertje, soms bij haar. Maar dat was een beetje riskant, want haar ouders sliepen in hetzelfde huis. Ze ontmoetten elkaar ook wel in de hooischuur, dat was wel zo spannend.

Bastiënne was veranderd van een stil, gesloten meisje in een vrolijke, spontane meid. Soms hoorde Peter haar zelfs zingen en 's nachts als ze niet bij elkaar sliepen, floot ze op haar handen en stuurde haar serenade door de nacht naar zijn bovenkamer. Peter voelde zich gewaardeerd. Hij had een echte vriendin. Bastiënne Hervé.

Het ging steeds beter met auberge Bon Appétit. Er werd zelfs gesproken over aanpassing en modernisering van de keuken. En extra kamers voor de gasten die wilden overnachten. Iedereen was in zijn element. Zelfs Henri Hervé had zich neergelegd bij de nieuwe situatie. Hij had met een vol glas wijn zijn waardering uitgesproken over de vooruitgang die zich binnen zijn bedrijf had voltrokken.

'Peterre, à votre santé.'

Op quatorze Juillet of eigenlijk de volgende dag op vijftien juli, ging het mis. De avond ervoor hadden ze met z'n allen feest gevierd. Het was de herdenking van de bestorming van de Bastille in 1789, de Franse revolutie. Frankrijk was na eeuwen eindelijk verlost van zijn koningen.

*Liberté, Egalité et Fraternité, Vrijheid, Gelijkheid en Broederschap.*

Dat was het nieuwe motto vanaf die historische gebeurtenis. En dat moest natuurlijk elk jaar gevierd worden.

Het werd een bruisend feest. De wijn vloeide rijkelijk. Er was gebraad en een overdaad aan heerlijke kazen. Men amuseerde zich kostelijk. Het orkestje maakte overuren en speelde de ene dans na de andere. Peter en Bastiënne sloegen geen enkel nummer over. Ook Henri en Babette Hervé waren van de partij. Ze genoten uitbundig. Henri slingerde vol bravoure zijn vrouw over de dansvloer. Soms was hij haar even kwijt, maar dan kwam ze weer gillend van de lach tevoorschijn van achter een warme wafelkraam of een dikke amandelboom. Ook Angelique, de mollige serveerster vermaakte zich prima. Ze was voortdurend in gezelschap van Philippe, de postbode. De sfeer zat er goed in. Men haakte in, men draaide pirouettes, men danste soms met een lantaarnpaal, kortom, het was een geslaagd feest.

In de Citroën van Henri waren ze naar huis gereden. Hij was stomdronken, maar wist met behulp van Babette de juiste weg te volgen.

'À droite, Henri, à gauche, mon chéri.' Peter en Bastiënne zaten op de achterbank. Zij had zijn hand gepakt en er een paar keer in geknepen.

'Ik aanbid je,' had ze hem in zijn oor gefluisterd. 'Je t'adore.' Ze hadden in de keuken nog een fles wijn open getrokken. Henri was met zijn hoofd op tafel in slaap gevallen. Babette had giechelend haar bed opgezocht.

'Ik ga de koets in,' had ze als afscheid geroepen, 'bonne nuit.' Peter en Bastiënne waren samen onder het donzen dekbed gekropen in het bed van Bastiënne. Ze hadden nog heerlijk gevreeën, ook al waren ze behoorlijk aangeschoten.

De volgende ochtend werd er om elf uur aan hun deur geklopt.

'Wie is daar?' vroeg Bastiënne. Peter sliep nog.

'Wij zijn het, je vader en je moeder, mogen we binnenkomen? We hebben een verrassing.'

Bastiënne porde Peter wakker.

'Het zijn mijn ouders. Wat moeten we doen?'

'Gewoon binnenlaten,' zei Peter. 'We doen toch niks verkeerds?'

'Meen je dat?'

'Ja, dat meen ik. Ik schaam me nergens voor.'

'Kom maar binnen,' riep Babette met een zacht stemmetje.

'Et voilà.' Madame Hervé kwam binnen met een blad vol verse croissants, gebakken eieren, ham en kaas, confiture en roomboter. Henri Hervé stommelde achter haar aan. Hij keek scheel van de drank die nog steeds door zijn lichaam gulpte.

'Bonjour,' bracht hij er met moeite uit, 'wat een mooie dag! Kijk nou eens, daar ligt mijn schoonzoon,' lachte hij cynisch. Peter realiseerde zich in een roes dat Bastiënne die nacht had gefluisterd dat samen slapen onder het dak van je ouders verplicht trouwen betekende. Zo waren de regels hier.

Babette Hervé ging op de rand van het bed zitten.

'Mon beau-fils. Welkom in de familie. Wat een heerlijk vooruitzicht!' Ze pakte de hand van Bastiënne. 'Luister, lieverd. We moeten de bruiloft goed plannen. Het wordt een prachtig feest, maar we hebben tijd nodig om alles te organiseren. Ik denk zelf, na het gemeentehuis en de grote kerk in St. Ramilion, aan de auberge. Onze eigen Bon Appétit. Daar kunnen we makkelijk honderd gasten ontvangen. We doen onze eigen hapjes en drankjes. Er komt natuurlijk een orkestje. En veel bloemen. Daar houd ik van. We zullen de omgeving even laten zien dat de familie Hervé weet wat klasse is. We gaan volgende week samen een trouwjurk kopen. Jij moet er prachtig uitzien. Je moeder ook natuurlijk. Uiteraard draag ik de familiejuwelen tijdens de plechtigheden. Ik zal morgen meteen de pastoor verwittigen van deze bruiloft van het jaar. God kind, ik kan niet wachten.'

'Mon beau-fils, mijn schoonzoon,' hakkelde Henri Hervé en reikte Peter de hand die hem vertwijfeld aannam. Het ging nu wel heel snel. De bruiloft werd al geregeld voordat hij een kans kreeg zijn vriendin ten huwelijk te vragen.

'Vreemde volgorde,' dacht hij beduusd, 'daar moet ik toch even een nachtje over slapen.'

'Oh ja, Peterre, jij ook nog gefeliciteerd.' Babette boog zich over Bastiënne heen en gaf hem een ferme zoen. 'Je mag me vanaf nu maman noemen.' Henri stond nu met zijn armen over elkaar tegen de deurpost geleund.

'Ahah, nog niet,' riep hij, 'eerst trouwen. Dan pas hoort dat jongmens bij de familie. Ik wil voor die tijd geen maman horen. En haal het niet in je hoofd om mij mon père te noemen. Voor jou blijf ik le patron en op feestdagen mag je me Henri noemen. Is dat duidelijk?'

'Oui Henri.'

'Het is vandaag geen feestdag.'

'Samen slapen is trouwen,' herhaalde Peter die dag voortdurend. 'Het gaat om de eer van de familie. Maar tegelijkertijd zet je de geliefden wel onder druk. Misschien zijn die er nog niet aan toe. En dat geldt zeker voor mij. Integendeel.'

De hele dag spookte die angstgedachte door zijn hoofd. 's Avonds kon hij moeilijk in slaap komen.

De volgende ochtend heel vroeg gaf hij Bastiënne een kusje op haar voorhoofd. Ze reageerde met een kreuntje van onder het dekbed. Hij liep naar zijn eigen kamer boven de schuur en pakte zijn viool en het leren koffertje van de pastoor. Daar propte hij snel zijn kleren in. Ergens in de verte begon een haan te kraaien. Het werd langzaam licht.

Peter verliet de familie Hervé in de vroege ochtend van de zestiende juli. Hij liep drie kwartier naar het busstation en nam de eerste bus die langskwam. Hij had geen doel, geen bestemming. Toen de bus langzaam optrok en zijn route langs de wijngaarden vervolgde, viel Peter in slaap. Hij droomde zich een weg naar het paradijs, een veld vol geurende lavendel, waar Bastiënne hem onthaalde in een riant hemelbed, waarin ze elkaar onmiddellijk stevig begonnen te beminnen. Hetgeen al spoedig leidde tot een climax. Aan het voeteneinde verschenen tientallen engelen die met oorverdovend gezang het orgasme wilden meevieren.

# 8

1936. Avignon. De reis had hem naar deze prachtige Franse stad gebracht die evenwel eeuwenlang een doorn in het oog van de katholieke kerk was geweest vanwege de schaduwpausen die hier hun domicilie hadden gekozen.

Peter had zijn intrek genomen in een eenvoudig pension. Hij had voldoende geld gespaard om het een paar weken uit te kunnen houden. De eerste dagen deed hij het kalm aan.

's Morgens installeerde hij zich op een terras aan een plein met oude bomen, omringd door historische gebouwen. Hij nam een ontbijtje, twee croissants met boter en jam en las de krant die hij elke dag kocht bij de kiosk, waar een oudere vrouw met grijs haar en een snor hem opgewekt 'goedemorgen' wenste.

Avignon was een bedrijvige stad. Er was van alles te doen. De stad stond bekend om haar beroemde wijnhuizen, de wijngaarden op de hellingen in de omgeving, de handelshuizen, de talloze winkels en markten. Hij zou hier zeker werk vinden.

Op een dag liep hij door de stad en werd zijn aandacht getrokken door het geluid van trompetten en trommels. Hij liep snel in de richting van de muziek. Door de hoofdstraat trok een bonte optocht voorbij. Voorop liep de fanfare, mannen in rode pakken met gouden tressen, daarachter sprongen acrobaten over elkaar heen, gevolgd door twee clowns, balancerend op fietsjes met slechts één wiel, vier grote olifanten, zes lilliputters die folders uitdeelden aan het toegestroomde publiek, leeuwentemmers met leeuwen in ijzeren kooien. Een tiental paarden, feestelijk uitgedost met pluimen. Dames in korte broekjes met daaronder netkousen, behendig jonglerend met houten kegels. Aan het eind van de stoet reed een open kar met daarop een groot bord waarop werd aangekondigd dat hedenavond om half acht de eerste voorstelling zou plaatsvinden in de circustent op het terrein bij de rivier.

De circustent was groter dan Peter had verwacht. Er was plaats voor driehonderdvijftig mensen die in een bijna gesloten cirkel op houten banken rond de piste konden plaatsnemen. Het vrijgebleven stuk vormde de in- en uitgang voor de artiesten en dieren. Rechts daarvan, iets hoger op een bescheiden podium, zat de muziek. Mannen in rode uniformen met witte veren op hun hoed. Het zag er feestelijk uit. Peter genoot van de voorstelling. Het circus maakte een professionele indruk op hem. Elke act zat goed in elkaar.

Bastiënne zou dit ook heel leuk vinden, flitste het door hem heen. Hij moest toegeven dat hij haar miste, eigenlijk de hele familie Hervé. Maar die gedachte zette hij vrij snel van zich af. Het was een mooie tijd geweest.

Olifanten duikelden door de piste, clowns met hun dwaze grappen maakten het publiek aan het lachen, maar het meest was Peter onder de indruk van de trapezewerkers die als vogels door de tent vlogen.

De volgende morgen, nadat hij zijn petit déjeuner had genuttigd op het terras aan het plein, was hij terug gegaan naar het circusterrein. Hij keek naar de sierlijke letters boven de ingang: CIRCUS KARL. Een bekend Duits circus met professionele artiesten, dat had hij gisteren zelf kunnen zien. Die wilden vast niet terug naar de Heimat van Hitler, veronderstelde Peter. Die gaan waarschijnlijk heel lang op reis. En dat idee beviel hem wel.

Links van de grote tent stond een wagen met daarop in strak geschilderde letters het woord DIREKTION. Peter klopte op de deur.

'Ja herein,' riep een zware stem. Peter stapte naar binnen.

De woonwagen stond vol porseleinen snuisterijen en veel nepkoper. Peter kuchte.

'Ik zou graag meereizen met het circus, Herr Direktor.'

De directeur keek hem vragend aan.

'Als wat? Als strobaal? Kok? Als poepruimer?'

'Ik heb geen idee welke functies vacant zijn, Herr Direktor,' antwoordde Peter beleefd.

'We zitten vol,' zei Herr Direktor, 'maar we kunnen altijd wel een helpende hand gebruiken. Heb je iets met de politie van doen gehad? Want ik wil geen gedonder hebben. Is dat duidelijk?'

'Volkomen duidelijk.'

'Je krijgt zakgeld, kost en inwoning. Meer zit er voorlopig niet in.'

'Jawohl, Herr Direktor,' antwoordde Peter. Bijna sloeg hij zijn hakken tegen elkaar, maar zag er toch maar van af. Herr

Direktor had een dun snorretje en zwart glimmend, achterover gekamd haar alsof hij het met een plamuurmes in model had gebracht. Hij droeg zwart-witte schoenen, die vooral in zwang waren bij jazzmuzikanten en tapdansers.

'Over drie dagen vertrekken we, dan mag je mee. Een paspoort of ander identiteitsbewijs meenemen. Er is nog plek in wagen twaalf.'

Herr Direktor sprak in korte afgebeten zinnen.

'In de tussentijd maak je je maar een beetje nuttig. In ieder geval moet je meehelpen om de tent af te breken. Zorg dat je je boeltje op orde hebt. Je kunt gaan.'

'Auf Wiedersehen,' zei Peter keurig. De directeur wuifde hem met een achteloos gebaar de wagen uit. Toen hij de deur bijna achter zich had gesloten, vroeg de zware stem nog: 'En spreek je Frans?'

'Ja, ik spreek goed Frans,' antwoordde hij.

'Dat is een pluspunt,' zei de directeur.

Peter had een baan. Hij was aangenomen bij Circus Karl, al wist hij nog niet wat zijn taak zou zijn.

Peter koos die middag een rustig terras uit om bij een café au lait zijn gedachten op een rijtje te zetten. Hij maakte een lijst met punten die hij zou moeten afwerken.

1. Notitieboekje kopen om zijn ervaringen in op te tekenen.
2. Kaart aan de familie in Nederland sturen, dat ze zich geen zorgen hoefden te maken.
3. Brief aan Bastiënne schrijven met uitleg waarom hij was weggelopen.
4. Nieuwe tandenborstel kopen.
5. En één paar sokken.

Hij ging op pad en kocht een mooi notitieboekje met harde kaft. In dezelfde winkel kocht hij briefpapier en enveloppen. En hij koos ook een mooie vulpen. Een Montblanc die hij een uur later officieel inwijdde met de aanhef van zijn brief aan Bastiënne Hervé.

*Avignon, 21 juli 1936*

*Lieve Bastiënne,*

*mijn gevoelens zijn zo verwarrend. Er was plotseling kortsluiting in mijn hoofd. Toen je ouders de slaapkamer binnenkwamen en mij omhelsden als schoonzoon terwijl wij nog helemaal niet hadden besloten om te trouwen, raakte ik in paniek. Je bent een lief meisje, ja ik houd van je. Nog steeds. Ook je ouders zijn heel aardig. Ik voelde me thuis bij jullie. Maar ik moet je eerlijk bekennen dat ik niet weet of mijn gevoelens oprecht zijn. Ik geloof dat ik van meisjes en van jongens kan houden. Ik hield van een meisje, daarna van een jongen in het klooster en daarna weer van jou. Ik zou met jullie alle drie willen trouwen. Ik kan geen keuze maken. Dat is mijn probleem. Het veroorzaakt vreselijke twijfel en pijn in mijn hart. Ik moet op reis om erachter te komen wie ik ben en wat ik voel. Het spijt me. Het ligt echt niet aan jou. Jij hebt me gelukkig gemaakt. Ook al duurde het maar kort. Ik hoop dat ik jou ook een beetje gelukkig heb gemaakt.*

*Ik kus je.*

*Peter*

Tegen tien uur stelde de circusstoet zich op. Peter klom op een wagen met houten onderstukken waarvan hij niet wist waarvoor ze dienden, maar dat interesseerde hem op dat moment geen reet.

De wagens met de dieren waren die nacht al vertrokken om tijdig op de volgende plek te zijn en daar van de reis bij te komen en alvast een beetje te wennen aan de nieuwe omgeving. Dat Peter Duits sprak, kwam goed van pas in een circus uit Bremen.

'Of hij ook wegvluchtte voor de bruine pest,' vroeg men zich af. De zieke geest van Hitler infecteerde grote delen van Europa en veroorzaakte angst en onzekerheid.

'Nee, hij kwam uit Holland, maar hij was veel in Duitsland geweest.'

'Aha, die deutschen Frauen, die können küssen.'

Ja, dat had Peter in het café bij Mutti Schwein ook kunnen beobachten. Daar was een wulps meisje in dienst, Hilde, die ieder jaar een kind baarde. Toen mevrouw haar wilde ontslaan zei Hilde dat Herr Schwein, de uitbater, zelf ook acte de présence had gegeven. 'Ihr Herr Gemahl geht wie eine Lokomotive durch meinenTunnel.'

Met dergelijke grapjes had Peter de lachers meteen op zijn hand. Hij voelde zich bevrijd. Dit was een nieuw avontuur.

*

Het circus arriveerde in Marseille. Allereerst werden de dieren verzorgd en hun stallen klaargemaakt. Tegelijkertijd werd de grote tent opgezet onder leiding van een echte Zeltmeister. Deze robuuste verschijning met een kortgeknipt kapsel dat als een Duitse helm zijn hoofd ontsierde, had beroepsmilitair kunnen zijn. Ze noemden hem Herr General. En die titel beviel hem wel. Het bleek een aardige kerel te zijn, die opkwam voor de tentenbouwers als dat nodig was. Er werd hard gewerkt. Alle onderdelen waren genummerd en schoven precies in elkaar. Tegen de avond stond de tent. Exact op de juiste plaats, geheel volgens de Duitse Gründlichkeit. De bouwers werden beloond met een stevige maaltijd. Ze namen plaats aan lange tafels. Het menu bestond uit doorgekookte wittekoolstamppot met vette stukken spek.

's Avonds zochten ze bijtijds de wagens op. De volgende dag begon immers weer vroeg. De accommodatie was heel simpel. Er waren strozakken met paardendekens, daar moest je het als bed mee doen. Peter was die avond zo moe dat hij niet eens de moeite nam zich uit te kleden.

Het circus bleef veertien dagen in Marseille. Ze hadden alle tijd om de omgeving te verkennen. Ondertussen werd Peter dan eens hier dan eens daar te werk gesteld. Het liefst was hij bij de dieren. Een van de olifanten had zijn extra belangstelling. Ze was heel groot en had een kleintje van een half jaar. Het jong had bijzondere zorg nodig, had de oppasser gezegd en Peter mocht daarbij helpen. De oppasser – zijn naam was Jacob – kon al heel snel aan de dieren merken dat Peter werd geaccepteerd. Hij zou Herr Direktor vragen of die Hollandse jongen bij de olifanten mocht komen werken. De volgende dagen hielp Peter met voeren en stallen ruimen. Hij vond het fijn werk. De dieren raakten snel aan hem gewend.

Toen ze na twee weken weer vertrokken, werd hij bij de baas geroepen. De dierenverzorger had aan de directie gemeld dat 'der Peter' goed met de olifanten overweg kon en ook flink de handen uit de mouwen stak. Jacob kon hem goed gebruiken. Nou, dat vond de directeur een prima idee. Hij vroeg Peter wat hij zoal gedaan had in zijn jeugd en of hij ervaring had met dieren. Peter vertelde dat hij was opgegegroeid op het platteland. En dat hij goed was in vliegen vangen.

'Oh, dat is handig,' zei de directeur, 'het stikt hier van de vliegen, vang er maar een paar.' Peter greep met zijn linkerhand de eerste de beste vlieg uit de lucht. In enkele minuten had hij er een stuk of tien te pakken.

'Dat kan nog wel iets worden,' zei de directeur. 'Je moet elke mogelijkheid aangrijpen om geld te verdienen. Je bent handig genoeg, zie ik. Zorg dat je het ver brengt. Misschien val je wel in de smaak bij een van mijn dochters. Ze studeren in Zwitserland. Maar als ze gaan trouwen, willen ze een echte circusman. Dat is nu eenmaal zo. De circuslucht snuif je op bij je geboorte, die wil je altijd bij je houden.'

Peter knikte bevestigend en vroeg of hij bij de dieren in het hooi mocht slapen. Dat keurde de directeur goed.

'Dat scheelt me een nachtwaker.'

Peter haalde zijn viool en koffertje uit de wagen en vond in een van de stallen een hoek met een kleine tafel en twee stoelen. Daar kon hij overdag en 's avonds best goed vertoeven. En 's nachts zou hij in het hooi slapen. Een overall en een paardendeken, meer had hij niet nodig.

Het deed hem denken aan zijn kinderjaren. Spelen in het hooi. Samen met Loes sprong hij vanaf de hooizolder in de grote bergen oude kleren die daar lagen opgetast. De grote schuur was een heuvelachtig doolhof vol oude kleren, waarin ze altijd wel een plekje konden vinden om elkaar te ontdekken. Maar een van hun favoriete schuilplaatsen was boven op de zolder. Het nadeel daarvan was wel dat het hooi nogal kon prikken, vooral tijdens het vrijen. 'Hooivrijen' noemden ze het. In de winter bouwden ze er hun eigen hut. Die zag er dankzij de creatieve handen van Loes nog best gezellig uit. Er lagen kleden op de grond en over de strobalen die dienst deden als stoel, of tegen elkaar werden geschoven als bed, had ze dekens gelegd. Ze had ook een kalender van twee jaar geleden opgehangen, maar daar moest hij niet over zeuren.

'Het gaat om de plaatjes en de gezelligheid,' legde Loes uit.

Er hing een kapotte thermometer in het hooi waarvan het kwik was blijven steken op tweeëntwintig graden.

'Zie je hoe lekker warm het is in ons huis?' had ze trots gezegd.

Het waren dierbare herinneringen die hij al vele jaren met zich meedroeg.

*

Het beviel Peter heel goed in het circus. Al snel had hij het dagelijkse ritme te pakken. Hij zorgde ervoor dat de olifanten goed verzorgd werden en op tijd opgedoft waren om de piste te betreden. Hun entree maakte indruk op het publiek. Ze gingen op een metalen bankje zitten met de voorpoten omhoog. Of ze rolden zich een paar keer op hun rug. En bij de grote finale mochten de olifanten nog een bescheiden ereronde maken met op hun rug de meisjes die normaal bij de kassa en de toiletten zaten en nu moesten zwaaien naar het publiek.

Het werd hoog tijd voor een nieuwe act.

Peter was het liefst clown geworden, maar die functie was al vergeven aan twee broers uit Keulen, het Duo Grandiosi. Maar samen met de oppasser bedacht hij toch iets waar de mensen om zouden kunnen lachen. Ze fabriceerden van canvas een reuze-uier die ze onder de moederolifant konden vastbinden. Hij was zo groot dat Peter erin kon zitten, hangen eigenlijk. In een van de kunsttepels werd een fles gestopt met lauwe melk en veel suiker. Daar kon de babyolifant van drinken. En dat deed ze maar al te graag.

De act ging als volgt. De olifant met dikke uier-buik kwam de piste ingelopen, de baby begon te drinken. Daarna trompetterde de olifant luidkeels en Peter trok binnen in de buik aan een touw waardoor de uier losliet en hij naar buiten tuimelde. De bevalling van een clown. Dan huppelde hij door de piste en de olifanten huppelden achter hem aan. Succes verzekerd.

Na twee weken oefenen was de act voor het eerst te zien tijdens de matineevoorstelling. Het ging precies zoals ze hadden gehoopt. Het publiek was laaiend enthousiast en de act werd opgenomen in het vaste programma.

Peter schreef in zijn notitieboekje: *Eigenlijk zou ik met zo'n onnozele, flauwe act me verdrietig moeten voelen. Mijn familie moest me eens zien. Of nog erger Andreas, die zo dol is op Mozart. Zijn Peter in een clownspak die buitelt uit een kunstuier onder een olifant. Ik zou me moeten schamen, maar ik doe het niet. Ik heb plezier in mijn optreden, omdat ik zie dat anderen er vreugde aan beleven. De oppasser, de olifanten en het publiek. Ik maak ze allemaal vrolijk. Ik word toegejuicht. Daar word ik blij van.*

Nu hij officieel circusartiest was, kwam Peter ook vaker in aanraking met de andere artiesten, die in hiërarchie natuurlijk hoger stonden dan de verzorgers en tentenbouwers. Het meest gesteld was hij op een Japans meisje van een jaar of zeventien, dat samen met haar ouders en oudere broer een trapezenummer verzorgde. Ze fladderden als kleurrijke vlinders door de lucht. De familie had twee wagens waarmee ze met het circus optrokken.

In de vrije uren zochten ze elkaar op. Hij had het meisje, dat hij Butterfly noemde, leren fietsen en ze was er verrukt over. Als ze giechelde klonk het alsof er lucht uit een ballon ontsnapte. Van een hoge toon naar nog hoger. Ze had een grappig gezicht met kuiltjes in haar wangen. Als er maar even tijd was, fietste ze over het circusterrein en in de omgeving van de standplaats.

Na enkele dagen werd Peter al in de woonwagen uitgenodigd om thee te komen drinken. Daar hadden ze overdag tijd genoeg voor. De inrichting van de wagen was echt Japans, met een huisaltaar waarop staafjes wierook werden gebrand. Het gezin zat met elkaar in lotushouding. Hij werd al snel in de kring opgenomen en niet lang daarna deed hij zelfs mee met de gebeden die gewijd waren aan Boeddha. Het was een fijne familie, die met aandacht en zorg met elkaar omging. Er werd nooit luid gesproken, laat staan geschreeuwd. Hij begon zich te hechten aan hun gezelschap en besloot wat afstand te nemen. Hoe meer hij zich thuis ging voelen, hoe moeilijker het werd om daarna afscheid te nemen. Bleven de contacten oppervlakkig dan kon hij zonder emoties vertrekken. Dat leek hem het beste.

Na drie dagen kwamen Butterfly en haar broer Yama naar de stallen om te vragen waar hij toch bleef. Hij was toch een vriend en huisgenoot? Ze namen hem mee naar hun wagen en vertelden hem in hun eigen wonderlijke taaltje, een soort mengeling van Engels en Duits, dat hij te bescheiden was.

'En heel erg lief,' voegde de jongen er onverwacht aan toe. 'Jij bent onze vriend en ik ben jouw vriend.'

Zo, daar moest Peter even van slikken. Wat bedoelde deze mooie Japanse jongen daarmee? Misschien helemaal niets, maar hij voelde zich vanaf dat moment toch anders.

Die middag gingen ze met z'n drieën gearmd de stad in. Butterfly had op haar fietsronde een pottenbakker ontdekt en wilde informeren of ze misschien les konden krijgen. Dat leek haar leuk.

Op een kleine binnenplaats met geraniums aan de muren, zat een man van middelbare leeftijd met een blauwe schort achter een houten draaischijf met daarop een homp klei. Hij begroette het drietal vriendelijk. Overal stonden vazen en potten uitgestald. Sommige waren al opgedroogd, anderen waren nog vochtig, vers van de schijf.

'Het is een mooi vak,' legde de pottenbakker uit, 'maar je moet er wel geduld voor hebben en een beetje handigheid.' Hij gaf met zijn voet een zwengel aan de draaischijf, pakte de homp klei op en wierp hem opnieuw op de schijf, precies in het midden.

'Dat is essentieel, want anders fladdert het alle kanten op en krijg je nooit een rechte vaas,' onderwees hij. 'Maar wat komen jullie eigenlijk doen? Iets kopen?'

'We waren nieuwsgierig,' antwoordde Butterfly in brabbelig Engels dat Peter vertaalde in het Frans. 'En we vroegen ons af of we misschien les konden krijgen?' Ze mochten het alle drie proberen. Eerst Butterfly, daarna Yama en tenslotte Peter.

Toen hij achter de schijf zat en de klei in zijn handen voelde, stroomde er golf van vreugde door hem heen. Opeens besefte hij dat kleien hem gelukkig zou kunnen maken. Pottenbakken. Met je handen werken en creëren. De oplossing ligt vaak voor de hand.

'Er valt geen droog brood mee te verdienen,' wist de pottenbakker ongevraagd te vertellen.

'Het lijkt me geweldig,' dacht Peter, 'dit ga ik doen als ik tot rust ben gekomen. Ook al verdien ik er weinig mee. Ergens wonen op het platteland in een bescheiden huisje met de kleine Butterfly.'

Peter deelde zijn gedachten met haar. Ze bloosde.

'En ik dan?' vroeg Yama, 'ik ben toch je vriend?'

Peter keek hem aan en kreeg een gevoel van heimwee, onwetend waar het vandaan kwam, niet in staat te reageren.

Butterfly verbrak de spanning.

'We blijven altijd met z'n drieën,' lachte ze. 'We blijven in Frankrijk en gaan samen pottenbakken.'

'Het is niet te geloven, wat ben jij een wispelturige klootzak,' sprak Peter zichzelf toe. 'Je bent nog vol van Loes, Andreas kun je niet vergeten, Bastiënne was bijna je vrouw en nu breng je weer iemand het hoofd op hol door te beloven dat je samen met haar in een gezellig huisje gaat wonen waar jullie gaan pottenbakken. En broer Yama krijg je er zomaar gratis bij.' Peter haalde verontschuldigend zijn schouders op.

'Ik moet toch wat,' mompelde hij. En gaf vervolgens een forse trap tegen de voetenplank van de draaischijf waarop zich een kromme vaas begon af te tekenen.

's Avonds na de voorstelling kwam Yama naar hem toe, het was een mooie frêle jongen. Peter zat aan zijn tafeltje in de stal wat te lezen. De jongen kuste hem op beide wangen en gaf hem een zorgvuldig gemaakt schilderijtje van verf en luciferhoutjes. Het stelde een berg voor. Peter vond het lelijk, maar bedankte hem hartelijk. Hij wandelde met Yama terug naar de wagen. Het was laat in de avond. In de verte klonk het geluid van kikkers. Ze stapten de woonwagen binnen en Yama vertelde de familie dat ze vanaf nu vrienden waren. Voor altijd. Maar dat vond Peter wel wat lang.

De volgende dagen verliepen heel plezierig. Het was prachtig weer en het drietal genoot van de uurtjes die ze les kregen in pottenbakken. 's Avonds hadden ze de voorstelling. Peter werd een soort talisman voor Yama. Wanneer hij als een vogel door het luchtruim vloog, duimde hij dat het goed zou gaan. Yama maakte de moeilijkste salto's en sprongen. De anderen assisteerden hem, en zweefden aan nabijgelegen trapezes. Bij de dodensalto, een driedubbele looping, speelde Alexander, een van de lilliputters een cruciale rol. Hij moest op het juiste ogenblik de reddende trapeze toewerpen. Iedereen hield op dat moment altijd de adem in. Er was geen vangnet gespannen. Dat maakte het extra gevaarlijk en spannend.

Peter bad elke avond in de coulissen dat het maar niet mis zou gaan. Daar stond hij in zijn clownspak, niet zichtbaar voor het publiek, met zijn handen gevouwen. Hij bad tot God en tot Boeddha. 'Ik begin zowaar weer vroom te worden.'

's Nachts in zijn slaapplek tussen het hooi voelde hij zich prettig. Hij luisterde naar de geluiden van de nacht. De olifanten die bewogen, het hooi dat ze met hun slurven knisperend naar boven tilden en met grote happen naar binnen werkten, de voetstappen van de nachtwaker die over het terrein liep. Een deur van een wagen die werd dichtgesmeten. De scheerlijnen van de tenten die klapperden in de wind. Hij was eraan gewend geraakt. De geluiden klonken vertrouwd. Zo snel kon je je dus ergens thuis voelen.

*

Een paar weken later sloeg het circus zijn tenten op in Nice, de bekende badplaats aan de Côte d'Azur, met haar brede boulevards en prestigieuze hotels. Op de Promenade des Anglais werd dagelijks geflaneerd in luchtige kleding. Dames in witte jurken met daaronder schoentjes in dezelfde kleur, een parmantig parasolletje ter bescherming van hun bleke gezichten en een polstasje in de vorm van een collectezak. Heren droegen strooien hoeden, katoenen pantalons en overhemden met korte mouwen. Er heerste een ontspannen sfeer met een air van voornaamheid. De kiosken verkochten naast de Franse magazines ook modebladen uit New York, *The Times* uit Engeland, *Die Zeitung* uit Duitsland en andere internationale bladen. De statige banken met hun gekrulde leuningen van smeedijzer en de genummerde stoeltjes die her en der verspreid stonden, boden voorbijgangers op elk gewenst moment de gelegenheid om even uit te rusten en te genieten van het uitzicht. De azuurblauwe Middellandse Zee met de dobberende vissersboten bood een aantrekkelijk panorama.

'Hier kan ik het wel een paar maanden uithouden,' lachte

Peter tegen Yama en Butterfly. Ze liepen met z'n drieën na de avondvoorstelling door de smalle straatjes van het oude Nice. Overal waren de terrassen gevuld, er werd gelachen, maar men voerde ook serieuze gesprekken.

Er hing oorlog in de lucht. Men vertrouwde die Hitler niet. Die enge dictator had plannen die bedreigend waren voor Frankrijk en de rest van Europa. Het zou niemand verbazen als er oorlog zou komen.

Ze hadden ergens iets gedronken en warme wafels gegeten. Daarna waren ze teruggelopen naar het circusterrein. Butterfly ging meteen naar bed. Yama bleef nog even bij Peter. Het was een nacht vol sterren. Ze zaten naast elkaar op een hooibaal en keken naar boven.

'Weet je dat sterren gaatjes zijn in de dansvloer van de hemel?' vroeg Peter. 'Ze dansen daar de hele nacht. Als we dood zijn begint het leven pas.'

Yama sloeg een arm om Peter heen.

'Jij gaat niet dood. Je hoort bij mij.' Ze bleven stil zitten en luisterden naar het bonken van hun eigen hart. Er welde een verlangen in hem op. Peter voelde zich schuldig en verward. Waarom liet hij deze gevoelens toe? Het werd er alleen maar ingewikkelder op. Ze streelden elkaar en zochten elkaars mond.

Ze hadden niet in de gaten dat achter de tent iemand hen voortdurend in de gaten hield. Het was Alexander de lilliputter, die onderdeel was van het trapezenummer. Hij voelde zich in de steek gelaten, verraden. In zijn hart had hij gehoopt dat hij de enige echte vriend van de Japanse jongen zou zijn. Maar Yama had gekozen voor de Hollander.

De volgende dag kwam Butterfly naar Peter toegelopen. Hij was hooibalen aan het stapelen. Ze keek hem ondeugend aan. Ze maakte een beweging met haar hand en bewoog haar wijs- en middelvinger over elkaar heen.

'You and Yama,' zei ze.

Hij keek haar zo neutraal mogelijk aan.

Ze glimlachte.
Hij glimlachte terug.
'Tonight you and Butterfly.' Ze wees met haar vinger naar zichzelf, daarna in zijn richting. Ze maakte een lichte buiging, draaide zich om en liep weg. Peter met de hooivork in zijn hand verbouwereerd achterlatend. Hij volgde haar met zijn ogen. Kennelijk vermoedde ze dat, want na een paar stappen stond ze even stil om kordaat met haar kontje te draaien. Zo lenig als ze was, kostte haar dat geen enkele moeite.
Die dag hing er een broeierige sfeer tussen het drietal. Bij de matineevoorstelling was Peter zoals elke dag behendig uit de grote uier gerold. In zijn clownspak rende hij door de piste en maakte vrolijke capriolen. De olifanten volgden hem, slingerend met hun slurf. Applaus. Peter had succes. In de coulissen wachtte Yama hem op. Hij stak zijn duim op. Daarna boog hij zich naar hem toe: 'Tonight, you and me?' Hij keek Peter verwachtingsvol aan.
Het clownshoofd schudde ontkennend.
'Not tonight. Tomorrow better.'
Yama knikte alsof hij het begreep en vroeg: 'You love me?'
'Very much.' Peter maakte met zijn armen een breed gebaar. 'So much!' Daarna slofte hij op zijn clownsschoenen door het zaagsel naar de dierenverblijven.

Op de dagen dat er twee voorstellingen werden gegeven, werd er meestal gezamenlijk gegeten aan de grote houten tafels achter de circustent. Butterfly had een plaatsje vrijgehouden voor Peter. Ze wenkte hem.
'Come, sit, eat.' Het klonk als een opdracht, maar haar ogen keken vriendelijk.
Er waren stokbroden, kaas en ook veel vliegen. Peter demonstreerde hoe snel en handig hij ze kon vangen. Hij stond op van zijn kruk en ging al vliegen vangend langs de tafel. Het leek op een dol dansnummer. De aanwezigen loeiden van plezier. Binnen een mum van tijd had hij wel twintig vliegen gevangen, verpulverd en weggegooid, ook al waren het schepsels van God zoals hij eerder had beweerd in de au-

berge van de familie Hervé. Maar dat standpunt paste hem nu even niet.

Hij vertelde aan tafel dat hij al van jongs af aan bedreven was in het vliegenvangen, vooral met zijn linkerhand. In de kinderbox maakte hij al indruk met zijn kunstje.

'Waarom met je linkerhand?' vroeg de messenwerper die aan de overkant van de tafel zat, met een homp brood in zijn mond. Hij wist als geen ander hoe je op de millimeter nauwkeurig moest richten om je doel te treffen. Bij hem, als messenwerper ging het er vooral om juist het doel te missen. Als zijn dochter op de houten schijf was vastgebonden en hij van twintig meter afstand langs de contouren van haar lichaam razendsnel tien dolken moest werpen, was het natuurlijk zaak haar niet een mes door de strot te jagen.

'Waarom met de linkerhand?' Peter herhaalde de vraag.

'Omdat de vliegen dat niet verwachten. Ze denken die man is rechts, en dat is ook zo. En dan KLAP,' hij sloeg met zijn vlakke hand op tafel, 'heb ik hem te pakken met links.'

'Gut, ik wist niet dat vliegen zo slim waren. Dat ze het verschil kennen tussen links en rechts.' Het meisje van de kaartverkoop die bij de finale zittend op een olifant mocht zwaaien naar het publiek, keek hem verbaasd aan.

'Natuurlijk,' riep Peter uit. Hij was op dreef. Het gezelschap hoorde hem gniffelend aan.

'Natuurlijk weten ze dat. Heb je ze ooit zien botsen in de lucht? Ze hebben een goed richtingsgevoel.'

'Heeft rechts ook voorrang?' vroeg de messenwerper. 'Net als bij ons?'

Peter knikte, hij genoot van de aandacht die hem ten deel viel. Iedereen was nieuwsgierig naar zijn antwoord.

'Het zijn net trapezewerkers,' zei hij met een serieus gezicht, 'die vliegen ook door de lucht en weten dat ze rechts moeten houden. Behalve de Engelse trapezewerkers, natuurlijk. Die houden links. Net als in het verkeer.'

Er werd gelachen, maar er heerste toch ook enig ongeloof onder de aanwezigen. Zou het echt waar zijn? Ze schepten royaal op van de aardappelsalade, de tomatensalade met uitjes en de aardappelpuree. Een stuk kip maakte de maaltijd compleet.

'Ik kijk nu heel anders naar vliegen,' merkte het kassameisje op, terwijl ze een blaadje sla tussen haar tanden wegpeuterde. 'Voor mij waren vliegen gewoon vliegen. Heel simpel.'

'Tja,' zei Peter, 'zo zie je maar. Ik zal je nog iets vertellen; er zijn ook vliegen die laag vliegen. Bij mist bijvoorbeeld. Ze kunnen zich dan oriënteren op de grond. Aan de hand van herkenningstekens vinden ze hun route. Bijvoorbeeld via verkeers- en reclameborden. Als ze de felrode letters van de Coca-Colareclame zien, weten ze dat ze veilig de landing in kunnen zetten.'

'Tjeetje,' zei het meisje, 'het is toch wat. Heel bijzonder.'

'Lik m'n reet,' zei de messenwerper en nam een hap puree. 'Je lult als een kip zonder kop.'

'Hou je mond,' riepen de anderen, 'vertel door, Peter.'

'Sommige vliegen vliegen zich te pletter tegen een lantaarnpaal, misleid door het licht, maar dat is nu eenmaal het risico. De statistieken liegen er niet om.'

En zo vermaakte Peter het gezelschap met zijn verhalen over de wondere wereld van de vliegen.

Aan de andere tafel zat Yama, naast Alexander. Yama zwaaide een paar keer en wierp hem lieve blikken toe. Alexander keek strak voor zich uit.

De avondvoorstelling verliep voorspoedig. Peter buitelde op tijd uit de uier onder de olifant, Butterfly slingerde gracieus door de nok van de tent, Yama maakte zijn dodensprong en Alexander wierp hem op het goede moment de trapeze toe.

Na de voorstelling ging Peter zich afschminken en douchen, daarna verdween hij snel naar zijn hoekje in de tent. Hij wachtte op de dingen die komen zouden.

Na tien minuten verscheen Butterfly in een roze kimono. Ze liep op rode schoenen met hakjes. Ze had haar lippen een beetje gekleurd en blosjes op haar wangen aangebracht.

Butterfly maakte een kordate buiging. Peter knikte terug.

'Hi,' zei ze.

'Hi,' antwoordde Peter. Ze wees naar de strozak tussen het hooi.

'Bed?' vroeg ze.

'Yes, bed,' zei Peter. 'You like it?'

'Yes, I like it. We can try.'

Peter dimde de olielamp en nam haar bij de hand. Hij leidde haar naar zijn simpele bed. Voordat ze zich neervlijde, knoopte ze haar kimono los en liet die sierlijk van zich afglijden. Behalve een wit onderbroekje had ze verder niets aan. Daar stond ze in al haar tengerheid voor hem. Hij knoopte zijn hemd los, schopte zijn schoenen uit en liet zijn broek zakken. Daarna omarmden ze elkaar. Haar huid voelde heel zacht aan en ze rook naar rozenblaadjes. Hij tilde haar op en legde haar voorzichtig in het stro. Daarna kroop hij naast haar en dekte hun lichamen met de paardendeken toe.

'Nice bed,' kirde Butterfly.

'Nice girl,' fluisterde Peter.

Hij kuste en streelde elke centimeter van haar lichaam. Zo af en toe kreunde ze zachtjes. Met een diepe, warme zucht ontsloot ze zich voor hem. Samen beleefden ze een gepassioneerde liefdesnacht.

De weken daarna sliep Peter de ene avond met Yama en de volgende avond met Butterfly. Op sommige dagen, meestal wanneer ze vrij waren, kropen ze met z'n drieën in bed en speelden hun seksspelletjes. De lilliputter die alles in de gaten hield, liep tijdens hun liefdesspel boze rondjes om de grote tent. Met driftige stappen reageerde hij zijn woede en jaloezie af, her en der schoppend tegen verdwaalde stenen, een stoel of een bos touw. Alles wat Alexander op zijn weg tegenkwam moest het ontgelden.

De tijd verstreek. Peter maakte, als het schema het toeliet, lange wandelingen in de omgeving. Soms alleen met zijn eigen gedachten, soms met Yama, rennend door de bossen of de velden. Dan weer hand in hand met Butterfly. En ook wel met z'n drieën. Ze konden het heel goed met elkaar vinden.

Peter was op beide erg gesteld. Yama en Butterfly waren zijn geliefden. Voor zolang het zou duren. Hij voelde zich tot op zekere hoogte gelukkig.

De gedachten aan vroeger, aan het seminarie, aan Andreas en Loes, begonnen te vervagen. Hij vroeg zich wel af hoe het hen zou vergaan. Zou Andreas weer opgenomen zijn in zijn familie, zouden ze hem zijn zonde hebben vergeven? Misschien was hij toch weer naar een seminarie gegaan, wellicht in een ander land. Waarschijnlijk bij een onbekende orde waar men zijn geschiedenis niet kende, of niet wilde weten. Zou hij nog zo mooi zingen? Vast wel, dat verleer je niet.

In gedachten hoorde Peter de stem van Andreas het 'Ave Verum Corpus' zingen. Hier in Zuid-Frankrijk dacht hij met ontroering terug aan hun tijd samen. Ook Loes die nu bijna twintig was, woonde nog steeds op een belangrijke A-locatie in zijn hart. Hoe zou het met haar gaan? Zijn gedachten gingen terug naar de schuur waar ze zoveel uren met elkaar hadden gedeeld. Waar ze elkaars lichamen hadden ontdekt en geliefkoosd. Hij dacht terug aan het kerstfeest dat ze samen in het hooi hadden gevierd. Zij als Maria en hij Jozef, de geboorte van Jessica, gewikkeld in doeken en neergelegd in een kribbe.

Hij nam zich voor Loes een brief te schrijven.

*

In de winterperiode verbleef het circus een paar maanden aan de Rivièra. Meestal in Nice. Het klimaat was daar aangenaam. En vanaf kerst kwamen veel families naar het zuiden om daar enkele maanden te overwinteren. En daar profiteerde het circus ook van. Sommige gasten kwamen iedere week naar een voorstelling. Soms werden de circusartiesten uitgenodigd om bij gefortuneerde mensen aan huis privévoorstellingen te geven in tuinen die op parken leken. Het ging er vaak decadent aan toe, met veel drank en overvloedige maaltijden. Overal liepen dienstertjes rond in zwarte jurken en witte schorten. In het haar droegen ze een kanten diadeem. De obers droegen witte jasjes met gouden tressen, het haar strak gekamd en vastgeplakt met pommade. Vis- en vleesgerechten werden af- en aangedragen.

Peter verbaasde zich over zoveel rijkdom en overdaad. Hij zorgde er wel voor dat hij naast zijn clownspak ook altijd een donker kostuum, een wit overhemd en een stropdas bij zich had. Zo kon hij zich na het optreden onder het chique publiek begeven. Met een glas champagne in de hand, links en rechts beleefd knikkend, vond hij zijn weg tussen de gepoederde dames en de veelal besnorde heren. Er was een grote diversiteit aan snorren te bewonderen, variërend van een dun streepje tot aan forse korenschoven met opstaande uiteinden. Ook droegen veel heren een monocle, het brillenglas stevig verankerd onder de wenkbrauw of nonchalant bungelend aan een touwtje.

Zelf was Peter gezegend met een redelijk beschaafd hoofd, zo had hij onlangs met een langdurige blik in de spiegel tijdens een bezoek aan de kapper vastgesteld. Bovendien was hij brutaal genoeg om zich bescheiden te gedragen. Hij bewoog zich gemakkelijk, alsof hij in deze hogere kringen thuishoorde. Niemand nam aanstoot aan hem of vroeg zich af wie deze jongeman toch was. Hij observeerde de manieren van de welgestelden, hoe ze hun glas vasthielden, hoe een sigaar werd ontstoken, hoe men een handkus gaf, hoe laag de decolletés waren uitgesneden, welke schoenen er in de mode waren. Alles wilde hij in zich opnemen, want eens – zo nam hij zich voor – zou hij ook tot de high society behoren.

Een paar dagen later, op een van zijn wandelingen door de stad, werd zijn oog getrokken door een bord dat naast een groene deur aan de muur was bevestigd met daarop een geschreven mededeling:

*Madame Carmen de Diaz – Claire Voyante.*

Peter was nog nooit bij een helderziende geweest, ook al waren de dames altijd met een kraampje present op de jaarlijkse kermis in de nabijgelegen stad uit zijn jeugd. Het was geen gebrek aan belangstelling of nieuwsgierigheid geweest, maar meer een kwestie van budgetbewaking. Het kleine beetje geld dat hij te besteden had, gaf hij uit aan de rups en de zweefmolen.

KLOPPEN VOOR EEN AFSPRAAK, stond onder haar naam geschreven. Peter klopte aan. De deur stond op een kier.

'Wie is daar,' vroeg een vrouwenstem.

Nou, dat klonk uit de mond van een helderziende niet erg hoopvol.

'C'est moi. Peter Wanders de Hollande.'

'U heeft een nogal zware stem voor een vrouw,' antwoordde de helderziende.

Peter besloot door te lopen. Dit beloofde geen interessant consult te worden.

'Nee, niet doorlopen, jongeheer,' klonk het resoluut. 'Ik wilde u even in verwarring brengen, waardoor de chakra zich vanzelf opent. Kom binnen.'

Peter stapte een donkere kamer in. Aan een tafel met daarop een brandende olielamp zat een oudere vrouw met een rode sjaal om haar hoofd geknoopt. Haar gezicht toonde sporen van tegenspoed. Ze zag er vermoeid uit. Ze droeg glinsterende oorbellen van groen glas en een grote ring met een zilveren paardenhoofd. Ze had kleine donkere ogen en een grote neus die niet in verhouding stond met de rest van haar smalle gezicht.

'Gaat u zitten,' sprak ze vriendelijk.

'Ik kom voor een afspraak,' zei Peter.

'Dat is goed. U kunt blijven als u wilt. Vandaag is het niet druk.'

Peter knikte, het leek hem een onverwachte mogelijkheid om de sluier van zijn toekomst, al was het maar een tipje, te laten oplichten door deze vrouw met haar royale neus.

'Hoe is het met uw moeder?' Zonder antwoord af te wachten sprak ze verder. 'Ze is nogal ziekelijk. Ik zie haar op bed liggen voor het raam, de plek waar ook het bed stond waarin uw broertje is overleden.'

Peter keek haar verbaasd aan, maar besloot te zwijgen.

'Uw levensweg zal kronkelig zijn, jongeman. Met veel zon, maar ook veel schaduw. U zult bergen moeten beklimmen en door rivieren moeten waden om uiteindelijk het geluk te vinden. De rust echter waarnaar u immer zult verlangen, zal u altijd een stap voorblijven. Het buurmeisje uit uw jeugd zal nooit uit uw hoofd zijn. Zij denkt ook voortdurend aan u.'

Peter hapte naar adem. Hoe kon deze vrouw uit Nice kennis hebben van zijn verleden?

'Jullie hebben samen een kind,' vervolgde ze, 'maar dat is een beetje vaag. Dat kan ik niet goed thuisbrengen.'

Peter dacht aan Jessica, de pop van Loes, die vaak als hun kind mee had moeten spelen in de toneelstukjes.

'Nou ja,' zei hij, 'min of meer, het is een pop. Maar we beschouwden haar wel als ons kind.'

De vrouw knikte.

'U hoeft me niet te helpen hoor, ik krijg het vanzelf door. Ik zie een koffer, maar die is niet van u. U sleept hem overal mee naar toe. Hij is u dierbaar, er zit iets in waar u veel waarde aan hecht. Het is een kledingstuk, wacht even.' Ze omvatte haar hoofd met beide handen alsof ze daar het antwoord uit kon persen.

Peter was verbijsterd over wat deze vrouw met haar rode hoofddoek te vertellen had. Ze kende zijn geheimen. Ze wist bijna alles. Het voelde ongemakkelijk, alsof hij naakt bij haar aan tafel zat.

'Het is een gebreide sjaal,' sprak ze zacht. 'Gebreid door iemand die u liefheeft. Ik hoor hem zingen. Klopt dat? Hij is religieus en welopgevoed.'

Peter zat te trillen op zijn stoel. Andreas. Ze weet van Andreas. Hij wilde opstaan, het werd hem te veel.

'Nee, blijf nog even zitten.' Ze tikte met haar wijsvinger gebiedend op de tafel. 'Ik ben nog niet klaar. Wees niet bang. Ik heb het goed met u voor. U bent een fijn mens, ook al begeeft u zich veelal op het verkeerde pad.' Ze schonk uit een glazen karaf een glaasje water in, nam twee slokken en keek hem strak aan.

'De dood zal u meerdere malen in de ogen kijken, maar u blijft hem de baas. Hij zal echter altijd in de nabijheid zijn. Ook deze dagen is hij in de buurt. Ik zie een Boeddhabeeld, met daarnaast een meisje dat een staafje wierook in haar hand houdt.'

'Butterfly,' dacht Peter meteen.

'Nee, zij niet,' riep hij geschrokken, 'alsjeblieft niet. Zij moet blijven leven. Ik wil niets meer horen. STOP. Niets meer zeggen, mevrouw. Alstublieft.'

Carmen de Diaz knikte.

'Als laatste opmerking wil ik u meegeven dat u zult doordringen in de hoogste societykringen, dat mensen met respect uw naam zullen uitspreken. Dat uw moeder heel trots op u zal zijn omdat het purperen gewaad dat bestemd is voor de kardinalen van de rooms-katholieke kerk om uw schouders gelegd zal worden. Rome zal uw bestemming zijn.'

Peter stond op.

'Dank u, mevrouw. Wat ben ik u schuldig?'

'Niets, jongeman. Ik heb alles wat ik nodig heb. Ga heen in vrede.'

Hij wankelde de deur uit en haalde een paar keer heel diep adem terwijl hij in het smalle straatje tegen een van de gevels steun zocht. Hij was ontdaan over hetgeen hij zojuist had vernomen. Dat de dood hem op de hielen zou zitten, daar kon hij mee leven. Maar dat hij kardinaal zou worden? Hij? Peter Wanders van het Geitenpad? Dat kwam hem onwaarachtig voor. Maar toch...

*'Rome zal uw bestemming zijn,'* galmde het na in zijn hoofd. *'En u zult doordringen tot in de hoogste kringen van de samenleving. Men zal uw naam met respect uitspreken.'* Dat had Carmen de Diaz toch maar mooi gezegd en hij besloot haar te geloven.

Voorlopig sliep Peter nog op een strozak bij de olifanten. Hij voelde zich thuis in het circus, bij de bonte familie van dierentemmers, clowns en acrobaten. Mensen met een groot gevoel voor vrijheid die elkaar niet in de weg zaten, niet gauw iets vreemd vonden en een ruime geest hadden. Zo keek niemand ervan op dat Peter, Yama en Butterfly na verloop van tijd samen een woonwagen deelden. Het gebeurde gewoon, alsof het de normaalste zaak van de wereld was. Niemand nam er aanstoot aan. Ja, toch wel. Alexander de lilliputter was boos. Hij voelde zich buitengesloten. Hij was altijd nummer één geweest, de cruciale schakel in de dodensprong, de briljante trapezewerker. Zijn worp bepaalde de vlucht van de trapeze. Ze waren een hecht team, hij en de mooie Japanse acrobaat, altijd samen. Onafscheidelijk. Nu voelde hij zich in de steek gelaten, maar liet het niet merken. Daarvoor was hij te trots. En te professioneel.

De circusacts werden aan het eind van het jaar geperfectioneerd met als belangrijkste publiekstrekker de dodenspong met maar liefst vier salto's. Yama had de laatste maanden hard geoefend en het was hem gelukt om met een iets hogere sprong in plaats van drie, nu vier salto's te maken. Bij elke voorstelling was de spanning te snijden. Er ging een siddering door het publiek wanneer Yama zijn dodensprong maakte. Een vierdubbele salto in de lucht zonder vangnet. Op het moment dat het publiek begon te gillen, kon hij nog net de trapeze grijpen die hem door Alexander werd toegeworpen. Het was teamwork tot op de halve seconde.

Trouw volgde Peter vanuit de coulissen het stuntwerk van zijn vriend. Met bonzend hart en glimmend van trots.

Tijdens een voorstelling in Bordeaux ging het mis. De timing klopte niet. De trapeze kwam te laat. De slanke handen van Yama grepen in de lucht. Tevergeefs. Geluidloos viel hij veertien meter naar beneden en brak zijn nek in het zand van de piste.

Peter was getuige van dit drama. Een afgrijselijke kreet ontsnapte uit zijn keel. Hij werd duizelig en misselijk tegelijk. Hij moest naar Yama die als een geknakte vogel op de grond lag. Hij rende in zijn clownspak door de piste naar hem toe. Hij werd omringd door toegesnelde helpers. Toen ze hem zagen, weken ze uiteen en lieten hem door. Peter nam Yama in zijn armen. Er liep een straaltje bloed uit zijn mondhoek.

De ouders van Yama en Butterfly knielden naast hen neer en huilden ingetogen. Peter aaide over zijn hoofd, Yama opende zijn ogen en een vage glimlach verscheen op zijn bleke gezicht. Hij keek Peter aan met een blik vol dankbaarheid en sloot daarna voorgoed zijn ogen.

De volgende dag werd Peter bij de moeder van Yama geroepen. Ze ontving hem in de woonwagen. Haar man zat naast haar in lotushouding. Butterfly was er niet bij. De moeder begon te praten op een zangerige toon. Ze sprak vloeiend Engels. Zo correct had hij haar nog niet horen spreken. Ze bleven mysterieus, die Japanners.

'Luister Peter. Boeddha zegt: Het leven is lijden. En de zin van ons leven is verlost te worden van dit lijden. Onze zoon was zich dat in zijn korte leven al bewust. Vanaf zijn tiende heeft hij beseft dat hij een meisje was, maar in het verkeerde lichaam was geboren. Misschien is het mijn schuld,' zei de moeder. 'Ik had zo gehoopt op een meisje, en toen kwam er een jongen. Tenminste dat leek zo. Toen hij echter zo oud was dat hij man moest worden, merkte ik in zijn doen en laten dat hij in zijn geest een meisje was. Tegenover meisjes was hij altijd stil en schuchter, wel lief maar teruggetrokken. Hij leefde als een bescheiden, stille jongen, eigenlijk veel te serieus voor zijn leeftijd. Toen hij vijftien was, had hij zijn eerste begroeting met een vriend. Het was een Chinese man die heel bedreven was met borden. Hij stapelde ze torenhoog op en liep ermee door de piste. Op een avond struikelde hij. De volgende morgen verdween hij naar een ander circus om daar opnieuw te beginnen. Onze zoon wilde met hem meegaan, maar besefte dat daarmee de familieband werd verbroken en onze samenwerking zou eindigen. Dat betekende geen inkomsten meer. Hij koos voor zijn familie. De Chinees is vertrokken zonder afscheid te nemen. Hij beschouwde zijn val waarin alle borden werden meegenomen als een blamage. Onze zoon werd stiller en stiller. Totdat hij vorig jaar kennis maakte met jou. Hij fleurde helemaal op. We waren blij met je komst. Toch was hij soms bang en zei dan: "Ik ben te gelukkig, dit kan nooit lang duren. Zo moet het Nirwana zijn, om je zo verlicht te voelen." Hij wist dat het niet mooier kon worden.

Wij kunnen er daarom in berusten dat hij op het hoogtepunt van zijn geluk is gestorven, terwijl hij in jouw armen lag. Het laatste wat hij zag waren jouw ogen. Laat mij je zegenen, Peter. Kom en kniel neer.'

Ze legde haar beide handen op zijn hoofd. De vader die niets had gezegd en star voor zich uitkeek, boog zich nu voorover en legde zijn handen op die van zijn vrouw. Peter voelde vier handen op zijn hoofd. De vader sprak een gebed uit in het Japans. Daarna mocht hij opstaan.

'Ga naar Butterfly, ze heeft je nodig.'

Peter stapte de avondlucht in, rook de geur van gepofte kastanjes en liep schoorvoetend naar de wagen waarin Butterfly zich had teruggetrokken. Hij klopte aan. Ze antwoordde niet.

Hij opende de deur en stapte naar binnen. Butterfly stond naast het Boeddhabeeld en had een staafje wierook in haar hand. Haar gezicht was getekend door intens verdriet en wanhoop. Peter omhelsde zijn geliefde om haar niet in de ogen te hoeven kijken. Bijna geluidloos snikte ze de naam van haar broer: 'Yama. Yama. En jij komt ook afscheid nemen,' bracht ze met moeite uit. 'Ik voel het. Je hoeft niets te zeggen. Ga maar... ik zal altijd van je blijven houden.'

Op een mistige vrijdagochtend verliet Peter Wanders het circus. Het clownspak liet hij achter, maar het schilderijtje van Yama nam hij mee in het leren koffertje van de pastoor.

Butterfly bleef achter met een verscheurd hart, treurende ouders en een lilliputter die ze verafschuwde.

# 9

Peter besloot naar Italië af te reizen, het land van de levensgenieters, de zon en de paus, met wie hij nog een hartig woordje te wisselen had. De trein bracht hem naar Milaan, het had ook een andere bestemming kunnen zijn. 'Laat ik maar eens een bezoek brengen aan de beroemde domkerk,' stelde hij aan zichzelf voor. Het uitstapje zou uitlopen tot een verblijf van enkele maanden en leiden tot een financieel aantrekkelijke aanstelling als ober met groeimogelijkheden. 'La casa di Mamma' was een levendig etablissement met een vaste klantenkring. Advocaten, artsen en griffiers, maar ook gulzige weduwen, beschaafde prostituees en spichtige mannequins schoven dagelijks aan. De kaart was overzichtelijk en de producten uit de keuken waren puur. Zelfs het ijs werd dagelijks vers gedraaid. Peter serveerde de gerechten met een joie de vivre die hem naast bewonderende blikken ook ruime fooien opleverde. Hij etaleerde zijn charme met het raffinement van een verzekeringsagent.

'Ik laat aan u de keuze, maar wil met name dit product van harte aanbevelen.'

In de meeste gevallen wist hij de vis van gisteren weg te werken. De baas was uitermate tevreden over deze handige kelner met zijn economische inzicht. Na twee maanden werd Peter bevorderd tot gerant van het restaurant. Op zaterdag- en zondagavond haalde hij zijn viool tevoorschijn en dompelde de trattoria in een romantische saus. De ambiance van kaarslicht en vioolmuziek moedigde de gasten aan een extra bestelling te plaatsen. Een glaasje limoncello, een zachte cognac of een extra fles wijn.

'Ze eten je arm, maar drinken je rijk', is een adagium dat al eeuwen hoog in het vaandel van de gastronomie staat gebeiteld. En daar had deze Hollandse Peter al vroeg kaas van gegeten. En passant had hij zich op de hoogte gesteld van de strategie in de restauranterie. Hij kon zich snel inleven in een nieuwe situatie. Zijn ogen en oren waren voortdurend paraat om zich aan te passen, uiteraard gericht op zijn eigen voordeel. Maar toen il padrone van La casa di Mamma – waar mama overigens schitterde door afwezigheid – hem aanbood om een langdurige samenwerking aan te gaan, werd hij dermate onrustig dat hij besloot te vertrekken. Zijn reisdoel was Rome.

*

Het was ruim een jaar geleden dat Peter in de Italiaanse hoofdstad was gearriveerd. Hij had als journalist zijn intrek genomen in het chique Hotel de la Minerve met uitzicht op het Pantheon. Hij had genoeg geld verdiend om zich deze luxe te kunnen permitteren. Het kon geen kwaad zich alvast voornaam voor te doen, dat verhoogde alleen maar de kans dat hij in betere kringen terecht zou komen. Als journalist, had hij bedacht, kon hij zich toegang verschaffen tot concerten, toneelvoorstellingen, exposities en andere culturele evenementen zonder dat hij een entreebewijs hoefde te overleggen. Hij had een keurig visitekaartje laten drukken.

Peter J. Wanders
Editor Warner Magazines
London – Amsterdam – New York

Hij genoot van al zijn artistieke uitstapjes, hij bezocht exposities en operavoorstellingen zonder dat hij als fake-journalist daar een woord aan zou wijden. Het culturele leven in Rome verrijkte zijn geest zonder dat zijn portemonnee daar enige hinder van ondervond. Het was een zeer aangename manier om de lege dagen in zijn agenda van een zinvolle invulling te voorzien. Het zou natuurlijk niet lang duren voordat men in de gaten kreeg dat meneer Peter J. Wanders de zaak aan het belazeren was. Maar vooralsnog verliep alles naar wens.

Schuin tegenover de entree van het hotel verrees de Basiliek Minerva. Elke dag toegankelijk voor publiek, al of niet gelovig; God is gastvrij en ruimhartig.

Peter besloot een bezoek te brengen aan het godshuis. Hij was nog katholiek genoeg om daarvan te kunnen genieten, bovendien was het gebouw op zich al de moeite waard. Althans aan de binnenkant. Peter vond de Santa Maria sopra Minerva, zoals de kerk officieel heet, aan de buitenkant veruit de lelijkste kerk van Rome. Een vierkant gebouw zonder klokkentoren met drie ad hoc aangebrachte ramen, rond van vorm en onderverdeeld in vierkante ruitjes van glas-in-lood. Op het oog overbodige marmeren richels ontsierden de gevel en dienden slechts als rustplaats voor de vele grijze duiven die dagelijks het plein bezochten. Peter betrad de kerk.

Door een van de bovenramen scheen een bundel zonlicht naar binnen, duizenden stofdeeltjes dansten in de heldere stralen. Er waren kerkgangers die de baan licht uit de hemel wilden opvangen en zij zochten een plekje in de schijnwerper van God.

Peter ging in een van de banken zitten om de omgeving rustig op zich in te laten werken. Her en der stond een hoge, gebeeldhouwde biechtstoel. Dagelijks knielden hier gelovigen neer om hun zonden op te biechten aan een luisterend oor van deze of gene kapelaan. Er waren zelfs biechtstoelen met twee knielbankjes, zodat de geestelijke van dienst meerdere zondaars tegelijkertijd de biecht kon afnemen, aan elk oor één. Zo economisch dachten de dienaren Gods wel. Dat scheelde in tijd, ook al beloofden ze ons een eeuwig leven. Bij een grote pilaar stond een beeld van Moeder Maria met Jezus op haar arm. Ze leek best tevreden in het zachte schijnsel van tientallen kaarsen.

'Heilige Maria, Moeder van God,' bad Peter gewoontegetrouw, 'gezegend zijt Gij onder de vrouwen en gezegend is Jezus de Vrucht van Uw schoot. Amen.'

De eerste weken in Rome was hij onder de indruk van de bruisende en fascinerende stad met haar historische gebouwen, klaterende fonteinen en pompeuze beeldhouwwerken. En hij voelde zich thuis bij haar bewoners, de Romeinen zelf. Bijna elke ochtend nam hij plaats op een van de terrassen om achter een caffè doppio de passerende parade te observeren. Statige bankiers met gleufhoeden gekleed in grijze kostuums met brede revers, roepende krantenjongens op stevige fietsen die het nieuws van de dag uitbundig aanprezen. Trotse vrouwen met opgestoken haren, klassieke gezichten met mysterieuze, halfgeloken ogen. Er passeerden oudere heren met getrimde snorretjes en brillantine in het dunne, grijze kapsel, die zich – met hun wandelstok driftig tikkend op het plaveisel – spoedden naar de barbier voor de dagelijkse scheerbeurt. Een ritueel dat elke rechtgeaarde mediterrane man op leeftijd in ere houdt.

Geboeid keek Peter naar deze optocht van menselijke variaties. Zijn blik ving een paar frisse jonge meisjes met huppelende paardenstaartjes, op weg naar een nonnenschool, winkel of kantoor. Ingehaald door jongemannen met ambitieuze wenkbrauwen, haastig stappend op puntige schoenen in de richting van hun beoogde succes. Al was het alleen maar voor la mamma. Want alle Italiaanse mannen – laat dat duidelijk zijn – zijn moederskindjes.

Peter had er een artikel over geschreven dat hij had opgestuurd naar *Der Spiegel* en dat tot zijn verbijstering ook nog werd geplaatst.

*Tot zijn tachtigste verlangt de Italiaanse man naar de borst van mama,* had hij geschreven. *Mama kan alles, mama is alles. Mama maakt de mooiste lasagne, kneedt de beste ravioli, bedwingt als geen ander de moedigste ossobuco. De Italiaanse echtgenoot is een van de weinige mannen ter wereld die door zijn moeder met open armen wordt ontvangen als zijn huwelijk op de klippen loopt. Il mio bambino, kom maar fijn bij mama. Zij is de enige vrouw die hem begrijpt, die hem de juiste liefde kan geven. Tot de dood toe. En zelfs daarna. Elke Italiaanse man zal rustig zijn graf opzoeken als hij zeker weet dat la mamma na afloop van zijn uitvaart een zelfgebakken knapperige pizza quattro stagioni zal serveren.*

Peters gedachten gleden via de pizza di mamma naar de stamppot andijvie die zijn moeder zo lekker kon klaarmaken. Met spekjes en bruine jus in een kuiltje.

Hoe zou het thuis zijn? In dat simpele huis aan het Geitenpad. Zouden ze zich afvragen hoe het hem verging? Zou de pastoor op de hoogte zijn van zijn mislukte opleiding aan het seminarie en zijn ouders hebben ingelicht?

Het was de schaamte die hem ervan weerhield contact te zoeken met zijn familie. Maar misschien was het toch wel verstandig iets van zich te laten horen. Een groet uit een ver land, zodat ze thuis wisten dat hij in goeden doen was, nog steeds het rechte pad van de kerk volgde en zijn roeping gestalte gaf. Hij bestelde nog een kop koffie en besloot een kerkelijke groet uit Rome te sturen – een ansichtkaart die hij zou posten in een van de brievenbussen van Vaticaanstad. Een pauselijke postzegel zou thuis diepe indruk maken. Hun Peetje was tot het hart van de kerk doorgedrongen. Zo jong reeds gestegen tot hogere heiligheid.

'God zal me liefhebben,' zou zijn moeder uitroepen, zich vastgrijpend aan de keukentafel. Daarna zou ze naar de buren rennen, misschien wel naar de pastoor, in ieder geval naar juffrouw Blom die in haar groene jurk een huppeltje zou maken, omdat haar Peetje, haar leerling, in Rome was gearriveerd. De stad Gods. Juffrouw Blom met haar heerlijke bloesemgeur zou trots op hem zijn.

En Loes? Hij zou haar ook een kaart moeten sturen. Ze zou zich vast zorgen over hem maken. Dat wist hij zeker, zo goed kende hij zijn vriendin wel, hoewel hij haar al een aantal jaren niet had gezien. Misschien woonde ze niet meer thuis, had ze verkering of was ze zelfs getrouwd. Dat zou heel goed kunnen, want wachten op Peter had geen zin meer. Een priester mocht niet trouwen, zo waren de regels nu eenmaal.

Loes was verdrietig geweest toen ze bij de bushalte afscheid van elkaar hadden genomen en vooral boos op de kerk die haar vriend had ingepikt zonder rekening te houden met haar. Zij hield veel meer van Peter dan de kerk ooit van hem zou kunnen houden. En Peter hield ook van haar, dat had hij wel tien keer gezegd: 'Ik kom terug, maar dat hoeft niemand te weten.'

Hij had een papieren zakje tevoorschijn gehaald waaruit hij een rode plastic ring viste.

'Die is voor jou,' had hij gezegd.

'Jeetje, hij is echt mooi,' reageerde Loesje lief. 'Ik zal hem altijd bewaren.'

Hij had de ring om haar vinger geschoven.

'Zo jong en nu al verloofd,' had ze door haar tranen heen gelachen.

Hij zou haar een kaart sturen en schrijven dat hij nog steeds van haar hield en elke dag wel een keer aan haar dacht. Of was dat misschien overdreven?

'Nee, dat ga ik wel doen,' besloot Peter. Hij voelde zich op een of andere manier opgelucht, alsof hij de eerste stap had gezet naar een ander leven. Alles was nog mogelijk.

De volgende dag wandelde hij naar een boekwinkel en zocht twee ansichtkaarten uit. Een afbeelding van de St. Pieterskerk voor de familie en een mooie fontein voor Loes.

*Lieve allemaal,* schreef hij op de achterkant van de kaart met de witte kathedraal.
*Het gaat mij bijzonder goed.*
*De moederkerk heeft zich over mij ontfermd.*
*Groeten van uw Peter uit Rome.*

Op de kaart naar Loes schreef hij:
*Lieve Loes,*
*Ik ben in Rome, maar ik ben niet alleen.*
*Jij bent altijd bij me, je reist in mijn hart met me mee.*
*Ik houd van je.*
*Je Peter.*

'Is dat nu nodig?' vroeg hij zich af, 'die toevoeging *Ik houd van je.*' Het was wel zijn eerste impuls. Dit was wat hij voelde, waarom twijfelde hij nu weer? Altijd maar schipperen met zijn gevoelens, sjoemelen met de waarheid, goochelen met zijn gedachten. Hij realiseerde zich maar al te goed dat hij voortdurend wegdook voor de schaamte die hij voelde, de schaamte voor zijn mislukking, de schaamte dat hij van een meisje hield terwijl hij voor priester studeerde, de schaamte dat hij tegelijkertijd verliefd werd op een jongen, de schaamte dat ze werden betrapt in de kolenkelder, de schaamte dat ze kruipend over het plein het seminarie moesten verlaten, de schaamte om zijn familie onder ogen te komen, de schaamte om Loes te ontmoeten, de schaamte dat zijn droom verbrijzeld was, de schaamte voor zijn seksuele twijfels, kortom de schaamte voor alles. Alsof er een etiket op zijn voorhoofd was geplakt met de tekst: 'IK DEUG NIET'.

In de maanden die volgden, wijdde Peter zich met enthousiasme aan zijn studie Italiaans, bezocht zo af en toe concerten waarbij hij hoopte dat hij als nepjournalist niet ontmaskerd zou worden. Hij maakte lange wandelingen door de stad. Inmiddels had hij, na een rekening die hij niet meer had kunnen voldoen, het statige Hotel de la Minerve verruild voor een eenvoudige kamer met uitzicht op een kale muur in een simpel pension aan de Via dei Cartari, een volkse buurt met volop bedrijvigheid. Er waren cafés, winkeltjes, een bakkerij en een naaiatelier met open vensters, waarachter vrouwen kleding vervaardigden. Ze gebruikten naaimachines die met de voet bediend werden en een zoemend geluid maakten. Wanneer Peter langsliep, groette hij altijd vriendelijk; een gebaar dat door de naaisters op prijs werd gesteld en met een glimlach of een verlegen knikje werd beantwoord.

Hij voelde zich thuis in zijn nieuwe omgeving waar eenvoudige mensen de kost verdienden met allerlei handwerk. Houten karren ratelden over de keien, er was aanvoer van allerlei producten; meel, eieren, olijfolie, groeten en fruit. Kinderen speelden op straat, moeders leunden uit de ramen. Hoog boven de smalle straten hing wasgoed te drogen aan lijnen die naar de overkant waren gespannen en door een handige katrol rondgetrokken werden. Zo gleden boven de hoofden van voorbijgangers royale onderbroeken als witte vlaggen voorbij, met in de verte een streepje blauwe hemel.

Rome zag er in 1939 nog onschuldig en vredig uit, maar de dreiging van een oorlog hing als een zwarte wolk boven de rest van Europa. Oostenrijk was al door de Duitsers ingelijfd. De Führer toonde zijn ware gezicht dat nog afzichtelijker was dan zijn toch al getormenteerde uiterlijk met dat vieze zwarte matje op zijn bovenlip en die scheve haarlok, geknipt in de diagonale vorm van een guillotine. De Franse dr. Guillotin zou zich hebben gegeneerd voor deze beledigende nabootsing van zijn handige vinding.

De haarlok van Hitler was een ode aan het executiemeubel. Althans dat was de interpretatie van een zekere Peter J. Wanders uit Rome die als journalist dit soort beschouwingen graag aan het papier toevertrouwde. Helaas hadden zijn originele en frisse columns, zoals hij de stukjes zelf omschreef, nog geen lezer bereikt. Maar dat zou zeker gebeuren. Daar was de schrijver heilig van overtuigd.

Peter liep glimlachend door de straten van Rome, op weg naar zijn Italiaanse les. Zijn sombere bui was opgelost in de ochtendzon en de gedachten die hem vergezelden, zorgden deze morgen voor de nodige afwisseling in zijn hoofd.

Hij sprak inmiddels goed Italiaans, hij was een rappe student en had er bovendien baat bij om zo snel mogelijk de taal onder de knie te krijgen zodat hij contacten kon leggen en werkelijk betrokken raakte bij de samenleving.

De meeste Italianen spraken geen Engels of Frans. Italiaans was de enige taal waarmee je uit de voeten kon. Als je ergens een baantje wilde, moest je zeker de taal spreken.

Het spaargeld dat hij uit Frankrijk en Milaan had meegenomen, was zo goed als op. Dat had weliswaar onder zijn eigen regie plaats gevonden door bijvoorbeeld veel te lang in dat dure hotel te blijven en dagelijks buiten de deur te eten. Maar dat de bodem van de schatkist zo snel zichtbaar werd, viel toch een beetje tegen. Maar hij had er volop van genoten, zorgeloos in weelde geleefd. Bovendien had hij zijn ogen goed de kost gegeven en gezien hoe men zich gedroeg in de betere kringen. Dat gedrag had hij razendsnel overgenomen.

Op zijn kamer had hij geoefend hoe je met mes en vork moest eten, hoe je het bestek vasthield, de positie van je armen, je houding; elke dag leerde hij bij. In enkele ristorante waar hij regelmatig te gast was, maakte hij kennis met de obers en vroeg hen naar de specifieke gebruiken en tafelmanieren in Italië en met name in Rome, omdat hij daarover een artikel schreef voor een tijdschrift in Engeland.

Hij droeg altijd een klein notitieboekje bij zich waarin hij aantekeningen maakte. Zomaar gedachten van hemzelf of observaties tijdens een wandeling. In zijn hoedanigheid als journalist kwam het opschrijfboekje dat hij had aangeschaft bij de 'Cartoleria Pantheon' goed van pas. Meestal was men al onder de indruk van het woord 'magazine' en werd hij vriendelijk te woord gestaan. Het gebeurde regelmatig dat hij een glas wijn kreeg aangeboden of dat de eigenaar even een praatje kwam maken. Hij noteerde uiteraard de naam van het restaurant en vroeg uit voorzorg aan de eigenaar om zijn naam op te schrijven zodat er geen spelfouten konden ontstaan. Dat stond zo slordig, zeker in een vooraanstaand blad dat door honderdduizenden lezers zo hoog gewaardeerd werd. Soms maakte hij een snelle schets van het interieur en hield vervolgens zijn boekje op als teken dat hij gereed was voor het grote interview.

'Mooi boekje. Cartoleria Pantheon?' vroeg men vaak met een verwijzing naar de beroemde winkel aan de Via della Rotonda nr. 15 die sinds 1910 handgemaakte producten verkocht: dagboeken, notitieblokken en tassen. Peter hield van klasse en liet geen gelegenheid onbenut om zich daarmee te omringen, vandaar ook de dure aanschaf van zijn leren notitieboekje.

*

Na een veelbelovende start ging het helaas danig mis met zijn pelgrimstocht naar de Romeinse beschaving. Op een avond verliet hij blijmoedig een gerenommeerd restaurant, zijn fluwelen jas als een cape om zich heen geslagen. Hij wandelde een donkere steeg in, een snelle sluiproute naar zijn pension. Uit een portiek maakten zich de schaduwen van twee gestalten los. Peter draaide zich half om. De knuppel raakte hem vol op zijn hoofd. Hij viel. Nog voordat hij de grond raakte, kreeg hij de tweede klap. Daarna verloor hij het bewustzijn.

Hij kwam bij met een barstende koppijn, het leek alsof er een explosie in zijn hoofd had plaatsgevonden. Hij probeerde overeind te komen, maar werd met zachte hand teruggeduwd in de kussens.

Hij lag in een bed.

Wat was er gebeurd?

Er schoof een schim zijn blikveld binnen, gehuld in een wit gewaad.

'Hoe voelt u zich?' vroeg een vriendelijke stem. Er boog zich een gezicht naar hem toe, hij kon het niet goed onderscheiden. Slechts de contouren van een mannengezicht, waarin mond en wenkbrauwen vaag aanwezig waren.

'Waar ben ik?'

'U bent in het lazaret van Sanctus Spiritus. U bent bewusteloos in een steeg gevonden. U was behoorlijk gewond, vandaar ook het verband om uw hoofd. U bent neergeslagen met een hard voorwerp. Straatrovers vermoed ik. Ik ben bang dat ze uw bezittingen hebben meegenomen. Kunt u zich iets van het gebeurde herinneren?'

'Helemaal niks. Wilt u mijn jasje aangeven?'

De ziekenbroeder reikte hem zijn colbert aan. Op de tast doorzocht Peter zijn zakken. Leeg. Alles was gestolen. Zijn portefeuille, het notitieboekje, de Montblanc vulpen... Hij had niets meer.

'U moet rust houden,' zei de stem. 'Minstens een week, misschien langer.'

'Ik heb geen geld, wie moet de rekening betalen?'

'Maakt u zich daarover geen zorgen. De kerk zal zich over u ontfermen.'

'Wilt u de paus namens mij bedanken?' glimlachte Peter.

'Wat is uw naam?'

'Petrus Johannes Wanders.'

De ziekenbroeder schreef het op een kaart die hij aan het voeteneind van zijn bed bevestigde.

Peter kreeg een glaasje water en een stoot morfine. De pijn in zijn hoofd was ondraaglijk. Het leek wel alsof zijn schedel zat vastgeklemd in een bankschroef die door de duivel werd aangedraaid. Langzaam gleed hij weg in een comateuze slaap waaruit hij pas een dag later weer tevoorschijn kroop.

Hij werd wakker in een omgeving die nogal wat vraagtekens bij hem opriep. Twaalf ijzeren bedden waarvan sommige omsloten waren door vaalgrijze gordijnen. Naast hem lag een murmelende man met gesloten ogen. Ziekenbroeders in witte schortjassen slalomden behendig tussen de bedden. Een van hen hield zijn pas in bij het bed van Peter. 'U zult vast wel trek hebben.'

'Wat staat er vandaag op het menu?' vroeg Peter.

'Wilt u het vier- of vijfgangendiner?'

'Doet u mij maar een toastje kaviaar.'

'Er rest ons slechts een boterham met tevredenheid,' antwoordde de broeder met een uitgestreken gezicht. 'Dit is het armenhuis en geen hotel. Ik zal kijken of ik een kop soep voor u kan halen.' Hij draaide zich om en verdween in de lange gang.

Peter realiseerde zich dat zijn kansen aardig gekeerd waren. Wat restte hem nog? Slechts een oude viool en wat vergeelde dromen.

Even later verscheen de broeder met een kop minestronesoep en een stuk brood.

'Ik ben arm,' beklaagde Peter zich.

'Zalig zijn de armen, zij zullen als eersten het paradijs in gaan,' sprak de broeder zalvend.

'Vele eersten zullen de laatsten zijn,' knikte Peter beleefd terug.

'Oh, u bent religieus merk ik.' De broeder keek hem aan met een diepgelovige oogopslag.

'Min of meer.' Peter ging rechtop in de kussens zitten.

'Wat moet ik nu verder?' vroeg hij eerder aan zichzelf dan aan de broeder.

'Ook in armoe kan men gelukkig zijn,' antwoordde de broeder.

'Noem mij een voorbeeld.'

'Franciscus van Assisi. De monnik die vrijwillig voor de bedelstaf heeft gekozen. Zijn leven was een voorbeeld voor velen. Hij werd bewonderd vanwege zijn onbaatzuchtige leefwijze. Een arme bedelaar met een rijke geest. Ik kan u de weg van Franciscus van harte aanbevelen.'

# 10

Het Sint Pietersplein in Rome lag er vredig bij op deze vrijdagochtend in juni. Het was negen uur en het waren vooral de duiven die het plein verkenden en zich te goed deden aan de broodkruimels die toeristen en pelgrimgangers op weg naar het Vaticaan waren verloren. De eerste geestelijken haastten zich over het plein alsof de duivel hen op de hielen zat. Misschien waren ze te laat voor de ochtendmis of wilden ze een ijverige indruk maken als de paus toevallig uit het raam keek. Het waren vooral jonge mannen met frisse opgeschoren hoofden die in hun lange sultanes forse stappen maakten in de richting van een van de vele kantoren en kapelletjes die in het Vaticaan verborgen waren. Sommige liepen samen op en converseerden op luchtige toon, zo nu en dan klonk er zelfs een gedempte lach. Anderen schreden individueel over het plein en leken verzonken in serene gedachten.

Peter observeerde de bedrijvigheid vanuit zijn schuilplaats tussen de gestapelde, kartonnen dozen achter een fruitkraam aan de overkant van het plein, recht tegenover het balkon waar de paus jaarlijks het 'Urbi et Orbi' uitspreekt.

Het was een van Peters favoriete plekken waar hij zijn toevlucht zocht na een paar uur zwerven door de stad. De eigenaar van de fruitkraam – Claudio – liet het oogluikend toe. Hij had medelijden met de jongeman met die trieste blik in zijn grote ogen.

's Morgens in alle vroegte doemde de zwerver op uit een van de straatjes en bood zijn hulp aan bij het opbouwen van de kraam. Hij sjouwde kisten en dozen met appels en bananen, wist al na een dag precies hoe de opstelling gewenst was. En passant plukte hij zelfs irritante vliegen uit de lucht. Hij sprak goed Italiaans en was beschaafd in zijn optreden.

Sinds een maand had Peter zijn kamer verlaten en sliep in parken of portieken. Hij scharrelde zijn kostje bij elkaar als muzikant en bedelaar, maar ook door kleine klusjes te doen voor winkeliers.

Claudio bekommerde zich om de zwerver, gaf hem fruit en betaalde hem voor zijn hulp zodat hij wat voedsel kon kopen.

'Wat is er toch met je gebeurd dat je er zo bijloopt?' had hij een keer gevraagd en Peter had hem geantwoord dat zijn leven een langdurig misverstand was. Alles liep uit op een mislukking.

'En daar leg jij je bij neer?' had Claudio doorgevraagd.

'Kennelijk wel,' had hij schouderophalend geantwoord. 'Ik leef tussen een paar fruitkisten die niet eens van mij zijn, zwerf door de stad, doe mijn bedelwerk, drink te veel wijn en slaap op straat of in een park. Ik had priester kunnen zijn, maar ben zwerver geworden. Dat is geen loopbaan waar je trots op kunt zijn. Maar je hoort mij niet klagen.'

'Jezus was ook een soort zwerver,' lachte Claudio. 'Zover zit je dus niet naast je roeping. Monniken en apostelen leven ook van wat anderen hen aanreiken. Je verkeert in goed gezelschap. Misschien loop je wel op het juiste pad. Maar eerst neem ik je mee naar mijn appartement. Het wordt hoog tijd dat je weer eens een bad neemt.'

Alleen al de gedachte aan een warm bad maakte Peter enthousiast om mee te gaan.

Die avond, na een lang verblijf in de badkamer, had hij bij een heerlijk bord spaghetti carbonara en een fles rode wijn verteld over het seminarie en dat hij na een incident waarover hij niet verder wilde uitweiden, van het internaat was verwijderd. Dat hij niet terug naar huis had durven gaan en daarom naar Frankrijk was vertrokken om op het land te gaan werken. Hij had tijd nodig gehad om de teleurstelling van de afwijzing door de kerk te verwerken. Hij vertelde over de hooitijd, het snijden van zonnebloemen en de druivenoogst in oktober. De buitenlucht had hem goed gedaan na al die jaren tussen kille kloostermuren.

Peter had een koffietentje gevonden dat de lekkerste koffie in Rome schonk. Il Caffè Luigi op het Piazza di Eustachio was een prettige plek om even op adem te komen. De bediening was aardig en je kon minstens een uur blijven zitten op slechts één kopje koffie. Niemand keek je weg. Deze keer was hij naar binnen gevlucht vanwege de regen die plotseling uit de donkere wolken naar beneden gutste. De stad werd verrast door een bui van serieuze omvang.

Dikke druppels trokken een spoor op de glazen deuren die door Daniëlla, de vlotte serveerster, snel waren dichtgetrokken. Peter keek door de bewasemde ramen naar buiten waar voorbijgangers, schuilend onder paraplu's, als vage schimmen voorbij schoven.

Hij had zich geïnstalleerd in de hoek bij de schuifdeuren die de overgang naar het bescheiden terras markeerden. Er stonden maar een paar tafeltjes. Veelal dronken de gasten hun espresso staande aan de toog.

'Wilt u een kopje koffie van het huis?' vroeg Daniëlla. 'Het is zulk vies weer, daar knapt u vast van op.'

'Nou graag,' antwoordde Peter, 'dat is heel aardig van je.'

Even later kwam ze terug en zette het kopje voor hem neer.

'U komt hier elke dag,' zei ze, 'maar ik weet niet eens hoe je heet. Wat voor werk je doet, waar je woont.' Handig was ze overgeschakeld van 'u' naar 'jij'.

'Wel veel vragen tegelijk, vind je niet?' antwoordde Peter.

'Oh, je wilt niets vertellen? Nou dan niet.' Ze draaide zich om en liep weg.

Daniëlla was een jonge vrouw met wulpse rondingen en lange benen. Haar mond en ogen straalden uit dat ze zin in het leven had. Een vrolijke vrouw met een mooi wit gebit. Daar hield Peter van. Een frisse mond en rechte tanden. Ook al zwierf hij door Rome, hij zorgde er altijd voor dat hij zijn tanden elke dag poetste.

'Je poetst je tanden en je schoenen,' had zijn moeder hem ingepeperd en daar hield hij zich gedeeltelijk aan.

Een lichte vlaag van heimwee bracht hem bij Maike Wanders, de propere huisvrouw met haar witte wasgoed wapperend in de tuin. Soms draaide hij Loesje vast in een van de lakens. Als een fris geurende mummie hing ze dan aan de lijn.

Hij haalde diep adem en probeerde de geur van vroeger op te roepen.

'Lekker ruikt de koffie, hè?' Daniëlla stond weer aan zijn tafeltje.

'Nou,' zei Peter, 'eigenlijk probeerde ik de geur van mijn buurmeisje terug te halen. Maar het lukt me niet.'

'Was je verliefd op haar?' vroeg ze.

'Meer dan dat. Ik aanbad haar, zij vervulde mijn dromen.'

'Nog nooit heeft iemand zo van mij gehouden,' zei Daniëlla terwijl ze haar hoofd een beetje schuin hield, als een harlekijn die verdrietig is.

'Dat komt nog wel. Dat wens ik je toe.'

'Waarom heb je haar verlaten?'

'Ik ging naar het seminarie om priester te worden.'

'Wat dom, als je zoveel van iemand houdt word je toch geen priester?'

'Ik had me niet gerealiseerd dat ik door die keuze haar zou moeten opgeven.'

'Zo heeft God het niet bedoeld,' zei ze kordaat.

'God had andere plannen met mij,' lachte Peter. 'Plannen waarin geen meisjes pasten.'

'Dat is God niet, dat is de kerk. God is liefde!'
'Daniëlla, je bent een bijzonder meisje.'
'Geen meisje, een vrouw! Je moet haar opzoeken, waar ze ook woont. Ze wacht op je.'
'Hoe weet jij dat nou?'
'Je kunt maar één keer je hart weggeven.'
'Denk je dat echt?'
'Ik ben ervan overtuigd.'
'Waar haal je die wijsheid vandaan?'
'Dat zit in ons. Ons vrouwen.' Daniëlla keek hem aan met een veelbelovende blik.
'Ik geloof dat ik jou heel erg leuk ga vinden,' zei Peter.
'Pas maar op,' zei ze, draaide zich om en liep naar een tafeltje waar gasten haar wenkten om bediend te worden.
Hij schreef op een servetje: *Mijn naam is Peter Paulo.*
De toevoeging 'Paulo' klonk goed. Het gaf zijn naam de ontbrekende Italiaanse zwier. *Ik heb geen vaste woon- of verblijfplaats*, schreef hij, *ik ben zwerver. Je kunt me 's morgens vinden achter de fruitkraam tegenover het Sint Pietersplein.*
Hij liep naar de toog en overhandigde de boodschap aan Daniëlla die het servetje met een betoverende glimlach in ontvangst nam.
'Arrivederci bello,' zei ze, 'a domani.'

*

Daniëlla en Peter sloten vriendschap en zochten elkaars gezelschap steeds vaker op. Zij was een intelligente vrouw van tweeëntwintig, die als serveerster werkte om haar studie kunstgeschiedenis te bekostigen. Haar vrolijkheid was aanstekelijk. Elke keer wanneer hij met haar afsprak, was hij onder de indruk van haar positieve levenshouding. Peter begon het leven weer aantrekkelijk te vinden. En dat kwam door haar. Daniëlla.
Het meest ontroerd raakte hij als ze Italiaanse liefdesliedjes voor hem zong. Ze was zo ontwapenend en puur. Hij zou

haar het liefst willen inpakken en veilig opbergen in het koffertje van de pastoor. Maar hij veronderstelde dat daar van haar kant weinig animo voor zou zijn.

Ze hadden het goed met elkaar. Ze bezochten musea, maakten wandelingen in het park en gingen pasta eten op gezellige terrasjes. Peter begon van haar te houden, maar op een andere manier dan hij van zichzelf had verwacht. Natuurlijk, hij vond Daniëlla meer dan aantrekkelijk, maar hij werd vooral verrast door de vanzelfsprekendheid waarmee zij in zijn leven begon te passen. Alsof ze al jaren samen waren. Al heel snel voerden ze vertrouwelijke gesprekken. Zo ook die zondagmiddag op het Piazza Navona, een van de beroemdste pleinen van Rome.

'Was je niet eenzaam het afgelopen jaar?' vroeg ze terwijl ze een hap van haar ijsje nam.

'Nee hoor,' lachte Peter, 'om eenzaam te zijn heb je vrienden nodig en die had ik niet.'

'Hoe bedoel je dat?'

'Nou, om eenzaam te zijn, heb je anderen nodig die in jouw eenzaamheid figureren door vooral afwezig te zijn. Door dat gemis zou je je eenzaam kunnen voelen.'

'Jij mist toch ook je familie of je vriendin?'

'Dat probeer ik zoveel mogelijk te vermijden.'

'En lukt dat?'

'Niet altijd.'

'Dus ben je weleens eenzaam.'

'Als je het zo wilt bekijken: ja.'

Ze zaten op een bank bij de imposante Bernini-fontein. Een kolossaal beeldhouwwerk met aan vier zijden een waterstraal die werd opgevangen in een marmeren bassin.

'Ik mis mijn vader,' zei Daniëlla. 'Nog steeds vind ik het moeilijk om hier naartoe te komen. Hij werkte op dit plein. Toch geeft het me ook een warm gevoel om te zijn waar hij was. Ik heb hier vaak gezeten om te kijken hoe hij de mensen vermaakte met zijn poppen. Hij was een bekwaam marionettenspeler. Hij kon de poppen laten dansen, lopen, zitten en buigen. Het waren net levende figuren. Dat ze aan touwtjes vastzaten, vergat je op het moment dat je geboeid raakte door hun spel. Mijn vader, die bekend stond als signore Salvatore was een vrolijke man, die – en dat is niet onbelangrijk – heel veel van mij hield. Ik heb een fijne vader gehad. Als meisje mocht ik regelmatig met hem mee naar dit plein.

"Ga jij maar rond met de hoed," zei hij dan. En dan liep ik trots langs de omstanders die stonden te kijken. Ik had een grote strik in mijn haar en droeg een schortje. "Dat vinden de mensen grappig," wist mijn vader te vertellen. "Je moet het publiek een beetje verwennen en het oog wil ook wat." Ik hoor de muntjes in zijn hoed nog rinkelen. Dat geluid zal ik nooit meer vergeten.'

Daniëlla keek hem lief aan terwijl ze van haar ijsje likte. Zo zaten ze met z'n tweeën op het bankje bij de fontein.

'Hoelang heeft je vader hier gestaan?'

'Een jaar of twintig, ik weet het niet precies. Hij is gestorven aan een hartstilstand hier op het plein, terwijl hij aan het spelen was. *De touwtjes vielen uit zijn handen en de poppen zakten in elkaar, net als het baasje signore Salvatore.* Zo stond het in de krant,' vertelde Daniëlla. 'Ik ken het bericht uit mijn hoofd.'

Ze herhaalde de zinnen met een ernstige stem: '*De omstanders hadden nog geapplaudisseerd toen hij op het plaveisel zakte. Men dacht dat het een onderdeel van het optreden was. De ambulance kwam helaas te laat. Een bevlogen artiest is ons ontvallen en daarmee zal het Piazza Navona nooit meer hetzelfde zijn. De Romeinen zullen signore Salvatore en zijn poppen node missen.*

Sindsdien ben ik een wees. Mijn moeder was al veel eerder gestorven, een verkeersongeluk vlakbij Lucca in Toscane. Ze was daar samen met haar zuster op familiebezoek, haar eerste uitje sinds jaren. Ze had er nog een mooi nieuw hoedje voor gekocht, met een witte veer. Dat hoedje draag ik nu weleens. De volgende keer dat we afspreken, zal ik het opzetten. Dan gaan we naar de kerk. Dat is ook een leuk uitstapje, vind je niet?'

Peter fronste zijn wenkbrauwen en nam een hap mokka-ijs.

Peter had een kleine zolderkamer gehuurd bij Claudio de fruitman, die inmiddels een vriend was geworden. Ook had hij zijn viool weer tevoorschijn gehaald, zodat hij op straat kon optreden en wat geld verdienen. Dat was toch wel aangenamer dan als bedelaar op de grond te liggen, hoewel hij daar ook geen moeite mee had. Het leerde hem veel over het gedrag van mensen. Kinderen en honden waren het vriendelijkst. Mannen gedroegen zich het meest onaangenaam, die keurden een bedelaar geen blik waardig, laat staan een muntje.

'God zal u niet vergeten,' riep hij hen weleens cynisch na.

Hij kreeg weer plezier in het optreden als straatmuzikant. En hij had succes. Een mooie jongeman met een viool die romantische melodieën speelt voor gerimpelde dames aan keurig gedekte tafeltjes. Of zomaar een ode bracht aan de duiven op het plein. Ook Daniëlla werd niet vergeten. Op mooie zomeravonden bracht hij haar soms een serenade onder haar balkon, wanneer ze met haar ogen dicht lag te dommelen op de bank. Of tijdens een picknick in het park, of nadat ze samen in het maanlicht een fles wijn hadden gedronken. Het gebeurde ook wel, meestal op een zondag, dat Claudio zijn groentekraam overliet aan een vriend of aan zijn vader en met hen meeging naar het park. Daar speelden de jongens een wedstrijdje voetbal en Daniëlla las in de schaduw een boek. Het waren leuke middagen met tassen vol heerlijkheden. Perziken, knapperig brood, jam en kaas, komkommer en tomaten. Flessen vruchtenlimonade en water. Claudio en Daniëlla zongen Italiaanse liederen en Peter speelde viool.

'We lijken wel rondtrekkende zigeuners,' had Daniëlla een keer opgemerkt.

'Helemaal geen slecht idee,' had Peter enthousiast gereageerd. 'We kunnen morgen meteen op pad gaan.'

Maar ze gingen niet. Claudio was tevreden met zijn fruitkraam en Daniëlla was blij met haar studie en haar baan als serveerster. Peter was de enige die wel toe was aan een nieuw avontuur. Maar voorlopig legde hij zich neer bij de beslissing van de meerderheid. De zigeuners bleven thuis.

Op andere dagen zwierven Peter en Daniëlla door de stad, bezochten markten en boekhandels zonder iets te kopen en dronken koffie op romantische terrasjes. Als het regende gingen ze naar de bioscoop, waar ze genoten van kleffe B-films met immer een goede afloop.

Op een warme voorjaarsdag voelde Daniëlla zich niet lekker. Ze kreeg hoge koorts en de dokter stelde vast dat ze geelzucht had. Zes weken moest ze thuis blijven en verzorgd worden. Peter nam die taak vanzelfsprekend op zich. En hij deed het met grote toewijding en liefde.

Hij verliet het kamertje in het huis van Claudio en trok voorlopig in bij Daniëlla. Hun vriendschap had zich de laatste maanden verdiept.

Zo nu en dan vreeën ze met elkaar, maar het bleef bij een kuise versie van hetgeen Peter in gedachten had. Uitkleden was er niet bij. Daniëlla was streng katholiek opgevoed en vond dat je pas tijdens het huwelijk met elkaar het bed mocht delen.

'Welaan, wat let ons om te trouwen?' had Peter gekscherend geroepen.

'De juiste liefde,' had ze geantwoord, 'je moet zeker weten dat je zo zielsveel van iemand houdt dat je voor altijd bij elkaar wilt blijven. Jij houdt van Loes – daar mag je niet te licht over oordelen. Ik voel dat je nog steeds aan haar denkt, dat je nog steeds van haar houdt. Dat is mooi, Peter. Het wordt tijd dat je haar gaat opzoeken.'

'Maar ik houd ook van jou,' had hij geantwoord.

'Dat weet ik. En daar ben ik ook blij mee.' Ze had zich omgedraaid en was weggelopen. Hij had zijn viool gepakt en zichzelf getroost met de klanken van Franz Liszt. Ook zo'n loser.

*

Uit de radio in de hoek van het café schalde de stem van de Duitse Führer. Zelfs de hond van Luigi dook angstig weg onder een van de tafeltjes. Er volgde een vertaling in het Italiaans. Duitsland had nu ook de oorlog verklaard aan Nederland, België, Frankrijk en Engeland en nog een paar landen die gemakshalve niet werden genoemd. Het was al ernstig genoeg. Italië schaarde zich achter Duitsland. Il Duce, de grote leider – Benito Mussolini – had bijna net zo'n grote bek als Hitler.

Oorlog in Holland.

Peter dacht aan zijn familie. Aan de buren. Aan Loes.

'Hoe zal dit aflopen?' vroeg hij zich vertwijfeld af terwijl hij de krant opborg en nog een kopje koffie bestelde bij Luigi.

'Hoe is het met Daniëlla?' vroeg de padrone vriendelijk, 'gaat het weer een beetje?'

'Nou,' zei Peter, 'nog niet echt goed. Ze is zwak en haar huid is nog steeds gelig, ook het oogwit heeft nog niet de goede kleur. Ze zal voorlopig nog rust moeten houden. Geelzucht kan lang duren.'

Luigi knikte. 'We missen haar, ik zal een pakketje voor haar maken, dat kun je straks meenemen.'

Een dag later kreeg Daniëlla een hevige koortsaanval. Ze lag in bed met haar ogen gesloten. Ze klappertandde. Peter haalde een washandje, gedompeld in lauw water waarmee hij haar voorhoofd, haar gezicht en haar hals depte. Hij bracht een glas water en liet haar kleine slokjes drinken.

'Speel op je viool,' fluisterde ze.

Hij speelde op zijn viool tot ze diep in slaap was. Peter hield haar goed in de gaten en bleef de hele nacht naast haar bed zitten.

De volgende ochtend werd ze wakker, nat van het zweet. Haar pyjama was doorweekt. Peter haalde een teiltje warm water en zette dat op de stoel naast het bed. Hij liet haar naar voren leunen, knoopte haar pyjamajasje open en trok het behoedzaam uit. Hij hapte naar adem.

'God zal me lief hebben.'

Voor hem openbaarden zich de mooiste borsten van het Romeinse rijk, constateerde Peter zonder een zweem van twijfel. Peervormig en stevig, met volmaakte, roze tepels.

'Laat je niet afleiden,' vermaande hij zich, zonder enig vertrouwen dat hij daarin zou slagen. Met het washandje waste hij haar rug en droogde die af. Daarna legde hij haar terug in de kussens. Vervolgens waste hij haar voorkant met de grootste tederheid die een washandje te bieden had. Met zijn blote handen durfde hij haar borsten niet aan te raken.

Daniëlla lag achterover geleund met haar ogen gesloten, maar door haar wimpers volgde ze de voorzichtige handelingen van Peter. Om haar mond vormde zich een ondeugende glimlach.

Verder dan haar maag durfde hij niet te gaan met zijn wasbeurt. Hij wilde geen misbruik maken van de situatie. Dat wilde hij natuurlijk wel, maar hij wist zich te beheersen. Hij vond in de kast een schoon laken dat hij uitvouwde en over haar heen spreidde.

'Dank je,' fluisterde ze, 'je bent heel lief.'

De volgende dag voelde Daniëlla zich een stuk beter. De koorts was gezakt. De dokter die langskwam sprak tevreden: 'Het gaat goed. U mag wat langer uit bed als u dat wilt.'

Tot nu toe had ze alleen haar bed verlaten om naar de wc te gaan en als ze de kracht had zichzelf een beetje te wassen. De slaapwoonkamer was het enige andere vertrek. Peter bivakkeerde tijdelijk op een matras op de grond, in een hoek van de kamer. Hij hoopte te verhuizen naar het bed van zijn vriendin. Hij liet geen kans onbenut om een aantrekkelijke partij te zijn. De dagen waren verder gevuld met voorlezen, sinaasappels uitpersen, appeltjes raspen en haar bed opschudden. Overdag deed hij boodschappen, las de krant bij Luigi, speelde viool en haalde geld op. Elke avond kookte hij een eenvoudige maaltijd op twee pitjes.

Nu de koorts was gezakt, kwam Daniëlla vaker uit bed. Ze was nog wel erg moe en ging daarom ook 's middags nog rusten. Samen zaten ze urenlang op het kleine balkon en volgden het leven beneden op straat. Schuin aan de overkant was een bakkerij, waaruit 's morgens vroeg bij het openen van de luiken de heerlijke geur van vers gebakken brood ontsnapte en waar het de hele dag een komen en gaan was van klanten.

Sommige bewoners hadden in het smalle straatje een stoel buiten staan, zodat ze op hun gemak een praatje met de buren konden maken. Vooral aan het einde van de dag, als de zon aan het zakken was, kwamen de mensen uit hun huizen en werd het gezellig op straat.

'Zo wil ik wel oud worden,' merkte Peter een keer op. 'Lekker rustig op het balkon, met een lieve vrouw aan mijn zijde.'

Daniëlla lachte hartelijk.

'Dat gun ik je ook, Peter. Maar ga eerst maar eens een baan zoeken en je brood verdienen. Zo'n talentvolle man die vier talen spreekt, die een gezonde kop hersens heeft. Hoe noem jij dat ook alweer?'

'Compos mentis,' antwoordde Peter met een arrogante oogopslag.

'Ja precies, die kunstmest.'

'Gezond verstand. Dat weet je heel goed.'

'Nou gebruik die 'mentis' dan ook. Het wordt tijd dat je serieus aan de slag gaat.'

De conversatie nam een wending die Peter niet prettig vond. Hij had alleen maar de wens uitgesproken dat hij rustig oud wilde worden en nou kreeg hij plotseling een verwijt naar zijn hoofd geslingerd. Maar hij wist heel goed dat Daniëlla gelijk had. Er moest iets gebeuren.

'Bedenk eens een paar alternatieven voor je bestaan als bedelaar en zwerver en sinds kort, dat moet ik toegeven, ook als verdienstelijk ziekenbroeder,' moedigde ze hem aan.

'Misschien is ambulancebroeder wel een goed idee,' sprak hij hardop uit.

'Daar moet je wel een opleiding voor hebben. Een verpleegopleiding.'

'Ik kan toch beginnen als chauffeur? Of taxichauffeur, dat zou ook nog kunnen.'

'En dit verzin je hier ter plekke, op ons balkon?'

'Ja, ik doe precies wat je van me verlangt. Dat ik aan de slag ga. En wel meteen. De start maak ik alvast in mijn hoofd. Laat ik er een glas wijn bij halen.'

'Ja, dat verheldert de zaak,' glimlachte Daniëlla, 'maar ga je gang. Voor mij graag een glas appelsap. Volgende week mag ik weer aan de wijn, hoop ik.'

Peter kwam terug met de glazen en een bakje olijven.

'Had je vroeger, toen je jong was, een idee van wat je wilde worden?' vroeg ze nieuwsgierig.

'Bij ons in het dorp was er niet veel keus. Landarbeider was de meest voor de hand liggende optie of als je geluk had, kon je bij de gemeente terecht als hovenier of postbode. Sommige kinderen die goed waren op school mochten verder leren. Maar dat kostte geld, dat er meestal niet was. Veel gezinnen konden bovendien die extra handen thuis goed gebruiken. Meisjes leerden nooit door, dat was niet nodig, die gingen later toch trouwen en kinderen krijgen. Een enkele jongen, meestal van goede huize en zonder spraakgebrek, werd toegelaten tot de kweekschool. Ik had het voorrecht verder te mogen leren. Het werd het seminarie. En daar groeide mijn ambitie, die nogal afweek van hetgeen een gemiddelde leerling voor ogen had.

'Oh ja?'

Peter knikte ernstig.

'Ik wilde paus worden.'

Daniëlla verslikte zich in een olijf.

'Paus?' riep ze met gesmoorde stem, 'Paus Peter Paulo?' Er verscheen een dubbele portie tranen in haar ogen, eerst van de dwarse olijf en nu van het lachen.

'Zo is het wel genoeg,' hief Peter zijn hand afwerend op. Het leek alsof hij haar de zegen gaf, maar dat was niet de opzet.

'Kardinaal was ook goed geweest,' vulde hij bescheiden aan.

'Heb je dit verhaal al eens aan Claudio verteld? Die zal zich bescheuren van het lachen. Paus Peter Paulo.'

'Het had toch gekund,' verdedigde Peter zich. 'Wat zeg ik,

het kan nog steeds. De talenten zijn aanwezig.'

'Compos mentis,' herhaalde Daniëlla nakuchend. 'Laten we een spelletje gaan doen,' stelde ze voor.

'Ja, een lekker potje vrijen. Daar heb ik zin in.' Peter wreef in zijn handen. 'Kom, kleed je maar vast uit.'

'Peter, houd op. Je weet hoe ik daarover denk. Ik mag je heel graag. En je verzorgt me met zoveel liefde dat ik niet weet hoe ik je ooit kan bedanken...'

'Door met me naar bed te gaan,' viel hij haar in de rede, 'dat zou een royaal gebaar zijn.'

Ze schudde haar hoofd.

'Ik ben katholiek.'

'En ik ben geil.'

'Nu stoppen we deze conversatie. Ik ga spaghetti carbonara klaarmaken.' Ze stond op, gaf een kus op zijn voorhoofd en maakte aanstalten om naar binnen te gaan. Hij streek met zijn hand even langs haar billen. Daniëlla deed net of ze het niet merkte en liep van het balkon neuriënd de kamer in.

Peter bleef achter met een bakje olijven en een teleurgestelde erectie.

*

De weken die volgden verliepen zonder noemenswaardige gebeurtenissen, behalve dat Peter weer in zijn eigen kamer ging wonen. Wel heerste er een gespannen sfeer vanwege de oorlog die zich als een donkere inktvlek over Europa verspreidde. Het dagelijkse leven in Rome werd er nog niet door beïnvloed, wel hingen overal schreeuwerige posters waarop Duitse soldaten een heldhaftige dood tegemoet marcheerden.

'Wie wil zijn leven nou niet geven voor het vaderland? Voor der Führer,' schamperde Peter. 'En die haat tegen Joden. Waar is dat voor nodig?'

'Ze hebben de maatschappij ontwricht,' zei Claudio die het in de krant had gelezen.

'Geloof jij zomaar wat ze beweren?' vroeg Peter.

'Ik weet het niet,' antwoordde Claudio, 'ze zullen toch niet alles verzinnen?'

'Als je een zondebok nodig hebt, is het verhaal snel gemaakt. Je schuift alle schuld af op een bepaalde groep en daarmee pleit je de rest van het volk vrij. Het is immers niet hun schuld dat ze arm en werkloos zijn. Nee, dat is de schuld van de Joden. En het volk gelooft het. Zigeuners moeten ook opgeruimd worden, vindt Hitler, ze vervuilen het beeld van de samenleving, die vieze woonwagens, die ongekamde haren. Ze stelen en zijn onaangepast. Alsof die kop van Hitler zoveel hout snijdt.'

'Pas maar op,' zei Claudio lachend, 'dat jij met je donkere krullen en je viool ook niet opgepakt wordt.'

'Daar maak ik me zeker zorgen over. Dat we een samenleving krijgen waarin iemand zomaar opgepakt en afgevoerd kan worden, zonder geldige aanklacht, zonder proces. Enkel en alleen omdat jouw kop mij niet aanstaat of dat je moeder geboren is op een plek die de nazipartij niet bevalt. Dat is nu aan de orde onder het Duitse regime. En hier in Italië hebben we ook een fascist aan het roer. Daar moeten we tegen in opstand komen, Claudio.'

'Wij?'

'Ja, ook wij, juist wij. Wij zijn jong en moeten ons protest laten horen.'

'Ik heb het druk genoeg met mijn fruitkraam en ik wil me niet inlaten met politiek. Daar heb ik te weinig verstand van. Je moet je gedeisd houden, dat is het beste. Je kunt er toch niets tegen doen.'

'Als iedereen zo denkt, zal er niets gebeuren. Dan capituleer je bij voorbaat. Dat getuigt niet van moed,' zei Peter boos.

'Ik wil ook niet moedig zijn,' zei Claudio. 'Ik verkoop sinaasappels, dat vind ik al kloek genoeg.'

'Misschien heb je ook wel moed nodig om laf te zijn,' antwoordde Peter cynisch.

Claudio haalde zijn schouders op. Het was niet duidelijk

of hij de laatste opmerking van Peter had begrepen. Ze liepen zwijgend verder door de stad, op weg naar het park voor een partijtje voetbal.

En toch zat het Peter dwars dat Claudio zo gemakkelijk afstand nam van het naderende gevaar. Als iedereen er zo over dacht hadden de nazi's vrij spel. Of kon het zo zijn dat men de vijand niet als vijand zag, maar als vriend. Zoals il Duce, de leider van Italië, dat luidkeels beweerde: 'Duitsland is onze bondgenoot. Heil Hitler.'

In de bioscoop werd er regelmatig nieuws van het front getoond. Bulderende kanonnen. Soldaten met zwarte laarzen die zingend het slagveld betraden. Gevangenen die werden afgevoerd, neerstortende vliegtuigen. Beelden die werden ondersteund door loodzware marsmuziek.

Daniëlla had hem een keer stevig in zijn hand geknepen tijdens zo'n propagandavertoning.

'Wat erg, hè? Dat gaat hier toch niet gebeuren? In Italië? Ik ben een beetje bang.'

'Als het goed is, zouden we ons allemaal zorgen moeten maken. Wat er nu al gebeurt in andere landen. In mijn land, Holland. Dat is zomaar onder de voet gelopen. Dat kan hier ook gebeuren. Wie zal het zeggen?'

Na de film waren ze een stukje gaan wandelen, ze staken het Piazza Navona over en verdwenen in de smalle straatjes tot ze aankwamen op een driehoekig pleintje, het Largo Febo waar ze in de schaduw van een waaiervormige boom op een laag muurtje gingen zitten.

'Laten we maar goed op elkaar passen,' zei Daniëlla, terwijl ze voor zich uitkeek, 'ik heb er geen goed gevoel bij.'

Peter sloeg beschermend een arm om haar heen.

*

Ze kwam aangehuppeld als een jong hert in de lente. Daniëlla droeg een paardenstaartje waardoor haar slanke hals nog meer allure kreeg. De Italiaanse zon had haar huid karamelbruin gekleurd. Hij keek naar de hals die hij zo voorzichtig had gedept toen ze met koorts op bed lag. De hals die hij naar zich toetrok wanneer ze samen in het park onder een plataan lagen te doezelen na een fles wijn. Die geur van lavendelzeep waarmee ze zich 's morgens en 's avonds douchte. De kleine haartjes in haar nek die hij met zijn vingers zachtjes streelde, de tedere kussen op haar gladde huid. De zon in haar ogen.

Met deze mooie jonge vrouw vol levensvreugde zou hij gelukkig kunnen zijn. Een toekomst als gezin met kinderen.

Dat bedacht hij zich allemaal, toen ze stralend op hem afliep. Daniëlla, de moeder van zijn kinderen. Hij kon er zich een voorstelling van maken. Zij zou een lieve, vrolijke moeder zijn, die al zingend de lekkerste salades zou klaarmaken, de mooiste lasagnes, de heerlijkste visschotels. Met zo'n vrouw kon je voor de dag komen. Hij zag haar al lopen achter de kinderwagen in het park, terwijl hij met zijn zoontje aan het voetballen was. Daarna ijsjes eten en duiven voeren. Elke zondag feest. Dat zag hij allemaal voor zich.

Misschien kon hij haar wel gelukkig maken. Hij zou het in ieder geval kunnen proberen. Op dat moment leek Loes heel ver weg. Die had allang een ander, stelde hij zichzelf gerust.

Daniëlla gaf hem een zoen. 'Kom, laten we een stukje gaan wandelen.' En zo liepen ze samen in het park bij het Colosseum. Hij sloeg een arm om haar heen. Na ongeveer een kwartier namen ze plaats op een bank met uitzicht op de oude Romeinse ruïne. Ze hapten van de ijsjes die ze zojuist hadden gekocht. Vanavond zouden ze gezellig uit eten gaan. Peter had van Claudio een oude motor geleend en daarmee waren ze de hele middag al samen op pad. Eerst hadden ze winkels bekeken in de Via Condotti, daarna schoenen gepast in de Via della Frattina op nr. 126 bij signore Fabiani, de beroemde schoenmaker van Rome die zelfs de schoenen van de paus mocht maken.

'Of dat een aanbeveling is, laten we even in het midden,' had Daniëlla Peter lachend in het oor gefluisterd.

En nu begluurden ze vanaf hun bankje de voorbijgangers. Oude dames met grote zonnebrillen, leunend op zwarte wandelstokken, rustig schuifelend naar het einde van de allee, om tien minuten later in hetzelfde trage tempo weer terug te sloffen. Mannen met een krant onder de arm, joelende kinderen die elkaar achterna zaten. Een treurige straatverkoper met afhangende schouders die een stok met vrolijke speelgoedmolentjes met zich meedroeg. Een ijscokar waar ouders met kinderen zich verdrongen om een hoorntje met ijs te bemachtigen. Het voorjaar was overal aanwezig.

Hij keek opzij naar Daniëlla. 'Wat is ze toch mooi,' dacht hij.

'Je bent heel bijzonder,' fluisterde hij in haar oor.

'Wat vind je zo bijzonder aan mij?' vroeg ze met een schuin hoofd.

'Je regenjas.'

'Klootzak.' Ze maakte een beweging alsof ze hem wilde slaan.

Hij weerde haar af en verontschuldigde zich.

'Ik wilde zeggen,' zei hij serieus, 'dat ik je heel bijzonder vind door je puurheid. Je bent zuiver. Helemaal jezelf.'

Hij keek haar verliefd, bijna aandoenlijk aan.

'Daarbij ben je ook nog eens verrukkelijk aantrekkelijk en dat is zwak uitgedrukt. Kortom de ideale vrouw.'

'Dank je Peter, wat ben je toch lief.' Ze streek teder met haar hand door zijn haar.

Peter haalde diep adem en vroeg in een opwelling: 'Wil je met me trouwen?'

Ze keek hem aan met een droeve glimlach.

'Nee, Peter,' fluisterde ze, 'dat lijkt me geen goed idee.'

Ze pakte zijn hand en ontweek zijn blik.

'Houd je dan niet genoeg van me?' vroeg hij. 'Ik houd heel veel van jou.'

Ze wendde haar hoofd verder af.

'Je bent als een broer voor me. De liefste vriend die ik me kan voorstellen.'

Hij knikte alsof hij het begreep. Met een voorzichtig gebaar streek hij over haar wang.

'Het was bedoeld als grapje,' zei hij op luchtige toon.

Het bleef even stil.

'Dat weet ik heus wel,' zei ze met een trillende onderlip.

Peter liep die avond, nadat hij Daniëlla thuis had afgezet, alleen door de donkere straten van Rome. Ze hadden samen nog gegeten, maar de glans van de maanden daarvoor was verdwenen, alsof er een grijze wolk tussen hen was neergedaald. Dit was zijn tweede poging geweest, maar ook dit aanzoek was mislukt. Hij voelde zich afgewezen. Gelukkig was hij nog steeds verloofd met Loes, realiseerde hij zich met een somber lachje.

*

Een paar maanden later.

'Peter, ik moet je iets vertellen.' Daniëlla kwam opgetogen op hem toegelopen en ging naast hem zitten op het bankje in het park.

'Is het ernstig?'

'Ja, het is ernstig.'

'Wat is het?'

'Ik ben verliefd.'

'Oh.'

'Het is een politieagent die altijd een espresso komt drinken tijdens zijn patrouille. Hij heeft blauwe ogen en zwart haar. Hij is nu al luitenant, dus de vooruitzichten zijn goed. Hij heeft al een ring voor me gekocht. Wat vind je ervan?'

'Klinkt goed.'

'Echt waar?'

'Ik weet het niet. Ik heb nog nooit over hem gehoord. Je hebt niets verteld. Hoe lang ontmoet je hem al?'

'Een dag of tien.'

'Daniëlla, een dag of tien is niet voldoende als basis voor een huwelijk. Dat is te kort om zeker te kunnen zijn van je gevoelens. Je bent verliefd, dat is prachtig, maar je bent daardoor ook blind. Verliefd zijn is een droom.' Hij pakte haar hoofd tussen zijn handen.

'Ik ben je vriend, ik wil je beschermen.'

Ze begon te huilen. 'Ik was zo blij. En nu maak jij het kapot. Dat is toch geen vriendschap?' Ze keek hem aan met een mengeling van droefheid en verontwaardiging.

'Hoe kan ik jou serieus nemen?' zei ze bijna wanhopig. 'Jij zit op de trap van La Minerva met een verlamde arm en een slepend been. Je licht iedereen op. Je speelt theater. Doet net of je een gehandicapte zwerver bent. En jij gaat mij vertellen dat mijn liefde niet oprecht is. Hoe durf je?'

Ze keek hem doordringend aan.

'Ja, ik heb je zien zitten op de trappen, ik heb je bespioneerd, want ik wilde weten wat voor vlees ik in de kuip had. Nou, dat weet ik dan nu: een vriend, die er een dubbel leven op nahoudt. Dat is niet fair. Begrijp je me?'

'Ik speel ook viool,' verdedigde Peter zich ongemakkelijk. 'Dat doe ik staande, zonder gehandicapte hand. Dat heb je zelf vaak genoeg gezien. Oké, als ik even wil uitrusten ga ik bij de kerk liggen en maak me tegelijkertijd nuttig door aalmoezen in te zamelen. Ik heb gewoon een dubbele baan.'

Ze keek hem aan met betraande ogen.

'Wat ben je nou voor een kerel? Wat is er met je aan de hand?'

Hij sloeg zijn ogen neer en deed iets waarin hij goed was. Hij vluchtte in zichzelf.

Een stille maand later toen hij op een ochtend weer een bezoek bracht aan Il Caffè Luigi, waar hij een doppio dronk en zich verdiepte in *Il Giorno*, liet Daniëlla een servetje achter op zijn tafeltje. Hij vouwde het open.

*Wil je mijn getuige zijn?* stond er in een rond meisjeshandschrift. *Je bent mijn enige echte vriend!*

Zijn ogen vulden zich met tranen. Getuige bij het huwelijk van de vrouw die hij zelf had willen trouwen.

'Wat een geluksvogel ben ik toch.'

De volgende morgen nam Peter de trein van 11.05 uur naar Parijs, om van daaruit verder te reizen naar Holland. Hij wilde zijn familie bezoeken, en vooral Loes weer zien. De reis zou hem echter voeren naar de meest duistere en gewelddadige periode in zijn leven. Hij strandde in een gebied dat volledig bezet was door nazi-Duitsland. De donkere episode die volgde zou Peter het liefst willen wissen uit zijn geheugen. Maar uiteindelijk blijkt hij niet bestand tegen zijn gruwelijke herinneringen en zal hij zijn geheimen delen met een vrouw die zich toegang weet te verschaffen tot zijn beschadigde ziel.

# 11

1944. Na drie jaar was Peter weer terug in Rome. Nadat ze waren aangekomen in de hoofdstad, had hij een week gewerkt voor kolonel Schultz, een hoge Duitse officier. Zijn werk bestond uit het vertalen van het Italiaans naar het Duits of Engels. Het was geen slechte baan ofschoon hij soldijloos in dienst was van het Derde Rijk. Maar hij was bovenal vliegenvanger en gevangene met een doodvonnis dat boven zijn hoofd hing. Een dubbele functie die door weinigen werd geambieerd.

Het meest indrukwekkend was het bezoek aan een van de kelders van het Vaticaan waar duizenden kunstwerken waren opgeslagen. Afgezien van de kans die hij kreeg om zoveel kunst van dichtbij te zien, kon hij vanaf dat moment met volle overtuiging beweren dat hij te gast was geweest in het Vaticaan. Hij had zijn bestemming bereikt; weliswaar in een andere hoedanigheid dan gewenst, maar toch…

Na een week vond hij het tijd worden om afscheid te nemen en besloot hij zijn eigen leven weer op te pakken. Zonder een woord te zeggen wandelde hij de poort uit. De soldaten van de Zwitserse garde sprongen zelfs voor hem in de houding. Van

Duitsers verder geen spoor. Zo simpel was het gegaan.

Daarna had hij zich twee weken schuil gehouden om vervolgens als bedelaar weer tevoorschijn te komen. Van kolonel Schultz had hij nooit meer iets vernomen. Omgekeerd ook niet, maar dat was geen verrassing.

Het Duitse uniform had hij snel verwisseld voor een blauwe broek en een wit shirt, alleen zijn militair paspoort en identificatieplaatje bewaarde hij zorgvuldig. Je wist maar nooit waar het goed voor kon zijn. Aan de andere kant was het ook een risico, hij zou in Nederland wel eens veroordeeld kunnen worden wegens collaboratie met de Duitsers. Volkomen ten onrechte. Door zijn gedwongen functie als tolk en vliegenvanger had hij de gelegenheid gekregen om naar Rome te vertrekken in plaats van te worden geëxecuteerd.

'Wat zou u doen in mijn plaats, edelachtbare? Die keuze is toch niet zo moeilijk?'

De oorlog was voor Peter zo dramatisch verlopen dat hij resoluut afstand wilde nemen van die zwarte periode. In Holland werd hij gezien als een held, maar Peter vond zichzelf een lafaard. Een moedige lafaard, dat dan weer wel.

Na de oorlog wordt Peter Johannes Wanders bij verstek gedecoreerd als verzetsheld. Een hoge onderscheiding valt hem ten deel wegens uitzonderlijk heldhaftig gedrag tijdens het verzet tegen de Duitsers. Zijn zus Geertje mag op Paleis Soestdijk de onderscheiding in ontvangst nemen uit handen van Zijne Koninklijke Hoogheid Prins Bernhard.

Vanaf het moment dat hij vrij was liet Peter zich opnieuw Paulo noemen. Het gaf hem de mogelijkheid zijn bezoedelde identiteit van zich af te schudden. De laatste jaren was hij vooral als 'der Peter' aangesproken en daar had hij geen prettige herinneringen aan.

Peter had zich geïnstalleerd op de trappen van de basiliek Santa Maria sopra Minerva, zijn vertrouwde bedelplek van een paar jaar geleden. En daar zat hij, zielig om zich heen kijkend, zijn voeten spastisch naar binnen gedraaid en met een verlamd handje – om kerkgangers te vermurwen tot een goede daad.

'Ecce homo – zie de mens – uw medemens – en wees barmhartig, zoals de Bijbel het van u verlangt. Laat de woorden van Jezus bezit nemen van uw hart en reik een helpende hand naar de misdeelden. Zie de mens – zie de bedelaar die voor u ligt op de trappen van het Huis Gods.'

Peter ging er nog beroerder bijhangen. Hij wist maar al te goed hoe hij handig kon aanhaken bij het evangelie.

'Wat u schenkt aan de minsten onder ons, schenkt u aan mij. Dat zijn de woorden van Jezus.'

Meerdere kerkgangers bleven staan en knikten bevestigend. De arme man had gelijk. Dit was de ware boodschap van het evangelie.

Peter strekte zijn gezonde hand als signaal naar de pet die hij als collectezak had neergelegd.

'Grazie.' Het regende muntjes en nog meer muntjes.

'God zal u zegenen.'

Er meldden zich steeds meer gelovigen om de mis te vieren, zoals de pastoor het thuis in Limburg zo graag verwoordde. Vandaag werd de dienst opgeluisterd met de miszang van een jubilerend koor uit Napels, zo stond het aangekondigd op het affiche dat met punaises was vastgeprikt op de grote houten kerkdeur. Hoewel hij zich oprecht verheugde op de liederen die gezongen zouden worden, ging zijn aandacht in eerste instantie uit naar de kerkgangers op het plein.

Hij zag haar reeds van verre naderen. Ze viel op door haar waggelende gang, veroorzaakt door een defect aan haar linkervoet.

In het straatbeeld kon ze je niet ontgaan, zeker niet als je reikhalzend naar haar uitkeek, zoals Peter die zich verheugde op de royale aalmoes die ze hem zou schenken. Een vorstelijk bankbiljet dat ze tevoorschijn zou toveren uit de mouw van haar japon, een gebaar dat immer gepaard ging met een vrolijke glimlach en de wens: 'Vai con Dio. Ga met God.' Een wekelijks ritueel dat sinds Peter zes weken geleden zijn bedelplaats op de trappen had ingenomen, elke zaterdag werd herhaald.

Sophia Partizani was een vermogende jonge vrouw van rond de veertig, een geprivilegieerde telg uit een familie van juweliers en diamantairs. Zij en haar tweelingzuster Cato waren de enige erfgenamen van het fortuin dat hun voorvaderen hadden vergaard. De familieleden hadden weliswaar veel geld, maar ook een zwak hart. Veel ooms en tantes waren omgevallen tijdens een wandeling, een partijtje tennis of gewoon bij een kopje thee. Ook tijdens het copuleren waren sommigen uit bed gevallen om nooit meer op te staan. Kortom, de familie was – ook mede dankzij de Spaanse griep – rigoureus uitgedund. De beide zusters en hun moeder waren gespaard gebleven en woonden op zichzelf, apart van elkaar.

'Buongiorno, dag mooie jongen.' De sopraanachtige stem van Sophia Partizani klonk helder en hartelijk. Ze stopte hem een bankbiljet toe.

'Wacht op mij lieve man, tot na de Heilige Mis, ik zal u een aantrekkelijk voorstel doen.'

'Wat zou dat betekenen?' vroeg Peter zich af. Hij kon het zo gauw niet bedenken.

'A piu tarde, tot later.' De dame boog zich over hem heen en gaf hem een vriendelijk tikje op zijn hoofd.

Sophia had een innemend gezicht en een fabelachtige boezem. Met roze tepels zo groot als abrikozen, fantaseerde Peter terwijl de barones langzaam oploste in de schaduw van het kerkportaal.

Een kwartier later liep hij de kerk binnen. Hij wandelde door de halfdonkere zijgang naar voren zodat hij zicht had op het koor en op het marmeren beeld van Michelangelo. Een imposant kunstwerk van een jonge man die in zijn rechterarm een klein Golgotha-kruis droeg. Dat kruis was te kort om aan opgehangen te worden. Een inschattingsfoutje van Michelangelo, vond Peter. Verder droeg Jezus een misplaatst goudkleurig lendendoekje dat pas veel later uit overweging van kuisheid door de kerk was toegevoegd. Daar had Peter wel begrip voor. Een afbeelding van een bloot geslachtsdeel hoort niet thuis in een kerk. Men zou bij Jezus wel eens op andere gedachten kunnen komen. Vrome nonnen die ongebreideld fantaseren over dat mooie lichaam, niet meer te beteugelen in hun opgekropte kuisheid.

'Dat zou spannend zijn,' bedacht Peter, 'nonnetjes die na de mis komen dansen op een grasveld, smachtend naar verlossing, hunkerend naar genot.'

Hij zou onmiddellijk vrolijk inhaken en de leukste zusters tussen de rododendrons trekken om samen de rest van de middag stoute spelletjes te spelen.

Heerlijke gedachten drongen zich aan hem op over religieuze meisjes die giechelend hun borsten probeerden te bedekken. Bleke blote billen die bescherming vonden in de handen van hun nieuwe vriend, Paulo Wanders.

Peter verlegde met tegenzin zijn aandacht naar het mannenkoor dat zich uit de banken verhief om een gedragen gregoriaans gezang aan te heffen. Het klonk prachtig, de Heer werd lof toegezongen in lange lage tonen, klanken die hem onverwachts vervulden met een onbestemd gevoel van religiositeit.

'Doe niet zo schijnheilig,' sprak hij zichzelf berispend toe. 'Zojuist had je nog een nonnenbil in je hand en een halve minuut later word je zogenaamd bevangen door een religieus gevoel.'

En toch kon hij niet ontkennen dat hij onder de indruk was. Het 'Sanctus Deus' baande zich galmend een weg door de basiliek en waaierde eerbiedig omhoog naar het beschilderde plafond dat een verrassend uitzicht bood op het hiernamaals. Een vredig landschap met serieus ogende heiligen die voorbijdreven op witte wolken, omringd door engelen met vleugels van satijn, sereen fladderend boven blauwe rivieren met zachtgroene oevers. Peter kreeg er bijna zin in, maar voorlopig zocht hij zijn heil liever tussen de rododendrons.

Tijdens het laatste lied verliet Peter de basiliek en nam zijn plekje op de trappen bij de ingang weer in. Hij daalde neer in bedelaarspositie, de voeten naar binnen gekanteld en de lamme hand bungelend uit de mouw van zijn jasje.

Signora Partizani, barones van geboorte, boog zich na afloop van de mis vriendelijk over hem heen en nodigde hem uit om bij haar thuis langs te komen. Diezelfde middag nog om een uur of vijf, als dat zou schikken.

Nou, dat schikte Peter wel.

Ze overhandigde hem een visitekaartje, dat hij – nadat ze was vertrokken – met een glimlach las. Het adres klonk veelbelovend: Piazza Navona 25, het beroemde plein met de Bernini-fontein.

'Voorwaar geen achterbuurt,' lachte Peter in zichzelf, 'dit kon weleens goed uitpakken voor Paulo van het Geitenpad.'

Diezelfde middag begaf hij zich naar het Piazza Navona waar hij zoveel mooie uren had doorgebracht met Daniëlla en waar haar vader, poppenspeler Salvatore, was overleden.

Na zijn terugkeer in Rome was hij onmiddellijk bij Il Caffè Luigi een espresso gaan drinken. Hij hoopte dat Daniëlla er nog zou werken, maar die was met haar politieman vertrokken naar Genua. De eigenaar wist hem ook te vertellen dat ze een dochtertje hadden gekregen.

'Kijk, daar hangt het kaartje.'

Peter was naar het buffet gelopen waarboven een geboorteaankondiging was geprikt. *Gelukkig en trots zijn we met de geboorte van onze dochter...*

Hier stopte Peter even met lezen. Hij werd verrast door de naam van het meisje. *Pietra Paula Maria.* Daniëlla zou toch niet... Nee, dat zou... Zou hij, Peter Paulo, vernoemd zijn? Het ontroerde hem. Hij hoopte dat het waar zou zijn, in ieder geval wilde hij niet horen dat het niet waar was.

'Ik ga geen navraag doen,' besloot hij resoluut.

'Ik ben vernoemd,' zei hij trots tegen zichzelf.

'Mooie naam,' zei hij tegen Luigi, en bestelde nog een doppio om het heuglijke feit te vieren.

Peter nam de tijd om het monumentale pand op nummer 25 in zich op te nemen. Het loog er niet om. Grote ramen omlijst met gebeeldhouwde ornamenten. Een voordeur zo vorstelijk van afmetingen, dat men met twee paarden tegelijk naar binnen zou kunnen galopperen en dat was in het verleden vast en zeker weleens gebeurd.

Hij hield de koperen bel net iets te lang ingedrukt. Na enkele ogenblikken zwaaide de deur open. Er verscheen een lieftallig meisje in een blauwe jurk met een wit schortje voor. Ze begroette hem vriendelijk.

'Signora Partizani verwacht u in de salon op de eerste etage, ik loop met u mee.'

Ze doorkruisten de grote hal met aan het plafond een kristallen kroonluchter met honderden glinsterende pegels, en bestegen de brede trap die met een ruime bocht naar boven leidde. Het dienstmeisje tikte op de deur en nadat er vanuit de salon een helder 'sì, entra' klonk, mocht hij het vertrek betreden.

'Ah, daar is mijn vriend, de mooie man,' begroette de barones Peter hartelijk en reikte hem een zwaar beringde hand die hij voorzichtig vastpakte.

'Het is een voorrecht, signora, om met u van gedachten te mogen wisselen, dank voor uw uitnodiging.'

Ze glimlachte innemend.

'Ik voel dat uw verlamde hand minder verlamd is dan u doet voorkomen op de trappen van de basiliek, oude boef!'

Een rollende lach met een verrassend volume verliet haar rode mond.

Peter lachte hartelijk terug.

'U hebt gelijk, sta mij toe u enige uitleg te verschaffen.'

Hij begon zonder enige gêne zijn bedrog van commentaar te voorzien.

'Mijn gehandicapte hand vormt een essentieel onderdeel van de mise-en-scène. Hij vertegenwoordigt in zekere zin de catastrofe die mij in het leven is overkomen, een beeld dat overigens wordt versterkt door mijn misvormde benen. Het geheel schetst de deplorabele toestand waarin ik mij bevind en zorgt ervoor dat men mij met gulle hand van gaven voorziet.'

Sophia schudde vermanend haar hoofd.

'Ga zitten, arme bedelaar en vertel me hoe uw naam luidt.'

Peter liep kwiek naar de fauteuil die hem werd gewezen en liet ondertussen de pompeuze omgeving op zich inwerken. Robuuste meubels, dressoirs met uitgestald zilverwerk, imposante schilderijen met afbeeldingen van goedgeklede notabelen die arrogant op hem neerkeken. Voorouders van de barones, zo vermoedde hij. Strenge dames met dunne lippen en hooggesloten kragen. Oudere heren met heldhaftige snorren, gekleed in uniformen vol medailles en andere kleurrijke onderscheidingen.

Peter kuchte beleefd.

'Mijn doopnaam luidt Peter Wanders en mijn wieg stond in Holland.'

Sophia knikte afgemeten, ze was kennelijk niet geheel tevreden met het antwoord.

'Aan uw naam moeten we iets doen, daar komen we niet ver mee in Rome. U heeft wellicht zelf een suggestie?'

'Ze noemen me hier in Rome ook wel Paulo en die naam bevalt me wel.'

'Paulo?' Ze nam de naam in haar mond en liet hem even rondgaan als volle wijn.

'Dat klinkt wel goed,' zei ze, 'en nu uw achternaam. Heb je geen Italiaanse voorouders?'

Ze begon hem vertrouwelijk te tutoyeren. 'Je ziet er zo mediterraan uit, een Toscaans verleden zou zeker helpen en bovendien spreek je de taal vloeiend. Ik wil je kunnen voorstellen met een fatsoenlijke naam, dat spreekt voor zich.'

Peter had niet de indruk dat Wanders een misplaatste of onfatsoenlijke naam was, maar daar dacht men hier kennelijk anders over. Hij besloot zich diplomatiek te gedragen en zijn achternaam in te ruilen voor een beter leven en een klinkende familienaam. Wat maakte het uit?

'Ik heb inderdaad Italiaanse voorouders,' kwam hij haar tegemoet, 'maar dan moeten we heel ver terug in de tijd.'

De barones knikte vergenoegd.

'Aan welke familienaam moeten we dan denken?'

'Ravelli,' zei Peter zonder één keer met zijn ogen te knipperen.

'Ja, Ravelli,' herhaalde hij de naam nog eens voldaan. 'Ik heb nog een tante en een nicht met diezelfde naam. De familielijn loopt via mijn moeder.'

'Ah bravo, Paulo Ravelli, die naam bevalt me heel goed.' Sophia klapte opgetogen in haar handen. 'Signore Paulo Ravelli!'

Peter hief zijn hand op als teken dat hij graag nog even de aandacht wilde vasthouden: 'Gaarne wil ik hieraan toevoegen dat de familie ook adellijk bloed door de aderen heeft stromen. Wellicht kunt u daar iets mee...?'

Hij maakte een lichte buiging.

'Ik wist het wel, ik wist het wel,' kraaide de barones, 'mijn mensenkennis laat me zelden in de steek.'

Een triomfantelijke lach gleed over haar gezicht. Ze boog zich naar hem toe en kneep hem in de wang.

'Iemand met zulke verfijnde gelaatstrekken kan alleen maar van adel zijn.'

Dit zouden voor Sophia Partizani wel eens een paar leuke maanden kunnen worden. Zelden had een jongeman zo snel begrepen wat zij van hem verwachtte. Deze Paulo Ravelli voelde heel goed aan dat het leven gespeeld diende te worden. Een spel voor gelijkgestemden. Een opera met volledige bezetting als remedie tegen het eentonige leven van alledag.

'Waaraan moet ik denken?' vroeg signora Partizani, 'aan een hertogdom, een graafschap... een...'

'Een graafschap komt me bekend voor,' glimlachte Peter met een adellijk knikje en voegde er tevreden aan toe: 'Hoewel mijn oudste broer de waardige naam Hertog Jan draagt, doemt de titel graaf frequenter op in de familiegeschiedenis.'

'Dan zijt gij vanaf heden...' ze keek hem ernstig aan, 'conte Paulo Ravelli! Ik zal onmiddellijk opdracht geven om visitekaartjes te laten drukken. Je gaat je bewegen in de betere kringen. Daar kun je de juiste contacten opdoen. Neem één ding van mij aan: Als je niet op de plek bent waar camembert wordt gesneden, zul je geen camembert eten. Dan blijft het bij tenenkaas, punta di fromaggio.'

Peter lachte beschaafd, hij kreeg plezier in deze dame.

'Oh, wat zullen mijn vriendinnen jaloers zijn,' lachte ze, 'kom eens bij me, conte Ravelli en geef mij een bacio.' Peter stond op, boog zich over de barones en gaf haar een zoen op haar voorhoofd.

'Dat voelt goed, doe er nog maar één.' Peter drukte ten tweede male een kus op haar voorhoofd.

'Mag ik vragen wat u in gedachten heeft, wat de bedoeling is van ons samenzijn?' Hij keek haar vragend aan.

'Luister,' stak Sophia enthousiast van wal, 'ik zou het zeer op prijs stellen als u uw intrek zou willen nemen in dit huis, u komt zogezegd bij me wonen.'

Ongemerkt schakelde ze weer over op u, kennelijk vond ze dat plechtiger klinken.

'Ik zorg dat u goede kleding krijgt en toegang tot gezelschappen die anders volstrekt ontoegankelijk zijn voor personen met een bescheiden achtergrond. Wellicht zou een bril u ook goed staan, het oogt wat intellectueler. Daarnaast krijgt u een maandelijkse vergoeding, een ruime financiële bijdrage en uiteraard zijn alle verdere uitgaven voor mijn rekening. Kost en inwoning, heerlijke wijnen, reisbiljetten, boeken, schoenen en uiteraard wandelstokken – indien gewenst. Als tegenprestatie verwacht ik van u dat u mij gezelschap houdt en mij vergezelt naar het theater en de opera en niet in de laatste plaats dat u mij zult verpozen, in de meest ruime zin van het woord. Wat vindt u ervan?'

'Dat zal geen opgave zijn, signora.'

'Vanaf nu noem je mij Sophia, is dat duidelijk, Paulo, conte Ravelli?'

'Glashelder, Sophia.'

Vanaf dat moment was Peter Wanders in de adelstand verheven en ging voortaan door het leven als conte Paulo Ravelli, woonachtig aan het Piazza Navona nummer 25 met uitzicht op de fontein van Bernini.

Na een uitgebreid bad, een scheerbeurt bij de barbier en het wisselen van kleding die een gedienstige bediende na aanwijzingen van Sophia in een naburige modezaak had uitgezocht, mocht hij in de salon weer aanschuiven bij barones Partizani om het glas te heffen op hun liaison, zoals dat in beschaafde kringen werd omschreven.

'Op ons.'

Sophia keek hem triomfantelijk aan, ze had een vriendelijk, bijna mooi gezicht. Jammer dat haar robuuste derrière, een lichaamsdeel dat in sommige culturen onbetwist geldt als hoogste vorm van schoonheid bij graaf Ravelli minder goed in de smaak viel.

'Op ons,' toastte hij terug en schonk haar een verfijnde glimlach.

Tijdens de maaltijd die daarop volgde, bekende Sophia dat ze hem enige tijd had laten volgen en zodoende op de hoogte was van zijn levensstijl, die overigens geen verdere uitweiding verdiende.

'Dat bedelaarschap wist je aangenaam te combineren met koffie drinken op terrasjes,' sprak ze geanimeerd, 'en met boeken lezen uit de bibliotheek waar je sinds een jaar lid van bent. Verder een beetje viool spelen op het Piazza della Rotonda. En ook je vaste stek waar je 's morgens de krant leest is mij bekend. Verder lijd je een behoorlijk rustig bestaan voor zover ik dat heb kunnen natrekken. Dat zal vanaf heden geheel anders worden, mijn lieve Paulo.'

Hij schrok van het woord 'lieve', daar moest hij alvast maar aan wennen.

Het zou nog veel intiemer worden, vreesde hij.

De komende dagen stonden in het teken van herstelwerkzaamheden, zoals Sophia het noemde. Zijn imago had een opknapbeurt nodig, sterker nog er moest een geheel nieuw imago komen. Sophia had een ingrijpende restyling in gedachte teneinde haar protegé in een uiterst charmante dandy te transformeren.

De renovatie ging per direct van start. Er werden handgemaakte schoenen aangeschaft in de Via Fratelli. Een vooraanstaande kleermaker – die de maten van Peter nauwkeurig had opgenomen – wierp zich gulzig op de opdracht om binnen een week zes maatkostuums te mogen afleveren op huisnummer 25. Daarnaast mocht hij aan de bestelling nog twaalf met de hand gemaakte overhemden van de fijnste stoffen toevoegen. Geen wonder dat de man met een ietwat hoge rug – een veelvoorkomende deformatie in het kleermakersgilde – de barones en haar gezelschap kruiperig ter wille was.

Als Peter nog in het bezit was geweest van het koffertje van de pastoor, had hij het meteen weg kunnen flikkeren. Het schoot qua volume schromelijk tekort om de zojuist bestelde garderobe te kunnen herbergen.

Hem werd vandaag een unieke kans geboden om zijn leven een wending te geven, al was het maar financieel. Een mooi dak boven zijn hoofd. Gelegenheid om in betere kringen te vertoeven, goede maaltijden te nuttigen en dagelijks te genieten van een heerlijk warm bad.

'Laten we gezellig een coupe ijs gaan eten.' De opgewekte stem van Sophia onderbrak zijn mijmeringen. 'Malaga-ijs met rozijnen, daar ben ik dol op.'

Ze liepen gearmd naar een terras met witte parasols dat bekend stond om zijn uitgelezen assortiment ijssoorten. Sophia deed moeite haar lichte handicap te verbloemen en hinkte zo onopvallend mogelijk aan zijn arm.

'Van welke smaken houd jij?' vroeg ze, terwijl ze plaatsnamen aan een tafeltje aan de rand van het plein.

'Pistache en limone lijkt me wel wat, maar zonder slagroom. Dat vertroebelt de smaak.'

'Oh, hoor dat eens, we hebben hier te maken met een ijskenner,' lachte Sophia. 'Een heer met smaak, dat bevalt me wel. Heeft il conte nog meer wensen of kunnen we de bestelling doorgeven?'

'Een pittig type die Sophia, die had zin in het leven,' vond Peter.

De zon scheen, de lucht was blauw en het ijs voldeed aan hun verwachtingen.

# 12

De maanden die volgden beleefde Peter in een roes, een jachtige periode met talrijke nieuwe indrukken en belevenissen. Dagelijks werd hij verrast door de meest uiteenlopende geschenken, zoals linnen briefpapier met zijn naam en titel gedrukt in gouden letters. Of een scheerkwast van het fijnste dassenhaar.

Hij leefde royaal op kosten van Sophia Partizani en werd een graag geziene gast op high tea's en chique gala's.

De barones bleek een flamboyante diva met wapperende boa's en wufte kapsels. Ze beschikte over allerhande attributen om de mensen in haar omgeving te verrassen met haar wisselende garderobes. Ze bediende zich te pas en te onpas van een wandelstok. Niet zomaar een stok met zilveren handvat, nee, een uitschuifbare staf die zich in lengte kon verdubbelen. En die ze bijvoorbeeld kon gebruiken als aanwijsstok. Erg handig, vond Peter, wanneer je bij de thee aan je vriendinnen de Galapagos Eilanden op de wereldkaart wilde tonen. Daarnaast had ze ook een stok waarin een dolk was verstopt, bedoeld om onaangename confrontaties het hoofd te bieden op momenten dat de schemering inviel, en in alle duistere uren die daar op volgden.

Maar nu kon ze rekenen op graaf Ravelli die haar bij nacht

en ontij als een ridder zou beschermen. Een jonge, krachtige kerel met een lichaam om van te smullen.

Sophia liep op een middag neuriënd door de zitkamer, verzette hier en daar een fotolijstje of een zilveren kannetje, bekeek zichzelf in de spiegel boven het buffet, wierp nieuwsgierig een blik uit het grote raam of ze een bekende voorbij zag komen en liet zich uiteindelijk met een diepe zucht vallen in de kussens van de canapé.

'Ik geloof dat ik gelukkig ben,' sprak ze met gezwollen stem.

Peter keek op van zijn boek en schonk haar een glimlach die wederom een diepe zucht bij haar ontlokte.

'Ja, ik ben gelukkig. En dat komt door jou.' Ze priemde met haar wijsvinger in de richting van zijn borst.

'Is dat een verwijt of een compliment?' vroeg Peter met opgetrokken wenkbrauwen.

'Wat denk je zelf? Dit is weer typisch zo'n opmerking van jou. Ik zeg dat ik gelukkig ben en jij vraagt of dat een verwijt is? Alsof geluk een maagzweer is die je iemand toewenst.'

'Voor veel mensen is dat ook zo,' zei Peter. 'Geluk kent zo zijn scherpe kanten.'

Ze schudde peinzend haar hoofd en pakte een stuk chocola van de schaal die door een van de bedienden uit haar huishouding voor hen was klaargezet. Keurige meisjes en dames met een degelijk voorkomen die zich geruisloos verplaatsten op platte zwarte schoenen, het haar verborgen onder een kapje, de bloes hoog gesloten en de blik naar beneden gericht. Sophia duldde geen concurrentie in haar omgeving.

'Wat is geluk dan voor jou, Paulo? Kun je dat omschrijven?'

'Oh God,' dacht hij, 'ze begeeft zich nu op het gladde pad van het persoonlijke gesprek.'

Hij hield er absoluut niet van dat mensen te dichtbij kwamen met hun vragen. Hij wierp een neutrale blik door het venster en liet die dwalen naar de overkant van het plein. Boven de hoge huizen cirkelden met lome bewegingen enkele duiven door de blauwe lucht. Hij besloot een oprecht antwoord te geven.

'Geluk is het tijdelijk ontbreken van verdriet,' sprak hij weloverwogen, terwijl hij buiten de duiven bleef volgen.

'Oh,' reageerde Sophia, 'dat klinkt niet erg bemoedigend.'

'Het is een oud Joods gezegde, uit de Talmoed, geloof ik.'

Hij draaide zich naar haar toe, keek haar aan met een serieuze oogopslag en vervolgde: 'Ik kan me wel vinden in die omschrijving. Geluk is het tijdelijk ontbreken van verdriet,' zei hij nogmaals. Hij voelde een voorzichtige behoefte om deze gedachte met haar te delen.

'Het is slechts een kortstondige gemoedstoestand,' dacht hij hardop. 'Even geen tegenslag, even geen sterfgevallen, geen ziektes, geen problemen in je relatie, geen zorgen om het welzijn van de kinderen, geen onbetaalde rekeningen, geen ruzie met vrienden of familie. Even geen knoop in je maag. Even geen verdriet. Dat is geluk.'

'Dat moet ik laten bezinken,' reageerde Sophia teleurgesteld, 'deze gedachte is geheel nieuw voor mij. Bij geluk denk ik aan de liefde, aan de zevende hemel, desnoods aan een loterij waarin je geluk kunt hebben, maar niet aan het ontbreken van verdriet. Dat klinkt heel schraal. Het voelt niet goed, Paulo.'

Ze schudde vermoeid haar hoofd.

'Het is een sombere manier van denken. Als je zo tegen het leven aankijkt, heb ik echt met je te doen.'

Ze hief haar armen op en vervolgde: 'Bij geluk denk ik aan een gevoel dat een extra dimensie toevoegt aan het leven en niet, zoals jij suggereert, dat geluk niet meer is dan een staakt-het-vuren in een permanente oorlog. Kom, laten we iets gezelligs doen, iets waar we vrolijk van worden. Heb jij een idee?' vroeg ze hoopvol.

'Laten we ons ophangen,' antwoordde Peter, 'daar fleuren we van op.'

'Hè, wat een rotopmerking.'

Sophia stond op en maakte aanstalten om het vertrek te verlaten.

'Ik ga een aardbeientaartje eten om mezelf te troosten. Aan jou valt vandaag geen lol te beleven. Arrivederci.'

Ze verliet de kamer en even later zag Peter haar het plein oversteken, haar schaduw achter zich aanslepend, op weg naar de banketbakker.

'Aardbeientaart,' dacht Peter, 'eigenlijk best lekker.'

Hij verliet de salon, liep snel de trap af en haastte zich over het plein om Sophia in te halen.

Ze was verheugd hem te zien.

'Dat vind ik nou lief van je.'

Ze gaf Peter een arm en samen liepen ze in de ochtendzon de Via dei Cestari in, waar banketbakker Romeo zijn zoete verleidingen had uitgestald in de luxe etalage. Oogverblindende slagroomtaarten, ruimbemeten mokkataarten en sappige vruchtencanapés, geëtaleerd op kristallen schalen in een golvend decor van kunstig gedrapeerde stoffen in de kleuren zachtgoud en marineblauw. Licht gekoeld door een frisse wind van de ventilator aan het plafond.

De etalage van Pasticciere di Romeo was een trekpleister in het oude centrum van Rome. Elke maand werd de vitrine aangepast aan een nieuw thema. Dat kon een groen landschap zijn, een antieke treincoupé of bijvoorbeeld een wijngaard. Volgende maand, zo stond reeds aangekondigd, werd het thema Piazza Navona met een spuitend fonteintje en een paar dikke duiven die aan een dun draadje boven de taarten zouden cirkelen, wederom aangejaagd door de ventilator aan het plafond. De ventilator, zo is in de afgelopen decennia wel duidelijk geworden, was een onmisbaar rekwisiet van de mise-en-scène in de vetrina di Romeo. Bij een strand- of zeetafereel, een zeilboot op het Lago Maggiore, een berglandschap met koeien, altijd was er een beetje wind nodig om de setting optimaal tot haar recht te laten komen.

'Het spijt me,' zei Peter toen ze even later aan de koffie met taart zaten. 'Ik had je niet mogen belasten met mijn sombere gedachten. Dat was niet aardig, maar wel eerlijk,' voegde hij eraan toe. 'Het weerspiegelde op dat moment mijn gevoel.'

Hij nam een flinke hap van de aardbeienpunt die op aanwijzingen van Sophia veel te gulzig was afgesneden, bijna een kwart van de taart was het uiteindelijk geworden. Ze had patissier Romeo onder charmante dwang het imponerende mes meerdere malen laten verplaatsen waardoor de portie gestaag in omvang was toegenomen.

'La vita è bella,' had ze geroepen en de banketbakker was het daar helemaal mee eens, hetgeen nog eens bevestigd werd door zijn mollige postuur.

Ze hadden zich aan een tafeltje gezet in de aangrenzende salon waar naast taartjes uit eigen keuken ook drankjes werden geserveerd, een 'salon du thé' die vooral bezocht werd door dames op leeftijd en naar lotion geurende heren met ovaal geknipte nagels.

Sophia nam een hapje slagroom terwijl ze met haar vrije hand Peter een bescheiden kneepje in zijn arm gaf om extra aandacht te vragen voor haar verlate reactie op zijn spijtbetuiging.

'Je bent behoorlijk cynisch,' zei ze, 'dat is eigenlijk nog erger dan somber. Er spreekt teleurstelling uit, zelfs verbittering, dat verbaast me voor iemand van jouw leeftijd. Of je moet het een en ander hebben meegemaakt, maar daarover heb je me niets verteld. Dat zul je waarschijnlijk ook niet doen, schat ik in.'

'Dat schat je goed in,' dacht Peter. Hij wilde inderdaad niets kwijt over wat hem was overkomen. Dat hij gevangen had gezeten, was gemarteld en ter dood veroordeeld om slechts enkele kleine voorvallen te noemen.

Hij prikte een aardbei aan zijn vork en bracht die langzaam naar zijn mond om met een verbeten grijns zijn tanden erin te zetten. De laatste drie oorlogsjaren waren voor hem een hel geweest.

'Wat een feest, hè? Zo'n taartje.' Sophia wisselde behendig van onderwerp. Ze had besloten hem verder niet lastig te vallen met persoonlijke vragen over zijn verleden. Kennelijk had hij een valide motief om daarover te zwijgen.

Peter knikte.

'Heerlijke aardbeien en de slagroom is ook mooi lobbig,' sneerde hij vilein. Tegelijkertijd nam hij zich voor binnenkort een poging te wagen om een deel van zijn geheugen te wissen. Er is vast een mogelijkheid om slechte herinneringen te vernietigen. Met een elektrische schok bijvoorbeeld of een welgemikte injectie. De medische wetenschap was al zo vergevorderd dat een dergelijke ingreep zeker uitvoerbaar zou zijn. Maar vooralsnog moest hij zich behelpen met zijn eigen methode: zichzelf verdoven met een ingekleurd verleden.

In de maanden na dit gesprek deed Sophia haar uiterste best om het Peter naar de zin te maken, en in die opzet slaagde ze. De beste kleermakers ontfermden zich over zijn maatkleding, de rekeningen van gerenommeerde restaurants werden voldaan via de notaris van de familie, de handtekening van conte Ravelli opende alle deuren. Hij kon vertoeven in gelegenheden naar keuze, beschikken over diverse automobielen, allen uitgerust met chauffeur en open dak. Hij hoefde maar te knippen met zijn vingers en zijn schoenen waren gepoetst, de champagne was uitgeschonken en zijn teennagels waren geknipt. Qua verzorging ontbrak het hem aan niets. Vooral in financieel opzicht was er geen reden tot bezorgdheid. De dames Partizani waren zeer vermogend, ze behoorden tot de rijkste families van Italië, maar Peter had niet de indruk dat ze zich daar echt bewust van waren.

Het familiefortuin werd beheerd door bankiers in donkere kostuums, aangestuurd door notaris Cordetti, een zurig persoon met een glimlach als een geslepen zeis. Hij vertrouwde die notaris niet en dat was wederkerig. De man keek hem altijd aan met een argwanende blik in zijn grijze ogen.

'Wij komen elkaar nog wel tegen,' dacht Peter.

'Luister conte Ravelli.' Sophia kwam opgewekt de kamer binnen. 'Ik heb een goed idee,' zei ze, terwijl ze nog enkele stappen verwijderd was van de leunstoel waarin hij zich had genesteld met een boek over Augustinus. Een Romeins theoloog uit 354 die niet alleen situaties en gebeurtenissen beschreef, maar ook vooral wat hij daarbij voelde en welke gedachten er bij hem bovenkwamen. Dat was nieuw en baanbrekend voor die tijd. Een van zijn meest opvallende uitspraken had Peter per direct tot zijn favoriete credo verheven: *Heer maak mij kuis, maar nu nog niet.*

Hierin herkende Peter zich onmiddellijk. De ongelijke strijd tegen seksuele gevoelens die zich per definitie aandienden en bestreden moesten worden; een onmogelijke opgave. Duizenden mannen en vrouwen die door de kerk gedwongen werden een essentieel onderdeel van het leven te negeren. Hier werd het dilemma tussen gehoorzaam en ongehoorzaam zijn in een paar woorden samengevat.

'Heer maak mij kuis, maar nu nog niet.' Het klonk als een mild verzoek. 'Vader, gun me nog even de vrijheid en het genot van het onkuis zijn. Daarna zal ik U eeuwig dienen. Amen.'

Peter liet het boek zakken en richtte zijn blik op Sophia.

'Hoor eens, Ravelli.' De barones liet zich zakken in de grijze canapé. 'We hebben een uitnodiging ontvangen van mijn zuster Cato die in deze periode van het jaar in haar palazzo in Venetië verblijft. Een beeldige residenza.'

Het woord 'residenza' sprak ze uit met de dictie van een operazangeres. De klanken rolden door haar mond als glazen knikkers uit Murano.

'Lieverd, is dat niet enig?' zong ze bijna kinderlijk blij, 'we gaan samen naar Venetië. Cato is bijzonder goed in het organiseren van ontvangsten en partijen, zowel die met een gedistingeerd als met een flamboyant karakter. Volgende week is zij de gastvrouw van een groot gemaskerd bal in het Palazzo Grassi aan het Canal Grande. De crème de la crème van de society zal daar aanwezig zijn. En conte Ravelli, daar behoren wij uiteraard ook toe. Wij reizen samen met Maman af naar Venetië, nemen onze intrek in hotel Danieli en gaan daar de guirlandes eens feestelijk buiten hangen. Oh mio caro, als we dinsdag vertrekken, is er nog ruimschoots gelegenheid om onze kostuums te laten vervaardigen. Ik zal het atelier vanmiddag nog verwittigen van onze komst. Nee conte, laten we maandag gaan, hoe eerder we Venetië kunnen omarmen, hoe liever het me is. Luister, het wordt het bal van het jaar. Daar zorgt mijn zuster wel voor en wij zijn de eregasten. Graaf Ravelli met aan zijn zijde Barones Partizani di Puglia.'

Peter trok een wenkbrauw op.

'Di Puglia?'

'Jazeker,' antwoordde Sophia, 'dat is mijn volledige achternaam: Partizani di Puglia.'

'Toe maar,' knikte Peter met ontzag en vroeg beleefd: 'Is mijn naam daarbij vergeleken dan niet een beetje te mager?'

Hij keek haar aan met een vragende blik.

'Kan daar niet wat extra's aan worden toegevoegd?' Hij maakte een sierlijk armgebaar en wachtte haar antwoord in gepaste stilte af.

Ze vormde met haar handen een toeter alsof ze hem wilde aanmoedigen tijdens een roeiwedstrijd.

'Natuurlijk lieverd,' bazuinde ze luid, 'we gebruiken je volledige titel: Conte Ravelli dell'Olanda.'

Dat klonk prachtig door haar trompet, en hij was er trots op. Conte Paulo Ravelli dell'Olanda.

'Ik ga meteen alle arrangementen regelen, laat mij maar mijn gang gaan. We reizen eerste klasse per trein naar Venetië, vanaf het station gaan we vervolgens met de privé-vaporetto van zus Cato over het Canal Grande naar ons hotel, daar verfrissen we ons en varen dan naar haar palazzo waar Cato ongetwijfeld een kleine cocktailparty zal organiseren om ons welkom te heten. Oh conte, ik ben zo opgewonden.'

Wanneer en hoe het erin geslopen was, wist hij niet meer maar sinds enige tijd sprak Sophia hem aan met zijn titel, noemde hem voortdurend 'conte' terwijl hij Paulo eigenlijk aangenamer vond klinken.

Sophia verhief zich uit de kussens, hopte een paar pasjes naar hem toe en drukte een kus op zijn voorhoofd.

'Oh, mio caro mio, wat ben je toch een verrukkelijke man, wat zullen de vrouwen en meisjes jaloers zijn. Ik zie mezelf al op de dansvloer in de armen van Conte Ravelli dell' Olanda.'

Peter besloot het spel mee te spelen, veel te verliezen had hij immers niet. Bovendien bood de barones hem de gelegenheid zich te mengen in een gezelschap waarvoor hij anders niet zou worden uitgenodigd, om nog maar te zwijgen over de mooie kleding, de copieuze maaltijden en de heerlijke flessen wijn die hem reeds enige tijd ten deel vielen. Een luxe leven dat hem weliswaar melancholiek en soms verdrietig maakte, maar dat hem wel de kans bood om mee te delen in de overdaad van anderen, hetgeen een aangename verrassing was voor iemand die eerder had geleefd als bedelaar en genoegen had moeten nemen met een sobere levensstijl tussen kartonnen dozen.

'Ancora un bacio sulla testa?' Ze drukte hem nogmaals een kus op zijn hoofd.

Peter haalde diep adem, stond op en schoot met lichte tegenzin een van zijn cupidopijlen in haar hart.

'Uw nobele kus,' veinsde hij met fluwelen stem, 'zou ik gaarne willen beantwoorden met een zwoele omhelzing die mijn pantalon bijna te boven gaat.'

'Oh geile conte, wat is dit nu? Wordt de wolf wakker in uw schoot?' Ze tikte hem ondeugend tegen de wang, een vrijpostig gebaar dat ze steeds vaker maakte. Sophia was van de tikjes en kneepjes.

Peter vervolgde op dichterlijke toon: 'Op dit moment, mijn Sophia, is het nog slechts een kleine welp, maar zolang de zilveren zon zal blijven rijzen aan de einder, zal het roofdier zich verheffen in mijn purperen pantalon.'

Sophia liet zich niet onbetuigd en beantwoordde haar minstreel in een middeleeuwse tongval. 'Gij bezit het hart van een troubadour die met luit en fluit de dames kan behagen.'

Peter omhelsde haar met alle charme die hij op dat moment verzamelen kon.

'Mia cara,' fluisterde hij in haar oor, 'laten we naar Venetië afreizen en er een onvergetelijk festijn van maken.'

Sophia verliet giechelend de salon, conte Ravelli achterlatend met het schaamteloze gevoel van een charlatan. Hij was verzeild geraakt in een web van leugens en luchtkastelen die niet de zijne waren. Nou ja, de leugens dan weer wel. Hij was kennelijk voorbestemd om leugens in de wereld te verspreiden. Was dat zijn opdracht? Leugens verspreiden?

Hij grinnikte cynisch. God had het goed met hem voor – Peter Wanders alias Conte Paulo Ravelli dell'Olanda was uitverkoren om de boel te belazeren.

Hij sloot het boek over kerkvader Augustinus en wierp het met een achteloos gebaar in de open haard.

Hij besloot een wandeling te gaan maken. Hij liep zo geruisloos mogelijk de trap af, stak de hal over, opende de brede deur en keek om zich heen als een dief die na een inbraak inschatte of hij veilig het huis kon verlaten, trok de deur achter zich dicht en stak schuin het Piazza Navona over.

Hij passeerde het stalletje met ansichtkaarten, de ijscokar, de vrolijke jongleur die moeite had vijf rode ballen in de lucht te houden. Het plein werd beschenen door een aangename voorjaarszon aan een strak blauwe lucht.

De obers op de terrassen liepen zich warm voor de lunch. Oude dames, paraderend met irritante hondjes, nieuwe hoeden, witte handschoenen en stevige doch charmante schoenen met een hakje, spoedden zich naar hun favoriete tafel, bang dat iemand anders die zou inpikken, zich verheugend op de koffie met slagroom.

Elke dag hetzelfde ritueel, elke dag dezelfde dames. Ze behoorden al jaren tot het straatbeeld. Zo nu en dan stapte er één uit het leven, maar het duurde nooit lang of haar tafeltje werd door een verse tachtigjarige opnieuw in beslag genomen. De doezelende dames vulden hun dagen met het nuttigen van Moskovische tulband en zoete likeurtjes, in vredige afwachting van hun uitvaart.

Peter had besloten zich te trakteren op een glas witte wijn, daar zou hij van opknappen. Onderweg viel zijn oog op een stevig zakmes in de etalage van een ijzerwinkel, uitklapbaar met houten handvat.

Hij stapte de winkel binnen, een nogal sombere ruimte met een grote toonbank. De wanden behangen met diverse tangen, zagen met grote en kleine kartels, ijzerdraad, deurknoppen, traproeden en meer van dat soort attributen. De winkel bleek ook te beschikken over een uitgebreide collectie messen in vele soorten en maten.

Een man met een te groot hoofd begroette hem amicaal alsof ze elkaar al jaren kenden. Natuurlijk kon hij de cliënt van dienst zijn bij de keuze van een goed mes. Hij opende een doos en toonde hem een groot, scherp steekwapen en prees het enthousiast aan: 'Dit exemplaar is de Rolls Royce onder de messen, het zal u zeker van dienst kunnen zijn bij hetgeen u van plan bent.'

De man bekeek hem met een blik waarin duidelijk te lezen viel dat hij heel goed wist met wie hij hier te maken had. Met een professional.

'Zie ik eruit als een moordenaar?' vroeg Peter vriendelijk.

De man schraapte zijn keel.

'Nou, eerlijk gezegd wel ja, ik haal ze er zo uit. Mijn vader had dat ook. "Kijk Gino, daar loopt er weer één," zei hij dikwijls tegen me tijdens onze zondagse wandelingen. Ik was toen nog maar een jaar of acht.' Hij keek Peter met een vreemde, bijna vertrouwelijke blik aan.

'Het zijn altijd goedgeklede heren met keurige gezichten, zoals u eigenlijk.'

Peter knikte bevestigend. De ijzerman zag hem aan voor een moordenaar en was nota bene bijna opgetogen om die gedachte met zijn cliënt te delen.

'En in de winkel komen ze natuurlijk ook geregeld,' sprak hij hartelijk alsof hij het over zijn beste vrienden had en wellicht waren ze dat ook wel.

Ondertussen speelde de ijzerman met het scherpe mes dat hij behendig van de ene in de andere hand liet glijden.

'Neemt u me niet kwalijk dat ik zo openhartig met u spreek,' vervolgde hij, 'maar er is niet veel conversatie in een ijzerwinkel, vandaar dat ik deze gelegenheid graag aangrijp om – als gelijkgestemden – even met elkaar van gedachten te wisselen. Waarvoor heeft u het mes nodig, als ik vragen mag?' vroeg hij op luchtige toon.

Peter overwoog de man een enorme klap tegen zijn grote hoofd te geven, maar in plaats daarvan keek hij hem aan met een beschaafde glimlach en antwoordde: 'Voor een dubbele moord.'

'Ach so.'

Hier schrok de ijzerman toch wel even van. Niet zozeer dat het om een moord ging, dat was hij wel gewend als hofleverancier van de maffia. Maar 'een dubbele', dat was voor de grote jongens. Vader zou trots op hem zijn dat hij zo snel de moordenaar in deze man had herkend. De blik in de ogen, daaraan zie je het, die ogen hebben bloed gezien. Die hebben hun slachtoffers gorgelend hun laatste roodgekleurde adem zien uitspugen. Hij had respect voor deze bikkelharde kerels die voor niemand terugdeinsden. Wat een voorrecht dat zo iemand zijn winkel wist te vinden. Er gaat niets boven een goede naam. Als oud-militair in dienst van het Derde Rijk was het blazoen van de ijzerman ook niet geheel smetteloos gebleven. Maar hij had het moeten afleggen tegen de hoogblonde jongens met staalblauwe ogen die uiterst behendig waren in het kordaat doorsnijden van een strottenhoofd, en derhalve favoriet waren bij hun superieuren om deze ereklusjes te mogen klaren.

In zijn grijze stofjas maakte hij een schlemielige indruk, maar plotseling rechtte de ijzerman zijn rug en probeerde zichzelf een paar centimeter te verlengen, hij strekte zijn rechterarm en riep: 'Heil Hitler!'

Peter hield zich in bedwang en reageerde kalm.

'U bent één van hen, ik voelde het al toen ik hier de winkel betrad. De zwarte adelaar klapwiekt boven uw hoofd, u bent een overtuigd nazi.'

'Danke vielmals,' de ijzerman klakte zijn hakken tegen elkaar. 'Ik zal u iets vertellen,' zei hij op samenzweerderige toon. 'We hebben elkaar eerder ontmoet, wellicht weet u het zich niet meer te herinneren, maar ik heb een goed geheugen. Ook al droeg u destijds een Duits uniform, ik herken uw gezicht.'

Hij keek Peter trots aan. 'Wij zijn nazibroeders. U was de adjudant van commandant Schultz, u heeft mij een glas wijn ingeschonken in de restauratiewagen van de trein die ons naar Rome bracht. U was daarbij, mein Bruder.'

Peter herinnerde het zich maar al te goed. De trein die een groep hooggeplaatste Duitse militairen naar Italië bracht om de geroofde kunstschatten die tijdelijk waren ondergebracht in musea en in het Vaticaan, zo snel mogelijk veilig te stellen.

'Stimmt,' zei Peter, 'maar wat was uw functie, dat u zo bevoorrecht was te mogen meereizen in deze trein vol officieren die overigens hun Teutoonse achtergrond tijdens de reis niet verloochenden, gezien de vele flessen wodka en cognac die zij soldaat maakten.'

'Ik was van de foerage,' zei de ijzerman, 'de hoofdfoerier die bevel voerde over de manschappen die de voorraden bewaakten en alles nauwgezet bijhielden, ook de flessen wodka en cognac waar u op doelt. We deelden dezelfde wagon. Herinnert u zich dat niet?'

'Nein, es tut mir leid. Ik weet het niet meer,' antwoordde Peter en vroeg: 'Mag ik informeren of u naast het foerieren ook nog gevochten heeft tijdens uw loopbaan in het Duitse leger?'

De ijzerman knikte.

'U moet weten dat ik me vrijwillig had aangemeld. Italië had onder aanvoering van il Duce al eerder de keuze gemaakt om zich aan te sluiten bij de Führer. En ik voelde me als zovelen met mij, geroepen om een bijdrage te leveren aan het opschonen van Europa. Het werd tijd dat er met harde hand werd ingegrepen. Met name tegen de Joodse invasie.'

De ijzerman boog zich voorover en toonde voor het eerst zijn gebit, grote gele tanden en als toegift een adem met een onwelriekende geur.

'Ik wil u graag toevertrouwen dat ik twee Joodse mensen heb omgebracht,' sprak hij trots, 'ze hadden gestolen uit de loods waar mijn voorraad lag opgeslagen. Ze probeerden te vluchten en toen heb ik hen neergeschoten. Een beetje teleurstellend. Achteraf gezien had ik het liever met een mes gedaan. Vooral ook omdat wij in messen doen. Dat begrijpt u.'

Natuurlijk begreep Peter dat.

De ijzerman boog zich andermaal over de toonbank en vroeg op vertrouwelijke toon: 'Wat is uw plan als ik vragen mag? Wellicht kan ik u van dienst zijn met waardevolle contacten of ondersteunend materieel. In het magazijn heb ik nog enkele automatische wapens op de plank liggen voor bijzondere missies.'

De ijzerman was goed op dreef.

'Mag ik u vragen,' informeerde hij onderdanig, 'maar u hoeft natuurlijk niet te antwoorden, want ik begrijp dat het een gevoelig onderwerp is – desalniettemin kan ik mijn nieuwsgierigheid nauwelijks in toom houden – mag ik u vragen wie u op het oog heeft? Puur uit interesse, meer niet. U kunt mij vertrouwen.'

Peter keek hem aan met een blik die de ijzerman ter plekke perforeerde.

'Mijn tweede slachtoffer,' sprak hij rustig, 'zal de paus zijn, paus Pius XII. Het wordt hoog tijd dat iemand hem eens de maat neemt. De Heilige Vader heeft zich in de oorlog niet zo heilig gedragen.'

'Ach so,' reageerde de ijzerman geschrokken. Hier wilde hij niets mee te maken hebben. Als men erachter kwam dat de paus vermoord was met een mes uit zijn winkel, zou zijn reputatie aanzienlijke schade oplopen.

'En mijn eerste slachtoffer...' vervolgde Peter ijzig kalm.

'Ja, daar ben ik wel benieuwd naar.' De stem van de ijzerman klonk onzeker. Hoewel hij het nodige gewend was in zijn branche, bekroop hem plotseling een onaangenaam gevoel. En niet ten onrechte.

In een fractie van een seconde rukte Peter het mes uit

zijn handen, sprong over de toonbank en drukte het met de vlijmscherpe kant tegen de keel van de ijzerman.

'Mijn eerste slachtoffer... dat bent u,' maakte Peter zijn zin af. 'Ik zou graag uw keel doorsnijden, maar daar zie ik bij nader inzien van af vanwege mijn nieuwe kostuum dat ik vandaag voor het eerst draag. Bloedvlekken zijn lastig te verwijderen, zoals u ongetwijfeld weet, derhalve mag u mijn blauwe jasje uiterst dankbaar zijn dat u nog leeft.'

Hij liet het mes zakken en legde het op de toonbank. De bevende verkoper keek hem met angstige ogen aan en wreef met z'n hand over zijn keel om te voelen of zijn slagader nog in goede staat verkeerde.

'Ik wil dat knipmes kopen dat in de etalage ligt,' zei Peter op vlakke toon. 'Zou dat mogelijk zijn?'

De ijzerman hapte amechtig naar adem.

'Na... tuurlijk, na... tuurlijk,' stotterde hij gedienstig. Hij liep naar de etalage, pakte het mes uit de vitrine en legde het op de toonbank.

'Is dit wat u wenst?'

Peter knikte.

'Ik zal er een zakje omheen doen.' De winkelier opende een bruine, papieren puntzak en liet het mes erin verdwijnen. 'Alstublieft.'

Peter pakte zijn portemonnee om te betalen.

'Nee nee,' weerde de ijzerman af, 'u hoeft niet te betalen. Beschouwt u het als een teken van kameraadschap, van nazibroeders onder elkaar.'

'Ik ben uw nazikameraad niet,' riep Peter woedend, 'ik behoor tot uw vijanden, dat heeft u fout ingeschat. Maar tot uw geruststelling kan ik u verzekeren dat u wél gelijk had toen u een moordenaar in mij herkende.'

Hij verliet de winkel en liet de ijzerman in verwarring achter. Hij vervolgde zijn weg door de Via dei Pastini en realiseerde zich dat door dit vervelende incident slechte herinneringen bij hem bovenkwamen. Dat mes, bedacht hij zich, voelde heel vertrouwd aan. Het leek verdacht veel op het mes waarmee hij in de duisternis van de oorlog zo behendig zijn missies had uitgevoerd. Het mes dat kelen van Duitse militairen had doorkliefd.

Ja, dat was zijn taak geweest, wist hij zich met tegenzin te herinneren. Verdomme, het was zijn eigen schuld. Waarom moest hij zo nodig weer een mes kopen? Dat was helemaal niet nodig geweest.

Even later zat hij op een terras in de schaduw van een grote parasol en bestelde een glas droge witte wijn.

# 13

De reis naar Venetië verliep aangenaam. Het ging precies zoals Sophia het had bedacht. Zelfs Maman zoals de dochters haar noemden, had geen enkele aanmerking gemaakt. In tegendeel, ze had genoten van de reis in de eersteklas coupé naar Venetië, daarna van het boottochtje met de privé-vaporetto naar hotel Danieli, de cocktailparty, de heerlijke oesters, de bonbons, de muziek. Ze had zelfs genoten van haar eigen spiegelbeeld; zoiets moois zou in het Louvre moeten hangen, zo verrukt was ze over zichzelf.

De eerste drie dagen waren in harmonie verlopen. Peter was vanaf het eerste moment verliefd op Venetië. Wat een heerlijke stad.

Op het kalme water van de lagune dobberden zwarte gondels, keurig aangemeerd aan houten steigers met blauwwit geschilderde meerpalen die zelfs bij regenachtig weer een vakantiegevoel opriepen. De gondeliers, traditioneel gekleed in horizontaal gestreepte shirts en op het hoofd een strohoed met een rood of blauw lint, stonden in groepjes bij elkaar en bespraken de voetbaluitslagen, het laatste nieuws of de fraaie lange benen van de nieuwe vriendin van de burgemeester. Sommigen zaten op klapstoeltjes onder een parasol

– het begon al behoorlijk warm te worden, de voorjaarszon scheen fel en werd genadeloos weerkaatst door de witte gebouwen langs de kade waar enkele souvenirstalletjes goede zaken deden.

De verkoop van zonnebrillen was een van de pijlers van de Italiaanse economie, zo stelde Peter vast terwijl hij een kussentje ravioli gevuld met spinazie en ricotta aan zijn vork prikte.

Hij genoot van een heerlijke lunch op het terras van hotel Monaco, terwijl Sophia een langdurig bezoek bracht aan de kapper. Vanuit zijn positie had hij een goed zicht op de kade en de aanlegsteigers. Aan de overkant van de lagune torende de witte basiliek Santa Maria della Salute pontificaal uit boven statige huizen in zachte terracottakleuren. Dat deel van de stad bevond zich aan de andere kant van de brede monding van het Canal Grande. De vaporetto zorgde voor een regelmatige verbinding tussen de beide stadsdelen. Als je van wandelen hield, kon je ook te voet de overkant bereiken via de Accademia- of Rialtobrug.

Peter had voorkeur voor de Ponte dell'Accademia omdat deze smalle brug hem linea recta voerde naar de beroemde boekhandel Libreria alla Toletta, waar hij deze dagen al enkele uren had doorgebracht.

Na de lunch liep Peter terug naar het hotel voor een kleine siësta. Daarna wandelde hij met Sophia naar het San Marcoplein voor een aperitief.

'Ik heb een verrassing voor je.'

Sophia keek hem stralend aan met haar nieuwe kapsel dat iets hoger was uitgevallen dan wenselijk zou zijn. Althans dat vond Peter, zelf was ze er enthousiast over.

'Wil je weten wat de verrassing is?' vroeg ze.

'Nee hoor, dat is niet nodig,' antwoordde Peter.

'Hè, doe niet zo flauw.' Sophia gaf hem een bozig tikje op zijn arm. 'Dat is nou typisch een mannenopmerking.'

'Maar als je me zegt wat het is, is het geen verrassing meer,' verdedigde Peter zich. 'Jullie vrouwen hebben zo'n moeite om een geheim te bewaren. Wij mannen hebben daar geen last van, wij zijn beduidend minder nieuwsgierig. Wel zo rustig.'

'Nou, dan zul je het vanzelf wel merken,' zei Sophia teleurgesteld.

Dat Sophia Partizani van opera hield wist hij, ook dat ze lid was van een gemengd koor. Maar dat ze ook ambities had om als soliste op te treden, kwam uit de hemel vallen.

'Mijn God, Sophia Partizani, een operazangeres.' Als hij enig vermoeden had gehad van de verrassing die zij voor hem in petto had, zou hij haar met zachte dwang hebben weerhouden. Hij werd echter totaal overrompeld, evenals het publiek op het Piazza San Marco.

Op het San Marcoplein kon men vanaf vier uur genieten van verschillende orkestjes die hadden plaatsgenomen op de bescheiden podia. Bijna elk restaurant of koffiehuis had zijn eigen muzikaal ensemble. Men speelde uitsluitend beschaafde muziek. Een polka, een walsje, quickstep, zonder dat de strijkjes elkaar in de wielen reden. Er was voldoende afstand tussen de terrassen.

Peter en Sophia namen plaats onder de arcade bij het beroemde café Florian. De orkestleden gekleed in zwarte jacquetten hadden bij het verschijnen van Sophia beleefd geknikt. Peter verbaasde zich over haar bekendheid, zelfs hier in Venetië. De obers spraken de barones aan met haar achternaam, signora Partizani, en maakten zelfs bij het aanreiken van een schaaltje pinda's een lichte buiging

Na een minuut of tien stond Sophia op en verontschuldigde zich met een geheimzinnige glimlach. Toen Peter even later opkeek, zag hij haar terug op het podium. Ze stond achter een microfoon. Na vier maten vooraf zette het orkest in met een beroemd operafragment. Peter hield zijn hart vast, maar bewonderde tegelijkertijd haar moed om daar zomaar te gaan staan. Ze wierp hem een handkus toe die hij dankbaar met zijn ogen opving.

Daarna stak Sophia Partizani van wal.

Ze kantelde haar hoofd zodat er voldoende ruimte in haar strottenhoofd ontstond om alle harstocht die ze bezat als een vocale wolkbreuk over het plein uit te storten. Voorbijgangers bleven onthutst staan en luisterden vol verbazing naar deze robuuste zangeres met haar onstuimig stemgeluid. Ook de gasten op het grote terras waren verrast door het volume dat deze kleine diva uit haar boezem wist te persen. Overmand door de extase van het moment, de verrukking die ze door haar aderen voelde stromen, raakte Sophia tijdens het zingen diep ontroerd door haar eigen optreden.

'Oh mio caro, una lacrima sul viso, oh mio bambino caro...' zong ze hartverscheurend.

Bij het tweede couplet ging het mis. Haar stem brak bij de komma, het moment om even op adem te komen, adem die er niet meer was. De resterende lucht was niet toereikend om ongeschonden de aria te voltooien.

'Bambino caro' zakte langzaam weg in een moeras van roze diarree. Met een luide snik sloot ze af in de juiste toonsoort, een onverwachte meevaller.

'Bravissimo, bravissimo!' begon Peter te roepen en kreeg daarbij schoorvoetend bijval van de welgemanierde obers.

'Bravo!' riepen de gasten op het terras nu ook en applaudisseerden enthousiaster dan strikt noodzakelijk was om het gestrande optreden verdienstelijk af te ronden. Aangewakkerd door Peters uitbundige 'bravissimo' kon men gerust spreken van een kleine ovatie.

'Het was een verpletterende vertoning,' kon signora Florian, de eigenaresse van de zaak, nog dagen later haar clientèle verzekeren. 'Zelfs de duiven waren van slag, dat was sinds de val van Rome niet meer gebeurd,' wist ze zich te herinneren.

'En hoe vond je mijn verrassing?' vroeg Sophia bij een tweede glaasje limoncello.

'Heel bijzonder,' antwoordde Peter naar waarheid. 'Echt een openbaring.'

'Zag je hoe ontroerd de mensen waren?' zei ze trots. 'Dat is waar het om draait in de kunst; mensen weten te raken. Iets in ze wakker maken waarvan ze zelf verbaasd staan.'

'Nou, dat is je zeker gelukt.'

Sophia gaf hem een kneepje in zijn arm.

'Wat hebben we het toch gezellig samen, hè? Wie had ooit kunnen denken dat we zo'n leuk stel zouden zijn.'

*

De zwarte gondel met aan weerszijden twee rode pluimen werd voort gepeddeld door een oudere man met een aanzienlijke snor.

Het idee was van Peter gekomen.

'Laten we een mooie gondelvaart maken. Dat past bij deze middag, die – en dat mogen we gerust vaststellen – geheel in het teken van de opera staat.'

'Oh verrukkelijk, conte Ravelli, wat een romantisch uitstapje,' had ze geroepen.

Even daarvoor waren ze vanaf de steiger schuin tegenover hotel Danieli in de gondel gestapt.

Sophia en Peter, ontspannen leunend in de zwarte kussens van het tweezitsbankje, namen de omgeving blijmoedig in zich op. Sophia was vooral verheugd omdat ze zag hoe haar Paulo genoot van de schilderachtige taferelen die zich na elke bocht aandienden. Laverend door smalle kanalen, glijdend langs paleizen en kerken, romantisch en mysterieus. Schaduwen die zich losmaakten van eeuwenoude muren. Een gebochelde mandolinespeler die in de deuropening van een halfduistere kelder alleen voor zichzelf leek te spelen. Een bloemenmeisje met een mand vol rozen, klikkende hakjes in een verlaten steeg. De stad ademde de echo van een voorbije tijd. Zo had hij het zich voorgesteld, een indrukwekkend filmdecor. Venetië loste haar belofte in en Peter voelde zich er helemaal thuis.

Die avond vermoedde hij al snel wat hem te wachten stond. Tijdens het diner was het signaal reeds duidelijk. Bij het voorgerecht, een gebonden aspergesoep, werd hij opgeschrikt door een puntig voorwerp dat in zijn kruis werd geduwd. Het bleek de uitschuifbare wandelstok van Sophia te zijn. Aan de overkant van de tafel keek ze hem uitdagend aan, terwijl ze nog een paar venijnige stootjes uitdeelde.

'Au,' riep Peter verschrikt.

'Wat is er aan de hand?' vroeg moeder Partizani, 'is de soep te heet?'

'Ja, de soep is iets te heet,' antwoordde haar dochter snel. 'Paulo heeft een gevoelige tong, hè Paulo?'

'Sì signora, dat kan ik niet ontkennen.'

*

De stad was voorzichtig aan het ontwaken. De fletse ochtendzon verschool zich achter een dun wolkendek. De duiven op het San Marcoplein kuierden, in afwachting van het vluchtschema, een beetje doelloos rond. Venetië bereidde zich voor op een nieuwe zomerse dag.

'Pas op, het kan glad zijn.' De kapitein van de watertaxi reikte Peter een hand om hem tot steun te zijn bij het instappen.

Hij had zijn kopje koffie gedronken bij café Florian en was vervolgens na een onverwachte regenbui naar de pier gelopen waar de taxi-vaporetto's aangemeerd lagen. Hij wilde graag een bezoek brengen aan het Cimitero di San Michele, ook wel het eiland der doden genoemd. De laatste dagen had hij meerdere begrafenisstoeten langs zien varen en was onder de indruk van de statige wijze waarop die voorbij gleden. Vandaar nu ook dit bezoek aan het kerkhof.

Hij ging in het open gedeelte achterin de boot zitten, op de bank die eerst door de vriendelijke kapitein zorgvuldig was droog gewreven. Ze voeren langs het plein en onder de Brug der Zuchten door om de stad door te steken. Peter genoot van de vaartocht door de nauwe kanalen van Venetië, de hoge huizen met openstaande vensters, het wasgoed dat aan een lijn te drogen hing, de bedrijvigheid op de smalle kades, handkarren die voortgeduwd werden door gespierde mannen die bij elke bocht een kreet slaakten om hun komst aan te kondigen. Opslagplaatsen voor mandflessen vol olijfolie. Halfdonkere kelders waar stoelen werden getimmerd of balen meel werden versjouwd door wit uitgeslagen dragers.

Vlak voordat ze het open water bereikten, passeerden ze het hospitaal waar aan een lange steiger ambulanceboten met een rood kruis op het dak van de kajuit paraat lagen om uit te rukken. Peter kon er zich wel een voorstelling van maken. Gestrekt op een brancard, als een torpedo door de grachten van Venetië, haaks door de bochten, met zwaailicht en sirene, kermend van de pijn. Dan toch maar liever een kalm varende begrafenisboot.

Peter had zich verdiept in het onderwerp. Zo was hij op de hoogte van de brochure waaruit men een keuze kon maken welke uitvaart het meest passend zou zijn bij de persoon die ter aarde werd besteld. Er was bijvoorbeeld een gemotoriseerde versie met een snelle, zwarte vaporetto met een gedifferentieerde keuze uit kist binnen of kist buiten.

Koos men voor de eerste optie, dan was men verzekerd van een droge overtocht. Maar daardoor was wel het karakter van de uitvaart meer ingetogen. De kist stond vergrendeld in de kajuit en was aan het oog onttrokken. Maar de tocht bleef onverminderd indrukwekkend. De rouwboot gleed als een statige zwaan door het water. In de open achterkuip stonden twee palfreniers in zwarte uniformen met een driekantige steek op het hoofd. Imponerende soldaten des doods.

Dan was er ook een open versie beschikbaar met in plaats van een gesloten kajuit een geheel open kuip waarin een opgekrikte baar werd geplaatst. De kist was goed zichtbaar voor de familie en de inwoners van de stad. Voorbijgangers namen niet alleen afscheid van een stadsgenoot, maar werden evenzeer geconfronteerd met de kortstondigheid van het bestaan en de betrekkelijkheid van hun eigen Venetiaanse leven.

Het was traditie dat heren bij het passeren van het stoffelijk overschot hun hoed afnamen – een laatste groet. Anderen vertraagden hun pas en maakten een lichte buiging, een gedistingeerd eerbetoon aan een persoon die ze wellicht niet eens gekend hadden.

Peter had dit ritueel al enkele malen meegemaakt in de korte periode dat hij in Venetië was.

'Kennelijk sterft men graag in mijn nabijheid,' zei hij tegen Sophia die het een lugubere opmerking vond, maar zich wel onmiddellijk een voorstelling maakte hoe zij er zélf opgebaard bij zou moeten liggen.

'Als je erbij bent – en dat zou me niet verbazen, conte – moet je er wel voor zorgen dat mijn hoge schoen niet zichtbaar is, daar leg je maar een mooi zijden kleedje over.'

Peter verzekerde haar dat als de familie een beroep op hem zou doen, hij ervoor zou zorgen dat de barones, rekening houdend met haar lichamelijke beperkingen en de grenzen van haar schoonheid, er opgebaard zo aantrekkelijk mogelijk bij zou liggen. En dat hij zich zou bekommeren om de rompslomp van haar begrafenis, als hij tenminste het voorrecht zou genieten om getuige te mogen zijn van haar verscheiden.

Deze opsomming werd beloond met een vinnige klap van haar ivoren waaier.

En dan was er natuurlijk ook de mogelijkheid om per gondel naar het kerkhof gepeddeld te worden, inventariseerde Peter in zijn hoofd. Dat had bij de Venetianen die gesteld waren op traditie, veruit de voorkeur. Er werd gebruik gemaakt van een slanke, uiteraard zwarte gondel met donkere fluwelen gordijnen met statige kwasten. Een gondelier met een meelevend gezicht en een bescheiden karakter, gekleed in een rouwkostuum van zwarte zijde, zou de kist behendig door de smalle kanalen manoeuvreren, gevolgd door een processie van ingetogen gondels waarin familie en vrienden zwijgend treurden op zwarte stoeltjes. Een plechtige rouwstoet die traag meanderde door het oude Venetië.

'Dat is heel mooi,' mijmerde Peter hardop, 'zo'n stille tocht over het water.'

Genietend op het bankje achterin de vaporetto bedacht hij voor zichzelf een stijlvolle, poëtische begrafenis. Met muziek van Mozart en in de kerk wellicht een lied gezongen door Andreas. Want hoe dan ook, hij wilde een behoorlijke mis met een groot koor. Niet zo'n simpele dienst met slechts een enkel wolkje wierook en een natte wijwaterkwast.

De boot gleed de lagune binnen en maakte een ruime bocht naar links om de vaarroute te volgen die gemarkeerd was met houten palen. De tocht ging nu over open water en de snelheid werd opgevoerd, waardoor een aangename bries voor verkoeling zorgde. Peter beschouwde dit tripje als een welkome afleiding, even verlost van de rumoerige Sophia die veel aandacht opeiste met haar warrige conversaties en 'oh zo leuke verrassingen', om nog maar te zwijgen over de seksuele activiteiten die van hem werden verwacht.

'Conte, vat mijn linkerborst, zij verlangt naar aandacht,' kon ze onverwachts roepen. Of de vorige avond tijdens een spelletje dammen: 'Kneed mijn derrière, oh grote meester, kneed haar met uw stevige, doch verfijnde handen.'

Om aan haar bevel te kunnen voldoen, had hij zich uit zijn stoel moeten verheffen om zijn aandacht te richten op de bolle billen van de barones, die onderwijl op de sofa haar lichaam behendig had gekanteld.

'Kneed mijn derrière en denk aan raviolikussentjes.'

Peter had maar al te graag gedacht aan ravioli of desnoods aan tortellini. Elke suggestie om zijn focus te verleggen van het achterwerk van de barones naar iets anders was hem zeer welkom.

Zo gleden enkele bruisende weken voorbij in een opera-achtige setting vol curieuze voorvallen.

De vaporetto minderde vaart en de stuurman navigeerde zijn boot handig naar de houten steiger van de begraafplaats. Peter stapte uit en liep naar de ingang, een poort van witte steen: Cimitero di San Michele.

Achter de poort strekte zich een zee van zerken uit, keurig in het gelid, de eerste rijen waren gereserveerd voor geestelijken. Nonnen en paters uiteraard gescheiden. Ook na de dood diende men zich aan het celibaat te houden. De zusters van liefdadigheid lagen gezellig naast elkaar, omringd door een kring van cipressen die trots de wacht leken te houden over deze Venetiaanse bruiden van Jezus.

Er heerste een weldadige rust. Peter liep door de brede lanen met aan weerszijden hoge bomen. In een van de dreven zocht hij een bank om in stilte de omgeving in zich op te nemen. Een stukje verderop sprenkelde een pastoor een paar druppels wijwater op een grafsteen. Hij werd terzijde gestaan door twee oude dames met wandelstokken en zwarte hoedjes. Een van hen hield een groene gieter in de aanslag om de planten rond het graf te besproeien. De leengieter, met aan de buitenkant een in het wit geschilderde 2, diende na gebruik te worden teruggehangen aan het daarvoor bestemde rek. Naast de genummerde gieters waren er voor de echte liefhebbers ook nog handige harkjes.

De graven werden meer dan keurig onderhouden, alsof het een tentoonstelling met een competitie-element betrof. Wie heeft het mooiste graf, de kloekste steen, het fleurigste tuintje, het schoonste kruis? De Italianen zorgden goed voor de laatste rustplaats van hun doden. Het vermoeden rees dat men door deze of gene, wellicht de pastoor of God zelf, werd afgerekend op de kwaliteit van het grafonderhoud. Met een vermelding in het parochieblad: *Het graf van Antoinette Berlusconi krijgt dit jaar slechts een zes-min, het graf van Stefano Camozi daarentegen een negen,* enzovoorts.

'Of zou het oprechte zorgzaamheid zijn,' vroeg Peter zich af, 'de behoefte om een beminde ook na de dood bij te staan.'

Het waren vooral vrouwen in zwarte jurken die op de dodenakker ijverig aan het sproeien, snoeien en schikken waren. Zo nodig werd de steen of tombe met een borsteltje en wat zeepsop opgefrist.

De pastoor met zijn religieuze delegatie verliet de begraafplaats. Het tuingereedschap was keurig teruggeplaatst.

Een klok sloeg vier uur.

Ook na de dood tikt de tijd rustig door.

De gedachte om maar voorgoed hier te blijven, kwam Peter niet onaangenaam voor.

'Pas op voor sombere gedachten,' fluisterde hij zich vermanend toe. Hij stond op van de bank en wandelde verder over de begraafplaats. De vraag kwam bij hem op of hij weer onvoorwaardelijk zou kunnen geloven. Het geloof kon zijn leven opnieuw zinvol maken. Hij zou een gezin kunnen stichten en dan samen met zijn vrouw en kinderen naar de kerk gaan, om te luisteren naar koorzang en naar de verheven preken die een helder zicht boden op een tevreden bestaan. En die je in ieder geval een gelukkige dood garandeerden. Een hiernamaals waar engelen je vergezellen naar grazige weiden vol bloemen, waar je iedere dag mag picknicken en ganzenborden. En de rijk gedekte tafels – want in de hemel is honger noch dorst – zullen immer voorzien zijn van allerhande gezonde maaltijden.

Samen met zijn echtgenote Loes – zij was nog steeds zijn favoriete vrouw – zou hij wekelijks pannenkoeken bakken en met kerst het stalletje van zolder halen. Hij zou het kerstverhaal voorlezen en de kalkoen aansnijden. Wat een heerlijke toekomst stond hem te wachten.

Of als alternatief kon hij alsnog priester worden, bij voorkeur in een ander land waar men niet op de hoogte was van zijn misstap tijdens zijn opleiding aan het seminarie. Misschien was Andreas ook wel weer ingetreden. Hij had familie in België, het zou heel goed mogelijk zijn dat hij zich daar enige tijd had schuil gehouden om vervolgens alsnog zijn roeping te volgen en zich aan te sluiten bij een kloosterorde.

Peter zou die stap ook kunnen overwegen. Opnieuw het klooster in en de buitenwereld voorlopig de rug toekeren.

Dat zou rust geven. En daaraan had hij behoefte. Aan rust en tijd. Op de begraafplaats waren deze ingrediënten ruimschoots voorhanden.

'U kunt zich aanmelden bij de poort,' luidde de tekst bij de entree. 'Er zijn nog plaatsen beschikbaar.'

Even later besloot Peter toch maar de boot te nemen en terug te varen naar de stad.

# 14

'Het Venetiaanse bal, la festa grandissima wordt een indrukwekkend spektakel waarover men in Venetië nog dagen zal spreken.' Cato Partizani sprak uit ervaring. Haar partijen waren de mooiste en meest extravagante feesten van de stad. Men deed op zijn minst een moord voor een plaats op de gastenlijst. Behoorde je niet tot de gelukkigen, dan kwam de dreun hard aan. Dames liepen stampvoetend door het huis, voelden zich misdeeld, ja zelfs beledigd, scholden op hun echtgenoot, foeterden op het personeel, zelfs grootouders werden niet ontzien. De familietrots was aangetast. Er werd werkelijk alles aan gedaan om het misverstand, want dat moest het zijn, te herstellen.

Barones Cato Partizani di Puglia liet zich soms vermurwen, gewoon omdat ze in een goede bui was of omdat de afgewezen gasten zich nederig genoeg hadden getoond. Maar doorgaans stond de gastenlijst vast en was er geen ruimte voor aanvullingen of veranderingen.

'Het moet een exclusief gebeuren blijven,' vond barones Cato, zich wel bewust van haar positie. Als geen ander wist zij dat ze de ranglijst van de society aanvoerde en een flinke vinger in de adellijke pap had. Niet dat ze zo hoog in rang was, maar met name vanwege haar verschijning, haar karakter en haar goedgevulde bankrekening.

'Het is een feeks met de glimlach van een jakhals,' liet Peter zich ontvallen tijdens het aperitief op het dakterras van hotel Danieli, waar hij samen met Sophia van het uitzicht genoot.

'Let op je woorden, het is mijn zuster,' reageerde Sophia, meer obligaat dan gepikeerd. 'Maar ik kan je geen ongelijk geven.'

Ze ging er eens goed voor zitten.

'Cato is altijd een kreng geweest, een ratelslang, een arrogant teringwijf.'

Zo, dat was er uit. Sophia liet zich terugzakken in haar stoel en nam een woedende slok van haar rode martini met ijs.

'Jullie relatie lijkt me niet echt vriendschappelijk,' merkte Peter laconiek op. Hij viste een amandel uit het zilveren schaaltje dat evenals het miezerige vaasje met kaasstengels door de nichterige ober galant op tafel was gezet.

'Welke rol speelt je moeder daarin?' vroeg hij. Voordat ze antwoord gaf, bestelde Sophia wederom een rode martini en een glas witte chardonnay zonder te informeren of Paulo daar nog wel trek in had.

'Maman,' zuchtte ze, 'Maman is Maman.' Alsof daar alles mee gezegd was. Ze hief verontschuldigend haar hand op. 'Ach, je kent mijn moeder. Die leeft in haar eigen wereld. Ik vraag me af of Maman zich realiseert dat ze twee dochters heeft gebaard, ik heb haar nooit kunnen betrappen op een woord of gebaar van moederliefde. Mijn zuster en ik zijn een gegeven, meer niet. En allebei niet eens getrouwd. Quel blamage!'

Sophia maakte een theatraal gebaar met haar waaier. 'Mijn moeder heeft mij nooit in bescherming genomen tegen Cato die sterker, mooier en slimmer was dan haar gehandicapte zusje. Ik bungelde er altijd een beetje bij. Mijn vader hield geloof ik wel van me, maar die is er vroeg tussenuit geknepen. Gezien de karakters van mijn moeder en mijn zus had ik daar wel begrip voor.'

Sophia sprak op een toon die weinig emotie met zich meedroeg, alsof het een terloopse mededeling was.

Beneden gleden de gondels voorbij naar het San Marcoplein met aan boord goedgeklede gasten op weg naar een diner of concert.

'Ach weet je,' zuchtte Sophia, 'mijn moeder was al *kaka* voordat daar een woord voor was bedacht. Ik denk dat 'geschift' nog mild is uitgedrukt. Vind je ook niet, Paulo?'

Hij liet zich niet verleiden tot een mening en reageerde neutraal.

'Ze is bijzonder.'

'Bijzonder?'

'Welaan, zo zou je haar gedrag kunnen omschrijven.'

Sophia knikte.

'Bijzonder. Ja, waarom eigenlijk niet? En ze kan nog onbedoeld grappig uit de hoek komen ook.'

'Zo is het maar net,' probeerde Peter het onderwerp keurig af te ronden, 'ze is tenslotte je moeder.'

'Wie weet?' zuchtte Sophia. 'Enfin, morgenavond is het bal. Daar gaan we een bruisend feest van maken, Maman zal zich vast weer uitdossen als koninginmoeder, ze streeft ernaar hiërarchisch altijd hoog in de boom te zitten. In ieder geval hoger dan haar dochters. We zullen weleens zien wie er morgen gaat winnen, wie de koningin van het bal is.'

*

Barones Cato was een slanke vrouw met opgestoken haar dat met een elegante klem in bedwang werd gehouden.

'Echt ivoor, conte Ravelli,' vertrouwde ze Peter toe, terwijl ze met een van haar puntige nagels tegen de witte haarkam tikte. 'Maar dat had je natuurlijk al lang opgemerkt.'

Peter knikte beleefd. Hij had haar en passant verteld dat er familie van hem in Afrika woonde. Twee broers van zijn vader hadden daar een bestaan opgebouwd.

'Waar woont uw familie in Afrika?' vroeg ze belangstellend.

'In Kenia en Tanzania,' antwoordde Peter zonder hapering,

'ze bezitten koffie- en theeplantages.'

'En in de weekenden gaan ze natuurlijk op jacht,' vulde Cato hem aan.

'Uiteraard, ze hebben al heel wat olifanten omgelegd,' lachte graaf Ravelli trots. 'Bovendien is ivoor een gewild product in de wereld, een neef van mij handelt erin. Mocht u ooit geïnteresseerd zijn in de aankoop van een sieraad, briefopener of asbak, laat het mij maar weten en het komt voor elkaar.'

'Grazie mille,' lachte Cato flirterig, 'je bent een man van de wereld, conte Ravelli.'

Ze klakte twee keer met haar tong en verliet het vertrek waar Peter glimlachend achterbleef, zijn overbodige bril afzette en zich afvroeg wat barones Cato met haar klakkende tong duidelijk wilde maken. 'Zo'n geluid maak je toch tegen paarden?'

Het festa grandissima was een verkleedpartij waarbij eenieder geacht werd zich te vermommen in een flamboyante creatie naar eigen keuze. Het thema van de avond was '*Door de eeuwen heen*', waarmee ruimschoots werd voldaan aan de behoefte van de gasten om hun fantasie te laten botvieren. Kledingkasten uit alle windstreken zouden worden geopend, zowel in het paleis van Herodes als in het boudoir van Cleopatra. Sophia zou haar opwachting maken als Madame de Pompadour, een opzichtige creatie waarmee ze grote kans maakte om koningin van het bal te worden. Bovendien bood deze koninklijke status haar de mogelijkheid om op haar gouden stoel te blijven zitten wanneer haar been moe was. Hoewel ze zich nu al verheugde op de vrolijke polka die ze met haar geliefde Paulo zou gaan dansen. Dan maar uit de maat, men zou het Madame de Pompadour vergeven.

Sophia had besloten dat Paulo als kardinaal verkleed zou gaan. Gezien de klerikale achtergrond van haar minnaar was dat een voor de hand liggende keuze.

Peter had zich daarin kunnen vinden.

Kardinaal Ravelli. Het klonk voornaam.

*

Op de avond van het feest was het een opgewonden drukte in de grote hal van hotel Danieli, het prestigieuze hotel waar de gasten van buiten Venetië waren ondergebracht. Men had zich onder de kroonluchters verzameld in afwachting van de vaporetto's die hen via het Canal Grande naar het palazzo van barones Cato zouden brengen.

Peter voelde zich buitengewoon op zijn gemak. Zijn kardinaalsmantel zat hem als gegoten en het purperen kalotje op zijn hoofd, boven zijn uitgestreken smoelwerk, bevestigde ondubbelzinnig zijn status. De enige twijfel die hij teweeg zou kunnen brengen, was zijn jeugdige voorkomen. Hij was veel te jong om kardinaal te kunnen zijn. De gemiddelde leeftijd van het kardinaalsbestand lag sinds mensenheugenis boven de tachtig jaar. Door zijn potente charisma en ondeugende ogen schonk hij de kerk een verrassend jong en nieuw elan.

'Heel verfrissend,' had Sophia gezegd, terwijl ze in de kleedkamer trots om hem heen draaide, 'jonge geestelijken op hoge posten. Waarom valt de keuze immer op dementerende, stokoude mannen? Schuifelende bejaarden met één been reeds in het graf. Wat vindt u er zelf van, eminentie?'

'Doet u mij maar een lekker wijf, zo'n hitsige non van vijfentwintig.'

'Oh eminentie, wat een taal. Dat is niet gepast uit de mond van zo'n hoge kerkelijke functionaris,' lachte ze vermanend. 'Kom pikkemans, we gaan samen op de foto. Ik heb een fotograaf besteld.'

Sinds enkele dagen had hij er een nieuwe naam bij gekregen. *Pikkemans*. Naast lieverd, jongeheer, schat en conte was er nu dus ook pikkemans.

'Vooruit dan maar.'

Madame de Pompadour en kardinaal Pikkemans betraden de antichambre waar een fotograaf zijn toestel had opgesteld. Eerst werd er een foto gemaakt van hen samen, vervolgens werden ze apart geportretteerd. Beeldvullend, in vol ornaat, serieus in de lens kijkend.

Na de fotosessie maakten ze hun entree in de hal, waar ze werden begroet met bewonderende blikken. Ze zagen er dan ook adembenemend uit. Sophia was gehuld in een roze gewaad met een stevige bustier die van haar borsten een altaar maakte. De volle pompoenen vormden bovendien een uitgelezen entourage voor de royale 'avenue d'amour', zoals Sophia haar decolleté wenste te noemen.

De barones glunderde als nooit te voren. Ze bezweek bijna onder de juwelen, kostbare sieraden die ze zichzelf door de jaren heen cadeau had gegeven. Elk jaar met kerst en op haar verjaardag verraste ze zichzelf met een flonkerend bijou. Ze liet het mooi inpakken en om vijf uur 's middags bij de open haard pakte ze het cadeautje uit.

'Oooh,' riep ze dan opgewonden, 'wat prachtig. Wat een schitterend cadeau, dat had je niet moeten doen, maar ik vind het wel lief van je. Dankjewel.' En daarbij gaf ze zichzelf een handkus.

Opvallend was ook de brede kraag die als een pauwenstaart uitwaaierde rond haar nek. Op het hoofd droeg ze een fluwelen toque in dezelfde kleur als de roze robe en de zijden waaier die ze nonchalant in de hand hield. Op haar linkerwang had ze een zwarte 'touche de beauté' aangebracht.

Het kardinaalsgewaad van Ravelli was zo imposant dat het voldoende tegenwicht bood aan de deinende bonbonnière die hij voorzichtig aan zijn arm meevoerde.

Even later gleden ze over het water, weggedoken in de zachte kussens van de vaporetto op weg naar het gekostumeerde bal.

Het palazzo waar barones Cato Partizani di Puglia twintig jaar geleden als jong meisje haar intrek had genomen zag er in de glans van de ondergaande zon indrukwekkend uit.

Op het balkon leunde een dame tegen de gevel. Ze bewoog haar sigarettenpijpje als een dirigeerstokje. Na ieder trekje maakte ze een gracieus gebaar waaraan elk orkest de maat had kunnen aflezen.

Peter dacht aan zijn viool, het was al weer lang geleden

dat hij voor het laatst had gespeeld. Hij wist het niet meer precies. 'Ik denk ergens op straat in Rome.'

Voor de oorlog had hij nog gespeeld met Claudio, de fruitman, die zijn aria's bij voorkeur liet galmen tussen de muren van de smalle straten achter het Piazza Navona. En natuurlijk had hij gespeeld voor Daniëlla, het koffiemeisje, zijn vriendin. Trage muziek, daar hield ze van. Melancholische klanken die bij haar gedachten en beelden konden oproepen uit een ver verleden of een nabije toekomst. Hij speelde net zo lang tot ze tranen in haar ogen kreeg. Glinsterende pareltjes die langzaam langs haar wangen gleden.

'Muziek maakt me gelukkig en ook weemoedig,' zei ze op een avond toen ze samen op het knusse balkon van haar woning zaten. 'Ik zie dan mijn vader voor me, spelend op het plein met zijn marionetten. Ik zie mezelf als moeder, dansend in een weiland met twee kleine meisjes. Ik zie dat ik gelukkig ben. Dat doet muziek met me.' Ze had Peter een kus gegeven. 'Dank je wel.'

De aanlegsteiger werd feestelijk verlicht door een tiental flambouwen, brandende fakkels die het voorlopig moesten afleggen tegen de laatste zonnestralen, maar weldra de tijd tweehonderd jaar terug zouden draaien, zodat de gasten bij de steiger in een andere eeuw konden aanleggen. Jonge mannen in witte uniformen hielpen galant bij het uitstappen. Via een door kaarsen schaars verlichte gang en een luie trap met brede treden arriveerden de genodigden in de grote hal waar hen door Griekse en Romeinse bedienden een glas champagne werd aangereikt. Jonge meisjes uit de middeleeuwen gingen rond met zilveren schalen met daarop luchtige sandwiches belegd met kaviaar. Aan het plafond hingen kristallen kroonluchters met honderden geslepen pegels, waarin de pracht en praal nog eens met factor tien werd vermenigvuldigd. Onder dit fonkelende firmament konden de gasten elkaar bewonderen, benijden en vervloeken.

Een heraut sloeg met zijn staf op de grond en riep om aandacht. 'Attenzione, attenzione.'

Hij sprak met een welluidende stem: 'Uw gastvrouw, de weledele Barones Cato Partizani di Puglia zal u aanstonds welkom heten in de grote zaal op de eerste verdieping. Ik verzoek u mij te volgen.'

Men begaf zich naar de oostzijde van de hal waar een nog bredere trap met een nog flauwere bocht naar een nog mooiere verdieping leidde. Boven, naast de geopende dubbele deuren die toegang gaven tot de balzaal, stonden tien soldatenmeisjes van de Zwitserse garde opgesteld; het elitekorps dat in zijn lange geschiedenis nimmer een vrouw onder zijn gelederen had geteld. En daar stonden ze, tien struise meiden, als afgezanten van het traditionele legertje dat de beveiliging van het Vaticaan verzorgde. Gekleed in blauwe pofbroeken met gouden biezen en dito jasjes. Elke soldate was uitgerust met een sierlijke lans.

Door de meisjes dit gewijde uniform te laten dragen, kon Cato rekenen op gefronste wenkbrauwen en openlijke afkeuring. Het Vaticaan zou het haar niet in dank afnemen, maar dat kon Cato niet deren. Integendeel, ze liet geen gelegenheid voorbijgaan zonder haar kritiek te uiten op de regels van de rooms-katholieke kerk. Een mannenbolwerk waarin geen vrouwen in kerkelijke functies worden benoemd.

'Een vrouw moet kinderen baren, gehaktballen draaien, de was doen en verder haar mond houden. Lang leve de democratie.'

Vandaar ook deze provocatie om mooie meisjes in Vaticaanuniformen te laten paraderen.

De tweede provocatie, zeker zo stuitend, was het kardinaalsgewaad van Conte Paulo Ravelli dell'Olanda. De graaf had de euvele moed om vanavond openlijk de kerk te ridiculiseren door een heilig gewaad als carnavalskledij te dragen en een nepring te laten kussen door nietsvermoedende gelovigen.

De bisschop van Venetië en zijn gevolg waren behoorlijk ontstemd. Volgens het protocol van de stad was het gebruikelijk dat ook geestelijke leiders een uitnodiging ontvingen voor bijzondere gelegenheden, recepties en feesten. Gezien de status van de familie Partizani en hun vorstelijke bijdragen aan de heilige kerk van Rome, en met name aan het bisdom van Veneto dat jaarlijks een gulle cheque ontving, was het vanzelfsprekend dat enkele vertegenwoordigers van de kerk acte de présence kwamen geven.

Zo ook deze avond. In hun kerkelijke klederdracht losten ze volledig op in het gekostumeerde gezelschap, maar de frustratie was er niet minder om. Ze vielen bijna in het niet bij de vele koningen en veldheren die vanavond het glas hieven en elkaar vriendschappelijk op de schouders sloegen. Zo ontving ook de bisschop enkele malen een goedbedoelde klap op de rug of een tik op zijn kalotje. Iedereen was immers verkleed. En dat verhoogde de gezelligheid.

De stemming zat er goed in.

Bij het betreden van de grote zaal werden de namen van de gasten omgeroepen door dezelfde heraut als van beneden. Hij zou nog vaker de aandacht vragen.

Aan de overkant van de dansvloer op een speciaal voor deze avond geconstrueerd bordes stond Barones Cato Partizani di Puglia – uitgedost als een Griekse godin – haar gasten op te wachten. Men kwam hier op audiëntie bij een van de machtigste vrouwen uit de omgeving van Venetië. Vanavond heerseres van de Olympus met aan haar zijde een lijvige ondergod, in wie men al gauw de gedaante van moeder Partizani herkende, geheel in het zwart gekleed en gesluierd met een riante voile. De bejaarde godin werd omringd door frisse jongens met ontbloot bovenlijf die haar met palmbladeren koelte toewuifden.

Een assistent van de heraut liet een klaroenstoot schallen en daarmee werd de processie naar het bordes in gang gezet.

Peter kon de neiging niet bedwingen om een van de soldatenmeisjes iets in het oor te fluisteren.

'Zoek je heil in het kruis, mijn kind.'

Het meisje keek de kardinaal met verbaasde ogen aan en wist slechts met moeite een lach te onderdrukken. Daarop boog ze zich zijdelings over naar haar collega en fluisterde de boodschap door, die vervolgens grinnikend werd doorgegeven aan haar buurvrouw, die op haar beurt de volgende aansprak. Zo giechelde de boodschap voorwaarts door de gelederen van de Zwitserse damesgarde.

De zaal was rechthoekig en had een hoog, beschilderd plafond. Aan de lange zijden bevonden zich aan de ene kant een vijftal hoge vensters en aan de overkant eenzelfde aantal spiegels, waardoor de zaal eens zo groot leek. Bij het langslopen keek Peter in een van de wandspiegels en begroette zichzelf met een triomfantelijke glimlach. Het kardinaalsgewaad viel hem soepel om de schouders en schonk hem de grandeur die uitstekend paste bij zijn arrogante kop, constateerde hij tevreden. 'Kardinaal Ravelli.'

Terwijl hij zichzelf observeerde, realiseerde hij zich dat deze situatie was voorspeld door de waarzegster in Nice.

'Ik zie u met een kardinaalsmantel om de schouders,' had ze letterlijk gezegd.

Wie had ooit kunnen bevroeden dat Carmen de Diaz gelijk zou krijgen. Weliswaar op een geheel andere manier dan hij zich dat destijds had voorgesteld. Maar toch... Madame had het helder voorzien.

De hoge geestelijke verplaatste zich waardig door de zaal, zo nu en dan een glas wijn plukkend van een dienblad en links en rechts knikkend naar geanimeerd keuvelende gasten die er overigens burlesk uitzagen. Optimaal uitgedost zonder enige terughoudendheid. Ze vormden met elkaar een levend schilderij uit een voorbije tijd.

De enige die door zijn houding uit de toon viel, was de bisschop met de drie onbuigzame paters in zijn gevolg. In een verre hoek stond het groepje afkeurend de vrolijke feestgangers te observeren, kennelijk was andermans vreugde voor hen moeilijk te verteren.

'Aanstootgevende bustes en vrijpostig gedrag,' zag je hen zorgelijk denken. Bij dit werelds vertoon diende de kerk zich strikt afzijdig te houden.

'Ach, mijn lieve eminentie.' Cato boog zich naar kardinaal Ravelli en kuste hem vol op zijn mond. 'Wat ziet u er verrukkelijk uit, om in één hap te verslinden, maar dat zou jammer zijn, hapje voor hapje lijkt me lekkerder.'

'Als je dat maar uit je hoofd laat.'

Sophia keek haar zus woedend aan. In haar outfit van Madame de Pompadour zag ze er uit als een oorlogsschip. Met haar waaier sloeg ze een paar maal venijnig op de blote arm van Cato.

'Hij is van mij, in welke hoedanigheid dan ook, als graaf, als vliegenvanger, als kardinaal en als minnaar. Als je dat maar goed begrijpt. Handen thuis.'

Cato lachte een hoge Griekse lach die niet veel goeds voorspelde. De godin wendde zich af en deed een stap terug naar het bordes, waar Maman haar dochter tot de orde siste.

'Ravelli is van Sophia,' zei ze ongekend fel. 'Jij hebt keus genoeg. Gedraag je naar je stand.'

Dat had Maman niet moeten zeggen, vond Cato. Ze keek haar moeder aan met de oogopslag van een sidderaal. Het lot van Maman was bezegeld.

'Voor zonsopgang zult gij de gifbeker leegdrinken.'

De Egyptische bedienden schrokken van dit ongekend harde vonnis en bewogen hun palmbladeren plotseling sneller dan nodig was. De hoed van Maman dreigde te kapseizen door de onverwacht sterke zijwind, maar desondanks viel de bejaarde godin niet uit haar rol.

'Ach kind, ik heb in mijn leven voor hetere vuren gestaan.'

'Gij zult sterven,' herhaalde Cato haar banvloek. Het werd een oploopje bij het bordes. Gasten stroomden toe om deze scène van nabij te kunnen volgen. Elk jaar was er wel een ruzie, een scheldkanonnade of een ordinaire vechtpartij, al of niet geënsceneerd. Het was onderdeel van het totaaltheater. En een sappig schandaal bleef nog weken doorwalmen in de nauwe straten van Venetië.

'Dat ik zal sterven is geen nieuws, lieverd. Maar toch fijn dat je me nog even helpt herinneren. Op mijn leeftijd kun je niet alles onthouden. Het hiernamaals lijkt me overigens geen verkeerde locatie om ongestoord van mijn oude dag te genieten. Zolang jij maar uit de buurt blijft.'

Gelach en een voorzichtig applausje. Kardinaal Ravelli maakte een kruisteken waarmee de vertoning werd afgerond.

Zo speelde ieder zijn rol in deze Venetiaanse komedie onder regie van de Griekse godin Cato. Ze koos eieren voor haar geld en lachte uitbundig mee.

'Want ben je toch een lollig mens,' riep ze haar moeder toe. 'Leve Maman Partizani.'

'Hoezee,' werd er geroepen, maar niet echt van harte.

Cato stapte van het bordes en mengde zich onder de gasten.

De feestgangers vormden een bonte afspiegeling van tweeduizend jaar geschiedenis. Mozes en Napoleon stonden samen aan de bar een glas wijn te drinken. Jeanne d'Arc en King Edward dansten een vrolijke tarantella. Herders, hoeren, prinsen en travestieten, ze waren er allemaal. Hadden plezier, goten zich vol met wijn, knepen elkaar in de billen en maakten zo af en toe een rondedansje op de muziek van een twaalfkoppig orkest onder leiding van een man in een pinguïnpak. Een ideetje van de gastvrouw.

De arme dirigent had zich moeten hijsen in een kostuum dat hem te krap zat en hem nogal hinderde in zijn bewegingen. Het orkest speelde er niet minder enthousiast om. Polka's, chachacha 's en andere gezelligheidsdansen volgden elkaar in rap tempo op. Gelukkig hield de dirigent het volume in de hand, zodat er in de zaal ook nog conversatie mogelijk was.

Sophia had een groepje belangstellenden om zich heen verzameld. Ze had zich een plekje op het bordes toegeëigend, schuin voor de stoel van haar moeder, die achter haar voile stoïcijns dood zat te wezen. Nog steeds kordaat aangewapperd door haar Egyptische slaven met hun grote waaiers.

Sophia was in haar element en converseerde op hoge toon, slechts een enkel nootje verwijderd van de serenade die zich in haar boezem aan het opwarmen was.

Peter herkende de symptomen – brede gebaren, theatrale houding, gestrekte rug.

Een moment later wenkte ze de pinguïn om zich te verzekeren van zijn medewerking. Ze fluisterde iets in zijn oor. Daarna hielp hij Sophia uit de stoel, gaf haar een arm en begeleidde haar naar het podium waar het orkest in nieuwsgierige afwachting klaar zat.

'Oh God, nee,' klonk het wanhopig achter de zwarte voile waar Maman door het naderend onheil plotseling uit de dood was herrezen. 'Laat ons dit bespaard blijven.'

De dirigent gaf aanwijzingen aan de musici, terwijl Sophia zich opstelde achter de microfoon. Boezem vooruit, bekken gekanteld. Ze loste zelf het startschot.

'Oehoe,' galmde het door de luidsprekers. Ze boog zich naar de microfoon.

'Dames en heren, geachte aanwezigen, lieve zuster Cato en moeder Partizani, op speciaal verzoek zal ik nu een aria voor u zingen uit 'Le Nozze di Figaro' van onze dierbare vriend Mozart.'

De zaal viel onheilspellend stil. Men was zich bewust van de naderende orkaan. Veel gasten wisten namelijk uit eerdere ervaringen wat hen te wachten stond.

Het orkest ving blijmoedig aan en Sophia viel op het juiste moment in met een ijzingwekkend hoge toon, een sireneachtige geluid dat zich langs de wanden, via het plafond door de geopende vensters naar buiten wrong en de palazzobewoners aan de overkant van het Canal Grande bijkans uit hun stoelen blies.

Maman Partizani gebaarde de slaven het tempo van hun waaiers op te voeren, alsof enige koelte het hoofd zou kunnen bieden aan haar lava spuwende dochter die met opgeheven hoofd en brede armgebaren genoot van haar 'moment of fame'.

De noten van Mozart gleden als chocoladeflikken uit haar keel. Met gesloten ogen liet ze zich meevoeren op de goddelijke klanken die ze zelf voortbracht.

Het lukte haar ook deze avond weer om het publiek te imponeren. Ze voelde zich gelukkig. Na het slotakkoord klonk er een opgelucht applaus.

Napoleon Bonaparte in gezelschap van enkele wufte hoeren en stoere herders, waagde het 'bis bis' te roepen. Enkele meesmuilende omstanders sloten zich bij hem aan en riepen nu ook 'bis bis'. En barstten in lachen uit.

Een toegift wist Cato te voorkomen door achter de microfoon de plek van haar zuster in te nemen. Ze bedankte de zangeres voor haar onverwachte optreden en moedigde de gasten aan om na deze vocale eruptie vooral weer de dansvloer te betreden en zich te laven aan de feestelijkheden.

Men gaf daar graag gehoor aan en ook het orkest herstelde zich snel en zette een frisse polka in.

'God zal me liefhebben,' klonk het achter de zwarte voile, 'dat is gelukkig voorbij.'

'En zonder dat er gewonden zijn gevallen,' vulde Cato aan, die terug was op het bordes. 'Leef je nog, moeder?'

'Nou, het scheelde niet veel of ik was erin gebleven, wat moet je ervan zeggen? Ach, daar is kardinaal Ravelli. Wat vond de eminentie van het optreden van zijn geliefde?'

De kardinaal slikte even om een correct antwoord te kunnen formuleren.

'Heel apart,' reageerde hij vriendelijk, 'heel apart, een opmerkelijk stemgeluid.'

Maman kon zich hierin vinden en liet zich terugzakken in de kussens. Achter haar voile mompelde ze nog: 'Tja, een opmerkelijk stemgeluid.' Daarna hulde ze zich wederom in stilzwijgen.

'Wilt u mij een genoegen doen?' vroeg Cato terwijl ze haar arm aanbood aan Paulo, 'en mij vergezellen naar het balkon? Ik heb behoefte aan wat frisse lucht.'

Gearmd liepen ze naar een van de balkons waar ze de aangenaam afgekoelde avondlucht op zich lieten inwerken. Cato schoof naderbij en drukte zich tegen zijn lichaam aan. Haar puntige borsten priemden in zijn gewaad.

'Als je langer in Venetië wilt blijven, zou ik dat zeer op prijs stellen. Dan sturen we Sophia en Maman terug naar Rome.'

'Wat een loeder ben je toch,' dacht Peter en schikte zijn mantel.

'Lieve Cato, wat een eervol voorstel, maar ik kan er helaas niet op ingaan. Het spijt me, er wachten mij allerlei verplichtingen in Rome en bovendien zou ik het niet gepast vinden om de dames die mij immers hebben geïnviteerd, alleen terug te laten reizen.'

'Daar zul je nog spijt van krijgen,' zei ze, 'maar ik weet zeker dat je de volgende keer de deur naar mijn boudoir zult weten te vinden.'

Ze drukte haar onderlichaam stevig tegen zijn dijbeen, draaide zich vervolgens om en verdween in het feestgedruis.

Peter bleef achter op het balkon en genoot van het uitzicht, de lichtjes aan boord van de vaporetto's, de slingerende lantaarns voorop de gondels, de scherpe contouren van kerken en palazzo's tegen de sterrenhemel. Hij nam het allemaal in zich op.

Hier stond hij toch maar, Peter van het Geitenpad, op een van de mooiste balkons van Venetië, aan het beroemde Canal Grande.

Het feest verliep zoals Cato het zich had voorgesteld. De stemming was uitgelaten, er werd volop gedronken en gedanst. Men lachte en kuste elkaar in de lucht, op de hand of in de coulissen. Er werd gerommeld en gevoosd.

Er was een buffet dat door veertien koks was bereid. Verse kreeften en krabsalades, coquilles, forellen en heilbot, spoons en ganzenlevers, patés, fazantenbouten, truffels, tournedos, een bataljon aan salades, ravioli met de heerlijkste vullingen, schalen met tiramisu, twintig meter aan fruitcompotes, draaiende tableaus met gerenommeerde Italiaanse en Franse kazen. En uiteraard de beste wijnen die Italië te bieden had.

Plotseling sloeg de heraut met zijn staf op de grond. Zijn assistent blies een forse klaroenstoot. Er was onverwacht een koninklijke gast gearriveerd.

'Attenzione, attenzione,' schalde het door de zaal. 'His Royal Highness Prince Bernhard of the Netherlands.'

En daar verscheen prins Bernhard in militair uniform, geëscorteerd door enkele officieren, uiteraard lager in rang, maar hoog genoeg voor een feestelijk banket.

De tweehonderd gasten draaiden zich om en begroetten de prins en zijn gevolg met een hartelijk applaus. Een militaire afvaardiging ontbrak nog aan het kostuumspektakel van de avond.

'Mooie timing,' riep Caesar en Cleopatra was het helemaal met hem eens. In strakke pas liepen de militairen naar het bordes waar Cato uitzinnig in haar handen stond te klappen. Peter aanschouwde de parade met stijgende verbazing.

'Dit kan niet waar zijn,' dacht hij, 'dit is geen grap, geen verkleedpartij.'

Hier arriveerde wel degelijk prins Bernhard in hoogsteigen persoon. Hij was het echt. Peter had voldoende foto's en zelfs filmopnamen gezien om de prins te kunnen herkennen. Dit was de Prins der Nederlanden. Geen twijfel mogelijk.

'Maar wat heeft prins Bernhard hier in hemelsnaam te zoeken?' vroeg hij zich af.

Cato veerde op, verliet haar bordes en ontving de prins met open armen.

'Oh Bern, wat een verrassing,' riep ze uitbundig en omarmde hem met heel haar boezem.

'Ach mein Kind, wat een vreugde je weer te zien. Mein Püppchen.'

'Bern en Püppchen?' Peter manoeuvreerde zich dichterbij om niets van de conversatie te hoeven missen.

'Ik was in de buurt,' zei de prins, 'voor een overleg in het Lido, en ik logeer hier vlakbij. Ik vernam van mijn adjudant dat er een partij was in het palazzo van barones Cato Partizani. Ik heb geen moment geaarzeld om me hierheen te spoeden om het glas met je te heffen. Ik hoop dat we welkom zijn. Graaf Von Dresden is ook meegekomen, hij had zijn schoen al uitgetrokken om naar bed te gaan, maar ik heb hem uit zijn kamer laten roffelen om bij dit spektakel aanwezig te kunnen zijn.'

Graaf Von Dresden klakte onhandig met zijn hakken tegen elkaar. Hij had maar één been. Het andere was in de Elzas achtergebleven. Vandaar. Ook hij mocht de hand van Cato kussen, die zich terdege realiseerde dat dit koninklijke intermezzo haar status wederom zou verhogen.

'Wat een spektakel,' zei de prins, 'ik weet dat je kan uitpakken, Cato. Maar dit feest overtreft alles. Wat een party. En al die lui in die maffe kleding. Geef maar gauw een glas witte wijn.'

'U valt in ieder geval niet op in uw mooie uniform, meer incognito kunt u niet zijn,' lachte Cato iets te hoog. 'Niemand zal u geloven als u zegt wie u bent.'

Ook Mozes moest er om lachen en Madame de Bovary die haar gesprek met Einstein onderbrak, viel hem hartelijk bij.

'Welkom in de club van onsterfelijken.'

De prins maakt een lichte buiging en schonk haar een onvergetelijke glimlach.

'Neemt u me niet kwalijk, Koninklijke Hoogheid,' mengde Peter zich in de conversatie. 'U en ik zijn landgenoten en ik twijfel niet aan uw identiteit. Ik herken u van de kalender die bij mijn moeder in de keuken hangt.'

'Ach so,' glimlachte de prins, 'wat een verrassing, u bent vanavond ongetwijfeld ook fake, eminentie?'

Peter knikte.

'Inderdaad, ik ben ook namaak. En niet alleen vanavond.'

'Dat klinkt me bekend in de oren,' lachte de prins. 'Ik ben al jaren iemand anders.'

'Kom, laten we gaan dansen.' Cato trok Bernhard weg van het gezelschap en wierp zich wederom gulzig in zijn armen.

'Eins, zwei, drei,' hoorde Peter hem nog de maat aangeven en weg waren ze, wervelend door een flauwe bocht aan de lange zijde van de balzaal.

Peter nam een glas wijn van een passerend plateau en zocht het gezelschap van Sophia op. 'Weet je dat prins Bernhard uit Holland hier ook is?' vroeg hij opgewonden.

'Dat verbaast me niets.' Ze wuifde jaloers met haar waaier.

'Cato en de prins kennen elkaar al geruime tijd. Ik geloof dat ze hem zelfs een keer heeft opgezocht in Afrika. Daar verblijft de Hoogheid regelmatig in luxe tentenkampen wanneer hij op safari is en ook tijdens de jacht. Het is een charmante, beschaafde man, veel te sympathiek om zijn tijd te verspillen aan lichtzinnige vrouwen als Cato Partizani die vooral hun vagina hoog in het vaandel dragen.'

Na deze heldere uiteenzetting vroeg kardinaal Ravelli zijn Sophia ten dans met de achterliggende gedachte om tijdens de Weense wals in de buurt te komen van de prins. Ze zwierden diagonaal door de zaal. Het was nog een heel gedoe om met het manke been van Sophia op snelheid te komen, maar uiteindelijk lukte het hen als naburig koppel van de prins en Cato in de wervelende rij te worden ingelijfd. Prins Bernhard begroette Sophia hartelijk, voor zover dat mogelijk was vanuit de bankschroef waarin Cato hem had vastgeklemd.

'Hoheit, was für eine Freude, Sie hier zu treffen.' Sophia glom van trots. 'Ich bin die Schwester von Cato, aber heute bin ich Madame de Pompadour.'

De prins lachte haar toe.

'Schön, sehr schön.'

Hij maakte ook nog een charmante opmerking over haar hoge kapsel, tot groot ongenoegen van Cato die vond dat de begroeting al lang genoeg had geduurd. Ze trok de prins mee en liet haar hoofd in zijn koninklijke nek zakken.

Op dat moment hield de muziek op. De heren brachten de dames terug naar hun plaats. Er deinde een plateau voorbij met glazen sprankelende champagne. Cato pakte twee flûtes en overhandigde er één aan de prins.

'Op ons weerzien,' toastte ze hem toe.

'Ja, op ons weerzien,' mengde Sophia zich met stemverheffing in de conversatie. Ze had en passant ook een glas bemachtigd.

'Ja, op ons weerzien,' klonk Peter brutaal met haar mee. De prins keek eenieder vriendelijk aan.

'Cheers! Bent u ook familie?'

Hij richtte zich nu tot Peter. Nog voordat deze antwoord kon geven, introduceerde Sophia haar amant.

'Hoogheid, mag ik u voorstellen, Graaf Ravelli dell'Olanda, vanavond kardinaal Ravelli.'

'Aangenaam, leuk u te ontmoeten.' De prins schudde hem hartelijk de hand. Voordat er een gesprek kon ontstaan, nam Cato de regie over en bepaalde het gespreksonderwerp.

'Graaf Ravelli heeft familie in Afrika,' vertelde ze met een opmerkelijk blije glimlach.

Peter vermoedde dat ze hiermee een 'ons kent ons' situatie wilde creëren, waardoor ze Sophia die nooit in Afrika was geweest, buitenspel kon zetten. Maar zo gemakkelijk was haar zuster niet uit te rangeren.

'Il conte heeft een 'mer à boire' aan verhalen,' wist Sophia zonder een zweem van twijfel te vertellen, terwijl de informatie over Peters Afrikaanse familie toch volstrekt nieuw voor haar was.

'Thee- en koffieplantages in Kenia en Tanzania,' verduidelijkte Cato alsof ze er zelf had gelogeerd, wetende dat de prins grote interesse koesterde voor het Afrikaanse continent.

'Wat interessant,' zei de prins terwijl hij een pijp aanstak, 'waar in Kenia?'

'Ik ben er zelf nooit geweest, Koninklijke Hoogheid, maar het is in de buurt van Kisumu.'

Dat was de enige plaats die Peter zich buiten de hoofdstad Nairobi kon herinneren, omdat een van de paters van het seminarie daar een tijd had gewoond en erover had verteld tijdens de colleges over de katholieke missie in Afrika.

'Aha Kisumu, dat ken ik,' pafte de prins in zijn pijp, 'maar is het daar niet veel te droog voor thee- of koffieplantages?'

'Ze doen daar, geloof ik, iets in bonen,' trachtte Peter zich eruit te redden. 'Ze hebben meerdere bedrijven, maar echt op de hoogte ben ik niet. Ik zou graag een keer een bezoek willen brengen aan Oost-Afrika.'

'Kan ik u aanraden. Prachtig land, Kenia, veel wild.'

'De familie van conte Ravelli doet ook aan de jacht en handelt in ivoor,' jubelde Cato met een meisjesachtig enthousiasme.

'Ach, van jagen heb ik ook kaas gegeten,' lachte de prins in onvervalst Nederlands en richtte de steel van zijn pijp op Peter. 'Kan ik u zeer aanraden, de jacht, hoewel ik er de laatste tijd wel mijn twijfels over heb of we daar wel goed aan doen. De natuur moet je eigenlijk gewoon z'n gang laten gaan. Dat zou het beste zijn.'

'Dat ben ik helemaal met u eens, Koninklijke Hoogheid. Wat meer respect voor de natuur en voor de leefomgeving van mens en dier zou de wereld ten goede komen.'

'Inderdaad Ravelli, zo mag ik u toch wel noemen? Of is die naam ook een verzinsel?'

'Koninklijke Hoogheid, men noemt mij hier in Italië Paulo, maar mijn geboortenaam is Peter.'

'Mijn naam is Bernhard, maar dat zal geen verrassing voor u zijn.' De prins had duidelijk een goede bui en lachte hartelijk mee om zijn eigen grapje. Sophia lachte natuurlijk de boventoon en ook Cato lachte haar steentje bij. En zo was iedereen aan het lachen.

'Wat is het toch oergezellig,' klapte Sophia verhit in haar handen.

'Ik heb weleens gedacht om een fonds op te richten om de bescherming van de natuur ter hand te nemen,' vertelde de prins. 'Een Afrika-fonds om wilde dieren te beschermen.'

'Met alle respect, Hoogheid, maar waarom zou het fonds zich moeten beperken en zich alleen op Afrika richten? En niet op de hele wereld? Overal zijn bedreigde diersoorten, zoiets zou je mondiaal moeten aanpakken. Een wereld natuur fonds. Dat zou prachtig zijn.'

'Geen gek idee, Ravelli, zeker geen gek idee. Een wereld natuur fonds. *A World Wildlife Fund.* Ik zal mijn gedachten er eens over laten gaan.'

De prins trok veelbelovend aan zijn pijp en pufte een tevreden wolkje rook omhoog, bedoeld als compliment. Althans zo interpreteerde Peter het rooksignaal, waarbij hij

een trotse glimlach niet kon onderdrukken.
'Dank voor de suggestie Ravelli en tot ziens.' De prins draaide zich naar Cato, verontschuldigde zich, gaf haar een handkus en verliet de balzaal.
'Auf wiedersehen.'
Onderweg kreeg hij een vriendschappelijke klap van keizer Augustus op zijn schouder.

'Poeh poeh,' zuchtte Sophia, 'wat een interessante ontmoeting was dat. Ik wist niet dat je de prins zo goed kende, tenminste daar leek het wel op.'
'Ach, Holland is een klein land en zoveel adel is er niet meer. De meeste kennen elkaar wel, in ieder geval van naam.'
Sophia accepteerde de uitleg van Peter maar al te graag, al was het alleen maar omdat die aansloot bij het beeld dat ze bij hem voor ogen had. Met een verguld gezicht sleepte ze haar kardinaal mee naar het kaviaarhoekje.
'Kom pikkemans, we gaan eens even lekker smullen.' Alsof ze die avond nog niet genoeg gegeten hadden. Het begon zowaar op een bacchanaal te lijken, maar Peter had daar geen bezwaar tegen en hopte vrolijk achter de derrière van Madame de Pompadour aan.

Om klokslag twaalf uur klonk er trompetgeschal, de ogen waren gericht op de grote deuren die weldra zouden opzwaaien voor een volgend spektakel. De genodigden hoefden niet lang te wachten. Met tromgeroffel werd de gastvrouw aangekondigd. Haar entree was even verrassend als decadent. De Griekse godin liet zich ronddragen in een antieke draagstoel. Vier bedienden tilden haar troon door de zaal, terwijl Cato links en rechts kushandjes uitdeelde.
'God zal me liefhebben,' mompelde Maman Partizani, 'heb ik dat gebaard?'
In tegenstelling tot wat haar dochters beweerden, wist Maman maar al te goed dat ze deze schepsels had voortgebracht.

'Had ik maar zonen op de wereld gezet,' zuchtte ze, 'dan was me dit bespaard gebleven.'

'Als u zo negatief over ons denkt, dan blijft u toch weg de volgende keer,' beet Cato haar moeder toe. 'Niemand zal u missen, Maman. Bovendien was u altijd degene die de baldadigste feesten organiseerde.'

'Dat waren beschaafde gala's. En ik liet me niet ronddragen in een draagstoel. Zoiets belachelijks.'

'U wordt binnenkort rondgedragen in een kist, en als u niet oppast doen we het nog goedkoop ook, hè Sophia?'

Op slinkse wijze probeerde ze haar zuster in haar treiterspel te betrekken, maar die hield wijselijk haar mond.

'Een kartonnen kist,' opperde Cato, 'of nog voordeliger, we brengen het lichaam van Maman naar de timmerman en laten er vier handvatten aan schroeven. Lekker praktisch.'

Om één uur 's nachts werd er nog een rondje champagne geserveerd, daarna vertrokken de gasten in luidruchtige groepjes, druk pratend en lachend. Het geluid van hun balorig gedrag werd weerkaatst tussen de oude muren van de stad.

De kardinaal en Madame de Pompadour werden in hun privégondel in een kalm tempo terug gepunterd naar het hotel. Onderweg sloeg Peter een arm om haar heen.

'Heb je het fijn gehad, Sophia?'

'Oh ja,' beaamde ze enthousiast, 'heb je het gezien? Ik had veel bewonderaars om me heen, vooral na mijn optreden moest ik de aanbidders van mij afslaan.'

Haar lach joeg als een echo over het water.

'Tjonge, het is toch wat,' reageerde Peter hartelijk, 'roem en bewondering krijg je niet zomaar cadeau. Zo zie je maar weer.'

'Dank je,' antwoordde ze lief.

De gondel gleed traag door de nacht. In de verte sloeg een kerkklok twee maal. Het was nog niet voorbij. Peter wist maar al te goed wat er van hem werd verwacht. De kardinaal maakte zich op voor een bedrijvige nacht.

De volgende morgen werd Peter gewekt door een heftig gebonk in zijn hoofd. Hij opende zijn ogen, maar kon het daglicht dat tussen de gordijnen door naar binnen sijpelde amper weerstaan. Hij lag nog steeds in het grote bed van Sophia, van wie behalve een verdwaalde bh geen spoor te bekennen was.

Bij thuiskomst had ze nog een fles champagne ontkurkt.

'Laten we de nacht vieren,' had ze spontaan geroepen. En zo was het gegaan.

Hij had op haar verzoek tijdens de gemeenschap zijn paarse kalotje op gehouden.

'Daar word ik zo opgewonden van,' had Sophia gezegd, 'een geestelijke met een hoofddeksel en een stevige erectie. Kom daar eens om.'

Barones Sophia kreunde van genot. 'Oh eerwaarde, u weet me zo doortastend te penetreren met uw roomse lans. Ga door, ga dieper.'

De barones was veeleisend en leek onverzadigbaar.

'Allez, allez,' moedigde ze hem aan. 'We moeten samen de finish halen.'

Peter hield zijn ogen gesloten, hij wilde zichzelf beschermen tegen de aanblik van het rood gezwollen hoofd van zijn bedgenote. Oh, kon hij maar linksaf slaan en weg galopperen van Sophia Partizani, de bossen in, weg uit dit Louis Seize bed in Venetië.

'Ooooh, j'arrive, ooooh, oui, je viens.' De barones bereikte haar hoogtepunt, schokte een paar keer na en kwam puffend tot stilstand.

'Oh, wat is dit geweldig,' loog Peter, terwijl hij zich haastig terugtrok.

'We hebben samen de eindstreep gehaald,' steunde de barones, 'zullen we nog een ererondje maken?'

'Nou, ik denk dat we eerst het paard even moeten verversen,' hijgde Peter.

'Hahaha, wat ben je toch een originele minnaar. Het paard verversen, hoe bedenk je het? Dat ga ik mijn vriendinnen vertellen. Wat zullen ze genieten. En jaloers zijn. Ja, vooral jaloers. Iedere vrouw verlangt naar zo'n rooms paard uit de stallen van het bisdom.'

Sophia begon onbedaarlijk te lachen, nam een bonbon van het schaaltje dat op het nachtkastje stond en sprak met volle mond en dubbele tong: 'Oh heer, maak mij kuis, maar nu nog niet.'

*

Weer terug in Rome hernam het leven zijn dagelijks ritme. Ontbijten, koffie drinken, wandelen, taartjes eten, lunchen, siësta houden, aperitiefje nuttigen, dineren, converseren, copuleren en slapen gaan. Daarnaast zorgde Peter ervoor dat hij zich omringde met interessante boeken en goede muziek. Per dag kon hij uren lezen over allerhande onderwerpen, variërend van religie tot astrologie met op de achtergrond de muziek van zijn favoriete componisten, Locatelli, Bach en Mozart.

Op een ochtend was hij verdiept in *Gurdjieff's leer* van George Gurdjieff, een Russisch filosoof uit het begin van de twintigste eeuw.

'Wat een zware kost.' Sophia was de kamer binnen gekomen en wees op het boek. 'Wat heeft die man je te vertellen?'

'Nou,' zei Peter, 'het komt erop neer dat hij beweert dat wij geen invloed hebben op ons leven, ook al denken wij dat we de regie in handen hebben of anders God wel. Maar dat is niet zo, meent hij. Alles gebeurt. Oorlogen, rampen, revoluties, dat alles gebeurt. Zoals alles gebeurt in het leven van de enkeling. De mens wordt geboren, leeft, bouwt huizen, schrijft boeken, niet zoals hij wil, maar zoals het gebeurt. De mens heeft niet lief, haat niet, verlangt niet, alles gebeurt. Maar niemand zal het ooit geloven wanneer je hem vertelt dat hij niets kan veranderen, dat hij geen invloed heeft. Dat is het meest onaangename en beledigende wat je hem kunt zeggen. Het is vooral daarom zo beledigend en onaangenaam omdat het de waarheid is en niemand wenst de waarheid te kennen.'*

'Dus alles gebeurt zomaar?' Sophia keek hem ongelovig aan. 'Dat geloof ik niet.'

'Hij wel.'

'Met andere woorden wat wij samen...' haar stem stokte, voorzichtig op zoek naar de juiste omschrijving, 'wat wij samen hebben, jij en ik, onze relatie, daar hebben we zelf geen invloed op?'

'Geen enkele.'

'Je zegt het op een toon alsof je ermee instemt.' Ze schudde vertwijfeld haar hoofd. 'En wat gebeurt er dan met de liefde?'

'Precies zoals je het zegt: het gebeurt. Liefde gebeurt. Meer is er niet.'

'En jij bent het daarmee eens?' vroeg ze verbaasd.

'Het klinkt me niet onwaarschijnlijk in de oren. Liefde gebeurt.'

'Maar je hebt als mens toch een keuze. De ene partner wil je wel, de andere niet.'

'Dat denk je, maar dat is niet zo. Het gebeurt. Je hebt geen keuze. Het geschiedt buiten jou om, terwijl jij ervan overtuigd bent dat het jouw beslissing is. Maar dat is niet zo. We hebben hierin geen stem. Alles staat vast.'

'Dus wat wij samen hebben is door een ander bedacht?'

'Of door *iets*.'

'Dat klinkt niet erg romantisch.' Ze zuchtte diep. 'Wie of wat zou ons de liefde en de romantiek willen ontzeggen? Ik leef voor de romantiek. Zonder liefde geen leven. Dat ben je toch met me eens?'

Peter zweeg.

'Houd je dan niet van me?'

Ze keek hem aan met een treurige blik, die haar bijna aantrekkelijk maakte.

---

* Bron: P.D. Ouspensky, *Op zoek naar het wonderbaarlijke. Gurdjieff's leer*, Synthese Uitgeverij

'Op een bepaalde manier houd ik wel van je, ja...'
'Op een bepaalde manier?'
Hij knikte. 'Op een bepaalde manier.'
Wat klonk dat pijnlijk, realiseerde hij zich.
'*Op een bepaalde manier* betekent helemaal niets. Dat is een loze kreet. Dat is een laf antwoord. Het is duidelijk,' zei ze met een lichte trilling van haar bovenlip.
'Heb je ooit echt van me gehouden, Paulo?' vroeg ze zachtjes.
'Ik vond je meteen al heel bijzonder,' sprak Peter de waarheid, terugdenkend aan hun eerste ontmoeting op de trappen van de basiliek della Minerva.
'Heel bijzonder,' mompelde ze, 'heel bijzonder, maar daarmee ontwijk je mijn vraag of je ooit echt van me hebt gehouden.'
Ze keek hem aan met een oneindig trieste blik. 'Zeg het maar?'
'Ik zou het niet weten,' reageerde Peter en haalde verontschuldigend zijn schouders op. 'Het zijn zulke moeilijke, intieme vragen. Vragen die ik mezelf amper durf te stellen. Ik acht u hoog, barones Partizani.'
Met zo'n opmerking, wist hij, wordt elke deur naar het hart van een vrouw definitief dichtgegooid. Wat een dodelijke klap. *Ik acht u hoog.* Daar heeft een vrouw niets aan. Zij wil bemind worden, veroverd worden en in die context is ze niet gediend van opmerkingen als *heel bijzonder* en *ik acht u hoog.* Als daar niets tegenover staat en de man in kwestie zelfs aarzelt om een simpele vraag als 'Houd je van me?' te beantwoorden, dan weet een vrouw voldoende.
Peter realiseerde zich heel goed dat hij met zijn gebrek aan enthousiasme een aanzet had gegeven tot haar afscheidsspeech.
Zonder verdere inleiding begon ze haar betoog.
'Mijn hele jeugd was ik het strompelkindje. Oh, dat grappige strompelkindje. Als je zo wordt genoemd, weet je hoeveel pijn dat doet, Paulo? Tijdens mijn eerste communie hinkte ik door het middenpad van de kerk in mijn witte

jurkje. Weet je hoeveel pijn dat doet, Paulo? Op het eerste bal op de middelbare school zat ik aan de kant in mijn mooie baljurk, niemand vroeg me ten dans. Weet je hoeveel pijn dat doet, Paulo? En ik ontmoet jou, een lieve man die me aandacht schenkt, liefde geeft, mij het gevoel geeft dat ik de moeite waard ben en als hij uiteindelijk tot de conclusie komt dat ik *vooral heel bijzonder ben,* weet je hoeveel pijn dat doet, Paulo? Ik ben mijn hele leven al heel bijzonder geweest vanwege mijn handicap, maar er schuilt ook een vrouw achter die handicap. Een vrouw met gevoel. Een vrouw die de moeite waard is, die kan liefhebben, een goede echtgenote kan zijn. Ja, dat ben ik ook, Paulo. Niet alleen de hoppige barones die seks wil hebben, dat is ook maar een beetje gespeeld. Ik hunker naar aandacht en tederheid en dat had ik zo graag bij jou willen vinden. Een ankerplaats om in alle rust gelukkig te zijn.'

Sophia begon te huilen.

Peter sloeg beschermend zijn armen om haar heen.

Heel even voelde ze de veiligheid en de warmte waarnaar ze zo had gehunkerd, maar die overgave was er tussen hen nooit geweest.

Daarna draaide ze zich los uit zijn omhelzing en liep gekwetst naar de deur, zich bewust van de blik waarmee hij haar volgde. Zelfs in haar rug voelde ze de aantrekkingskracht van die mysterieuze oogopslag waarmee hij alle vrouwenharten sneller kon laten kloppen. Bij de deur bleef Barones Sophia Partizani di Puglia nog een moment staan, met de klink in haar hand.

'Je hoeft niet meer bij me in bed te komen,' zei ze met gebroken stem, 'dat wil ik je verder besparen.' Daarna trok ze zachtjes de deur achter zich dicht.

De volgende ochtend verliet hij in alle vroegte het grote huis aan het Piazza Navona om er nooit meer terug te keren. Het enige dat hij van de barones had meegenomen was de kleding die hij die ochtend had aangetrokken. Op het bed had hij een briefje achtergelaten met de boodschap:

*Grazie mille.*
*Het was een mooie tijd.*
*Dank voor alles.*
*Een kusje op je voorhoofd.*
*Salute,*
*Conte Paulo Ravelli dell'Olanda.*

# 15

Rome. 1947. Hij moest voorlopig genoegen nemen met zichzelf, meer was er niet voorhanden. Na drie jaar met barones Sophia te hebben samengeleefd, was hij sinds een half jaar weer alleen.

'Maar alleen zijn betekent niet dat je eenzaam bent. Zo is het maar net,' mompelde hij. 'Ik ben niet eenzaam. Wat een voorrecht om de dag te kunnen indelen zonder elk uur verantwoording te hoeven afleggen aan deze of gene partner. Wat een heerlijk vrij leven. Zwerven door de mooiste stad van Europa, slapen tussen kartonnen dozen. Wat een bevoorrecht mens ben je toch, Peter Wanders,' lachte hij schamper, terwijl hij zijn trieste gezicht weerspiegeld zag in de etalageruit van een schoenenwinkel.

Hij was die avond de stad ingegaan en had meerdere lokaliteiten bezocht om zich vol te laten lopen met giftige drankjes. Het was een avond vol zelfmedelijden. Op een gegeven moment zag hij zichzelf zitten in een spiegel achter de bar.

'Ken ik u ergens van?' had hij gevraagd.

'Ik kan me niet voorstellen dat ik u zou willen kennen,' reageerde de man in de spiegel. 'Uw kop staat me geenszins aan.'

Om half twee 's nachts was hij bij de laatste kroeg naar buiten gewankeld, teneinde een voettocht te ondernemen naar Santiago de Compostella, het pelgrimsoord waar hij om vergiffenis zou vragen, zo had hij besloten in zijn dronkenschap. Peter kwam niet verder dan de hoerenbuurt een paar straten verder. Hij stuitte op een binnenplaatsje met enkele gehavende tafeltjes. Een gebarsten lantaarn verspreidde nauwelijks licht.

'Erg gezellig,' constateerde hij en liet zich zakken op een van de houten banken. In het halfduister ontdekte hij nog een andere gast. Ze zat met haar rug naar hem toe en at een broodje. Ze droeg een kort zwart bloesje dat een deel van haar onderrug bloot liet en zelfs een stukje van haar bilnaad prijsgaf. Zonder zich om te draaien begon ze te praten.

'U kijkt naar mijn billen. Ik voel het.'

'Neem me niet kwalijk,' antwoordde Peter met dubbele tong, 'de glimlach van uw kontje ontroert mij.'

Nu draaide het meisje zich om en lachte hem toe. Ze had rossig haar en zomersproeten.

'Mag ik even bij u komen zitten?' Haar stem klonk aandoenlijk. Voordat hij het in de gaten had, zat ze bij hem op schoot. In de verte waarschuwde een kerkklok dat het al twee uur was. Ze wreef met haar onderlichaam over zijn schoot.

'Hoe oud ben je?' vroeg Peter.

'Achttien,' antwoordde het meisje.

'Is dat niet een beetje jong voor dit soort spelletjes?'

'Tegenwoordig niet hoor, meneer. Kom,' sprak ze uitnodigend en trok hem mee een steegje in. Ze kende de weg. Samen liepen ze slingerend door een paar smalle straatjes tot het sproetenmeisje halt hield bij een kleine woning met grijze luiken.

'Hier woon ik,' zei ze. Ze duwde hem de trap op, terwijl ze en passant zijn kruis betastte.

'Jeetje,' riep ze bewonderend.

Even later lag hij op een bed dat tegen een muur stond. Aan het voeteneind lag een pluizig konijn dat hem vanuit een paar glazen ogen meewarig aankeek. Aan de wand hingen modeplaatjes, haastig gescheurd uit een tijdschrift en met een pleister op het vergeelde behang geplakt. Aan het gordijn ontbraken enkele ringen waardoor aan de bovenzijde een bundeltje licht van de straatlantaarn naar binnen gleed. Ondertussen had het meisje zijn broek losgeknoopt. Zijn schoenen lagen al in een hoek. Hij probeerde met zijn wazige blik haar bewegingen te volgen. Langzaam trok ze haar bloes uit. Daarna haar bh. En toen haar slipje. Ze kwam naast hem liggen en pakte zijn hand die ze op een van haar borsten legde. Peter streelde haar tepel en had spijt dat hij zoveel gedronken had.

'Wil je met me vrijen?' vroeg ze.

Nou, dat wilde Peter wel.

'Voor 10.000 lire mag je alles met me doen.'

Peter kreunde.

'Je mag op je rug blijven liggen hoor, als je dat prettiger vindt,' fluisterde ze vriendelijk. Haar lichaam gleed over hem heen, behendig pakte ze zijn harde lid en leidde dat bij haar naar binnen. Daarna zette ze een voorzichtig ritme in. Het konijn aan het voeteneind deinde gezellig mee. Peter sloeg zijn armen om haar heen en pakte haar stevige billen vast. Voor de rest liet hij het met een bonkend hart aan het sproetenmeisje over. Ze voerde hem naar een verrukkelijk orgasme.

Niet veel later stond hij weer buiten. Verdwaasd keek hij om zich heen.

'Waar zou ik ook al weer heengaan,' vroeg hij zich af. 'Oh ja, Santiago de... en dan nog iets.'

Met twee linkerbenen ging hij op pad. Hij stak de altijd drukke Corso del Rinascimento over, omringd door witte lichten die hem links en rechts passeerden. Er werd luid getoeterd. Het leek wel een kermisattractie waarin de omgeving zich voortdurend verplaatste. In de verte klonk het geluid van gierende remmen, daarna hoorde hij een harde klap.

Het werd zwart voor zijn ogen.

# 16

Peter voelde zich gevangen in een sluier van witte mist. Door de hoge ramen van de ziekenzaal scheen helder zonlicht, waardoor de ruimte nog witter leek. Witte muren, witte lakens, witte zusters. Peter verbaasde zich over het decor waarin hij zich bevond. Een witte vlek met een scheve glimlach boog zich over hem heen.

'Waar ben ik?' vroeg hij.

'U bent in het Saint Thomas Hospital.' Ze had een stem die hem deed denken aan juffrouw Blom van de lagere school in haar groene jurk. Deze juf droeg een witte jurk en had een witte kap op haar hoofd.

'Hoe voelt u zich?'

'Zegt u het maar. Ik weet van niks.'

'U heeft een auto-ongeluk gehad,' zei de stem.

'Dat lijkt me sterk,' antwoordde hij, 'ik heb geen auto.'

'U bent door een auto aangereden,' herstelde de zuster.

'Hoe lang lig ik al in het ziekenhuis?'

'Een week of vier. We vroegen ons af wie u was. Er was nooit bezoek. Er is nooit iemand naar u komen kijken. Niemand heeft naar u geïnformeerd.'

'U maakt me helemaal blij, zuster. Heeft u nog meer opbeurende mededelingen?' De verpleegster, wel het een en ander gewend, liet zich niet van haar stuk brengen.

'Ik zal de dokter waarschuwen dat u aanspreekbaar bent. Sterker nog dat u in staat bent antwoorden te geven, zelfs te reageren op een ironische toon. Iets dat men niet verwacht van een zwaargewonde die net uit een stevige coma is ontwaakt.'

'Hoe zwaar gewond ben ik?'

'Toen u binnen werd gedragen, was één blik voldoende om uw lichaam naar het mortuarium te verwijzen, maar uw hart deed het nog redelijk. Daarom werd u naar het sterfzaaltje gebracht. Daar leggen we patiënten neer die het niet gaan halen.'

'Gezellig. Hoe lang ben ik al dood?'
'U was een uitzondering. Men kan zich vergissen.'
'Bent u altijd zo vriendelijk tegen de patiënten?'
'Ik ga de dokter halen.'

De dokter vertelde hem dat hij enkele dagen op het randje van de dood had gebalanceerd.

'U kwam nogal toegetakeld binnen. Inwendige bloedingen, gebroken ribben en andere fracturen. Maar het meest maakten we ons zorgen over uw hoofd,' zei hij met een professionele blik achter zijn ronde bril. 'We gingen uit van een schedelbasisfractuur, wellicht ook hersenletsel. U was in coma. Na een week kwam u bij bewustzijn, maar was niet aanspreekbaar. Dat baarde ons ernstige zorgen. Enkele dagen later kwam u opnieuw bij, maar er was geen zinnig woord met u te wisselen. U kende uw eigen naam niet eens. En nu komt zuster Angela me vertellen dat u meer dan normaal reageert op haar vragen. Dat doet me goed.' Hij stak zijn hand uit.

'Mijn naam is dokter Bistolfi.'

'William Shakespeare. Aangenaam.'

De arts keek hem zorgelijk aan.

'Pardon?'

'Just joking. Mijn naam is Peter Wanders. Hier in Italië beter bekend als il Conte Paulo Ravelli dell'Olanda oftewel de vliegenvanger van Rome.

Dr. Bistolfi knikte alsof het hem geheel duidelijk was.

'En mijn uiterlijk zal ook niet de indruk wekken dat u hier te maken heeft met een heldere van geest. Maar ik kan u verzekeren dat Angela een juiste observatie heeft gemaakt.'

'Hoe weet u dat ze Angela heet?'

'Dat heeft u me zelf verteld. Nog geen twee minuten geleden.'

'Oh, is dat zo?' Dr. Bistolfi tikte nerveus op het gips waar Peter tot aan zijn nek in verpakt lag.

'Welnu, wat is het plan? Hoe lang moet ik hier nog blijven?'

'We gaan u eerst weer grondig onderzoeken, vanmiddag nog, daarna trekken we onze conclusies. En zuster Angela komt zo uw gegevens noteren. Tot nu toe was u bij ons bekend als VS 2 M – verkeersslachtoffer nr. 2 Man.'

Even later kwam zuster Angela aan zijn bed zitten. Ze leek hem minder streng dan de eerste keer. Hij schatte haar op een jaar of dertig. Ze had een goed figuur en een prettig gezicht.

'Wat is uw naam?' vroeg ze, terwijl ze het vragenformulier bekeek.

'Wanders, Peter – ter plaatse bekend als VS 2 M.' Hij snoof een paar keer met zijn neus. 'Wat stinkt het hier. Bent u dat?'

Met een argwanende blik keek hij zuster Angela aan. Ze begon te blozen.

'Nee, dat ben ik niet, u ruikt formaline, een ontsmettingsmiddel. Volgende vraag.'

'Zullen we iets drinken?' vroeg hij.

'Dat was niet de vraag, maar ik zal een glas water voor u halen.'

'Water, wat een verrassing.'

'Dat is het enige dat u mag drinken. En ik vind u behoorlijk alert voor iemand... voor iemand die...'

'Die onlangs uit het sterfzaaltje is ontsnapt,' vulde hij haar aan.

Zuster Angela schudde verbaasd haar hoofd. Ze hield best van snedige antwoorden, maar deze man overtroefde haar met zijn rake opmerkingen. Als verpleegster tijdens de oorlog had ze het nodige meegemaakt. Uit ervaring wist ze hoe ze de lastige patiënten moest aanpakken. Een soldaat zonder benen die vraagt of jij zijn sokken even wilt aantrekken, is meer gebaat bij een cynisch antwoord dan een meelevende blik.

Terwijl Peter probeerde rechterop te gaan zitten, observeerde hij haar kalm en sprak: 'Ik hecht niet zo aan het leven, zuster Angela. De sterfzaal en de dood waren mij even lief geweest.'

'En wij hebben zo ons best gedaan u in leven te houden,' reageerde ze verontwaardigd. 'En nu vertelt u mij dat het allemaal niks uitmaakt. Erg vreemd voor zo'n jonge man. Er valt nog zoveel te beleven. Iedereen kijkt uit naar de toekomst, is benieuwd naar wat er nog allemaal gaat gebeuren. Wie we zullen ontmoeten. Misschien ga ik nog wel eens op reis.' Ze keek hem opgewekt aan.

'Dat kan ik u aanraden,' zei Peter. 'Op reis gaan. Dat heeft mij veel vreugde gebracht, maar helaas ook veel verdriet. Je kunt alles achterlaten behalve je herinneringen. Die reizen voortdurend met je mee en juist de meest verdrietige wegen het zwaarst.'

Zuster Angela knikte.

'U heeft veel meegemaakt, dat merk ik aan uw manier van vertellen, maar ook aan uw houding.'

'Mijn houding? Ik lig hier notabene in beton gestort.'

'U weet wat ik bedoel.' Ze schoof kordaat naar de voorkant van haar stoel en vulde de vragenlijst verder in.

*

Een paar dagen later mocht hij voor het eerst zijn bed verlaten. Althans, Peter mocht aan de arm van zuster Angela een poging wagen. De geplande route zou naar het toilet voeren. Het voelde buitengewoon onwennig na zoveel weken de eerste stappen te zetten. Met veel moeite bereikten ze de wc.

'Mag ik uw rechterhand even lenen?'

'Nee, meneer Wanders, u mankeert niets aan uw hand. U kunt zelf plassen.'

Een week later, na verwijdering van zijn gipsen korset, liet hij zich dagelijks rondrijden in een rolstoel. Bij voorkeur geduwd door zuster Angela met wie hij een haat-liefde verhouding had opgebouwd en die hij sinds kort mocht tutoyeren.

'Je hebt het gezicht van iemand die accordeon speelt,' zei Peter terwijl hij zich door de lange gang van het ziekenhuis liet rijden. Als reactie op zijn opmerking, parkeerde ze hem venijnig in een nis van de gang en liep weg zonder iets te zeggen.

'Zuster, zuster, kom terug,' riep Peter. 'Het was een compliment. Wat is nou mooier dan een accordeon spelende vrouw,' loog hij tegen de blinde muur. 'Wat een kreng.'

Een kwartier later zat hij in de tuin, waar een aardige broeder hem naartoe had gebracht. Het was een warme dag. Op het water van de vijver dreven een paar lome eenden tussen het groene kroos. Peter dacht terug aan de wandelingen die hij met Andreas had gemaakt in de tuin van het klooster en de nabijgelegen bossen. Hij dacht aan het bankje aan de rand van het grote heideveld, waar ze zoveel uren hadden doorgebracht. Waar ze hadden uitgesproken dat ze bereid zouden zijn om voor elkaar te sterven. Hoe zou het Andreas vergaan? Zou hij nog zo mooi zingen in een koor of had hij voorgoed de kerk de rug toegekeerd? Peter moest zijn adres zien te achterhalen. Hij wilde weten hoe het met zijn vroegere vriend gesteld was.

Op het pad kwam zuster Angela aangelopen. Ze had zich een bekoorlijk gezicht aangemeten. Kennelijk kwam ze vrede sluiten.

'Paulo, je ziet er goed uit.'

'Ik ben frontaal geschept door een auto, vandaar.'

'Kun je niet één keer gewoon normaal doen? Altijd die ironische toon. Wat is er met je gebeurd dat je het leven niet meer serieus neemt?'

'Zo'n benadering verdient het leven niet. We zijn tegenwoordig intellectueel en dat verstoort ons geluk.' Hij keek haar ernstig aan. 'Kennis verrijkt het verstand maar verjaagt de vreugde. Het staat in de Bijbel, Prediker 1 vers 18: *Wie kennis vermeerdert, vermeerdert smart.*'

'Zo, zo,' glimlachte ze, 'onder dat verband zitten kennelijk ook nog hersens. Kon jij goed leren op school?'

'Heel goed. Ik werd uitgekozen om verder te studeren. Ik zou priester worden of bisschop, daarom ben ik nu ook in

Rome. Het Vaticaan wacht op mij,' sprak Peter theatraal. 'Kom maar voorwaarts, zuster en kniel neer, dan zal ik u zegenen.'

'Je had acteur moeten worden.'

'De grootste toneelspelers vindt men binnen de kerk.'

'Ach, u spreekt uit ervaring, padre Paulo.'

'Ja, ik spreek uit ervaring. Gij zult liegen is een gebod dat hartstochtelijk wordt nageleefd. Er schuilen veel smoezelige verhalen onder het habijt.'

'Waar doel je op?'

'Op seksuele misstanden.'

'In de kerk?'

'In het klooster, op het seminarie, in het koor, in de kerk en in de pastorie. Overal waar je een habijt tegenkomt.'

'Hoe weet jij dat?'

'Uit betrouwbare bron en uit eigen ervaring.' Peter veranderde van toon.

'Er is onder het toeziend oog van de kerk veel schade aangericht. Talloze jongens zijn misbruikt en hebben een besmette eigenwaarde opgelopen. Eens zal het allemaal uitkomen en zullen de daders worden berecht. Maar ondertussen zijn er honderden, misschien wel duizenden jongens en meisjes die een geheim met zich meedragen en daarover niet durven te praten.

Zuster Angela keek hem geschrokken aan.

'Ben je zelf misbruikt?' vroeg ze voorzichtig.

'Enigszins, maar lang niet zo erg als veel van mijn jaargenoten van het seminarie. Bij hen gebeurde het bijna dagelijks. Ik heb laatst nog iemand gesproken die mij vertelde dat op sommige avonden er wel drie verschillende paters aan zijn bed verschenen om allerlei onkuise handelingen te plegen. En dat waren geen incidenten, het had een structureel karakter. En de rooms-katholieke kerk gedraagt zich nog steeds alsof er niets aan de hand is,' vervolgde Peter op een toon die steeds heftiger werd. 'Met veel walmende wierook wordt de zonde weggewimpeld terwijl sommige geestelijken onverstoorbaar voortschrijden en een slijmspoor van ontucht achterlaten. Stoïcijnse slakken die het huis van God in zich dragen zonder enig gevoel van schaamte.' Zijn ogen schoten vuur.

'Ooit,' zei hij, 'ooit zal het verhaal naar buiten komen. En ik zal daarvan getuige zijn.'

*

De sfeer in het ziekenhuis beviel Peter wel. Hij werd dagelijks rondgereden in zijn comfortabele rolstoel. De kwaliteit van het eten was beter dan op straat, de lakens werden op tijd verschoond. En dan er was ook nog de prachtige tuin waar hij bij de vijver een vaste plek had gevonden. De dagen bracht hij door met lezen, uitvoerig mijmeren en sinds kort met figuurzagen en boetseren. Er bevond zich een houten lokaal in de tuin waarin patiënten die daartoe in staat waren naar hartenlust konden knutselen. Voor degene die één of meerdere ledematen mistten, was er aangepast gereedschap. Er werden zelfs kalenders gemaakt die geheel met de mond of voet waren geschilderd. Verborgen talenten kwamen onverwacht tot bloei. '*In der Beschränkung zeigt sich erst der Meister.*' Mutti Schwein had deze uitspraak meerdere malen gebezigd, herinnerde hij uit zijn smokkelperiode. 'In de beperking toont zich de meester.'

Vandaag mocht Peter schaven aan een houten kandelaar, een keuze waar hij zelf verantwoordelijk voor was. Uitgerekend een kandelaar.

Angela kwam even bij hem langs.

'Ik heb nagedacht over wat je zei tijdens ons eerste gesprek.'

Ze keek hem vriendelijk aan.

'Dat het voor jou geen verschil zou maken als je bij het ongeluk was overleden. Ik bedoel, dat het leven voor jou definitief voorbij zou zijn. Sorry hoor, maar dat getuigt niet van een overmaat aan blijmoedigheid.'

Hij haalde zijn schouders op.

'Ik heb het hier op aarde wel zo'n beetje gezien. Desondanks vind ik het leven best wel boeiend en tegelijkertijd volkomen zinloos. Heb jij enig idee wat we hier op deze wereld te zoeken hebben?' Hij keek haar aan met een glimlach die het midden hield tussen ironie en nieuwsgierigheid.

'Zeg het mij,' drong hij nogmaals aan, 'waarom worden we geboren als we toch doodgaan?'

Zuster Angela raapte haar moed bij elkaar en verkondigde in een paar zinnen hoe ze erover dacht: 'Wij moeten de wereld draaiende houden. Hoe dan ook. Het voortdurend blijven onderzoeken zou de opdracht van ons leven kunnen zijn. Een ontdekkingsreis.'

'Helaas weten wij allen hoe deze reis zal aflopen,' preekte Peter, 'zo spannend is dat niet. Maar ik moet toegeven dat ik zwakkere verklaringen heb gehoord.'

Angela vroeg zich af of Peter serieus was of dat zijn opmerking badinerend was bedoeld. Aan zijn gezicht kon ze niet aflezen wat er in hem omging.

'Wat is volgens jou dan de essentie van ons bestaan?' vroeg ze terwijl ze uitdagend plaats nam op de werkbank.

'Daar komen we pas achter als we dood zijn.' Hij zei het zo serieus mogelijk. 'Je moet eerst sterven voordat je de grap van het leven zult begrijpen. Je komt boven in de hemel, Petrus neemt je jas aan, je wordt welkom geheten door de Heilige Maagd Maria die een gezellig deuntje speelt op haar accordeon en tijdens de informatieavond krijg je antwoord op al je vragen.'

'Maria speelt accordeon? Hoe verzin je het?'

'Toen ik van de week jouw gezicht zag, gingen mijn gedachten onmiddellijk uit naar de onbevlekte Maria die met haar trekharmonica velen troost schenkt. Daarom was het een groot compliment dat ik in jouw gelaat de trekken van een heilige herkende. Een uiterst beminnelijk personage dat naast haar barmhartige bezigheden ook nog eens is uitverkoren om te musiceren in de aankomsthal van het hiernamaals.' Zuster Angela blies als een boze kater.

'Ik haal de remmen van je rolstoel en flikker je zo de plomp in.'

*

Peter realiseerde zich dat hoe vaker hij in het gezelschap van zuster Angela verkeerde, des te sympathieker hij haar begon te vinden. Hij besefte dat hij elke keer uitkeek naar haar komst. Had ze een vrije dag, dan kon hij een lichte teleurstelling niet onderdrukken.

Zijn dagen bracht hij door in het park dat het hospitaal aan drie zijden omzoomde. Hij had zijn favoriete plek gevonden onder de grote amandelboom naast de ovale vijver, waarin een fontein op de meest onverwachte momenten begon te spuiten. Op sommige dagen bleef de fontein zwijgen en kregen de vogels de gelegenheid van zich te laten horen. Peter prefereerde de vogelvariant vanwege de romantische melodielijn, had hij Angela toegefluisterd.

Nog ruim een week en hij zou het ziekenhuis mogen verlaten. Barones Sophia Partizani was bereid geweest, na enig aandringen en lichte chantage, de rekening van zijn behandeling en verblijf in het hospitaal te betalen. Bovendien had hij haar nog zes weken revalidatie in een hotel aan zee afgetroggeld. Een korte beschrijving van hun erotische escapades die hij met naam en toenaam zou opnemen in zijn memoires uit Rome, was voor Sophia aanleiding geweest om onmiddellijk haar venijnige notaris langs te sturen.

De zuurpruim gedroeg zich bij hun ontmoeting verrassend bereidwillig en glibberde van vriendelijkheid.

'Wilt u hier even tekenen, alstublieft?'

Alles werd snel en discreet geregeld. Peter beloofde dat hij geen hoofdstuk zou wijden aan de barones in ruil voor een royale financiële schikking.

Het ging goed met Peters gezondheid, hij maakte vorderingen. De laatste paar dagen bewoog hij zich voort op houten krukken. De aanblik was redelijk meelijwekkend, vooral als hij daarbij zijn zielige gezicht trok. Hij had een paar keer voor de spiegel geoefend en was vervolgens hinkend de straat op gegaan om een uurtje te bedelen. Dat bracht voldoende op voor een doppio en een krant. Dit ritueel werd een vast onderdeel van zijn ochtenden. Hij genoot van zijn bedelaarschap.

'Ga bedelen en je leert de mens kennen,' was niet voor niets zijn credo. Op een ochtend toen hij zich zo zielig mogelijk had geïnstalleerd op het trottoir van Via Conciliazione, kwam met kordate pas zuster Angela aanlopen. Ze had hem direct in de gaten.

'Wat ben jij in godsnaam aan het doen?' riep ze terwijl ze nijdig aan zijn jasje trok.

'Sta op, je mankeert helemaal niks. Hoewel,' verbeterde ze zichzelf, 'je mankeert van alles, je bent niet goed wijs.' Ze rukte nogmaals aan zijn kleding.

'Au, je doet me pijn,' riep Peter met een hoog stemmetje. Hij keek om zich heen met een verwrongen uitdrukking op zijn gezicht.

Voorbijgangers bleven staan en keken geschrokken naar het trieste tafereel dat zich voor hen op de stoep afspeelde.

'Voorzichtig mevrouw, u ziet toch dat de man gewond is.'

'Ja, ik ben gewond,' kermde Peter. Er naderde een politieagent.

'Wat is hier aan de hand?' vroeg hij met een professioneel vraagteken. Zuster Angela, helaas zonder haar autoritaire verpleegstersuniform, lichtte de agent kort en bondig in over de situatie.

'Hij is een van mijn patiënten. Hij verblijft in het hospitaal hier verderop. Het is goed zo, ik neem hem mee.'

'Waarom ligt hij dan hier op de straat?' vroeg de agent.

'Zij heeft mij omver geduwd,' kreunde Peter terwijl hij naar zuster Angela wees. Omstanders keken haar boos aan.

'Hij is een komiek, hij speelt de hele dag toneel,' verweerde zij zich. 'Nu speelt hij de arme bedelaar. Vorige week was hij nog William Shakespeare.'

'Kunt u opstaan?' vroeg de agent.

'Met een beetje hulp wel.'

De agent en zuster Angela trokken hem overeind.

'En nu doorlopen, allemaal.'

Het groepje omstanders loste op en ieder vervolgde zijn weg. Peter hinkte voort naast Angela, die moeite deed hem voor te blijven.

'Zullen we een kopje koffie gaan drinken?' vroeg hij.

'Je bent een leugenaar,' zei ze, om meteen daarna zijn zielige stem na te bootsen: *'Ze heeft me omver geduwd, meneer de agent. Oh, ik ben zo zielig.'*

Peter haalde zijn schouders op voor zover dat mogelijk was met de krukken onder zijn oksels.

'Zo erg was het toch niet, bovendien hebben we nu samen een leuke herinnering.'

'Ik wil met jou geen herinneringen hebben.'

'Die heb je al. Ik zal ervoor zorgen dat je mij nooit meer zult vergeten.'

Ze passeerden een koffietentje.

'Ik moet even uitrusten.' Peter liet zich zakken op een terrasstoel.

'Kom gezellig naast me zitten. Ik trakteer.'

'Het is verboden met patiënten een persoonlijke relatie op te bouwen.'

'Is samen koffiedrinken een relatie?'

'Fijne dag verder, kreupele man!' Ze liep weg en hij volgde haar met zijn blik tot zuster Angela was verdwenen tussen het winkelend publiek.

De volgende dag zat hij op zijn vertrouwde plek in de tuin van het ziekenhuis. Hij probeerde een kruiswoordpuzzel op te lossen. Dat deed hij de laatste tijd wel vaker. Goed voor zijn Italiaans. Hij had altijd al aanleg voor talen gehad. Ook Frans en Engels ging hem makkelijk af. Met het Duits had hij om voor de hand liggende redenen minder affiniteit, en ook de harde klanken bevielen hem niet.

*'Guten Tag, Schwester Angela.'*

Juist omdat hij zo de pest had aan de Duitse taal en de herinneringen die eraan kleefden, bediende hij zich in momenten van opperste verveling van een overdreven Germaanse tongval om die taal te kunnen parodiëren.

Zuster Angela liep voorbij met een patiënt aan de arm. Een oudere vrouw in een paarse kamerjas met een dot verband op de plek waar haar oor had moeten zitten.

'Ach, spreken we vandaag Duits?' Zuster Angela wierp hem een cynische blik toe.

'Zuster? Zuster?' De oude mevrouw porde Angela in haar zij en keek belangstellend naar Peter. 'Wie is deze meneer?'

'Ik heb geen idee, mevrouw. Wellicht iemand die een beetje in de war is.'

'Guten Tag, Frau Van Gogh,' groette Peter de dame zonder oor. 'Bent u ook zo dol op zonnebloemen, net als uw broer?'

'Wat zegt de man?'

'De man vindt uw badjas mooi,' tetterde zuster Angela in het goede oor van de oude dame.

'Hij mag 'm wel hebben,' antwoordde ze vriendelijk en maakte aanstalten om haar ceintuur los te knopen.

'Nou, dat zou ik maar niet doen, signora, de man ziet er zonder uw badjas al vreemd genoeg uit. Laten we maar doorlopen.' Tegelijkertijd trok ze de dame voorzichtig met zich mee.

'Schwester?' vroeg Peter met een zeurderig stemmetje, 'komt u straks even bij me zitten?'

'Wat zegt de man?' vroeg de oude dame.

'Hij heeft behoefte aan aandacht.'

'Een luisterend oor,' vulde Peter aan, 'en één oor is al voldoende, mevrouw Van Gogh.'

'Heel grappig, Paulo.'

'Het kan beter. Auf Wiedersehen, Fräulein Angela.'

*

'Ik kijk naar je kont. En ik wil alleen maar met je vrijen. Sorry, het spijt me maar het is de waarheid. Ik kan ook heel schijnheilig zeggen dat ik met je wil bridgen of bessen plukken maar dat is niet waar. Ik wil je meidenkont voelen. Je volle borsten.'

Ze zaten op een bankje in de ziekenhuistuin. Zuster Angela en Peter.

'Zoiets zeg je niet,' sprak ze beledigd en ze meende het.

'Nee, dat klopt. Maar vrijen bepaalt nu eenmaal de gedachtewereld van mannen. Ze bieden je een drankje of een stoel aan, maar eigenlijk denken ze maar aan één ding. Ik spreek het uit. Ik gun je een blik in de simpele geest van de man. Wij willen vrijen. Niets anders. Is dat duidelijk?'

'NEE.'

'Waarom niet?'

'Omdat ik je haat.'

'Eindelijk een vriendelijk woord.'

'Lik m'n reet.'

'Dat klinkt als een invitatie, maar of ik daar zo blij mee ben, valt te bezien.'

Zuster Angela vertrouwde hem voor geen meter.

'Ik ga weg.'

'Laat me je liefhebben.'

'Luister Paulo,' ze sprak zijn naam uit met een ondertoon van afkeuring, 'wat denk jij wel niet? Dat iedere vrouw zomaar voor je valt? Dat je onweerstaanbaar bent? Vergeet het maar. Een vrouw moet je veroveren. Je moet haar serieus nemen. Maar ik denk niet dat jij daartoe in staat bent.'

'Ik neem een vrouw uiterst serieus,' reageerde Peter met een bemoedigende lach.

'Ik probeer eerlijk te zijn en mijn gevoelens te tonen. Ik zou je graag naakt willen zien. Ik zou je willen aanraken. Is dat een foute gedachte? Ik zou willen dat je gelukkig was in een groot bed aan een Italiaans meer. Wat is daar mis mee? En als het al mis is, dan toch zeker een hoogmis.'

Zuster Angela kon een lachje niet bedwingen.

Peter wakkerde het vuur nog wat aan.

'Je bent toch een gezonde, jonge vrouw met gevoelens en verlangens. Ook seksuele verlangens. Laat we elkaar beminnen. Ook al is het maar voor één nacht. Samen kunnen we even gelukkig zijn.'

Zuster Angela kon niet ontkennen dat ze gecharmeerd was van zijn warme stem en dat ze zich gevleid voelde door zijn complimenten. Ook zijn directheid, op het onbetamelijke af, wist ze tot op zekere hoogte te waarderen. Peter spreidde zijn armen in de lucht.

'Lieve schat, elke dag dat je mij uit bed tilde, werd ik bewierookt door je geur, een geur van verlangen. Maar je hebt het ontkend. En nog steeds.'

'Wat vreselijk arrogant om dat te denken.'

Zuster Angela keek hem woedend aan. 'Geloof jij nou werkelijk dat jij als gipsen mummie enige aantrekkingskracht op mij uitoefent? Dat jij met je gehavende kop indruk maakt op een vrouw? Wanneer heb je voor het laatst in de spiegel gekeken?' Ze was opgestaan en stampte met haar witte ziekenhuisschoenen woedend in het grind. 'Ik wil dat dit gesprek wordt beëindigd.'

Ze stampte nogmaals in het grind. 'Wat wil je nou toch van mij?' vroeg ze bijna wanhopig. Met die laatste vraag zette ze de slaapkamerdeur plotseling op een kier. *'Wat wil je nou toch van mij?'*

'Daar ben ik toch wel duidelijk in, lijkt me. Maar ik wil het best nog een keer herhalen. Ik droom al weken van je lichaam. Je strakke billen, je buik en alles wat daaronder tot bloei zou kunnen komen.'

Peter nam een adempauze. Zijn eerlijke bekentenis verdiende een plechtige stilte, vond hij, daarna hernam hij het woord. 'Ik hoop dat je mijn invitatie wilt aannemen om naar de kust te komen. Uiteraard worden alle kosten betaald. Maar wijs me niet zomaar af.'

Angela voelde hoe ze langzaam in het drijfzand werd getrokken. Deze bekwame verleider verstond zijn métier. Nooit had een man haar zo aangesproken, zo zijn best gedaan om haar aandacht vast te houden. Maar dat zou ze nooit toegeven.

'Nee Paulo, hoe durf je te denken dat ik opgewonden raak van het idee dat ik samen met jou een nacht in een hotel kan doorbrengen. Word wakker. Je bent voor mij een patiënt, niets meer en niets minder. Je bent best een aardige man, maar ik ken je verder niet.'

Er viel een stilte.

Zuster Angela keek naar de grond om te voorkomen dat haar blik de ogen zouden ontmoeten van de invalide man die naast haar zat. Het bleef stil. Zwijgend overhandigde Peter haar een gesloten envelop met daarin een treinkaartje eerste klas naar La Posta Vecchia, een badplaats op ongeveer veertig kilometer afstand van Rome.

# 17

Achter een van de hoge ramen op de eerste verdieping van hotel Bella Vista werden gele gordijnen door een mollig dienstmeisje resoluut opzij geschoven. In de bundel ochtendlicht verscheen bij het venster de rijzige gestalte van Madame Louise de Bonville, een dame van zekere leeftijd met zilvergrijs haar, een opgeheven hoofd en een wilskrachtige kin.

Louise liet haar blik glijden over de brede boulevard die langzaam tot leven kwam. De juffrouw van de kiosk plaatste kranten in een rek en rookte tegelijkertijd een dikke sigaar. Vroege wandelaars hielden met ferme stap hun conditie op peil. Dames met roze parasolletjes waren op weg naar hun eerste slagroomsoes. Een kindermeisje volgde in looppas twee rennende kleuters met hoepels. Bij de trap naar het strand manoeuvreerde de ijscoman zijn witte kar in de juiste positie. Boven zijn pet wapperden kleurige vlaggetjes vrolijk in de ochtendbries. En achter de boulevard deinde de blauwe Middellandse Zee.

Maar de blik van Louise de Bonville werd vooral getrokken door een ander tafereel. Op het grindpad in de hoteltuin strompelde die aantrekkelijke man met zijn donkere krullen en intrigerende oogopslag. Een nieuwe gast die haar al dagen in de ban hield.

Ze liet zich zakken in de rolstoel die haar gedienstig was aangereikt door het mollige meisje met haar scheve tanden en guitige glimlach. Vervolgens liet ze zich rijden naar de imposante ontbijtzaal, waar ze werd opgewacht door een ober met een zilveren dienblad waarop de ochtendkrant gereed lag. Terwijl Louise het zachtgekookte ei met een lepeltje stuk tikte, had buiten in de tuin de kreupele graaf Paulo Ravelli zojuist zijn eerste oefenronde voltooid. Hij hield zich aan het strakke revalidatieschema dat hij van zuster Angela had meegekregen.

Peter liet zich met een voldane zucht in een rieten stoel zakken naast de witte oleander aan het eind van het aangeharkte pad.

Hotel Bella Vista werd omringd door hoge palmbomen. Dat alleen al maakte op Peter een prettige indruk. Verspreid in de grote tuin waren enkele zitjes geplaatst. Ronde, comfortabele rieten fauteuils, braaf gerangschikt onder vaalgele parasols. Ook buiten de tuin was alles voorhanden wat een verwende gast zich maar kon wensen. Het hotel was gunstig gelegen aan de boulevard met aan de overzijde een strandpaviljoen waar uitstekende visschotels werden geserveerd.

Op het strand waren ligstoelen beschikbaar waarin je uren kon wegdommelen bij het ruisen van de branding. Peter besloot een zomerse strohoed te kopen om zijn uiterlijk een frivool accent te geven, al was het maar om met een zwierig gebaar de hoed te lichten voor charmante dames. Zo'n hoofddeksel had cachet.

Elke ochtend liep Peter zijn oefenrondjes in de lommerrijke tuin. Hoewel hij nog steeds gebruik maakte van krukken, waren de vorderingen die hij dagelijks maakte duidelijk waarneembaar. Hij werd hartelijk aangemoedigd door het personeel, vrouwen in zwarte jurken met witte schorten voor, die elke ochtend achter het hotel de lakens aan lange lijnen in de lentezon te drogen hingen. Ook de goed verzorgde kelners volgden met interesse de prestaties van de jonge, flamboyante hotelgast. Maar de meest hartelijke support kreeg hij van de ruim tachtigjarige Madame de Bonville, die dagelijks te vinden was op het gazon in de schaduw van een indrukwekkende plataan. Gezeten achter een schildersezel vermaakte zij zich enkele uren per dag door eenvoudige landschapjes te schilderen. Onder een beige luifelhoed priemden twee blauwe ogen opgewekt de wereld in. Scherp hield ze – naast de bewegingen van haar penselen – ook de omgeving in de gaten. Er ontging haar zeer weinig. Ze was royaal van postuur, met overbloezende enkels boven degelijke schoenen. Haar hoog opgestoken kapsel werd bijeen gehouden door een haarklem. Ze had een edel gezicht met voorname gelaatstrekken. Louise de Bonville droeg parels in haar oren met een bijpassend collier om haar hals.

Sinds enige weken had ze haar vaste plek in de tuin weer ingenomen. Elk jaar kwam ze drie maanden logeren in hotel Bella Vista. April, mei en juni. Een periode waarin de temperatuur nog draaglijk was en de boulevard nog niet overspoeld werd met luidruchtige Romeinen die elke zomer de hitte van de stad ontvluchtten.

Meestal was Louise gekleed in ruimvallende jurken van katoenen stoffen met bonte bloemmotieven waar tientallen vlinders op afkwamen. Dat gaf haar een zonnige en uitbundige uitstraling.

's Morgens klokslag tien uur werd ze in haar rolstoel door de portier of liftboy het gazon opgeduwd. Een tweede bediende liep er achteraan met de schildersezel en een verfdoos. Op haar aanwijzingen werd ze met de stoel tot op de centimeter nauwkeurig geïnstalleerd. Het was duidelijk wie hier de lakens uitdeelde.

Op een ochtend vond de eerste ontmoeting plaats tussen Peter, die op dat moment zijn oefenronde liep, en de charmante oude dame die achter haar schildersezel zat. Hij passeerde haar op nog geen drie meter. Zonder van haar doek op te kijken, sprak ze hem in het Frans aan.

'Zou u mij een plezier willen doen, jongeman?'

'Ik zal de ober even roepen, mevrouw. Ik ben niet van de bediening.'

'Dat is me bekend. U bent een revaliderende gast in dit hotel. Een paar dagen geleden heeft u het ziekenhuis verlaten.'

'U bent goed op de hoogte, mevrouw.'

'Ik neem mijn werk serieus. Elke dag hoor ik het personeel grondig uit waardoor ik op de hoogte blijf van wat er zich hier afspeelt. Zo blijf ik betrokken bij de dag. Dat is raadzaam op mijn leeftijd.'

'Waarmee kan ik u van dienst zijn, mevrouw?'

'Ik zou het prettig vinden als u na uw exercitie even bij me komt zitten om nader kennis te maken.'

'U wilt me uithoren,' antwoordde Peter die plezier in de dame begon te krijgen.

'Vanzelfsprekend,' lachte Louise de Bonville beschaafd. Ze sprak op een gedistingeerde toon die haar goede afkomst accentueerde. De woorden gleden als zachte coquilles uit haar mond.

Peter deed drie stappen voorwaarts en stak zijn hand uit.

'Mijn naam is Peter Wanders, maar ik ben ook wel bekend als conte Paulo Ravelli.'

'Dat klinkt mysterieus genoeg om mij te verheugen op onze conversatie. Mijn naam is Louise de Bonville de la France.'

'Dat klinkt romantisch genoeg om in te gaan op uw invitatie, madame.' Peter maakte een lichte buiging. 'À bientôt,' en vervolgde hinkend zijn weg.

Na zijn derde ronde door de tuin verzocht hij een van de kelners om een stoel voor hem aan te schuiven naast Madame de Bonville en tegelijkertijd een bestelling te noteren. Louise had al besloten dat er een kan koffie moest komen en een ruime sortering huisgemaakte bonbons.

'Gaat u zitten, conte Ravelli,' ze wees uitnodigend naar de stoel die zojuist was aangedragen. 'Wat heeft u zo kreupel gemaakt?' vroeg ze terwijl ze met haar penseel een kloddertje rode verf op het doek aanbracht. 'Het moet een klaproos worden,' legde ze ongevraagd uit.

'Alsof ze nog niet genoeg bloemen om zich heen had verzameld,' dacht Peter, terwijl hij haar in zich opnam. Tot op haar luifelhoed zat ze vol met bloemen.

'Ik zie u heus wel kijken, hoor,' lachte ze vriendelijk, 'ik houd van bloemen.'

'Dat was me nog niet opgevallen,' schamperde Peter.

'Zo blijf ik in de bloei van mijn leven. Bij mij is het altijd lente.' Ze lachte een mooi hoog lachje. 'Maar jongeman,' vervolgde ze, 'je hebt mijn vraag nog niet beantwoord. Waarom loop je zo beroerd?'

'Het is een gevolg van een ongeluk. Ik ben overreden door een auto.'

'Hoe kwam dat zo?'

'Ik stak dansend de straat over zonder me te storen aan het verkeer dat in het donker op me afstormde. Met andere woorden: ik was dronken.'

Ze knikte zonder enig blijk van afkeuring.

'En u, Madame de Bonville, wat heeft u doen besluiten om zich in deze markante rolstoel te nestelen?' Peter klopte met zijn hand op de houten omlijsting van het invalidenvehikel dat er met zijn krullende armleuningen en fluwelen bekleding koninklijk uitzag. Haar voeten – gestoken in witte schoenen – rustten op een treeplank met de omvang van een royaal dienblad.

'Het is een erfstuk van mijn moeder,' reageerde Louise met een tevreden glimlach.

'Dat verklaart alles,' zei Peter, 'je erft een rolstoel en kruipt erin.'

'Neem een lekkere bonbon.' Ze wees op de piramide van pralines. 'Ik denk dat wij het goed met elkaar kunnen vinden. Je manier van converseren valt vooralsnog niet tegen. Ik zal je vertellen waarom ik in deze rolstoel zit. Ik heb dezelfde handicap als mijn moeder en mijn grootmoeder. We lijden in de familie aan ouderdom. De benen willen op een gegeven moment niet meer zo goed. Ik kan nog wel lopen, maar ik prefereer misbruik te maken van mijn leeftijd en me vorstelijk te laten rondrijden in deze riante stoel. Heerlijk om over de boulevard te worden voortgeduwd door een jonge, knappe ober. Er is volstrekt niets mis mee om de boel zo af en toe eens kostelijk te belazeren.'

'Ik ben het volkomen met u eens, madame, u verwoordt glashelder mijn levensmotto. Een dag zonder leugen is een dag niet geleefd.'

'Bravo,' ze tikte met de achterkant van haar penseel op zijn arm. 'U mag mij best wel Louise noemen als de situatie daar aanleiding toe geeft.'

'Chère Louise, laat mij u bedriegen met mijn verhalen.'

'U zou mij daarmee een groot genoegen doen, conte Ravelli of hoe u allemaal mag heten.'

De posities waren ingenomen. Paulo en madame Louise voelden zich comfortabel in elkaars gezelschap. De belangstelling was gewekt. Een wederzijds snuffelen van slimme vossen, altijd op zoek naar een interessante prooi. Hun gezamenlijke buit van vandaag bevond zich op tafel. Het café-complet met het assortiment bonbons stond uitgestald op een zilveren plateau.

'Laten we zondigen,' zei Louise, terwijl ze haar bril opzette om haar focus te verleggen naar de delicatessen die een fatale aantrekkingskracht op haar uitoefenden. Peter observeerde aandachtig wat er zich daarna afspeelde, terwijl hij tegelijkertijd in zijn hoofd de zinnen noteerde die hij ter plekke bedacht voor een latere beschrijving van deze scène: *Ze plukte een servetje uit een kristallen glas waarmee ze de broze bonbon voorzichtig van de schaal tilde. Vervolgens bracht ze de praline met een sierlijk gebaar naar haar getuite mond. De explosie van zoete wellust die op dat moment tegen haar gehemelte plaatsvond, vertaalde zich op haar gezicht. Achter de bolle brillenglazen sloten zich haar ogen en een voile van genot daalde neer over het gerimpelde gelaat van Louise de Bonville.*

'Deze bombastische zinnen moet ik onthouden,' besloot

Peter, 'ze neigen naar Russisch proza. Misschien kan ik ooit nog eens een groot schrijver worden die de wereld zal veroveren met zijn woorden. Ravelli, de auteur met de gouden pen, die letters niet alleen in beeld maar ook in geluid verandert.

'Waar denkt u aan?' vroeg Louise.

'Mijn gedachten tilden mij even naar een niveau waarvan ik slechts kan dromen. Ik observeerde u op het moment dat u werd overmand door een geluksgevoel dat werd veroorzaakt door het louter proeven van een bonbon. Dat probeerde ik in woorden te vatten. Ik overweeg schrijver te worden.'

'Heeft u iets te schrijven dat de moeite waard is?'

'Ik heb geen idee, misschien kan ik een bijdrage leveren aan de literatuur door simpelweg mijn verhaal te vertellen.'

'Wat is er zo bijzonder aan uw verhaal, dat het gedeeld moet worden met de rest van de wereld?'

'Ik probeer erachter te komen wie ik ben.'

'Niet interessant.'

'De strijd die ik met mezelf voer is universeel. Iedereen die op zoek is naar een vorm van geluk, kent de pijn van het ontbreken van datgene waarnaar hij verlangt.'

'Nu bent u op de goede weg, neem nog een bonbon.' Madame de Bonville pakte zijn arm en gaf hem een vriendschappelijk kneepje.

'U raakt hiermee de juiste snaar. Ik trouwde op een leeftijd dat een meisje met haar vriendinnetjes nog zou moeten touwtje springen in de tuin. Ik was vijftien toen mijn vader en moeder het wenselijk achtten dat ik zou kennismaken met een achterneef die een vermaard wijnhuis had geërfd. Mijn vader was leverancier van wijnvaten, dat verklaarde hun keuze. De jongeman in kwestie was een keurig persoon met goede manieren. Er viel weinig op aan te merken.

"Het is een uitstekende partij," wist mijn moeder mij te vertellen, "zo'n kans krijg je maar één keer, meisje. Neem dat van mij aan."

Maar je moet toch verliefd zijn om te trouwen? protesteerde ik verontwaardigd.

"Flauwekul," zei mijn moeder, "wie heeft jou dat wijs gemaakt? Sprookjes bestaan niet. Een man is een man, meer is er niet. Zorg dat je een toekomst hebt voor jezelf en je kinderen. De rest is meegenomen. Je gaat echt wel van je man houden."

Ze sprak met de overtuiging van iemand die wist waarover ze het had. "Liefde komt met de tijd."

En ik moet toegeven, monsieur Ravelli, mijn moeder had gelijk. Ik trouwde met een man die ik amper kende, maar hij was een fatsoenlijke echtgenoot. Hij zorgde goed voor me, was zelfs lief voor me en we kregen samen vier kinderen. Ik leerde van hem te houden met al zijn mankementen, en hij deed er alles aan om mij gelukkig te maken. De eerste jaren van mijn huwelijk heb ik gehuild omdat ik dacht dat de prins op het witte paard aan mij voorbij was gegaloppeerd. Ik droomde van een jongeling met blond haar en stralende, blauwe ogen en ik lag in bed met een wijnboer met donker haar en hoge schouders. Maar de liefde die ik van die man heb mogen ondervinden kan geen prins evenaren. Dat zeg ik na vijftig jaar huwelijk. Hij heeft mij lief gehad alsof ik een prinses was. Ik was een kuise en trouwe vrouw die de moeite waard was om van te houden. Bij ons eerste kind stond hij te huilen aan mijn bed. "Wat maak je mij gelukkig," zei hij, terwijl hij doorgaans heel zuinig was met zijn woorden. En zijn tranen waren een volkomen verrassing. "Nu zijn we een gezin," snikte hij trots, "er ligt een kleine wijnboer in de wieg."

Een meisje was ook goed geweest, protesteerde ik, maar dat werd door hem weggewimpeld. Zijn vrouw had een erfopvolger gebaard, dat was belangrijk. De eerste twee jaar had hij nauwelijks belangstelling voor het kind, zo noemde hij het ook: *het kind*. De jongen was te klein om een naam te dragen, vond de familie. Ook zijn moeder had het over *het kind* en niet over Michel, de naam van zijn grootvader. Pas na twee jaar bemoeide mijn man zich serieus met de opvoeding van zijn zoon. De eerste woordjes die het kind sprak waren "vin et père. Wijn en papa". Een paar maanden later werd eraan toegevoegd "Pain et fromage. Brood en kaas". Natuurlijk had ik Michel in het geheim allerlei andere woordjes bijgebracht. Ik had het niet kunnen verdragen dat mijn eigen kind het woord maman niet zou kunnen uitspreken. In die tijd begon ik te ontdekken dat je het leven een beetje moet manipuleren om gelukkig te kunnen zijn.'

*

De dagen die volgden werden gekenmerkt door lange gesprekken onder de plataan in de tuin van hotel Bella Vista. Peter vertelde over zijn jeugd met Loes, de mooie momenten in de schuur, het plezier dat ze deelden achterop de voddenwagen van Bram. Hij vertelde over Andreas, de mooie jongen van het seminarie, waar hij zo verliefd op was. Over de verwarring die dat teweegbracht in zijn jongenshart. Verliefd zijn op een jongen dat hoorde niet, dat was zondig. Bovendien voelde hij zich schuldig tegenover Loes. Ondanks dat schuldgevoel was hij nieuwe relaties aangegaan. Met Bastiënne op de wijnboerderij, Yama en Butterfly in het circus, daarna Daniëlla uit het café en vervolgens liet hij zich meeslepen in een avontuur met Sophia Partizani di Puglia. Al die affaires hadden hem niet tot inkeer gebracht. Om nog maar te zwijgen over de meisjes in de wijnvelden, in de berm langs de weg, achter gammele schuurtjes en in dubieuze lokalen met vals rood licht.

Louise hoorde alles aan met een uitdrukking op haar gezicht die oprechte belangstelling uitstraalde. Zo nu en dan knikte ze begrijpend, glimlachte met een rustige oogopslag en bij sommige passages uit zijn verhaal was zij zichtbaar ontroerd. Toen hij vertelde over de fatale val van Yama, de Japanse trapezeartiest, gleed er zelfs een traan langs haar wang.

Bij zijn verslag over de waarzegster in Nice leunde ze geïnteresseerd voorover in haar rolstoel.

'Ik ben ervan overtuigd dat onze levensweg vastligt,' sprak ze zonder een spoor van twijfel. 'Ons lot is bepaald bij de geboorte, misschien wel daarvoor. Wie zal het zeggen? Men kan slechts kleur aan het leven geven, maar de bestemmingen liggen vast.'

Peter moest denken aan Gurdjieff, de filosoof die eenzelfde theorie aanhangt. Hij had erover gediscussieerd met Sophia Partizani die er verdrietig van werd. En achteraf terecht. Hij voelde zich inmiddels ook ongemakkelijk bij het idee dat de toekomst al vastlag. En nu begon Louise er ook over. Waarom zou hij zich nog inspannen om bisschop of schrijver te worden als alles toch al is bepaald? Zelfs kapitein zijn op ons eigen schip is ons kennelijk niet gegund.

Louise schudde haar hoofd.

'Paulo wees niet bang. Je blijft aan het roer staan van je eigen leven, het schip varen zoals jij dat verkiest, met iedere wending die jij wenst te maken, met alle foute beslissingen die jij zult nemen, maar de havens die je onderweg zult aandoen staan vast.'

Peter haalde onverschillig zijn schouders op.

'Als de plaatsen onderweg en zelfs het tijdstip waarop de boot door de finish vaart al zijn bepaald, kan ik net zo goed in mijn hangmat blijven liggen.'

'Nee, de koers die jij kiest, de normen en waarden die jij als kompas hanteert, zijn van cruciaal belang voor de wijze waarop de reis zich voltrekt. De juiste keuzes maken. Dat is onze uitdaging.'

'Ja, ja,' zei Peter, 'zo kan ik wel twintig uitdagingen noemen. En wat betreft die goede keuzes van u, ik heb vooralsnog meer geleerd van de verkeerde keuzes in mijn leven dan van de goede. Juist de foute beslissingen hebben mij wijzer gemaakt. Maar het was een boeiend gesprek. Daar gaat het toch om?'

Louise beaamde dat. 'Je hoeft het niet met elkaar eens te zijn om een leuke middag te hebben. Overigens, heb je nog meer namen of titels waaronder je bekend staat? Dan kan ik daar rekening mee houden.'

Peter liet een brede grijns zien.

'Ik heet Peter Wanders, dat is mijn Hollandse naam. Conte

Paulo Ravelli dell'Olanda is mijn Italiaanse naam. Men noemt mij Paulo of conte of pikkemans, die laatste is meer een eretitel. Maar ik sta ook bekend als de vliegenvanger, '*de vliegenvanger van Rome*' hebben ze mij gedoopt.

'Ach, vanwaar die naam?'

Peter stond op en plukte twee vliegen uit de lucht.

'Oh, vandaar.' Er klonk weinig bewondering door in haar stem.

Peter pakte zijn krukken, groette Louise met een handkus en hinkte de tuin in.

De volgende ochtend zaten ze weer samen onder de plataan. Peter las de ochtendkrant. Louise was verdiept in haar schilderij.

'Denkt u dat zuster Angela nog zal komen?' vroeg Peter en keek op van zijn krant. Louise schudde haar hoofd.

'Reken er maar niet op. Zoiets doet een vrouw niet. Zomaar op een trein stappen en naar een badplaats afreizen waar een man die ze amper kent, haar wil verwennen. Een halve invalide die nog steeds overhoop ligt met zijn ledematen, om over de chaos in zijn hoofd nog maar te zwijgen. Vergeet het maar.'

Paulo wendde zijn blik af en veroorloofde zich een neutraal kuchje.

'Ik heb haar een treinkaartje gegeven,' verontschuldigde hij zich, 'daarbij mag niet onvermeld blijven dat zuster Angela haar heerlijke billen in de zachte kussens van een eersteklas coupé mag nestelen.'

'Zo worden prostituees ook behandeld,' reageerde Louise pragmatisch. 'Hoeren reizen meestal eerste klasse.'

Ze doopte haar penseel in een heuveltje groene verf dat met de andere gekleurde hoopjes zorgvuldig in de gewenste volgorde op een houten palet was aangebracht.

'Je bent een koppige man, waarom geef je niet gewoon toe dat je de dame in kwestie ook op een andere manier had kunnen uitnodigen. Je bent bot geweest. Ja, zelfs onbeschoft.'

'Kan ik u een kopje koffie aanbieden?' vroeg Peter verdacht beleefd, zonder verder in te gaan op de schoffering van Madame de Bonville. Hij wenkte de ober die al een uur stond te wachten tot hij iemand van dienst kon zijn. Bijna in looppas kwam hij over het gazon aangesneld, bij voorbaat al dankbaar voor de bestelling die hij zou mogen opnemen. Peter legde zijn hand op de arm van Louise.

'Wat kan ik u aanbieden, madame Louise,' vroeg hij nogmaals.

Peter bleef haar met u aanspreken terwijl Madame de Bonville hem steeds vaker was gaan tutoyeren. Zoals een moeder haar zoon aanspreekt en zo nodig corrigeert. Ja, daar leek het op.

'Helemaal niets,' antwoordde ze afgemeten en bleef strak naar het doek kijken. Peter richtte zich tot de ober.

'U hoort het, voor de dame eenmaal helemaal niets en voor mij graag een cappuccino.'

De ober verdween met een beschaafd knikje. Paulo legde de ochtendkrant opzij en bekeek belangstellend het groengele landschap dat op het schilderdoek onder de creatieve handen van Louise langzaam tot leven werd gewekt. Het was van een ongekende saaiheid.

*

De eerste ochtend dat Peter zonder krukken de tuin in wandelde, werd hij door de aanwezige bediening met applaus verwelkomd. Louise was uit haar rolstoel verrezen en ontving hem met een blije glimlach.

'Eindelijk loop je op eigen benen. Gefeliciteerd.' Ze instrueerde de ober om het heuglijke feit te vieren met een fles Moët & Chandon.

'Het is pas elf uur,' protesteerde Paulo.

'Het is nooit te vroeg om iets te vieren. Onthoud dat goed, jongeman. Het is nooit te vroeg om iets te vieren.'

De volgende dag liep hij achter haar rolstoel.

'De krukken laat je maar thuis,' zei ze op een toon die

geen tegenspraak duldde, 'mijn rolstoel biedt je voldoende steun.' Het was een win-win situatie. Peter hervond zijn stabiliteit en Louise was verzekerd van gezelschap. Hij was bevorderd tot koetsier van haar invalidenkar.

'Kom schat, we gaan flaneren op de boulevard,' riep Madame de Bonville enthousiast vanuit haar fluwelen zetel. En bij die ene keer zou het niet blijven. Beide hadden zoveel plezier in hun ontmoetingen dat ze steeds vaker in elkaars gezelschap te vinden waren. Op een gegeven moment was het vanzelfsprekend dat ze samen de dag doorbrachten. En zo reden ze dagelijks over de boulevard, dronken her en der een kop koffie of een glas wijn, lunchten royaal en ook het diner werd gezamenlijk genoten. Het kreupele koppel werd een bekende verschijning in het straatbeeld van La Posta Vecchia.

Tijdens een van hun wandelingen waren ze neergestreken op het terras van een luxe strandpaviljoen, dronken een glas chardonnay en bestelden een uitgebreid visplateau. En passant informeerde Louise of Peter nog contact onderhield met zijn familie.

'Schrijf je weleens een kaartje? Laat je hen weten hoe het je vergaat?'

'Ik moet toegeven dat ik daarin nogal nonchalant ben,' antwoordde hij. 'Bovendien kan ik me niet voorstellen dat iemand in Holland zit te wachten op bericht van een kreupele nietsnut.'

'Een compleet verkeerde inschatting, Paulo. Het gaat niet om zomaar 'iemand in Holland', het gaat om je familie. Elke moeder, waar ook ter wereld, is blij met een kaartje van haar zoon. Ik raad je aan een teken van leven te geven. Een boodschap dat de familie zich geen zorgen hoeft te maken. En dat de verloren zoon zich heeft opgewerkt tot een van de beste rolstoelduwers van La Posta Vecchia.'

'Dat lijkt me geen goed idee,' reageerde Peter afhoudend. 'Mijn moeder gaat ervan uit dat ik een functie bekleed binnen de rooms-katholieke kerk. Ze is niet op de hoogte van het debacle waardoor haar zoon het klerikale pad heeft verlaten. De boodschap moet worden geformuleerd in de lijn van haar verwachtingen.'

Louise de Bonville knikte begrijpend en zocht de juiste toon om haar nieuwe vriend van advies te dienen.

'Je kunt haar schrijven dat je als biechtvader vele gelovigen troost biedt, met name een oude vrouw in een invalidenstoel, die de kerk een warm hart toedraagt.'

'Dat klinkt heel mooi en buitengewoon schijnheilig,' glimlachte Peter verheugd. Eindelijk iemand die hem begreep. Hij zond haar een dankbare blik.

'Het is verstandig om pragmatisch te denken,' doceerde ze op kameraadschappelijke toon. 'Stuur je moeder een kaartje waar ze vrolijk van wordt. Zij zal denken: het gaat goed met mijn zoon, hij heeft zijn weg gevonden. Dat is wat een moeder wil horen.' Ze wees op het zojuist geserveerde visplateau. 'Kom, neem een lekker stukje krab.'

De volgende ochtend koos Peter een ansichtkaart uit het souvenirrekje dat in de receptie aan de muur hing. De foto toonde een vooraanzicht van hotel Bella Vista met op het bordes twee kelners die breed lachend poseerden met een dienblad waarop twee flûtes bruisende champagne prijkten. Ongeveer op dezelfde plek waar de foto van de obers was genomen, ging hij zitten en schreef zijn moeder de volgende tekst:

*Lieve moeder,*

*Uw zoon Peter maakt het goed. De rooms-katholieke kerk in Rome heeft zich over mij ontfermd. Als biechtvader kan ik veel mensen troost bieden. Binnen afzienbare tijd hoop ik u te kunnen bezoeken.*

*Hartelijke groet,*
*Uw zoon Peter Wanders*

'Dat lijkt me een mooie boodschap,' beoordeelde Louise de tekst die hij zojuist had geschreven. 'Het wijkt iets af van de werkelijkheid, maar de leugen blijft binnen het kader van de hoop.'

'Binnen het kader van de hoop?' vroeg Peter. 'Dat klinkt behoorlijk onbetrouwbaar.'

'Dat is het ook. Hoop bieden is een beproefde methode om goedgelovigen gerust te stellen. De kerk doet dat ook. Het vooruitzicht van een beter leven na de dood maakt velen gelukkig. Want de hemel bestaat echt, preken ze elke zondag. De heren van de kerk zijn goed op de hoogte, alsof de Lieve Heer dagelijks achter zijn typemachine kruipt om zijn dienaren van hemelse informatie te voorzien.'

'Het zou zomaar kunnen,' knikte Peter tevreden. 'Uiteraard onder toeziend oog van de Heilige Maagd.'

'Dat spreekt voor zich,' klonk het bevestigend uit de rolstoel. 'Moeder Maria doet dan wel op maandag de witte was, maar de rest van de week kijkt ze mee over de schouder van haar zoon. Dat doen moeders nu eenmaal.'

Louise de Bonville had er duidelijk schik in. Ze liet bijna geen gelegenheid voorbij gaan zonder dat zij de draak stak met deze of gene. Zelfs de bewoners van het hiernamaals konden rekenen op haar badinerende, doch milde observaties. Maar ook zichzelf spaarde ze niet. Ze vond het heerlijk om zichzelf belachelijk te maken.

'Relativeren, Paulo, daar gaat het om. Dat is een goed medicijn tegen chagrijn.'

Louise hief haar beide handen in de lucht. 'Laten we nu het glas champagne nemen dat ons op de ansichtkaart wordt aangereikt.'

Diezelfde dag duwde Paulo de rolstoel met Louise naar de Via Laziale om te gaan winkelen.

'Weldra wordt het echt warm,' zei ze, 'daar moet ik mijn garderobe op afstemmen.'

'Een mooie zomerhoed mag daaraan niet ontbreken,' opperde Peter. 'Die vreemde luifelhoed van u is echt passé.

Daarmee kunnen wij ons niet meer vertonen.'

'Wij, wij? Hoe bedoel je wij? Ik draag die hoed, jij niet. Bovendien is deze unieke luifel wel van een gerenommeerd modehuis. Denk daar niet te min over.'

'Madame Louise, uw hoed is uniek, maar hoort thuis in een museum. Sinds we samen een setje vormen ben ik onderdeel van ons geheel. Ja toch? Maar ik heb geen behoefte om mee te lopen in een processie uit de jaren dertig. Die klassieke rolstoel kan ik nog net verdragen, maar dat slappe luifelhoedje krijg ik echt niet meer door mijn strot.'

'Nog nooit heeft een man mij zo beledigd. Zo'n frontale aanval geopend op mijn garderobe.' Ze zuchtte diep.

'Paulo, je bent een schat. Wat verrukkelijk om zo te worden afgemaakt door een goede vriend. Je bent recht door zee, daar houd ik van. Ook al ben je de grootste oplichter die ik ooit heb ontmoet. Laten we samen een mooie hoed gaan kopen. Ik verlaat me op jouw goede smaak. Een echte Ravellihoed, dat zal het zijn.'

En zo stapten ze de modewinkel binnen van signore Vitello Clitoro, een kathedraal van een homo met sterk geurend haarwater en geëpileerde wenkbrauwen. Hij nodigde hen met een charmant gebaar de winkel binnen.

'Welkom in onze salon,' glimlachte hij met zijn plastic tanden.

Zijn hoofd was getooid met blond golvend haar dat hij minstens vier keer per uur moest kammen om het zo perfect in model te houden. Hij droeg een rood fluwelen jasje met daaronder een grijze pantalon met gepofte pijpen, een knipoog naar de Turkse harembroek. Hij liep op bruinrode suède schoenen met op de bovenkant een frivool strikje. Peter had meteen een zwak voor deze kerstnicht met al zijn franjes

'Je zult toch maar het lef hebben om je zo in het openbaar te vertonen,' dacht hij en gaf Louise een veelzeggend klopje op haar schouder. Daarop begon ze onmiddellijk de conversatie met een prikkelende vraag.

'Die naam Clitoro, is dat uw eigen naam of een artiestennaam?'

Vitello lachte met zijn schouders.

'Het is een geheimpje dat ik graag met u wil delen, signora. Het is een combinatie van het vrouwelijke en het mannelijke dat in mij verenigd is. Ik ben zowel een stier – een toro – als een petite clite, u begrijpt wat ik bedoel.'

'Het is me volkomen duidelijk,' antwoordde Louise terwijl ze Peters hand pakte.

'Schat, hoor je wat deze vriendelijke man zegt? Misschien moet jij ook iets aan je naam doen.'

Geniepig verwees ze hiermee naar de vele namen die hij zich had toegeëigend. Ze glimlachte naar signore Vitello en sprak: 'Mag ik u voorstellen aan conte Ravelli?'

De heren schudden elkaar de hand en Vitello tuitte zijn lippen alsof hij een kusje wilde geven. Het was olijk bedoeld, maar hield wel degelijk een boodschap in zich verborgen.

Louise liet zich vervolgens adviseren door de twee heren. Signore Vitello toonde allerhande japonnen en stoffen, terwijl Peter onomwonden zijn mening gaf. Tot slot werd er een collectie hoeden getoond. Louise koos uiteindelijk voor een oranje zomerhoed met een brede rand.

Signore Vitello nam hen op verzoek van madame ook nog mee naar de herenafdeling waar Louise drie overhemden voor Peter uitkoos en twee pantalons. Een witte en een blauwe. Ze moesten alleen nog even op maat worden gemaakt.

Signore Vitello vroeg Peter op een bankje te gaan staan zodat hij met zijn meetlint de juiste lengte kon afpassen. 'Oh, ik zie het al. U draagt à gauche, u bent linksdragend en nogal fors geschapen.'

Peters eerste impuls was de oude nicht een schop te geven, maar hij vroeg zich af of de opmerking van Vitello wellicht normaal was in de wereld van de couture. Dat deze modekoning meerdere malen per dag zo'n vraag stelde aan zijn clientèle. En dat mannen die maatkleding dragen daar niet van opkijken. Vakjargon, meer niet!

'Wilt een lange of een korte gulp?' vroeg Vitello.

'Doet u maar het gemiddelde.'

'Zou ik ook doen in uw plaats. Je moet niet willen provoceren. Vindt u ook niet, conte Ravelli? Toch maken we behoorlijk veel lange gulpen in ons naaiatelier,' vertrouwde hij Peter toe. 'Tegenwoordig maakt de man er geen geheim meer van. U begrijpt waar ik op doel.'

En zo babbelde signore Vitello gezellig door over de vele variaties in zijn gulpen, die, zo wist hij trots te vertellen, een zekere reputatie hadden opgebouwd.

Signora Louise had zich intussen met haar stoel weggerold naar een rek met sjaals. Ze was buiten gehoorsafstand, vermoedde Peter. En dat was maar goed ook. De conversatie had een bizarre wending genomen. Eigenlijk een beetje onbeschoft ook.

'Hoe kan iemand zo brutaal zijn?' vroeg hij zich af, om een tel later zichzelf te corrigeren. 'Doe niet zo schijnheilig, wat heb jij allemaal wel niet geroepen tegen zuster Angela? Dat je haar slipje naar beneden wilde trekken. Dat je in haar schoot zou willen verdwijnen. Dat heb je allemaal gezegd terwijl je de vrouw nauwelijks kende. Is dat niet even onbeschoft als de opmerkingen van signore Vitello? Jij provoceert ook voortdurend en nu neem je het een ander kwalijk. Dat is niet terecht.'

'Signore Vitello Clitoro, u overstijgt mijn verwachtingen. Men had ons reeds ingefluisterd dat u een stijlvolle man bent met uiterst correcte manieren, maar vanmiddag heeft u zichzelf overtroffen. U bent een heer van stand. Welke stand laten we hier even in het midden.' Peter stapte van het bankje en liet signore Vitello verbaasd achter.

De modekoning rommelde wat met zijn meetlint en liet een nerveus lachje ontsnappen uit zijn weke mond. Peter liep naar Louise die nog aan het snuffelen was tussen de sjaaltjes, maar kennelijk niet kon beslissen. Met een joyeuze zwaai wipte Peter een oranje sjaal van het rek.

'Deze zal u heel goed staan. Aanvaard dit kleinood als een

geschenk van uw Hollandse graaf.'

Ze lachte haar blije lach en wenkte naar signore Vitello.

'Zo kunnen we fatsoenlijk flaneren over de boulevard. Vindt u niet?'

Vitello lachte onderdanig met haar mee.

'U heeft helemaal gelijk, signora. U bent een prachtig koppel, een verrukking voor het oog. Ik ben verheugd u ontmoet te hebben en hoop u nog vaker te zien in onze salon. Arrivederci.'

Diezelfde middag nog werd de nieuwe zomerhoed ten doop gehouden in de hoteltuin. Louise had plaatsgenomen achter haar schildersezel en bij elke beweging van haar hoofd leek ze op een wiegende zonnebloem.

Het was aangenaam stil in de tuin, slechts het gezoem van insecten was hoorbaar, heel in de verte sloeg een kerkklok. Op dit uur van de dag hield men siësta, de luiken van de huizen en winkels waren gesloten, er was nauwelijks verkeer op de boulevard.

Louise deed niet aan siësta.

'Ik ben te oud om de schaarse tijd die mij nog rest te verslapen. Nog even en ik kan eeuwig rusten, al lijkt me dat nogal saai.'

Met voorzichtige streken liet ze haar penselen over het doek glijden.

'Het zal wel weer een landschap worden,' hoorde ze Peter in haar gedachten zeggen.

'Nooit eens gedacht aan een variatie op de Kamasutra?' had hij tijdens een van hun rendez-vous geopperd, 'of desnoods een liggend naakt. In ieder geval iets dat spannender is dan een boerderij in een korenveld.'

Ze kon de directheid waarmee hij zijn vragen stelde en zijn mening naar voren bracht wel waarderen. Hiermee doorbrak hij met verve de geldende etiquette. Maar bij deze jongeman paste die impertinentie wel. Hij was iemand van wie je meer accepteerde dan van een ander. Hij was brutaal, maar bleef charmant. Hij was een boef en tegelijkertijd een gentleman.

Een intelligente man met gevoel voor humor. Wat zou een vrouw zich nog meer als gezelschap kunnen wensen?

Louise voelde zich uitverkoren, een tweeëntachtigjarige vrouw in een rolstoel met een knappe jonge kerel aan haar zijde. Zo dadelijk zou hij weer naast haar plaatsnemen en de conversatie openen met een vileine opmerking of een leuke anekdote. Maar dit keer zou zij voor de verrassing zorgen. Ze had die ochtend een taxichauffeur ontboden en opdracht gegeven om in de stad een schildersezel en een doos met verf te kopen. Het cadeau stond opgesteld in een ruimte achter de receptie en was op afroep beschikbaar.

Een uur later kwam Peter aangewandeld. Hij droeg zijn strooien hoed boven een wit overhemd dat ruim om zijn lichaam viel. Hij zag eruit als een bon vivant. Vlakbij Louise lichtte hij zijn hoed en maakte een beschaafde buiging.

'Bonjour kreupele vrouw, wat draagt u een charmant hoofddeksel. De insecten in de tuin zullen er blij mee zijn. U bent de bloem onder de bloemen.'

'Kom bij me zitten, Peter. Iemand die zo complimenteus is, verdient een geschenk.'

Hij nam plaats op de stoel die al voor hem klaar stond. Louise gaf de ober een teken en even later kwamen er twee bedienden aangelopen met de schildersezel en verfdoos.

'Deze attributen zijn voor jou. Dan heb je iets om handen als je naast me zit. Ik heb het idee dat je er wel raad mee weet.'

'Dank u wel.' Peter gaf haar een handkus. 'Ik zou er zelf niet zo gauw aan gedacht hebben, maar ik ben er heel blij mee. Ik denk dat ik meteen aan de slag ga.'

'Heb je al een idee?'

'Ik zou graag uw hoed willen schilderen.'

'Wat leuk, een portret van mij.' Louise klapte enthousiast in haar handen.

'Ik denk niet dat u herkenbaar zult zijn.'

'Oh, een hoed zonder gezicht eronder. Heel modern!'

'Het is maar een idee. Ik zie een vrouw voor me die naar

de zee tuurt. In de verte is nog net een wit zeiltje te zien van een boot die zojuist vertrokken is of wellicht aan komt varen, dat laat ik over aan de fantasie van hen die het schilderij zullen komen bewonderen.'

'Natuurlijk,' mompelde Louise, 'de meester heeft gesproken.'

Peter schoof zijn stoel voor de schildersezel die op aanwijzingen van Louise naast haar eigen ezel was neergezet, zodat ze met één oogopslag kon zien welke vorderingen Peter zou maken. Met een zwart houtskoolstaafje maakte hij een schets van een grote, brede hoed met daaronder de contouren van een vrouw. Vervolgens gaf hij aan waar de horizon moest komen, de grens tussen zee en strand en het zeil van de boot.

'Wat vindt u ervan?' Peter zocht oogcontact met zijn buurvrouw.

'Niet gek voor iemand die voor het eerst een poging waagt op het doek. Maar als je oprecht mijn mening wilt horen, dan moet ik zeggen dat ik het jammer vind dat er slechts één hoed aan bod komt. Twee hoeden of zelfs meer zou veel intrigerender zijn. Meerdere vrouwen die uitkijken naar dezelfde boot, misschien wel naar dezelfde man. Dat lijkt me spannender. Vrouwen gunnen elkaar het licht in de ogen niet als het om de liefde gaat.'

'Het gaat helemaal niet om de liefde. De boot vervoert een lijkkist met daarin het stoffelijk overschot van een overleden grootmoeder,' fantaseerde Peter, 'maar uw suggestie om meerdere hoeden af te beelden, neem ik graag over. Dat is inderdaad interessanter. Ik zal ze zo positioneren dat niet alleen de spanning maar ook de hiërarchie tussen de dames zichtbaar is.'

Hij koos voor de kleuren geel, oranje, bruin en blauw op zijn palet. Zijn bedoeling was het schilderij qua kleuren harmonieus te houden, zodat de aandacht zou uitgaan naar het verhaal achter het tafereel.

'Welk verhaal?' vroeg Louise.

'Dat laat ik aan uw verbeelding over, en die zal ik vertalen in verf. En nu graag uw interpretatie van de titel van mijn kunstwerk: *Dameshoeden aan Zee.*

'Vrouwen hebben altijd strijd moeten voeren, ook onderling, om erkenning te krijgen,' begon Louise te vertellen, 'het is nog niet zo lang geleden dat ze werden beschouwd als onnozele wezens die zich in de ogen van mannen uitsluitend zouden moeten bezighouden met kinderen baren, de was doen, koken en hun echtgenoot behagen. Of zij gelukkig waren, vroeg niemand zich af. Helaas heerst die opvatting nog steeds. Vooral gevoed door de rooms-katholieke kerk die de vrouw geen enkele stem geeft en haar niet geschikt acht om een kerkelijk ambt te bekleden.'

'Moeder Maria heeft het toch best ver geschopt en als ik me niet vergis was zij ook een vrouw,' reageerde Peter droog.

'Zij was er om een kind te baren,' zei Louise bits. 'Meer werd van haar niet verwacht.'

Peter besloot voorlopig instemmend te knikken.

'Er zijn over de hele wereld miljoenen vrouwen in onderdanige posities,' vervolgde Louise op een toon die geen tegenspraak duldde, 'die gesluierd door het leven gaan. Die uit respect voor een man hem niet in de ogen mogen kijken, die achterwaarts een kamer moeten verlaten, die stokslagen krijgen als ze hun werk niet goed doen.' Venijnig doopte ze haar penseel in een klodder verf. 'Maar uiteindelijk zullen wij vrouwen posities bekleden waar jullie mannen alleen maar van kunnen dromen.'

'En dat moet ik allemaal uitbeelden op één schilderij?'

'Doe je best maar.'

'Dat gaat zeker lukken, madame.' Hij maakte een arrogante beweging met zijn penseel waardoor de eerste oranje streek op het doek verscheen. De aanzet tot een schilderij waarover men decennia later nog niet uitgepraat zou raken.

*

De dagen die volgden werden grotendeels besteed aan de schilderkunst. Ook het werk van Paulo kon bestempeld worden als kunst, vond Louise.

'Alleen al de zwierige penseelstreek die jij van nature hebt, rechtvaardigt een prominente plek op de lijst van meesterschilders,' zei ze een keer tijdens de ochtendkoffie waarvoor ze dagelijks een half uur de tijd namen. Zodra het zilveren plateau met daarop het wit porseleinen servies in zicht kwam, werden de penselen neergelegd. Tijd voor ontspanning.

De eerste uren van de dag hadden ze weinig met elkaar gesproken. Peter nam zijn werk heel serieus en concentreerde zich op zijn schilderij. Vrijblijvend gebabbel kon hierbij achterwege blijven. Hij had niet verwacht dat hij zoveel voldoening zou beleven aan zijn nieuwe hobby.

Louise dronk haar koffie met kleine slokjes, waarbij ze haar ogen sloot als betrof het de duurste kaviaar die langs haar keel naar beneden gleed. Zo kon ze minuten lang genieten, verzonken in haar eigen herinneringen.

Peter bekeek haar van opzij met een glimlach die haar blij zou hebben gemaakt als ze die had kunnen zien. Zijn blik dwaalde over de mooie zonnehoed die haar een koninklijke uitstraling gaf.

'Zeg Paulo?' vroeg ze onverwachts, 'waarom kijk je zo naar mij?'

'Ik word blij als ik naar u kijk.'

'Dank je. Dat is een compliment.'

'En ik observeer graag. Niet alleen mensen, ook dieren of een landschap.'

'Ik observeer het liefst mensen,' zei ze terwijl ze haar ogen opsloeg, 'maar dan ontdek je soms ook dingen die je liever niet wilt zien.'

'Zoals?'

'De littekens op jouw armen.'

'Hm.'

'Waar heb je die opgelopen? Of wil je er niet over praten?'

Tot nu toe had hij er over gezwegen. Maar bij Louise voelde hij zich op de een of andere manier veilig. Misschien zou het heilzaam zijn om ook elkaars verdriet te delen. Peter weifelde, maar begon toch voorzichtig te vertellen. Louise zette behoedzaam haar kopje terug op tafel en leunde achterover in haar rolstoel in afwachting van wat er komen zou.

# 18

'Mijn naam is Peter Johannes Wanders. Gevangenisnummer 290422136.'

Zijn gedachten voerden hem terug naar de binnenplaats van de kille gevangenis.

Het was mei 1943.

Samen met een groep andere gevangenen stond hij opgesteld voor het appèl, in vier rijtjes van vijf. Peter stond die dag vooraan.

Het pokdalige gezicht van de sergeant was slechts enkele centimeters verwijderd van het zijne. De staalblauwe ogen priemden als breinaalden dwars door hem heen.

'Ich habe es nicht gut verstanden,' blafte de Duitser op een toon die tot op de achterste rij angst inboezemde.

Peter herhaalde: 'Peter Johannes Wanders – gevangenisnummer 290422136.'

'Ach so,' reageerde de sergeant sarcastisch en vatte met zijn rechterhand, gestoken in een zachtleren handschoen, de korte zweep die hij onder zijn linker oksel geklemd hield. Binnen een fractie van een seconde voelde Peter een vlammende pijn door zijn gezicht trekken. Van boven zijn rechteroog, over zijn neus naar zijn mond. Hij proefde de eerste druppels bloed, terwijl in de verte een haan kraaide.

Het verbaasde Peter niet meer dat op de moeilijkste momenten in zijn leven de natuur altijd nabij was. Een zwerm vogels, een loeiende koe, de zon die doorbreekt, een haan die kraait. Het had iets rustgevends, alsof het een teken was, misschien wel van God.

'De Almachtige weet wat er gebeurt,' was de boodschap die door de wind werd meegevoerd.

Dat was een geruststellende gedachte die Peter graag wilde koesteren. 'De natuur slaat een arm om mij heen. Eens ben ik weer vrij.' Net als de vogels die hij vanuit zijn celraampje in de lucht kon volgen.

Zijn dagen bracht hij door in eenzaamheid. In een ruimte van twee bij drie meter. Hij doodde de tijd met vliegen vangen en nadenken. Door het luikje in zijn celdeur werd hij voortdurend geobserveerd door de bewaarders en soms door de sergeant die zich afvroeg of deze man niet gek aan het worden was.

'Vliegen vangen. Hoe idioot kun je zijn?'

'Ach so, guck mal, der Junge blutet, das Blut einer Feige.' De sergeant slingerde zijn sarcastische boodschap over de hoofden van de gevangenen. Door het effect van de echo tussen de gevangenismuren klonk zijn stem extra intimiderend.

'Hier voor u staat een man die met het grootste gemak en plezier Duitse soldaten heeft omgebracht,' schalde de sergeant. 'Een man die denkt verzet te kunnen plegen tegen de Duitse overmacht. Een man die zo dom is om te denken dat hij zijn straf kan ontlopen.'

De sergeant liet de na-ijlende echo zijn werk doen. Hij pauzeerde even en liet zijn gele tanden zien, een grijns die niet veel goeds voorspelde.

Nadat Peter de stad Rome begin 1942 had verlaten en Daniëlla, het koffiemeisje en Claudio, de fruitman teleurgesteld had achtergelaten was hij op weg gegaan naar Holland om zijn familie te ondersteunen in deze moeilijke tijden. Maar de voornaamste reden dat hij terug wilde, was zijn buurmeisje Loes. Hij maakte zich zorgen om haar. Ze was immers Joods. En zo langzamerhand begon duidelijk te worden welk lot de Joden boven het hoofd hing.

Tijdens zijn maandenlange reis moest hij zich schuilhouden voor de Duitsers die op zoek waren naar jonge mannen voor de Arbeitseinsatz in Duitsland.

Peter verplaatste zich vooral 's nachts en meed grote dorpen en steden. Onderweg probeerde hij aan voedsel te komen door karweitjes op te knappen voor de boeren op het platteland. Zo was hij in de omgeving van Zuid-Limburg verzeild geraakt in een opdracht waarbij zijn ervaring als smokkelaar hem uitstekend van pas kwam. In plaats van boter en sterke drank, bestond de smokkelwaar nu uit baby's en kinderen. Tijdens een van die smokkelexpedities was hij in contact gekomen met een verzetsgroep. Een Hollands-Belgische eenheid die grensoverschrijdend opereerde. Het was een gevechtseenheid waarbij Peter eigenlijk helemaal niet thuishoorde. Bij toeval waren ze elkaar tegengekomen in de bossen tussen Nederland en België.

Peter was op dat moment op weg met twee Joodse kinderen om die op een schuiladres in België onder te brengen. Hij deed dat een paar keer per week. Hij kende de weg inmiddels goed en voelde zich verantwoordelijk, bijna verplicht om te helpen.

Via een ondergrondse organisatie kreeg hij kinderen toegewezen die hij veilig moest begeleiden, met alle risico's van dien.

Een onbekende dominee – die geen dominee was, maar de titel gebruikte als schuilnaam – ook wel 'de Predikant' genoemd – was de spin in het netwerk en onderhield alle contacten. De begeleiders kenden geen namen. In het geval ze gepakt zouden worden en stevig verhoord, konden ze niet meer kwijt dan: het is de Dominee of de Predikant. Er waren honderden predikanten en dominees die heel braaf hun werk deden. Sommigen waren zelfs in zekere mate loyaal aan de Duitsers; dat spoor zou waarschijnlijk niets opleveren.

Peter liep die nacht ten zuiden van het dorp Veldhoven in de richting van de grens, toen hij tussen de bomen het schijnsel van een zaklantaarn zag. Hij zocht met de twee kinderen snel dekking achter een struik. Het groepje kwam dichterbij. Tot zijn opluchting spraken zij onderling Nederlands en Vlaams. Ze liepen op zo'n vijf meter afstand van elkaar, zodat ze een vangnet vormden.

Peter hield zijn adem in. Wat kon hij doen? Hij kon roepen dat hij zich verborgen hield met twee kinderen. Hij kon met zijn zaklantaarn signalen geven alsof hij een bevriende verzetsman was die op hun komst had gerekend. Hij wist niet goed wat de beste optie was.

Hij hoefde geen keuze te maken.

Vlak achter hem siste een stem in het Duits dat hij moest blijven liggen en zijn bek houden. Hij voelde de loop van een pistool tegen zijn hoofd. Hij gebaarde de kinderen op de grond te gaan liggen. Zelf schikte hij zich behoedzaam naast het angstige tweetal, terwijl hij tegelijkertijd zijn vlijmscherpe mes uit zijn kous probeerde te halen.

Ze hielden zich muisstil. De Duitse soldaat rook naar zweet en tabak. Hij concentreerde zich op de naderende figuren. Ze fluisterden met elkaar en liepen stapvoets af op het bosje waar Peter en de Duitser gespannen wachtten op het moment dat ze ontdekt zouden worden, of dat ze misschien onopgemerkt zouden blijven.

De Duitse soldaat koos voor zekerheid en richtte zijn pistool op een van de naderende mannen. Dat was het moment waarop Peter toesloeg en met zijn mes in één haal de keel doorsneed van Dietrich of hoe hij ook mocht heten.

'Ik heb hem,' riep Peter luid. 'Ik heb hem.'

De mannen kwamen naar hem toegelopen.

'Bravo,' riep er één. 'Maar who the hell wie ben jij? Jij hoort niet tot onze groep.'

'Nee,' zei Peter, 'ik hoor bij de groep van de Dominee. Wij brengen Joodse kinderen over de grens.'

'Jij hebt wel lef, zeg,' zei de man die zich voorstelde als Jeroen.

'Hoe vaak doe je dit?' vroeg hij, 'kinderen smokkelen?'

'Dat kan ik niet zeggen,' zei Peter, 'dat zult u begrijpen.'

'Heel goed, dat wilde ik even weten. We zullen je wel grondig moeten checken, ik ga ervan uit dat je wilt meewerken.' De verzetsman liet zijn pistool in zijn hand balanceren.

Dit waren professionals, dat was duidelijk. Jeroen had een vierkant gezicht en een strakke kaaklijn. Hij keek Peter doordringend aan.

'Dappere kerels kunnen we goed gebruiken.'

Peter knikte, terwijl hij zojuist van angst in zijn broek had geplast.

'Ga jij maar verder met de kinderen,' zei Jeroen. 'Wij maken deze klus wel af. Niemand komt het te weten.'

Peter liep verder met de twee kinderen die zo ongelooflijk stil en lief waren dat hij zich afvroeg hoe dat mogelijk was.

'Jullie zijn lieve, dappere kinderen,' zei hij.

'U bent ook dapper,' antwoordde het jongetje, hij was een jaar of vijf.

'Ik heb heus wel gezien hoe u die Duitser dood maakte.'

'Niets zeggen hoor, Yuri,' zei het meisje dat zijn zusje bleek te zijn. 'Hij heeft ons gered. Hij is een held.'

'Leer je mond te houden,' zei Peter, 'dat kan je leven redden. Niet praten.'

'Dat kunnen we goed,' zei het meisje, 'niet praten en stil zijn.'

'Oh ja?' vroeg Peter fluisterend. Ze waren zojuist de grens gepasseerd.

'We kunnen echt heel goed stil zijn,' zei het meisje. 'We hebben drie maanden onder de vloer gezeten van een woonkamer in een boerderij, terwijl daar overdag mensen aan tafel zaten. Er kwamen soms Duitsers over de vloer. En wij zaten daar in het donker opgesloten met onze ouders.'

'Zo, dat is moeilijk,' zei Peter, 'hoe hielden jullie dat vol?'

Hij voelde haar knuistje dat ze veilig had opgeborgen in zijn hand. Veilig voor zolang het duurde.

'We kregen één keer per dag iets te eten. Meestal gortepap met een homp brood. Soms mochten we 's avonds als het donker was even naar buiten. Een kwartiertje maar. Daarna moesten we weer terug onder de grond. Daar hebben we geleerd te zwijgen.'

'Ik begrijp het.' Peter sloop door het bos terwijl hij in zijn ene hand het handje van het jongetje vasthield en in zijn andere dat van het meisje dat Sarah heette. Niet een echt handige naam in deze tijd, vond Peter. Zo liepen ze nog drie kwartier zwijgend door de nacht om uiteindelijk te worden overgedragen aan het Vlaams verzet.

De Vlaamse ondergrondse was goed georganiseerd, dat was Peter wel duidelijk geworden in de afgelopen periode waarin hij contact onderhield met de zuiderburen. Zwijgzame mannen en vrouwen die bij de overdracht van de kinderen slechts een enkel woord spraken: het codewoord van die avond. Verder tikten ze een keer aan de pet en verdwenen in het bos voordat je het in de gaten had.

Zo gebeurde het ook deze nacht. Hij liet de handen van de kinderen los.

'Ga maar.'

Ze keken nog één keer achterom.

'Dank u,' zei het meisje, terwijl ze werden meegenomen door een forse vrouw en een jonge man.

'Veel geluk,' mompelde Peter nog, maar ze hoorden hem niet meer.

Hij liep terug met een fletse maan als kompas. Een voettocht van ruim een uur naar zijn schuiladres.

Reeds de volgende dag had Jeroen contact met hem gezocht. Het verbaasde Peter dat hij zo snel te traceren was, bijna niemand wist immers waar hij verbleef.

'We zijn een verzetsgroep. Niet veel blijft voor ons verborgen,' verklaarde Jeroen, terwijl hij een kist aardappels op een lorrie plaatste. Peter was even daarvoor in boerenkiel per tractor afgeleverd in een boomgaard achter een boerderij aan een verlaten landweg.

'Wij vormen een speciale eenheid,' vervolgde Jeroen, 'dat betekent dat wij de moeilijkste en gevaarlijkste klussen moeten opknappen. Daar hebben we echte kerels voor nodig en koelbloedige meiden. Vrouwen wekken minder argwaan, een aardig blond meisje met een hoofddoekje om maar wel met een pistool in haar charmante jas of onder haar bloes. Begrijp je? Misschien kom je ze nog wel tegen. Maar ik denk dat jij vooral goed bent wanneer je solistisch opereert. Ik weet niet waarop ik dat baseer, maar zo schat ik je in. Klopt dat?'

Peter was al onder de indruk dat iemand hem inschatte als een echte kerel. Hij, die zijn emoties niet eens kon bedwingen bij het beluisteren van een vioolsonate. Een echte kerel? Hij moest inwendig even lachen. Peter van het Geitenpad maakte op Jeroen een heldhaftige indruk. Die avond zou hij toch eens beter in de spiegel kijken.

'Ik denk dat je gelijk hebt,' zei hij tegen de blonde verzetsman, 'ik werk graag alleen.'

'Daar waren we getuige van, we waren onder de indruk hoe snel en geruisloos jij iemand om zeep kan helpen. Knap werk, heel professioneel. Ik zal niet vragen waar je dat geleerd hebt en hoeveel streepjes je al achter je naam hebt staan.'

Peter knikte zoals mannen knikken die weten waarover ze het hebben. Hij kreeg een in doeken gewikkeld pistool overhandigd, met een doosje extra kogels. Er was een gezin vermoord. Een echtpaar met drie kinderen. Rechtschapen boeren die Joden verborgen hadden gehouden in de hooischuur. Ze waren verraden, waarschijnlijk door de postbode die er verkeerde sympathieën op nahield. Dat zou nader worden uitgezocht.

'Eerst moet de moordenaar omgelegd worden,' instrueerde Jeroen op een toon die Peter deed denken aan een spannend jongensboek. Het ging om een Sturmbahnführer die door Peter uitgeschakeld moest worden. Definitief.

'Hij komt regelmatig in het café met zijn kameraden. Daar ga je heen en je wacht tot hij naar buiten gaat om te pissen. Je volgt hem en slaat toe.'

'Hoe weet ik dat ik de goeie te pakken heb?' vroeg Peter.

'In het café zal iemand je duidelijk maken wie je slachtoffer is.'

Twee dagen later kreeg hij een teken dat het zover was. Voor de zekerheid nam hij ook zijn mes mee. Het was woensdagavond. Na een stevige stamppot ging hij met de fiets op weg naar het café. Hij had een brilletje opgezet om een beetje lullige indruk te maken en zijn rechterhand was die avond spastisch. Hij was ervaren op dat gebied – de zielige bedelaar.

Om een uur of acht kwamen de eerste militairen naar buiten om te plassen in de stalen goot die tegen de buitenmuur aan de achterkant van het café was geplaatst. Peter stond in de schaduw en wachtte af. Op een gegeven moment kwam er een oudere man naar buiten met een zilveren klep op zijn borst. Hij droeg geen pet en was al een beetje dronken.

De kroegbaas liep achter hem aan en riep: 'Herr Sturmbahnführer, u mag ook gebruikmaken van mijn toilet boven de kroeg.'

'Nein, das geht, wo man pisst ist egal. Und ein bisschen frische Luft braucht man immer, haha.'

Er stond al iemand te plassen. De Sturmbahnführer ging er naast staan en knoopte zijn broek los. Peter schoof ook aan en zorgde ervoor dat hij links van zijn slachtoffer stond.

'Guten Abend.'

De andere man vertrok.

Peter probeerde met zijn gehandicapte hand zijn broek te openen.

'Verdomme,' riep hij geërgerd en tilde zijn arm op zodat zijn kreupele hand in het licht zichtbaar werd.

'Das wird schwierig sein, um deinen Schwanz zu fassen,' lachte de Sturmbahnführer.

'Ja stimmt,' lachte Peter en sneed met zijn linkerhand in een razendsnelle beweging de keel door van zijn buurman, die met zijn tollende hoofd voorover in de pisgoot viel.

Peter maakte dat hij wegkwam. Hij kon nog net horen dat twee lallende soldaten naar achteren kwamen. Even later klonken er fluitsignalen en geschreeuw, maar toen reed Peter al over het smalle bospad waar geen auto's konden komen.

Eenmaal op een veilige plek aangekomen, maakte hij het mes schoon en realiseerde zich dat hij nu twee streepjes achter zijn naam had staan. En hij voelde zich niet eens schuldig.

De volgende dag werd er een kist aardappels bezorgd met daarin een briefje. *De oogst is goed gelukt. Er volgt meer.*

Zijn volgende opdracht zou plaatsvinden in de stad. Ze kregen instructie om met z'n tweeën op pad te gaan. Het ging om een meervoudige liquidatie.

'Welke vermomming zou je willen gebruiken om veilig je opdracht te kunnen uitvoeren?' had Jeroen gevraagd. 'Twee jonge kerels trekken altijd de aandacht. Zeker nu, na de overvallen van de afgelopen dagen.'

'Als geestelijke,' antwoordde Peter.

Dat zou een mooie dekmantel zijn. Bovendien zong hij vloeiend Latijn en was op de hoogte van alle rituelen in de rooms-katholieke kerk. Hij zou zich in die vermomming onopvallend kunnen bewegen. Als frater of pater, het maakte niet uit.

'Prima idee,' vond Jeroen. Hij kende een abt van een klooster die betrokken was bij het verzet. Daar zou hij Peter die nu Jean heette omdat hij zo goed Frans sprak, met zijn kompaan onderbrengen. De juiste kleding was in het klooster ruimschoots voor handen. En als ze werden aangehouden, zouden ze van de congregatie 'Le Sacré Coeur' uit Wallonië komen. Twee broeders die op bezoek waren bij hun medebroeders in Holland. Dat klonk best betrouwbaar.

'Aan die klus gaan we werken,' zei Jeroen met een bijna blije glimlach. Hijzelf zou voor de dekking zorgen, zonder dat zij zouden weten waar hij zich bevond.

Die avond voelde Peter voor het eerst wroeging.

'Waar ben ik mee bezig?' vroeg hij zich af. 'Ik ben in koelen bloede mensen aan het afslachten. Geen mensen, maar moordenaars,' suste hij zijn geweten. 'Moffen die kinderen, vrouwen en onschuldige burgers neerschieten. Zonder mededogen, zonder gevoel. Dat moet een halt worden toegeroepen. En iedereen zou zich verplicht moeten voelen daar een bijdrage aan te leveren.'

En toch hield hij vraagtekens in zijn hoofd. Was dit de priester die hij zo graag wilde worden? De geestelijke die zieken zou troosten en het leven in naam van de Vader een beetje draaglijker zou maken? Van die roeping was tot dus ver niet veel terechtgekomen. Hij viel in een onrustige slaap.

*

De volgende dag werden Peter en zijn partner naar het klooster gebracht. Vader abt liet zich niet zien. Een aardige oude broeder bracht ze naar hun kloostercellen. Daar hingen hun kazuifels al klaar. Ze mochten in de kapel het vesper meevieren. Verscholen op de achterste rij, knielden ze op de bidbankjes en zongen mee met de mis die werd opgedragen door een jonge priester. Daarna vroeg de oude broeder of ze gebruik wilden maken van de biecht. Hij keek hen aan met een aandoenlijk rimpelig gezicht.

'Vader abt zou dat zeer op prijs stellen,' voegde hij eraan toe nog voordat ze het aanbod hadden kunnen afwimpelen.

En zo zakte Peter even later op zijn knieën in het biechthokje. Achter het tussenschot klonk een vriendelijke stem.

'Broeder in de Heer, u bent op de goede weg, ook al wordt u omringd door het kwaad. Laat uw ziel niet bevlekken door de duivel. In naam van de Allerhoogste schenk ik u vergiffenis voor al de daden die u heeft verricht en nog zult verrichten ter bescherming van de onschuldigen en in naam van de gerechtigheid. De schuldigen moeten gestraft worden, de opmars van de duivel dient een halt toegeroepen te worden. En deze taak rust op uw schouders. U bent een instrument van God, een soldaat in het leger van de Heer. God zegene u op uw missie. Amen.'

Peter verliet het biechthokje en hapte naar adem. Zo had hij het nog niet bekeken. Hij was uitverkoren om in het leger van de Heer te dienen. Eigenlijk had hij allang afscheid genomen van de kerk en het seminarie met hun leugens en valse gedrag. Maar dit bood een andere kijk op de rol die de kerk kennelijk ook kon en wilde spelen. De rol van beschermer, van vechter tegen het kwaad. Een abt die stelling durft te nemen, die zijn nek durft uit te steken.

Later zou deze abt een hoge Joodse onderscheiding krijgen als een van de geestelijken die zich moedig hadden gedragen tijdens de oorlog. De abt had zijn taak vol liefde en oprechtheid vervuld. Na de bevrijding bleek dat in het klooster veertig Joodse mensen zaten ondergedoken.

Ze hebben het allemaal overleefd.

De volgende morgen werden ze door een auto van het klooster naar de stad gebracht. Zijn medepater, die zich had voorgesteld als Wim, voelde zich ongemakkelijk. Hij zei niet veel, maar transpireerde des te meer.

'Volg mij maar,' zei Peter 'en als je het niet aankan, sla dan een straatje in en verdwijn. Ik heb daar begrip voor.'

'Nee nee,' antwoordde pater Wim, 'ik voel me onzeker omdat ik geen geestelijke ben. Ik spreek geen Latijn, ik weet eigenlijk niets van de kerk.'

'Je bent mijn leerling,' zei Peter, 'laat mij het woord doen. Bovendien zal ik uitsluitend Frans spreken, dat zal zeker bijdragen aan de verwarring. Zorg dat je klaar bent om te schieten als ik het zeg. Voor de rest kun je een kruis slaan. Maar doe dat wel goed. Laat zien.'

De leerling-pater sloeg een kruis.

'Dat is goed,' constateerde Peter, eerst van boven naar beneden, dan van links naar rechts. God zij met u, mijn zoon.'

'Verdomme,' zei de pater, 'ik ben mijn pistool vergeten.'

De zorgvuldig uitgeholde bijbel met daarin het wapen dat veilig was verstopt tussen de psalmen, lag nog op het nachtkastje in het klooster.

'Oh God, wat nu?' vroeg pater Wim in paniek.

'Dan zal ik dubbel zo snel moeten schieten,' antwoordde Peter, 'maar het wordt er niet eenvoudiger op.'

'Wat kan mijn taak nou nog zijn?' vroeg pater Wim.

'Hulp bieden, mijn zoon, hulp bieden. Zodat ik me uit de voeten kan maken,' stelde Peter resoluut.

Hun opdracht was om twee hoge militairen uit te schakelen die verantwoordelijk waren voor de moord op minstens twintig Joodse kinderen in een kindertehuis nabij Maastricht. De kleuters waren daar ondergebracht in de hoop dat ze op die plek veilig waren voor de Duitse razzia's.

'Kleuters zullen ze toch wel met rust laten,' was de overtuiging van velen.

De ouders hadden de kinderen moeten afstaan omdat ze te klein waren om mee te nemen op hun vlucht naar het ongewisse. Voor allen was dat hun grootste kans tot overleven.

De Joodse kinderen hadden uit voorzorg echte Hollandse namen gekregen zoals Joke, Carla en Kees in plaats van Sarah, Rebecca en Bram.

De dag van de gruwelijke Duitse overval op het kindertehuis was zo vrolijk begonnen. De lente kondigde zich aan. De vogels waren extra blij omdat de zon na een sombere, mistige maand eindelijk was teruggekeerd. In de tuin stonden de narcissen en hyacinten al volop in bloei. Het zag er vredig uit. Aan de waslijn hingen frisse kinderlakentjes te drogen en op de stoep stonden de autopedjes keurig in een rij, naast de houten bolderkarren waarin wel vier kleuters tegelijk over de brede paden van de tuin konden worden rondgereden.

Het was half elf, het zanguurtje was net begonnen. Heldere kinderstemmen zweefden door de open vensters naar buiten. Het klonk heel puur, alsof er geen oorlog bestond.

De kinderen zaten in een kring en zongen een lenteliedje.

*'Groen is 't gras, groen is 't gras, onder mijne voeten.'* Ze zaten op houten stoeltjes en klapten enthousiast mee.

Plotseling verscheen er een militaire wagen die dwars over de groene speelweide reed, tot aan de deur. Juf stond op, de kinderen stopten met zingen en wachtten angstig af. Er kwam een Duitser met een pistool in de aanslag binnen. Hij begon te schreeuwen. De juf schreeuwde moedig terug.

'Ga weg,' zei ze, 'u hoort eerst te kloppen voordat u binnenkomt. U heeft geen manieren.'

Er kwamen nog meer soldaten het klaslokaal binnen.

'Kloppen?' schreeuwde de Ortscommandant die dit karweitje zelf wilde klaren. 'Kloppen? Ik zal even kloppen op je voorhoofd,' snauwde hij en schoot de juf een kogel door haar hoofd. Ze viel voorover in de kring. De kinderen begonnen te huilen en te schreeuwen van angst. Hun gezichtjes waren verkrampt van verbijstering.

'Mama, mama,' gilden sommigen, 'mama, mama.'

Anderen waren volledig verdoofd.

Een jongetje boog zich naar de juf, die met haar hoofd in een plas bloed lag.

'Juf, juf?' fluisterde hij zacht, 'ik zal straks een pleister voor u halen.'

De Duitsers moesten lachen.

De kinderen werden vervolgens door de soldaten hardhandig van elkaar gescheiden. Iedereen met bruine ogen en donker haar naar rechts. Alle kinderen met blauwe ogen en blond haar naar links.

'Darf ich?' vroeg een van de soldaten, terwijl hij een angstaanjagend groot mes uit zijn holster haalde.

De Ortscommandant knikte.

Het vlijmscherpe lemmet gleed door de donkere krullen van het Joodse jongetje op de eerste rij. Zijn ogen puilden uit van paniek. Zijn oortje viel op de grond. Het mannetje gilde van de pijn en zijn beer viel uit zijn handen. Daarna werden alle kleuters die in hetzelfde Jodenhoekje zaten koelbloedig doodgeschoten.

De soldaten lachten erbij, of het een verjaardagsfeestje betrof. Een paar kinderen hielden hun knuffels stevig vast alsof die nog bescherming konden bieden.

De kleine meisjes en jongetjes vielen als geknakte bloemen van hun stoeltjes. Een meisje met een paardenstaartje probeerde nog naar de openstaande deur te kruipen.

Een goedgericht schot brak ook het laatste lentebloempje in de knop.

Daarna keken de commandant en zijn vrienden naar de kleuters in het linker hoekje.

'Singen, du musst singen, la la la la.'

Een van de kinderen kreeg een klap voor zijn hoofd. 'Singen, sage ich!'

'We moeten zingen,' huilde een van de oudste meisjes uit de groep. 'Laten we dat maar doen.'

Maar de meeste kleuters waren verdoofd, hun klasgenootjes lagen dood op de grond. Dan kun je toch niet zingen?

'We moeten het doen,' snikte het meisje en begon hortend te zingen.

*'Groen is 't gras, groen is 't gras,*
*de vogels fluiten buiten,*
*we zingen samen in de klas.'*

De andere kinderen begonnen snikkend mee te zingen met het dappere meisje.

*'De lente is gekomen,*
*blaadjes aan de bomen.'*

*'Die Judenkinder sind geflogen,'* zong de dikke commandant er doorheen en maakte een gebaar dat de andere soldaten moesten aanhaken.

*'Die Judenkinder sind geflogen,'* zongen ze in koor. Daarna liepen ze de deur uit.

De kinderen durfden niet te stoppen met zingen.

*'Groen is 't gras, groen is 't gras,'* huilden ze met elkaar, *'de lente is gekomen.'*

Peter, alias pater Jean, liep door de straten van Maastricht. Hij had zijn instructies ontvangen van Jeroen. Hij wist welke schoften hij moest liquideren. De schoften die het kindertehuis hadden veranderd in een mortuarium. Met bijna lichte tred was hij op weg om deze noodzakelijke taak uit te voeren. Hij voelde een golf van haat in zijn borst opwellen.

De Ortscommandant had aangekondigd dat hij op zondag de hoogmis wilde bijwonen. Hij had enkele andere officieren opgeroepen om hetzelfde te doen. Niet omdat ze zo gelovig waren, maar omdat ze op deze palmzondag even wilden laten zien wie de baas was in Holland. Ze vermoedden dat er ook wel verzetsstrijders onder de gelovigen aanwezig zouden zijn. Daarom was het wenselijk om een duidelijk signaal af te geven dat de Duitse soldaten van het Derde Rijk voor niemand bang waren.

'Het zal die Limburgers dun door de broek lopen,' had de Ortscommandant triomfantelijk beweerd.

Pater Jean en zijn medebroeder hadden hun positie ingenomen in de schaduw van de Sint Servaasbasiliek. Pater Wim had een geleende bijbel onder zijn arm. Peter verborg zijn handen devoot in de brede mouwen van zijn habijt. De meeste kerkgangers waren al binnen, het plein was goed te overzien. De houten paarden van de kindercarrousel stonden een beetje dromerig voor zich uit te staren. Pas na de mis mochten ze in beweging komen, zo was de afspraak. De ijscoman leunde tegen zijn witte karretje en maakte een praatje met een voorbijganger. De fruitkraam was op deze palmzondag extra goed gevuld. Bij uitzondering waren er nu ook bloemkolen en stronken andijvie uitgestald.

Het was vijf voor elf. De Ortscommandant kwam aangereden op een motor met zijspan. Hij zat in het passagiersbakje naast een indrukwekkende chauffeur. De Ortscommandant hield wel van een beetje frisse wind in zijn gezicht. Ze reden het Vrijthof op.

Pater Jean maakte zich los uit de schaduw om de belangrijke gasten te begroeten. Hij werd vergezeld door zijn assistent-pater die een nogal nerveuze indruk maakte. Het was ook niet gering dat zulke hoge Duitse gasten hun basiliek kwamen bezoeken. Vanuit de kerk reikten de gewijde klanken van het majestueuze orgel tot ver over het plein.

Ze waren tot vlakbij de gasten genaderd toen er een militair voertuig met zes gewapende soldaten de hoek omkwam.

'God zal me liefhebben,' riep pater Wim uit.

'Dat hoop ik voor je,' zei pater Jean terug. Hij begroette

de Ortscommandant en schoot meteen een kogel door zijn buik.

*'Groen is 't gras,'* siste hij hem toe.

De chauffeur greep naar zijn revolver, maar was te laat.

Peter schoot hem door zijn hoofd en richtte zich weer tot de commandant.

'Weet u het nog? Kinder singen lassen?'

De Duitser keek hem met woedende ogen aan. Het dikke bloed sijpelde door zijn broek.

'Klopf, klopf,' zong pater Jean en schoot een kogel door het rechteroog van de Ortscommandant, een voltreffer die van zijn hersens gehakt maakte.

De militaire auto was nu gevaarlijk dicht genaderd. Men kreeg in de gaten dat er iets mis was. De motorrijder hing over zijn stuur en ook de Ortscommandant maakte geen frisse indruk meer. Het was een kwestie van seconden. Peter wist dat hij dit niet zou redden.

'Hilfe, hilfe,' riep hij luid om zijn assistent aan het werk te zetten. Hij gebaarde naar de militairen in de aanstormende auto.

'Verzorg de gewonden,' riep hij nog terwijl hij zich terugtrok.

De soldaten sprongen uit de auto en liepen met het geweer in de aanslag naar de motor met zijspan waarin hun commandant met een geknakt hoofd buiten het bakje hing.

'Was ist loss?' schreeuwde een van de soldaten.

'Es ist ein Unglück,' riep de assistent-pater. En op dat moment kwam de fruitkar tot leven. Vier groentemannen met automatische geweren kwamen onder de bloemkolen vandaan en maaiden met hun kogels de soldaten neer. Alleen de chauffeur van de auto bleef ongedeerd. Hij richtte zijn pistool op pater Jean die haastig naar de ingang van de basiliek rende. De soldaat schoot en Peter voelde de kogel zijn lichaam binnendringen. Hij klapte dubbel op de marmeren vloer vlak voor de kerkdeuren.

Op dat moment begon het koor te zingen. 'Sanctus Dominus Deus Sabaoth'. Hij werd naar binnen getrokken door de koster en de kapelaan die op dat moment hun leven waagden voor deze onbekende verzetsstrijder, gehuld in het habijt van de moederkerk.

'Kom, we zullen je meenemen.'

Buiten was het stil. De fruitkar zweeg in alle talen en stond er weer vredig bij. Er waren wat kisten met appels en groeten omgevallen, maar voor de rest zag het er keurig uit. De assistent-pater lag huilend op de grond, maar was verder niet gewond. Niet lang daarna zou Wim de verzetsgroep verlaten. De druk was te zwaar en het gevaar te groot.

De chauffeur van de militaire auto had kunnen vluchten.

'Daarin hebben we gefaald,' had Jeroen moeten toegeven. De Duitser was getuige geweest van het feit dat er jonge paters betrokken waren bij de overval.

Peter was half slepend tussen de koster en de kapelaan door het zijpad van de basiliek naar een zaaltje van de kerk gebracht. Hij was door een kogel in zijn linkerschouder geraakt, tien centimeter boven zijn hart. Zijn kleding werd verwisseld, de wond werd provisorisch afgedekt en via een zijuitgang werd hij weggemoffeld in de achterbak van een kleine bestelauto. Jeroen was bij hem in de auto gesprongen met zijn automatische geweer. Bij het wegrijden konden ze vanonder het dekzeil zien hoe het plein zich vulde met nieuwsgierige toeschouwers, waaronder tientallen jonge paters.

'Waar komen die zo gauw vandaan?' vroeg Peter.

Jeroen glimlachte. 'Je hebt meer vrienden dan je denkt.'

'Ik heb me verbaasd over de snelheid waarmee jij een mes of pistool kunt hanteren, zoiets heb ik nog nooit gezien,' had Jeroen tijdens een van hun schaarse gesprekken gezegd.

'Ik heb een nogal hoog ontwikkelde motoriek,' had Peter geantwoord, 'als jongetje heb ik leren vliegen vangen, zowel links- als rechtshandig, die behendigheid heb ik ontwikkeld tot in de perfectie. Geen vlieg – geen enkele vlieg – laat staan een Duitse strontvlieg – ontkomt aan mijn fatale armbeweging. Elke uithaal is terminaal.'

'Potverdomme,' had Jeroen uitgeroepen, terwijl hij toch behoorlijk hervormd was en er thuis niet werd gevloekt, 'jij bent een bijzondere man, pater Jean. Maar het gemak waarmee je spreekt over een fatale armbeweging, een terminale uithaal, boezemt mij ook angst in. Hoe kun je zo emotieloos praten over het doden van mensen?'

'Geen mensen. Moordenaars. Ik dood alleen gewetenloze moordenaars.' Peters reactie was onverwacht fel.

'Zo zie je maar dat iedereen zijn eigen motieven heeft,' antwoordde Jeroen. 'Sommigen zitten in het verzet vanwege de spanning, het avontuur, anderen voelen zich geroepen vanuit morele overwegingen mee te doen, en er zijn er ook die hun land willen bevrijden.'

Peter voegde daaraan toe: 'Je kunt de situatie ook beoordelen vanuit een religieuze gedachte. Dat we onze broeders hoeder moeten zijn. Het staat in de Bijbel. De opdracht luidt: *Bescherm de zwakken en bestrijd het kwaad*.'

'Je klinkt als een priester.'

'Ik was ook een priester. Nou ja, bijna.'

Louise de Bonville keek hem aan met een blik die het midden hield tussen verbijstering en bewondering. Vanwege de spanning had ze alle bonbons uit het schaaltje opgegeten.

'Ik weet niet wat ik hoor,' verzuchtte ze, 'dit overrompelt me volledig. Wat een verhaal. Hoe is het verder gegaan?'

Peter wees naar de achterzijde van zijn linkerschouder.

Er was een aardige arts geweest die de kogel had verwijderd terwijl Peter op zijn buik lag op het biljart in een achterzaaltje van een café aan de rand van de stad.

'Ik zal er een aardige snee van maken zodat het niet lijkt op een kogelgat,' had de dokter hem bemoedigend toegesproken, alsof hij het slachtoffer een nieuwe fiets beloofde. Het litteken zou daardoor ook veel groter worden.

'Zegt u maar dat u tijdens een knokpartij achterover bent gevallen op de scherpe rand van een ploeg of iets dergelijks. Daar komt u wel mee weg,' had de dokter gezegd terwijl hij met een lancet de wond vier zo groot en twee keer zo breed maakte. 'Dat lijkt me wel voldoende,' mompelde hij, terwijl hij even pauzeerde om een glas jenever achterover te slaan.

Met veertien hechtingen en na vier glazen cognac verliet Peter in opgewekte stemming het café. Hij werd de grens over gebracht naar België, waar hij in de omgeving van Luik een weekje mocht bijkomen in het glooiende landschap van de Ardennen.

Hij werd liefdevol opgenomen in een kleinschalig blindeninstituut, waar hij dagelijks met een donkere bril en een rood-wit geblokte stok onder begeleiding van een oudere zuster wandelingen maakte door de velden. Ze konden heerlijk in het Frans converseren, de taal die Peter zo na aan het hart lag.

De zuster vertelde hem dat ze graag borduurde en dat er al menig altaarkleed door haar van een gepaste decoratie was voorzien. En dat er een Hollandse pater was die zangles gaf aan de blinden. Zo'n aardige man, met een prachtige stem.

'Hij is nu met Pasen een weekje bij zijn familie, anders had u hem zeker ontmoet.'

En ze vertelde over haar zes zusters die allemaal met de hand konden melken en jaarlijks deelnamen aan het fruitfestival, waar ze uitblonken op het onderdeel 'rode bessen ritsen'.

Kortom, hij had genoten van deze onverwachte 'vakantie', ook al had hij vanwege die zwarte bril weinig van de omgeving in zich op kunnen nemen.

'Gut, nog blind ook,' merkte Louise cynisch op. 'Er blijven weinig handicaps over om aan je lijstje toe te voegen; spastisch handje, kreupel beentje, gedeukt hoofd en ook nog blind.'

'Wat zegt u?'

'En doof.'

Daar had je die wenkbrauw weer, dat naar boven getrokken boogje. Ze keek hem aan zoals een moeder haar zoontje aankijkt dat naast de scherven van een stukgevallen vaas zit.

Louise wenkte een ober en liet zich met haar rolstoel wegrijden om zich even te kunnen opfrissen.

'Ik ben zo terug,' zei ze bijna gebiedend. 'Pas op dat je niet weggaat,' klonk er in haar stem door.

*

Het ging niet om zijn eigen veiligheid. Zijn ongerustheid betrof zijn buurmeisje Loes, die als Jodin groot gevaar liep. Peter had de verhalen over de transporten gehoord. De Joden werden afgevoerd naar concentratiekampen. Niet omdat ze iets hadden misdaan, maar omdat ze Joods waren. Hij moest haar redden.

'Als ik in staat ben om verraders en moordenaars te liquideren, moet het niet zo moeilijk zijn om mijn vriendinnetje en haar familie veilig te laten ontsnappen,' bedacht hij. Hij moest ze meenemen de bossen in, desnoods de grens over naar een veilige schuilplaats.

Hij dacht aan Mutti Schwein die in haar herberg best wel een plek zou hebben om de familie tijdelijk te laten onderduiken. In Duitsland zullen de Duitsers niet gauw zoeken naar verstopte Joden. Die waren daar allang afgevoerd. En Mutti Schwein leek hem wel een betrouwbare vrouw, maar dat wist hij natuurlijk niet zeker. Ze zou ook wel eens een enthousiaste nazi kunnen zijn.

'Frau Schwein, Heil Hitler.' Ook dat klonk logisch. Niet te snel conclusies trekken. Hij schatte haar eerder in als een tof wijf met het hart op de juiste plaats. Een rebel die niet bang was voor de duvel en zijn oude moer.

Verkleed als boerenknecht probeerde hij mee te liften met vrachtauto's en tractors. Na drie dagen onderweg te zijn geweest, onrustig te hebben geslapen in hooibergen en in bermen langs de weg, was hij eindelijk in de buurt van zijn geboortedorp aangekomen. Vlakbij zijn ouderlijk huis en vlakbij buurman Bram en zijn gezin. En zijn vriendin Loes, als ze nog thuis zou wonen, maar daarover kon hij alleen maar gissen.

Hij had zich zo onopvallend mogelijk gekleed en sleepte met zijn linkerbeen. Een invalide knecht was niet de moeite waard om naar de Duitse werkkampen te sturen. Nog een paar kilometer en hij zou thuis zijn.

'Kijk eens aan, de verloren zoon is weergekeerd,' mompelde hij, terwijl hij een ironische glimlach niet kon bedwingen. Peter wist heel goed welk risico hij nam, hij had van Jeroen vernomen dat hij de meest gezochte vijand was, op zijn hoofd stond een prijs. Een aanzienlijke prijs. Dood of levend. De jongens uit het verzet hadden hem gewaarschuwd.

'Blijf weg, het gevaar is veel te groot. Het gerucht gaat dat jij als geestelijke betrokken bent geweest bij de overval.'

Toch had hij het goedbedoelde advies naast zich neergelegd. Peter wilde terug naar huis om polshoogte te nemen hoe het met zijn familie en de buren was gesteld.

Het verlangen naar Loes werd steeds heftiger. Na dagen liften en lopen had hij volkomen uitgeput de rand van het dorp bereikt. Hij hield zich schuil in het bos dat hij als gewezen smokkelaar als geen ander kende, en bleef wachten tot het donker was.

Om tien uur 's avonds belde hij aan bij bovenmeester Jansma. Dat leek hem een veilig adres. Naar huis durfde hij niet te gaan, die locatie zouden ze zeker in de gaten houden. En bij Bram aankloppen was geen optie. Dat was te gevaarlijk. Bij het huis van de pastoor had hij het ook nog kunnen proberen, juffrouw Sjaan zou hem vast wel binnen laten. Maar bij de pastoor had hij zijn bedenkingen, die was in de omgang nogal afstandelijk en zou hem zeker aanspreken op zijn plichten en verantwoordelijkheden. Bovendien wilde hij de pastoor eigenlijk niet onder ogen komen na alles wat er was gebeurd. Na alles wat er mis was gegaan, na alles wat hij had uitgespookt. Het was gewoon teveel van alles. Dus dan toch maar liever naar meester Jansma.

Met een dof geluid werd de knip van de voordeur geschoven en een moment later keek hij in het bleke gezicht van de bovenmeester.

'Oh God,' riep Jansma uit, 'Peetje... van het Geitenpad. Nee, jou kan ik niet binnenlaten. Echt niet, na alles wat jij hebt aangericht.' Zijn bovenlip trilde van paniek.

'Je hebt een spoor van bloed getrokken door de provincie. Ja, dat is bekend. Verkleed als pater heb je mensen gedood.'

De arme man begon over zijn hele lichaam te beven en probeerde zich vrij te pleiten. 'We hebben te maken met een overheersing van de Duitsers en dat zullen we moeten accepteren. We moeten ons voegen naar de nieuwe tijd. Ik wil geen mensen van het verzet in mijn huis. Dit is een keurig katholiek gezin dat zich schikt in de nieuwe situatie waarin ons land verkeert. Je begrijpt toch zeker wel dat ik niks met je te maken wil hebben.'

Peter had nog niet eens de kans gekregen om goedenavond te zeggen, zo zenuwachtig was de bovenmeester.

'Ga... ga weg.' Jansma struikelde over zijn woorden. 'Mijn... mijn positie komt in gevaar. Ik ben hoofd van de school en organist in de kerk. De pastoor zal ziedend zijn. Hij heeft goede afspraken gemaakt met de Duitsers. Hij is erin geslaagd de rust te bewaren in onze parochie. Ga in godsnaam weg. Ik wil niet weten dat je hier aan de deur bent geweest.'

Peter was uitgeput en wilde het liefst op de drempel van de voordeur in slaap zakken.

'Ik begrijp u,' zei hij vriendelijk, 'maar laat mij vannacht in uw schuurtje slapen. Anders blijf ik in uw tuin liggen. Ik verzet geen stap meer.'

'Is dit een dreigement?' Jansma leek zich te herstellen.

'Nee, een voorstel. Ik beloof u dat ik morgenochtend voor zonsopgang verdwenen ben.'

'Doe dan maar,' zei meester Jansma, 'maar ik kan niets garanderen.'

Nog geen uur later werd Peter hardhandig uit de schuur verwijderd. Acht Duitse soldaten met het geweer in de aanslag hadden hem geboeid en geblinddoekt afgevoerd in de laadbak van een vrachtauto. Hij lag op de ijzeren vloer en voelde zich uiterst ongemakkelijk, bij elke hobbel in de weg sloeg zijn hoofd tegen de bodem.

'Gute Nacht, wie geht es Ihnen?' Hij deed een poging contact te leggen met zijn medereizigers, maar die waren er kennelijk niet. Er kwam geen reactie. Behalve van de twee bewakers die in koor 'Maul halten' riepen.

'Danke vielmals,' wist hij nog uit te brengen voordat hij een schop in zijn maag kreeg.

De rit had nog geen kwartier geduurd. Hij werd uit de laadbak getrokken en voortgeduwd over een grindpad. Daarna moest hij een paar treden oplopen en halt houden. Er werd aan een trekbel getrokken. Het geluid kwam hem bekend voor. Het huis van de pastoor, schoot hem te binnen.

Ze werden binnen gelaten door juffrouw Sjaan, hij herkende haar stemgeluid.

'Meneer pastoor verwacht u in de salon,' zei ze op een hoge, nerveuze toon. Ze ging hen voor door de lange holle gang. Aan het geluid van de voetstappen schatte Peter in dat ze met z'n vieren waren. Juffrouw Sjaan, hijzelf en twee Duitsers. Even later werd hij de kamer binnen geleid. De pastoor begroette de Duitsers allerhartelijkst.

'Ga zitten heren, ik zie dat u een waardevolle vangst heeft meegenomen. Zullen we de blinddoek maar even afdoen?'

Een van de militairen knoopte zijn doek los. Peter moest eerst even knipperen met zijn ogen voordat hij gewend was aan het licht en de situatie in zich op kon nemen. De pastoor had plaatsgenomen in zijn hoge stoel, de twee Duitse militairen zaten schuin tegenover hem.

'Goedenavond,' zei Peter beleefd.

'Nou,' zei de pastoor, 'zo goed zal deze avond voor jou niet aflopen. Ten eerste ben je een dief. Je hebt mijn koffertje gestolen. Dat zou je terugbrengen na de voltooiing van je studie, hetgeen niet heeft plaatsgevonden. Je bent zelfs verwijderd na een zondige misstap. Ja, dat weten we allemaal.'

Hij hief bestraffend zijn vinger op.

'Daarna ben je voortvluchtig geweest en vervolgens heb je misdrijven gepleegd tegen onze vrienden uit Duitsland. Ook dat is mij ter ore gekomen. Er was iemand uit jullie verzetsgroep die gevangen is genomen en na enig fysiek aandringen bereid was om informatie te verstrekken. Jouw naam, jouw namen moet ik in meervoud zeggen, kwamen opvallend veel voor.'

De pastoor keek hem aan met een blik alsof hij zich vermaakte, alsof hij op dit moment had zitten wachten. Hij genoot zichtbaar van zijn macht.

'Als hoofd van deze parochie heb ik een verbond gesloten met de plaatselijke Duitse machthebber. Wij werken heel hecht samen. Begrijp je?'

'Ik begrijp u heel goed,' antwoordde Peter, 'u bent een verrader, een collaborateur.'

'Hoor eens wat een grote mond onze gevangene heeft. Van dat aardige jongetje is niet veel meer over.'

Hij wendde zich tot de twee Duitsers.

'Maar onze vrienden weten wel raad met koppige criminelen, nietwaar heren?'

'Stimmt, Herr Pastor.'

'Willen de heren een glaasje port?'

'Gern, Herr Pastor.'

'En wat zou onze Peter willen?' vroeg de pastoor met een vals lachje.

Peter voelde dat het een valstrik was en besloot zijn antwoord een onverwachte wending te geven.

'Ik zou wel zin hebben in een jong nonnetje. Ik ben in de ogen van de kerk toch al een zondaar. Maar wie niet? Wij allen weten dat er volop gerotzooid wordt tussen paters onderling, pastoors met huishoudsters, paters met jongetjes. En seminaristen met elkaar.'

'Zo zo,' zei pastoor Verlaan die duidelijk moeite had zijn woede in bedwang te houden, maar vooralsnog koos voor de rol van de wijze kerkvader, al was het alleen maar om zijn nieuwsgierigheid te bevredigen.

'De jongeman heeft zowaar een visie ontwikkeld,' sprak hij zalvend. 'Een mening zelfs. Heb je er nog iets aan toe te voegen? Maar realiseer je wel dat alles wat je nu zegt tegen je gebruikt zal worden. Op belediging van de heilige kerk staat een zware straf. Zowel hier op aarde als in het hiernamaals.'

'Ik realiseer me dat heel goed, eminentie.' Met opzet sprak Peter de pastoor aan met een veel te hoge titel.

'Maar toch zou ik graag iets willen toevoegen aan hetgeen ik zojuist heb gezegd.'

'Ik ben benieuwd.' De pastoor leunde achterover in zijn stoel, 'maar veel goeds zal het niet zijn. Hoe meer bewijs we tegen je kunnen verzamelen, hoe liever het me is.'

Peter nam het woord. 'Seksueel misbruik wordt door de kerk met mantels van zwijgzaamheid en schijnheiligheid bedekt, terwijl iedereen er vrolijk op los wipt. Elke geestelijke, zelfs de paus zal zijn erecties in fijne banen moeten leiden.'

De pastoor keek hem aan met ogen als rode pepers. Aan de ene kant wilde hij Peter onmiddellijk het zwijgen opleggen, maar aan de andere kant wilde hij zoveel mogelijk strafbare beledigingen horen om hem ook kerkelijk te kunnen verdoemen.

Peter was toe aan zijn slotakkoord. 'Ik heb in Rome genoeg gehoord en meegemaakt. Er wordt veel klerikaal zaad gemorst.'

'Hoe durf je? Grote schoft die je bent.' De pastoor verloor zijn zelfbeheersing en ontstak in woede. 'Gore zondaar,' riep hij, 'ik ben blij dat je gevangen bent genomen en dat je veroordeeld zult worden. Is het niet door onze Duitse kameraden, dan zal het door God geschieden.'

'Eerwaarde, hoe kunt u als simpele dorpspastoor nou weten wat God ervan vindt? Als landverrader in dienst van de rooms-katholieke kerk zult u in het vagevuur weleens pijnlijk tegen de lamp kunnen lopen.'

'Dit kan jou je leven kosten,' brieste pastoor Verlaan.

'Heel graag. Ik hoop dat ik snel mijn dood tegemoet kan zien,' antwoordde Peter uiterst kalm, 'al was het alleen maar om de dames en heren boven in te lichten over de obscure praktijken van de kerk.'

'Voer dat jongmens af,' gilde de pastoor.

De Duitsers kwamen in actie. Peter kreeg een harde klap in zijn nek en raakte bewusteloos.

Madame de Bonville hield met beide handen haar hoofd vast. Ze kon even geen woord uitbrengen. Tijdens zijn beschrijving van de inval bij het kindertehuis had ze een paar maal haar zakdoekje gepakt en haar ogen dichtgeknepen.

'Vreselijk, vreselijk,' had ze gemompeld.

Bij de hinderlaag in Maastricht had ze haar vuisten gebald, vanuit haar rolstoel had ze meegevochten. Ze had zelfs een denkbeeldig pistool gericht op die vuile schoft die de kleuters had vermoord. Toen hij vertelde over de verrader die na de snelle haal van Peters mes gorgelend in de pisgoot zakte, had ze tweemaal 'bravo' geroepen.

'Gut, je hebt wel lef,' sprak ze nu bewonderend, 'er zullen niet veel mannen zijn met dezelfde moed die jij in de oorlog hebt getoond. Ik heb groot respect voor je.'

# 19

'Sieg Heil.' De Duitse sergeant bracht op de binnenplaats van de gevangenis de Hitlergroet aan een passerende officier en vervolgde rücksichtlos zijn tirade. Hij wees met zijn leren handschoen naar Peter.

'Voor u staat een moordenaar en wat doet het mietje? Vliegen vangen. Hahaha. Hij vangt vliegen, ja vliegen, die vieze strontvliegen, daarmee is hij bijna de hele dag bezig. Das arme Schätzchen.'

De sergeant was nog niet uitgefoeterd. 'Laat eens zien hoe handig je bent.'

Hij trok Peter naar voren en draaide hem om zodat hij met

zijn gezicht naar de groep gevangenen stond.

'Laat zien,' snauwde hij en gaf hem nog een tik met de zweep.

Peter maakte een handgebaar alsof hij een denkbeeldige vlieg uit de lucht haalde. Eerst met zijn rechterhand, daarna met zijn linkerhand. Het zag er een beetje koddig uit, als het niet zo triest was geweest.

'Deze clown – meine Herrn – is ter dood veroordeeld.' Zijn satanische lach echode over het binnenplein en weerkaatste tegen de muren van de cellen die hen omringden. Achter de tralies waren in het duister de gezichten te onderscheiden van de gedetineerden. De meesten wachtten in de kille, donkere cellen op hun executie.

Peter Wanders was ook ter dood veroordeeld. Zijn terechtstelling, door middel van de kogel – zo stond er in keurig handschrift op zijn dossierkaart – vond eerder plaats dan hij had verwacht.

Hij was nog niet eens berecht, laat staan veroordeeld. Hij bevond zich in voorarrest op beschuldiging van betrokkenheid bij sabotage en overvallen. Maar dat maakte niet zoveel verschil. Dood moest je toch. Al was het maar als represaille en om anderen schrik aan te jagen. Schuldig of niet, bekennen deed je binnen een kwartier. Met de martelmethoden van de Gestapo was je bereid elke moord onmiddellijk toe te geven.

Maar ze namen niet eens de moeite hem te verhoren. Eenmaal in Blok 3 was je lot bepaald. En Peter zat in Blok 3. Waarom? Dat kon niemand hem uitleggen. Gewoon pech gehad.

De volgende ochtend werden ze met z'n vieren naar de executieplaats gebracht. Hij kende de andere gevangenen amper. Ze hadden weleens een glimp van elkaar opgevangen, tijdens het luchten of het appèl. Maar een woord hadden ze nooit gewisseld. Dat was ook verboden tussen hen die ter dood waren veroordeeld. De dood moest je alleen onder ogen zien. Heel soms, als de gevangenisdirecteur Herr Kolonel Schultz een goede bui had, mocht er een priester komen die met een wijwaterkwast symbolisch nog enige druppels kon sprenkelen op het vagevuur waar de vlammen minder hoog waren dan in de hel. Het hiernamaals bleef voor deze zondaars uiteraard gesloten.

De avond ervoor had Peter zich nog geen extra zorgen gemaakt. Na de afstraffing van die dag ging hij ervan uit dat hij voorlopig met rust gelaten zou worden. Elke dag uitstel was er één. Ook die avond knielde hij voor zijn brits en bad hij voor hij ging slapen.

'Grote God, u kent me nog wel van het Geitenpad. Ik was uw dienaar in de kerk, later zou ik priester worden, maar u weet als geen ander hoe dat is mislukt. Maar ik heb ook goede dingen gedaan. Dat weet u ook. Ik hoop dat u mij de tijd gunt dat ik bevrijd kan worden door de Engelsen en een leven kan leiden zonder al te veel zonden, zodat we aan het einde van de rit elkaar recht in de ogen kunnen kijken. Amen.'

Vlak voordat hij naar de executieplaats werd geleid, mocht hij zich nog even douchen. Hij mocht zelfs zijn haar wassen.

'Dan ruik je lekker als je omvalt,' lachte de bewaarder die hem met een veel te harde waterstraal tegen de muur aan spoot.

De terdoodveroordeelden werden opgesteld tegen een buitenmuur waarin gaten zichtbaar waren van kogels die hun doel hadden gemist. Ze waren met z'n vieren. Een van de jongens plaste in zijn broek. De donkere vlek op zijn vaalgrijze gevangenisoverall verspreidde zich tot aan zijn knieën.

Ze kregen een doek voor hun ogen gebonden. Iemand gilde om zijn moeder, er volgde een doffe knal en een ploffend geluid van een lichaam dat tegen de grond sloeg. Peter was de derde in de rij. Er volgde een tweede schot. Weer viel iemand om.

Nu was het zijn beurt.

Heel in de verte hoorde hij de stem van Andreas, de hoge

jongensstem uit het koor van het seminarie, een stem met vleugels, een hemelse aubade aan de Allerhoogste. Het 'Ave Verum' nam bezit van hem.

*Ave, ave verum corpus, natum de Maria Virgine.*

Hij bevond zich in niemandsland, tussen leven en dood.

'Voor het aanschijn van de Heer zult ge sterven.'

'Ik kom eraan God, ook al ben ik niet welkom.'

Peter voelde dat zijn lichaam trilde van angst. De stem van Andreas klonk steeds luider. Hij was omringd door een sluier van jongensstemmen.

'God zij mij genadig,' bad hij en tegelijkertijd voelde hij de koude loop van een pistool tegen zijn hoofd.

'Zorgt u alstublieft voor Loes,' waren zijn laatste woorden.

*

Wit licht. Een stralende zonsopgang. De vogels floten mooier dan ooit tevoren. Het was een hemels concert met klanken die in elkaar overvloeiden, zelfs de haan kende zijn plaats die ochtend en kraaide pas mee toen hij aan de beurt was. Peter in *Excelcis Deo*.

Ook de lijster in de kersenboom van een naburige boomgaard floot een condoleance. De natuur nam afscheid van Peetje van het Geitenpad. Het jongetje dat het zo goed bedoelde, altijd blij huppelend in het veld, soldaatje van God dat dapper het spoor van de kerk volgde tot het misging. Een ontspoorde adolescent, die fier zijn vaandel liet wapperen in de moeilijkste perioden van zijn leven. Die keuzes had durven maken en zijn leven op het spel had gezet voor anderen, die vreugde en liefde had gebracht in harten van velen.

Louise hield het zakdoekje met de blauwe viooltjes in de hoekjes al enige minuten tegen haar ogen. Haar rolstoel stond een beetje scheef op het gazon waardoor ze iets naar links overhelde. De statige oude dame was erg verdrietig en helemaal van slag.

'Breng me naar boven, Paulo. Ik vind het zo'n triest verhaal, ik wil naar mijn kamer. Wie had kunnen denken dat zo'n mooie ochtend zou eindigen in zo'n verdrietige afloop,' zei ze zuchtend. 'Ik wil even alleen zijn.'

Peter stond op en ontgrendelde de handrem van de antieke invalidenkar en duwde haar over het gazon naar de ingang van het hotel.

Hij keek van boven op de zomerhoed die ze samen hadden gekocht. De fleurige Ravelli was een beetje scheef gezakt en maakte daardoor een herfstachtige indruk. De zomer had haar glans verloren, zo leek het. En dat verontrustte Peter die uit schaamte zijn pas versnelde. Hij was immers de oorzaak van het verdriet van Louise de Bonville.

Ze fluisterde zacht: 'Madame est triste et fatiguée. Morgen praten we verder.'

Haar rolstoel werd bij de ingang overgenomen door een van de conciërges die haar naar haar kamer begeleidde op de eerste etage. Hoewel het nog volop dag was, werden de dikke gordijnen van haar suite behoedzaam dicht geschoven.

*

'Aufstehen und mittkommen.' Peter lag in zijn cel en begreep even niet waar hij zich bevond. Het leek alsof hij droomde, in ieder geval alsof hij niet bestond. Hij probeerde op te staan, maar dat lukte niet zo goed. De verdoving was nog niet uitgewerkt.

'Ik kom over een kwartier terug,' zei de bewaker, 'dan moet je klaar staan.'

'Oh God, niet nog een keer,' dacht Peter.

'Word ik weer doodgeschoten?' vroeg hij.

'Nee hoor,' zei de bewaker, 'dit is Blok 2.' Het klonk een stuk vriendelijker, vond hij, bijna beleefd.

'Herr Kolonel Schultz, de gevangenisdirecteur, wil u spreken. Ik kom u dadelijk ophalen.'

De directeur zag er redelijk normaal uit. Gelijkmatige gelaatstrekken, heldere ogen, keurig, strak geknipt haar. Ook zijn stem was verrassend beschaafd. Niet dat Germaanse geblaf dat de meeste Duitsers al bij hun geboorte meekregen.

'Waarom bent u eigenlijk opgepakt?' vroeg hij. 'Afgezien van uw leeftijd? Vanwege de Arbeitseinsatz had u al lang in Duitsland moeten werken.'

Peter knikte schuldbewust.

'Ik ben opgepakt wegens sabotage, Herr Direktor. Ik ben gehandicapt. Last van spasmen, mijn lichaam kan plotseling verkrampen, dan kan ik bijna niet meer bewegen en ben ik aangewezen op een rolstoel. Ik werd gevraagd om een voedselpakketje neer te leggen bij een elektriciteitshuisje. Als invalide in een rolstoel zou ik geen argwaan wekken, werd mij gezegd. Ik zag er geen kwaad in, maar achteraf had ik het niet moeten doen, had ik meer op mijn hoede moeten zijn. Meer vragen moeten stellen. Waarom brengen ze dat pakje daar zelf niet naartoe? Zit er wel voedsel in het pakje? Ik ben naïef geweest en heel dom. Het pakketje zou worden opgehaald door een aardige mevrouw die het vervolgens naar een boerderij zou brengen waar kinderen uit de grote stad verzorgd werden. Ik wist niet dat het voedselpakketje tot ontploffing zou worden gebracht. Er bleek een bom in verstopt te zijn. Ik werd opgepakt door een passerende colonne. Zo simpel was het. Ik heb ook onmiddellijk toegegeven dat ik verantwoordelijk was voor het pakketje, maar dat heeft niet in mijn voordeel gepleit. Ik kwam terecht in Blok 3. De dodenafdeling. Daar ging het een stuk beter met me.'

De kolonel keek hem onderzoekend aan en barstte toen in lachen uit.

'Hahaha, in Blok 3 op je executie wachten en dan roepen dat het beter met je gaat. Grossartig, was für ein Witz! Wat een grap!'

De kolonel balanceerde op de hakken van zijn laarzen. Een gracieuze manier van machtsvertoon.

'Tja, het eskader loopt weleens op de zaken vooruit,' verklaarde hij op luchtige toon. 'Er is best wat aan te merken op mijn mannen, maar gebrek aan voortvarendheid kun je ze niet verwijten, hahaha. Er sneuvelen weleens gevangen die onschuldig zijn, maar statistisch gezien is dat te verwaarlozen. Je moet de mannen ook hun verzetje gunnen. Is het niet?'

Peter was het daar helemaal mee eens.

'Natuurlijk, Herr Direktor, dat zal iedereen begrijpen.' Hij slikte een rochel die woedend uit zijn binnenste omhoog borrelde met een ferme hoofdknik terug naar binnen.

'Weet u, we doen hier ook aan schijnexecuties. Vier man op een rijtje. Twee of drie worden er neergeknald, een of twee ontspringen de dans. Waarom doen we dat?'

Het was een retorische vraag. Hij verwachtte geen antwoord. 'Omdat we de angst willen voeden.'

Peter wist er alles van, maar vond het op dat moment niet relevant om zijn traumatische ervaring te delen.

'Er valt niet te spotten met het Derde Rijk. Dat moet glashelder zijn.' Hij tikte met een kort zweepje tegen de schacht van zijn rechterlaars. 'Discipline, daar gaat het om. En onderdanigheid. Absolute nederigheid. En dat geldt zeker voor de onderdrukten, het woord zegt het al.'

Peter achtte het verstandig om begripvol te knikken. Je wist nooit waar het goed voor was.

'Der Führer heeft bepaald dat wij Duitsers Übermenschen zijn en dat zullen wij niet tegenspreken. De rest doet er niet toe. En Juden sind Untermenschen. Daar zijn we het toch over eens?'

'Bestimmt, Herr Direktor,' bevestigde hij met een trotse blik in zijn ogen, terwijl zijn gedachten uitgingen naar zijn Joodse buurman Bram met zijn voddenkar, naar Loes, naar Rebecca en de twee jongetjes. Ze waren allen Joods. Peter verwachtte dat er nu buiten een haan zou gaan kraaien. Drie keer. Hij had degenen verloochend die hij liefhad.

'Ik heb vernomen dat jij goed bent in vliegen vangen,' vervolgde Herr Direktor het gesprek. 'Een handige jongeman. Bovendien spreek je goed Duits.'

'En Frans en Italiaans,' vulde Peter gedienstig aan.

'Heel goed,' zei Herr Direktor, 'dan ben je vanaf nu mijn

vliegenvanger. Je taak bestaat uit het vliegenvrij houden van mijn kantoor. Lukt dat niet, dan ga je alsnog terug naar Blok 3. Heb je dat begrepen?'

'Jawohl, Herr Direktor.' Peter klakte met zijn hakken tegen elkaar. Het waren slappe gevangenisschoenen die geen geluid maakten.

De directeur liep met het zweepje op hem af en tikte ermee tegen zijn kin. 'Luister Peter, want zo luidt je naam toch, of moet ik pater Jean zeggen? Je moet niet denken dat ik naïef ben. Dus haal je niks in je hoofd. We komen vanzelf wel achter de waarheid. Want het pakketje was natuurlijk flauwekul, het was een afleidingsmanoeuvre om de aandacht af te leiden van de andere aanslagen. Zo'n gekunstelde explosie bij een elektriciteitshuisje, gepleegd door een onnozel ogende man in een invalidekar wekt bijkans sympathie op. Maar we zijn niet achterlijk. We komen er samen vast wel achter. U en ik. Nietwaar?'

'Het verhaal van het pakketje klopt,' verdedigde Peter zich voorzichtig.

'Het andere verhaal evenzo, denkt u ook niet?' De kolonel keek hem strak aan. Peter schudde bedroefd zijn hoofd.

'Ik weet niet waarover u het hebt. Het spijt me.'

'U kunt gaan.'

En zo werd Peter Wanders benoemd tot vliegenvanger in dienst van het Derde Rijk.

Reichsfliegenfänger.

Terug in zijn cel begon hij meteen met oefenen. Zijn bewegingen moesten razendsnel zijn. Deze kans mocht hem niet ontgaan. Geen vlieg was vanaf dat moment meer veilig voor zijn rappe vingers. Al dan niet spastisch. Dit was de eerste stap op weg naar de vrijheid.

*

De vleugel van de gevangenis waarin de directie en administratie waren ondergebracht was weliswaar somber, maar had toch een geheel andere uitstraling dan de cellenblokken. Er hingen gordijnen voor de ramen, er lagen kleedjes op de tafels en in de kamer van de directeur stond een gezellig zitje.

Naast vliegen vangen, was het ook Peters taak om de kamer stofvrij te houden. Daarvoor had hij de beschikking over een plumeau, een doek, een bezem en een stoffer en blik.

Hij deed zijn werk nauwgezet en probeerde de commandant zo min mogelijk lastig te vallen of voor de voeten te lopen.

De eerste dagen waren onwennig, maar al snel kreeg hij in de gaten wat er van hem verwacht werd. Zodra hij klaar was met de dagelijkse schoonmaakbeurt trok hij zich terug in een belendende kamer, in afwachting van verdere opdrachten. Vaak moest hij de gangen dweilen of de vaat afwassen. Ze hadden hem een grijs uniform gegeven met op zijn borst en pet de naam: 'Fliegenfänger'.

Wat hadden ze gelachen, de stoere mannen. Er werd zelfs op hem geproost: 'Heil Fliegenfänger.'

Ze vroegen hem om een demonstratie te geven. Peter deed wat hem werd opgedragen. Hij maakte allerlei bewegingen in de lucht en ving onzichtbare vliegen. Men vond het uiterst grappig. Peter stond voor schut, maar behield zijn eigenwaarde. Zo snel kregen ze hem niet klein. En dood was hij toch al.

'Je kunt maar één keer sterven en dat heb ik al achter de rug,' hield hij zichzelf voor. Het kon alleen maar beter worden.

Hij was zeer succesvol in het vliegvrij houden van de kamer van de directeur. Kolonel Schultz was tevreden.

Deze man was van een andere orde dan de pokdalige sergeant die hem zo had vernederd en gemarteld. Die zelfs de loop van zijn pistool op het hoofd van Peter had gedrukt om hem neer te schieten. Die gruwelijke ervaring bleef hem achtervolgen. De beelden en geluiden van die bewuste ochtend pijnigden hem nog steeds.

De sergeant hield Peter voortdurend in de gaten en als er maar even een aanleiding was kreeg de vliegenvanger een schop of een stomp in zijn maag. Maar ook zonder aanleiding, gewoon voor de gezelligheid. Peter liet zich niet provoceren en bleef zich uiterst correct gedragen.

Als een bezetene ving hij in de zomer van 1943 vliegen. Hij was er zo bedreven in dat 'de Vliegenvanger' tijdens feestelijkheden werd opgevoerd als grappige act. Ook als er geen vliegen waren, moest hij doen alsof en graaide hij met beide handen in het luchtledige. Zo ontwikkelde hij een kolderiek dansje. Bij zijn eerste optreden was hij zo zenuwachtig dat hij zijn tranen niet kon bedwingen.

De sergeant en zijn assistenten hadden gedreigd zijn testikels te kraken als hij niet komisch genoeg zou zijn. Om duidelijk te maken dat ze het echt meenden en dat ze nog meer fijne kneepjes van het vak beheersten, hadden ze met een nijptang de nagel van zijn pink verwijderd. Zomaar een voorproefje.

Kolonel Schultz informeerde de volgende dag naar het verband om zijn pink.

'Oh, dat is niets,' wuifde Peter de vraag weg.

'Nou, dan kun je dat verband wel af doen.'

'Sofort, Herr Kolonel.' Peter knoopte het verbandje los en wierp het in de prullenmand.

'Laat zien die hand.'

Peter strekte zijn vingers.

'Wie heeft dat gedaan?'

'De sergeant.'

'Dat zal niet meer gebeuren.'

'Dank u.'

De vliegenvanger werd steeds beter in zijn dansje en kreeg zelfs begeleiding van het dorpsorkest dat altijd werd opgetrommeld als er een gezellig nazifeestje was. Zijn capriolen werden begeleid door blaas- en pianomuziek. Er was zelfs applaus na afloop. De vliegenvanger boog en boog en salueerde aan zijn uniformpet tot groot vermaak van de gasten. Dikke Duitsers die bier dronken en elkaar op de schouders sloegen, terwijl ze onsmakelijk vette worsten naar binnen schrokten. Misschien wel worsten van Mutti Schwein, veronderstelde Peter, zij woonde immers vlak over de grens. Tot in de verre omgeving was haar Stube vermaard vanwege de zelfgemaakte Schinken en worstenbroodjes.

Ach, Mutti Schwein met haar reet van hier tot Karlsruhe, zoals zijn vader haar dikke kont had omschreven. Wat leek dat lang geleden.

Soms kreeg hij een worstenbroodje toegestopt door een van de bedienden. Er waren gelukkig ook goede Duitsers. Jonge jongens die ook maar uitvoerden wat hen werd bevolen. Eigen verantwoordelijkheid bestond niet.

Peter had weleens op het punt gestaan om een vleesmes van tafel te grissen en te laten zien waarin hij werkelijk goed was: een vette Duitse keel doorsnijden.

Commandant Schultz was content met zijn vliegenvanger.

'Maar je zult je straf niet ontlopen,' maakte hij Peter voortdurend duidelijk. 'Je zult terecht moeten staan voor je daden. Maar voorlopig houd ik je nog even uit de wind.'

De vliegenvanger kreeg er een nieuwe taak bij, hij mocht nu ook bedienen. Thee en koffie schenken, de lunch serveren en drankjes verzorgen. Hij kreeg zelfs een wit jasje dat hij aantrok als hij klaar was met zijn andere bezigheden.

Op een dag vroeg de commandant: 'Houd je van kunst?'

'Daar heb ik geen verstand van, Herr Kommandant. Maar ik mag graag luisteren naar klassieke muziek. Mozart bijvoorbeeld en Mahler, vooral de negende. En ik speel een beetje viool.'

'Wunderbar. En schilderijen? Heb je daar belangstelling voor?'

'Als ik de kans krijg zeker. Ik heb in Rome musea bezocht.'

'Hier,' de commandant overhandigde hem een boek, 'er staan heel wat mooie kunstwerken in. Bekijk ze eens rustig als je even niets te doen hebt. Dan kunnen we er samen van gedachten over wisselen.'

'Dank u.'

De weken die daarna volgden kregen bijna een aangenaam karakter, voor zover dat denkbaar was in een gevangenis. Peter sliep in cellenblok 1, de meeste gematigde afdeling. 's Morgens verliet hij zijn cel en keerde er pas 's avonds terug. De maaltijden kreeg hij in de directievleugel waar de kwaliteit van het voedsel een geheel ander niveau had. Zelfs gebakken eieren vielen hem ten deel. En vlees met jus. Het vertroebelde echter wel het beeld van de nabije toekomst. Peter zou zich moeten verantwoorden voor zijn daden. Hij werd beschuldigd van meerdere liquidaties in het zuiden van het land. Tot aan de overval op de Obersturmbahnführer in Maastricht toe. Moord. Daar stond de doodstraf op.

'Kijk, zie je hoe mooi die lichtval is?' Kolonel Schultz wees naar de foto van een schilderij van Jozef Israëls. Steeds vaker bespraken ze samen schilderijen uit het kunstboek dat Peter van de commandant mocht inkijken. Zo leerde hij over de renaissance, het pointillisme van Seurat, de wolkenluchten van Ruysdael, de vrolijke taferelen van Jan Steen en de bacchanalen van Breughel.

'En wat vind je van Vincent van Gogh?' vroeg de commandant op een keer.

'Die valt me een beetje tegen,' antwoordde Peter oprecht. 'Zijn schilderijen komen nogal rommelig over. Alsof ze in een verloren uurtje gemaakt zijn. Die zonnebloemen zou ik echt niet aan de muur willen hangen.'

'Van welke meester zou je thuis wel een schilderij willen hebben?'

'Doet u mij maar een Rembrandt of een Frans Halsje.'

'Toe maar, de vliegenvanger zet hoog in. Maar je hebt smaak, dat moet ik toegeven. Die zonnebloemen van Van Gogh neem ik wel mee naar huis.'

Tussen de hoge gevangenismuren vochten de minuten zich traag naar boven langs de wijzerplaat van de grote klok op de binnenplaats. De dagen waren lang, erg lang.

Peter was bevoorrecht. Door de ramen van de directiekamer kon hij een summiere blik werpen op de wereld. Tussen de tralies door kon hij fietsers en voorbijgangers volgen. Ze waren slecht gekleed en verplaatsten zich haastig, alsof ze ergens op tijd moesten aankomen. Diep weggedoken in grauwe regenjassen, vrouwen met sjaals rond hun hoofd geknoopt. Handkarren beladen met oude meubels of vodden werden voortgeduwd door mannen met gebogen schouders. Het zag er nogal triest uit. Een somber schilderij van Johan Braakensiek, trok Peter de vergelijking. Hij vermoedde dat hij voorlopig geen deelgenoot zou zijn van dat buitenleven. De vrijheid, hoe neerslachtig ook, lag voor hem niet in het verschiet. Hij overwoog te onderzoeken of er een mogelijkheid zou zijn om te vluchten.

Daarna namen de gebeurtenissen een beslissing voor hem.

# 20

De laatste dagen voelde je de spanning stijgen. Men verwachtte belangrijk bezoek. Rijkscommissaris Seyss-Inquart, de hoogste Duitse functionaris in Holland, zou zijn opwachting komen maken. Kolonel Schultz had zijn staf op ferme toon toegesproken. Alles moest vlekkeloos verlopen, genadeloos volmaakt, geen enkele fout zou onbestraft blijven. De commandant wilde met zijn gevangenis een voorbeeld zijn van discipline, daadkracht en perfectie. Het succes van het aanstaande bezoek zou bepalend zijn voor zijn carrière. Seyss-Inquart zou immers de nieuwe koning van Nederland worden. Hij was de machtigste man in ons land. Onder elke hoge benoeming stond zijn handtekening. Vandaar dat kolonel Schultz zich zo druk maakte. Iedereen werd op het matje geroepen om bevelen te ontvangen.

Peter zou als vliegenvanger extra alert moeten zijn. Zich uiterst correct moeten gedragen, het liefst onzichtbaar zijn. Hiërarchisch gezien was zijn rol ondergeschikt aan de vlieg die hij moest vangen. Als dat maar duidelijk was. Voor de gelegenheid kreeg hij nieuwe sloffen met zijn initialen, de letters R. F. – Reichs Fliegenfänger. De R op de linker slof, de F op de rechter. Ze liepen geruisloos waardoor vlieg noch mens op de hoogte was van waar hij zich bewoog. Hij verplaatste zich onhoorbaar.

Seyss-Inquart had een kleine staf met zich meegenomen. Behalve enkele officieren was in zijn gevolg ook een jonge vrouw opgenomen die als secretaresse de correspondentie van S.I. voor haar rekening nam. Ze hadden hun eigen stoelen en bureaus meegebracht zodat ze vertrouwd bleven met de inhoud van de laden en onmiddellijk paraat waren om administratieve actie te ondernemen. Pünktlichkeit ten top.

Peter verbaasde zich over de kadaverdiscipline die er heerste onder de Duitsers.

De jonge vrouw droeg de naam Hannelore, en zo zag ze er ook uit. Ze had een blonde vlecht rond haar hoofd en een bruin pochet in de borstzak van haar colbert.

Vanaf het eerste moment had Peter een hekel aan haar en dat was geheel wederzijds.

De rijkscommissaris maakte een rustige indruk, bijna vriendelijk in zijn gedrag. Hij was een persoonlijk vriend van de Führer, hoewel Peter dat een matige aanbeveling vond.

Fräulein Hannelore had hem op de regels gewezen. Hij mocht niemand melden in welke vertrekken de rijkscommissaris zich bevond. Hij diende te zwijgen over alles wat er binnenskamers gebeurde en werd besproken. Op elk geschonden woord stond de doodstraf. Er werd hem verteld hoe hij zich diende te gedragen bij alarm en bombardementen. Men was op alles voorbereid.

Peter ging aan de slag en zette zijn stil gevecht tegen de insecten voort.

Buiten was het volop zomer, de lucht was bezaaid met vliegen. Behalve enkele zwaluwen en spinnen deed niemand aan Peters strijd mee. Zijn taak was seizoensgebonden. Dat stemde hem ongerust. Als de temperatuur daalde, was er tevens een afname van de vliegenpopulatie. Hij vroeg zich af wat hij de komende herfst en winter zou moeten doen als er praktisch geen vliegen waren.

De rijkscommissaris zou een dag of vijf blijven. Hij wilde enkele inspectiebezoeken afleggen in de omgeving, maar zijn hoofdkwartier zou in de gevangenis zijn.

'Seyss-Inquart is tijdelijk ingetrokken bij Peter de vliegenvanger,' formuleerde Peter de situatie voor zichzelf. Dat gaf een zekere status aan zijn positie binnen het gevangeniswezen. Dat hij ter dood veroordeeld was, speelde vooralsnog geen rol.

Samen met kolonel Schultz hield de rijkscommissaris die dag een inspectieronde in de gevangenis en verdween vervolgens in zijn kantoor waar Peter verdekt stond opgesteld achter een gordijn.

'Heil Hitler,' riep Hannelore.

De commissaris knikte.

'Heil Hitler, Herr Reichskommissar,' riep Peter.

Seyss-Inquart keek op.

'Wat is dat?' vroeg hij.

Kolonel Schultz kwam snel tussenbeide. 'Dat is de kamerbediende. Hij is van de verzorging en bovendien de beste vliegenvanger van Europa. U zult geen last van insecten hebben.'

'Ach so,' was het summiere antwoord.

Ach so, meer was Peter niet waard. Kennelijk was het wel een teken van instemming, want hij mocht blijven.

De commissaris hinkte naar zijn bureau. Hij droeg één hoge schoen. Het was eigenlijk een onbeduidend kreupel mannetje met een nietszeggend gezicht dat bovendien ontsierd werd door een bril met dikke glazen. De vazal van de Führer ging onmiddellijk aan de slag, pleegde telefoontjes, las rapporten en doezelde boven de krant in slaap. Hannelore zat achter haar bureautje en hield alles in de gaten.

Peter deed zijn werk zo onopvallend mogelijk en bleef zoveel mogelijk uit de buurt van zijn nieuwe bevelhebber.

Het was een broeierige dag in juli. De lucht was drukkend. Buiten was het onheilspellend stil. Er dreigde onweer vanaf de kust, dikke stapelwolken dreven voorbij. Het zonlicht was troebel, leek wel gefilterd.

De vliegen waren die dag traag en plakten tegen de wanden en meubels. Toch deed Peter zijn best om te laten zien dat hij onmisbaar was.

De insecten die nog wel ambulant waren, ontsnapten niet aan de slagkracht van de vliegenvanger.

Er cirkelde een vlieg om het hoofd van de rijkscommissaris die achterover leunde, door de slaap bevangen. Dat was zeer ongewoon, want hij was normaliter de waakzaamheid zelve.

Peter vermoedde dat de man onwel was geworden. Hij keek naar Hannelore, maar die maakte een gebaar dat alles in orde was.

De vlieg landde op het hoge voorhoofd van Seyss-Inquart.

Met een vaag gebaar joeg Peter de vlieg weg. Opnieuw klonk het gezoem. Hij stond klaar om in te grijpen, het beest probeerde te landen op dezelfde plek.

Zijn linkerhand schoot uit. Hij miste… en struikelde. Zijn hand sloeg tegen het hoofd van de rijkscommissaris. Behalve dat hij hem een fikse klap gaf, slingerde zijn arm ook nog de bril van zijn kop.

Met beide handen maaide de Unterführer in de lucht en sloeg met zijn stoel achterover. Meteen groot alarm. Hannelore had op de rode knop gedrukt.

Peter boog zich over de gevallen commissaris om hem weer op de been te helpen. Terwijl hij hem ondersteunde, stormden er twee SS'ers binnen.

De een greep hem vast en drukte een pistool tegen zijn slaap, terwijl de ander zich over Seyss-Inquart ontfermde.

Kolonel Schultz snelde binnen en riep: 'Wat is hier aan de hand?'

'Een overval op de rijkscommissaris, Herr Kolonel,' riep Hannelore in paniek.

Schultz keek naar Peter. Die haalde zijn schouders op.

'Het ging per ongeluk.'

Hij werd nog steeds onder schot gehouden.

Seyss-Inquart was opgekrabbeld en schreeuwde dat de dader onmiddellijk afgevoerd diende te worden.

Bij zijn val had de commissaris zich behoorlijk bezeerd. Er vloeide bloed uit zijn achterhoofd. Hannelore stond hem terzijde met een natte zakdoek. Dat was het laatste wat Peter kon zien. Daarna werd hij weggeleid en op de gang in elkaar geslagen. Door een harde trap tegen zijn geslachtsdelen raakte hij buiten bewustzijn.

Hij lag op een cementvloer in een cel. Hij ontwaakte uit zijn verdoving doordat de deur openging en een stem brulde: 'Schweinhund, welkom terug in Blok 3.'

Peter was weer beland op de afdeling van de terdoodveroordeelden. Hij bekeek zijn handen die bedekt waren met gestold bloed. Ook in zijn gezicht voelde hij klonters bloed. Hij probeerde op te staan en met moeite lukte dat.

'Was je en kleed je om,' snauwde de bewaarder. 'Hier is je gevangenispak.'

Peter hield zich aan de tafel vast. Langzaam kwam hem weer voor de geest wat er was gebeurd.

'Dit zou weleens fataal kunnen aflopen,' bedacht hij zich.

De bewaker vertrok en sloeg de deur achter zich dicht. Peter pakte de kan water en schonk een mok vol. Hij had vreselijke dorst. Langzamerhand kwam er weer wat gevoel terug in zijn lijf en de drang om zijn behoefte te doen. Hij tilde de deksel van de toiletemmer op, stroopte zijn broek naar beneden en slechts met de grootste krachtsinspanning en pijn kreeg hij voor elkaar wat anders de meest makkelijke zaak van de wereld was. Zijn lichaam voelde beurs, van buiten en van binnen. Toen hij opstond en in de emmer keek, schrok hij hevig. Daarin lag een bloederige massa. Vervolgens keek hij naar zijn piemel die er bebloed en gekneusd uitzag.

Met veel moeite trok hij het vaalgrijze gevangenispak aan. Hij vulde de blikken waskom om zich wat op te knappen.

Het koude water deed hem goed, verlichtte de pijn aan zijn wonden.

Hij zat op een stoel met zijn hoofd op tafel geleund toen de celdeur opengíng. Kolonel Schultz stapte naar binnen. Peter stond meteen op en sprong in de houding.

'Ga zitten,' zei Schultz. 'Wat heb je in godsnaam gedaan?' vroeg hij verbijsterd.

'Het spijt me zo,' kreunde Peter. 'Ik probeerde een vlieg te vangen, maar toen struikelde ik en sloeg met mijn hand tegen het hoofd van de rijkscommissaris die in zijn stoel lag te slapen. Het is vreselijk.'

'Het is inderdaad heel pijnlijk.' Kolonel Schultz keek Peter lang aan en zei vervolgens: 'Ik geloof je verhaal. Maar dat verandert weinig. Er zal een vonnis komen. Je hebt mij in een uitermate lastig parket gebracht. De eer van de rijkscommissaris staat op het spel. Dit kan mij de kop kosten. En dat bedoel ik letterlijk. Daarom zal ik dit misverstand – want dat is het, onthoud dat goed – uit de weg ruimen. Een ongelukkig misverstand, dat is het. Vertel niemand wat er is gebeurd. Tijdens het verhoor zal ik erbij zijn. Sterkte.' Het klonk bijna vriendelijk.

Hij verliet de cel.

Een uur later werd Peter opgehaald voor het verhoor. Hij strompelde tussen twee bewakers een lange stille gang in. Bij een forse deur hielden ze halt. Een van de bewakers drukte op een belletje. Een moment later ging de deur open. Hij werd voorgeleid aan een hoge officier die achter een tafel zat. Links van hem, achter een stalen bureau zat een dame in uniform gereed om alles wat er gezegd werd te notuleren.

Tegen de muur zat kolonel Schultz. Ze konden elkaar aankijken. Hij liet niets merken, gaf geen teken van herkenning of bemoediging, maar zijn aanwezigheid stelde Peter op een of andere manier gerust. De kolonel had immers zijn versie van het voorval als waarheid aangemerkt. Het was een ongeluk geweest.

De hoge militair die het verhoor afnam, stak van wal. 'Wat is de reden van uw gevangenneming?'

Aarzelend zette Peter uiteen hoe het allemaal gegaan was.

'Het was warm weer.' Zijn Duits klonk goed, dat leek hem alvast een pluspunt. 'Door de hitte was iedereen slaperig en er vloog...'

'De rijkscommissaris slaapt niet, hij werkt,' onderbrak de verhoorder hem bruut. 'Herr Reichskommissar slaapt NOOIT, die werkt altijd. Vertel opnieuw, maar laat de leugens achterwege.'

Peter begon andermaal en verbeterde de tekst. 'Een vlieg waagde het op het voorhoofd van de commissaris te gaan...'

'Een vlieg waagt het niet,' schreeuwde de verhoorder. 'Opnieuw.'

'Ik meende dat een vlieg het waagde...'

'Dat klinkt beter. Waarom dan eerst die leugens? Weiter.'

'Ik meende dat een vlieg het waagde op het voorhoofd van Herr Reichskommissar te gaan zitten. Ik sloop naderbij om de vlieg te verjagen, dat was immers mijn taak, maar...'

'Er was geen vlieg,' brulde de verhoorder. 'Opnieuw.'

Het relaas van Peter werd almaar soberder. Hij werd gedwongen een verklaring af te leggen die niet in overeenstemming was met de waarheid.

'Ik meende dat er een vlieg zat en automatisch schoot mijn hand uit naar het hoofd van Herr Kommissar, die diep aan het nadenken was. Plotseling bewoog hij zich en daardoor raakte ik zijn hoofd en ook zijn bril. Hij viel achterover, ik heb uiteraard geprobeerd dat te voorkomen, maar ik struikelde en de commissaris viel op de grond. Ik boog me onmiddellijk over Herr Obergruppensechsführer heen om hem op de been te helpen, maar toen werd ik overmeesterd en weggesleurd.'

De verhoorder keek hem grimmig aan 'Van wie heb je de opdracht gekregen om de rijkscommissaris te vermoorden?'

'Van niemand. Er was geen aanslag. Het was een ongelukkig incident.'

'Lieg niet. Wij kennen de leugens van de Hollanders.'

Peter voelde zich duizelig worden en klapte in elkaar. Half hangend tussen twee bewakers werd hij teruggebracht naar zijn cel.

Even later was hij weer alleen. Alleen met de stilte. Hij zonk weg in wanhopig gemijmer. Hoe zou dit aflopen? Hij was weer terug in cellenblok 3 en werd beschuldigd van een aanslag die hij niet had gepleegd. Zo bizar was de situatie. De enige keer dat hij een Duitser níet de keel wilde afsnijden, was hem noodlottig geworden. Hij schrok op door gemorrel aan de deur. Het was de bewaker met een beker drabberige soep. 'Eet op,' zei hij, 'dan voel je je sterker.'

Hij vergrendelde de deur en zijn voetstappen verdwenen in de holle gang.

Peter had zowaar honger. Hij verorberde gulzig de soep en probeerde daarna wat te slapen.

Er volgden verschrikkelijke dagen. Verhoor op verhoor. Hij raakte uitgeput. Elke dag werd hij twee uur verhoord. Iedere keer betrapten ze hem op een inconsequentie.

'Gisteren zei u dat u was gestruikeld en daarna pas de vlieg had proberen te verjagen. Nu zegt u dat u eerst de vlieg, die er niet was, had willen pakken en daarna was gestruikeld. U liegt voortdurend.'

Kolonel Schultz kreeg ook nog het woord. Gelukkig. Hij pleitte Peter vrij. 'De vliegenvanger is een uiterst correct man, die zijn plicht met grote toewijding vervult. Ik ben ervan overtuigd dat hier sprake is van een ongelukkige samenloop van omstandigheden.'

'Dat hoop ik, met name voor u kolonel Schultz, want u wordt verantwoordelijk gehouden voor deze aanslag. U had uw personeel zorgvuldiger moeten selecteren. Gaat u zitten.'

Iedere dag herhaalde zich hetzelfde, totdat Peter zo murw was dat hij niet meer in staat was een samenhangende verklaring af te leggen.

Uiteindelijk werd het verhoor op papier gezet en moest

Peter tekenen. Hij was allang blij dat het voorbij was en tekende zonder zijn verklaring na te lezen. Binnenkort zou hij voor de krijgsraad moeten verschijnen. 'Krijgsraad?' dacht Peter. 'Ik ben toch geen militair? Hoezo krijgsraad?' Het werd hem meegedeeld zonder verdere uitleg.

De dagen die volgden bracht hij grotendeels door op zijn strozak. In wanhoop wachtte hij op het vonnis. Hij was nergens meer toe in staat. Zelfs de vliegen konden ongestoord hun gang gaan. Zijn eetlust was verdwenen en ook de ironie had hem in de steek gelaten. Wat stond hem in deze ellendige oorlog nog meer te wachten?

Enkele dagen later vond de zitting van de krijgsraad plaats in een vertrek binnen het gevangeniscomplex. Onder geleide van twee gewapende militairen werd hij gebracht naar een bedompt zaaltje met eiken meubels en een imposante groene tafel. Vijf indrukwekkend gedecoreerde mannen traden binnen, drie rechters, een advocaat en een aanklager. De kleinste rechter ging in het midden zitten. Links achter een katheder stond de aanklager, een bleke man met bril en aan de andere kant zat de officier die de vorige verhoren had afgenomen. Al gauw werd duidelijk dat hij de verdediging op zich nam.

'Hoe verrassend,' dacht Peter.

De middelste rechter sprak: 'In naam van het recht zal hier recht gesproken worden over Peter Wanders, geboren 22 april 1918. U wordt beschuldigd, naast andere delicten die deze militaire rechtbank niet zal behandelen, van infiltratie binnen de Duitse overheid teneinde spionage te verrichten, danwel sabotage te plegen, danwel een moordaanslag te plegen.'

Peter had het gevoel dat hij in een boek van Kafka terecht was gekomen. De beschuldigingen stapelden zich op zonder dat hij zich hierin herkende, laat staan er schuldig aan kon zijn.

De aanklager vatte de zaak samen: 'Als spion was verdachte doorgedrongen tot in de burelen van het Duitse oppercommando met als doel geheime informatie te verzamelen. Maar de misdaad die veel zwaarder woog was de volgende' – hij liet even een pauze vallen om de importantie van zijn boodschap te onderstrepen – 'verdachte heeft een aanslag gepleegd op de rijkscommissaris. Het misdrijf vond plaats onder het oog van een getuige, te weten Fräulein Hannelore Riesenthal.

Mijn eis namens het Duitse rijk luidt: doodstraf door middel van de strop.'

Daarop verhief de verdediger zich. 'Geacht hof, na een langdurig verhoor zijn wij tot de conclusie gekomen dat het hier een misverstand betreft. Verdachte wordt beschuldigd van een aanval op de rijkscommissaris, maar in werkelijkheid was het een poging een vlieg te verjagen, die er niet bleek te zijn. De functie van verdachte wordt omschreven als 'vliegenvanger'. Daarom was het niet vreemd dat verdachte zich in de kamer van de rijkscommissaris bevond teneinde zijn taak uit te voeren. Volgens kolonel Schultz, hier ook aanwezig, is verdachte een toegewijd dienaar van het Derde Rijk. Een beschaafd persoon zonder agressieve bedoelingen. Door een ongelukkige manoeuvre struikelde verdachte en kwam in aanraking met de rijkscommissaris die helaas van zijn stoel viel. Er was geen sprake van actie met voorbedachten rade noch van moedwillige opzet. Het was een pijnlijk incident, maar geen aanslag op de rijkscommissaris. Mijn verzoek aan de krijgsraad is derhalve: vrijspraak.'

De krijgsraad trok zich terug voor beraad. Peter pijnigde zijn hersens met de vraag wat hem nog restte om de raad te kunnen overtuigen van zijn onschuld. Hij zag geen mogelijkheden meer. Alleen de voorzienigheid kon hem nog redden.

Met een zakdoek depte hij het zweet van zijn voorhoofd. Hij had nog één strohalm waaraan hij zich vasthield: de machtige rijkscommissaris Seyss-Inquart. Zijn oordeel was cruciaal. Mocht er een veroordeling komen, dan zou ook bekend worden wat er voorgevallen was. Het dossier sprak voor zich. Dat zou gezichtsverlies betekenen voor Seyss-

Inquart. De rijkscommissaris was in slaap gevallen en van zijn stoel getuimeld door een ongelukkige handeling van een vliegenvanger. Dat was voldoende om de man belachelijk te maken. Was de commissaris intelligent genoeg om dit risico in te schatten? Of moest Peter de krijgsraad hierop wijzen?

Na tien trage minuten keerde de raad terug. Peter stond op.

De rechter sprak op luide toon: 'De rijkscommissaris heeft zijn veto uitgesproken. Dit tribunaal zal geen uitspraak doen over de vermeende daden van verdachte. De rijkscommissaris verleent gratie aan de gevangene.'

Peter was verbijsterd. 'De man is intelligent,' dacht hij als eerste. 'Hij heeft zijn eer gered. En daarmee mijn leven.'

Hij ving de blik op van kolonel Schultz en dacht een kleine twinkeling in zijn ogen te zien. Peter werd onmiddellijk afgevoerd. In plaats van rechtsaf sloeg de bewaker linksaf. 'Kom mee,' zei hij. 'Je gaat naar Blok 1.' Peter mocht zich douchen, werd daarna geschoren door de gevangeniskapper en kreeg zijn uniform terug. Reichsfliegenfänger. Hij was in ere hersteld. Vreemd volk, die Duitsers, concludeerde hij.

'Dit voorval heeft nooit plaatsgevonden,' bezwoer kolonel Schultz hem. 'Je blijft in functie als Fliegenfänger en zwijgt als het graf. Er is namelijk niets gebeurd. Begrijp je dat?'

'Heel goed, Herr Commandant. En mag ik u bedanken?'

'Er valt niets te bedanken. Verdammt nochmal. Begrijp het dan toch – niemand, ook jij niet – heeft iets gezien, want er was NIETS te zien. Zelfs geen vlieg.'

'Het is duidelijk, Herr Commandant.'

'Goed zo, aan de slag.'

Op de gang schudde Peter ongelovig zijn hoofd. Dit kon niet waar zijn.

Als hij ooit nog eens vrij zou komen en dit verhaal aan zijn vrienden zou vertellen, zou niemand hem geloven. 'Ach die Peter met zijn fantastische verhalen, hahaha.'

Maar Peter wist uit ervaring dat de werkelijkheid de fantasie ruimschoots kan ontstijgen. Hij wist ook dat niemand hem ooit zou geloven.

'Ik geloof je wel, hoor.' Louise de Bonville ging verzitten in haar rolstoel. Ze nam een nieuwe houding aan, gereed voor de volgende episode. 'Vertel, mijn vriend, vertel door.'

'Het is tijd om te lunchen,' zei Peter.

'We gaan niet lunchen. We eten een sandwich, hier in de tuin.'

'Jawohl, Frau General.'

'Waar waren we gebleven? Oh ja, je was terug in je oude functie, vliegenvanger bij de commandant in de gevangenis. En hoe ging het verder? Maar neem eerst een toastje krabsalade.'

In de palmentuin van hotel Bella Vista werd de high tea geserveerd. Een Engelse traditie die in gerenommeerde hotels in ere werd gehouden. Naast verschillende soorten thee was er ook keuze uit allerhande zoete en hartige hapjes. Louise de Bonville en Peter hadden een voorkeur voor korstloze sandwiches met zalm, krab, roomkaas en paté. De lange gesprekken die ze met elkaar voerden werden altijd begeleid door drankjes en lekkernijen. Daar zorgde Louise wel voor.

'Hoe ben je eigenlijk uit die gevangenis gekomen?'

'Geluk. En toeval.'

'En daarna ben je meteen naar Italië gegaan?' vroeg ze, terwijl ze een toastje eiersalade van de schaal pakte. Ze was zich niet bewust van de uiterst pijnlijke herinnering die ze bij Paulo opriep.

'Het was 1944 en ik was nog steeds een gevangene. De gevangenisdirecteur, die van huis uit kunsthistoricus bleek te zijn in Berlijn, kreeg opdracht om naar Rome te gaan om daar de kunstschatten die het Derde Rijk uit de bezette landen had gestolen, te archiveren en te omschrijven. De meeste werken waren ondergebracht in het bevriende Vaticaan.

Kolonel Schultz wist dat ik meerdere talen, waaronder het Italiaans, vloeiend sprak. Hij deed me een voorstel. Hij formuleerde kort en bondig: "Of je gaat mee naar Italië als mijn tolk en vliegenvanger of je gaat terug naar je cel waar je in alle rust je proces kunt afwachten." Ik heb gekozen voor een gratis reisje naar Rome.'

Louise schudde verbaasd haar grijze hoofd. Peter hoefde niet diep te graven in zijn geheugen om zich de treinreis weer voor de geest te halen. Hij vertelde alsof alles zich opnieuw voor zijn ogen afspeelde.

# 21

'Achtung. Einsteigen.' De officieren en manschappen stonden straf in het gelid op het perron, correct ingedeeld per wagon. De portieren waren reeds geopend. Het instappen geschiedde met Duitse militaire precisie.

'Eins zwei, eins zwei.' De laarzen klakten in de maat over het plaveisel.

De zwarte laarzen van Peter klakten lustig mee. Daar ging hij, als Duits soldaat op missie naar Italië. Kolonel Schultz had hem gewaarschuwd geen vluchtpoging te ondernemen, 'want de arm van Duitsland reikt heel ver'. Dat zou hij met de dood moeten bekopen.

Peter was geenszins van plan om nu al te vluchten, want hij achtte zijn kansen in Italië vele malen groter dan in Nederland of België. Bovendien was hij bevangen door een bijna euforische vreugde dat hij verlost was uit de gevangenis. Hij rook de vrijheid, hij kreeg geheel onverwachts de mogelijkheid om het land te verlaten. Hij zou zich correct gedragen, nam hij zich voor, tot het moment zou aanbreken om Abschied zu nehmen van deze Scheisse.

In het gangpad waaraan de compartimenten waren gelegen, was het een gezellige drukte. De stemming was opperbest. De compartimenten waren zo ingedeeld dat de ondersteunende staf, waartoe Peter zich ook mocht rekenen, per koppel van vier was opgesplitst. De namen stonden vermeld op een wit papier, dat bevestigd was aan de schuifdeur van de coupé. De officieren hadden ieder voor zich een eigen compartiment. Zo ook commandant Schultz, die slechts twee coupés van Peter verwijderd was. Als hij zijn kop in het gangpad liet hangen en luid 'Fliegenfänger' riep, kon Peter zich snel vervoegen bij zijn Oberst.

Dag en nacht moest hij beschikbaar zijn. Hij gedroeg zich als een modelsoldaat, wilde onmisbaar zijn en een buitengewoon goede indruk maken. Hij had de laarzen van zijn commandant gepoetst, zijn uniform geborsteld, koffie gehaald, koffers gedragen. Deze buitenkans liet hij zich niet ontglippen. Dan maar een collaborateur.

'Ieder voor zich, God voor ons allen,' was het devies. Althans zijn devies.

In het gangpad bij de wc hing een kaartje waarop het reistraject was aangegeven. De eerste stop was Maastricht – daarna Luik, dan via Duitsland en Oostenrijk naar Italië. Na een scherp fluitsignaal zette de trein zich moeizaam in beweging en verliet exact op schematijd, om kwart over acht 's morgens het station van Roermond.

Peter genoot van de beelden die aan hem voorbij trokken. De glooiende, groene velden van Limburg. Boerderijen, karren op een zandpad, wapperend ondergoed aan een waslijn, koeien in de wei, spelende kinderen aan een slootkant, een kerktoren in de verte, zwarte akkers met strak getrokken voren. Hij zoog de omgeving in zich op. Na ruim twee jaar gevangenschap had hij weer een horizon. Letterlijk en figuurlijk. Zijn blik klampte zich vast aan het landschap. Wat een bevrijding.

In de D-trein waren meerdere restauratierijtuigen en enkele salons waar men zich kon verpozen, althans de heren officieren. De ondergeschikten waren er voor de bediening en andere aanverwante bezigheden. Peter volgde commandant Schultz op de voet en zorgde ervoor dat het hem aan niets ontbrak.

Bij aankomst op perron 3 in het Centraal Station van Luik, werd omgeroepen dat de trein een tussenstop van vijftien minuten zou maken.

Het was een en al bedrijvigheid op het perron. Kruiers, herkenbaar aan hun blauwe kiel, trokken houten bagagewagens van en naar de trein. Er waren nieuwe delegaties die gereed stonden om aan boord te komen. Bovendien zou er extra foerage worden aangevoerd, onder meer verse patés, sappige forellen, fazanten en ander gebraad, handgemaakte bonbons, diverse kratten met likeuren, dozen sigaren, sloffen sigaretten, knapperige broden, kilo's roomboter en zoveel meer waar in Holland en België al jaren een tekort aan was.

Peter trok zijn uniformjasje aan en stapte uit de trein om rond te kijken. Op dat moment arriveerde er een trein met gevangenen op spoor 4, aan de overkant van het perron. Uitgemergelde mensen werden uit de wagons geschopt. Ze droegen gele sterren op hun jas. Ze werden opgejaagd door soldaten met herdershonden.

'Joden uit Holland en België,' meldde een Duitse sergeant, 'ze zijn op doorreis naar een strafkamp. Judenhunde.'

'Ach so Judenhunde!' reageerde Peter onbewogen. Hij klikte met zijn hakken tegen elkaar als uitroepteken. Verbouwereerd keek hij naar die opgejaagde mensen, angstige vrouwen en kinderen, wanhopige bejaarden, gebroken meisjes en jongens. Wat hadden ze misdaan? Ze waren veroordeeld op grond van hun afkomst. Je bent een misdadiger want je bent Joods. Je bent Joods, dus een misdadiger. Linksom of rechtsom, je loopt altijd tegen de lamp.

'Het Joodse volk is een bedreiging voor onze geciviliseerde samenleving.' Hitler wist zijn boodschap heel goed te verpakken. Werkloosheid, devaluatie van de Duitse Reichsmark, het was allemaal de schuld van de Joden. Men was ervan overtuigd dat er sprake was van een georganiseerde infiltratie van de Duitse maatschappij, aangestuurd door de Joodse lobby in Europa en Amerika.

Peter bekeek de trieste optocht en voelde een bijna onstuitbare woede in zich opkomen. Op datzelfde moment werd hij aan de grond genageld.

Loes? Was dat Loes die daar liep? Hij twijfelde, ze hadden elkaar ruim acht jaar niet gezien. Aan de flank van de groep liep een meisje in een grijze jas met daarop een Jodenster. Ze had donkerbruine krullen en droeg een baret die ze half schuin op haar hoofd had gezet.

'Je moet er toch een beetje leuk uitzien als je op reis gaat,' zal ze hebben gedacht. Op weg naar het werkkamp.

Peter wilde haar naam uitschreeuwen, maar zijn stem liet hem in de steek. Hij probeerde het nog een keer. Nu lukte het wel.

'LOES, LOES!' Hij riep het zo hard dat omstanders verschrikt opkeken.

Het meisje draaide zich naar hem toe.

'PETER,' gilde ze. 'PETER.'

Ze keken elkaar verbijsterd aan. Peter realiseerde zich dat hij een Duits uniform droeg.

'Wat heb je gedaan?' riep ze met angstige ogen. 'Je bent toch geen verrader?'

Op dat moment kreeg ze een klap met een stok op haar rug en werd meegesleurd door een soldaat.

'IK HOUD VAN JE,' kon ze nog net uitschreeuwen voordat ze een veewagon werd ingeduwd.

'IK OOK VAN JOU,' schreeuwde hij door zijn tranen heen, maar zijn woorden bereikten haar niet meer.

Hij wankelde terug naar de trein en zakte in elkaar. Een paar collega's trokken hem de coupé binnen. Hij sloeg zijn handen voor zijn gezicht en huilde bittere tranen. Op de achtergrond klonk het geblaf van herdershonden, door een luidspreker schalde in het Duits de mededeling dat Zug 765 weldra zou vertrekken. De portieren werden met een doffe klap dichtgegooid.

Peter werd overspoeld door een golf van wanhoop. Waarheen werd Loes afgevoerd? Wat was haar lot?

'Had hij haar niet moeten redden?' vroeg hij zich overstuur af. In ieder geval had hij een poging kunnen wagen. Hij droeg het juiste uniform. Hij had naar haar toe moeten lopen, haar in het Duits moeten aanspreken, ruw moeten vastpakken en meetrekken, weg van de groep. Hij zou autoritair knikken naar de bewaarders en haar voor zich uitduwen, de wachtkamer in, naar de toiletten. Daar zou hij haar in zijn armen nemen en hartstochtelijk zoenen. Daarna zou hij de gele ster van haar jas rukken. Hij zou haar verstoppen in de bezemkast en op het hart drukken daar te blijven zitten tot beide treinen vertrokken waren.

Zo had het kunnen gaan. Nee, ZO had het MOETEN gaan.

'Peter Wanders, je bent een lafaard. Een verrader.'

Waarom had hij niet ingegrepen? Wat had hem kunnen overkomen? Hij had hoogstens neergeschoten kunnen worden. Liever sterven als een held dan voortleven als een lafaard.

'God, waarom hebt u mij verlaten? Alles gaat fout.'

De trein denderde op volle snelheid een tunnel binnen. Het werd donker om hem heen. Hij raakte buiten bewustzijn van onmacht.

Op de gang klonk gezang, een soldatenlied.

'Wir gehen in die Heimat... die Heimat... die Heimat.'

Peter opende zijn ogen, hij lag nog steeds op de grond. Was hij gevallen? Hij wist het niet meer. Hij had gedroomd dat hij Loes had gezien op een station, ze werd weggevoerd. Het was een nachtmerrie. Het was te erg om waar te kunnen zijn.

'Ach der Peter,' hoorde hij een stem.

Een soldaat duwde hem een fles wodka in zijn handen.

'Hier drink maar, daar knap je van op.'

Peter zette de fles aan zijn mond en nam een flinke slok, daarna nog één en nog één. Hij kwam overeind, trok zijn uniform strak en liep de gang in. Twee coupés verder klopte hij op de deur.

'Alles in Ordnung, Herr Kommandant?'

'Ja, alles gut, danke. Ik zou graag een kop koffie willen met een broodje paté.'

'Komt in orde, Herr Kommandant.'

Peter deed er alles aan om het verleden te laten verdampen. De herinneringen waren te pijnlijk. Hij dwong zichzelf niet meer terug te denken, alleen nog maar vooruit. Hij hulde zich in een wolk van gedienstigheid en omringde kolonel Schultz met alle egards die hij tot zijn beschikking had, en dat waren er vele.

Tijdens zijn verblijf in de gevangenis had hij zich naast zijn functie van vliegenvanger ook verdienstelijk gemaakt als knecht, asbakkenleger, laarzenpoetser, stofafnemer en in uitzonderlijke gevallen zelfs als lakei.

Peter bleek ook nog eens een voortreffelijke bediende te zijn. Hij kon terugvallen op zijn ervaring als ober in Milaan en gerant bij madame Hervé in de auberge.

Tijdens de maaltijden in de restauratiewagen werd hij ingezet als kelner en droeg een wit jasje met gouden tressen. Voor zijn commandant regelde hij de beste tafel, de mooiste wijnen. Ook de andere gasten adviseerde hij welke wijnen er geschonken konden worden bij de verschillende gerechten. Hij werd alom gewaardeerd.

De vier dagen die ze onderweg waren ontbrak het de commandant aan niets. Van vers gesteven lakens tot knapperige croissants. Peter ritselde alles. Tot grote tevredenheid van kolonel Schultz.

'Je bent een voorbeeld voor de zonen van het Derde Rijk.'

'Heil Hitler, Herr Kommandant.'

Zijn hakken klakten tegen elkaar als nooit tevoren.

*

Peter had zijn bittere oorlogservaringen aan Louise verteld alsof hij naar een film keek waarin hij zelf de hoofdrol speelde.

'Oh, mijn God.' Louise depte met haar zakdoekje haar tranen weg. 'Wat ben jij een dappere jongen. Wat heb jij allemaal meegemaakt. Het is te veel. Nu begrijp ik waarom je liever zwijgt of soms zo cynisch reageert. Wat een verdriet heb jij al te verwerken gekregen in je jonge leven.'

'Daarom lach ik zoveel. Ik lach om niet te huilen.'

Louise schudde verdrietig haar hoofd. Ze zou hem het liefst willen omhelzen, willen troosten, willen knuffelen. Ze slikte een paar keer.

'Je mag best huilen, hoor,' zei ze zachtjes.

'Ik heb geen tranen meer.'

Louise ging verzitten in haar rolstoel.

'Ach mijn jongen,' fluisterde ze voor zich uit. Daarna volgde een lange stilte, waarin tussen de lavendelplanten de krekels een voorzichtige melodie aanhieven. Louise en Peter hadden genoeg aan hun eigen gedachten. Ze zwegen.

Het was Louise die na een tijdje de stilte verbrak.

'En hoe is het afgelopen met Loes?' vroeg ze op bescheiden toon en legde liefdevol een hand op zijn arm. 'Of is deze vraag te pijnlijk?'

'Ja, die is te pijnlijk. Ik weet het niet. Laten we het daarop houden.'

Peter stond op. 'Ik ga een stukje lopen.'

'Dat begrijp ik.'

Louise bleef ontdaan achter.

# 22

Op een zonnige vrijdagmiddag had Peter zich geïnstalleerd op de boulevard van La Posta Vecchia en zijn geëigende bedelaarspose aangenomen. De verlamde rechterarm ondersteunde hij met zijn linkerhand, waardoor het dramatisch effect nog eens extra werd verhoogd.

Het idee was van Louise gekomen die zich afvroeg hoe goed Peter was in zijn rol van bedelaar.

'Je zou me een groot genoegen doen dat eens te demonstreren.' Met een twinkeling in haar ogen had ze geglunderd als een meisje van tien. Peter was kennelijk in staat het ondeugende kind in haar weer tot bloei te brengen. Hij had geïnformeerd wat ze bij zo'n scène in gedachten had.

'Nou, dat lijkt me niet zo ingewikkeld,' had ze geantwoord. 'Jij gaat hier ergens op de boulevard liggen met je zogenaamd verlamde arm en doet je oplichterstruc zoals je dat gewend was. En ik ga je op afstand observeren. Wat vind je ervan?'

Peter had zich laten overhalen en zich, eveneens op haar verzoek, een paar dagen niet geschoren.

'Je moet er een beetje smoezelig en louche uitzien,' had ze enthousiast geroepen, 'en behalve die baard moeten we ook iets aan je kleding doen.'

Na het ontbijt had ze een taxi laten voorrijden, die hen naar het depot van het Leger des Heils had gebracht waar tweedehands kleding tegen een uiterst laag tarief werd verkocht aan armlastigen.

'Wacht u maar even op ons,' had ze tegen de chauffeur gezegd, 'het zal niet langer dan een kwartiertje duren.'

In de slecht verlichte ruimte was alles tweedehands, zelfs de bediening die uitbesteed was aan twee tandeloze vrouwen, die met hun eigen kleding ongeveer aangaven wat er aan lompen op voorraad was.

Louise was kordaat op een goor baaltje lappen afgestapt en had er een viesbruin overhemd uitgetrokken.

'Dit lijkt me wel geschikt.'

Het was Peter minstens twee maten te groot.

'We hebben in uw maat ook wel iets,' mompelde een van de dames achter de toonbank. 'Een overhemd dat past.'

'Nee, dit is prima,' wimpelde Louise de suggestie weg, 'het kan niet tweedehands genoeg zijn.'

Ze wierp de dames een vriendelijke blik toe. 'En nu nog een colbertje, het liefst gescheurd. En een broek die een beetje mag slobberen. Het moet er armetierig uitzien.'

De dames hadden nog nooit klanten in hun depot gehad die zo gericht zochten naar de meest afgedragen kledingstukken, bij voorkeur ook nog eens in de verkeerde maat.

'Meneer is bedelaar,' had Louise de dames gerustgesteld, 'zijn garderobe moet met grote zorg worden samengesteld.'

De dames hadden begrijpend geknikt, alsof het de normaalste zaak van de wereld was.

Even later hadden Louise en Peter met het bundeltje kleren waaraan nog een gehavende pet en een paar afgetrapte schoenen waren toegevoegd, lachend weer plaatsgenomen in de taxi die hen terug had gereden naar hotel Bella Vista.

Twee uur later lag Peter op de boulevard, half leunend tegen een palmboom. Zijn schouders had hij iets opgetrokken, waardoor hij er aandoenlijk uitzag. Louise observeerde haar vriend vanuit de comfortabele rolstoel die Peter hulpvaardig in de schaduw van een krantenkiosk had geparkeerd, om daarna zelf een paar meter verder geroutineerd in elkaar te zakken op het plaveisel.

'Wat is die man toch leuk.' Louise verkneukelde zich bij de aanblik van de zielige bedelaar die zo dramatisch werd uitgebeeld door haar hotelvriend.

'Het zal je maar gebeuren dat een man zich voor je voeten op de grond werpt,' bedacht ze zich trots, 'speciaal voor jou.'

Peter deed het voor haar! Wat een heerlijk compliment.

De eerste muntjes werden door voorbijgangers al in de oude pet geworpen. Het bedelen ging Peter goed af, zonder dat hij daarvoor een bijzondere inspanning hoefde te verrichten. Hij concentreerde zich voornamelijk op zijn houding en de uitdrukking van zijn gezicht. Hoge schouders – lamme arm – geknakte rug. Dat waren de drie fysieke pijlers waarop hij zijn marketingstrategie had gebaseerd. En een zielig gezicht natuurlijk. Daarnaast waren er psychologische componenten die wellicht de omzet zouden kunnen verhogen, het gevoel van *'ach, wat een lieve jongeman'* oproepen, vooral bij oudere dames. En door middel van een smekende blik de neiging tot barmhartigheid aanwakkeren bij dames en heren van middelbare leeftijd.

Louise vond het spannend om betrokken te zijn in het complot. Zij was, naast Peter, de enige die op de hoogte was van dit stukje straattoneel. Ze genoot van het stoute gevoel dat haar als kind al zo dierbaar was. De opwinding die ze had gevoeld toen ze vroeger kattenkwaad uithaalde, was weer helemaal terug.

Ze werd opgeschrikt uit haar gedachten toen ze een opvallend geklede man met een klein hondje op Peter zag afstappen.

'Oh, goeie genade,' riep ze half luid, 'signore Vitello Clitoro – de modeontwerper.' De zalverige dandy, die haar zo hoffelijk had bijgestaan bij de keuze van haar zomergarderobe en die zijn lippen zo vilein had getuit terwijl hij Peter de maat nam van zijn nieuwe blauwe pantalon.

Hij maakte aanstalten om zich met de bedelaar te gaan bemoeien.

Peter had hem vanuit zijn ooghoeken zien aankomen. Het leek alsof Vitello doelgericht op hem af kwam lopen om hem op zijn aanwezigheid aan te spreken. Het ergerde de ontwerper al tijden dat bedelaars het decorum van de boulevard vervuilden en dat moest nu maar eens afgelopen zijn.

Maar vandaag was hij verrassend vriendelijk gestemd.

Hij wierp een flinke duit in de pet van Peter en sprak vriendelijk: 'Ach arme man, gaat het een beetje?'

Peter knikte en hoopte vurig dat de modekoning zijn weg zou vervolgen.

'U komt me zo bekend voor,' sprak signore Vitello aarzelend en boog zich naar Peter toe. 'Oh mijn God, nu zie ik het. U bent graaf Ravelli! Goede man, wat is er in hemelsnaam met u gebeurd, u ziet er vreselijk uit. Laat mij u helpen.'

Peter keek omhoog en zette het gezicht op van iemand die gewend was elke situatie het hoofd te bieden.

'Het is juist de bedoeling dat ik er vreselijk uitzie. Ik ben een onderdeel van de kunstroute die gevormd wordt door beeldende kunstenaars die zichzelf exposeren. Ik heb gekozen om bedelaar te zijn.'

Signore Vitello had zichzelf weer in de hand en hervond zijn cynische toontje.

'En bevalt het een beetje, signore Ravelli, om bedelaar te zijn? Het staat u overigens goed.'

'Het bevalt uitstekend. Ik kan het aanbevelen. Hoewel u met uw flamboyante verschijning geen enkele moeite hoeft te doen om eruit te zien als een kunstwerk. Daaraan hoeft niets te worden toegevoegd. Men zal er sowieso al van uitgaan dat u een onderdeel, wat zeg ik, een bijzonder hoogtepunt bent van de kunstroute. De fijnproevers zullen de catalogus openslaan en u herkennen op pagina 11, waar u staat afgebeeld onder de titel: '*Ambulante homophilio met hondje*'.'

'U maakt mijn dag met dit compliment,' antwoordde Vitello met een glimlach die verried dat hij de situatie best amusant vond. Het hondje begon zenuwachtig om zijn eigen as te draaien en tilde zijn pootje op om tegen Peters been aan te plassen.

'Tonnato, niet doen!' Vitello gaf een ruk aan het riempje om het mormel tot de orde te roepen, vervolgens gaf hij als teken van afscheid een tikje tegen de rand van zijn hoed.

'Ik wens u nog een prettige dag,' zei hij sarcastisch, 'dat zal vast wel lukken in de comfortabele houding waarin u zich bevindt.'

Met een zwierige draai, waarop hij ongetwijfeld voor de spiegel lang had geoefend, keerde hij Peter de rug toe en wandelde in de richting van de krantenkiosk.

Louise zag signore Vitello aankomen en vroeg zich af wat Peter hem op de mouw had gespeld. Vitello kocht een krant en kreeg pas op het laatste moment in de gaten dat in de schaduw Madame de Bonville verdekt stond opgesteld.

'Bonjour madame, ik heb zojuist uw grote vriend Ravelli ontmoet. De weledele graaf lag verkreukeld op de grond – als kunstwerk, beweerde hij, maar ik heb zo mijn twijfels.'

Op dat moment kwam Peter die zichzelf met spoed op de been had geholpen, tussenbeide.

'Ik heb signore Vitello zojuist uitleg gegeven over de bijzondere kunstroute waar wij deel van uitmaken. Madame is nummer 23. '*Kreupele vrouw in sierlijke rolstoel*'.

Louise knikte bevestigend, alsof ze al weken op de hoogte was van de rol die haar was toebedeeld en zonder enig teken van verbazing of twijfel richtte ze het woord tot signore Vitello.

'Wij,' – ze wees naar Peter en zichzelf – 'fungeren vandaag als levende objecten zoals u inmiddels duidelijk is geworden, met de bedoeling het straatbeeld extra kleur en karakter te geven. Een initiatief van het stadsbestuur van La Posta Vecchia. Als kunstenaars voelden we ons geroepen hierin te participeren.' Ze schonk Vitello een bevallige blik.

'U zou ook zomaar mee kunnen doen, signore. U bent immers modeontwerper en uw artistieke uitstraling dwingt bewondering af bij eenieder die smaak en stijl weet te waarderen.'

Vitello kuchte verlegen.

'Aan deze woorden kan ik mij de rest van mijn leven warmen tijdens koude winteravonden. Uw compliment is zeer vleiend, Madame de Bonville. Kijkt u maar op pagina 11 van de catalogus, daarin sta ik vermeld als *'mobiele homophilio met hondje'*.'

Louise schoot in de lach, maar wist zich weldra te hernemen en haar gezicht in een geïnteresseerde plooi te trekken.

'Ach gut,' bracht ze uit, 'wat aandoenlijk. Mobiele nicht met hondje.'

'Mag ik even interrumperen?' Peter hief een vinger op. 'De titel luidt: *'Ambulante nicht met hondje'*. Am-bu-lan-te. Het gaat om de details, dat weet u als geen ander.'

Het was duidelijk dat ze alle drie plezier hadden in deze conversatie. Ze deelden eenzelfde ironisch, soms zelfs wrang gevoel voor humor.

'Staat u deze am-bu-lan-te nicht toe om de kreupele dame en de smoezelige bedelaar een kop koffie aan te bieden?'

'Koffie, daar doen we niet aan,' reageerde Louise kordaat en wuifde met een achteloos gebaar het aanbod van de hand. 'Maar een glaasje champagne daarentegen slaan wij niet af. Bent u het met me eens, Ravelli?'

'Als bedelaar zal ik genoegen moeten nemen met hetgeen mij wordt aangereikt, maar een glas Bollinger lijkt mij een meer dan genereuze geste aan iemand in mijn positie.'

'Hoor hem toch even,' riep signore Vitello op hoge toon, 'de zwerver schroomt niet en passant toch even het champagnemerk van zijn voorkeur te noemen. Zo bont heb ik het zelden meegemaakt. Quelle pédanterie!'

'Klasse verloochent zich niet,' lachte Louise terwijl ze, als teken om te vertrekken, met haar diamanten ring een paar dwingende tikjes op de armleuning van haar rolstoel gaf.

'Kom heren, laten we ons gaan verpozen.'

Het bijzondere drietal trok de aandacht van andere wandelaars op de boulevard. Men keek op van de chique oude dame in haar rolstoel die werd voortgeduwd door een slonzig geklede jongeman met een ongeschoren gezicht, met aan hun zijde een gesoigneerde heer met een riempje waaraan een dribbelend hondje met een strikje op zijn kop werd voortgetrokken. Ze leken zo te zijn weggelopen uit een schilderij van Renoir.

Ze passeerden een draaiende carrousel met witte paarden waarop kinderen met blije gezichtjes langs hun ouders gleden op de melodie van een orgel dat de paarden net niet bij kon houden. Enkele moeders renden een rondje mee uit bezorgdheid dat hun kind uit het zadel zou vallen. Vaders rookten een sigaar of lazen een krant op een van de metalen stoeltjes die door de afdeling openbare werken van de gemeente her en der waren neergezet. Straatartiesten die allerlei capriolen uithaalden, trokken de aandacht van de flanerende wandelaars. Er drong zich een jongleur op die handig vier ringen in de lucht hield terwijl hij balanceerde op een eenwielig fietsje.

Signore Vitello versnelde zijn pas om de artiest omver te lopen. Maar de jongleur had zich achterwaarts trappend al teruggetrokken zonder onderweg een van zijn ringen te verliezen.

'Bravo,' klapte Louise in haar stoel, 'wat een handige jongeman. Zo iemand geeft kleur aan de dag. Daar houd ik van.'

'Flauwekul,' reageerde Vitello geërgerd, 'welke kerel wenst zich belachelijk te maken op een eenwielig fietsje. Hoe triest kun je zijn.'

'Veel mensen worden er vrolijk van,' zei Peter. 'Ik heb in een circus gewerkt en daar heb ik zelf kunnen ervaren hoeveel genoegen mensen kunnen beleven aan een voorstelling waarin ook artiesten op eenwielige fietsjes een rol spelen.' Hij verzweeg dat hij zelf ook weleens een paar rondjes had meegereden.

Bij hun tweede bezoek aan de salon had signore Vitello duidelijk gemaakt dat hij geen interesse koesterde voor simpel vermaak, voor uitspanningen met draaimolens en glijbanen, om nog maar te zwijgen over de reuzenwip.

Peter kwam die dag zijn broeken passen en madame Louise vergezelde hem.

Vitello had gekwetterd als een schele parkiet, zich bewust van de beperkte tijd die hem ter beschikking stond om indruk te maken op zijn cliënten.

'Weet u wat ik ook zo affreus vind?' had hij gevraagd zonder een antwoord te verwachten. 'Jongedames die een glijbaan af roetsjen, meestal gillend, alsof ze tijdens de afdaling een hoogtepunt bereiken.'

'Misschien is dat ook wel zo,' daagde Peter hem uit. 'Er zijn dames die minder nodig hebben dan een glijbaan om een orgasme te krijgen.'

'Gut, hoor de jongeheer nou toch. Er schuilt een ondeugende man onder die strooien hoed. Meneer heeft ervaring mag ik aannemen?'

Louise had een plotselinge belangstelling geveinsd voor een etiketje in een wollen vest, terwijl ze haar oren gespitst hield om niets van de conversatie te hoeven missen.

'Meer dan voldoende ervaring om deze opmerking te kunnen maken,' verzekerde Peter. 'Ik heb meisjes van opwinding zien flauwvallen bij het likken aan een ijsje. Of horen klaarkomen in het zadel tijdens een lichte draf in het bos.'

'Ai Dio!' Vitello Clitoro schudde zijn rood aangelopen hoofd. 'U trakteert ons ongevraagd op een voordracht over de seksuele gevoelens van de vrouw. Zo bont heb ik het in mijn salon nog niet meegemaakt. Bovendien zijn we in het gezelschap van een dame.'

Louise had geknikt.

'Bij dat zadel kan ik me wel iets voorstellen,' zei ze met een uitgestreken gezicht om vervolgens zonder op te kijken te informeren naar de temperatuur waarop het vest gewassen diende te worden.

'Dertig graden en met de hand,' had Vitello routineus geantwoord.

'Met de hand kan het inderdaad ook,' voegde Peter er fijntjes aan toe. 'Daar heb je geen glijbaan voor nodig.'

'Ai Dio! Hoe lang heb ik deze salon al?' vroeg Vitello zich met grote ogen af. Hij hief dramatisch zijn handen ten hemel. 'Nog nooit ben ik getuige geweest van zo'n scabreuze conversatie tussen mijn cliënten.'

'Hoho. Tussen u en de cliënten. U bent begonnen over jongedames op een glijbaan. U heeft het woord hoogtepunt gebruikt. Wij hebben slechts beleefd gereageerd op hetgeen u te berde bracht. Is het niet zo, Madame de Bonville?'

'Zo is het. En uw belangstelling, signore Vitello, is opvallend. Zo vaak maak je niet mee dat een man geïnteresseerd is in het hoogtepunt van een vrouw. U bent een fijngevoelig mens.'

'U draait de zaak om,' stotterde Vitello, 'u legt me woorden in de mond die ik...'

'Niet te bescheiden, signore Vitello,' viel Peter hem in de rede met een geruststellende glimlach. 'Het compliment is geheel verdiend.'

Daarna hadden ze afgerekend en waren voldaan huiswaarts gekeerd.

Vitello was gepikeerd achtergebleven in zijn salon. Meestal was hij degene die schalkse en dubbelzinnige opmerkingen maakte en nu werd hij door dat barokke stel even fijntjes afgedroogd. Hij moest toegeven dat ze goed op elkaar waren ingespeeld.

*

Madame Louise, il conte Ravelli en signore Vitello waren zich bewust van de aandacht die ze trokken.

'Niets is zo saai als de grijze middelmaat,' was een van de opmerkingen die Louise regelmatig maakte. 'We moeten het leven cachet geven en als onze verschijning daaraan een bijdrage kan leveren, is dat ten faveure van ons allen.'

De wandeling bracht hen bij 'La Luna', een gelegenheid die bekend stond om haar flamboyante clientèle. Daar werden ze opgenomen in de ambiance van een bont gezelschap dat voornamelijk bestond uit zichzelf aanprijzende kunstenaars, welgestelde weduwen met grote hoeden en schrijvers in ribfluwelen jasjes. Ze kregen een tafel in het midden van de zaal.

Het bordje 'gereserveerd' werd door de ober met een snel handgebaar van tafel geveegd. Behalve dat het formaat van de rolstoel deze plek rechtvaardigde, schatte de ober signore Vitello in voor een royale fooi die hij bij vertrek ongetwijfeld zou achterlaten.

'Ober, graag een fles champagne van het merk Bollinger,' opende Vitello de conversatie met een vals lachje naar Peter. 'Deze jongeheer is nogal merkvast, zoals u aan zijn kleding kunt zien.'

De ober knikte beleefd. Hij was wel het een en ander gewend in het grand café waar hij al jaren in de bediening werkte. Iedereen noemde hem Carlo, een naam die wel paste bij dat flinterdunne snorretje op zijn bovenlip. Carlo knikte behulpzaam en vertrok om de bestelling door te geven aan het buffet.

'Wat een onverwacht genoegen,' lachte Louise, 'zomaar twee mannen aan mijn zijde.'

'Anderhalve man,' corrigeerde Peter haar en keek Vitello onbewogen aan.

'Hoe dan ook,' vervolgde Louise, 'het is gezellig.'

'En vergeet Tonnato niet,' vulde Vitello aan terwijl hij het hondje over zijn kopje krabbelde.

Ze vormden een koddig duo. Het was aandoenlijk te zien met welke zorg Vitello het hondje omringde, hetgeen het beest echt niet aan zijn uiterlijk te danken had. Het schepsel was aan alle zijden gerestaureerd – van kop tot staart geborsteld en geparfumeerd. En tot in de kleinste details aangepast aan de outfit van het baasje. Het riempje was van dezelfde kleur als de schoenen van Vitello en het strikje op zijn kop van dezelfde stof als het pochet dat zo frivool uit de borstzak stak van het blauwe colbert dat de modeontwerper deze ochtend zorgvuldig had geselecteerd uit zijn rijk gevulde garderobe.

'Vertelt u eens...' begon Vitello belangstellend, terwijl Carlo de glazen voorzichtig vulde met champagne. 'En passant vertrouwde u mij toe dat u beide kunstenaar bent. Waaraan moet ik dan denken? Aan schilders, musici, beeldhouwers of beoefent u wellicht de zangkunst?'

Louise rechtte haar rug en hief het glas Bollinger dat haar was aangereikt door de ober. 'Laten we eerst toasten op een mooie dag.'

Ze proostten.

'Op una giornata particulare.'

'Om op uw vraag terug te komen, signore Vitello, kan ik u meedelen dat wij beide het penseel hanteren. Althans we doen een poging daartoe. Paulo richt zich vooral op modieuze voorstellingen, zoals dames aan zee met grote hoeden. Mijn schilderijen vertonen voornamelijk landschappen. Saaie landschapjes, zoals ze worden aangeduid door mijn vriend naast me, hè schat?' Ze schonk Peter een hooghartig knikje.

'Het was niet de bedoeling u te beledigen,' antwoordde Peter verontschuldigend, 'maar een stille akker met op de achtergrond een stompe toren kun je niet echt vernieuwend noemen. Maar het palet dat u kiest om uw landschap tot leven te wekken, getuigt van een hoge begaafdheid.'

'Hoor ik hier de stem van een oplichter?' Louise trok sceptisch een wenkbrauw omhoog. 'Een oprechte charlatan die zelfs in staat is zijn moeder te verkopen?'

'Met tien procent korting,' bulderde Vitello met een onverwacht harde lach. 'Leuk gezelschap, ik kan niet anders zeggen, leuk gezelschap. Wij vermaken ons kostelijk, hè Tonnato?' Bij het noemen van zijn naam begon het hondje verguld de hand van het baasje te likken.

'Je krijgt zo een lekker stukje filet mignon,' beloofde de modekoning. 'Dat vindt Tonnato zo lekker, hè kleine schat van me? En hij weet precies hoe hij zijn biefstukje gebakken wil hebben. Medium rare! Niet anders. Grappig hè?'

'Ja enig,' reageerde Peter op een toon waarop menig homo jaloers zou zijn. 'Weet je wat ook lekker is?'

'Nou jongmens, zeg het eens.'

'Halve herdershond met frites.'

'En wat dacht je van dichtgeschroeide Tonnato met verse spinazie,' mengde Louise zich in het gesprek, terwijl ze in één teug haar glas leegdronk. 'Laten we nog eens bijschenken.'

'Dichtgeschroeide Tonnato? Heb ik dat juist gehoord?' Vitello keek Louise aan met een gekwetste blik. 'U bent behoorlijk beledigend voor iemand met uw voorkomen. De gesoigneerde dame in de rolstoel die zulke schattige landschapjes schildert, blijkt over een scherpe tong te beschikken. U legt achteloos even mijn hondje op de bakplaat. U moet weten dat ik heel veel van Tonnato houd. Elke toespeling, elke negatieve verwijzing naar poppenkontje doet mij pijn, raakt mij diep.'

Vitello greep naar zijn pochet en begon als een volleerd acteur zijn ogen te deppen.

'Poppenkontje?' vroeg Peter hardop. 'Poppenkontje?' Hij wist even niet hoe hij hierop moest reageren. Of in lachen uitbarsten of het mormel condoleren met zijn koosnaampje.

Louise was hem voor.

'Signore Vitello,' begon ze vriendelijk en legde haar hand geruststellend op zijn arm, 'het was maar een grapje. Het was geenszins mijn bedoeling om uw poppenkontje te roosteren op een bakplaat. We kunnen er immers ook een heerlijke bouillon van trekken.'

Met een woeste ruk schoof Vitello zijn stoel achteruit.

'Kom Tonnato, onze aanwezigheid is hier niet langer gewenst. We gaan naar huis.'

'Ah signore Vitello!' Een forse man baande zich een weg door de aanwezigen en stelde zich voor als de eigenaar van La Luna.

'Wat een eer om u in onze zaak te mogen begroeten. Ik ben meteen van huis hier naartoe gekomen zodra ik van mijn personeel had vernomen dat u ons het voorrecht gunt om hier in La Luna een glas champagne te drinken. Geweldig. Mijn echtgenote is een groot bewonderaar van u. Verschaft u mij de eer om samen op de foto te gaan, zodat we die op een prominente plek in ons etablissement kunnen ophangen.'

'Wat een goed idee,' riep Louise en klapte in haar handen.

'Ach signora,' boog de eigenaar zich naar haar toe om haar te begroeten.

Vitello haastte zich om zijn tafelgenoten te introduceren.

'Ik stel u graag voor aan Madame de Bonville van het vermaarde wijnhuis in Frankrijk,' zei hij met een respectvol knikje. 'En aan haar zijde treft u conte Ravelli van het gelijknamige landgoed, die bovendien een bekend schilder is. Zijn werken zullen binnenkort in La Posta Vecchia en daarna in San Remo worden tentoongesteld. Daar sta ik voor in.'

'Wat een eer om met u kennis te maken.' De eigenaar schudde hen langdurig de hand. Iets te langdurig om serieus genomen te worden.

'Laat mij u iets aanbieden,' zei hij terwijl hij zich in de handen wreef. 'Nog een flesje champagne? Of een heerlijk glaasje wijn? Carlo zal uw bestelling graag opnemen.' Hij gaf de ober die naast de tafel stond een zetje in zijn rug om hem te laten buigen en daarmee een gedienstige indruk te maken op de beroemde gasten die zo onverwacht zijn zaak waren binnengewandeld.

Op slag was Vitello vergeten dat hij op het punt stond woedend het restaurant te verlaten. Louise en Peter wisselden een blik van verstandhouding: laat het maar gebeuren, we zien wel wat ervan komt. Er kwam al snel een volgende fles champagne, aangeboden door de eigenaar die ongevraagd een stoel bijschoof en door zijn joviale gedrag de conversatie een luchtige wending gaf. De oudere heren kenden elkaar nauwelijks maar bejegenden elkaar als goede bekenden. De laatste roddels werden uitgewisseld, het seizoen werd besproken, beroemde gasten passeerden de revue. De heren bleken goed ingevoerd te zijn in het uitgaansleven van La Posta Vecchia. Met veel armgebaren en overdreven mimiek stuwden ze de stemming opwaarts. Er werd door il padrone de belofte gedaan dat er een foto gemaakt zou worden waarop beide heren in vol ornaat, dat wil zeggen in uitgaanstenue met wandelstok, afgebeeld zouden worden om daarna stevig ingelijst een ereplaats te krijgen aan een van de muren van het restaurant.

Vitello reageerde enthousiast.

'Ik zal hieraan gaarne mijn medewerking verlenen. Maar ik wil ook graag even de aandacht op iemand anders richten. In dit geval op signore conte Ravelli.' Hij keek Peter zachtmoedig, bijna aandoenlijk aan. De champagne miste zijn uitwerking niet. 'Ik zou morgen heel graag uw schilderijen willen komen bezichtigen om te beslissen waar we de expositie gaan houden,' sprak hij plechtig.

Louise keek Peter geamuseerd aan. Ze wisten beide maar al te goed dat Peter slechts geroken had aan de schilderkunst en dat zijn eerste schilderij nog niet eens was opgedroogd. Desondanks omarmde ze het voorstel van Vitello met enthousiasme.

'Het lijkt me een geweldig idee,' zei ze, 'vooral zijn laatste werk: '*Dameshoeden aan Zee*', is indrukwekkend. Er is nu al veel belangstelling voor.'

'Dat klinkt interessant.' Vitello liet zijn hoofd even rusten op zijn rechterschouder alsof hij het schilderij alvast observeerde uit een onverwachte hoek, maar het was vooral bedoeld om zijn interesse ook met zijn houding tot uitdrukking te brengen.

'Ik ben zeer benieuwd,' zei hij met een zweem van respect in zijn stem.

'Dank u, ik hoop dat ik u niet zal teleurstellen,' antwoordde Peter terwijl hij een sigaret aanstak. 'U weet wellicht dat ik slechts enkele werken per jaar schilder.'

'Die zijn meestal al verkocht, bij wijze van spreken, voordat de eerste penseelstreek is gezet,' vulde Louise aan, terwijl ze Peter enthousiast in zijn arm kneep.

'Jaja, iedereen wil tegenwoordig een Ravelli aan de muur. Anders tel je kennelijk niet mee.'

Peter glimlachte de bescheiden glimlach van iemand die gewend is aan complimenten over zijn werk. Hij verbaasde zich over de plotselinge wending van de dag en verheugde zich op het vervolg. De rol van zwerver ruilde hij graag in voor die van kunstenaar.

Il padrone knikte bewonderend en riep vervolgens lachend: 'Alleen als je echt beroemd bent, heb je het recht om je zo sjofel te kleden.'

Tegelijkertijd keek hij om zich heen of men zijn gewaagde kwinkslag wel had gehoord.

Dat was inderdaad het geval. De omstanders lachten met il padrone mee en wierpen nieuwsgierige blikken naar deze Paulo Ravelli. Wie was deze beroemde man die er uitzag als een landloper? Een buitenlander die kennelijk zo'n bijzondere positie bekleedde dat hij zich kon permitteren om zo provocerend gekleed te gaan, hetgeen nog eens extra werd benadrukt door het chique geklede gezelschap waarmee hij zich had omringd.

Signore Vitello was in de tussentijd haastig naar achteren gelopen om een telefoontje te plegen. Handenwrijvend kwam hij even later terug.

Er werd nog eens bijgeschonken.

'Wat een bijzondere middag,' sprak Vitello terwijl hij zich met zijn zijden pochet koelte toewuifde. Hij bestelde een schotel gefrituurde calamari.

'Ik heb het idee dat we de komende weken iets bijzonders gaan beleven.'

De sfeer naderde een bruisend hoogtepunt. Paulo Ravelli werd meerdere malen op zijn schouder geslagen. Het verhaal dat hij een beroemde schilder was deed al snel de ronde. Er kwam een jonge vrouw op hem toegelopen die om een handtekening vroeg. Madame Louise keek Peter aan met een blik waarin te lezen viel dat het nu tijd was om te vertrekken. Peter knikte terug, hij begreep dat dit het juiste moment was. Nu was immers de interesse gewekt bij de aanwezigen. Deze kans mochten ze niet laten schieten. Maar nu moesten ze echt gaan, anders zou de spanning zomaar kunnen afnemen. Er moest bovendien nog stevig worden nagedacht hoe de belangstelling voor Ravelli publicitair uitgebuit zou kunnen worden.

En – minstens zo belangrijk – in een richting worden geduwd die de prijs voor een echte Ravelli zou opjagen. Hoe bekender de naam, hoe hoger de prijs. De mogelijkheden schoten diagonaal door Peters hoofd. De oplichter in hem werd wederom wakker geschud.

Ze namen afscheid van het gezelschap en verlieten La Luna met opgeheven hoofd, zich ervan bewust dat ze uitgeleide werden gedaan door tientallen ogen die hen nakeken tot aan de deur.

Op het terras van La Luna werden ze verrast door een fotograaf en verslaggever van *Il Giorno*, de invloedrijke Italiaanse ochtendkrant. De journalist stelde zich voor en meldde dat hij door de modeontwerper Vitello getipt was dat er een beroemde Hollandse schilder met de naam Ravelli in het etablissement aanwezig was.

'U begrijpt dat wij onze lezers hierover graag willen informeren. Mogen wij een foto maken en even met u praten?'

'Op één voorwaarde,' zei Peter, 'ik wil uitsluitend op de foto met mijn vriendin Madame Louise de Bonville. Zij is een vermaard schilderes uit Frankrijk.'

'Maar al te graag,' reageerde de journalist in zijn geruite overhemd, terwijl hij een teken gaf aan de fotograaf. En zo werden conte Ravelli en Madame de Bonville vereeuwigd op de boulevard van La Posta Vecchia.

De volgende ochtend kwam de gerant van hotel Bella Vista aangesneld met de krant in zijn hand. Louise en Peter zaten op het terras onder een van de vergeelde parasols en dronken een doppio.

'Grandioso,' riep de gerant enthousiast. Hij struikelde van opwinding bijna over het stoepje. 'Ik wist niet dat u beide zo beroemd bent. Wat een eer om u als gasten in Bella Vista te mogen verzorgen.'

Hij straalde van trots.

'Grandioso! Grandioso!'

Triomfantelijk sloeg hij de krant open en toonde op pagina drie een grote foto van een lachende Louise in haar rolstoel en een serieus kijkende Peter schuin achter haar.

De kop boven de foto was verrassend.

**Hollandse meesterschilder kiest voor Italië**

De tekst luidde: *De Hollandse schilder Conte Paulo Ravelli naast zijn vriendin, de bekende Franse schilderes Louise de Bonville. Ravelli is van origine een landgenoot van zijn vermaarde voorgangers Rembrandt, Van Gogh en Frans Hals, maar heeft gekozen voor Italië als zijn domicilie. De alom geroemde modeontwerper Vitello Clitoro heeft de eer de eerste expositie in de chique badplaats La Posta Vecchia te mogen begeleiden. Daar zal ook het meest spraakmakende doek van de Hollandse meester te zien zijn, getiteld: 'Dameshoeden aan Zee', zo wist signore Vitello ons te vertellen.*

Het verhaal ging verder: *De beroemde schilder schept er vreugde in zich zo af en toe te kleden als een zwerver (zie foto). 'Ik kruip graag in de huid van een ander,' verklaarde Ravelli zijn excentrieke gewoonte. Madame Louise de Bonville heeft in Frankrijk naam gemaakt met haar landschappen die getuigen van een warme belangstelling voor de natuur in al haar facetten.*

*De beroemde kunstenaars verblijven sinds enkele weken in hotel Bella Vista, waar zij dagelijks te vinden zijn in de lommerrijke tuin, gezeten achter hun schildersezels.*

*'De pers en belangstellenden worden sinds enkele dagen op afstand gehouden,' verklaarde signore Vitello, 'teneinde de privacy van de bijzondere gasten te waarborgen.'*

Louise pakte een zakdoekje uit haar fluwelen tas met zilveren beugel en snoot beschaafd haar neus.

'U bent ontroerd, signora,' constateerde de gerant met een meelevende glimlach. Hij trok zenuwachtig aan zijn smetteloze jasje met gouden knopen.

'Nee,' snikte Louise, 'ik moet vreselijk lachen. Ravelli, mijn vriend, je bent al beroemd voordat je bent begonnen.'

De gerant raakte enigszins in verwarring door deze opmerking en verwijderde zich met een beleefde buiging in de veronderstelling dat de beroemde gasten even ongestoord met elkaar beroemd wilden zijn.

'Die Vitello heeft ons goed te grazen, hij pakt ons terug,' zei Peter. '*Beroemde Hollandse meester*, hoe durft hij dat te beweren.'

Hij keek Louise strijdvaardig aan.

'Het spel met signore Vitello is begonnen, de valse queen uit La Posta Vecchia schudt zijn veren op. Daar moeten we een passend antwoord op vinden.'

Peter onderkende niet alleen de hilariteit van het krantenartikel, maar rook ook de kansen die hem onverwachts werden geboden. Hij had amper een paar streken op het doek gezet en werd al een Hollandse meester genoemd, een beroemde Hollandse meester.

*

Zo'n veertig kilometer verder, in Il Caffè Luigi in Rome, spoelde Daniëlla een paar espressokopjes uit om ze vervolgens te rangschikken op de warme bovenkant van de koffiemachine. Daarna pakte ze een doekje en begon de tafeltjes af te nemen.

Sinds drie weken was Daniëlla weer terug in Rome en had haar oude baan opgepakt. Haar man, de politieagent, werkte weer op het hoofdbureau. Luigi was blij dat hij zijn serveerster terug had in de zaak. Daniëlla was geliefd bij de gasten.

Uit de radio klonk het vrolijke 'La vita è bella'. Ze zong uitbundig mee met het populaire liedje dat deze zomer heel Italië veroverde. Overal op straat hoorde je fluitende bloemenverkopers en zingende meisjes. De simpele melodie had iedereen zo te pakken en de woorden waren ook niet al te moeilijk. '*La vita è bella. Bella bella bella. Te amo mi bella bella bella bella.*'

Het werd vooral luidkeels vertolkt door ijsverkopers die daarmee klandizie wilden lokken. Wie is er nou niet gevoelig voor een aubade van een zongebruinde Romein met verleidelijke ogen en de lekkerste gelati in zijn gekoelde bakfiets. Maar ook een ijscoman heeft zo af en trek in een espresso. En waar kon je dan beter heen dan naar Luigi waar de mooie Daniëlla de koffie serveerde. Soms stonden er wel drie ijscokarren buiten geparkeerd, terwijl de bestuurders binnen genoten van hun caffè crema of doppio.

Deze ochtend was het rustig in het café, totdat Luigi opgewonden binnenliep .

'Moet je nou toch eens horen,' riep hij luid. 'Jouw vriend,' hij wees naar Daniëlla, 'is een beroemde schilder. Wist je dat?'

'Wie?' vroeg ze verbaasd.

'Kijk hier.' Luigi sloeg de krant open. 'Dit is toch Paulo, onze vriend die hier elke ochtend kwam koffiedrinken en soms een uur bleef zitten op één kopje? Hij is een tijdje geleden nog langs geweest om naar jou te informeren. Hij was teleurgesteld dat je er niet meer was. Hij zal blij zijn dat je terug bent, mocht hij ooit weer naar Rome komen.'

Daniëlla keek naar de grote foto in de krant met daarop de serieus kijkende Paulo naast een invalide dame met hoed. Ze las het bijschrift en begon hard te lachen.

'Wat een heerlijke boef is het toch. Die man is zo leuk,' riep ze enthousiast.

'Nou, zo leuk ziet hij er niet uit,' zei Luigi, 'het lijkt wel een zwerver.'

'Dat is met opzet. Lees dan wat er staat. Dat is een performance van de kunstenaar. Begrijp dat toch! We moeten het artikel uitknippen en ophangen in de zaak. Dat is goede reclame.'

Daar voelde Luigi wel voor. Een beroemde Hollandse schilder die bij Il Luigi op het Piazza di Eustachio in Rome zijn dagelijkse koffie drinkt. Hij zou de pers hiervan op de hoogte brengen.

Twee dagen later stonden ze in de krant. Luigi en Daniëlla gefotografeerd voor de beroemde koffiezaak. Daniëlla was uitgebreid geïnterviewd. Zij was immers een half jaar met de beroemde schilder opgetrokken. Ze hadden kerken en musea bezocht om de schilderkunst van anderen te bewonderen. Daniëlla had meteen al gevoeld dat Paulo een bijzonder kunstenaar was. 'Maar hij hield het verborgen. Hij leefde incognito,' had ze uitgelegd. 'De vermaarde artiest leidde een bescheiden leven. Heel ingetogen voor zo'n grote meester.'

'Was hij verliefd op u?' had de journalist gevraagd.

'Sì sì.'

Voordat Daniëlla had kunnen antwoorden, had Luigi het woord genomen. 'Sì sì,' klapte hij in zijn handen, 'dat was zo duidelijk. Hij zat altijd te stralen als Daniëlla voorbij liep. Nee, die twee, dat was pas echte romantiek.'

Daniëlla keek haar baas boos aan.

'Wat zong hij ook alweer voor jou? Oh ja, ik weet het weer,' lachte Luigi.

*'La vita è bella – bella – bella,*
*te amo mi amore – Daniëlla Daniëlla Daniëlla.'*

De verslaggever van *Il Giorno* was blij met zijn verhaal.

Enkele dagen later stond er opnieuw een artikel in de krant met een aankondiging op de voorpagina. Met grote zwarte letters stond er:

**Beroemd schilderij van Ravelli aangekocht door puissant rijke barones uit Rome.**

Op de pagina Binnenland stond een grote foto van het schilderij met het volgende bijschrift.

***Astronomisch bedrag voor doek van Ravelli.***

*Het schilderij 'Cappelli di Donne del Mare' van Ravelli is voor 25.000 dollar aangekocht door baronesse Sophia Partizani di Puglia uit Rome.*

*'Ik heb het werk van il conte Ravelli altijd al bewonderd. Hij weet elke centimeter met zijn penseel te bespelen. Ik heb het genoegen gehad hem meerdere malen te ontmoeten in Rome. Ik was diep onder de indruk van zijn charisma en zijn verzengende blikken. Hij is een begenadigd schilder en een bedreven casanova die zijn illustere voorganger naar de kroon steekt.' Aldus het commentaar van barones Partizani.*

*

Op een ochtend gebruikte Peter het ontbijt in de eetzaal en las de krant, in afwachting van de komst van Louise. Een van de oudere obers kwam met slepende tred naar zijn tafel en hield hem een zilveren schaaltje voor met een briefje.

Hij las: *Kom naar boven, mijn vriend. Vandaag geen zin om me aan te kleden.*

Even later zat hij naast haar hemelbed.

Louise maakte niet de indruk dat ze onwel of anderszins uit haar doen was. Ze glimlachte vriendelijk.

'Fijn dat je er bent.'

Ze droeg een amberkleurige zijden ochtendjas, haar kapsel was keurig verzorgd, ze droeg zelfs een parelketting met bijpassende oorbellen. Het leek meer op een audiëntie dan op een ziekenbezoek.

'Wat dacht je,' vroeg ze met heldere stem, 'dat je aan mijn sterfbed een kopje thee kwam drinken? Met een afscheidskus op mijn voorhoofd? Want daar reken ik wel op als het zover is.'

Louise lag er gracieus bij, zorgvuldig gedrapeerd tussen de satijnen kussens die door het kamermeisje extra waren opgeschud. Het zonlicht baande zich een weg door de suite en verlichtte het voeteneinde van het Louis xv-bed dat midden in de kamer een prominente plaats innam. Op het nachtkastje lag haar bril met de grote glazen, naast een boek van Descartes.

Kennelijk volgde ze Peters blik.

'Ik kan het je aanraden. Die man is niet op zijn achterhoofd gevallen. Daar heb je wat aan. Zelfs als je oud bent, zoals ik.'

'Heeft u moeite met het ouder worden?' vroeg Peter.

Ze haalde haar schouders op.

'Het alternatief is jong sterven. Die gedachte lokte me destijds niet aan. Ik zal het ermee moeten doen. Als ik 's morgens in de spiegel kijk, laat mijn reflectie me elke dag toch weer schrikken. Waar is dat mooie jonge meisje gebleven? De tijd kent geen mededogen. Soms kan ik mijn eigen gezicht niet verdragen.'

Peter keek haar aan met een innemende glimlach.

'Ik vind u mooi. U heeft een prachtige uitstraling. Tja, u bent niet meer in de lente van uw leven, maar de herfst is ook fraai.'

'Zullen we ruilen? Hoe je het ook benoemt, het leven kent geen genade. Het amusante is, dat in dit oude karkas de geest van een jonge vrouw schuilt. Soms voel ik me dertig en springlevend, maar helaas is mijn lichaam het daar niet altijd mee eens.'

Peter pakte haar breekbare hand die op de beddensprei rustte en gaf er een bemoedigend kneepje in. Ze keek hem aan met een wijze oogopslag. Hij wilde een grapje maken om de stemming om te buigen naar een conversatie die wat luchtiger was, maar Louise de Bonville had nog een paar sombere pijlen op haar boog.

'We willen ons niet realiseren dat ons leven eindig is, dat we allen stervend zijn. Reeds vanaf de geboorte dragen we ons zelf ten grave. Het leven is een mars naar de dood.'

'Ik hoor het al. Het wordt een vrolijke ochtend. Die meneer Descartes doet u geen goed.'

Tot zijn eigen verbazing verdedigde Peter de schoonheid van het leven teneinde de zwarte gedachten over de dood uit de slaapkamer te verbannen.

'Het leven is een mars naar de dood,' herhaalde hij. 'Wat een bizarre uitspraak. Welke gek heeft dat bedacht? Er zijn honderden manieren om het leven te definiëren. Het leven is de moeite waard om geleefd te worden. Het leven is spannend. Het leven biedt ons oneindig veel mogelijkheden. Het leven is een uitdaging.'

Nu was zij het die hem een bemoedigend klopje gaf op zijn hand, wellicht om haar sombere woorden wat af te zwakken.

'Je hebt gelijk, ik moet niet zeuren.'

Er werd op de deur geklopt. Een ober kwam binnen met een rijk gevuld dienblad.

'Ik heb een café complet, très complet, besteld. Ik hoop dat je me nog even gezelschap wilt blijven houden.'

'Natuurlijk,' zei Peter hartelijk, 'ik schrik alleen van uw opmerking over de dood, hoewel ik zeker benieuwd ben hoe iemand in het leven staat als het bijna voorbij is.'

'Wat denk je?'

'Nou, om het cru te zeggen: u heeft weinig toekomst.'

'Iedere nieuwe dag is mijn toekomst.' Louise veerde op. Er verschenen blosjes op haar wangen.

'Het feest duurt vierentwintig uur. Dat is me lang genoeg!'

Ze keek hem belerend aan, en dat deed Peter denken aan zijn moeder die ook allerlei wijsheden paraat had.

'Terugkijken op je leven is een heerlijke bezigheid,' vervolgde ze, 'maar mag niet te veel tijd in beslag nemen. Als je gaat opsommen wat er allemaal niet meer is, wat voorgoed voorbij is, kun je somber worden. En dat levert geen rente op.'

Ze stak fier haar kin vooruit. 'Je moet niet te vaak in de achteruitkijkspiegel kijken, want dan verlies je het zicht op de weg die je volgt.'

'Dank u,' glimlachte Peter, 'ik zal het onthouden; niet te vaak in de achteruitkijkspiegel kijken.'

Na de koffie met bonbons en koekjes uit de eigen pasticceria van het hotel, kon Peter de gesoigneerde Madame de Bonville overtuigen van het idee om een heerlijke wandeling te maken over de boulevard. Of indien ze dat liever wenste, zou hij voor haar een strandstoel aanschuiven op een van de terrassen zodat ze zich behaaglijk kon installeren in de warme ochtendzon.

'Charmeur,' zei ze alleen maar en wees hem de deur. 'Over een half uur ben ik beneden.'

Toen Paulo vlakbij de deur was, blies Louise hem vanuit de palm van haar hand een kus toe.

'Het leven is mooi. La vita è bella.'

*

Het bericht bereikte hem laat in de ochtend.

'Moeder ernstig ziek – kom naar huis.'

Deze twee zinnen waren voldoende om hem terug te tillen in de tijd. Hij was zijn ouders eigenlijk al zo goed als vergeten. Ja, zo koud was de waarheid. Zijn vader was inmiddels overleden, maar daar was hij pas jaren later achter gekomen.

De conciërge had hem de brief overhandigd.

'Het spijt me, signore Ravelli, de brief bracht ons in verwarring. De naam van de geadresseerde was ons onbekend. Iedereen kent u als conte Ravelli en niet onder de naam die op de brief vermeld staat. Maar het hotelregister bracht opheldering. U bent de heer Wanders.'

Peter knikte.

'Ik heb meerdere namen, dat is wel zo handig. Ik kan het u aanbevelen.'

De conciërge knikte ongemakkelijk en pakte nerveus een willekeurige sleutel uit een van de vakjes. Hij wist zich niet goed raad met de opmerking van graaf Ravelli. Met name oplichters hanteerden dergelijke praktijken, gebruikten valse namen om zonder de rekening te betalen, er vandoor te gaan en op te lossen in de anonimiteit.

De directie had het personeel nog zo gewaarschuwd: 'Pas op voor al te hartelijke gasten die royaal zijn met hun fooien.'

Conte Ravelli paste naadloos in die omschrijving. Een beschaafde, hartelijke man met belangstelling voor het personeel. Immer een vriendelijk woord, een verrassende vraag, een grappige opmerking en regelmatig een geldelijke blijk van waardering. Even later besloot de conciërge toch even te informeren bij de receptionist, die contact zocht met de manager van dienst, die zich haastte naar de boekhoudafdeling, waar men met een vulpen de balans per gast en kamer bijhield. Het bleek mee te vallen. De heer Wanders alias graaf Ravelli, beschikte over een aanzienlijk deposito waarmee zijn kosten tot op heden ruimschoots waren gedekt.

'Gelukkig,' zei de manager, 'we hadden eigenlijk ook niet anders verwacht.'

Hij begon te lachen. 'Conte Ravelli, een oplichter, hahaha. De beroemde schilder uit Holland. Zo zie je toch maar hoe snel er een inschattingsfout gemaakt kan worden.' Hij stelde de conciërge gerust en prees hem voor zijn alertheid.

Conte Ravelli besloot dezelfde dag nog de trein te nemen naar Holland.

'Arrivederci hotel Bella Vista. Adieu Louise de Bonville. Als u vijftig jaar jonger was geweest, hadden we elkaar kunnen beminnen.'

'Dat doen we al,' had ze gezegd, 'alleen onze lichamen doen niet mee. Onze vriendschap is veel intiemer dan een seksuele relatie. Onthoud dat goed.'

Dat was hun laatste conversatie, alvorens graaf Ravelli Madame Louise de Bonville vaarwel kuste.

# 23

Peter genoot van de reis, van de mooie omgeving die aan hem voorbij trok. Eerst de Italiaanse Po-vlakte, daarna het adembenemende berglandschap van Zwitserland. De trein voerde hem langs grazige weiden, houten chalets en heldere bergmeren. Dit landschap straalde een grote mate van rust en tevredenheid uit. Dat beviel hem wel. Hij dacht terug aan de tuinen van het Klein Seminarie waar hij al die maanden zo gelukkig was geweest met Andreas. Hij herinnerde zich de zomeravonden die ze samen doorbrachten op een bank aan de rand van het bos. Hun dierbare gesprekken en ook het samen zwijgen en luisteren naar de vogels die zingend afscheid namen van de dag. Soms vroeg hij aan Andreas of hij het 'In Excelsis Deo' voor hem wilde zingen. Breekbare, mooie momenten die als uitroeptekens in zijn hart stonden genoteerd. Die prachtige heldere stem die met een fluwelen echo langs de bosrand streek, terwijl ergens in Brabant ze elkaars hand vasthielden. Een beetje verscholen zodat niemand het kon zien, meestal onder een uitgetrokken colbert dat tussen hen op de bank lag. Samen gelukkig – hand in hand – aan het oog onttrokken. Alleen God zag het, en God zag dat het goed was.

In die tijd was Peter nog in balans, zijn toekomst stond min of meer vast. Hij zou pater worden, missionaris in Afrika, zelfs het idee om paus te worden werd door hem serieus overwogen.

Alsof hij daarover besliste... Hoe naïef kan een mens zijn. Hij zag zijn melancholieke glimlach, weerspiegeld in het raam van de treincoupé.

Ruim een dag later zat hij aan het sterfbed van Maike Wanders.

'Ik ga ervantussen, jongen,' sprak ze zacht, 'fijn dat je gekomen bent. Gaat het goed met je?'

'Ja, heel goed, veel belangrijke bezigheden,' loog Peter met een geruststellend knikje zijn moeder voor.

Ze lag in de kussens, haar nachthemd was veel te groot voor haar magere lichaam. Ze keek hem aan met een glimlach.

'Ik heb altijd wel geweten dat je het zou redden, Peetje. Ga je nog weleens naar de kerk?'

'Jazeker, bijna dagelijks. Er zijn veel kerken in Rome en als dienaar van de Heer kom ik daar regelmatig. Ik ben een zoon onder Gods hoede. Zo heet dat in Italië.'

Het ingevallen gezicht van Maike Wanders lichtte helemaal op.

'Wat maak je me nu gelukkig,' stamelde ze. 'Peetje onder Gods hoede. Ik wist dat je uitverkoren was. Maar dat God je naar Italië zou roepen om daar de kerk te dienen, had niemand kunnen bevroeden.'

Ze haalde diep adem, het kostte haar veel moeite om de zinnen uit te spreken, maar in haar ogen verscheen een twinkeling.

'En wij maar denken dat je de kerk had verlaten. Oh mijn God, hoe heb ik kunnen twijfelen aan de grootheid van de Almachtige. Vergeef het mij, Heilige Maria vol van genade en Jezus de Vrucht van Uw schoot...'

Verder kwam ze niet. Ze zakte dieper in de kussens.

'Moeder, God neemt u niets kwalijk en Maria ook niet,' stelde Peter haar gerust. 'Ze zijn juist trots op u. Dat weet ik uit zeer betrouwbare bron. U was de eerste die riep dat ik uitverkoren was op de dag dat ik bij meneer pastoor werd geroepen, en hij mij vertelde dat de kerk een plaatsje voor me had. Maria had het u al ingefluisterd voordat meneer pastoor het te horen kreeg.'

'Jongen,' sprak Maike zacht, 'ik ben nog nooit zo gelukkig geweest.'

Er gleed een zilveren traan uit haar linkeroog en trok een nat spoor over haar gekreukelde huid.

Peter boog zich voorover en gaf zijn moeder een kus op haar voorhoofd. Ze wees naar het bekertje water dat op het nachtkastje naast het bed stond. Hij hield de beker bij haar mond, met voorzichtige slokjes nam ze het water tot zich.

Peter bedacht ter plekke dat hij een foto bij zich had waarmee hij zijn moeder nog gelukkiger zou kunnen maken, zodat ze tevreden zou kunnen sterven. Hij droeg die foto altijd bij zich om indruk te kunnen maken als hem dat zo uitkwam. Uit de binnenzak van zijn colbert haalde hij zijn portefeuille tevoorschijn. In het zijvakje bevond zich de bewuste foto: Peter Wanders verkleed als kardinaal tijdens het bal in Venetië.

'Kijk eens, moeder.'

Hij hield de foto voor haar gezicht.
'Ach jong, wil je mijn bril even op mijn neus zetten?'
Peter pakte haar bril met extra dikke glazen en duwde de pootjes van het montuur achter haar oren. Haar ogen werden plotseling vier keer zo groot. Ze bekeek de foto.
'Ben jij dat?'
'Ja moeder.'
'Je lijkt wel een bisschop.'
'Kardinaal, moeder, ik ben kardinaal.'
Ze kon het niet bevatten. Haar zoon, de kleine Peetje uit Limburg was kardinaal in Italië.
Ze raakte buiten bewustzijn van ontroering.
Even dacht Peter dat ze erin zou blijven, maar na een halve minuut begon ze weer te ademen. Er verscheen een blije glimlach om haar lippen.

Peter verdween naar de keuken waar zijn zuster Geertje sinaasappels aan het persen was.
'Gaat het een beetje, Geertje?' vroeg hij vriendelijk.
Zijn zus stond bij het aanrecht.
'Ja, 't gaat wel. Het is een zware tijd geweest, Peter. Daar heb jij niets van meegekregen. Het mag een wonder heten dat je nu bent gekomen. Bij de begrafenis van vader was jij de enige afwezige. Dat werd je wel kwalijk genomen. Je bent tenslotte familie, ook al betekent dat helemaal niks voor jou.'
Peter hoorde haar aan, schijnbaar onbewogen, maar zijn maag kneep zich langzaam samen. Hij had zijn familie in de steek gelaten. En niet alleen zijn familie, ook Loes en de buren had hij laten barsten.
Van Geertje vernam hij dat ze waren vertrokken en dat de nieuwe buren keurige mensen waren.

Geertje glipte langs hem heen en liep met het glaasje sinaasappelsap naar de kamer waar moeder lag. Even later kwam ze terug.

'Wat is dat voor foto die je bij moeder hebt neergezet? Ben je de boel weer aan het belazeren?'

'Ze wordt er blij van,' verweerde Peter zich, 'dat is toch mooi?'

'Het is een leugen, dat is het!' riep Geertje boos.

'Soms is een leugen mooier dan de waarheid.'

'Dat is in jouw geval zeker zo.' Ze veegde met driftige gebaren de sinaasappelschillen van het aanrecht.

'Je bent veel te jong om kardinaal te kunnen zijn,' mopperde ze.

'Ik ben aspirant-kardinaal,' verdedigde Peter zijn positie, 'wegens bijzondere talenten benoemd tot Junioro di Vaticanis' – het klonk zelfs in zijn oren geloofwaardig.

'Het is een selecte groep jonge mannen die door de paus zijn ingezegend en samen het geestelijk en intellectueel potentieel vormen van de rooms-katholieke kerk. Wij zijn de toekomst, een van ons zal ooit paus worden.'

Peter hield even een religieuze stilte om de ernst van zijn boodschap te benadrukken, daarna vervolgde hij zijn repliek.

'Heb je de foto goed bekeken? Aan de onderkant van het hoofddeksel kun je een bandje zien. Het is geel van kleur, maar dat zie je niet op de foto. Daarmee wordt het onderscheid aangegeven tussen de juniorkardinaal en de seniorkardinaal.'

Er was inderdaad een horizontaal stripje te zien aan de voorkant van het roomse kalotje dat hij op de foto droeg, maar dat was de voering die een beetje slordig in elkaar was genaaid door de kostuumnaaister van de carnavalswinkel.

'Het is je wel naar de kop gestegen, hè?' Geertje was nu druk in de weer met een nat doekje dat opgevouwen diende te worden. Ze vermeed hem aan te kijken.

'Hoofddeksel,' riep ze misprijzend, en nog een keer 'hoofddeksel'.

Ze sprak het woord uit alsof ze het over een volle luier had. Snuivend vervolgde ze haar terechtwijzing: 'Wij noemen zoiets hier een hoedje of desnoods een ronde pet, maar geen hoofddeksel. Wij zijn eenvoudige mensen en houden het graag simpel, maar dat ben jij vergeten, Peter.'

Ze draaide zich een halve slag, nam een pan van het fornuis en zette die vervolgens met een harde klap weer terug op dezelfde plek. Nou, dat was duidelijk. Geertje had een punt gezet achter de conversatie.

'Dat was het, Geertje?' vroeg Peter met valse beleefdheid, 'fijn om je na zoveel jaren weer gesproken te hebben.'

Hij verliet de keuken. In de gang hoorde hij wederom een harde klap van de pan op het fornuis.

Diezelfde middag maakte hij een wandeling in de omgeving. Hij ging eerst kijken bij het huis van de buren. De nieuwe buurman, een aardige postbode, wist hem te vertellen dat de woning in de oorlog al was vrijgekomen. Die opmerking bevestigde zijn angstige vermoedens.

'Heel jammer,' zei Peter, 'ik had de familie zo graag nog willen spreken. Misschien kunt u op het postkantoor hun nieuwe adres voor me achterhalen?'

Met deze vraag ontweek hij de boodschap waar hij zo bang voor was. Hij koesterde nog hoop dat het gezin de oorlog had overleefd.

'Ik zal het proberen,' zei de postbode vriendelijk, 'dat zal vast wel lukken. De administratie is goed op orde bij de posterijen,' sprak hij trots.

Peter vervolgde zijn wandeling.

Heerlijk was het om de lucht van vroeger weer in te ademen, om de oude plekjes te bezoeken, het kerkplein, de school waar juffrouw Blom nog steeds les gaf. Ze had grijs haar gekregen. Hij zag haar lopen op het schoolplein tijdens het speelkwartier. Zij had hem niet gezien en hij deed geen moeite om haar aandacht te trekken. Misschien morgen of zo. Ook de pastorie vertoonde nog steeds dezelfde saaiheid als voorheen. Geertje had verteld dat er een nieuwe, jonge pastoor was gekomen.

'Een aardige man die het goed meent met het volk,' zei ze veelbetekenend, 'die zijn er ook nog, hoor.'

Hij had het verwijt in haar stem gehoord, maar stoïcijns

verder geluisterd naar de opsomming van de fijne karaktereigenschappen van de jonge pastoor.

De oude pastoor Verlaan was overleden. Na de oorlog was hij plotseling vertrokken naar een klooster in Duitsland. Men had nog geprobeerd hem voor het gerecht te dagen wegens verraad en collaboratie met de Duitsers, maar van uitlevering was geen sprake geweest. Daar wensten de Duitsers niet aan mee te werken.

Er gingen verhalen dat hij door een van de leden van een Nederlandse Kerkelijke Delegatie die in het klooster op bezoek was, is vergiftigd.

Ze wilden hem de rekening presenteren van zijn oorlogsverleden. De eerste keer was dat maar half gelukt. Hij raakte verlamd.

Een jaar later is hij alsnog vermoord.

Hij werd gevonden tussen de rododendrons met een mes in zijn borst. Hij hing nog in zijn rolstoel.

De moordenaar had een notitie achtergelaten.

'Grüsse aus Holland.'

Peter wandelde fluitend door het dorp.

Later die middag zat hij weer naast het bed van zijn moeder. Zijn blik dwaalde door de kamer. Er waren een paar nieuwe tweedehands meubelen bij gekomen, maar die waren inmiddels ook al weer oud. De klok op het dressoir van oma was nog steeds niet gerepareerd. Er zat een barst in het glas voor de wijzerplaat. Het was een oudere broer geweest die een aardappel door de kamer had gegooid, een mislukte poging om een van de joelende indianen die om de tafel renden uit te schakelen. Moeder was er verdrietig om geweest.

'Laat je vader het maar niet zien,' had ze gezegd, terwijl ze een duwtje tegen de barst gaf alsof ze daarmee de schade kon wegmoffelen.

Vader was woedend geweest en had een forse straf uitgedeeld.

Jaap had een stuk van de akker met de hand moeten omspitten. De andere broers hadden hem daarbij uit solidariteit geholpen. Joes Wanders had trots toegekeken hoe zijn zoons dit karwei klaarden.

'Kijk eens, wat een kerels,' had hij geroepen tegen buurman Bram die als gebaar van waardering zijn duim op had gestoken.

Peters blik zigzagde verder door de kamer. Er hing een kalender aan de muur van vier jaar geleden. Moeder Maike was in dat jaar niet verder gekomen dan augustus. Kennelijk beviel de plaat van een boerenkar op een landweg haar zo goed dat ze geen aanleiding meer zag om het blad af te scheuren en daarmee de foto van september te onthullen.

'Zo houd je de tijd aan jezelf,' dacht Peter, 'gewoon niet meer doortellen. De seizoenen geven vanzelf aan dat het jaar verstrijkt. Meer is ook eigenlijk niet nodig. Ik denk dat ik later ook zo ga leven,' mijmerde hij. 'Een beetje als kluizenaar in de natuur. Zoveel mensen heb je niet nodig om een tevreden leven te leiden.'

Het woord 'gelukkig' wilde hij liever mijden, dat paste niet in het toekomstbeeld dat hij van zichzelf had. Ja, een oude man zou hij worden, met ongekamd grijs haar met een oude pet of nog mooier een zwarte baret op zijn hoofd, tevreden leunend op zijn ellebogen boven een kom dampende erwtensoep.

Hij keek opzij naar Maike Wanders. Ze lag er rustig bij. Voor haar was het bijna afgelopen.

'Kan ik iets voor u doen, moeder?'

Ze knikte.

'Weet je het niet meer? We hebben nog een afspraak.'

'U bedoelt dat ik uw schoenen mag poetsen?'

'Ja jong, dat bedoel ik. Vrouw Wanders is er klaar voor.'

Twee dagen later was het zover. Maike Wanders lag keurig opgebaard in het gebouwtje achter de kerk. Haar zwarte schoenen glommen als spiegels.

'Ik neem je foto mee in de kist,' had moeder nog kunnen zeggen voordat ze stierf. 'Bij de hemelpoort zal ik hem afgeven aan Petrus, dan krijg ik misschien een mooi plekje toegewezen.'

'Dat weet ik zeker, moeder, daar kunt u op rekenen,' stelde Peter haar gerust. 'Ik zal de Heilige Petrus verwittigen dat u eraan komt. Maike Wanders van het Geitenpad nummer 4.'

Daarna had hij met zijn wijs- en middelvinger een kruisteken op haar voorhoofd gemaakt.

'God zij met u. Vaarwel moeder.'

*

De familie Groen was overhaast verhuisd.

'Het is een unieke kans,' had buurman Bram tegen zijn kinderen gezegd. 'Dus we moeten snel beslissen. Maar we komen terug,' had hij hen beloofd, 'als de oorlog voorbij is. Het is maar tijdelijk.'

Zijn vrouw Rebecca dacht daar anders over. Ze maakte weleens een praatje met Geertje wanneer ze de was aan het ophangen waren in de tuin. Zo'n alledaags gesprekje over de heg.

'Ik vertrouw het niet,' had Rebecca gezegd, 'dit voelt niet goed, maar ik begrijp Bram wel, hij wil de kinderen niet onnodig bang maken. Maar het wordt te mooi voorgesteld, die vakantiekampen, dat kan echt niet waar zijn.'

Geertje had geprobeerd haar gerust te stellen.

'De Duitsers hebben het goed met ons voor. Dat zegt de pastoor elke zondag in de kerk. Ze leggen mooie wegen aan, ze zorgen voor rust en orde, ze willen dat iedereen het goed heeft. Zeg nou zelf, ze zijn altijd correct als ze om een glas water komen vragen of even op het erf komen kijken. Ik heb laatst nog een stuk worst gekregen van zo'n aardige Duitse officier. En die uniformen, zijn ze niet prachtig? Heel wat mooier dan die slobberige uniformen van onze veldwachters en politieagenten. Nee, het zijn echt correcte mannen. Bovendien zijn het onze buren, Duitsland ligt maar een paar kilometer van ons vandaan. Onze broer Willem doet al jaren zaken met ze, weliswaar niet legaal, maar toch. Hij is er goed over te spreken. Ze zijn heel pünktlich, ja pünktlich, zo noemt hij dat.'

'En toch klopt het niet,' had Rebecca gezegd, 'waarom mogen wij wel naar zo'n kamp waar genoeg voedsel is, en jullie niet?'

'Dat is mazzel,' had Geertje geantwoord, 'jullie zijn speciaal uitgekozen. Misschien omdat jullie nog jonge kinderen hebben, die kunnen daar aansterken. Gezond voedsel. Dat is een geschenk.'

'Of misschien omdat we Joden zijn,' had Rebecca gemompeld, 'daar hebben de mensen het niet zo op.'

'Oh nee,' had Geertje gezegd, 'dat is flauwekul. Zelfs Jezus, je weet wel Jezus uit de Bijbel, is ook een Jood en dat is de zoon van God. Hij behoort tot het uitverkoren volk. Nee, nu haal je rare gedachten in je hoofd. De Duitsers zullen nooit de strijd aangaan met God. Dat laten ze wel uit hun hoofd. God is almachtig, die beschermt zijn volk.'

'Denk je dat echt?'

'Zo zeker als twee maal twee vier is,' had Geertje geantwoord. 'Op God moet je vertrouwen.'

'Nou, vooruit dan maar,' had Rebecca geglimlacht, maar het kwam niet overtuigend over. 'Ik ben blij dat ik even met je heb kunnen praten,' zei ze. 'Met Bram is het een beetje lastig de laatste tijd. Hij zat altijd vol met grapjes, maar die vrolijkheid lijkt te zijn verdwenen. Soms kan hij zo somber voor zich uit staren, net of hij zich ernstige zorgen maakt. Als ik dan vraag wat er aan de hand is, reageert hij altijd hetzelfde: "Alles is in orde".' Rebecca zuchtte diep. 'Maar het is niet anders. Nou, Geertje, ik ga er maar weer van tussen.' Rebecca tilde haar mand met wasgoed op, draaide zich om en liep naar huis.

'Het komt goed, buurvrouw,' had Geertje haar nageroepen, 'het komt goed.'

'We komen weer terug als de oorlog voorbij is,' bleef Bram dapper beweren. 'Dat weet ik zeker.' Maar de droeve blik in zijn ogen straalde wanhoop uit.

Ze hadden een insigne gekregen, een grote, gele ster die ze op hun jas moesten naaien zodat iedereen kon zien dat ze waren geselecteerd om op reis te gaan. Op reis naar een betere toekomst. Zo had Geertje het begrepen. Veel meer informatie was er niet voorhanden. Dikke Marga van het dorpscafé had buurman Bram nog een paar lekkere sigaren toegestopt.

'Voor in het kamp,' had ze hartelijk gezegd.

Ze mochten slechts één koffer per persoon meenemen. De kinderen droegen hun eigen koffertje. Bram nam naast de koffer ook zijn viool mee. Hij had voor de zekerheid in zijn valies een donkerblauw kostuum gestopt. Voor bijzondere gelegenheden. Misschien mocht hij daar wel optreden. Je wist het maar nooit. Als hoofd van het gezin liep hij voorop naar de vrachtwagen die hen kwam ophalen. Ze waren in de laadbak geklommen, waar twee Duitse soldaten met geweren hen nogal ruw naar achteren hadden geduwd.

'Schnell, schnell,' riepen ze.

Geertje had het allemaal gezien. Ze was met een paar andere mensen uit het dorp naar het plein gekomen om de reizigers uit te zwaaien. De chauffeur van de vrachtauto had een extra rondje gereden en twee keer getoeterd. De kinderen zwaaiden nog een beetje, maar de ouderen konden dat niet opbrengen.

'Het is nogal wat,' vertelde Geertje in de keuken, terwijl ze een aardappel uit het mandje pakte om te schillen, 'dat je zomaar wordt weggehaald. Want zo was het!'

Peter zat op de houten keukenstoel bij de achterdeur. Hij kende de stoel als geen ander. Als jongetje was hij erop geklommen om zijn moeder te helpen bij allerhande karweitjes, zoals groenten wassen en appels in stukjes snijden.

'Pas op Peetje, het mes is scherp.'

Of hij mocht het aanrecht schoon boenen met groene zeep.

'Niet te hard boenen Peetje, anders kom je terecht in het gootsteenkastje.'

Zijn moeder hield hem altijd goed in de gaten.

En nu zat hij op diezelfde stoel te beven bij het aanhoren van het verhaal over de buren. Zo luchtig en onschuldig verteld door zijn oudere zus.

'Loesje,' dacht hij, 'oh, mijn Loes.'

De gedachten die bij hem boven kwamen, schoten als pijlen door zijn hoofd. Hij durfde het niet te vragen, maar vroeg het toch: 'En Loes? Heb je Loes gezien? Was ze erbij?'

Zijn maag draaide zich om, terwijl hij op het antwoord wachtte.

Peter dacht aan die vreselijke ontmoeting in het station van Luik, waar hij Loes voor het laatst had gezien. Een beeld dat in zijn geheugen stond gebrandmerkt. Hij had zichzelf ingeprent dat het een nachtmerrie was geweest, een akelige droom. Maar diep in zijn hart wist hij wel beter. Het was de werkelijkheid. Dat maakte het zo bitter. Zo hartverscheurend. Hij schaamde zich diep als hij er aan terugdacht.

'Nou, dat weet ik eerlijk gezegd niet meer. Of Loes daarbij was.'

Geertje zocht in haar herinnering, probeerde het beeld van het afscheid voor zich te halen, maar het lukte haar niet om erachter te komen of hun buurmeisje daarin voorkwam.

'Het spijt me, ik kan het me niet herinneren.'

Ze zag haar broer zitten op de keukenstoel, lijkbleek en starend naar de grond.

'Wat is er met jou aan de hand?' vroeg ze.

'Was Loes erbij?' schreeuwde hij. 'In hemelsnaam, Geertje, gebruik je verstand. Ben je echt zo dom dat je niet weet wat er gebeurd is? De hele wereld weet het onderhand, maar Geertje Wanders weet van niks. Was Loes erbij, toen ze werden afgevoerd?'

'Afgevoerd?'

'Ja, afgevoerd, als vee naar het abattoir.' Peters stem begon te trillen. Hij kon zich niet meer beheersen.

'Ze zijn vermoord,' gilde hij, 'ze zijn allemaal vergast. Ik vraag het nog één keer: was ze erbij?'

Hij was opgestaan en stond nu vlak voor Geertje. Ze deed een angstige stap achteruit.

'Nee, nee,' stamelde ze. 'Ik geloof het niet. Loes woonde al een paar jaar niet meer thuis. De jongetjes Sem en Levi, die waren er wel bij, de kinderen uit het tweede huwelijk van Bram met Rebecca. En zij was er ook: Rebecca. Ze waren met z'n vieren. Loes heb ik niet gezien.'

Peter wankelde naar de gootsteen en gaf over. Met een grote golf spuugde hij alle angst uit zijn lichaam.

'God zal me lief hebben,' verzuchtte Geertje, 'wat is er met jou aan de hand? Betekende Loes zo veel voor je?'

Peter nam een slok water.

'Ja, Loes betekende heel veel voor me. En nog steeds. Ze is eigenlijk de enige vrouw die ik werkelijk liefheb. Ik houd van haar met alles wat ik nog kan voelen. Dat is niet veel, maar voor mij is het alles, meer heb ik niet.'

Zijn zus knikte, maar of ze het begreep bleef onduidelijk. Dat maakte voor Peter geen verschil. Hij sprak eigenlijk tegen zichzelf. Geertje stond er toevallig naast.

'Zo, nu gaan we een lekker kopje thee zetten,' zei ze, terwijl ze de ketel met water vulde. 'Ik heb zulke leuke witte sandalen gezien, met een zilveren gespje. Wit kan wel voor de zomer, vind je niet?'

'Rot op met je sandalen, Geertje.'

'Je bent wel veranderd hoor Peter, zo grof in de mond. En zo lelijk tegen mij. Ik ben je zus hoor. Je oudste zus. Ik ben misschien niet zo slim maar wel eerlijk.' Ze rechtte haar rug en wees met haar wijsvinger naar Peter. En daarmee zette ze een onverwachte charge in.

'Luister Peter van het Geitenpad. Jij bent een grote leugenaar, een schoft, een oplichter. Je liegt zelfs tegen je moeder. Wat is nou erger, witte sandalen kopen of liegen tegen je stervende moeder?'

Geertje Wanders liet zich niet opzij zetten.

Peter zakte terug op de keukenstoel. Even later klonk het felle fluitsignaal van de ketel op het fornuis. Het theewater was klaar.

# Deel III

*'Zijn leven was een langdurig misverstand'*
drs. Paul Peters

# 24

1972. Dr. Landsman – psychiater gespecialiseerd in oorlogstrauma's – zo stond de gerenommeerde zenuwarts vermeld in het landelijk specialistenregister.

Peter was via zijn huisarts verwezen naar deze psychiater vanwege zijn traumatische oorlogsverleden. Daarover wilde hij eigenlijk helemaal niet praten, maar door de nachtmerries die hem bleven achtervolgen, begreep hij dat er iets moest gebeuren. Bovendien kon het geen kwaad om in zijn warrige hoofd eens orde op zaken te stellen.

'Naar aanleiding van uw intakegesprek, hebben wij het verslag opgevraagd van uw verblijf in het Saint Thomas Hospital in Rome, vlak na de oorlog.'

Dokter Landsman keek hem aan met een academische blik waarop hij zonder twijfel lang had geoefend.

'In de rapportage staat vermeld dat u onverhoeds kunt neervallen, een epileptische aanval kunt simuleren om vervolgens lachend weg te lopen. Dat u op elk willekeurig moment overschakelt in een andere taal.'

'Mais non,' reageerde Peter verbaasd, 'c'est pas vrai.'

'U heeft minstens vijf mensen gedood.'

'Nazi-officieren, geen mensen.'

'Daar komen we later op terug,' zei de psychiater tijdens de eerste sessie.

Het viel Peter mee, het was best een aangenaam gesprek geweest en nu zat hij opnieuw tegenover zijn therapeut voor een vervolgsessie.

'Meneer Wanders, hoe zou u de relatie met uw moeder willen omschrijven?'

Dr. Landsman, gekleed in een geruit vest en een ribfluwelen broek, keek hem met zijn grote bruine ogen ernstig aan.

'Op latere leeftijd werd ze een beetje verward,' antwoordde Peter. 'Maar dat proces heb ik zelf niet meegemaakt. Ik kwam niet zo vaak bij haar op bezoek.'

'Niet zo vaak?'

'Eigenlijk nooit.' Peter haalde zijn schouders op.

'U kwam nooit bij uw moeder?'

'Nee, ik wilde verlost zijn van het verleden. En de familie hoorde bij mijn verleden. Mijn moeder ook.'

'Was uw verleden dan zo pijnlijk dat er in uw geheugen een deur is dichtgeslagen?'

'Zo zou ik het niet willen omschrijven. Ik heb best een prettige jeugd gehad. Zeker tot mijn twaalfde. Eigenlijk tot het moment dat ik naar het seminarie vertrok. Daar eindigden mijn kinderjaren en nam ik afscheid van het verleden. Ik zou immers de kerk gaan dienen en daar hoort geen werelds leven bij. Hoe eerder je daar afscheid van neemt, hoe minder pijnlijk het is. Onthechten van al het aardse. Ook van de familie. Daarna schaamde ik me, omdat ik werd weggestuurd van de priesteropleiding. Ik durfde mijn ouders en de familie niet meer onder ogen te komen. Maar ook de buren niet, de mensen uit het dorp, de pastoor wiens koffer ik had geleend; niemand wilde ik meer zien. Dan kun je beter een streep zetten onder het verleden. En je herinneringen zoveel mogelijk wissen.'

'Ik begrijp het,' zei dr. Landsman, 'maar u heeft uw moeder nog wel gesproken voordat ze stierf?'

Peter knikte en dacht terug aan de laatste dagen van haar leven. Liggend in de kamer bij het raam, zodat ze nog een vleugje lente kon opvangen. Haar doorzichtige handen lagen op het teruggeslagen laken. Maike Wanders, de stoere boerenvrouw was verschrompeld tot een gerimpeld appeltje. Hij had elke dag een uurtje aan haar bed gezeten. Ze hadden vooral gezwegen, maar er waren ook momenten dat ze begon te vertellen over voorvallen in haar leven die nooit plaats hadden gevonden. Een vakantie aan zee. Een bustocht naar de Ardennen, een verhuizing naar de grote stad. Het was allemaal niet gebeurd. Maar ze genoot ervan om eraan terug te denken. De geest is soms barmhartig.

Op een gegeven moment had ze gevraagd: 'Hoe is het met Loes? Loesje. Het buurmeisje. Zijn jullie nog steeds getrouwd?'

'Getrouwd?'

'Ja getrouwd. Die prachtige bruiloft. Ik zie je nog in dat deftige grijze pak lopen. En die mooie auto's... Ik zei nog tegen vader: Typisch Peter. Het moet allemaal groots en indrukwekkend zijn. En wat zag Loes er mooi uit, in die witte bruidsjurk. Jullie waren voor elkaar geschapen. Van jongs af aan. Dat is nou wat je noemt echte liefde, zoals het hoort te zijn. Dat gebeurt niet zo vaak. De meeste mensen trouwen omdat het zo uitkomt. Ik weet waarover ik praat, Peter. Maar jullie waren zo puur en mooi samen. Jullie waren in de wieg al verliefd. Met vader zat ik achter in de limousine. De rit naar de kerk kon me niet lang genoeg duren. Het was een prachtige dag, jongen. Wat fijn dat het zo gelopen is. Ik had me geen betere schoondochter kunnen wensen.'

Peter kreeg tranen in zijn ogen.

'Waarom ben je nou verdrietig?'

'Omdat het zo mooi had kunnen zijn.'

'Ja, het was heel mooi,' zei Maike met een hemelse glimlach. 'En toch ben je een hoge priester geworden. Zo zie je maar weer. De wonderen zijn de wereld niet uit. Je vader zei altijd: "Het leven is als een toverbal. Je weet nooit wat je krijgt. Het is een verrassing."'

Haar hoofd draaide langzaam weg. Ze keek naar het plafond, alsof ze daar iets zag dat ze herkende. Een herinnering, een beeld dat verscheen op het witgekalkte stucwerk hoog boven haar bed. Na een korte pauze draaide ze haar hoofd weer naar Peter. Haar ogen waren naar binnen gekeerd. Ze bevond zich in een andere wereld.

'Heb je mijn man nog gekend?' vroeg ze. 'Het was een goede echtgenoot. Als je dat maar weet. Mag ik nog een slokje water?'

Peter zette de beker aan haar lippen. Ze nam een slokje en keek haar zoon aan.

'U bent ook een goeie man. Wat is uw naam ook alweer?'

*

Bij binnenkomst viel het Peter onmiddellijk op. Op het tafeltje in de spreekkamer van dr. Landsman stond een grijs potje met daarin een kleine cactus.

'Ja, ja,' dacht hij, terwijl hij de psychiater de hand schudde, 'natuurlijk bedoeld als metafoor: hard en stekelig van buiten en zacht van binnen. Zo simpel dat je er bijna om moet lachen.'

Het viel hem tegen van dr. Landsman. Hij had hem hoger ingeschat.

'Daar prik ik zo doorheen,' glimlachte hij.

'En hoe voelt u zich vandaag?' Dr. Landsman keek hem met zijn professionele blik vragend aan.

Peter antwoordde met een snuifje ironie in zijn stem.

'Hard van buiten en zacht van binnen.'

Dr. Landsman humde onbestemd en was zichtbaar op zijn hoede. Zijn opgetrokken wenkbrauwen kwamen als piramides boven het montuur van zijn bril uit.

'Kunt u dat nader uitleggen?'

'Nou, er valt niet zoveel uit te leggen. Ik zeg het eigenlijk vanwege de cactus op uw tafel.' Hij wees naar het potje. 'Dat lelijke cactusje.'

'Oh, u vindt het niet mooi?'

'Nee, zelfs dokter Landsman onwaardig.'

'Het is een cadeautje.'

'Nou, dat getuigt niet van grote vriendschap. Bovendien is zo'n nietszeggend plantje geen aanwinst voor uw spreekkamer. Een bosje tulpen was al veel beter geweest.'

'Het is een klein geschenk van een van mijn cliënten, een aardige vrouw die dit plantje heeft meegenomen als surrogaat voor een vrucht die hier niet voorhanden is. De sabra. Jonge mensen die in Israël geboren zijn, worden zo genoemd. Sabra's. Het staat als symbool voor hun levenshouding: stevig en stekelig van buiten, zacht en mooi van binnen.'

Dr. Landsman pakte het potje van tafel.

'Misschien is het beter dat ik het even weghaal.'

Hij liep naar een laag kastje bij de muur en zette het voorzichtig neer.

'Israël is een boeiend land, daar gebeurt veel,' zei Peter.

'Bent u geïnteresseerd?' vroeg dr. Landsman.

'Nou ja, ik volg het nieuws. Een land dat voortdurend wordt belaagd door zijn vijandelijke buren. Een klein land tegenover een Arabische overmacht. Tot nu toe hebben ze altijd gewonnen, maar hoe lang houden ze dat vol? De Joden die de Tweede Wereldoorlog hebben overleefd, hebben het al zwaar genoeg gehad.'

Dr. Landsman in zijn rustgevende grijze pullover keek Peter kalm aan.

'Heeft u Joodse familie?'

'Onze buurman Bram was Joods. Een fantastische man, hij was voddenboer en ik mocht vaak mee met de kar om vodden op te halen. Hij leerde mij het paard te mennen. "Het zijn net vrouwen," zei hij, "je moet ze laten gaan, maar op tijd de teugels aantrekken."'

Peter begon te grinniken. 'Was het maar zo simpel. Bram had nog meer wijsheden en uitdrukkingen zoals: "Met vrienden moet je wandelen, niet handelen." En zijn motto was: "Het leven is een feest, maar je moet zelf de slingers ophangen." Nou, dat was voor de buurman een hele klus geweest. Hij had jong zijn vrouw verloren. Ze stierf in het kraambed bij de geboorte van Loesje, mijn vriendinnetje. Bram was haar vader. Later is hij met zijn gezin afgevoerd naar Auschwitz. Daar kon je nog zoveel slingers ophangen, maar vrolijk werd het niet. Ze zijn vergast.'

Peter keek door het raam naar buiten. De laatste zin kwam eruit alsof hij de tijd doorgaf. 'Het is vijf over vier.'

Een mededeling meer niet. 'Ze zijn vergast.'

Dr. Landsman schraapte zijn keel.

'Zo, daar zegt u nogal iets. Vergast in een Duits concentratiekamp. Was u hecht met de familie?'

'Zeer hecht.' Peter slaakte een diepe zucht. 'Het buurmeisje, Loes, was mijn eerste liefde.'

Hij vond dat hij open kaart moest spelen. En eigenlijk was hij ook wel benieuwd naar de reactie van dr. Landsman. Peter observeerde zijn nagels en tegelijkertijd het gezicht van de man die tegenover hem zat. Hij wist dat hij een kleine bom had laten vallen in de spreekkamer van de psychiater. Die bom was Loes.

'Heeft u ooit nog iets van haar vernomen?'

Dr. Landsman schonk een kopje koffie in. 'Van uw buurmeisje?'

Peter schudde zijn hoofd.

'Nee, nooit meer.'

'Bent u niet benieuwd hoe het haar is vergaan?'

'Aan de ene kant wel, aan de andere kant is het wellicht goed om het hierbij te laten. Ik koester liever een mooie herinnering, een stil verlangen dat niet wordt geschonden door de werkelijkheid. Misschien ben ik ook wel bang voor de confrontatie. Ik weet niet hoe ik zal reageren als ik haar nu zou tegenkomen. Misschien kan ik het emotioneel niet aan. Bij haar heb ik me veilig en geliefd gevoeld.'

'Kunt u dat geluksgevoel van vroeger nog oproepen?'

Dr. Landsman roerde omzichtig in zijn koffie. Hij realiseerde zich dat dit onderwerp gevoelig lag.

'Het kost me geen moeite om terug te denken aan mijn jeugd. Dat roept een gevoel van geborgenheid en blijheid op. Als ik aan Loesje denk, word ik altijd warm van binnen. Ze maakt me gelukkig. Nu nog steeds na al die jaren. Is dat niet vreemd, dat een herinnering zo lang stand kan houden? Dat liefde tijdloos kan zijn?'

Peter vertelde over de tochtjes die hij en Loes maakten achterop de voddenkar van haar vader. Hij vertelde over hun wandelingen door de landerijen en het nabijgelegen bos. Over hun schuchtere vrijages, ontluikende seksuele gevoelens en tedere omhelzingen. En daarna het echte liefdesspel. Die herinneringen stemden Peter zowel opgewekt als weemoedig.

Voor het eerst, na zoveel jaren, voelde hij zich opgelucht dat hij zijn gedachten kon delen. Na Louise de Bonville die met haar rolstoel zijn gekwelde ziel was binnengereden, was dat nooit meer gebeurd.

Enthousiast wilde hij vertellen over de vele bevallingen in de stal. Over Jozef en Maria met God op de hooizolder. En dat ze samen een dochter met de naam Jessica hadden.

Dr. Landsman keek op zijn horloge.

'Volgende keer luister ik graag verder naar uw herinneringen. Ik ben blij dat u zo openhartig bent.'

Wat een afknapper. Peter keek hem verontwaardigd aan.

'Ik sta op het punt om een geheim met u te delen en u breekt het gesprek af.'

'We zijn al ruimschoots over tijd,' verontschuldigde de psychiater zich. Hij liep naar de deur en hield die voor Peter open.

'Tot volgende week.'

Peter zei niets terug en gaf hem ook geen hand. Hij passeerde de balie en knikte naar receptioniste. In de wachtruimte viel zijn oog op een jong meisje met een vioolkist. Ze was een jaar of twintig en kwam hem bekend voor.

Ze had prachtige, grote donkere ogen en halflang zwart haar.

Waar had hij haar eerder gezien? Vast in een tijdschrift of zoiets. Ze zag er beroemd uit.

Hij glimlachte vriendelijk naar haar en ze glimlachte terug.

'Het type Loes,' dacht hij, 'ze zijn er dus nog.'

Bij de glazen tussendeur die naar de hal leidde, keek hij nog een keer om. Hij wilde het beeld van het vioolmeisje goed in zich opnemen.

Toen dr. Landsman de wachtruimte binnenliep om het meisje te begroeten, trok Peter de glazen deur achter zich dicht. Door het glas zag hij haar opstaan. Met een vrouwelijk gebaar duwde ze een weerbarstig lok van haar haar naar achteren. Rank en slank was ze, als een jong hert.

Dr. Landsman sprak haar aan.

'Dag Jessica, fijn dat je er weer bent, kom maar mee.'

Peter kon niet verstaan wat er gezegd werd. Hij opende de voordeur en verliet de praktijk.

Een week later was hij opnieuw bij de psychiater, ook weer op donderdagmiddag. Het was zijn vaste, wekelijkse uitstapje. Als hij te vroeg was probeerde hij weleens een praatje te maken met de receptioniste. Een jong meisje met piekhaar en een strenge bril die niet zo gediend was van Peters aandacht. Ze werkte liever rustig door. Maar hij kon het niet laten zo af en toe een opmerking te maken. Over haar lieve stem die eigenlijk niet paste bij haar barse bril of over een vrolijke haarband die ze droeg, over van alles eigenlijk.

Op een keer stond hij bij de balie en maakte naast haar hoofd een razendsnelle beweging. Daar schrok ze enorm van.

'Wat doet u?' riep ze angstig.

'Ik vang een vlieg,' antwoordde Peter lachend, 'kijk.'

Hij opende zijn hand en de vlieg vloog weg.

Ze keek hem aan met een blik die niet verhulde dat zij hem behoorlijk gestoord vond.

'Ik moet dit aan dr. Landsman rapporteren,' zei ze snibbig.

'Ben ik helemaal met u eens. Hij zal er blij mee zijn.'

'Gaat u maar even in de wachtruimte zitten,' zei het meisje.

'Ik kan het u leren, hoor.'

'Wat kunt u mij leren?'

'Vliegen vangen.'

'Nou, daar heb je veel aan,' zei ze cynisch.

'Het heeft mijn leven gered,' antwoordde Peter kalm.

'Weet dr. Landsman dat?'

'Nee, maar dat gaat u hem vast vertellen.'

Aan het einde van de sessie die middag zei dr. Landsman: 'Zo, dat was een goed gesprek.'

Hij liep naar de deur van de spreekkamer en liet Peter uit. 'Ik zie u volgende week weer.'

De mannen schudden elkaar de hand en Peter maakte aanstalten om via de wachtkamer de praktijk te verlaten.

Toen zag hij in de hoek bij het raam het meisje met de viool zitten.

'Neemt u mij niet kwalijk,' sprak hij vriendelijk.

Het meisje keek hem vragend aan.

Peter haalde onbeholpen zijn schouders op, het gaf hem iets jongensachtigs maar ook iets kwetsbaars.

'U lijkt sprekend op iemand die mij zeer dierbaar was… en nog is,' zei hij met warme stem. 'Ze was mijn jeugdvriendinnetje.'

Het meisje straalde een wijsheid uit die opvallend was voor haar leeftijd. Ze was begin twintig, schatte hij. Ze zweeg met rechte rug alsof ze de viool op haar schouder wilde leggen – in afwachting van het teken van de dirigent – gereed voor haar eerste krachtige streek over de snaren.

De fletse stralen van de middagzon omhulden het vioolmeisje met een sluier van diffuus voorjaarslicht. Elke schilder zou onmiddellijk naar zijn penseel grijpen om dit goddelijke moment te vereeuwigen. De magie werd verbroken door de kalme stem van dr. Landsman.

'Kom je mee naar binnen?' vroeg hij en maakte een uitnodigend gebaar.

Het meisje pakte haar vioolkoffer en liep zwijgend met hem mee.

'Haar naam was Loes,' riep Peter haar na, 'Loesje van het Geitenpad.'

Ze draaide zich om, keek hem verbaasd aan en verdween in de spreekkamer. Dr. Landsman wierp hem vanaf de drempel een verstoorde blik toe en trok vervolgens de deur stevig achter zich dicht.

Peter liep naar de garderobe, trok zijn jas aan en verliet het statige pand. Hij snoof de voorjaarslucht op en keek naar de indrukwekkende kastanjebomen in de brede laan. De bladeren waren nog vers en lichtgroen. Hij moest toegeven dat hij toch wel enigszins uit balans was geraakt door het meisje dat zo'n gelijkenis vertoonde met zijn Loes van vroeger.

*

In het dorp wist men dat Peter en Loes bij elkaar hoorden. Twee vrolijke kinderen die hand in hand over het zandpad huppelden. Bloemen voor elkaar plukten, samen uit één flesje dronken, boterhammen deelden en elkaars haar kamden. Ja, dat was nog een heel ritueel.

'Peter, je moet vandaag mijn haar kammen,' zei Loesje dan kordaat. 'Vandaag gaan we kappertje spelen.'

Ze haalde een houten krukje uit de keuken en zette dat buiten op een geschikte plaats neer, meestal onder een boom of naast het geitenhok. Moeder Maike leende een van haar handdoeken. Er hoorde ook een glas water bij waarin Peter de kam doopte om die vervolgens door het weerbarstige haar van Loes te trekken.

'Niet te hard hoor,' waarschuwde ze, nog voordat kapper Peter was begonnen met zijn gewichtige taak.

'Nee, ik zal voorzichtig zijn.'

Heel zorgvuldig gleed hij met de bruine gezinskam door haar donkere krullen. Als een volleerd coiffeur schikte hij het kapsel naar de wensen van zijn buurmeisje.

Wanneer Loes aan de beurt was om als kapster haar werk te verrichten, werd er ook nog een schaar uit de keukenla gehaald zonder dat moeder Maike dat in de gaten had.

Op een mooie woensdagmiddag voorzag ze Peter van een coupe die men in het dorp nooit zou vergeten. Een scheef geknipte pony en happen uit de zijkant. Hij was er trots op. Het was immers het knipwerk van zijn vriendinnetje.

Zijn moeder moest er om lachen.

'Als jij voor gek wilt lopen, is het mij goed.'

Wanneer het echt zomer was en zelfs de geiten in de schaduw van de notenboom bleven liggen, kon men in de kapsalon op het grasveld een extra behandeling te bestellen.

Het haar kon nu ook gewassen worden. Daarvoor lag de

tuinslang al klaar. De koeien van de buurman loerden belangstellend over de heg. Na een glas ranja verklaarde Loesje de kapsalon voor geopend. Peter was de eerste en enige klant. Zijn haar werd met groene zeep ingewreven en daarna met de tuinslang uitgespoeld. Dat ging natuurlijk helemaal mis. Of eigenlijk helemaal goed, want niet alleen zijn haar, maar ook de rest van zijn lichaam werd volop bespoten. Kletsnat verliet hij schaterlachend de kapperskruk.

Daarna was Loesje aan de beurt. Hij wreef op zijn beurt haar donkere haren in met groene zeep. Zijn vingers streken door haar dikke krullen. Liefdevol, maar ook met een zekere schroom masseerde hij haar zachte hoofdhuid. Wat voelde dat prettig. Hij moest even heel diep ademhalen.

Moeder Maike en vader Joes volgden alles vanuit hun versleten rotan stoelen die het zitje vormden naast het huis. De vader van Loes kwam langs met een fles frambozenjenever. Nou, dat ging er wel in. De stemming werd opperbest. Ook buurvrouw Rebecca schoof aan. Ondanks haar stadse achtergrond had ze het boerenleven omarmd. Ze was gewend aan winkels en lunchrooms, aan dameshoeden en petitfours, maar had zich snel aangepast aan het leven op het platteland.

Die zondagmiddag was als een zwart-wit foto in Peters geheugen opgeslagen. Het geluid van een ongeduldige fietsbel bracht hem terug in het heden, zittend op een bank onder de kastanjebomen tegenover het chique pand van dr. Landsman.

# 25

Binnen in de spreekkamer nam het vioolmeisje plaats op de bank.

'Wie is die man, die mij aansprak?'

'Hij is een verzetsheld. Meer kan ik uit privacyoverwegingen niet zeggen, dat zul je begrijpen.'

'Dus hij was tegen de Duitsers?'

'Dat kun je wel zeggen, ja.'

'Goed zo, ik haat Duitsers.' Haar donkere ogen schoten vuur.

'Allemaal?'

'Ja, allemaal.'

'Er waren ook goede Duitsers,' sprak dr. Landsman kalm.

'Noemt u er eens een?'

'Ik ken enkele Duitse collega's die ik hoogacht, niet alleen op hun vakgebied, maar ook in morele zin.'

'U zult ongetwijfeld gelijk hebben, maar het voelt beter om ze over één kam te scheren. Een collectieve haat tegen de nazi's zoals wij die in Israël kennen, is overzichtelijk en hanteerbaar.'

Ze keek dr. Landsman aan met een blik die geen tegenspraak duldde.

'Zij zijn immers begonnen met ons te haten, zonder onderscheid, zonder uitzondering.'

'Ons?'

'Het Joodse volk. Ons allemaal, inclusief het meisje dat tegenover u zit met die vioolkoffer op haar schoot. Wilt u weten wat erin zit?'

Moeiteloos wisselde ze van onderwerp, tenminste zo leek het.

'Een viool neem ik aan, dat lijkt me voor de hand liggen voor iemand die aan het conservatorium viool studeert.'

Jessica volgde een masteropleiding aan het conservatorium van Utrecht, had ze dr. Landsman verteld tijdens een vorig bezoek. Ze had een beurs gekregen vanwege haar bijzondere talent. Haar basisopleiding had ze gevolgd in Tel Aviv. Op jonge leeftijd had ze al meerdere concerten gegeven. Ze was nu tweeëntwintig jaar. Haar beide ouders waren van Hollandse afkomst, vandaar ook dat ze zo goed Nederlands sprak.

Ze opende routineus de vioolkist en overhandigde hem

aan dr. Landsman, die hem onwennig aanpakte alsof hij een baby in zijn handen kreeg gedrukt. Zwijgend liet hij de inhoud op zich inwerken. Het was geen viool die daar lag, dat was duidelijk. Hij bleef langer naar de inhoud kijken dan noodzakelijk was en realiseerde zich dat dit weleens het begin kon zijn van een droevige geschiedenis.

'Wil je er iets over vertellen?' vroeg hij vriendelijk terwijl hij de vioolkist weer teruggaf.

Ze zette hem voorzichtig op haar schoot en haalde er een blauwe baret uit.

'Die is van mijn vader.' Haar vingers gleden over de stof. Ze legde het kledingstuk op tafel met de toewijding waarmee je een relikwie behandelt.

'Hij is gesneuveld tijdens de oorlog van 1956. Israël werd aangevallen door de buurlanden. Hij heeft in de woestijn gevochten, het was heel heftig, maar onze soldaten kunnen goed vechten. Ze moeten wel, want we zijn altijd in de minderheid.'

Jessica sprak in korte zinnen vol ingehouden woede, maar ook met trots.

'Mijn vader was commandant van een tankdivisie. We wonnen de oorlog. Iedereen was blij, maar bij ons thuis werd gerouwd. Mijn vader was dood. Ik was zes jaar en zat in een hoekje te huilen. Kijk,' zei ze, 'deze is van mijn broer.'

Ze haalde een groene baret uit de kist.

'Hij was heel moedig. Hij vocht in de Zesdaagse Oorlog op de Golan-hoogte. En weer won het Israëlische leger. Weet u waarom?'

'Nou?' vroeg dr. Landsman.

'Wij kunnen ons niet veroorloven te verliezen. Dan bestaan we niet meer. Dan is het afgelopen. Mijn broer was ook commandant. Ook hij is gesneuveld. Hij was een held. Hij was mijn held.'

'Waarom ben je bij mij gekomen?' vroeg dr. Landsman.

'Er zit een steen, nee, een rotsblok in mijn maag. Pijn, verdriet, woede, angst. Ik word overvallen door nachtmerries. Daarover kom ik met u praten. Ik heb hulp nodig. De oorlog raast door in mijn hele lichaam. In de eerste plaats de Tweede Wereldoorlog, mijn grootvader en zijn gezin zijn vergast. Alleen zijn dochter, dat is mijn moeder, heeft het overleefd. Maar vraag niet hoe. De Tweede Wereldoorlog. Ze zwijgt erover. De oorlog in Israël. Ze zwijgt erover. Mijn vader en mijn broer. Ze zwijgt erover. Mijn moeder zwijgt al vijfentwintig jaar. Ik barst bijna uit elkaar, begrijpt u dat? Ik moet met iedereen rekening houden, dood of levend. Maar ík ben er ook nog. Ik wil leven. Daarom ben ik hier. U moet me daarbij helpen, dokter. U heeft een goede naam op dit terrein. Vandaar.'

Dr. Landsman pakte zijn notitieboekje en begon te schrijven.

Een week later.

De receptioniste keek Peter aan. 'Ik wil nog even terugkomen op uw bezoek van vorige week. Dr. Landsman stelt het niet op prijs dat cliënten met elkaar in gesprek gaan. Zoals u dat meisje aansprak, was in strijd met de regels.'

'Oh, is dat zo?' vroeg Peter, 'uw regels interesseren me helemaal niets. Ik heb mijn eigen regels en als de dokter wil voorkomen dat cliënten elkaar tegenkomen, zal hij zijn afspraken beter moeten plannen. Vindt u ook niet?'

'U bent niet in de positie om dr. Landsman te corrigeren.'

'Iedereen verkeert in de positie om dr. Landsman te corrigeren, bij voorkeur met een ferme verbale draai om zijn oren. Daar is hij echt wel tegen bestand.'

Ze keek hem woedend aan.

'U bent gek.'

'Daarom ben ik hier.'

De deur van de spreekkamer zwaaide open en dr. Landsman verscheen op de drempel.

'Eh bien voilà,' sprak hij opgewekt, 'u bent al in gesprek met Paulette.'

'Inderdaad,' antwoordde Peter, 'ze heeft zojuist een bondige samenvatting gegeven van mijn psychische gesteldheid.'

Dr. Landsman keek hem verbaasd aan.

'Ach zo,' zei hij op een toon die niet direct aangaf of de psychiater tevreden of juist ontstemd was.

'Ik bied mijn excuses aan,' zei Paulette gehaast, 'ik had me moeten beheersen, het spijt me.'

'U hoeft zich niet te verontschuldigen voor uw heldere diagnose.'

Peter keek haar uitdagend aan.

'Diagnose?' reageerde dr. Landsman verontrust, hij was in zijn praktijk de enige autoriteit die een diagnose mocht stellen.

'Zegt u het maar,' nodigde Peter haar uit, 'voor de draad ermee.'

Paulette begon te huilen.

'Kijk nou eens wat u aanricht, dokter. Een beetje zenuwarts had dit verdriet kunnen voorkomen.'

Peter stelde er genoegen in dr. Landsman, de stabiele, rustig knikkende psychiater, de man die alles onder controle dacht te hebben, zo nu en dan te ontregelen. Dat waren de momenten waarop zijn baby-ogen het aandoenlijkst waren. En dit was zo'n moment. Hij keek Peter aan met een teleurgestelde blik, alsof zijn knuffeltje uit de box was gevallen.

'Zullen we maar naar binnengaan?' stelde hij voor, terwijl hij een stap in de richting van zijn spreekkamer maakte. 'Dit is niet de plek om dit gesprek te voeren.'

'Zoals u wilt, dokter, laten wij de confrontatie uit de weg gaan, hoewel dat volgens mij niet in overeenstemming is met hetgeen u aanbeveelt tijdens de therapie.'

Peter volgde dr. Landsman naar de spreekkamer, de assistente beduusd met betraande ogen achterlatend.

Dr. Landsman hernam zich snel en nog voordat hij de deur achter zich had gesloten en Peter op zijn vaste stoel was gaan zitten, vroeg hij: 'Kunt u me uitleggen waardoor de commotie in de wachtruimte is ontstaan?'

Nou, dat kon Peter wel. Hij gaf een korte uiteenzetting wat er voorgevallen was en dat zijn irritatie vooral was ontstaan door de devote houding van een assistente, te weten Paulette van hiernaast, ten aanzien van de alom geprezen

God van de psychiatrie, ons aller dr. Landsman.

Kijk, daar moest de psychiater toch even van kuchen.

'Wat is een kuchje toch een probaat middel om een reactie te kunnen uitstellen,' bedacht Peter terloops. 'Vertragingstactiek. Misschien had de assistente gelijk en was hij wel degelijk gestoord,' schoot er door zijn hoofd. Gestoord met een hoofdletter.

'Kijk, dokter Landsman, psychiaters worden te veel bewierookt. Daarom mag je best op je hoede zijn. Bent u het met me eens?'

'Ik moet toegeven dat onze status als zenuwarts in de ogen van de leek bijna onschendbaar is, men gaat er overigens ten onrechte van uit dat wij voor elk probleem een oplossing hebben. Er zijn natuurlijk uitzonderingen onder de cliënten, gesprekspartners die wel degelijk mondig zijn, helaas vaak te mondig, maar daar hoef ik u niet op te wijzen.'

De laatste zin sprak hij uit met een provocerende ondertoon.

'U bedoelt dat ik mondiger ben dan wenselijk is? Dat ik een te grote bek heb?'

'Oh nee, dat stel ik juist zeer op prijs, ook al laat ik dat niet altijd merken.'

'Zou ik wel doen… Dan kunnen we samen lachen of boos worden, een gevoel delen, dat is toch niet zo'n opgave? Op die manier toont u belangstelling. En ook al is dat louter professionele interesse, dat doet de ander goed en geeft een veel beter gevoel dan tegen een knikkende, overbegripvolle, maar emotieloze hulpverlener je verhaal te moeten vertellen. Bovendien is het resultaat voor beide partijen meer bevredigend.'

'Dank u voor dit college,' zei dr. Landsman en schonk hem een voorbeeldig gespeelde glimlach.

'Dan zie ik u de volgende week graag terug,' antwoordde Peter met een meer dan professionele uitdrukking op zijn gezicht. Ze gaven elkaar de hand.

Daarna hernam dr. Landsman de leiding van het gesprek.

'Waarom sprak u dat meisje aan in de wachtkamer?'

'Omdat ze als twee druppels water lijkt op mijn jeugdvriendinnetje. Ik was perplex. Bij het zien van dat meisje met de vioolkoffer op haar schoot, werd ik op slag verliefd. Binnen een minuut, zomaar spontaan. Ze lijkt zo sterk op mijn vriendin Loes, dat ik me geroepen voelde iets te zeggen. Uw assistente had natuurlijk gelijk dat het ongepast was om iemand zomaar aan te spreken, maar mijn intenties waren oprecht en mijn benadering was niet opdringerig, zeker niet.'

Dr. Landsman knikte.

'Jessica, zo heet het meisje, was ook niet gekwetst, ze was vooral geïnteresseerd in wie u bent. Ik heb haar gezegd dat u een verzetsheld bent, meer niet. Dat deed haar goed.'

Peter luisterde niet meer.

'Jessica? Jessica? Dat meisje heet Jessica?'

'Inderdaad. Wat is daar zo bijzonder aan?'

'Weet u dat dan niet meer? Ik heb u toch verteld over Loes, al die jaren dat we samen waren, de spelletjes die we speelden? Het kind dat we samen kregen.'

'Het kind?'

'Ja, de baby Jessica – als Jezus een meisje was geweest had ze Jessica geheten, hadden we bedacht. En wij waren Jozef en Maria en onze Jessica werd geboren in de stal in Limburg. Wel honderd keer werd ze daar geboren, in het stro achter het huis van Bram, de voddenman. En nu voor het eerst in mijn leven ontmoet ik een Jessica. Een Jessica die sprekend op mijn buurmeisje lijkt.'

Hij keek vertwijfeld naar het plafond.

'Het overvalt me gewoon,' zuchtte Peter diep.

Dr. Landsman boog zich naar hem toe.

'Ik ga u iets zeggen waar ik diep over heb nagedacht omdat het in zekere zin in strijd is met de regels.'

Hij keek Peter ernstig aan.

'Maar ik zal altijd het belang van mijn patiënten laten prevaleren boven de regels. Vandaar dat ik u iets zal meedelen, waarvan u wellicht enorm zult schrikken, ik kan uw reactie niet inschatten.'

'Vertel... zeg het maar...' Peters stem klonk onzeker, bijna angstig.

Dr. Landsman haalde diep adem.

'Jessica, het meisje met de viool, is inderdaad de dochter van Loes, uw buurmeisje van het Geitenpad. Loes woont in Israël.'

Peter keek hem verbijsterd aan en barstte in snikken uit. Overmand door diepe ontroering en tegelijkertijd door onstuimige blijdschap en opluchting dat zijn Loes nog in leven was. Ze had de oorlog dus toch overleefd.

Deze aangrijpende boodschap kwam uit onverwachte hoek en had hem volledig gevloerd.

Dr. Landsman stond op uit zijn stoel en legde troostend een arm om Peter.

Zo bleven ze een tijdje zitten en zwegen.

*

Het was allemaal heel snel gegaan. Nadat dr. Landsman Peter had verteld dat Loes nog in leven was, in Israël een bestaan had opgebouwd en dat het Jessica haar dochter was, werd er na zijn bemiddeling een afspraak gearrangeerd.

Ze troffen elkaar in Utrecht, waar zij aan het conservatorium studeerde. Schuin tegenover het statige gebouw waarin alles om klassieke muziek draaide, was een café-restaurant waar Peter al een kwartier uitkeek naar de komst van het vioolmeisje. Hij was behoorlijk zenuwachtig.

'Hallo, ik ben Jessica.' Ze stond bij het tafeltje zonder dat hij haar binnen had zien komen.

'En u bent meneer Peter,' zei ze met een ontwapenende lach.

'Ga zitten,' nodigde hij haar uit, 'en wat spreek je goed Nederlands.'

'Ik heb een Hollandse moeder, maar daarmee vertel ik u niets nieuws, en mijn vader was ook van Nederlandse afkomst. Ik ben tweetalig opgevoed, eigenlijk drietalig.

Nederlands, Ivriet en Engels. Dus kiest u maar in welke taal u met mij wilt spreken.'

'Bij voorkeur in het Italiaans,' antwoordde Peter.

'Grazie, si lei vuole parlare Italiano, per me va bene,' reageerde ze in vloeiend Italiaans.

Hij had nu al plezier in het meisje. En wat leek ze op zijn Loes. Hij voelde zich weer zestien, maar Jessica dacht daar anders over.

'U moet vierenvijftig zijn,' zei ze onbevangen. 'Net zo oud als mijn moeder. Ik heb het idee dat ik u al heel lang ken, mijn moeder heeft veel over u verteld. Ze was erg op u gesteld – mijn vader noemde u zelfs haar Hollandse verloofde. Dat was aardig bedoeld.'

Het was niet te geloven, men sprak over hem in Israël alsof hij erbij hoorde. Hij dacht dat iedereen hem allang vergeten was, dat niemand meer geïnteresseerd was in hoe het hem was vergaan. En in Israël was hij een welkom onderdeel van de conversatie... De Hollandse verloofde, werd hij genoemd. Een eretitel.

Hij had amper een woord met Jessica gewisseld en Peter voelde zich al opgenomen in de familie.

Kennelijk had Loes heel positief over hem gesproken. Ondanks hun laatste dramatische ontmoeting op het station van Luik, waar hij in zijn Duitse uniform een huiveringwekkende indruk moest hebben achtergelaten. Als verrader stond hij daar aan de grond genageld en had niet de moed gehad zijn verloofde te bevrijden.

Niet verder over nadenken.

'Heb je misschien een foto van je moeder bij je?'

Ze knikte en pakte haar portemonnee uit haar tas. Ze toonde hem een foto van een man en een vrouw.

'Dit zijn mijn vader en moeder,' zei ze.

Peter bekeek de foto aandachtig.

'Ze is het nog steeds,' was zijn eerste reactie.

'Wat is ze nog steeds?' vroeg Jessica.

'Mijn verloofde.'

'Ik hoop voor u dat zij dat ook vindt.'

'Wat is ze mooi,' sprak hij bewonderend.

Het meisje knikte.

'Wil je iets drinken?'

'Doe maar een dubbele whisky.'

Hij keek haar verbaasd aan. Het was half twaalf in de ochtend en zij vroeg om een dubbele whisky?

Ze moest lachen om zijn reactie.

'Grapje, ik wilde even kijken hoe u zou reageren. Een kop koffie is prima.'

'Je bent precies je moeder.'

'Ik ben nog veel erger,' knikte ze brutaal, 'maar met de serieuze uitstraling van een bescheiden vioolmeisje. Zo camoufleer ik mijn ondeugd.'

'Je lijkt uiterlijk ook op je moeder. Ik hield heel veel van haar. Nog altijd eigenlijk.'

'Waarom hebt u haar dan in de steek gelaten?'

Zo, die opmerking was raak.

'Ik mocht priester worden,' verontschuldigde Peter zich, terwijl hij tegelijkertijd voelde dat het een zwaktebod was. 'Ik was de enige van school die door mocht leren. Dat was een unieke kans. Ik realiseerde me toen nog niet dat je daarvoor offers moest brengen. Grote offers. Dat vertelden ze ons later pas, op het seminarie, dat je een kuis leven moest leiden en dat je als priester nooit mocht trouwen. Dat drong toen niet tot me door. Ik dacht: dat geldt niet voor Loes en mij. We hadden elkaar beloofd dat we zouden trouwen. Ze droeg zelfs mijn rode verlovingsring, een plastic ring die ik haar bij ons afscheid had gegeven.'

Hij keek haar onbeholpen aan. 'Zo naïef waren we in die tijd. Maar ook gelukkig. Heel gelukkig.'

Er gleed een glans over zijn gezicht. 'Na zes weken mocht ik voor het eerst een weekend naar huis.'

'En toen hebben jullie gevreeën als gekken natuurlijk,' lachte Jessica opgetogen.

'Wat zou jij hebben gedaan?' vroeg hij met een ferme glimlach, terwijl hij verrast was door de directheid waarmee het vioolmeisje hem aansprak.

Ze deed hem denken aan zijn eigen adolescente jaren, een herinnering die hem terugblies naar de middeleeuwen. Zojuist nog voelde hij zich zestien, maar nu zou hij zich negentig moeten voelen.

'Wat ik zou hebben gedaan?' herhaalde ze zijn vraag. 'Nou, je bent verliefd. Ik zou tot het uiterste gaan. Je moet elke dag leven, morgen kun je dood zijn. Dat hebben wij wel geleerd in Israël. Als de liefde zich aandient, moet je haar niet afwijzen. Ook al ben je nog jong. Leeftijd speelt geen rol. Echte liefde is puur en oprecht. Mijn moeder dacht daar net zo over. In een vertrouwelijk gesprek vertelde ze eens: "Koester zo'n mooie ervaring als een kostbaar geschenk dat je de rest van je leven als een dierbare herinnering met je meedraagt."'

Jessica keek hem aan met een ernstige blik.

'En het leven was voor sommigen veel te kort. Mijn broer stierf toen hij twintig was – stel je voor dat hij kuis had geleefd zoals de kerk dat oplegt, dan had hij nooit geproefd van de intimiteit die je samen kunt beleven. Gelukkig was hij gevrijwaard van bekrompen dogma's. Wij zijn wat liberaler in onze opvattingen. Zolang je gevoelens oprecht zijn, rust er een zegen op.'

'Een zegen van wie?' vroeg Peter.

'Van Jahweh, Allah, God, Boeddha, van elke godheid die het goed met ons voor heeft. Wat maakt het uit. Er rust een zegen op, daar gaat het om.'

Jessica duldde geen verdere tegenspraak.

'Met de liefde kun je niet vroeg genoeg beginnen,' zei ze met nadruk.

'Oké,' gaf Peter zich gewonnen, 'iemand met zoveel goden in haar vriendenkring zal ik niet tegenspreken.'

Of hij het goed vond dat ze een appelpunt bestelde?

Hij genoot van haar puurheid. Deze jongedame was bepaald niet dom.

'Misschien heeft je moeder het er weleens over gehad,' sprak hij met een twinkeling in zijn ogen. 'We speelden vroeger vaak toneelstukjes. Een van onze favoriete opvoeringen was het kerstverhaal. Loes speelde Maria en ik was Jozef. We kregen een kindje, een dochter die we Jessica noemden. Loes vond dat Jezus een meisje had moeten zijn. Vandaar.'

'Hierin herken ik mijn moeder helemaal. En ik ben het overigens met haar eens. Maar dat is een andere discussie.'

'Heeft ons kinderspel nog meegespeeld bij de keuze van jouw naam?'

'Ik moet u teleurstellen, maar dat is niet het geval. Mijn grootmoeder van vaders kant heet Jessica. Ik denk dat zo'n gegeven zwaarder heeft gewogen dan uw grappige toneelstukje van vroeger. Maar het geeft wel een extra glans aan mijn naam.'

'Je naam is louter Jessica of volgt er nog meer?'

'Sarah Jessica, maar mijn roepnaam is Jessica, dat klinkt wat minder Joods en dat kan wel eens van pas komen.'

Peter knikte.

'Veel mazzel hebben de Joden niet gehad.'

'Zo is het maar net,' reageerde ze afgemeten. 'Maar ik kan u wel zeggen dat ik heel trots ben Israëlische te zijn. Op de eerste plaats voel ik me Israëlisch, daarna pas Joods. Mijn moeder ziet dat anders, maar dat is voor mij niet relevant.

Zij heeft toen ze met de boot in Israël aankwam een andere naam aangenomen: Rebecca, de naam van haar stiefmoeder, een echte Joodse naam. Haar man, mijn vader, heette Chaim, dat was al Joods genoeg vond hij. Ze hielden veel van elkaar. En van ons. Ik herinner me hoe we samen konden dansen in de tuin, hoe we zongen bij een kampvuur, zwommen in het Meer van Tiberias. Mijn vader tilde me vaak hoog op zodat ik zelf een sinaasappel kon plukken of hij hield me vast aan mijn voeten en slingerde me in de rondte. Net zolang tot ik duizelig werd en lachend riep dat hij moest stoppen.'

Ze zuchtte met een glimlach.

'We waren een gelukkig gezin. Tot die dag dat mijn vader niet meer terugkwam uit de oorlog.'

Jessica keek somber voor zich uit alsof de gebeurtenissen zich opnieuw afspeelden in haar hoofd.

'Ik was zes jaar en speelde in de tuin,' begon ze te vertellen. 'Er kwamen buren toegesneld, sommige huilden, andere liepen met bedroefde gezichten ons huis binnen. Tante Lea, onze buurvrouw, kwam naar mij toegelopen.

"Jessica, er is iets heel ergs gebeurd."

Op dat moment kwam mijn moeder schreeuwend naar buiten gerend.

"Oh God, mijn Chaim," riep ze, "mijn liefste Chaim. Hij is dood. Mijn man is dood."

Ze zakte op de grond en sloeg woedend met haar vuisten in het gras. "Mijn man is dood."

Tante Lea had mij op schoot genomen en haar armen om me heen geslagen.

"Oh mijn God," riep ze steeds maar.

Ik begon te huilen om zoveel verdriet van al die mensen. Mama kwam naar ons toe gekropen, ze huilde met angstige, lange uithalen als een aangeschoten dier. Zoiets vergeet je nooit meer. Ze kroop tegen me aan alsof ze ook bij tante Lea op schoot wilde.

"Papa is dood," snikte ze, "Abba Abba!"

Het drong niet tot me door. Ik huilde gewoon maar mee. Wat kan een kind anders? Als je moeder huilt, huil je mee. Zo gaat dat nu eenmaal. Daarna werd ze naar binnen gebracht, ondersteund door tante Lea en een andere buurvrouw. Ik bleef alleen achter in de tuin, dat weet ik nog. Ze lieten me daar huilend achter.

Ik deed wat ik altijd deed. Ik liep naar mijn schommel, omdat dat een plekje was waar ik me veilig voelde. De schommel was er altijd.'

Jessica tikte nerveus met haar vingers op het tafeltje.

Peter keek haar zwijgend aan en dacht: 'wat een dapper meisje.'

Hij wilde een arm om haar heen slaan, maar bedacht zich. Hij vond het niet gepast.

De attente ober verbrak de spanning en vroeg of alles nog steeds naar wens was, of dat ze nog een nieuwe consumptie wilden bestellen.

Peter schudde zijn hoofd en wuifde de ober vriendelijk weg. 'Nu nog even niet, dank u.'

'U speelt toch ook viool?' hernam Jessica het gesprek. Ze was gewend haar emoties in bedwang te houden, dat was wel duidelijk. 'Ik herinner me dat mijn moeder daarover heeft gesproken.'

'Dat klopt. Ik heb een oude viool van jouw grootvader gekregen. Hij woonde naast ons, zoals je ongetwijfeld weet. Hij heeft me geleerd erop te spelen. Niets bijzonders, hoor. In ieder geval niet het repertoire waar jij je mee bezighoudt. Als straatmuzikant heb ik er nog aardig wat geld mee verdiend. Nou ja, bij elkaar gebedeld. Zo was het eigenlijk.'

Jessica's gezicht was weer opgevrolijkt.

'Speelde u weleens viool voor mijn moeder?' vroeg ze.

'Natuurlijk, maar meer voor de grap. We dansten erbij – vrolijke sprongen waar geen touw aan vast te knopen was. We waren kinderen. We dolden maar wat. Maar je grootvader,' zei Peter, 'speelde wel heel serieus. Dat was echt van een andere orde. Wanneer het zomers mooi weer was, werd er onder de perenboom een scène in elkaar gezet. Je grootvader kwam aangelopen met een oude keukenstoel die met een theatraal gebaar op de juiste plek werd gezet, en vervolgens voorzichtig werd verschoven zodat alle vier de poten in balans waren. Daarna nam hij plaats en keek triomfantelijk om zich heen. Buurman Bram speelde zijn rol van virtuoos musicus met verve.'

Jessica gniffelde en nam ondertussen een hap appeltaart.

'Vertel door,' zei ze met volle mond, 'ik vind het leuk. Mijn grootvader. Ik heb hem nooit gekend, maar u brengt hem tot leven.'

'En dan brak het belangrijke moment aan,' ging Peter verder, 'dat hij aan Loes vroeg om zijn viool te halen. Dat was haar taak. Een belangrijke taak, het ging immers om een Stradivarius had hij ons op de mouw gespeld, een kostbaar instrument dat al eeuwen zijn diensten had bewezen en duizenden mensen gelukkig had gemaakt. Hij ging er eens goed voor zitten, pakte de viool van Loes aan, trok een ernstig gezicht, plaatste het instrument op zijn linker schouder en bleef met zijn strijkstok net zo lang boven de snaren hangen tot wij een plaatsje op de eerste en enige rij hadden ingenomen. Wij installeerden ons op het grasveld en bepaalden onze zithouding. Het was namelijk verboden om tijdens de uitvoering van houding te veranderen. De muziek moest bewegingloos geconsumeerd worden. Zo waren de regels aan het Geitenpad. Wij, als kinderen speelden het spel maar al te graag mee, omdat we bij elke gelegenheid dat Bram in extase zijn ogen sloot, stiekem van houding veranderden, ook al was daar geen aanleiding toe.

Het gebeurde weleens dat op het moment dat hij bij een slotakkoord zijn ogen weer opende, wij tien meter naar achteren waren opgeschoven. Het was zelfs een keer voorgekomen dat het publiek, wij dus, tijdens een gevoelige sonate verdwenen was, opgelost in het struikgewas.'

'Oh leuk,' zei Jessica, 'ik zie het mijn moeder al doen. Wat moeten jullie samen een plezier hebben gehad.'

'We hadden het heel goed met elkaar. Ik word blij als ik erover kan vertellen. Dat gebeurt namelijk niet zo vaak.'

Peter voelde zich prettig in het gezelschap van Jessica. Met wisselende uitdrukkingen op haar gezicht leefde ze mee met de verhalen over haar moeders jeugd. Lachende ogen, een vrolijke grimas, een verbaasde blik. Daardoor werd hij aangespoord om vooral verder te vertellen.

'Er waren ook momenten dat je grootvader viool speelde als het minder goed ging in het gezin, als er tegenslag was of iemand ziek in bed lag. Hij probeerde dan rust en troost te bieden met zijn muziek. Hij was een gevoelig mens, stroomde over van liefde voor zijn kinderen. Toen je moeder als kind van vijf ernstig ziek was, hersenvliesontsteking, en dagen met hoge koorts op bed lag, speelde hij elke avond aan haar bed, mooie trage melodieën. Hij speelde alles uit zijn hoofd, zonder bladmuziek, misschien was het zijn eigen muziek, ik weet het niet, maar het klonk prachtig.

Op een avond werd ik door mijn moeder uit bed gehaald.

"Het gaat niet goed met Loesje," zei ze bezorgd, "ze roept om je, ik zal je naar haar toe brengen."

Ik liep in mijn pyjama met mijn moeder door de tuin naar de buren. Terwijl ik de trap opliep, hoorde ik haar roepen.

"Peter, Peter, waar ben je, kom dan toch, kom naast me liggen. Laat me niet alleen."

Ik kroop snel bij haar in bed en sloeg mijn armen om haar heen.

"Ik ben er, Loesje, we zijn nu samen."

"Ja, zoals altijd, wij samen," zei ze.

De dokter was gealarmeerd. Haar toestand was zeer kritiek. En toen pakte vader Bram zijn viool en speelde vanuit het diepst van zijn hart de meest mooie melodieën die ik ooit heb gehoord.

"Doen jullie je ogen maar dicht," zei hij. "We gaan op reis. Ik neem jullie mee naar Afrika."

Zijn muziek bracht ons naar een landschap van ongekende schoonheid en voerde ons mee op witte wolken boven een Afrikaanse savanne waar trage olifanten geruisloos sloften naar een brede rivier waar giraffen en leeuwen zich tegoed deden aan helder water. Loesje lag ijlend van de koorts in mijn armen en ik ijlde met haar mee. Ik zag wat zij zag, ik voelde wat zij voelde. Hoe het verder is gegaan, hebben we achteraf van mijn moeder en tante Rebecca gehoord. Wij als kinderen vonden het een dramatisch verhaal.

"We moeten nu oppassen," had de dokter die bewuste avond gezegd, "dit gaat niet goed. Peetje heeft ook hoge koorts."

Mijn temperatuur werd gemeten en binnen de luttele minuten nadat ik bij Loesje in bed was gekropen constateerde de dokter een temperatuur van veertig graden.

"Het lijkt wel een tweeling," merkte hij op, "die twee zijn sinds hun geboorte altijd samen geweest. Wat de één voelt, voelt de ander. Als Loesje het niet gaat redden, gaat Peetje mee. Ze zullen samen sterven, daar kan ik als dokter niets aan doen. Dit gaat boven mijn vermogen. Het is de hoogste vorm van liefde, ik heb erover gelezen in een van mijn studieboeken, maar het komt hoogstzelden voor. Er is nooit onderzoek naar gedaan."'

Jessica keek Peter met grote ogen aan. 'Dat is heftig, zoiets heb ik nog nooit gehoord, mijn moeder heeft er ook niet over gesproken. Nooit. Zwijgen is haar grootste talent. Dat weet u inmiddels.'

'Ze had vast een reden om te zwijgen,' verdedigde Peter zijn oude vriendin. 'Ik heb er overigens wel over gelezen. Twee mensen die zo in elkaar opgaan, zoveel van elkaar houden, vormen met elkaar een unieke eenheid. Het komt voor bij tweelingen, maar ook bij geliefden, gelukkige echtparen, broertjes en zusjes. Als de een sterft, wil de ander mee. Bewust of onbewust, het doet er niet toe. Het besluit is genomen. Een leven zonder die ander is zinloos. Het lichaam reageert daar onmiddellijk op en zal zich heftig verzetten tegen deze onstuimige psychische signalen. Maar de impulsen zijn veel te krachtig. De geest wint het van het lichaam. Binnen enkele minuten ontstaat er een levensbedreigende situatie.

Zo was het ook met ons, we hadden ons aan elkaar vastgeklampt, bereid om samen te sterven. Alhoewel ik me dat pas jaren later gerealiseerd heb. Op zo'n moment is dat niet aan de orde. De wereld om je heen is wazig, van de omgeving merk je niet zoveel meer. Het lijkt een droom. Ik herinner me nog wel dat Rebecca wanhopig riep: "Goede God, laat dit niet gebeuren. Ik smeek het u."

Dat laatste heb ik nog verstaan. Daarna zakte ik weg. Tegen de ochtend week de koorts. En een dag later zaten we samen rechtop in bed een pannenkoek met spek te eten. En buurman Bram speelde weer viool, maar nu vrolijke melodieën.'

'Dat was een aandoenlijk verhaal. En de rol die de viool hierin speelde spreekt mij als violiste natuurlijk enorm aan. Mijn ouders luisterden graag naar klassieke muziek,' vertelde Jessica. 'De periode na het overlijden van mijn vader draaide mijn moeder uitsluitend platen met vioolsonates en

-concerten. Dat was een enorme steun voor haar. Zo is mijn liefde voor de viool ontstaan, een instrument dat troost kan bieden, dat verdriet kan verzachten.'

Jessica streek met haar hand een haarlok naar achteren. Een onbewust, maar o zo charmant gebaar.

'Mijn moeder zat soms uren bij de platenspeler, met gesloten ogen en haar hoofd in haar handen. Een eenzame vrouw, opgesloten in haar leed. Ze was op zulke momenten onbereikbaar voor ons. Ik denk dat mijn moeder ook troost vond bij de herinnering aan haar vader en zijn viool. Dat ze weer tegen hem aan zou willen kruipen onder de perenboom. Gelooft u ook niet?'

'Ik weet het zeker,' antwoordde Peter, 'die veilige geborgenheid van vroeger voelt als een warme jas. Je haalt hem uit de kast als je het koud krijgt, als de winter in je ziel sluipt. Zoiets. Tenminste zo heb ik dat ervaren.'

Jessica omarmde hem met haar bruine ogen.

'U bent een lieve man. Dat had mijn moeder al gezegd, maar nu weet ik het ook.'

'Heb je aan je moeder verteld, dat je mij zou ontmoeten?'

'Nee, ik wilde wachten hoe het uit zou pakken. Hoe ons gesprek zou verlopen. Maar ik weet zeker dat ze blij zal zijn om te horen dat het u goed gaat. Mijn moeder straalde altijd als ze het over vroeger had,' sprak Jessica liefdevol. 'Ze heeft een heerlijke, onbezorgde jeugd gehad, totdat ze moest vluchten. Ze is op het nippertje ontsnapt aan de nazi's. Ze heeft er nooit over willen praten. Tijdens een tussenstop van de trein, onderweg naar een concentratiekamp, heeft ze kunnen ontsnappen. Maar hoe dat is gebeurd, weet ik niet. Daarna heeft ze een tijd lang rondgezworven, ze heeft nooit verteld waar ze is geweest en wat haar is overkomen. Na de oorlog is ze met een boot naar Israël gekomen. Mijn moeder voelt zich nog steeds schuldig dat zij het overleefd heeft en haar familie niet. Dat kom je vaker tegen bij overlevenden van de Holocaust, dat ze zich schuldig voelen maar daarover niet willen praten. Ze verzwijgen hun verdriet met alle pijnlijke gevolgen, ook voor de mensen in hun naaste omgeving.

Niet voor niets ben ik in therapie bij dr. Landsman. Ik durfde thuis niet goed over mijn eigen gevoelens te praten – er was al genoeg verdriet. Dat werd nog erger toen mijn vader sneuvelde in de oorlog van 1956 en daarna mijn broer tijdens de Zesdaagse Oorlog. Alsof mijn moeder al niet genoeg geliefden had verloren. Hoeveel leed kan een mens aan?'

Ze stelde de vraag meer aan zichzelf, dan dat ze een antwoord van hem verwachtte.

Peter verbaasde zich dat Jessica het verdriet van haar moeder zwaarder liet wegen dan haar eigen pijn. Alsof ze haar moeder wilde beschermen, terwijl zij zelf toch ook het nodige te verwerken had. Ze had haar vader en haar broer verloren en ze droeg naast haar eigen verdriet ook de smart van haar moeder met zich mee.

'En sinds een jaar,' zo vertelde Jessica volkomen onverwacht, 'is mijn moeder behoorlijk ziek.' Ze kneep haar ogen dicht en zei bijna onderkoeld: 'Mama heeft kanker. En het ziet er niet goed uit.'

Peter keek haar geschrokken aan.

'Oh, wat vreselijk, dat is slecht nieuws. Ik vind het heel erg voor je. Wat vind ik dit erg voor je.'

'Dr. Landsman krijgt het nu allemaal op zijn bord, al die shit.'

Ze maakte een verontschuldigend gebaar.

'Pech gehad. En wat is uw shit, meneer Wanders?'

# 26

Israël 1972. EL AL vlucht LY 336 van Amsterdam naar Tel Aviv was keurig op tijd. Peter had genoten van zijn eerste vliegreis. Op stoel 8A bij het raam was hem niets ontgaan. De stewardessen waren van een ongekende mediterrane schoonheid. Die waren door de schepper niet op een druilerige maandagmorgen in elkaar geknutseld. Dit was vakwerk.

Hij had Italië en de Griekse eilanden onder zich door zien glijden, zich verbaasd over het diepe blauw van Middellandse Zee en nu naderde het vliegtuig de kust van Israël. Op het moment dat ze het territoriale luchtruim binnen vlogen, klonk door de luidsprekers het Israëlische volkslied met aansluitend een warme vrouwenstem die de passagiers hartelijk welkom heette in Eretz Israël.

'Voor velen van u: Welcome Home!'

Na de ontmoeting met Jessica in Utrecht had hij in overleg met haar telefonisch contact gehad met Loes. Haar stem had hem de adem ontnomen. Zo dichtbij in zijn oor, de stem van zijn jeugdvriendin. Peter had haar bezworen dat hij onmiddellijk naar Israël zou afreizen om haar in zijn armen te nemen.

Ze had gelachen. 'Oude charmeur! Ik verheug me op je komst.'

Nog geen uur na de landing op Ben Gurion International Airport vlakbij Tel Aviv zat hij in een oude bus, op weg naar Galilea. De route slingerde zich door het Bijbelse landschap. Hij was opgetogen dat hij met eigen ogen kon aanschouwen waar de geschiedenis van Jezus zich had voltrokken en waar ook de meeste verhalen uit het Oude Testament zich hadden afgespeeld.

Hij bevond zich in het hart van de Bijbel. Een bevoorrechte positie voor iemand met zijn staat van dienst. Bijna tweeduizend jaar na Christus trok Peter Wanders door Kanaän op weg naar zijn oude geliefde. In de verte hoorde hij de bazuinen reeds schallen. Een triomfantelijk welkom voor kardinaal Ravelli. En zo dwaalden zijn gedachten alle kanten op. Hij moest denken aan Jessica, hoe lief ze over haar moeder sprak, zo bezorgd ook. Over de rol die klassieke muziek speelde in haar ouderlijk huis, hoe haar liefde voor vioolmuziek zijn oorsprong vond in het verdriet van haar moeder.

En daar stond ze. Zijn Loes. Op het grasveld voor haar witte huis. Ze was kleiner dan hij zich kon herinneren. Ze wiebelde nerveus met haar heupen. Het stond charmant. Ze droeg een rood sjaaltje om haar hoofd dat in haar nek was vastgeknoopt. De lichtblauwe jurk gaf haar een meisjesachtige uitstraling. Ze kon zo worden afgebeeld op de wikkel van een reep chocola of als boerin op een pak melk. Deze pure vrouw was zijn Loes.

Nog geen tien meter en hij kon haar in zijn armen nemen. Ze lachten elkaar blij toe. Hij sprak als eerste.

'Hallo lieve Loes. Hier ben ik.'

'Dag Peetje, hoe is het jongen?'

Ze omhelsden elkaar en het voelde meteen vertrouwd. Alsof het gisteren was.

'Eindelijk,' fluisterde hij in haar oor.

'Het werd tijd,' lachte ze terug.

'Ik dacht dat je me vergeten was,' zei Peter.

'Dat heb ik geprobeerd.'

Ze liepen naar binnen waar Loes hem meteen meenam naar de veranda. Het uitzicht was prachtig, een glooiend landschap met sinaasappelbomen en in de verte het Meer van Tiberias. De zon schitterde op het water. De witte zeilen van de vissersboten maakten de ansichtkaart compleet.

Ze namen plaats in de rieten stoelen die zo waren neergezet dat je optimaal kon genieten van de omgeving.

Maar Loes en Peter hadden vooral oog voor elkaar. Ze tasten elkaars gezicht af, naarstig op zoek naar herkening. Hoeveel van het meisje en het jongetje was nog zichtbaar in het gelaat van de ander. De ogen, de mond, de neus? Gretig volgden hun blikken het spoor terug, op zoek naar de vrolijke gezichten uit hun kindertijd.

'Staat lief, die kraaienpootjes naast je ogen,' zei Peter.

'Je wordt grijs,' antwoordde zij.

'Hoe is het met je?'

'Ik ben ziek.'

'Hoe ernstig is het?'

'Behoorlijk. Het einde is in zicht. Maar daar heb ik vrede

mee. Dus laten we er geen onderwerp van maken. We gaan herinneringen ophalen. Ik wil alles van je weten.'

'Of je daarvan opknapt, betwijfel ik.'

'Laten we dan maar beginnen met een glas wijn.' Loes liep naar de keuken en kwam even later terug met een fles witte Carmel-wijn en twee glazen.

'Wil jij hem ontkurken?' Ze overhandigde hem een kurkentrekker.

Peter deed wat hem werd opgedragen. Net als vroeger. Loes was de baas.

'Hoe lang is het wel niet geleden?' vroeg hij.

'De laatste keer dat we elkaar zagen was in het station van Luik,' zei ze met een droeve glimlach.

'Ik heb mezelf altijd ingeprent dat het een nachtmerrie was.'

'Dat was het ook, Peter. Veel erger nog dan een nachtmerrie. Het was de werkelijkheid.'

'Ik wilde het niet geloven,' verweerde Peter zich.

'Ik ook niet. Wat dacht je dat er door mij heen ging toen ik jou daar zag in een Duits uniform?'

'Je dacht dat ik een verrader was.'

'Nee, daarvoor kende ik je te goed. Ik hoopte nog even dat het een truc was om mij te bevrijden.'

Peter wendde uit schaamte zijn gezicht af.

'Ik werd zelf ook overvallen door de situatie,' verontschuldigde hij zich.

'Zo is het maar net,' zei ze met een sarcastische ondertoon. 'We werden allemaal overvallen, de een wat meer dan de ander. Zullen we het daar maar op houden?'

Peter voelde zich als een schooljongen die terecht werd gewezen. Hij wist niet goed wat hij moest zeggen. Bijna elk woord deed pijn, maar zwijgen beschouwde hij als een teken van lafheid.

'Je hebt het gelukkig overleefd. De oorlog,' zei hij bedeesd.

'Of dat een zegen is, vraag ik me af,' antwoordde ze met zachte stem. 'Heel mijn leven, tot aan de dag van vandaag heb ik me schuldig gevoeld dat ik het overleefd heb en mijn familie niet. Mijn vader, Rebecca, de jongens... al die anderen.' Ze moest slikken maar bleef hem aankijken. 'Het is vreselijk wat er is gebeurd.'

Peter dwong zichzelf de droefheid in haar ogen te ondergaan. Hij pakte haar hand en prevelde: 'En later nog je man en je zoon. Jessica heeft het me verteld. Ik vind het zo erg voor je.'

Meer wist hij niet uit te brengen.

De late middagzon wierp donkere schaduwen op de houten vloer van de veranda. Het geluid van sproeiers op de grasvelden. De lucht was helder en de bergen aan de overkant van het meer waren haarscherp. Een stukje verderop speelden kinderen in een geïmproviseerd zwembad van sinaasappelkisten die in een vierkant waren geplaatst met daar tussenin een zeil dat gevuld was met heerlijk koel water.

Loes schonk thee in en vervolgens een glas water met citroen.

'Je moet hier veel drinken,' zei ze, 'de hitte onttrekt veel vocht aan je lichaam.' Om haar woorden kracht bij te zetten nam ze een flinke slok. 'Ik ben heel blij dat je naar me toe bent gekomen. Dat maakt veel goed. Ik ben erg ongerust over je geweest. Voortdurend vroeg ik me af waar je mee bezig was, met wie je het leven deelde, in welke richting je carrière zich had ontwikkeld. In gedachten was je altijd bij me. Ook in de meest moeilijke periodes vond ik houvast in het verleden. Dierbare herinneringen. Helaas is het geheugen zo wreed dat juist de slechtste ervaringen je het meest duidelijk bijblijven. Ik kan er heel moeilijk over praten, mijn verdriet is te groot voor woorden.'

Ze stond op, liep naar de balustrade van de veranda en keek over de tuin.

'Mijn leven was gevuld met heimwee en droefheid. Heimwee naar vroeger toen alles nog vrolijk en goed was. De onbezorgde tijd uit onze jeugd. En droefheid om het verlies van geliefden: mijn vader, mijn broertjes, mijn partner, mijn zoon. De mannen in mijn leven zijn me allemaal ontnomen.'

Ze draaide zich naar hem toe en deed een dappere poging om te glimlachen, maar haar gezicht zat op slot.

'Het was niet alleen maar bitter, Peter, ik heb ook veel vreugde gekend, ik ben heel gelukkig geweest, dankbaar dat ik heb mogen leven, kinderen heb gekregen, een lieve, dappere man heb gehad van wie ik heel veel heb gehouden en hij van mij. De liefde heeft mij royaal bedeeld. Daarover heb ik niets te klagen. En het begon met jou, Peetje... onze liefde begon in de wieg, we waren er al vroeg bij. Weet je nog hoe we samen speelden in de box en later in de tuin.'

'En achter de schuur,' vulde Peter aan.

'Daar heb je me voor het eerst gezoend,' lachte ze. 'Wacht even.' Ze stond op en liep naar binnen om even later terug te komen met een doosje.

'Kijk,' zei ze en lichtte het deksel op. Daar lag op een bodem van witte watten een ring. Een rode plastic ring. De ring die Peter haar had gegeven bij het afscheid toen hij naar het seminarie vertrok.

'Onze verlovingsring,' zei ze met stralende ogen.

'Dus we zijn nog steeds verloofd?' Peter keek haar aan met een ondeugende glimlach.

'Altijd geweest,' zei Loes, 'tot nu toe. Mijn man wist ervan. Hij moest er om lachen, maar vond dat je een belofte die je als kind had gemaakt moest nakomen. Hij plaagde me vaak door te roepen dat 'de verloofde' – dat was jij – het zeker met hem eens zou zijn.

"Wat denk je dat de verloofde ervan zal vinden?" vroeg hij weleens. Of: "dat moeten we even voorleggen aan de verloofde." Je was altijd wel ergens aanwezig. Mijn eerste liefde. Er waren momenten dat ik je had willen schrijven, maar ik durfde het niet zo goed. Ik was bang dat je een leven had opgebouwd met een andere vrouw, ergens heel ver weg. Peetje had me verlaten, zo voelde het.'

'Het spijt me,' zei Peter onhandig.

'Ik neem mijn buurjongen niets kwalijk,' antwoordde ze. En ze begon te vertellen over haar buurjongen, alsof ze een geheim met hem wilde delen.

'Peetje vroeg me ten huwelijk toen ik vijf was. Daarvoor hadden we al ruim vierenhalf jaar verkering. Het was een weloverwogen keuze van beide kanten. Ik zei onmiddellijk 'ja'. We huwden onder de perenboom met de twee geiten als getuigen.' Ze keek hem schalks aan. 'Het was mijn eerste huwelijk.'

'Het mijne ook,' reageerde Peter opgetogen, alsof hij zich dat nu pas realiseerde. 'En mijn enige...' zei hij bescheiden. 'Wel veel kansen gehad, hoor. Maar het is er nooit van gekomen.'

'Hij verliet me voor de eerste keer toen ik twaalf was,' vertelde Loes verder alsof ze het over iemand anders had.

'Hij koos voor een ander. In zijn geval voor God. Het was geen bewuste keuze. Het was de consequentie van de unieke mogelijkheid die hem werd geboden om verder te mogen leren. Maar de prijs die hij daarvoor moest betalen viel vies tegen. Hij werd verplicht om te breken met zijn verleden, te kiezen voor een leven zonder partner. De eerste paar jaar namen we dat niet serieus. Dat gold toch immers niet voor ons? Om de week kwam hij thuis en vrijden we met elkaar. Eerst nog kinderlijk, daarna steeds serieuzer en heftiger, tot het moment dat we echt man en vrouw werden. We waren twaalf of dertien jaar, en even zolang al samen.'

Ze schonk hem een lome glimlach.

'Dus het werd tijd,' voegde ze er aan toe. 'Aan de gelofte van kuisheid is hij nooit toegekomen. Hij verliet voortijdig het seminarie. Nee, dat is niet waar,' verbeterde ze zichzelf, 'hij is er uitgegooid. Wegwezen.'

Peter hoorde zijn eigen leven opsommen alsof er een vonnis werd voorgelezen. Met gebogen hoofd hoorde hij de aanklacht aan. Loes was kennelijk niet van plan hem te ontzien.

'Daarna is hij vertrokken zonder afscheid te nemen van mij, van zijn familie, van de buren, van juffrouw Blom. Van niemand. Peter was verdwenen. Daarna hebben we niets meer van hem vernomen. Oh ja, een kaartje uit Rome, aan mij gericht. Ik was zo blij. Er stond op geschreven: *Ik houd van je*. Dat maakte me gelukkig en tegelijkertijd droevig.

Waarom kwam hij dan niet naar huis?'

Peter moest even slikken.

'Ik was onderweg, maar ik heb het net niet gehaald. Ik werd vlakbij ons dorp gevangengenomen.'

'Oh,' zei ze alleen maar en wreef met een zakdoekje over haar klamme voorhoofd. 'En heb je nog iemand van ons dorp gesproken?'

'Nou, een gesprek zou ik het niet willen noemen. Pastoor Verlaan heb ik ontmoet, ik werd geboeid de pastorie binnen gebracht. Hij heeft vooral tegen me gescholden. Hij was fout in de oorlog, maar dat wist ik natuurlijk niet, dat bleek pas op dat moment. Hij begon ook nog eens over zijn koffertje dat ik had gestolen. Hij had het me zelf uitgeleend. De huichelaar. Het zou me niet verbazen als hij degene is geweest, die jullie heeft aangegeven. *"Bram en zijn gezin, die moet je hebben, die zijn Joods."* Ik hoor het hem zeggen.'

'Hij heeft het in ieder geval niet willen voorkomen,' reageerde Loes nuchter.

'Volgens mij heeft hij op het kerkplein het transport nog uitgezwaaid. Dat vertelde Geertje, ze was erbij toen je vader, Rebecca en de tweeling werden meegenomen. Men dacht op dat moment nog dat ze bevoorrecht waren, uitgekozen om op een soort buitenplaats te gaan wonen, waar voldoende werk en voedsel was.'

'Tja, wat wist men ervan,' mompelde Loes voor zich uit. Het klonk bijna berustend.

'Jij was er niet bij toen ze werden opgehaald,' merkte Peter op. 'Dat heeft Geertje me ook verteld.'

'Nee, ik was er niet bij.'

Haar trieste glimlach trok als een schaduw over haar bleke gezicht.

'Ik werd een jaar later opgepakt. Verraden. Ik zat ondergedoken in de Achterhoek, bij keurige, goedgelovige mensen. Ze waren gereformeerd en leefden volgens de Bijbel. Ze zagen het als een opdracht om Joden te laten onderduiken. We hadden het daar, gezien de omstandigheden, heel goed. Een van de dochters kreeg verkering met de zoon van de groenteman. Zij nam hem in vertrouwen en vertelde over de onderduikers die bij haar thuis verstopt zaten, op de zolder van de boerderij. Twee dagen later werden we opgepakt. De dochter heeft later uit wroeging zelfmoord gepleegd. De zoon van de groenteman, de vuile verrader heeft nergens last van gehad, hij heeft het nog steeds goed voor elkaar: een gezin met vier kinderen en een mooie zaak.'

'Zal ik langs gaan om hem een aardappel in zijn strot te duwen?' zei Peter koel. 'Zeg me maar niet wie het is. Ik ben nogal snel en adequaat van handelen.'

'Zou het helpen, Peter? Dan zijn wij toch net zo slecht?'

'Oh nee, daar ben ik het volstrekt niet mee eens. Moordenaars en verraders verdienen geen genade, daar kan geen vergiffenis voor gelden. Het recht moet zegevieren. Vroeg of laat.'

'Peter, we leven in de jaren zeventig. De Tweede Wereldoorlog ligt ver achter ons.'

Peter schudde ontkennend zijn hoofd.

'Jij weet als geen ander dat dat niet zo is. De oorlog woedt nog altijd door in de slachtoffers. We spreken uit ervaring. In hun hoofd, in hun slaap, in hun herinnering. Ze staan op met angst en gaan naar bed met angst. Ze zijn getekend tot aan hun dood en wellicht tot ver daarna.'

Peter tikte kwaad met zijn vinger op de tafel.

'Nee, zolang we de misdadigers kunnen opsporen moeten we die schoften voor het gerecht brengen of elimineren. Dat laatste verdient de voorkeur.'

'Zo ken ik je niet. Zo rancuneus en bloeddorstig. Ben jij in staat om iemand te doden?'

'Het spijt me, Loes, ik ben er zelfs zeer bedreven in. Ik heb in ieder geval meer Duitsers vermoord dan de hand geschud. Laten we het daarop houden.'

Loes keek haar jeugdvriendje aan met een blik die balanceerde tussen ontsteltenis en bewondering.

Haar Peetje, een moordenaar? Ze kon zich er niks bij voorstellen. Dat jongetje dat altijd zo lief was voor rupsen en lieveheersbeestjes. Die zo zacht kon strelen, die bloemen voor haar plukte, die viool speelde en vrolijk danste tussen de kippen. Haar Peetje?

'Hoe dan, Peter?'

'Pistool, mitrailleur en mes, vooral met mijn mes. Je weet hoe snel ik was met het vangen van vliegen, zo snel was ik ook met mijn mes. Links- of rechtshandig, het maakte niet uit. Zeg het maar, roept u maar, altijd prijs!'

'God, wat erg,' zuchtte Loes.

'Men dacht daar in Holland anders over. Ik ben gedecoreerd als verzetsheld. Zo zie je maar. De afloop van een oorlog bepaalt wie een held is en wie als schoft de geschiedenis in zal gaan. Ik ben trots dat ik mijn bijdrage heb kunnen leveren. Ik wist niet dat ik zo moedig was. Dapper uit angst, ik was een schijterd. Met een volle broek iemand een kogel door zijn hoofd jagen of zijn keel doorsnijden. Als je dat eenmaal in de vingers hebt, word je onverschrokken.'

'Ook gevoelloos en onverschillig, denk ik.' Loes frummelde aan de zoom van haar jurk. Ze keek hem niet aan.

'Daar heb je gelijk in. Het heeft me aangetast, harder en gevoellozer gemaakt. Onverschillig ook. Het maakt me allemaal niet zoveel meer uit. Ik wil niet zeggen dat de dood mijn vriend is, maar hij moet wel in de buurt blijven voor als ik hem nodig heb. Mijn tijd bepaal ik graag zelf.'

'Peter, het klinkt nogal bitter.'

'Het is bitter.'

'Mijn vriendje, dat mensen kan ombrengen. Ik moet dit even verwerken.'

'Ach kom Loes, doe niet zo naïef. Wat heeft jouw man in de oorlog gedaan? Klaverjassen? Borduren? Hij heeft toch ook de vijand vermorzeld met zijn tanks. Raketvuur gegeven. Ik denk dat hij meer mensen heeft gedood dan ik. Dat geldt ook voor je zoon in de Zesdaagse Oorlog. Die heeft echt niet op blikjes lopen schieten.'

Loes keek hem verbouwereerd aan.

'Zo heb ik dat nooit bekeken. Maar je hebt gelijk. Oh, mijn God. De mannen van wie ik het meest heb gehouden, hebben anderen gedood.'

'Anderen? Anderen? Hoe bedoel je dat? Het was de vijand. Wij vochten om het land te verdedigen, onze gezinnen, de kinderen. Onze tegenstanders waren de agressors, wij niet.' Peter nam een slok water, hij was nog niet uitgesproken. 'Wat moesten we in zo'n situatie anders doen? Lijdzaam toezien hoe onze vrouwen en meisjes worden verkracht, onze dorpen platgebrand, onschuldige burgers vermoord. Joden en homo's afgevoerd naar gaskamers, zigeuners verbrand. Kom Loes, een beetje realiteitszin is in deze zaak wel geboden.'

Peter voelde dat hij aan het doordraven was, maar wilde zijn punt maken. De paar principes die hem nog restten, droeg hij hoog in zijn vaandel.

'Tot mijn dood toe zal ik blijven strijden tegen onrecht. Ik bedoel, wat in mijn ogen onrecht is,' nuanceerde hij zijn laatste zin. 'Dat zou ieder weldenkend mens moeten doen.
*Een volk dat voor tirannen zwicht,*
*zal meer dan lijf en goed verliezen.*
*Dan dooft het licht,*' citeerde hij van Randwijk, de dichter en verzetsman.

'Deze spreuk is overigens te lezen op een verzetsmonument in het Weteringplantsoen in Amsterdam,' voegde hij droog er aan toe alsof hij het voorlas uit een stadsgids.

*

Peter vertelde Loes dat hij bij toeval in het verzet terecht was gekomen. Al snel bleek daar dat hij net zo handig was met een mes als met het vangen van vliegen. Dat Duitse soldaten gorgelend in hun eigen bloed aan zijn voeten in elkaar waren gezakt, of voorover in een pissoir waren geklapt, verzweeg hij liever. Wel vertelde hij over zijn gevangenschap, dat hij zijn leven had kunnen redden door het vangen van vliegen in de kamer van de commandant.

Loes moest lachen, om haar mond krulde even die heerlijke lach van vroeger, die verrukkelijke meisjeslach.

Ze was nu vierenvijftig, net zo oud als Peter. Hoewel het

verdriet zich had afgetekend in haar gezicht, was ze nog steeds heel mooi. De schoonheid van haar jeugd had een diepere lading gekregen.

'Als mijn vader dit had gehoord, zou hij van plezier op zijn knieën slaan. "Die Peetje is een slimme donder," zei hij altijd, "die gaat het wel redden." Maar dat vliegenvangen het talent was, waarmee jij zou overleven, had zelfs papa niet kunnen voorspellen. Peter de vliegenvanger,' lachte ze en kneep hem even in zijn arm.

Peter vertelde verder over de kans die hij had gekregen om als bediende en tolk de gevangenis te verlaten. Dat hij een Duits uniform moest dragen, zag hij alleen maar als voordeel. Dat gaf bescherming op zijn vlucht, want zo zag hij de reis die hem naar Rome zou brengen. Een vluchtroute naar de stad waar hij al een paar jaar had geleefd als straatmuzikant, journalist en bedelaar, en niet te vergeten als fruitverkoper en verliefde jongeman. Hij vertelde Loes over Daniëlla, van wie hij echt had gehouden, die zo lief voor hem was geweest, maar toch voor een ander had gekozen. Over zijn besluit om terug te keren naar Holland, naar zijn buurmeisje. Hij vertelde over de schaamte die hij had gevoeld, de schuldgevoelens die hem hadden weerhouden naar huis terug te keren.

'Naar jou,' zei hij zacht. 'Ik durfde niet te hopen dat jij nog van mij zou houden.'

Zijn stem klonk onzeker.

Loes knikte.

'Ik heb op je gewacht, al die jaren.'

Ze keek hem aan met een tedere blik.

'Zolang?' vroeg Peter verbaasd.

'Twaalf jaar. Is dat lang?'

Peter zweeg schuldig. Hij schonk wat citroenwater in hun beider glazen en nam vervolgens een slok.

'Dus je hield nog steeds van mij?' vroeg hij.

'Meer dan me lief was.' Haar glimlach was droevig geworden. 'Het deed pijn. Het eerste jaar dat je niet meer thuiskwam, heb ik mezelf elke avond in slaap gehuild. Daarna was mijn verdriet niet meer vloeibaar. Het had zich vastgezet in mijn buik. Tot ik jou weer zag op het perron van het station in Luik. In 1944. Vanaf dat moment kon ik weer huilen. En daarin ben ik heel bedreven geworden. Totdat het op was. Leeg gehuild tot de laatste traan.'

Ze wendde haar blik naar beneden, naar haar gevouwen handen rustend in haar schoot. Ze zwegen.

Peter voelde zich miserabel. Hij kon zich wel voor zijn kop slaan. Hij had zijn kans verspeeld. Erger nog; hij had zijn grote liefde verspeeld. Ze zat gewoon thuis op hem te wachten en hij rotzooide maar wat aan. Wat een klootzak was hij toch.

'Dit is de grootste fout van mijn leven.' Zijn gezicht veranderde in een pijnlijke grimas. 'En ik hield verdomme zo veel van haar...'

Ze raadde opnieuw zijn gedachten.

'Hoe groot was jouw liefde voor mij eigenlijk?' vroeg ze doortastend.

'Ik hield van je met heel mijn hart, met heel mijn ziel, met al mijn gevoel. Maar kennelijk was dat niet voldoende om naar huis te komen.'

Loes keek hem bemoedigend aan.

'Je hebt het wel geprobeerd. Dat je gevangen bent genomen, was niet jouw schuld.'

'Maar daarna had ik toch weer contact met je kunnen opnemen?'

'Dat had ik ook kunnen doen,' trachtte ze zijn schuldgevoel af te zwakken. 'We hebben het allebei niet gedaan. Een gruwelijk misverstand.'

'Ja, een gruwelijk misverstand,' zuchtte Peter.

'Maar heb je wel de liefde kunnen omarmen?' vroeg ze. 'Was er een vrouw in je leven? Of misschien wel meerdere?'

'Ik heb van alles geprobeerd,' reageerde hij gelaten. 'Ik wil daar niet teveel over uitwijden. Ik ben er niet trots op. Maar het is gewoon niet gelukt. Ik heb geen talent om lief te hebben.'

'Dat bestrijd ik,' zei Loes fel, 'je hebt mij heel veel liefde gegeven.'

Hij haalde zijn schouders op.

'Na de oorlog was de voorraad zo goed als op. Mijn gevoel werd geblokkeerd. Door alles wat er was gebeurd. Begrijp je dat?'

'Ja, daar kan ik me iets bij voorstellen.'

'Ik heb gewoon niet meer,' zei hij berustend, 'nog steeds niet, dat kleine beetje is alles wat ik kan geven. Dat blijkt ontoereikend te zijn om onvoorwaardelijk van iemand te houden. Echt, ik kom tot zestig, soms wel tot zeventig procent, maar die laatste dertig procent lukt gewoon niet. Ik kan niet van een kerktoren springen in het volste vertrouwen dat ik zal worden opgevangen. Ik neem altijd een parachute mee als ik op het punt sta om te springen. Vertrouw meer op mezelf dan op een ander. Van volledige overgave kan geen sprake zijn. Er moet voor mij altijd een vluchtroute zijn, een ontsnappingsclausule, een nooduitgang. Kun je je dat ook voorstellen?'

'Nee, eigenlijk niet, ik heb met je te doen. Je hebt zoveel gemist.'

Ze legde een hand op zijn arm. 'Misschien houd je niet genoeg van jezelf.'

Hij knikte en wist niet meer uit te brengen dan 'jammer'.

Het klonk niet eens cynisch, meer constaterend, iemand die de balans opmaakt, een boekhouder die het bedrag onder de streep meldt. 'Jammer. Nou, als *jammer* de optelsom is van je leven tot nu toe, dan ben je geen benijdenswaardig persoon,' was zijn sombere conclusie.

'Probeer eerst eens van jezelf te houden,' sprak Loes hem bemoedigend toe.

'Hoe doe je dat, van jezelf houden?'

'Ga voor de spiegel staan en spreek jezelf toe. Ongeveer zo: "Peter, ik houd van jou. Je bent de moeite waard. Peter, ik houd van jou." Dat herhaal je een paar keer per dag. Je zult zien dat het effect heeft.'

Peter waande zich weer even terug op de Veluwe, bij de

alternatieve pluizige figuren van het natuurweekend. Daar moest hij zichzelf ook meerdere keren per dag de liefde verklaren. Het was een idee geweest van dr. Landsman, die het raadzaam achtte dat Peter eens een experiment aanging. Hij zou iets moeten ondernemen wat hem tegenstond of nog beter: waar hij grondig de pest aan had. Nou, dat was helemaal gelukt. Een links alternatief 'ontdek-jezelf' weekend. Wat een drama was dat geweest, macrobiotische meisjes met schaamhaar tot aan hun knieën, naakt dansend in het maanlicht. De deelnemers moesten bomen knuffelen, rollend op de grond contact maken met de modder en zingen bij een mandoline.

Na een dag was hij gillend weggelopen. Wat een zweverig gedoe. En nu werd hem opnieuw geadviseerd om met zichzelf te knuffelen.

'Dank voor de receptuur,' zei hij hartelijk.

'Vergeet de bijsluiter niet te lezen,' lachte Loes.

'Wat staat daarin?'

'Dat je deze oefening nooit in gezelschap van anderen mag doen, dan word je namelijk onmiddellijk voor gek verklaard.'

'Dat heeft men bij mij al jaren geleden gedaan. Dat laat me volledig koud.'

'Je bent een snelle leerling,' reageerde ze en gaf hem een kus. 'Je bent lief, Peter.' Hij keek haar aan en zei: 'vind ik ook!'

*

'Voel je je thuis in Israël?' vroeg Peter terwijl hij een gepelde sinaasappel in partjes verdeelde. Ze gebruikten het ontbijt op de veranda, het was aangenaam van temperatuur. Loes schonk thee in en prikte een paar plakjes tomaat en komkommer van een bord. Er liep een klas zingende kinderen voorbij.

'De school begint hier vroeg, al om zeven uur in de ochtend,' vertelde Loes. Een paar kinderen maakten terloops een ondeugend huppelpasje, de anderen liepen keurig in de maat.

'Kijk,' zei ze, 'vooral de kinderen die huppelen moet je in de gaten houden, dat worden de uitzonderingen, die gaan het verschil maken. Als ze nu al buiten de lijnen durven te stappen, kun je erop rekenen dat ze later ook hun eigen weg zullen volgen. Ik houd van die eigenwijsheid. Originele mensen zijn over het algemeen veel prettiger gezelschap dan dames en heren die voorspelbaar zijn. In Israël is de eerste categorie sterk vertegenwoordigd. Eenlingen die samen een land vormen. Een zootje bij elkaar geraapte individuen, druivenplukkers, professoren, vissers, schrijvers, artsen, straatvegers en musici. Bij de meesten zit er wel een steekje los, ze volgen hun eigen patroon, maar dat is hier niet ongewoon. In dit land vallen ze nog ruimschoots binnen de categorie 'normaal'.'

'Dus je voelt je hier wel thuis?'

Loes haalde haar schouders op.

'Een Jood voelt zich nergens thuis, zelfs thuis niet. Dat is niet voor niets een Joods gezegde. Maar ik voel me hier wel thuis, ja – in ieder geval welkom, dat is elders weleens anders geweest.'

Er verscheen een wrang trekje om haar mond.

'Dit is de enige plek ter wereld waar we ons niet hoeven te verontschuldigen voor wie we zijn. Ondanks de dreiging van buitenaf. We worden omringd door vijandige buren die ons het liefst de zee in zouden willen jagen. Dat is een permanent gevaar dat ons dagelijks bezighoudt. Maar het is in ieder geval helder, wij weten wie onze vijanden zijn. Dat schept onderling een band, die sterker is dan – laten we zeggen – wanneer je een gemeenschappelijke vriend hebt. We doorstaan dezelfde angsten, maar delen ook onze trots en strijdvaardigheid. We zijn een onverschrokken volk en ik ben dankbaar dat ik daar deel van mag uitmaken.'

Peter nam een partje sinaasappel van de schaal.

'Het uitverkoren volk,' sprak hij met volle mond.

'Nou, daar hebben wij nog niet veel van gemerkt,' zei ze sarcastisch. 'Ik heb het vermoeden dat God een andere betekenis hecht aan het woord *uitverkoren* dan wij. Het Joodse volk is bijna uitgeroeid. Als dat het privilege is van *uitverkoren zijn*, dan heeft God een macaber gevoel voor humor.'

'Ik betwijfel of God zich bezighoudt met humor. De Almachtige heeft niet echt de lachers op Zijn hand. Het lijkt me een ernstige God die veel boeken leest, van schaken houdt en goede wijn, zo nu en dan een knapperige tosti maakt en zich vooral laat verzorgen door een schare vrouwelijke engelen met krullend haar en kuiltjes in hun wangen.'

Loes moest glimlachen.

'God is God. Laten we het daar maar op houden. Wil je mij de kaas aangeven?'

'Natuurlijk.' Peter reikte haar het schaaltje aan, samen met de kaasschaaf van Delfts blauw.

'Een cadeautje van een Hollandse vriendin met weinig smaak,' sneerde Loes, 'maar ik gebruik hem wel.'

'Een oer-Hollandse uitvinding, die kaasschaaf. Dunne plakjes. Hoe benepen kun je zijn?'

Loes begon te lachen.

Peter was blij dat ze even vergat dat ze zo ziek was.

*

*'It's better to have loved and lost, than not have loved at all.* Dat zei Shakespeare al en hij had gelijk. Groot gelijk. Beloof me dat je de liefde nog een kans geeft, jongen?'

'Ik hoop dat ik de moed kan opbrengen om gelukkig te zijn,' lachte hij schamper.

Peter vroeg zich af of ze dit soort onderwerpen ook met Jessica besprak. Vast wel. Je zult maar zo'n moeder hebben met wie je de valkuilen van de liefde kunt bespreken. Meestal deel je die gedachten met leeftijdgenoten. Met vriendinnen of vrienden, niet met je vader of moeder. Daar bepraat je andere zaken mee, zoals een studiekeuze, een vakantiebestemming, de contributie van een sportclub, desnoods het paasmenu, maar je praat niet over de liefde en zeker niet over seks. Dat is een moeilijk te verteren combinatie, seks en ouders. Je wilt je toch echt geen voorstelling maken van hoe je vader en moeder de liefde bedrijven. Dat ze überhaupt met elkaar naar bed gaan, is al abject. Maar goed, Loes is kennelijk een moderne vrouw, die wel met haar dochter communiceert over onderwerpen die ze belangrijk vinden. Dus waarschijnlijk ook over de liefde en al haar haken en ogen.

'Praat je hier weleens over met je dochter?' vroeg hij tot zijn eigen verrassing.

'Jazeker, we praten over allerhande onderwerpen, ook over persoonlijke kwesties. Jessica is een intelligente, jonge vrouw, waar ik met plezier en interesse naar luister. Zij kijkt met een frisse blik naar de wereld. Ach Peter, die jongeren zijn veel sneller volwassen dan wij op die leeftijd. Bovendien heeft ze al genoeg meegemaakt om een visie, een mening, ja zelfs een oordeel te hebben. Het gaat er soms fel aan toe tussen ons. Maar om terug te komen op je vraag: ja, we hebben ook wel gesproken over liefde en intimiteit.'

'Is ze al door de wol geverfd?'

'Dat vind ik een ongepaste vraag. Dat mag je zelf aan haar vragen als je durft, maar ik hoop dat je genoeg fatsoen hebt om dat te laten.'

'Maar wij waren toch ook al jong volleerd? Waarom zou zij dan niet...'

'God Peter, dit gesprek dreigt te ontsporen,' onderbrak ze hem.

'Zoiets houd je geheim. Dat was iets tussen jou en mij, dat mag zomaar niet uitgesproken worden.'

'We zijn samen, niemand kan ons horen.'

'Daar gaat het niet om. Een intiem geheim, want dat is het, deel je in stilte. Elk woord hierover is er één teveel. Koester het mysterie en laat het nooit naar je mond glippen, want zodra het je lippen verlaat, verliest de intimiteit haar glans.'

'Het lijkt wel een preek,' dacht Peter, maar hield wijselijk zijn mond. 'Ik zal Loes maar niet vragen of ik haar borsten nog een keer mag vasthouden. Om over haar billen maar te zwijgen.'

Ze was nog steeds mooi, nog steeds aantrekkelijk. Ondanks haar ziekte. Het was voor hem niet moeilijk om in dat vermoeide lichaam het meisje van vroeger te herkennen.

Die middag, na het gesprek met Loes, liep hij door de prachtige tuinen van de kibboets, omringd door het geluid van insecten die zoemend hun weg zochten tussen de overvloedig aanwezige bloemen. Hier vlakbij ergens in de heuvels had Jezus het volk toegesproken. Peter had er graag bij willen zijn. Het was een bemoedigende toespraak die Jezus daar had gehouden.

Als zijn leven anders was gelopen, had Peter ook kunnen preken, mensen troost bieden en hoop geven. Hij had huwelijken kunnen inzegenen en begrafenissen leiden. Als priester had hij namens de kerk goed kunnen doen. Een roeping die hij al op jonge leeftijd in zich voelde opwellen. Anderen helpen, in woord en daad. Het was er niet van gekomen. God had andere plannen met hem. Voor Peter waren die plannen nog steeds niet duidelijk. Wat wilde God toch van hem? Zijn gedachten vloeiden over in een gebed.

'Wat is uw bedoeling met mij? U kunt zich toch aan mij openbaren en mij bij de kraag vatten, in een richting duwen, een boodschap achterlaten. Ik sta hier in het beloofde land, op heilige grond, als het hier niet lukt waar dan wel? Misschien heeft U zich allang van mij afgewend, maar zo slecht ben ik toch niet. Ik geef toe dat ik een paar misstappen heb gemaakt, maar ik ben geen verdorven mens. En ik heb vaak genoeg om vergeving gevraagd, zelfs op mijn knieën, maar nooit antwoord gekregen. Laat ik het zo zeggen, U laat me een beetje aan mijn lot over. En met alle respect, God, dat heb ik niet verdiend. Als iemand zich tot U wendt, vergeving vraagt, om inzicht smeekt, zijn geloof in U belijdt en het loket blijft gesloten, wat moet een mens dan nog? Uw zoon Jezus heeft beloofd dat zelfs als je geloof zo klein is als een mosterdzaadje, dan kun je nog elke berg verplaatsen. Matteüs 17 vers 20, ja dat weet ik ook nog. Ik kan U verzekeren dat mijn geloof groter is dan een mosterdzaadje; ik wil niet zeggen dat het de omvang heeft van een eik, maar een stevige berk is het toch zeker. Het enige wat ik U kan vragen is: God ontfermt U zich over mij. U zult er geen spijt van krijgen. En ik ook niet. Amen.'

'Koffie! Kom Peter, ik heb koffie met appelgebak, echt Hollands.' Loes wenkte hem vanaf de veranda die omringd was met uitbundig bloeiende bougainville.

'En wat heb je zoal bedacht tijdens het wandelen?' Loes schonk koffie in en keek Peter nieuwsgierig aan. Hij vertelde over zijn miscommunicatie met God.

'Het is niet zo ingewikkeld,' legde Loes hem uit. 'Of je volgt de regels van God of je gaat je eigen gang en dan laat God je los. En dan blijf je verder door het leven spartelen, zonder houvast, zonder doel, zonder toekomst. Kom, neem een stuk appeltaart.'

Voor Loes waren God en appeltaart een logische combinatie leek het wel, zo makkelijk schakelde ze over van het evangelie van Jezus naar de appelpunt van bakker Moos. Loes sneed als kind al scherp de bocht af, altijd sneller dan andere kinderen, niet alleen fysiek maar ook mentaal. Ze had niet veel woorden nodig om duidelijk te maken waar het haar om ging, overigens tot wanhoop van haar ouders, die ze meestal te slim af was.

'Wat een draak van een kind,' lachte Bram trots als het over Loesje ging. 'Ze is mijn oogappel, maar het is net een doos vuurwerk, er kan van alles uit tevoorschijn schieten. Vuurpijlen, rotjes, zevenklappers of sierbloemen. Je weet nooit wat het wordt met haar.'

Peter moest glimlachen bij die herinnering.

'Denk jij nog veel terug aan vroeger?' Hij viste een vette rozijn tussen de appelschijfjes uit.

'Natuurlijk, lieverd.'

Het leek of de krekels in de tuin van schrik hun serenade onderbraken. Het was voor het eerst dat ze hem zo aansprak.

'Ze zei lieverd,' juichte Peter van binnen. '*Lieverd.*' Oh, wat klonk dat heerlijk uit haar mond. Hij liet het woord nog een keer door zijn hoofd wervelen. 'Lieverd.' En nog een rondje. 'Lieverd.' Er golfde een onbestemd gevoel door zijn lichaam, een gevoel dat hij bijna vergeten was, weggemoffeld in de schaduw, maar dat nu plotseling tevoorschijn kwam. Zijn hart kreeg zomaar een nieuwe jas. En dat met slechts één woord. Maar wel uitgesproken door de meest lieve, eerlijke, dappere vrouw die een man zich kon wensen.

De laatste maanden kreeg Loes een paar uur per dag verzorging aan huis. Een lief meisje dat neuriënd haar werk deed, het bed verschoonde, het huis bijhield en verse bloemen plukte. Zoals de meeste kibboetsmeisjes droeg ze om haar hoofd een sjaaltje tegen de felle zon en om haar krullen in bedwang te houden. Deze middag had ze op de veranda een stretcher uitgeklapt en daarop een dun, zacht matrasje gelegd met een hoofdkussen. Ze wist dat mevrouw het heerlijk vond om aan het einde van de dag lui te genieten van het uitzicht, het liefst met een glas vruchtensap of soms een glas witte wijn als er bezoek was. Maar na de dood van haar zoon, vijf jaar geleden, hield ze dat af. Ze was graag alleen. Bovendien liet haar gezondheid het niet toe om gastvrouw te zijn. Dat er deze dagen een logé was, had iedereen verbaasd.

Behalve haar dochter Jessica die binnenkort weer thuiskwam, was er nooit iemand die kwam logeren in het huis van Rebecca. Nu was er die aardige meneer uit Holland die heel lief was voor mevrouw. Hij gaf haar kusjes op haar voorhoofd. Ze waren vroeger verliefd op elkaar geweest, had mevrouw haar in vertrouwen verteld.

'Toen waren we nog jong en onbevangen,' zei ze. 'We konden zonder reserves genieten. We waren arm en toch heel rijk.'

Het bezoek deed haar goed, maar was ook heel vermoeiend. Aan het einde van de dag was ze uitgeput en ging ze vroeg naar bed. De meneer uit Holland bleef dan nog zitten op de veranda met een glas wijn. Volgens het kibboetsmeisje was meneer Peter nog steeds verliefd op mevrouw.

'Ze passen goed bij elkaar. Heel triest dat mevrouw niet zo lang meer te leven heeft.'

*

'Ze geven me nog een paar maanden.' Loes keek Peter aan met een berustende blik. 'Ik heb er vrede mee. Mijn enige verdriet en zorg is Jessica. Ze blijft alleen achter. Dat doet pijn. Voor haar zou ik nog willen leven, samen plezier maken, proberen gelukkig te zijn. Maar dat gaat niet lukken. En toch is het goed zo, Peter. Ik ben moe, zo vreselijk moe. Het is genoeg geweest. Laat mij maar gaan. Als Jessica thuis is, mag ze viool voor me spelen. Dat is voldoende.'

Ze sloot haar ogen en liet haar hoofd zakken in de kussens. 'Ik wil rustig de rivier kunnen oversteken naar de overkant waar mijn man zal zijn. Chaim wacht op mij. Ik kan zijn voetstappen al horen in het grind.'

Er verscheen een fragiele glimlach op haar magere gezicht. De witte gordijnen die als bescherming tegen de felle zon waren dichtgetrokken, vingen een zwoele bries en waaierden uit over de balustrade.

Voor hem lag een breekbare vrouw. Haar handen lagen bleek en verstild in haar schoot. Haar ogen waren al op reis.

'Ik zou graag met je meegaan,' fluisterde Peter in haar oor. 'Hand in hand over de brug, zoals vroeger.'

Ze knikte vertederd.

'Ik zou graag je man willen ontmoeten om hem te bedanken dat hij mijn Loes zo gelukkig heeft gemaakt.'

'Je bent een goed mens, Peter,' antwoordde ze. 'Probeer gelukkig te zijn – probeer lief te hebben. En bovenal; gun jezelf de liefde van een ander. Je bent het meer dan waard. Als je vriendinnetje kan ik het weten. Maar voor liefde moet je openstaan, laat ook je kwetsbare kanten zien.'

Ze sprak met kalme stem, de woorden rustig wegend.

'Jij was mijn eerste grote liefde. En daarvoor ben ik je heel dankbaar. Je hebt me vertrouwen gegeven. Je hebt laten merken dat ik belangrijk voor je was. Ik hield zielsveel van je.'

Peter streelde haar hand.

'Je moet nu gaan,' zei ze ontroerd. 'Ik wil niet dat je getuige bent van mijn aftakeling.'

'Ik wil graag blijven.'
'Ik wil dat je gaat.'
'Altijd de baas.'
'Als je dat maar weet.'
'Uitroepteken.'
'Je bent een lieverd. Beloof me dat je je hart zult volgen. Ga op zoek naar Andreas. Neem je viool mee en speel voor hem. Muziek opent harten. Onthoud dat goed.'
Ze glimlachte.
'Vaarwel mijn vriendje, mijn Peetje van het Geitenpad.'
Hij boog zich naar haar toe en kuste haar voorhoofd.
'Vaarwel Loesje van het Geitenpad,' fluisterde hij in haar oor.
'Ik houd van je.'
'Ik ook van jou.'
Daarna verliet hij geruisloos het huis.
In de tuin huilde hij eenzame tranen.

# 27

Een half jaar later. 's Hertogenbosch, 1973. Peter ging nog steeds om de week op bezoek bij dr. Landsman. Bij gebrek aan echte vrienden was het prettig om bij iemand je gedachten te kunnen uitspreken.

Het had lang geduurd voordat hij voldoende vertrouwen had in de psychiater om zomaar zijn emoties prijs te geven, maar uiteindelijk, schoorvoetend, waren ze samen op ontdekkingsreis gegaan in zijn ziel.

De beroemde traumapsychiater behield echter zijn twijfels of zijn cliënt wel het achterste van zijn tong liet zien. Hij vermoedde nog ergens een donkere kamer, waarin het daglicht werd geweerd.

Peter wist precies waarop dr. Landsman doelde. Zijn oorlogsverleden. En dat was nou juist de periode die hij zich niet wenste te herinneren, ook al slaagde hij daar niet in. Hij werd tijdens zijn slaap nog immer bezocht door nachtmerries, afgrijselijke beelden waarin hij kokhalzende Duitsers van zich afduwde, nadat hij hun keel had doorgesneden. Maar hijzelf werd ook niet gespaard.

Als slachtoffer kreeg hij het zwaar te verduren in zijn dromen. Het leek alsof de impact almaar heftiger werd. Misschien had het met zijn leeftijd te maken. De eeltlaag op zijn ziel was bijna doorzichtig geworden. Hij had van dr. Landsman medicijnen gekregen om de ergste angsten te kunnen onderdrukken, maar de pillen bleken niet altijd opgewassen tegen het geweld in zijn hoofd. Hij had geen enkele zeggenschap over de archivering van zijn verleden. Het beheer van zijn archief was in handen van de duivel, zo leek het wel.

'Maar verder gaat het goed met me,' kon hij dr. Landsman en ook zichzelf geruststellen.

Het goede nieuws was dat hij op het spoor was gekomen van Andreas, zijn vriend uit het seminarie. Als aanknopingspunt had hij de achternaam van de vader van Andreas gebruikt, die onderwijzer was geweest in Venlo. De man was inmiddels gepensioneerd en licht dementerend. Zijn echtgenote wist Peter te vertellen dat hun zoon Andreas voor een lange periode werkzaam was geweest in de missie in Afrika, maar sinds enige tijd was teruggekeerd naar zijn klooster in de Ardennen. De moeder van Andreas vertelde opgewekt over haar zoon terwijl ze rustig verder breide aan een grijsgemêleerde wintersok.

'Broeder Andreas is al ruim dertig jaar verbonden aan dat klooster,' sprak ze trots. Daar had hij ook zijn opleiding gevolgd, na een korte kennismakingsperiode die hij had doorgebracht in een seminarie in Nederland. Geheel onverwachts was hij vanwege zijn bijzondere zangtalent overgeplaatst naar een klooster in België, waar hij met het Excelsis-koor furore had gemaakt in grote delen van Europa. De goede vrouw haalde een grammofoonplaat tevoorschijn en liet Peter op een oude platenspeler naar een gregoriaans gezang luisteren.

'Als u goed luistert kunt u de stem van Andreas herkennen, hij zingt boven de anderen uit.' Ze keek hem aan met een voldane blik in haar fletse ogen. 'U heeft ons André gekend, hè?'

'We zaten samen op het seminarie. Ik bewaar warme herinneringen aan uw zoon. We waren bevriend.'

'Wat jammer dat Andreas werd overgeplaatst, dat zal voor u allebei een teleurstelling zijn geweest.'

'Inderdaad, dat was niet prettig. We waren erg op elkaar gesteld, misschien heeft Andreas weleens over mij verteld?'

De vrouw draaide het volume van de pick-up iets lager en boog zich vertrouwelijk naar hem toe. 'Andreas vertelde van een jongen die zo mooi viool kon spelen. Daar werd hij gelukkig van, zei hij. Bent u die jongen?'

'Ja, ik ben die jongen.'

'God zal u zegenen.'

'Zie je wel, Andreas heeft wel degelijk over mij gesproken.' Peter voelde zich gevleid. Zijn vroegere vriend woonde in een klooster in de Ardennen, in de buurt van Houffalize.

'Zou hij na zijn vertrek naar Afrika ooit nog aan mij gedacht hebben?' vroeg hij zich af. 'Hij heeft mijn brieven nooit beantwoord. Zelfs geen teken van leven meer gegeven.'

Broeder Andreas had wel degelijk een poging ondernomen om contact met Peter te zoeken. Eerst via de pastoor van het dorp die zijn brief had achtergehouden, zo bleek later. Daarna via het postkantoor. Een brief gericht aan Peter Wanders. De postbode van het dorp had Geertje op de hoogte gesteld dat er een brief voor haar broer Peter was bezorgd, en dat ze die brief kon ophalen.

Dat had ze gedaan, meer uit nieuwsgierigheid dan uit betrokkenheid. Ze wist immers niet waar haar broer uithing. Hij had geen enkele belangstelling meer getoond voor de familie. Eigenlijk hadden ze hem allang afgeschreven. Behalve moeder Wanders, die halsstarrig bleef geloven in haar lievelingszoon. Want dat was hij! De andere kinderen hadden zich min of meer neergelegd bij de onverholen voorkeur van hun moeder. Zij waren gewenst, Peter was geliefd. Hij was slimmer dan de rest, zag er goed uit en had een snelle babbel. Iedereen moest altijd lachen om Peetje. Hij was gewoon de leukste.

Pas later kwamen ze erachter dat hij het seminarie had verlaten en was gevlucht naar het buitenland. De uitverkorene had de benen genomen. Op een geven moment had de familie een brief van hem ontvangen, waarin hij meldde dat het heel goed met hem ging, dat hij tijdelijk een baan had gevonden in Frankrijk als ober in een restaurant, alvorens hij naar Rome zou doorreizen om zijn kerkelijke opleiding te voltooien.

*Hoogachtend, Peter Wanders.*

Met in een PS of ze aan hem gerichte brieven zouden willen doorsturen naar P. Wanders, Poste Restante, St. Ramilion, France. *Bijgesloten: 300 francs voor de kosten. Probeer met kerst thuis te komen.*

*

Tien jaar later zat moeder Wanders nog steeds te wachten bij de kerstboom tot haar zoon het tuinpad op zou komen lopen om met haar kerst te vieren. Uiteindelijk hebben ze haar in een rolstoel voor het raam gezet, waar ze nog jaren tevergeefs heeft zitten uitkijken naar haar zoon.

Geertje was zo aardig geweest om de post door te sturen naar St. Ramilion. In de hoop dat Peter deze keer met de feestdagen eens naar huis zou komen. Peter opende de envelop achter de wijnschuur, waar hij zich op de grond had laten zakken. Met trillende vingers had hij de brief opengevouwen en onmiddellijk het gelijkmatige handschrift van zijn vriend herkend.

*Houffalize, 2 oktober 1935*

*Lieve Peter,*

*Ik hoop dat je nog net zoveel aan mij denkt als ik aan jou. Ik zal je altijd bij me dragen in mijn hart. Binnenkort word ik uitgezonden naar Afrika. Ook daar zal ik aan je blijven denken. In Tanganyika, vlakbij Arusha in de buurt van de Kilimanjaro, de hoogste berg van Afrika, zal ik worden toegevoegd aan een groep monniken die een missiepost beheert. Ze zorgen daar voor medische ondersteuning, onderwijs en kerkonderricht. Aan mij is gevraagd een Afrikaans kerkkoor te formeren met talentvolle kinderen uit de regio. Het lijkt me een geweldige uitdaging en ik kijk ernaar uit. Ik zou het zeer op prijs stellen als je mij zou kunnen berichten waar je bereikbaar bent, zodat we met elkaar in contact kunnen blijven. Als je mij zo af en toe een brief zou willen sturen om mij op de hoogte te houden van je ongetwijfeld turbulente leven, dan kun je de post sturen naar het klooster in de Ardennen. Het exacte adres vind je onderaan deze brief. Zij zullen de post doorsturen naar de missiepost in Tanganyika. Ik hoop van je te horen. Je betekent heel veel voor mij.*

*Je vriend Andreas.*

Peter schreef in de jaren die hierop volgden meer dan twintig brieven, die nooit werden beantwoord.

Eindelijk na zoveel jaar had hij nu de kans zijn oude vriend te ontmoeten. In zijn rode Fiat 124 reed hij in de vroege ochtend naar Maastricht om daar de grens te passeren en gas te geven naar Houffalize.

De autoradio stond afgestemd op de NCRV via Hilversum 1. 'Te Deum Laudamus', kerkelijke muziek, heel toepasselijk op weg naar een klooster. De frisse stem van een omroepster kondigde aan dat men kon luisteren naar Psalm 23, 'De Heer is mijn Herder'. Het begin van het lied werd ingeleid door een gebrekkig harmonium uit Ermelo. Het christelijk dameskoor uit dezelfde plaats liet geen noot onbenut om de blijde boodschap uit volle boezem uit te dragen. Peter neuriede mee.

*De Heer is mijn Herder*
*'k heb al wat mij lust.*
*Hij zal mij geleiden*
*naar grazige weiden,*
*Hij voert mij al zachtkens*
*aan waat'ren der rust.*

Protestanten kennen de teksten van de meeste psalmen en gezangen uit hun hoofd. Dat moet je ze toch nageven. Hij had het ook meegemaakt in de gevangenis. Soms midden in de nacht werd er een lied gezongen. Een van de gevangenen zette in en al gauw haakten de anderen aan. Dat gaf een sterk gevoel van verbondenheid. Een heel cellenblok veranderde in een kerk vol lofzang voor de Heer. Prachtig was het. De bewakers grepen nooit in. Ze hadden respect voor deze jubilate.

Wanneer 's morgens om vijf uur de ijzeren grendels van een cel werden opengeschoven teneinde een gevangene naar de executieplaats te leiden, werd er in de andere cellen hardop gebeden, eerst terughoudend, daarna steeds luider. Totdat het cellenblok dreunde van het Onze Vader.

*Onze Vader Die in de Hemelen zijt,*
*Uw Naam worde geheiligd;*
*Uw Koninkrijk kome;*
*Uw wil geschiede,*
*gelijk in de Hemel alzo ook op de aarde.*
*Geef ons heden ons dagelijks brood;*
*en vergeef ons onze schulden,*

*gelijk ook wij vergeven onze schuldenaren;*
*en leid ons niet in verzoeking,*
*maar verlos ons van de Boze.*
*Want van U is het Koninkrijk*
*en de kracht en de heerlijkheid*
*tot in eeuwigheid.*
*Amen.*

Peter had er op z'n katholieks nog aan toegevoegd: '*Heilige Maria, Moeder van God, bid voor ons zondaars, nu en in het uur van onze dood. Amen.*'

Maar het had geen reet geholpen. Ze werden allemaal neergeknald, met of zonder het Onze Vader.

Wat heb je aan zo'n geloof?

Op het moment dat je God echt nodig had, gaf Hij niet thuis.

Peter kon het niet begrijpen.

Daarover zou hij God graag eens willen aanspreken.

Bij het naderen van Luik viel het hem op dat de gebouwen steeds grauwer werden. Een zwarte aanslag had zich vastgezet tegen de gevels. De hoge smalle huizen stonden aan de spoorlijn waar in de loop der jaren heel wat rokende dieseltreinen langs waren gedenderd. In een van die treinen had hij als Duitse soldaat zelf nog mee mogen reizen. Een gedwongen reis, dat wel, maar toch.

Het voelde opnieuw helemaal niet goed. Zijn opgewekte bui was op slag verdwenen. Zoals hij zojuist nog enthousiast had mee geneuried met de psalmen, zo werd hij nu overvallen door donkere wolken die zich boven zijn hoofd samenbalden. Hij wilde niet herinnerd worden aan die tijd.

'Kom, kijk naar rechts en geniet van de Maas', moedigde hij zichzelf aan, maar ook dat mocht niet baten. Wat een mistroostige aanblik bood deze mooie rivier in dit deel van België. Sombere vrachtschepen baanden zich moeizaam een spoor door het grijze water. Cementfabrieken, overlaadstations, vervallen pakhuizen; beide oevers stonden er vol mee. Een triest decor dat zich uitermate goed zou lenen voor een achtervolging in een slechte B-film.

Peter stuurde zijn auto de stad binnen via de borden Liège, want hier werd elke reiziger geconfronteerd met de taalgrens. Meedogenloos getrokken met het scherp geslepen potlood/crayon van een ambtenaar te Brussel/Bruxelles, zonder aanziens des persoons/personnes, straten/rue's of gebouwen/bâtiments.

Elke centimeter moest het ontgelden. Elke graspol was tweetalig.

De taalgrens was nog geen twee meter verwijderd van het beroemde frietkot van Rompke Vansteenacker.

Zodra je met een tuut friet de straat overstak, veranderde de aardappel in een pomme de terre.

Rompke had er slapeloze nachten van gehad. Stel je voor dat de taalgrens dwars door zijn frietkot was getrokken, dan had hij aan de linkerzijde van de toonbank/vitrine Vlaamse frieten kunnen verkopen en aan de rechterzijde had zijn vrouw/son épouse zich in het Frans moeten bedruipen met het uitserveren van pommes frites. Gelukkig was het zover niet gekomen. Ze waren Vlaams gebleven.

Het humeur van Peter klaarde dankzij deze verstrooiende gedachten aardig op. Zijn fantasie ging op de juiste momenten met hem aan de haal.

Hij moest echter toegeven, zeker aan zichzelf, dat zijn hoofd soms op het punt stond te exploderen, zoveel hersenspinsels die zich aan hem opdrongen, over elkaar heen rolden, alsof hij in een draaikolk werd meegetrokken zonder te weten waar hij zou eindigen. Wellicht in een gesticht, volkomen verward afgevoerd naar een paviljoen in de parkachtige tuin van een psychiatrische inrichting.

'Niet sentimenteel worden,' vermande Peter zich, 'kom op, we gaan richting Bastogne. Dat is een mooie route door de Ardennen.'

*

Het eerste half uur bracht hem via de snelweg in een solide landschap van weilanden, afgewisseld met hellingen vol dennenbossen. Daarna verliet hij de hoofdweg en volgde een toeristische route die hem langs idyllische dorpjes en klaterende beekjes voerde. Een boerse omgeving waarin stugge arbeiders met ferme kaken het land bewerkten. Met paarden en ouderwetse ploegen trokken ze zwarte voren in de aarde.

Bij de zoveelste driesprong nam hij de afslag die volgens een houten bord aan de kant van de weg, naar het klooster zou leiden. De weg slingerde door een heuvelachtige streek om uiteindelijk via een naargeestige tunnel van beukenbomen te eindigen bij het klooster. Een fantasieloos gebouw met hoge vensters en strak gesloten witte gordijnen, waarachter ongetwijfeld oude monniken lagen opgebaard. Het zag er beklemmend uit.

'Uw bezoek komt ongelegen, zo vlak voor Pasen, maar het leek me beter de zaak maar meteen af te wikkelen.'

De abt van het klooster had een vaal gezicht en een indrukwekkend zakhorloge dat hij tijdens het korte onderhoud twee maal zou raadplegen.

'Gaat u maar even zitten.' Hij wees op een houten stoel zonder armleuningen. Hijzelf bleef staan.

'Wij kennen uw geschiedenis,' sprak de prior met een boosaardige glimlach. 'De kloosters in België en Nederland hebben onderling goed contact, zeker als er een waarschuwing uitgaat dat een priester of in uw geval een aankomend priester zich heeft misdragen en als gevolg daarvan verbannen is uit de religieuze congregatie waartoe hij behoorde.'

Peter hoorde de overste aan met grote verbazing. Een incident van zoveel jaren geleden werd hier in deze kille ruimte opgedist alsof het een zware misdaad betrof die onlangs had plaatsgevonden.

'U heeft onze dierbare broeder Andreas Ignatius verleid het rechte pad te verlaten. Gelukkig is hij op tijd tot inkeer gekomen. Onze broeder heeft berouw getoond en om vergeving gevraagd. Vergeving die hem is verleend, in de eerste plaats door de Almachtige, die hem naar ons klooster heeft geleid. God is genadig.'

Peter was woedend. De abt bestempelde hem tot aanstichter en enige zondaar van het incident. Een ongelukkig voorval, meer was het niet geweest. Ze waren niet eens ontkleed, ze hadden elkaar omhelsd. Hoe erg kan dat zijn?

Hij besloot zijn kwaadheid nog even te beteugelen en het doel van zijn reis niet uit het oog te verliezen.

'Wat een ongelofelijke bokkenlul,' dacht hij en trok daarbij een berouwvol gezicht. Hij sloeg zijn ogen neer en was bijna bereid zich aan de voeten van vader abt te werpen om huichelachtig vergiffenis te vragen.

'Mea culpa – mea maxima culpa.'

Een mooie kans om zich weer eens onbeschaamd te kunnen uitleven in een theatrale scène.

Toch zag hij ervan af vanwege de op handen zijnde ontmoeting met broeder Andreas, een gelegenheid die hij niet in gevaar wilde brengen.

Vader abt pakte een koperen handbel van tafel en schudde er twee keer driftig mee. Het geluid galmde door de holle kamer en kennelijk ook daarbuiten, want even later verscheen in de deuropening een oude monnik die gedienstig bleef wachten tot hem iets werd opgedragen.

De abt richtte zich eerst tot Peter: 'Ik zal u laten begeleiden naar de kloostertuin waar onze broeder Andreas op u wacht.'

De abt gaf een zuinig knikje, waarmee hij de bezoeker toestemming verleende om op te staan. Daarna wendde hij zich tot de oude monnik: 'Wilt u deze meneer uit Holland de weg wijzen?'

De oude monnik knikte en liet Peter voorgaan.

Zonder een afscheidsgroet had hij de kamer verlaten. In de lange kloostergang liepen ze zwijgend naast elkaar voort, zo nu en dan passeerde er een monnik in een zwart habijt, een boek in de hand, een brief of helemaal niets. In het laatste geval waren de armen voor het lichaam gekruist en de handen verborgen in de ruime mouwen van het gewaad.

Peter voelde bij elke stap de spanning stijgen. Zou Andreas hem nog herkennen, zou hij hem nog aardig vinden. En, zeker niet minder belangrijk, hoe zou hij zelf reageren? Het was al zo lang geleden. Mensen veranderen en vriendschappen verwateren.

'Nee, nee,' klonk het in zijn hoofd, 'dat kan niet waar zijn. Als de ander zo lang in je gedachten is gebleven, moet er meer zijn, veel meer.'

Peter wist het nu zeker. Het kon niet mis gaan.

In de ommuurde kloostertuin hing een geur van seringen. Hij overzag het terrein dat opgedeeld was in een tiental strak aangelegde bloembedden, symmetrisch gescheiden door rechte grindpaden.

De oude monnik ging hem voor, volgde een pad, sloeg rechtsaf bij een carré zachtgele rozen en stond na enkele passen stil. Hij knikte. Twee borders verder stond een monnik met de rug naar hen toegekeerd. Peter versnelde zijn pas. Het leek alsof de adem hem werd ontnomen. Hij wilde roepen, maar er kwam geen geluid uit zijn keel. Nog een paar stappen en dan zou hij Andreas kunnen omhelzen. Dat zou toch wel mogen? Twee oude vrienden. Hij zou hem begroeten met alle warmte die hij in de voorbije jaren had opgespaard. Andreas, zijn vriend. Nog een paar stappen. Vlak voor dat hij Andreas kon aanraken, draaide de monnik zich om. Peter keek in een uitermate beminnelijk gezicht met blauwe, weemoedige ogen.

'Andreas?' Peter vroeg het nog een keer. 'Andreas?'

De monnik schudde bedroefd zijn hoofd. Hij maakte een trage beweging met zijn arm en duidde naar een belendend stuk tuin.

Peter reageerde verbaasd, hij begreep het niet.

De monnik verwees hem naar een begraafplaats. Een grasveld met eenvoudige witte kruisen, keurig geplaatst in een haaks patroon. Hij wendde zich tot de monnik.

'Ik ben op zoek naar broeder Andreas. De abt zei dat hij in de tuin zou zijn. Waar is hij?'

De monnik nam hem zwijgend bij de arm en leidde hem naar een vers gedolven graf.

'Hier ligt broeder Ignatius. De abt vertelde mij hedenochtend dat zijn geboortenaam Andreas was.'

Peter bevroor ter plekke, zijn hart veranderde in een ijsklomp terwijl het zweet op zijn voorhoofd stond.

De beminnelijke monnik sprak met zachte stem.

'Onze broeder is drie dagen geleden in de Heer ontslapen. Vader abt heeft mij ingelicht over uw komst, dat u als oude vriend de laatste eer zou komen bewijzen aan onze broeder Ignatius.'

Peter probeerde zich te vermannen en maakte een eerbiedige buiging naar het graf.

'Adieu Andreas. Ik ben te laat. Het spijt me zo... ik had je willen zeggen dat ik van je houd.'

Hij staarde door zijn tranen heen naar het bed van zwarte aarde, de laatste rustplaats van Andreas. 'Vaarwel mijn vriend, ik hoop dat God zich over je zal ontfermen.'

Daarna wendde Peter zich langzaam af en deed een paar onzekere passen. De monnik die hem begeleidde, legde bemoedigend een hand op zijn arm.

'Broeder Ignatius is opgenomen in de Hemelse Heerlijkheid,' sprak hij plechtig. 'Hij is bij de Vader – onze Vader. Laat dat een troost zijn voor ons allen. U was zijn vriend. God weet dat. Ga heen in vrede en vertrouw op de Heer.'

De monnik maakte een kruisteken en schuifelde langzaam terug naar de rozentuin. In de verte klonk een bescheiden klok die opriep tot gebed.

Peter zocht een bankje en liet zich zakken op de houten zitting. Hij haalde een paar keer diep adem en probeerde tot rust te komen. Hij sloot zijn ogen en trachtte in zijn herinnering de stem van Andreas op te roepen. Hij zag hem staan op de eerste rij van het koor en hoorde hem zingen met die prachtige heldere jongensstem. Destijds verbeeldde hij zich dat die mooie jongen alleen voor hem zong. Het was het begin van hun diepe vriendschap die vandaag na zoveel jaren bezegeld had moeten worden. Daarvoor was hij gekomen. Om Andreas in zijn armen te sluiten.

Maar God was hem voor. Een betere vriend had God zich niet kunnen wensen.

Hij wist niet hoe lang hij op het bankje had gezeten, wegdromend en verlangend naar een tijd waarin hun beider toekomst nog perspectief bood.

Zijn gedachten werden abrupt onderbroken door een venijnige tik op zijn schouder. Hij keek op en zag wat hij niet wilde zien: de bittere glimlach in het harde gezicht van de abt.

'Goede vriend,' sprak de geestelijke afgemeten, 'broeder Ignatius of Andreas zoals u hem kende, had me verzekerd dat u zou komen. Dat u eens zou komen. Hij heeft op u gewacht. Al die jaren. Fijn dat u er bent.'

Peter was sprakeloos en fixeerde zijn blik op een punt in de verte.

'Dit zijn de brieven die u aan hem hebt geschreven.' De abt overhandigde hem een bundeltje dat bijeen werd gehouden door een touwtje.

'We hebben ze voor broeder Ignatius achtergehouden. Dat leek ons voor zijn zielenrust het beste. Hij had weer in de verleiding kunnen komen. Dat kunnen we hier niet hebben. U heeft in zonde geleefd – de regels van de kerk ontdoken. Daar hebben we Andreas voor kunnen behoeden.'

'Goede vriend? De hufter sprak hem aan met goede vriend. Ik ken de man niet eens, met zijn schijnheilige Jezuïetenkop.'

De opgekropte woede van jaren onverwerkt verdriet explodeerde in zijn hoofd. Hij stond langzaam op en kwam daarmee op gelijke hoogte met de abt.

'Ik wil u ook graag iets aanbieden,' sprak Peter op minzame toon.

De geestelijke keek hem aan met ogen van ijs.

Peter sloeg met één klap de abt tegen de grond. Zijn gezicht begon onmiddellijk te bloeden. De gevloerde prior probeerde op te krabbelen, maar zo ver kwam het niet. De glimmend gepoetste schoen van Peter maakte het karwei af. In een felle trap schopte hij abts onderkaak aan stukken. Het geluid van brekend bot klonk onheilspellend, maar dat weerhield Peter niet om de sessie passend af te ronden.

Hij maakte een bezwerend gebaar met zijn wijs- en middelvinger en siste de abt toe: 'Gij zijt addergebroed.'

Tussen het kreunen door vloekte de abt vanuit het diepst van ziel.

'God-verdom-me,' schreeuwde hij.

'Ik heb vertrouwen dat uw verzoek verhoord zal worden,' beet Peter hem toe. 'Amen.'

Hij liep weg en liet de abt bloedend en kreunend achter. Hij realiseerde zich dat, als de prior aangifte zou doen, zijn daad gevolgen zou hebben. Hij zag de krantenkoppen al voorbij flitsen.

*Geweldddadige overval op abt van klooster* of *Hoge geestelijke zwaar mishandeld.*

Vanaf dat moment zou hij bekend staan als crimineel. Hij verliet met gebogen hoofd en hangende schouders het oude klooster.

Buiten de poort hield hij stil en moest overgeven. Al het rooms-katholieke dat hij nog in zich had, braakte hij uit.

# 28

Zwitserland. 1978. Het berglandschap deed hem denken aan een schilderij dat in het ouderlijk huis boven het buffet hing. Een rustieke vallei met een snel stromende beek, omringd door oevers vol rode en gele bloemen. Het riviertje slingerde zich naar Glarus, een stadje met scholen, hotels, winkels en een goed aangeschreven ziekenhuis, zo had Peter in de brochure gelezen. Hij had zich terdege voorbereid op deze reis.

In Glarus moest hij overstappen op het boemeltreintje naar Linthal waar zich het dalstation bevond van de Tandradbahn die hem naar het vriendelijke bergdorp Braunwald zou brengen.

Op het perron waren ijverige mannen in de weer met bagage en goederen. Er moest dagelijks van alles naar boven worden gebracht. Op de berg was men afhankelijk van wat er met de rode wagon uit het dal zoal aan producten en passagiers werd aangevoerd. Vandaag waren dat onder meer kratten bier, kisten groenten, enkele sportief geklede dames met een Scandinavische tongval en de heer Peter Wanders uit Holland.

Het treintje kroop omhoog, terwijl vanuit het bergstation eenzelfde exemplaar naar beneden afzakte. Ze hielden elkaar met een stalen kabel in evenwicht. Halverwege passeerden ze elkaar en vervolgden in tegengestelde richting het enkelspoor.

De taak van de machinist, gekleed in keurig uniform met pet en fluit, was overzichtelijk. Hij bediende één hendel die slechts drie standen kende; langzaam, iets sneller en halt. Over de koers van zijn treintje hoefde de bestuurder zich verder geen zorgen te maken.

Bij aankomst liep men automatisch in de armen van mannen met bruine, getaande gezichten die naast hun paard en wagen klaar stonden om de reizigers naar hun bestemming te brengen, maar ook om allerhande vracht te vervoeren. In de winter werden de wagens ingewisseld voor klassieke arrensleeën. Braunwald was sinds mensenheugenis autoloos. De enige die zich gemotoriseerd mocht verplaatsen was de lokale arts. De dokter maakte gebruik van een antieke motorfiets waarmee hij over smalle bergpaden zijn patiënten bezocht. Geen bergbeek was hem te breed, geen helling te steil. Braunwald was een rustige enclave gelegen op een zonnig plateau met fraaie panorama's.

Peter haalde diep adem en liet de omgeving op zich inwerken. Hier zou hij zich wel thuis voelen. Hij verheugde zich nu al op de wandelingen die ze samen zouden kunnen maken. Reikhalzend keek hij uit naar het weerzien met zijn oude vriend.

*

Op een frisse dag in mei werd Peter verrast door een telefoontje van zijn zus Geertje die na het overlijden van vader en moeder in het ouderlijk huis was blijven wonen. Ze had een brief ontvangen die aan hem gericht was. Met tegenzin had ze opgebeld naar '*De Oude Kan*', de pottenbakkerij die Peter jaren geleden was gestart en waar allerlei serviezen, koppen en kannen werden vervaardigd; met dank aan de pottenbakker in Frankrijk waar hij samen met Yama en zijn zusje Butterfly de eerste poging had ondernomen een plakkerige homp klei op de draaischijf in bedwang te houden.

'Of hij de brief kwam ophalen of dat ze hem zou opsturen?' was de vraag van Geertje.

'Wat voor brief is het? Staat er een afzender op?'

'Het is een brief uit Zwitserland, dat heb ik gezien aan de postzegel. Op de achterkant staan een naam en een plaats vermeld.'

'Welke naam?'

'Ja, dan moet ik even kijken,' zei Geertje geïrriteerd. 'Het is hier geen postkantoor. Bel straks maar even terug. Heb je ons nummer?'

'Ja, dat heb ik.'

'Dat valt me mee. Probeer eens te bellen om te vragen hoe het hier gaat. Het is alweer een jaar of vijf geleden dat we elkaar hebben gezien. Ik weet niet eens of ik je nog zal herkennen.'

'Ik zal een witte anjer in mijn knoopsgat dragen,' antwoordde Peter, 'zodat er geen twijfel meer bestaat wie ik ben. Mochten we elkaar ooit nog eens ontmoeten.'

Zonder gedag te zeggen verbrak Geertje de verbinding.

Een kwartier later belde hij haar terug.

'Hi Geertje, hoe is het?'

'Peter, houd je kop.'

'Geheel de uwe,' reageerde hij beleefd, maar haar reactie viel enigszins tegen.

'Klootzak,' zei ze krachtig, 'weet jij hoe je in de omgeving bekend staat?'

'Geen idee.'

'Als de snelneuker.'

'De snelneuker? Is dat een compliment?'

'Peter, word een keer volwassen. Hoe oud ben je?'

'Ik houd het niet meer bij.'

Er klonk afkeurend gesnuif aan de andere kant van de lijn. Daarna werd de verbinding verbroken.

'De snelneuker. Dat was dus zijn bijnaam?'

In de periode dat hij vertegenwoordiger was geweest in textiel, met als specialiteit dameskorsetten en ook moderne lingerie voor pasgetrouwde boerinnen en jonge meisjes, had hij zich nogal vrijpostig gedragen. Hij was zeer behulpzaam geweest bij het passen. Had uitvoerig de maat genomen. De dames hadden dat enorm op prijs gesteld. Zo'n service kwam je toch maar zelden tegen. Hij had goede zaken gedaan en had bovendien een netwerk opgebouwd van tevreden klanten.

Toen na verloop van tijd een deel van zijn clientèle zwanger bleek te zijn, vroeg hij zich af of zijn after-sales service nog wel gewenst was. Menige staldeur werd hard voor zijn neus dicht geslagen.

'Ga weg en kom nooit meer terug,' werd hem herhaaldelijk toegeroepen.

Vele jaren later bleek er in de omgeving een opvallende interesse bij de jeugd voor klassieke muziek, met name voor vioolconcerten. Veel boerenkinderen kozen tot verbazing van de familie de viool als favoriet instrument in plaats van de blokfluit of de gezellige accordeon die traditioneel een geliefd instrument was in de streek. En ook de fanfare was van oudsher erg populair bij de jonge Limburgers. Maar nee hoor, deze kinderen kozen voor Mozart, Strauss en de viool.

Peter had op zijn manier, zonder dat hij zich daarvan bewust was, toch een bijdrage geleverd aan het culturele leven in Limburg. Als in die tijd was uitgekomen dat hij de verwekker was van minstens acht kinderen, was zijn leven wellicht anders verlopen, in ieder geval minder eenzaam.

In de regio circuleerden evenwel hardnekkige geruchten dat hij zich destijds behoorlijk had misdragen, met alle zwangere gevolgen van dien. En die roddels werden ijverig aangewakkerd door sensatiebeluste streekgenoten. Vandaar ook de *snelneuker*, een bijnaam waarmee hij door Geertje onverwacht werd geconfronteerd. Met nauw verholen trots kon hij beamen dat hij deze titel terecht had verdiend, maar enige terughoudendheid vond hij wel zo gepast. Hij was tenslotte een heer met stijl en goede manieren.

Het vreemde was dat niemand hem ooit had beschuldigd van betrokkenheid. Niet één van de vrouwen die door zijn toedoen in verwachting was geraakt, had hem op zijn verantwoordelijkheid aangesproken. Niet één. Hij was blijkbaar niet de juiste persoon om als verwekker door de familie omarmd te worden.

En zo ging Peter vooralsnog kinderloos door het leven, maar de waarheid was anders. Hij was een vader zonder het te weten. Zijn kinderwens was meer dan gul vervuld zonder dat hij de vruchten daarvan plukken kon. Zijn kroost bleef voor hem anoniem, zoals hij voor zijn kinderen altijd onbekend zou blijven. Een componist zonder aanwijsbaar oeuvre.

Indien Peter op de hoogte was geweest van het bestaan van de vele vioolspelende kinderen die zijn genen droegen, zou hij onmiddellijk dirigent zijn geworden van zijn eigen strijkorkest.

Het Limburgs vioolensemble onder leiding van Peter de Vliegenvanger.

'We beginnen met het allegro. Papa telt af, één, twee, drie.'

Twee van zijn kinderen werden later uitverkoren en opgenomen in het beroemde orkest van André Rieu, overigens zonder dat ze wisten dat ze elkaars halfzusjes waren.

Vlak voor zijn dood had Peter nog een concert meegemaakt op het Vrijthof in Maastricht. Met zijn rolstoel zat hij op een prominente plaats zodat hem niets kon ontgaan. De ontroering was hem soms teveel, hij werd door de prachtige muziek meegezogen in een wervelwind van herinneringen.

Toen een zangeres als een engel zwevend boven het orkest een aria zong uit 'Concerto pour une voix' van Saint Preux, smolt zijn ziel en werd zijn hart geheel doorwaadbaar.

Mozart, de oude boef, had hem geveld, vlak voor het eindsignaal. Hij applaudisseerde voor zijn eigen emoties, voor de majestueuze uitvoering en voor zijn twee dochters die hij nooit had gekend.

*

'Hallo Geertje.' Een kwartier later had Peter teruggebeld naar zijn zus. 'Daar ben ik weer, je broer Peter, van huis uit Wanders, maar ook bekend als graaf Ravelli en – zoals ik zojuist heb vernomen – alom geroemd als de snelneuker.'

'Kun je nooit eens normaal doen,' sputterde Geertje, 'gewoon vriendelijk, een beetje belangstelling, wat aandacht voor je broers en zussen. Het interesseert je allemaal geen fuck.'

'Fuck? Dat is Engels. Volg je nog steeds die LOI-cursus?'

'Rot toch op.'

'Toon ik een keer interesse, dan wordt dat niet gewaardeerd. Het enige wat je te zeggen hebt is: rot op. Je verwijt mij gebrek aan belangstelling, maar hoeveel verjaardagskaarten heb ik in de loop der jaren ontvangen? Niet één. Zelfs niet van jou.'

'Hou maar op Peter, het heeft geen zin deze discussie verder te voeren. De brief komt uit Zwitserland, Helvetia,' zei ze met vermoeide tegenzin. 'Het is een poststempel van Braunwald. En de afzender is: Broeder Andreas – Almhütte – Mattwald.'

'Dat is onmogelijk,' riep Peter door de hoorn. 'Andreas is dood. Ik heb vijf jaar geleden aan zijn graf gestaan. Dit moet een oude brief zijn.'

'Nee, de datum is van twee weken geleden, 16 mei 1978.'

'Ik kom de brief onmiddellijk ophalen. Bewaar hem goed.'

Binnen een uur stond hij bij Geertje in de keuken.
'Laat zien.' Hij struikelde bijna over zijn eigen woorden.
Ze overhandigde hem de brief.
'Alsjeblieft. En ook goedemiddag.'
Peter ritste de envelop razendsnel open en begon te lezen.

*Beste Peter,*

*Misschien kun je je nog herinneren wie ik ben. Ik heet Andreas en samen hebben we op het seminarie gestudeerd. We waren toentertijd dikke vrienden, ik zou durven beweren zielsverwanten. Door een noodlottig voorval waarover ik niet verder zal uitweiden, zijn we van het seminarie verwijderd. Er is nog steeds een gevoel van schaamte dat ik jou dat heb aangedaan. Het spijt me oprecht. Bij toeval vernam ik van iemand uit Holland dat jij een bekende schilder bent geworden. Ik zou heel graag contact met je willen opnemen, voor zover jij daar ook belangstelling voor hebt. Ik ben je uit het oog verloren, maar nooit uit het hart. Ik hoop een berichtje van je te ontvangen.*

*In vriendschap,*
*Broeder Andreas*

Na het lezen van de brief had Peter besloten meteen op reis te gaan. En nu was hij op weg naar de berghut van broeder Andreas. Na de Tandradbahn die hem naar het dorpsplein van Braunwald had gebracht, vervolgde hij zijn weg met paard en wagen. Na een tocht van twintig minuten moest hij te voet verder.

De koetsier had hem uitgelegd welke richting hij moest volgen om de Almhütte te bereiken.

Het was prachtig weer en Peter genoot van de wandeling die hem steeds hoger de berg op bracht. Hij passeerde boerderijen met vertrouwde geuren van vroeger, vers hooi en koeienmest. Het landleven. Weilanden met roodbruine koeien, kakelende kippen, weelderige moestuinen, melkbussen aan de kant van het pad, zo af en toe een boer met een kromme pijp in zijn mond of een boerin met een bonte schort voor.

'Gruezi!' De groet was kort. Men zat hier niet te wachten op een praatje met een voorbijganger.

Na tien minuten klimmen passeerde hij een houthakker, die stukken hout aan het klieven was.

Peter vroeg: 'Is dit de goede weg naar de Almhütte van broeder Andreas?'

De houthakker knikte nors.

'Dahin,' hij wees naar boven.

Peter volgde het grillige bergpad dat hem uiteindelijk bracht bij een houten chalet. Op de vensterbanken aan de voorkant stonden bakken met rode geraniums. Er scharrelde een geit rond op het grasveld. Op een bankje zat een monnik die, zodra hij Peter zag aankomen, opstond en zijn gast tegemoet liep.

'Dag Peter.'

'Dag Andreas.'

'Dag jongen.'

'Dag vriend.'

Ze gaven elkaar een hand, keken elkaar lang aan, om vervolgens met betraande ogen elkaar te omhelzen.

'Hoe gaat het met je, Andreas?'

'Naar dit moment heb ik heel lang uitgekeken,' zei de broeder door zijn tranen heen.

'Was je echt zo op onze vriendschap gesteld?' vroeg Peter met een stem die niet op de zijne leek.

'Ik heb nooit meer van iemand anders gehouden.'

Peter slikte een brok weg en zei: 'Jij bent ook nooit uit mijn gedachten geweest. Ik heb je brieven geschreven die nooit zijn aangekomen of werden onderschept. Ik heb een stapeltje teruggekregen van die wrede abt van het klooster in België. Die klootzak maakte mij wijs dat je overleden was. We hebben samen bij het verse graf gestaan waar ik afscheid van je heb genomen, terwijl hij wist dat daar een ander begraven lag.'

Andreas knikte. 'De duivel schuilt soms in het huis van de Heer. Het is bizar maar waar.'

Diezelfde middag namen ze plaats op de bank aan de zijkant van het huis, met een overweldigend uitzicht over glooiende alpenweiden met tevreden sjokkende koeien die om hun nek een bel met zich meedroegen waardoor de boeren konden horen waar hun vee aan het grazen was. Aan de overzijde van het dal verrezen de bergen van de buren, zoals broeder Andreas het omschreef.

Hij maakte een weids gebaar.

'Kijk eens welk voorrecht mij is toebedeeld, dagelijks worden mijn ogen verwend met een paradijselijk vergezicht. Welkom in de voortuin van Onze-Lieve-Heer.'

In deze zinnen herkende Peter zijn oude vriend weer. Gevoelig en poëtisch.

Broeder Andreas vertelde dat hij na het incident op het seminarie al snel een tweede kans had gekregen in het klooster in de Ardennen, waar hij zijn opleiding tot priester had voltooid. Hij had muziekonderwijs gegeven aan kinderen, een koor geleid, missen opgedragen in meerdere kerken, tot het moment dat hij werd uitgezonden naar Afrika, waar hij ruim twintig jaar in de missie had gewerkt, achtereenvolgens in Tanganyika en Congo.

Hij maakte een tevreden indruk.

'Ik heb tot nu toe een rijk leven gehad. Op een gegeven moment kreeg ik de mogelijkheid om naar Zwitserland te gaan. Die heb ik met beide handen aangegrepen. Ik mocht een kerkkoor gaan leiden en men beloofde mij dat er ook plaats was op de boerderij van het klooster. Daarbij moet je je voorstellen dat er honderdtwintig koeien waren die verzorgd dienden te worden. Dat betekende in de zomer dat we met de hele kudde de bergen introkken, naar de alpenweiden. We bleven zes maanden boven en leefden in deze berghut. Heerlijk. We waren meestal met z'n tweeën. Broeder Heinz, een echte boer van huis uit, en ik. Hij heeft me veel geleerd over de dieren en de natuur. Verder was Heinz, zoals de meeste Zwitsers, niet zo spraakzaam. Hij communiceerde weleens met de honden, maar eigenlijk nooit met mij. Behoudens het uitwisselen van de hoognodige informatie over de veestapel, het doornemen van het boodschappenlijstje en wat summiere aanwijzingen bij het kaasmaken, werden er verder weinig woorden gewisseld. Heinz had genoeg aan zichzelf.

Toen broeder Heinz ons plotseling – tijdens het hooien – was ontvallen, heeft het klooster besloten de kudde voortaan te laten verzorgen door enkele boeren uit de buurt. Aan mij werd gevraagd om de berghut te gaan bewonen met enkele geiten en – voor zover daar vraag naar is – onderdak te bieden aan bergbeklimmers. Op zondagen preek ik graag in het kerkje van Braunwald. Eén keer per twee maanden leg ik een bezoek af aan het klooster om het een en ander te bespreken en om enkele missen bij te wonen. Voor de rest laten ze me al jaren met rust. Zo is ongeveer mijn leven verlopen.'

Peter observeerde zijn buurman. In gedachten had hij altijd de jonge Andreas voor ogen gehad, een jongen van zeventien en nu zat hij naast een oudere man. Dat was toch anders. Ook zijn stem was niet meer hetzelfde, veel zwaarder en lager van toon. Zou hij nog zo mooi kunnen zingen?

Ze hadden veel te bespreken met elkaar.

Het weerzien was zo bijzonder, dat het bijna vanzelf sprak dat Peter een poosje zou blijven. Hij had de tijd aan zichzelf en bovendien was er niemand die thuis op hem wachtte.

Het werden prachtige weken met stevige gesprekken, lange wandelingen en gezamenlijke werkzaamheden, zoals hooien, geiten melken en de moestuin bijhouden. Na twee weken vroeg broeder Andreas of Peter wilde blijven.

Peter aarzelde geen moment en trok definitief in bij zijn dierbare vriend.

*

Op een dag, nadat ze samen hadden gewerkt aan de houten omheining installeerden ze zich op het grasveld met een bord spaghetti bolognese en een fles rode wijn.

Uren later, toen de zon onderging en de tweede fles op tafel kwam, vroeg Peter: 'Was je eigenlijk gelukkig, Andreas?'

'Ik was tevreden, dat is ook een vorm van geluk. Simpel tevreden zijn met wie je bent – wat je hebt – de omgeving waarin je leeft. Dat is al een mooie opdracht in het leven. Niet naar iets anders verlangen, niet te vaak denken aan wat je allemaal mist, hoe het anders had kunnen zijn. Dat, Peter, dat is een dagelijkse uitdaging.'

'Een beproeving zou ik het willen noemen,' antwoordde Peter.

'Nee, die conclusie is onjuist. Ik heb les gegeven op scholen, kinderen blij gemaakt met muziek, ik ben voor de missie jarenlang in Afrika geweest en daar was ik volop betrokken bij de samenleving. Hier in het dorp laat ik me ook zien. Ik bezoek zieken, houd zo nu en dan een preek. Vergeleken met jouw turbulente leven, moet ik toegeven dat het nogal saai overkomt, maar zelfs in het afgelegen Congo heb ik grote voldoening ervaren. Ik heb mogen werken en leven met mensen die in hun sobere bestaan vooruitgang boekten, al was het slechts een kleine stap voorwaarts. We leerden hen van alles; timmeren, irrigatie aanleggen, lezen en schrijven. En ook het samen zingen in de kerk was een hoogtepunt. Van nature zingen ze tegen elkaar in op verschillende toonhoogten, dat is ontroerend mooi. Ik heb daar op mijn manier veel aan kunnen bijdragen.'

'Oh, dat geloof ik graag,' beaamde Peter, 'prachtig werk. Maar had je geen moeite met de boodschap die je daar namens de kerk moest brengen? Een blank geloof met een niet geheel onbevlekt verleden, om het maar even voorzichtig uit te drukken. Die bekeerde Afrikaanse zielen kregen door jouw boodschap immers de hoop dat er na dit aardse leven een hemel op hen zou wachten. Een hiernamaals waar alles in orde komt, alles beter is, terwijl jij dat niet kunt beloven omdat je helemaal niet weet of dat wel zo is.'

'Je belooft een schijnzekerheid. Jij beseft – net zo goed als ik – dat er volstrekt geen garanties zijn aangaande de beloften van de kerk.'

Andreas reageerde met een gekwetste oogopslag. Hij had zo'n felle reactie niet verwacht. Zijn bedoelingen in Afrika waren oprecht geweest en dat waren ze tot op vandaag nog steeds. Hij was trouw aan zijn roeping om een bijdrage te leveren aan een betere wereld. En als iemand, zeker een vriend, daaraan twijfelde, kwam dat hard aan. Peter voelde dat hij Andreas kwetste, dat was niet zijn bedoeling, maar hij wilde ook de discussie niet uit de weg gaan. Hij voelde de hand van zijn vriend op zijn arm, alsof hij om clementie vroeg.

'Luister,' sprak Andreas op welwillende toon, 'ik was altijd beschikbaar voor de mensen uit de dorpen, met medische hulp, voor raad en praktische oplossingen. Ik sloot huwelijken en gaf leiding aan begrafenissen. Ja inderdaad, daar moet ik je gelijk in geven, ik gaf ze hoop, maar dat is al heel veel. Als je niets bezit en je bestaan lijkt uitzichtloos, dan kan hoop verlichting brengen. Hoop is vaak het laatste wat een mens rest.'

Hij nam een slok van zijn wijn, maar was nog niet uitgesproken. En zijn toon maakte duidelijk dat hij zijn verhaal wilde afmaken.

'Ik probeerde troost te bieden voor de tegenslagen die de dorpelingen ondervonden. Ik heb ze verteld over de Messias die verlossing zal bieden voor eenieder die in Hem wil geloven. Het is vrijwillig en het kost niets.'

'Andreas, je klinkt als een marktkoopman,' lachte Peter. 'Je verkoopt loten zonder te weten of de prijs ooit zal vallen.'

'Oh vriend, wacht even,' viel Andreas hem in de rede. 'Ik heb goed nieuws voor je, de prijs valt al tijdens je leven. Rust en troost zullen je ten deel vallen – dat is al een groot cadeau – dat is eigenlijk al de hoofdprijs. Mensen worden daar gelukkig van, ik heb dat dagelijks mogen ervaren. Het is een godsgeschenk.'

'Ook wanneer het sprookje niet uitkomt?' vroeg Peter.

Andreas schudde teleurgesteld zijn hoofd, keek vervolgens peinzend in de verte alsof hij op de bergtoppen het antwoord zou vinden waarmee hij Peter van repliek kon dienen. Hij zuchtte diep.

'Zoals jij het geloof nu voorspiegelt, blijft er weinig vertrouwen over. Dat mag je de mensen, en ook jezelf, niet ontnemen. God is vertrouwen. Neem je dat weg, dan verdwijnt God uit je leven. Dan verlies je meer dan een mantel die je warm houdt, dan ben je zo goed als naakt. En ik kan je verzekeren dat het zowel buiten als binnen erg koud is. God reikt je een hand zodat je kunt wandelen in het licht. Het is aan ons om die hand al of niet te aanvaarden. Daarover waren we het eens toen we samen op het seminarie zaten. Kennelijk ben je van mening veranderd.'

Broeder Andreas twijfelde zichtbaar of hij de volgende vraag zou stellen. Zijn onzekerheid duurde echter niet langer dan twee seconden en zijn stem klonk bijna wanhopig.

'Geloof je dan niet meer in God?'

'Jawel, met heel mijn hart,' reageerde Peter oprecht, 'maar God gelooft niet meer in mij. Hij heeft me weggeduwd. Hij bekommert zich niet meer om deze man, al heel lang niet meer.' Peter haalde zijn schouders op alsof hij wilde zeggen 'Ik kan het ook niet helpen'.

'Wacht even,' sputterde Andreas tegen, 'God heeft je wellicht vaker bijgestaan dan jij in de gaten hebt gehad. Hij loopt er alleen niet mee te koop. God adverteert niet.'

'Nee, de public relations laat Hij geheel over aan de kerk,' sneerde Peter. 'Naar mijn idee kan de Almachtige beter switchen van reclamebureau.'

'Wat ben jij toch cynisch geworden,' reageerde Andreas gepikeerd. 'De kerk kan in jouw ogen weinig goed doen, hè? En dat verbaast me van iemand wiens ambitie het was om paus te worden. Het lijkt wel of je gekwetst bent.'

Peter knikte. 'Ik voel me afgewezen, niet alleen door de kerk, ook door God.'

'Bid je nog weleens?'

'Ja, ik bid nog altijd. Vandaag nog, maar ik heb niet het

idee dat mijn gebeden aankomen.'

'Zullen we samen een keer bidden?'

Peter werd door de vraag verrast.

'Laten we maar eens een poging wagen,' glimlachte hij, 'een tandemgesprek voor twee heren, een duo-gebed in C-majeur. Maar nu even niet. Ik heb behoefte aan muziek. Laten we samen luisteren naar het 'Agnus Dei' uit de 'Hohe Messe' van Bach. Daar kan geen gesproken gebed tegenop.'

'Dan ga ik koekjes bakken,' zei Andreas resoluut. Duizenden koekjes had hij in de loop der jaren gebakken, voor minstens zovele monniken, koorleden en voorbijgangers.

'Wat voor figuurtje wil je op het koekje?' vroeg hij aan Peter. 'Een rondje, met gaatjes, streepjes of een kruisje?'

'Doe maar een katholiek koekje. Het kruisje graag.'

'Ik had niet anders van je verwacht.'

Broeder Andreas liep naar binnen, zette op weg naar de keuken de grammofoonplaat op en even later klonk het 'Agnus Dei' door het huis tot in de tuin.

Samen liepen ze naar binnen en gingen aan de slag. Andreas kneedde het deeg, terwijl Peter krenten en rozijnen liet wellen in een bakje lauw water. Hij had er – zonder dat Andreas dat had gezien – een flinke scheut rum bijgedaan. Stilzwijgend luisterden ze naar de muziek.

Broeder Andreas had de bakplaat met boter ingesmeerd. De deegballetjes werden op de plaat platgedrukt en met een vork aan de bovenkant voorzien van een kruisje. Toen de bakplaat in de oven was geschoven, liepen ze naar buiten om te genieten van de mooie avond.

*

Peter was verbaasd over de eenvoud waarmee de boeren zich bezighielden met wat er die dag voorhanden was. Op hoge bergschoenen klommen ze van berg naar berg om hun kudde koeien of geiten van het beste gras te voorzien. In de zomer werd het hooi binnengehaald met paard en wagen, in de winter gleden ze met stevige sleden naar Braunwald, dat lager was gelegen. De oudere boeren rookten graag een pijp, dronken dagelijks een paar glazen wijn of bier, hielden van vet eten met veel vlees en waren vooral zwijgzaam. Er viel niet zoveel te zeggen in dit landschap. Mocht je elkaar onderweg tegenkomen, dan groette men uit beleefdheid, 'gruezi' of 'grüss Gott, al naar gelang de leeftijd van de passant en het uur van de dag. Maar daarmee werd niet het startsein gegeven voor een sprankelende conversatie. Integendeel; men diende gestaag de pas erin te houden, bij voorkeur in tegengestelde richting.

Broeder Andreas schreef het zwijgzame gedrag van de bergbewoners toe aan de ijle lucht, men moest zuinig zijn met de beperkte adem die beschikbaar was. Elk woord was er één teveel.

Hij omlijstte zijn theorie met een grappige anekdote: 'Er leefde jaren geleden een oude houthakker op de Mattwald, een glooiende berg achter het dorp. Zijn naam was Hermann Holzhacker, althans zo stond hij bekend. Hij kwam regelmatig in het dorp om zijn glas te drinken en zijn pijptabak te kopen. Men had hem zelden kunnen betrappen op een zin met meer dan drie woorden. In de meeste winkels wist men wat hij wekelijks nodig had, daar hoefde hij zijn mond niet voor open te doen, in de Stubes was men op de hoogte van wat Hermann zoal dronk; dat waren al vijftig jaar dezelfde consumpties. Een kirschwasser of een glas tapbier.

Op een zekere dag in de bittere winter van 1963 kwam Hermann Holzhacker een boerin tegen. Ze groetten elkaar. "Grüss Gott". Waarop Hermann zei: "Winen fahr". De ander knikte maar begreep er niets van. En nog een keer zei Hermann: "Winen fahr". maar nu met meer nadruk. Even later werden ze ingehaald door een sneeuwlawine van ongekende omvang. Een witte muur die met grote snelheid op hen afkwam. Ze doken weg achter een schuur en overleefden de sneeuwmassa amper. Ze groeven zich uit, zonder een woord te zeggen. Na half uur ploeteren hadden ze zich bevrijd.

"Wat bedoelde je nou?" vroeg de boerin tenslotte. Hermann wees naar boven.

"Lawinengefahr," en liep weg.'

Dit verhaal werd nog weleens opgedist als er meer sneeuw was gevallen dan men gewend was.

*

Braunwald had net als de meeste Zwitserse bergdorpen dankbaar gebruikgemaakt van de royale hoeveelheden sneeuw die 's winters de hellingen bedekten. Men kwam er graag skiën, er waren al vijf liften die honderden wintersporters af en aan voerden naar de pistes. Er was ook een skischool onder leiding van een zekere Max, een gebruinde skileraar van onbestemde leeftijd.

Peter en Andreas hadden zich op een mooie winterdag aangemeld bij de skischool. Ze hadden besloten over te stappen op deze snelle manier van vervoer, ook al waren ze van een leeftijd waarop men eerder de keuze liet vallen op een comfortabele rolstoel.

Skileraar Max besloot zelf deze klus te klaren.

Binnen drie weken gleden Peter en Andreas soepel over de Mattwald, joelend als opgetogen kinderen om even later met de sleeplift omhoog getrokken te worden, om opnieuw in een soepele slalom met de afdaling te beginnen.

De skileraar verbaasde zich over de snelle vorderingen die zijn overjarige leerlingen maakten. Elke dag stonden ze op de ski's, zoals een ander de hond uitliet.

Hun gezonde levensstijl zorgde ervoor dat de prille bejaarden eigenlijk nooit ziek waren, ze blaakten van energie en elke ochtend begonnen ze opgewekt aan een nieuwe dag.

Zodra het weer het toeliet verplaatste Peter zijn schildersezel naar buiten, plantte een stoel in de sneeuw en plukte van de veranda een tafeltje waarop hij naast de thermosfles met warme chocolademelk, zijn tubes verf uitstalde. In een glazen pot werden de penselen geplaatst naar grootte; in het midden de dikke kwasten, daaromheen de kleinere van omvang. Dit karweitje werd dagelijks uitgevoerd door Andreas, die met zijn geduldige handen de kwasten schikte alsof het de mooiste bloemen waren.

Onder de naam Ravelli had Peter al veel schilderijen verkocht, eerst via signore Vitello Clitoro in Italië, later ook via de kunsthandel in andere landen. Het gebeurde regelmatig dat een journalist hem kwam interviewen in zijn berghut. Weken later kreeg hij dan een tijdschrift opgestuurd waarin zijn werk werd geprezen en zijn levensstijl als excentriek werd aangemerkt.

*Op een Zwitserse berg wonen twee vrienden waarvan de één monnik is en de ander kunstenaar. Beide zijn nogal opvallend gekleed. De monnik huppelt met een wapperend habijt achter de koeien aan, terwijl zijn huisgenoot in wijde schilderskiel à la Van Gogh achter zijn ezel furore maakt.*

De opbrengst van zijn verkochte schilderijen was een aangename aanvulling op hun budget, dat grotendeels bestond uit het spaartegoed van Peter, die veel geld had verdiend met zijn textielhandel en de aardewerkfabriek. Daar konden ze het samen wel mee uitzingen, zeker gezien de sobere levensstijl die ze er op nahielden. Veel geld gaven ze niet uit. Sterker nog, de inkomsten overstegen de uitgaven. Terwijl ze toch niet echt zuinig omgingen met het wekelijkse boodschappenlijstje. Er was altijd voldoende wijn, kaas en worst in huis. Melk hadden ze van de eigen geiten, eieren van de kippen, sla, tomaten en bonen uit de moestuin, waarin ze net als op het internaat weer samen aan het schoffelen waren. Ze knipten elkaars haar, bakten hun eigen brood, brouwden hun eigen soep, maakten hun eigen jam. Hun lievelingsmaal was gebakken bloedworst met appeltjes. Volgens hen de beste uitvinding sinds het wiel. Soms boden ze tegen een geringe vergoeding onderdak aan bergbeklimmers.

Kortom, de Almhütte van Peter en Andreas, die ook wel pesterig *Heidi* werd genoemd, was een eenvoudig maar aangenaam onderkomen met een glorieus uitzicht op de Alpen. Peter und Heidi hadden het getroffen.

Zo voltrokken zich meerdere jaren in een stille, serene vriendschap, die diep geworteld was in gezamenlijke interesses, behoefte aan verdieping en aan rust. Eerbied voor de stilte.

Peter moest vaak terugdenken aan de uitspraak van Loes: 'De stilte biedt me meer houvast dan goedbedoelde woorden.'

Dat inzicht werd hem steeds duidelijker naarmate hij zich vaker in de natuur bevond. Dagelijks kon hij de stilte ervaren tijdens de lange wandelingen die hij maakte door de dennenbossen en over de alpenweiden. Met robuuste bergschoenen, een wandelstaf en een rugzak gevuld met brood, melk en kaas verliet hij 's ochtends de hut om aan zijn tocht te beginnen. Al spoedig had hij het ritme van de natuur te pakken, traag klimmend over steile paden, bewust de zuivere lucht diep inademend, luisterend naar zijn eigen vertrouwde hartslag.

*Min de stilte in uw wezen,*
*Zoek de stilte die bezielt,*
*Zij die alle stilte vreezen*
*Hebben nooit hun hart gelezen,*
*Hebben nooit geknield.*

Peter kende het gedicht van Adema van Scheltema uit zijn hoofd.

Na een paar uur lopen zocht hij een plek langs de kant waar hij even kon rusten en een maaltijd kon klaarmaken. Hij nam er altijd de tijd voor. Hij sneed van het ronde versgebakken bruinbrood een forse boterham af, besmeerde die tot en met de korst met smeuïge roomboter en plaatste daarop een royale plak emmentaler kaas, afgemaakt met enkele streepjes mosterd. Tijdens de lunch liet hij het landschap op zich inwerken. Soms maakte hij een schets, die hij later thuis zou uitwerken.

Heel soms nam Peter zijn viool mee en speelde dan midden in de natuur voor zichzelf, voor een paar nieuwsgierige koeien en voor de Schepper. Hij had de moed nog niet opgegeven; integendeel, zijn geloof nam vastere vormen aan.

'Dank u God voor dit panoramisch tafereel, het had ook een slagje minder gekund, maar het resultaat is overweldigend.'

Zwitserland is gemaakt van marsepein, was zijn inschatting. De creatie van een banketbakker. God als patissier. Berghellingen van witte chocola, bossen vol poedersuiker, kerkjes van slagroom, dorpjes van bladerdeeg. Indrukwekkende panorama's die door de plaatselijke fotograaf onafgebroken werden vastgelegd, vermenigvuldigd, op maat werden gesneden en vervolgens als afbeeldingen terechtkwamen op kleurige ansichtkaarten waarmee je het thuisfront de ogen kon uitsteken.

De meest spectaculaire bergen waren bestemd voor de deksels van koektrommels, vooral in zwang bij keurige families die bij de thee graag een koekje knabbelden met uitzicht op de Matterhorn.

Het leven in de bergen beviel Peter uitermate goed. Nadat hij eenmaal zijn intrek had genomen in de Almhütte, was er geen moment van twijfel geweest, geen moment van heimwee. Hij wist dat het een goede keuze was, hoewel zijn verlangen naar een vrouw hem bleef achtervolgen. Tegelijkertijd realiseerde hij zich dat hij niet zo succesvol was in relaties. Hij was meer van de vriendschappen, dat ging hem beter af. En een relatie gaf ook veel spanningen en irritaties. Daar hield hij zich liever verre van. Met Andreas had hij een diepe vriendschap, een verbondenheid zonder verplichtingen en rechten.

Broeder Andreas was zijn hele leven celibatair gebleven. Dat ging hem nog altijd goed af. Peter vond het celibaat nog steeds hoogst ongezond en onnatuurlijk. Daar hadden ze ook de nodige discussies over gehad.

'Opgelegde kuisheid is ongeveer hetzelfde als iemand verbieden ooit nog verdrietig te zijn. Dat kan niemand voor een ander bepalen. En zeker geen instituut dat oproept om elkander te omringen met zorg en liefde. Zonder onderscheid te maken tussen mannen en vrouwen.'

Broeder Andreas moest toegeven dat Peter wel een punt had, maar veel woorden wilde hij er verder niet aan wijden.

'Laat ieder zijn eigen afweging maken,' was zijn devies, 'en laat de rest over aan God.'

Peter dacht er het zijne van en handelde ook als zodanig. Eén keer per maand vertrok hij vrijdags naar Glarus, waar hij een bezoek bracht aan die Weissen Rössl, waar de bediening meer dan gedienstig was. Vrolijke meisjes in dirndljurken met pronte borsten die trilden van plezier. Met Carla of Gretl vertrok hij dan bijtijds naar het hotel waar ze samen nog wel even bezig waren. De meisjes waren aardig, simpel en lief. Meer verlangde Peter ook niet. Elk jaar tegen de kerst nam hij zijn viool mee naar die Weissen Rössl en dan speelde hij samen met het plaatselijk accordeonduo kerstliederen. Hij hield zelfs een kleine preek en wenste iedereen een eigen hiernamaals. Hij sloot af met een kort gebed, waar wonderlijk genoeg alle gasten, hoerenlopers, randfiguren, dronkaards, tollenaars en het personeel aan meededen. Men vouwde de handen en luisterde aandachtig naar de woorden die Peter namens hen tot God richtte.

*'Almachtige Vader, ontferm U over ons. Ook al volgen we niet altijd het rechte pad, waarvan er overigens maar weinig te vinden zijn in onze bergen, wij vragen toch Uw zegen over ons leven. Wij danken U voor ons dagelijks brood en wij vragen vergiffenis voor onze zonden. Erbarm U over de wereld, Vader, want wij maken er een rommeltje van. Uw hulp hebben wij hard nodig. Dat vragen wij U om Jezus wil. Amen.'*

Daarna hernam de avond zijn ontaarde verloop. Mannen met grote snorren en dikke wollen sokken dompelden hun eenzaamheid in liters bier. Zo nu en dan legde iemand het hoofd op tafel om het leven even te vergeten, anderen zongen uitbundig mee met de accordeonmuziek. Volksliedjes uit de jaren vijftig en daarvoor. Aan altijd hetzelfde tafeltje speelden vier boeren luidruchtig een spelletje canasta, dikke wolken tabaksrook blazend naar het donkerbruine plafond. Anderen hingen aan de bar, ongemakkelijk flirtend met de meisjes van de bediening.

Zo ging het iedere vrijdagavond, wist Peter inmiddels uit jarenlange ervaring. En zo wilde men het ook. Alles moest bij het oude blijven, dat was vertrouwd. Wat de boer niet kent dat vreet hij niet.

Peter deelde zijn belevenissen in die Weissen Rössl en de nacht daarna altijd met broeder Andreas, die geenszins jaloers was. Integendeel. Hij gunde hem dit uitstapje. Bovendien was hij zeer trots dat Peter de moed had om zelfs hardop te bidden met de kroeglopers. Hij had zijn vriend de afgelopen jaren zien veranderen van een cynische criticus betreffende de kerk en het daarmee verbonden geloof, in een warmhartige veldprediker die overal en altijd een bemoedigend woord had voor degenen die daar voor openstonden, maar ook voor hen die zich daartegen verzetten.

Kortom, Peter was geliefd in het dorp. Maar hij bleef een vreemde knakker in de ogen van velen, ook in die van Andreas die zich weleens kon ergeren aan de inconsequente houding van zijn vriend. Hij kon per dag minstens twee keer van mening veranderen. Dat was weleens lastig.

*

Ze zaten samen op het bankje naast de hut. In de verte pakten zich dikke wolken samen. Broeder Andreas voorspelde onweer.

'Dat is goed voor het land,' voegde hij eraan toe, 'regen is een zegen, hoewel men vaak moppert als het zover is. Dat is in Afrika wel anders. Daar is het zelfs een kwestie van leven of dood. Regen wordt gezien als een groot geschenk van de goden. Als het op een bruiloft regent, wordt dat ervaren als een gunstig voorteken, terwijl in de rest van de wereld teleurgesteld wordt gereageerd op een regenbui. Regen brengt geluk.'

Peter schraapte zijn keel en vroeg: 'Heb je veel regen gekend in je leven?'

'Ik mag niet klagen. Ik heb je al eens antwoord gegeven op de vraag of ik gelukkig was, weet je nog? Mijn leven was aardig in balans, goede tijden afgewisseld met minder prettige perioden. Momenten van teleurstelling en eenzaamheid.' Andreas haalde diep adem. 'Ik moet bekennen dat ik me ook weleens ongelukkig heb gevoeld. Dat gebeurde bijvoorbeeld wanneer ik jonge mensen met hun kinderen de berg op zag wandelen – vrolijk en lachend. Ze straalden zoveel geluk uit. Daarvan werd ik aan de ene kant heel blij en aan de andere kant deed het me ook pijn. Ik had zelf ook een gezin kunnen hebben, een lieve vrouw, vrolijke kinderen, een warm familieleven, maar dat was voor mij niet weggelegd, deels door mijn eigen keuze om priester te worden, maar desondanks bleef het een kwetsbare plek in mijn hart. Als echtgenoot en vader had ik ook heel gelukkig kunnen zijn.'

Hij keek Peter aan met een ontwapenende oogopslag. 'Ik moet je eerlijk opbiechten dat ik ook weleens fantaseer over een vrouw, haar borsten, hoe dat zal voelen, haar warme schoot die ik nooit zal kennen. Maar zo zal het zijn. Dat is het offer dat ik breng, voor God. Maar om een direct antwoord te geven, ja ik ben weleens ongelukkig. Juist door het geluk van anderen.'

'Zal ik je een keer meenemen naar die Weissen Rössl,' stelde Peter voor. 'Daar kun je kennismaken met Carla en Gretl, die hebben samen wel vier borsten waaruit je kunt kiezen. Dan kun je een keer ervaren hoe het voelt om een vrouwenborst in de hand te nemen.'

'Misschien moet ik dat maar eens doen,' riep broeder Andreas onverwacht enthousiast, maar ze wisten beide dat zoiets nooit zou gebeuren. Ze schonken zich als genoegdoening een extra vol glas wijn in. Buiten scheen de maan.

De volgende dag zaten ze samen aan de houten tafel in de woonkeuken. 'Is je dag goed geweest?' vroeg broeder Andreas.

'Ja, mijn dag is goed geweest,' antwoordde Peter. 'Vanmorgen was ik bij de Tandradbahn om spullen op te halen, uierzalf voor de geiten, een baal meel, blikken boter en nog het een en ander. Daar ontmoette ik Hans, een Hollandse jongen, die tijdelijk ober is in hotel Alpenblick. Hij was zo blij. Ik vroeg hem of hij opgewonden was vanwege de nieuwe aanvoer.'

'Ja,' zei hij, 'vooral omdat er lp's zijn meegekomen. Langspeelplaten van Nederlandse artiesten.'

'Noem er eens een,' vroeg ik hem.

'Robert Long,' zei hij onmiddellijk, 'dat is een protestzanger die ook heel mooie liefdesliedjes schrijft en zingt. Ik heb drie lp's ontvangen. Een voor mezelf en twee om te verkopen. U zult begrijpen dat ik een beetje moct handelen om wat extra zakgeld te regelen.'

'Nou verkoop mij er dan maar één,' zei ik. 'En nu ligt de grammofoonplaat klaar om met jou te beluisteren. De titel luidt: 'Vroeger of Later'.'

'Oh,' zei Andreas, 'ik ben benieuwd.'

Hij had nooit interesse gehad in popmuziek. Hij vond het te lawaaierig en nogal provocerend. Maar hij wilde zijn vriend niet teleurstellen en veinsde derhalve grote belangstelling.

'Laten we eens horen wat deze jongeman te zingen heeft.'

Nou, dat was meteen raak. 'Het leven was lijden'. Een protestsong tegen een streng religieuze opvoeding. Een aanklacht van een jongen die zijn vriendin ziet wegkwijnen onder het dogmatische regime van haar ouders.

Peter en Andreas verorberden een kop goedgevulde minestronesoep en luisterden aandachtig naar de tekst:

*Toen ik bij jullie at en je vader gebood*
*Dat ik tijdens 't bidden m'n ogen sloot*
*Gaf ik toe, daar ik niet arrogant wilde lijken*
*Maar ik voelde hoe hij wel naar mij zat te kijken*

*En vanaf dat moment heb ik altijd geweten*
*Dat dat niet enkel gold voor 't gebed bij 't eten*
*Zodat ik toen die maaltijd meteen al betreurde*
*Hij beheerste je leven tot in 't absurde*

*En op zondag het bos in, dat mocht dan nog wel*
*Net als in de romances van 't weekblad Libelle*
*Maar als ik op zondag dan je hand wilde vatten*
*Nou dan keek je alsof ik je kuisheid wou jatten*

*Want 't leven was lijden, als je danste een heiden*
*Als je lachte te luchtig, als je kuste ontuchtig*
*Als je niet wilde werken of je ging niet ter kerke*
*Als je lui in de zon lag, als je fietste op zondag*
*Kortom alles was verkeerd, want dat had je geleerd*

*'t Was verdomde moeilijk om jou te versieren*
*Want je zag haast geen kans om je teugels te vieren*
*Elke keer moest ik weer je complexen verdringen*
*Ja, ik mocht naar de kerk maar ik kon nooit eens zingen*

*Een keer sliep je met mij maar je was niet alleen*
*Want de satan of wie ook hing steeds om je heen*
*Als die er niet was was je vader d'r wel*
*Met een spreuk uit de Bijbel van zonde en hel*

*Ja, ze hebben je leven wel grondig vergald*
*En je kans op wat liefde en vriendschap verknald*
*Wat men jou heeft geleerd is de angst om te leven*
*Om je borsten, je dijen, je hart echt te geven*

*Kom, ik stap maar eens op want ik ben overbodig*
*Heel veel sterkte voor later*
*Want dat heb je wel nodig*

'Prachtig,' zei Peter, 'zo is het, briljant vertolkt, miljoenen meisjes lijden onder de gesel van de kerk.'

'Nou nou,' zei broeder Andreas, 'zo erg is het nou ook weer niet.'

'Het is veel erger dan jij denkt, Andreas,' fulmineerde Peter. 'De kerk houdt mensen in de houdgreep. Dat is bijna een misdrijf. Het is een grote zonde om iemand het geluk te misgunnen. Ook al is dat geluk slechts kortstondig, maar het is wel geluk. Al die dogma's, regels en wetten zijn bedoeld om mensen klein te houden, hun gevoelens te kanaliseren. Hun genot te dempen. Laat mensen toch leven, laat ze toch bloeien. Als hyacint, tulp of narcis, ieder naar zijn eigen geaardheid.'

Peter wond zich op. 'Dat is de bedoeling van het evangelie,' riep hij terwijl hij met zijn vuist op tafel sloeg. 'Laat mensen toch genieten van de mogelijkheden dic zich voordoen, van vonken die overslaan, van vlinders in buiken, van elk moment dat God ons wil schenken. In een weiland, in bed, op een hooizolder, desnoods op een keukentafel.'

En weer sloeg hij met zijn vuist op het tafelblad.

'Gij zult liefhebben! Dat is een gebod dat nog niet goed uit de verf komt.'

'Dat is helemaal geen gebod,' reageerde Andreas verontwaardigd.

'Het is wel een gebod,' zei Peter stellig. 'Het is alom aanwezig in de Bijbel, maar het is verstopt tussen de regels. Lees de Bijbel en je zult ervaren dat dit gebod 'Gij zult liefhebben', de leidraad is in het Nieuwe Testament. 'Hij die oren heeft die hore', broeder Andreas. Daar gaat het om.'

'Ik vind het niet prettig dat je zo boos wordt,' protesteerde Andreas terwijl hij nog een glas wijn inschonk.

'Wat ben je toch een oude zeurnicht.'

Peter haalde minachtend zijn schouders op en herhaalde met een hoog stemmetje: *'Ik vind het niet prettig dat je zo boos wordt.'*

Andreas keek naar het plafond en liet van schrik een harde wind.

'Dat bedoel ik nou,' antwoordde Peter, 'er rest u slechts een scheet om uw ongenoegen te ventileren. Ave Flatus!'

*

Op een mooie nazomermiddag kwam een jonge vrouw met een brede zonnehoed over het bergpad naar boven gelopen. Eenmaal aangekomen bij de hut van Peter en Andreas klopte ze bescheiden aan.

Broeder Andreas opende de houten deur en deed een stap naar buiten.

'Dag mevrouw,' zei hij vriendelijk, 'wat brengt u hier?'

'Ik ben op zoek naar Paulo Ravelli.'

'Oh, dan moet ik even navraag doen.'

Hij riep Peter die in de kamer aan het rommelen was. Peter verscheen op het kleine houten terras.

'Wat kan ik voor u betekenen?'

Hij keek in het open, vriendelijke gezicht van een jonge vrouw. Donkerblond krullend haar, blauwe ogen, een speelse glimlach rond de mond.

'Ik zoek Paulo Ravelli, de schilder.' Haar stem klonk opgewekt.

'Dat ben ik,' antwoordde Peter trots, 'ik ben Paulo Ravelli.'

'Oh wat fijn dat ik u eindelijk heb gevonden,' zei de jonge vrouw en nam haar hoed af om haar krullen los te schudden. 'Wat is het warm, hè?'

'Kan ik u iets te drinken aanbieden?' vroeg Peter beleefd.

'Een glaasje fris zou wel lekker zijn.'

'We hebben appelsap. Gaat u maar lekker zitten.'

Peter wees naar een van de rieten stoelen op de veranda, terwijl hij naar binnenliep om twee glazen en een fles appelsap te halen.

'Zo, wat kan ik voor u doen?' vroeg hij even later nadat hij de glazen had gevuld en plaats had genomen tegenover de vrouw in haar vrolijke gele zomerjurk.

'We hebben erg veel moeite gedaan om u te vinden,' zei ze op een toon alsof ze op het punt stond een geheim te onthullen. 'Ik heb een cadeau van mijn grootmoeder bij me dat ik u graag wil overhandigen. Dat heeft ze mij op het hart gedrukt.'

'Ken ik uw grootmoeder?' vroeg Peter verbaasd.

'Heel goed zelfs,' zei de jonge vrouw. 'U was met haar bevriend. Haar naam is Louise de Bonville.'

'Wat zegt u nu?' riep Peter verbaasd uit. 'Louise de Bonville?'

Hij pakte de handen van de mooie jonge vrouw. Er verscheen een vergulde lach op zijn gezicht.

'Ma chère Louise de Bonville. Mijn vriendin uit Italië. Mijn lieve Louise,' riep hij verheugd uit.

'Dat was mijn grandmaman,' zei de jonge vrouw lachend. 'Ik heet ook Louise, ik ben naar haar vernoemd. En daar ben ik heel trots op. Ze was een bijzondere vrouw.'

'Dat kun je wel zeggen,' beaamde Peter enthousiast. 'Dat was ze zeker, heel bijzonder.'

Hij nam het gezicht van de jonge Louise in zich op.

'Je hebt de ogen van je grootmoeder.'

De kleindochter haalde haar schouders op.

'Als dat een compliment is, accepteer ik het graag.'

'Welkom in onze nederige berghut en laat uw jeugdige frisheid ons behagen.'

Peter maakte een gastvrij gebaar en voegde er gracieus aan toe: 'Uw bevallige verschijning is een streling voor het oog.'

'Mijn grootmoeder had me al voor u gewaarschuwd. U bent een charmeur van klasse.'

Ze keek hem aan met een blik waaruit hij kon opmaken dat ze op een aangename manier op haar hoede was.

Ondertussen had broeder Andreas zich bij het tweetal gevoegd.

'Houd hem in de gaten, hoor,' zei hij lachend, 'hij pakt iedereen in met zijn complimenten. Maar voor de rest is hij redelijk betrouwbaar.'

'Wat een verrassing,' zei Peter enthousiast, 'de kleindochter van Louise de Bonville bij ons op bezoek. Louise was mijn geliefde,' vertrouwde hij het gezelschap toe, 'we hielden van elkaar op een speciale manier. Het enige dat ze me echt kwalijk nam, was dat ik veertig jaar te laat was geboren. En dat is nu alweer ruim vijfentwintig jaar geleden,' lachte hij.

'Dit is het cadeau dat ik van mijn grootmoeder aan u moest overhandigen,' zei Louise jr. en reikte Peter het pakket aan dat in rood cadeaupapier was gewikkeld en onbestemd van vorm was.

Er kwam een kartonnen doos uit tevoorschijn. Hij lichtte voorzichtig het deksel op, en daar lag een houten kistje dat hem bekend voorkwam. Het was de schilderkist van Louise de Bonville.

'Oei, dit kan bijna niet waar zijn,' fluisterde hij verbouwereerd.

Daaronder bevond zich het palet waaraan ze zo gehecht was geweest. De gedroogde plakkaten van oude verf hadden de tijd overleefd. Het waren de stille getuigen van een creatieve schermutseling in de tuin van hotel Bella Vista.

Peter hield de voorwerpen in zijn handen alsof het kostbare sieraden waren.

'Wat een lief gebaar van Louise. Ik ben hier heel gelukkig mee,' wist hij met moeite uit te brengen. Die ondeugende, charmante Louise had hem niet vergeten. Haar mooie kleindochter legde teder een hand op zijn arm en sprak op vertrouwelijke toon: 'Er zit een briefje bij, dat ze jaren geleden heeft geschreven, vlak voor haar dood. Ze was ervan overtuigd dat wij u zouden vinden.'

'Hoor je dat, Andreas? Mijn oude vriendin, de sluwe vos, heeft mijn spoor gevolgd. Of beter gezegd: laten volgen. Dat was meer haar stijl. Delegeren, daar was ze goed in.'

De schildersspullen werden op de tafel gelegd en Peter haalde de brief uit de envelop, zette de leesbril op zijn neus en begon te lezen.

*Dag lieve Boef,*

*Ik ga ervan uit dat je dit geschenk zult ontvangen – vroeger of later. Mijn familie zal haar uiterste best doen je verblijfplaats te achterhalen – hoe lastig dat ook is in jouw geval. Dit is een van mijn laatste wensen. Het doek gaat definitief voor mij vallen.*

*Het is mooi geweest. De twaalf jaar die je mij had toegedacht, heb ik inderdaad mogen meemaken. Mijn zonnehoed – de hoed van Ravelli – heb ik elke zomer gedragen. Hij is me heel dierbaar, dat zul je begrijpen. Een cadeau van mijn lieve vriend. Gedurende een paar kostelijke weken heb je deze oude vrouw heel gelukkig gemaakt. Ik heb daarna jaren kunnen teren op de heerlijke herinneringen. Geloof in jezelf, Paulo Ravelli, en belazer de boel zoveel als wenselijk is. Doe mij een plezier en schilder nog een mooi doek ter nagedachtenis aan je oude vriendin.*

*Ik houd van je, Paulo.*
*Je Louise de Bonville*

Die avond zaten Andreas en Peter op hun vertrouwde bankje bij de hut. Peter was aangedaan door de ontmoeting van die dag en dacht met groot genoegen terug aan de periode waarin hij was opgetrokken met Louise de Bonville. De beelden kwamen glashelder naar voren, alsof een oude bioscoop haar poorten had geopend. Hij hief zijn glas.

'Op Louise – de vrouw die mijn hart veroverde.'

'Op Louise – de vrouw die mijn vriend veroverde,' antwoordde Andreas plechtig.

Na een korte pauze liep hij naar binnen, naar het buffet in de kamer waarop de grammofoon stond opgesteld. Hij zette de pick-up aan en met een bevende hand liet hij de naald zakken in de eerste groef van het 'Ave Verum' van Mozart. De klanken dwarrelden naar buiten waar de laatste zonnestralen over de bergweiden gleden.

De twee oude mannen, gezeten op een bankje voor hun simpele berghut, genoten van de muziek die hun vriendschap opnieuw bezegelde.

# 29

Braunwald 1984. Het was een heldere, wolkeloze ochtend. De besneeuwde bergkammen staken scherp af tegen de kobaltblauwe hemel die bijna meedogenloos de vallei in zijn greep hield. De berghut van Andreas en Peter was bedekt met een dikke laag verse sneeuw. Een afgelegen Zwitsers chalet in een hagelwit landschap. Er waren nog geen voetstappen gezet op het pad naar de weg. Alles was nog ongerept en ongeschonden.

'Kijk,' zei Andreas, 'de dennenbomen hebben hun feestjurk aangetrokken. De dames staan er fraai bij.'

'Wat ben je toch een heerlijke oude nicht,' reageerde Peter met een hap yoghurt met muesli in zijn mond.

Andreas deed net of hij deze opmerking niet had gehoord.

'Op de takken ligt wel tien centimeter sneeuw,' zuchtte hij in diepe bewondering. 'Zo'n uitzicht verveelt nooit.'

'God laat ons wonen in een ansichtkaart,' declameerde Peter schijnheilig, om even later het heikele gespreksonderwerp van deze dag aan te snijden.

'De zon staat goed,' had de fotograaf hem via de telefoon verzekerd.

'Alstublieft niet naar buiten lopen, laat alles zoals het is. Ik kom zo snel mogelijk jullie kant op.'

Ze zaten samen aan tafel. Andreas had voor het ontbijt eieren gebakken.

'Het gaat niet alleen om een kalender,' begon Peter de conversatie, 'het wordt een uitgebreide serie foto's die gebruikt zal worden voor allerlei doeleinden. Voor afbeeldingen op koektrommels, puzzels, ansichtkaarten en noem maar op. Dat is toch mooi? Dat onze hut daarvoor is uitgekozen.'

'Ik zit daar niet op te wachten,' antwoordde Andreas, stug voor zich uitkijkend. 'Wat moeten we met al die aandacht? We hebben het toch fijn samen?'

'Ja, heel fijn, maar realiseer je goed dat het een grote eer is dat onze woonplek is uitgekozen door het Zwitsers Verkeersbureau. Onze hut gaat de hele wereld over. Bovendien krijgen we er ook voor betaald.'

'Dat laatste spreekt me meer aan,' bromde Andreas terwijl hij een hele dooier ongeschonden in zijn mond propte.

'Goed dan, we verlenen onze medewerking,' hakte Peter de knoop door, 'we hebben tenslotte al toegezegd.'

'Jij hebt toegezegd, Peter. Overigens zonder mij te raadplegen.'

'Ik wist dat je het goed zou vinden, dat je trots zou zijn.'

'Dat heb je dan verkeerd ingeschat.'

'Houd nu even op met mopperen, je lijkt wel een oude man.'

'Dat ben ik ook. En daar ben ik trots op. Hoe oud zijn we ook alweer?'

'Zesenzestig?'

'Oh, dat valt nog mee. Dan hebben we vast nog een poosje te gaan.'

'Zo is het. En volgend jaar, in 1985 zal onze Almhütte het gezicht zijn van Zwitserland.'

De fotograaf, een beschaafde man met een bontkraag en een bril, had zich voorgesteld als Joseph. Vanachter het venster, met een kop warme chocolademelk, konden ze hem observeren tijdens zijn werk. Hij was consciëntieus en stapte met zijn laarzen door de hoge sneeuw om het beste plekje te zoeken voor de mooiste foto. De chauffeur van de sneeuwscooter sjokte achter hem aan met het statief. Hij vervulde een bijrol, maar leek zich te schikken in zijn nieuwe functie. Straks kon hij laten zien wie er op de bok zat. Hij was een van de meest ervaren scooteraars van Braunwald. Normaal gesproken deed hij dienst op de ambulanceslee, dat was pas het echte werk. Maar bij deze ultieme weersomstandigheden was de kans op skiongelukken zeer gering. Die calamiteiten konden zijn collega's wel af. Deze opdracht bracht afwisseling en leverde ook iets extra's op.

Hij had de broeders Andreas en Petrus weleens eerder ontmoet, in het dorp wanneer ze inkopen deden, en natuurlijk boven op de berg waar ze al jaren in de Almhütte leefden en waar hij met de sneeuwscooter voor bevoorrading zorgde wanneer het onmogelijk was om te voet of met de ski's het dorp te bereiken. Het waren hartelijke kerels die altijd een kop koffie of soep klaar hadden staan. In het dorp stonden ze bekend als wijze mannen, aan wie je raad kon vragen of een probleem kon voorleggen met de verzekering dat het gesprek binnenskamers zou blijven.

In de maand juli, wanneer de plaatselijke pastoor op vakantie was, namen de broeders de pastorale werkzaamheden over. Ze gingen voor in de mis, de heilige mis, het avondgebed, het ochtendgebed, Met grote toewijding werkten ze het gehele menu af. Broeder Andreas, als ingewijde priester, verzorgde de liturgie en de rituelen, broeder Petrus sprak elke zondag een bemoediging. Hij beklom daarvoor het bescheiden preekstoeltje en vanaf het eerste woord hingen de kerkgangers aan zijn lippen. Hij bracht het evangelie als een hedendaags sprookje, met veel armgebaren en volumewisselingen in zijn stem.

*'Beminde gelovigen, God kijkt niet naar de kleur van uw huid, of die nu zwart, bruin, geel of wit is, dat maakt voor God geen verschil. God kijkt naar de kleur van uw hart. Met elkaar lopen we als broeders en zusters door het bos van ons leven op zoek naar dennenappels die ons bestaan een wending kunnen geven, een nieuwe partner, een degelijke slee, een solide dakbedekking, een kindje... wij zijn allen op zoek.'*

Broeder Andreas vond dit soort toespraken van zijn vriend enigszins overdreven, maar hield daarover wijselijk zijn mond. Bovendien waren de kerkgangers dol op metaforen en daarin was Peter heel bedreven. Ook doopplechtigheden en begrafenissen waren bij de broeders in goede handen. Ze hadden de gave om van elke plechtigheid een sacrale belevenis te maken. Men prees zich bijna gelukkig om te kunnen sterven in de periode dat deze lieve broeders hun hemelvaart zouden kunnen begeleiden. Kortom, broeder Andreas en broeder Petrus waren geliefd in het vredige bergdorp.

Het idee kwam van de fotograaf. Hij bracht het voorzichtig.
'U bent beide geestelijken, heb ik begrepen.'
'Zo ongeveer,' antwoordde Peter, voordat Andreas hem had kunnen corrigeren.
'Nou,' zei de fotograaf, 'voor de maand april, waarin zoals u weet Pasen valt, zou het een mooi idee zijn wanneer u samen als monniken, in uw habijt, al skiënd op weg bent naar de kerk. Er ligt zoveel sneeuw dat er geen andere mogelijkheid rest om vanuit uw berghut de kerk te bereiken.'
'Dat idee spreekt me wel aan,' zei Peter meteen enthousiast.
Andreas schudde zijn hoofd.
'Daar begin ik niet aan.'
'Toe Andreas, het is een prachtig signaal naar de wereld toe. Twee monniken skiënd op weg naar het huis van de Heer. En we komen op het deksel van een koektrommel. Weet je hoe trots je moeder zal zijn?'
'Jaja, en we worden dan ook meteen verwerkt in een puzzel van duizend stukjes,' reageerde Andreas afwijzend. 'Mag ik van jou de kop van Andreas, dan krijg jij van mij de kont van broeder Petrus,' zei hij cynisch. 'Ik vind het een raar voorstel.'
'Doe het dan voor mij,' drong Peter aan, 'het is een unieke kans om de kerk een menselijk gezicht te geven.'
'Ik weet het niet,' twijfelde Andreas, 'is het niet een beetje belachelijk? Twee monniken op ski's?'
'Nee, het is reëel. We zijn ingesneeuwd in onze hut, we willen toch graag naar de kerk, nou dan pak je de slee of de ski's. Wij kiezen voor de ski's. Laten we het maar proberen, dan kunnen we later als de foto's klaar zijn altijd nog beslissen of we ermee akkoord gaan.'
Andreas stemde schoorvoetend in.
Even later trokken ze gniffelend een habijt aan. Ze klikten buiten hun ski's vast en wachtten geduldig het sein af van de fotograaf, die achterop de gemotoriseerde slee had plaatsgenomen aan de zijkant van de piste. Hij zwaaide uitbundig met zijn armen.

'Dat zal het startsein zijn,' giste Peter die al vaart begon te maken.

Andreas volgde hem onmiddellijk.

De bestuurder van de sneeuwscooter had moeite om de monniken die verrassend snel de piste af jakkerden, bij te houden.

'Joehoe,' riep Peter uitgelaten en hief zijn stokken ten hemel. Hij was blij met deze ludieke fotoreportage. Het bood afleiding in hun toch wel saaie bestaan. Niet dat hij ontevreden was, nee, dat absoluut niet, maar zo nu en dan was de rust wel erg rustig en de stilte – hoe mooi ook – wel erg stil. Een beetje leven in de brouwerij kon geen kwaad.

De scooter joeg op volle toeren achter de geestelijken aan om vervolgens via een handige manoeuvre de route af te snijden zodat de fotograaf hen frontaal in beeld kon nemen. Hij maakte wel tien foto's achter elkaar.

'Fantastisch,' riep hij, 'dit is uniek.'

De verse sneeuw bood de skiërs volop de gelegenheid om zwierige bochten te maken en de snelheid op te voeren.

'Kom op, Andreas,' riep Peter, 'gas geven. We zijn voor de foto op weg naar het huis des Heren.'

Andreas, die er kennelijk schik in had gekregen, liet zich dat geen tweemaal zeggen en stoof bijna roekeloos over de piste in de richting van het dennenbos.

Peter genoot van het plezier van zijn vriend die eindelijk de teugels eens liet vieren. Met wapperende habijten daalden ze op vleugels de helling af.

'Dit is leven,' riep Peter zijn vriend toe, 'voel je het?'

'Ja, ik voel het,' riep Andreas terug, 'het leven is verrukkelijk,' terwijl hij parallel skiënd onderwijl een ruime bocht maakte. De rulle sneeuw knerpte onder hun ski's.

Bovenaan de helling verscheen een kleuterklasje dat braaf de juf volgde. De kinderen met aan kop de vrolijke skilerares vormden met elkaar een Chinese draak die sierlijk de berg af slingerde.

De bejaarde Peter en Andreas raasden de piste over. De sneeuwscooter met de fotograaf hadden ze allang achter zich gelaten. Ze naderden met hoge snelheid de zoom van het dennenbos. Nu moesten ze oppassen, dit deel van de afdaling was onberekenbaar. Er waren veel wortels van bomen, die door de laag sneeuw verraderlijk onzichtbaar waren. Peter remde onmiddellijk af, maar Andreas leek in zijn vlucht niet te stuiten. In zijn door de snelheid opgebold habijt leek hij op een vleermuis die trefzeker tussen de bomen vloog.

'STOP, ANDREAS, STOP,' schreeuwde Peter. Zijn stem weerkaatste in het stille bos, de echo herhaalde zijn waarschuwing.

Peter skiede voorzichtig over het bospad naar beneden, hij naderde een scherpe bocht naar links, en daar in die rotbocht, zag hij wat hij reeds vreesde. Andreas lag in de sneeuw. Hij was frontaal tegen een boom geknald.

Peter schopte zijn ski's los en liep naar Andreas toe die plat op zijn rug in de sneeuw lag. Hij knielde bij hem neer en keek met ontzetting naar het geschonden en bebloede gezicht van zijn vriend. Hij pakte zijn hand vast.

'Andreas, zeg iets. Als je me kunt verstaan, knijp dan in mijn hand.'

Er kwam geen reactie. De slappe hand van Andreas voelde levenloos aan.

'Oh God, nee,' kreunde Peter, 'niet Andreas, nee, niet Andreas. Hij is zo'n goed mens. Oh God, laat Uw dienaar niet sterven.'

De sneeuwscooter was snel ter plaatse. De ambulancebroeder wist wat hem te doen stond. De fotograaf liep angstig naderbij. Hij wilde een foto maken, maar Peter weerhield hem daarvan met een kreet die uit het diepst van ziel kwam.

'NIET DOEN. SODEMIETER OP.'

De ambulancebroeder voelde de pols van Andreas, daarna zijn hals.

Hij pakte zijn walkietalkie en riep om assistentie.

'Ik ben bang dat het niet gaat lukken,' zei hij bedeesd, 'de klap is fataal geweest.'

'Oh mijn God,' kreunde Peter en liet zich wanhopig voorover in de sneeuw vallen. 'Houdt het dan nooit op?' Zijn schouders schokten, terwijl hij krampachtig de koude hand van zijn vriend vasthield.

Het naderend geluid van hoge kinderstemmen klonk onschuldig, bijna hemels. Het klasje dat met de juf al zingend de berg afdaalde, had nu ook het bos bereikt.

*'Schneeglöckhen tingel tingel ting.'*

★

De begrafenis zou een sobere plechtigheid worden, maar bijna de gehele bevolking van Braunwald kwam afscheid nemen van hun broeder Andreas; eerst in de kerk, later op de begraafplaats. Boeren met diepe groeven in het gelaat, sporen van jarenlange noeste arbeid op de alpenweiden, vrouwen met stevige handen van het melken. Kaasmakers, skileraren en klokkenbouwers, ze waren er allemaal.

Peter hield een bewogen toespraak. Hij sprak lovend over het werk van Andreas, als pater in de missie in Afrika, als zangleraar, als toegewijd priester, als veehoeder op de alm boven de Mattwald. Maar ook als mens en als vriend.

'Ik hield van Andreas,' sprak hij met een warme stem, 'meer dan van een broer.'

Hij voelde dat hij zich op glad ijs bevond. De behoudende bergbewoners waren buitengewoon onbuigzaam in hun opvattingen, maar toch voelde Peter zich geroepen in alle eerlijkheid en oprechtheid afscheid te nemen van zijn geliefde. Op dit moment was er geen ruimte voor leugens, hoewel hij als geen ander wist hoe heilzaam en doeltreffend die kunnen zijn.

'Laat ik nu de waarheid spreken,' besloot hij en verhief daarop zijn stem om de aanwezigen fier en krachtig toe te spreken. 'God oordeelt niet over de aard van de liefde die voor u bestemd is. Of dat nu een man of een vrouw is. God maakt daarin geen verschil. Hij beoordeelt of de liefde zuiver is. Daar gaat het om in het leven. Is de keuze die u maakt, ook de keuze van uw hart? Kunt u daar bevestigend op antwoorden? Dan kunt u rekenen op de zegen van God. Ik hield van Andreas, hij hield van mij. Samen ontvingen wij de zegen van de Almachtige.

Broeder Andreas, rust in vrede. Vaarwel mijn vriend. Amen.'

# Epiloog

Peter mag van het klooster in Glarus nog twee jaar blijven wonen in de Almhütte. Over die periode valt niet veel te melden, met uitzondering van zijn prestaties in die Weissen Rössl waar hij naast zijn amoureuze bezigheden ook kampioen sjoelen wordt.

Daarna keert hij terug naar Holland waar hij zich weer voornamelijk bezighoudt met pottenbakken en schilderen.

Zo langzamerhand keert hij zich af van de wereld en gaat een kluizenaarsbestaan leiden. Hij richt zijn eigen kloosterorde op waarvan hij zelf het enige lid is. Maar dat is broeder Petrus meer dan voldoende. Op koude winteravonden, bij het schaarse licht van een bureaulampje, leest hij zichzelf voor uit zijn eigen levensverhaal. De belangrijkste gebeurtenissen laat hij aan zich voorbijtrekken.

Een bejaarde man met een gebreide sjaal om zijn hals, gebogen over zijn dagboeken. Al mijmerend maakt hij de balans op. Wat blijft er onder de streep uiteindelijk over? Is zijn leven de moeite waard geweest?

Hij besluit zichzelf een voldoende te geven.

Hij heeft in ruime mate de liefde geproefd en haar met passie omarmd. Maar de liefde heeft hem ook in de kou laten staan. De kilte van de afwijzing kent hij maar al te goed. En ook de eenzame nachten in de armen van onbekenden heeft hij in zijn dagboeken openhartig beschreven. Alles wordt meegewogen in zijn eindoordeel.

Zijn gekromde vingers glijden over de schuin geschreven zinnen. De woorden maken alles weer zichtbaar, bijna tastbaar. Zelfs flarden pianomuziek uit Rome dwarrelen zijn gedachten binnen.

Van het bruine kastje dat tegen de muur staat, pakt hij zo nu en dan de koektrommel met op het deksel de afbeelding van de Almhütte in Braunwald, de plek waar hij met Andreas zulke fijne jaren heeft beleefd. In de trommel bewaart hij hun dierbare correspondentie. Hij herleest weleens een brief met op de achtergrond muziek van Mozart. Dat vervult hem met heimwee en tevredenheid. Dankbaar voor de pure vriendschap en de broederlijke liefde die hem uiteindelijk de rust heeft geschonken waarnaar hij zo intens op zoek was geweest.

Zo scharrelt broeder Petrus dagelijks door zijn huis gevuld met herinneringen aan een uitbundig leven. Zijn leven. Er hangen foto's aan de muur van Rome, Venetië, Israël en Zwitserland. En in de hoek van de kamer staat een koperen kerkkandelaar van anderhalve meter hoog. Een aandenken uit de basiliek van sopra Minerva in Rome, alwaar hij deze fraaie kaarsenstandaard had ontvreemd, een herinnering aan de periode dat hij daar als invalide bedelaar op de trappen had gelegen. Barones Sophia Partizani was nog zo aardig geweest om dit bijzondere kerstgeschenk voor zijn moeder te laten verschepen naar Holland. En nu, na bijna vijfenzestig jaar, staat het kerkgereedschap zoals Peter het omschrijft, pontificaal in zijn kleine huis aan de rand van de Mookerheide.

Elke avond schenkt hij zichzelf een glas wijn in – een Châteauneuf-du-Pape uit Avignon, een pauselijke rode wijn. Avignon was ook de stad waar hij zich heeft aangemeld bij 'Circus Karl' en waar hij Yama en Butterfly had leren kennen.

Zo sloft hij dagelijks rond in het landschap van zijn verleden.

In volstrekte eenvoud verglijden de dagen waarvan hij de namen niet meer bijhoudt. Tijd speelt geen rol meer in zijn bestaan.

Gehuld in een monnikspij brengt hij zijn laatste jaren door in de weelderige tuin tussen de planten en struiken die hij allemaal bij naam kent, evenals de vogels die in zijn territorium beschutting vinden. Het is zijn particuliere Hof van Eden.

Peter heeft voorgoed vrede gesloten met God.

De oude monnik en de Vader zijn vrienden geworden.

Op een avond kijkt hij zichzelf aan in de spiegel. Hij ziet een oude gerimpelde kop, met vermoeide ogen.

'Zo kerel, dit was het wel zo'n beetje,' spreekt hij hardop uit.

Zijn ogen beginnen te glinsteren. Hij moet denken aan Loes die hem had aangespoord zichzelf toe te spreken in de spiegel. 'Wees aardig voor jezelf.'

'Nou, vooruit dan maar.'

Hij neemt een flinke hap adem en begint aan zijn speech.

'Ik houd van je, Peter, met al je streken, met al je mislukkingen, met al je leugens. Je bent geworden wie je bent door wie je was. Peter Wanders van het Geitenpad. Je hebt de beker van het leven helemaal leeggedronken, zoet en bitter heb je geproefd. Je hebt geleefd, jongen.'

Bij het woord jongen moet hij even glimlachen. Eigenlijk zou hij het liefst weer Peetje willen zijn, het blije jongetje uit zijn kindertijd.

Maar hij is zevenentachtig en daar moet hij het mee doen.

Hij loopt terug naar de kamer en pakt een cd met muziek van Mozart uit het rek.

Een moment later klinkt in de kamer het 'Agnus Dei' uit de mis nr. 16 in C-major, gespeeld door The Academy of St. Martin in the Fields.

Hij zet de volumeknop extra hoog en laat zich zakken in de leren stoel bij de antieke kachel. De muziek voelt als een warme deken waarmee zijn leven wordt toegedekt.

Hij sluit zijn ogen en in de verte hoort hij de jonge Andreas zingen. Zijn vermoeide hoofd wiegt voorzichtig mee.

Hij moet denken aan enkele zinnen uit een boek van zijn favoriete schrijver Gerard Reve, intieme woorden waarin Peter zich zo herkent. Een gebed om gehoord te worden.

*Eigenlijk geloof ik niets,*
*en twijfel ik aan alles, zelfs aan U.*
*Maar soms, wanneer ik denk dat Gij waarachtig leeft,*
*dan denk ik, dat Gij Liefde zijt, en eenzaam,*
*en dat, in zelfde wanhoop, Gij mij zoekt,*
*zoals ik U.* *

'Hier ben ik, Heer. U hoeft niet meer te zoeken,' mompelt Peter.

Die nacht van zondag op maandag wordt zijn gebed verhoord.

De volgende ochtend wordt Peter Wanders om kwart over negen door de werkster dood aangetroffen in zijn stoel naast de kachel.

God heeft zijn dienaar eindelijk opgehaald en thuisgebracht.

Het is maandag 21 november 2005.

---

* Gerard Reve *Nader tot U*, G.A. van Oorschot, Amsterdam 1966

*'It's better to have loved and lost*
*than never have loved at all'*
William Shakespeare

# Het leven van de anderen

**Bastiënne Hervé** trouwde met de zoon van de eigenaar van Le Ballon Rouge, kreeg negen kinderen en bestierde nog vele jaren auberge Bon Appétit in St. Ramilion.

**Butterfly** werd geisha in Kyoto en bekwaamde zich in het origami en ikebana, de kunst van het papiervouwen en bloemschikken.

**Daniëlla** had een gelukkig huwelijk met haar politieman, kreeg twee kinderen en werd eigenaresse van Il Caffè Luigi in Rome.

**Barones Sophia Partizani** werd galeriehoudster en trouwde met een orthopedisch schoenmaker uit de Via Fratelli in Rome.

**Cato Partizani** trouwde met een capo di capi van de maffia, was beschermvrouwe van het rooms-katholieke damesgilde in Venetië en wierp zich jarenlang tevergeefs op als aspirant-lid van het comité van aanbeveling van het Peggy Guggenheim Museum.

**Prins Bernhard** is oprichter van het Wereld Natuur Fonds en heeft met passie en verve zijn rol als prins der Nederlanden vervuld.

**Maman Partizani** is gestikt in een zwarte olijf tijdens een wederom spontaan optreden van haar dochter Sophia op het terras van café Florian in Venetië.

**Het sproetenmeisje** had tot 1990 een bloeiende praktijk als tandarts in Turijn.

**Jessica** werd violiste bij het Boston Symphony Orchestra, trouwde met een internist en kreeg drie kinderen. Ze woont sinds 1990 in Israël.

**Zuster Angela** stuurde Peter Wanders een brief met een bekentenis.

*Lucca, 10 juli 1957*

*Lieve Paulo,*
*Je bent de vervelendste man die ik ooit heb ontmoet. Maar ik ben je nooit vergeten. Ik woon al weer tien jaar samen met een vriendin en ben heel gelukkig. Het spijt me dat ik zo tegen je tekeer ben gegaan, maar het was nodig. Voor jou en voor mij. Ik heb door jou mezelf leren kennen. En op grond daarvan heb ik keuzes in mijn leven gemaakt. Dat betekent, arrogante man met al je streken, dat je heel veel voor mij hebt betekend. Ik zou graag willen vernemen hoe het je vergaat, waar je leeft, met wie je het bed deelt.*

*In liefde,*
*Zuster Angela*

# Fragment uit het dagboek van Peter



mijn opdrachtgever te laten zien hoe onmisbaar ik was. Toen volgde het fatale moment.

Eén vlieg zag ik om het hoofd van de Rijkskommissaris cirkelen. Deze was met zijn hoofd achterover in zijn burostoel, door de slaap bevangen. Zeer ongewoon, Ik dacht eerst dat hij onwel was geworden maar dat scheen van niet. De vlieg landde op zijn hoge voorhoofd. Met een vaag gebaar weerde hij af. Dan weer opnieuw gezoem. Ik stond klaar, vergat totaal waar ik was. Ik bewoog even mijn rechterhand en toen hij weer op dezelfde plaats wilde landen schoot mijn linkerhand uit. Bang! Ik miste.. en mijn linkerhand sloeg tegen zijn sufferige hersenpan. Hoe kwam dat nou? Hij had nogmaals willen afweren en zich een klein tikje verplaatst. Mijn hand sloeg van verwarring ook nog de dikke bril van zijn kop. Met beide handen greep hij in het luchtledige en sloeg met zijn stoel achterover tegen de vloer. Meteen groot alarm!

Ogenblikkelijk stormden twee SS-ers binnen, recht op me af. De meisjes schoten toe om de man weer op de been te helpen. De SS-ers grepen me en sloegen me aan alle kanten. Een harde trap tegen mijn geslachtsdelen raakte ik buiten kennis.

Ik lag in een hok op de kale grond. Waarschijnlijk ontwaakte ik uit mijn verdoving doordat de deur opemging en een stem brulde: 'Schweinhund leef je nog?' Ik wist niet waar ik me bevond. Ik voelde een vloer van cement. Ik had het koud, door en door koud. Ik bekeek mijn handen. Geheel bedekt met gestold bloed. Mijn ogen waren nog open maar in het gezicht voelde ik overal gestold bloed. Ik probeerde op te staan. Het lukte met veel moeite. Ik keek in het schaars verlichte vertrek. Een stoel, een tafel en een emmer.

Er stond een man die me uitschold. Ik keek naar mijn uniform. Ik zag de tekens R en F en meende dat me een groot onrecht was aangedaan. 'Hier staat water zei de stem. Het leek een soort oppasser. 'Was je en kleed je om. Hier is je gevangenispak. Doe je 'erepak' uit. Dat is besmeurd met varkensbloed. Ze hadden je kapot moeten stampen. Hier staat je toiletpot. Hoewel varkens gewoon op de grond schijten.

Ik hield me half gebogen aan de tafel vast. Toen kwam me langzaam het gebeurde weer voor de geest. De rondcirkelende

Mijn naam is M. Ravelli. Ik ben bedrogen.
Twee mannen hebben mijn naam gestolen.
Ik hield van de één, dit was het verhaal van de ander.
Nu rest mij nog de geschiedenis te vertellen van mijn geliefde.

Ontdek meer: www.devliegenvanger.nl

In 2010 verscheen bij TVF International Books de verhalenbundel *En het werd zomer…* van Rik Felderhof

De auteur neemt je mee naar zijn kinderjaren waarin hij met flapoortjes en een lui oog van alles op zijn bordje kreeg.
Je maakt kennis met zijn flamboyante doch zuinige vader.
De verhalen over zijn moeder zijn ronduit ontroerend.

In het titelverhaal schrijft Felderhof over oma Rebecca met haar fluwelen beugeltas waarin altijd een zakje dropjes verstopt zat.
'Als jij elke dag tien keer je neusje opduwt,' zei ze, 'krijg je een wiebertje.'
Ze deed het voor.
'Je neus mag nooit zo lelijk worden als die van oma.'

Een zekere ironie is de schrijver niet vreemd. Hij weet als geen ander situaties en mensen onder een vergrootglas versneld tot bloei te brengen.
Ook zijn belevenissen in Tanzania, waar de auteur zelf een huis heeft gebouwd, worden met zwierige pen beschreven.

*En het werd zomer…* is een vrolijke bundel verhalen waarin de lezer wordt meegezogen in een heerlijke wervelwind van humor en emoties.

164 pagina's
Prijs: € 7,50

---

Eerder verschenen van dezelfde auteur:
Rozegeur en Prikkeldraad – stappen in Parijs (1981)
De Barones en andere verhalen (1985)
De Stoel (1992)
Verleg je grenzen (2009) in samenwerking met Sonja Bakker

*'Mooie menselijke verhalen met een zorgvuldige en gevoelige opmerkingsgave.'* – Arthur Japin